BASTEI
LÜBBE

Taschenbücher von JON LAND
im BASTEI-LÜBBE-Programm:

13 135 Das Omega-Kommando
13 148 Der Rat der Zehn
13 164 Labyrinth des Todes
13 169 Das Vortex-Fiasko
13 186 Die Lucifer-Direktive
13 199 Der Alabaster-Agent
13 223 Der Alpha-Verrat
13 252 Die achte Fanfare
13 303 Die Gamma-Option
13 344 Das Walhalla-Testament
13 377 Die Omicron-Legion
13 410 Die neunte Gewalt
13 573 Der Tag Delphi
13 655 Die Rache der Tau

JON LAND

VERSCHWÖRUNG DER SIEBEN

Thriller

Ins Deutsche übertragen
von Marcel Bieger

BASTEI
LÜBBE

BASTEI-LÜBBE-TASCHENBUCH
Band 13759

Erste Auflage
März 1996

Deutsche Lizenzausgabe 1996
Bastei-Verlag Gustav H. Lübbe
GmbH & Co., Bergisch Gladbach
Originaltitel:
Kingdom of the Seven
Lektorat: Stefanie Rahnfeld/
Dr. Edgar Bracht
Titelbild: Renard Represents Inc.
Umschlaggestaltung:
Quadro Grafik, Bensberg
Satz: KCS GmbH,
Buchholz/Hamburg
Druck und Verarbeitung:
Brodard & Taupin,
La Flèche, Frankreich
Printed in France

ISBN 3-404-13 759-0

Der Preis dieses Bandes
versteht sich einschließlich der
gesetzlichen Mehrwertsteuer

Für Tom Doherty, der glaubte.

DANKSAGUNG

Die Danksagung in diesem Buch muß mit der wunderbaren Familie in Tor/Forge beginnen, und den Anfang macht natürlich Tom Doherty, gefolgt von Linda Quinton, Yolanda Rodriquez, John Del Gaizo, Bob Gleason und allen anderen, die sowohl an Menschen wie an Bücher glauben. Es war ein Vergnügen, mit ihnen zu arbeiten. Natalia Aponte ist eine hervorragende Lektorin, die den Lesern all meine Fehler und Irrtümer erspart hat.

Meine wunderbare Agentin Toni Mendez entdeckte Tor/Forge und sorgte damit abermals für das Gelingen meiner Arbeit und für meine Karriere. Ann Maurer, selbst ein kreativer Geist, trägt in erheblichem Maße zur Verbesserung meiner Arbeit bei, indem sie sich weigert, irgend etwas zu akzeptieren, das auch nur entfernt an Mittelmäßigkeit erinnert.

Außerdem bin ich mit einer ganzen Reihe von Menschen gesegnet, die meine technologischen Kenntnisse auf der Höhe der Zeit halten. Emery Pineo, der klügste Mann, den ich kenne, stand kürzlich in der Endausscheidung der vom Präsidenten verliehenen Auszeichnung als bester wissenschaftlicher Lehrer des Jahres. Soweit es mich betrifft, hat er diesen Preis auch verdient. Walt Mattison danke ich nicht nur für seine Expertenmeinung in Sachen Waffentechnologie, sondern auch für seine Einführung in die Welt der Special Forces, wo man die wahren amerikanischen Helden findet. Dank gilt auch dem mittlerweile im Ruhestand lebenden Dr. Mort Korn für seine sachdienlichen Anmerkungen.

Weitere Hilfe erfuhr ich von John Signore, dem Arizona Department of Public Safety, dem Illinois Department of Corrections, den Daughters of the Republic of Texas, Mike Gonzales von der San Antonio River Authority und Jim Schmidt von der Firma John Deere. Dank an John Walser, der mich in Atlanta herumführte, an Matt Lerish, der mich mit dem texanischen Panhandle vertraut machte, sowie an Matt Lerish und Steve Frantz. Und natürlich an Dr. Richard Greenfield für La Jolla und sein prächtiges neues Heim.

Ganz besonderer Dank gilt Dr. Alvan Fisher, der mich durch die medizinischen Aspekte dieses Buches steuerte. Mich zu unterweisen, war vermutlich eine ähnlich anstrengende Aufgabe wie der Kampf gegen eine heimtückische, tödliche Krankheit.

Meine Danksagung endet mit einer traurigen Nachricht. Professor Elmer Blistein, mein Lehrer und Mentor an der Brown University, verstarb im letzten Herbst. Professor Blistein, der sich selbst als Dr. Frankenstein bezeichnete, weil er mich, das Monster, geschaffen habe, hatte es sich zur Angewohnheit gemacht, mich nach jedem veröffentlichten Buch zum Essen einzuladen. Leider wird es in Zukunft keine Einladungen mehr geben, doch dank dieses großartigen Mannes noch viele weitere Bücher. Sie fehlen mir, Professor.

PROLOG

FORT ...

DIE WÜSTE VON ARIZONA
Montag, 13 Uhr

»Wofür hältst du das?«

Officer Joe Langhorn trat auf die Bremse und lenkte den Streifenwagen der Arizona Highway Patrol in Richtung des Bündels am Rande der Route 181. Auf den ersten Blick hatte er es für einen Müllsack gehalten, den irgendein Schmutzfink, der keine Lust hatte, bis zum nächsten Rastplatz zu warten, aus seinem Wohnwagen geworfen hatte. Jetzt aber sah es ihm eher nach einem Kojoten oder vielleicht sogar einem Berglöwen aus. War vermutlich von einem Wagen angefahren worden.

»Lieber Himmel, Wayne ... Ist das etwa ...«

Wayne Denbo, sein Partner, hob die Hand, um seine Augen vor dem gleißenden Sonnenlicht zu schützen, und nahm dann die Sonnenbrille ab.

»Scheiße«, murmelte Denbo. »Halt an.«

»Ich geb's durch.« Langhorn griff nach dem Mikrofon des Funkgeräts, das ihren Wagen mit dem südlichen Hauptquartier der Highway Patrol im hundert Meilen entfernt liegenden Tucson verband.

»Warte damit, bis wir ganz sicher sind.«

Denbo stieg aus, kaum war der Wagen auf dem kiesbedeckten Randstreifen zum Stehen gekommen. Er setzte die Sonnenbrille wieder auf und löste den Sicherheitsriemen am Holster seiner Waffe. Joe Langhorn, der dicht hinter ihm gefolgt war, blieb nach ein paar Schritten stehen und blickte durch den aufwirbelnden Sand zu seinem Partner hinüber.

»Ich bin mir jetzt sicher genug, Wayne.«

Denbo nickte und ging weiter. Das Bündel, das halb auf der Straßenbefestigung lag, war ein Mann. Sein schwarzes Hemd, das aus der Hose gerutscht war und im Wind flatterte, hatte den Eindruck verstärkt, es handle sich um einen achtlos fortgeworfenen Müllsack. Und die ausgestreckten, sandverkrusteten Arme waren gebräunt genug, um sie mit den Gliedmaßen eines angefahrenen Tiers zu verwechseln.

Langhorn wartete in der Nähe des Wagens, während sich sein Partner über den Mann beugte und am Hals nach dem Puls fühlte.

»Er lebt noch«, sagte Denbo und sah hoch.

»Ich werde die Sache jetzt melden.«

Denbo rollte den Mann auf den Rücken. »Reg dich ab, Joe. Bring mir lieber meine Thermosflasche.«

Bei der Flasche handelte es sich um eine Dunkin Donuts Jumbo, die Sorte, bei deren Kauf man gratis noch genug Kaffee für eine Füllung dazubekam.

Aber Wayne Denbo füllte die Thermosflasche stets mit Eistee. Soweit sich Joe Langhorn erinnern konnte, war nie etwas anderes darin gewesen, seit sie beide für diese Route eingeteilt worden waren.

»Sehr lange liegt er noch nicht hier«, meinte Danbo. »Höchstens ein paar Stunden.«

»Ist er von einem Auto erwischt worden?« fragte Langhorn aus dem Streifenwagen.

»Nein. Soweit ich sehen kann, hat er weder Blutergüsse noch Hautabschürfungen.«

Langhorn schnappte sich die Thermosflasche vom Rücksitz und schaute sich dann forschend um. Nichts als die Leere der Wüste umgab sie. »Wo ist denn sein Wagen? Wie zum Teufel ist er hierhergekommen?«

Der Mann stöhnte. Denbo hob seinen Kopf an und schlug ihm sanft auf die Wange.

»Mister? Wachen Sie auf, Mister.« Er warf einen Blick zu Langhorn hinüber. »Nun beeil dich schon mit der Thermosflasche!«

Das Eis war schon längst geschmolzen, und das, was vom Tee noch übrig war, schwappte gegen die Wände der Flasche, als Joe Langhorn sie seinem Partner reichte.

»Hast du seine Identität schon überprüft?«

Mit der freien Hand warf Denbo seinem Kollegen eine

Brieftasche zu, die er in der Hosentasche des Mannes entdeckt hatte. Langhorn hatte einige Mühe, sie aufzufangen.

»Der Name lautet Frank McBride«, berichtete er, nachdem er den Führerschein des Mannes gefunden hatte. »Aus Beaver Falls.« Langhorn sah auf. »Das liegt ein Stück neben der Route 10, nördlich von Courtland, ungefähr vierzig Meilen entfernt.«

»Und nicht mal halb so weit, wenn man quer über den Sand geht.«

»Meinst du, er ist zu Fuß hergekommen?«

»Sieh ihn dir doch an.«

Langhorn war darauf nicht besonders scharf. Was immer auch einen Mann veranlassen konnte, zwanzig Meilen quer durch die Hitze der Wüste zu laufen, wo es nichts gab außer Steppengras und Beifuß, befand sich weit jenseits seines Vorstellungsvermögens.

Denbo stützte Frank McBrides Kopf mit einer Hand, während er mit der anderen einen halbvollen Becher des dunkelbraunen Tees an seine Lippen führte. Dabei entdeckte er etwas, das aus der Innentasche der Jacke hervorragte. Er bettete McBrides Kopf wieder auf den Boden und griff danach.

»Was ist denn das?« fragte Langhorn.

»Ein Umschlag für Flugtickets.« Denbo öffnete ihn. »Leer.« Er hob McBrides Kopf wieder sanft an und setzte den Rand des Bechers an die Lippen des Bewußtlosen. »Kommen Sie, Mr. McBride. Es ist alles in Ordnung. Sie sind in Sicherheit. Wachen Sie auf.«

Der Mann regte sich schwach. Seine Augen öffneten sich, die Lider flatterten unsicher, irgendwie verängstigt. Er versuchte, sich etwas aufzurichten, um den Tee besser schlucken zu können.

»Na also. Da sind wir ja wieder. Jetzt nur nicht zu hastig trinken ...«

Denbo zog den Becher zurück. Ein paar dunkelbraune Tropfen rannen über McBrides Kinn und spülten den Sand von seiner Haut. Seine Lippen zitterten und öffneten sich.

»Ich glaube, er versucht zu sprechen, Wayne«, sagte Langhorn. »Ich glaube, er versucht etwas zu sagen.«

Denbo neigte den Kopf, um sein linkes Ohr näher an die Lippen des Mannes zu bringen. »Sind sie von zu Hause bis hierher gelaufen, Mr. McBride? Kommen Sie aus Beaver Falls?«

Der Mann bemühte sich, ein paar Worte hervorzubringen und spuckte etwas Sand auf den Boden. Seine Hand krallte sich verzweifelt um Denbos Ärmel und zog den Patrolman dichter an seinen Mund.

Joe Langhorn vernahm ein leises Krächzen. Es erinnerte ihn an das Geräusch von Luft, die aus einem undichten Reifen entweicht. Noch einmal erklang das Krächzen, dann richtete sich Denbo auf.

»Was hat er gesagt, Wayne?«

Denbo trank den Rest des Tees. »Nur ein einziges Wort.«

»Was für ein Wort denn, um Himmels willen?«

Denbo sah von dem leeren Becher hoch. »Fort, Joe. Ich glaube, er sagte ›fort‹.«

Als die beiden Beamten McBride auf den Rücksitz ihres Wagens schafften, war er schon wieder ohne Bewußtsein, nur seine Augenlider zuckten wie bei einem schlafenden Hund.

»Was glaubst du, was er damit meinte, Wayne?« überlegte Joe Langhorn laut. »Was hat er gemeint, als er ›fort‹ sagte?«

»Keine Ahnung.« Denbo hielt einen Moment inne und runzelte die Stirn. »Was weißt du über Beaver Falls?«

»Hat ungefähr siebenhundert Einwohner, vielleicht auch siebenhundertfünfzig. Seit sie vor ein paar Monaten ihr Wasserproblem in den Griff bekommen haben, hat es einigen Zuzug gegeben. Ansonsten sind die einzigen Leute, die überhaupt wissen, daß Beaver Falls existiert, die, die auf ihrem Weg nach Tombstone den Wegweiser sehen.« Langhorn warf einen Blick auf Denbo und konnte erkennen, was seinem Kollegen gerade durch den Kopf ging. »Und sie haben dort eine eigene Polizei, falls ich dich daran erinnern muß.«

Denbo warf einen Blick auf den Rücksitz des Wagens. »Wir sollten ihn nach Hause bringen.«

»Wir sollten die Sache melden.«

»In Beaver Falls gibt's einen Deputy Sheriff, stimmt's?«

Langhorn blätterte in einem dicken Handbuch, das er im Handschuhfach aufbewahrte. Darin waren sämtliche lokalen Behörden Arizonas aufgelistet sowie die Namen der Leiter der einzelnen Polizeidienststellen. »Ja«, murmelte er. »Er heißt John Toulan.«

»Was hältst du davon, wenn wir nach Beaver Falls fahren und Mr. McBride bei ihm abliefern?«

Diesmal warf Langhorn einen verstohlenen Blick auf den bewußtlosen Mann auf dem Rücksitz. »Ich hatte eigentlich gedacht, wir würden einfach einen Krankenwagen rufen und denen die Angelegenheit überlassen.«

»Es würde eine Stunde dauern, bis sie hier sind, und auch das nur, wenn wir Glück haben«, erklärte Denbo seinem Partner. »Wir könnten Mr. McBride in der Hälfte der Zeit heil und gesund daheim abliefern.«

»Ja, aber ...«

»Wirf den Wagen an, Joe«, befahl Denbo. »Beaver Falls liegt sowieso fast auf unserem Weg.«

Joe Langhorn hätte es nie offen zugegeben, doch er stieß insgeheim einen Seufzer der Erleichterung aus, als Beaver Falls drei Meilen westlich der Route 10 in Sicht kam. Irgendwo ganz tief in seinem Innern hatte zumindest ein Teil von ihm befürchtet, die Stadt könnte ... fort sein. Zerschmolzen oder in einen Trümmerhaufen verwandelt, so wie in diesen Thrillern, die sie in der Abteilung für preisreduzierte Taschenbücher im Wal-Mart anboten. Aber da lag sie, die Stadt mit ihren verblichenen Ladenfronten, und brütete in der Hitze der Mittagssonne.

Eine Ansammlung gedrungener Gebäude, von denen keines mehr als drei Stockwerke hoch war, säumte über eine halbe Meile hinweg die staubige Straße und bildete das Zentrum der Ortschaft. Am einen Ende der Stadt erhob sich die Kirche, am anderen die Schule. Es gab zwei Restaurants, eine Bar, ein Postamt und eine Bank. Die Parkbuchten vor dem Lebensmittelladen waren zur Hälfte besetzt.

Joe Langhorn passierte im Schneckentempo ein paar Wohnhäuser, als er auf das Stadtzentrum zuhielt. Vor dem Sheriff's Office lenkte er den Streifenwagen auf einen Parkplatz, den eine Markierung als RESERVIERT auswies.

Auf dem Rücksitz bewegte sich Frank McBride unruhig und schien aufzuwachen.

»Du wartest hier«, erklärte Wayne Denbo.

»Einen Dreck werde ich«, erwiderte Denbo unwirsch und trat neben Wayne auf das heiße Pflaster. Dicht hintereinander betraten sie das Sheriff's Office.

Das Büro war leer. Ein Becher mit Kaffee stand auf einem großen Schreibtisch mit einem Namensschild, auf dem Sheriff John Toulan zu lesen war. Gleich daneben lag ein halbverzehrter Doughnut auf einem Teller. Es gab noch drei weitere Schreibtische und einen Schalter für den wachhabenden Beamten, der gleichzeitig den Funkverkehr kontrollierte. Alle Plätze waren unbesetzt.

»Muß ziemlich plötzlich aufgebrochen sein«, meinte Langhorn.

Wayne Denbo trat hinter den Schalter und griff nach dem Mikrofon der Funkanlage.

»Sheriff Toulan, hier spricht die Arizona Highway Patrol. Bitte melden. Over.«

Stille.

»Sheriff Toulan, bitte melden. Over.«

Nichts als Stille.

Langhorn und Denbo blickten sich an und gingen dann gleichzeitig in Richtung Tür.

»Vielleicht sind sie ja alle unterwegs und suchen nach McBride«, bot Langhorn als Erklärungsmöglichkeit an.

Als sie das Gebäude verließen, erstarrte Denbo plötzlich. »Schau mal da rüber. Auf der anderen Straßenseite.«

Langhorn ließ seinen Blick zu dem altmodischen Diner wandern. Das Innere des Restaurants, das den Namen Ruby's trug, wurde von einer langen Theke beherrscht.

»Was siehst du dort, Joe?«

»Nichts.«

»Genau. Und das, obwohl jetzt Mittagszeit ist ...«

Denbo setzte sich in Bewegung, Langhorn folgte ihm. Die Türglocke bimmelte, als sie den Diner betraten. Sämtliche Hocker an der Theke und auch die Plätze in den Nischen waren unbesetzt. Vor ungefähr der Hälfte der Hocker standen Tabletts mit Frühstück auf der Theke. Eine Tafel an der Wand pries das Western Omelette Special an, und in einer der Nischen entdeckte Danbo drei halb aufgegessene Portionen.

Langhorn steckte einen Finger in eine der Kaffeetassen und leckte ihn ab. »Ist schon ein paar Stunden alt. Sieht so aus, als wären sie nicht mal mit dem Frühstück fertig geworden, vom Mittagessen ganz zu schweigen.«

»Vielleicht steht das Zeug ja schon genauso lange hier, wie Mr. McBride brauchte, um quer durch die Wüste zu marschieren.«

»Was zum Teufel ist hier los, Wayne?«

Sie gingen wieder nach draußen. Das Läuten der Türglocke klang in der Stille so laut, daß Langhorn nervös den Sicherungsverschluß seines Holsters öffnete.

»Machen wir einen kleinen Rundgang«, schlug Denbo vor.

Im Postamt lagen vier Briefe auf dem verwaisten Tresen. Gleich daneben warteten vier Briefmarken darauf, daß jemand sie aufklebte.

Die Bank war ebenfalls leer. Auf dem Boden verstreut lagen Formulare, ein paar Schecks und Einzahlungsbelege.

An Beaver Falls einziger Tankstelle wartete ein Chevy Cavalier an der Zapfsäule. Die Zapfpistole für Normalbenzin steckte in der Tanköffnung, die Automatik hatte die Benzinzufuhr abgestellt. Die Fahrertür des Cavalier stand offen, und der Schlüssel steckte im Zündschloß, doch vom Fahrer war keine Spur zu sehen.

Langhorn und Denbo schauten in jedes Fenster und klopften an jede verschlossene Tür, aber sie stießen dabei immer wieder auf das gleiche: nichts.

Langhorns Hand ruhte inzwischen auf dem Griff seines Revolvers, und er spielte mit dem Gedanken, die Waffe zu ziehen. »Wo zum Teufel stecken die alle, Wayne?«

»Was auch immer geschehen ist, es muß sehr schnell gegangen sein ...«

»Laß uns bloß von hier ver…«

»Wenn sie alle zusammen sind, wo könnten sie dann sein?« überlegte Denbo laut. Sein Blick wanderte zur Schule am Ende der Straße.

»Wir sollten das melden, Wayne.«

»Erst möchte ich noch etwas überprüfen.«

Die Schultür schloß sich knarrend hinter ihnen. Das Sekretariat befand sich gleich rechts. Denbo ging voraus.

Hinter dem Tresen standen drei unbesetzte Schreibtische.

Die beiden Highway Patrolmen gingen den schmalen Gang entlang, an dem die Büros des Rektors und der psychologischen Berater lagen. Die ersten drei Räume waren ebenfalls leer. Sie wandten sich der vierten Tür zu, angezogen vom dumpfen Summen eines ultramodernen Xerox-Kopierers, aus dessen Seite unterschiedlich große Papierschächte ragten. Der oberste Schacht war übergelaufen und hatte engbedrucktes Papier über den ganzen Raum verteilt. Auf der kleinen LED-Anzeige des Geräts flammte immer wieder die gleiche Botschaft auf:

KEIN PAPIER

An der gegenüberliegenden Wand dampfte eine Kaffeemaschine vor sich hin. Gleich daneben standen drei Styroporbecher aufgereiht, als warteten sie nur darauf, gefüllt zu werden.

»Nichts«, sagte Joe Langhorn vom Eingang her. »Absolut nichts.«

»Du übernimmst den hinteren Teil des Gebäudes«, entschied Wayne Denbo. »Ich sehe mich vorne um.« Er zog das Walkie-talkie aus dem Gürtel. »Halte ständig Kontakt.«

Den Karten und Schaubildern nach zu urteilen, die an der Stirnwand des ersten Klassenzimmers hingen, das Denbo betrat, befand er sich im sozialwissenschaftlichen Flügel der Schule. Bücher und Hefte lagen aufgeschlagen auf den Tischen, daneben Bleistifte oder Kugelschreiber. Auf dem Teil der Tafel, der nicht von den Schaubildern verdeckt wurde, war ein unvollständiger Satz zu lesen, der mitten im Wort abbrach.

Denbo ging zum nächsten Klassenraum.

Auf jedem Tisch lag ein Blatt. Denbo beugte sich über einen der Stühle, als säße dort noch ein Kind, und warf einen Blick auf das Blatt. Es war ein Sozialkunde-Test. Zwanzig Fragen, jeweils mit einer Reihe vorgegebener Antworten. Dem Schwierigkeitsgrad nach Stoff der Junior High-School. Das Kind, an dessen Tisch er stand, hatte die ersten neun Fragen beantwortet. Denbo versuchte sich vorzustellen, was Frank McBride empfunden haben mußte, als er nach Hause kam und die ganze Stadt verlassen vorfand.

»Wayne?« meldete sich Langhorn über das Walkie-talkie.

»Ja, Joe?«

»Ich bin im Chemieraum. Es stinkt hier bestialisch. Überall offene Flaschen und Tiegel, und an der Tafel steht, was die Kinder damit machen sollen.«

»Unternimm nichts, und faß vor allem nichts an«, warnte Denbo, der sich Sorgen wegen der Chemikalien machte, die jetzt seit Stunden offen auf den Tischen standen, obwohl die Behälter eigentlich fest verschlossen sein sollten.

»Wayne, bist du noch da?«

»Ja, Joe.«

»Ich komme jetzt zu dir. Wir müssen die Sache melden. Ich hatte …«

Das plötzlich verstummte Walkie-talkie in Wayne Denbos Hand schien eiskalt zu werden. Er hob das Gerät an die Lippen.

»Joe? Melde dich, Joe. Melde dich.«

Keine Antwort.

»Joe!«

Denbo rannte schon den Flur entlang. Der Gestank wies ihm den Weg zum Chemieraum. Es roch nach faulen Eiern.

»Joe«, rief er wieder in das Walkie-talkie. »Joe.«

»Joe.«

Seine eigene Stimme hallte zu ihm zurück. Denbo blickte durch die Tür des zweiten Raums auf der linken Seite. Joe

Langhorns Walkie-talkie lag auf dem Fußboden. Denbo wich auf den Flur zurück und zog seine Waffe. Sein Mund fühlte sich an, als hätte ihn jemand mit Kleenex ausgestopft. Er stürmte los. Die Absätze seiner Schuhe knallten über die Linoleumfliesen, und die Geräte an seinem Revolvergürtel hüpften auf und ab. Er stürzte durch die Eingangstür und kam völlig außer Atem beim Streifenwagen an.

Die auf dem Rücksitz zusammengesunkene Gestalt von Frank McBride war fort.

»Himmel«, murmelte Denbo und griff nach dem Mikrofon. »Zentrale, hier ist Siebzehn. Melden Sie sich, Zentrale!«

»Sprechen Sie, Siebzehn«, antwortete Harvey Milkweed vom südlichen Hauptquartier der Highway Patrol in Tucson.

Denbo stieß einen erleichterten Seufzer aus. Noch nie in seinem Leben war er so froh gewesen, eine menschliche Stimme zu hören. »Ich habe hier einen Notfall, einen sehr ernsten Notfall!«

»Wo befinden Sie sich, Siebzehn?« fragte Milkweed. Er war zur Büroarbeit verdammt, seit ihn im Golfkrieg der Splitter einer Landmine am Bein erwischt hatte. Milkweed haßte den Schreibtisch. Ihm fehlten die Einsätze. »Brauchen Sie Verstärkung?«

»Verstärkung? Die ganze verdammte Nationalgarde brauchen wir hier, und zwar sofort. Wir brauchen … Einen Moment … Was zum Teufel … O Gott … O …«

Harvey Milkweeds Nackenhaare richteten sich auf. Er beugte sich vor.

»Siebzehn, was ist da los? Siebzehn, melden Sie sich … Denbo, was ist passiert?«

Er wartete.

»Denbo? Denbo, melde dich …«

Es kam keine Antwort, und Milkweed begriff, daß auch keine mehr kommen würde.

Wayne Denbo war fort.

ERSTER TEIL

WEICHE

NEW YORK CITY
Montag, 15 Uhr

Kapitel 1

»Hey, Mister, steigen Sie jetzt ein, oder was?«

Ahmed El-Salarabi wich vor dem offenen Fenster des Taxis zurück und drückte die Aktentasche fest gegen seinen Schenkel.

»Rein oder raus, klar?« maulte der Fahrer.

El-Salarabi bemerkte, wie der Blick des Fahrers zu seiner Aktentasche wanderte, und zog sich rasch von dem Taxi zurück.

»Dann fahr doch zur Hölle!«

Der Wagen entfernte sich mit quietschenden Reifen.

Als El-Salarabi bemerkt hatte, wie das Taxi abbremste und sich der Bordsteinkante näherte, hatte er im ersten Moment gedacht, es hätte eine Änderung des Plans gegeben. Doch offenbar hatte der Fahrer einfach nur die Bewegung, mit der er die Tasche von einer Hand in die andere gewechselt hatte, als Aufforderung zum Anhalten verstanden. El-Salarabi packte die Tasche fester und bahnte sich seinen Weg durch die Fußgänger im südlichen Teil der Lexington Avenue in Richtung der Fifty-ninth Street. Vor wenigen Minuten erst hatte er Bloomingdale's durch den Haupteingang verlassen. Dort hatte er einen großen Teil des Nachmittags damit zugebracht, scheinbar ziellos durch die verschiedenen Stockwerke zu schlendern. Tatsächlich war sein Gang durch das Kaufhaus natürlich alles andere als planlos gewesen.

Ahmed El-Salarabi war mit einem speziellen Auftrag nach New York geschickt worden: Er sollte ein Symbol für Amerikas Macht und Reichtum auswählen und zerstören. Eine andere Gruppe hatte bereits versucht, das World Trade Center in die Luft zu jagen und dabei schmählich versagt. Ihr Mißerfolg war geradezu lachhaft gewesen. *Nur sechs Tote …* Wäre El-Salarabi mit dieser Aufgabe betraut worden, hätte das Ergebnis völlig anders ausgesehen. Erfolgreiche Zerstörungen erforderten spezielle Kenntnisse darüber, wo man den Sprengstoff anbringen mußte, um ein Höchstmaß an Wirkung zu erzielen. Sein Abschluß in Ingenieurswissenschaften hätte garantiert, daß die Ladungen exakt an jenen Punkten angebracht worden wären, auf denen die größte Belastung ruhte – und damit wäre zugleich sichergestellt gewesen, daß das *gesamte* Gebäude zusammenbrach. Letztendlich ließ sich jedes Bauwerk in Schutt und Asche legen.

El-Salarabis Auftraggeber hatten vorgeschlagen, die Freiheitsstatue als Zielobjekt auszuwählen, doch er hatte sie davon überzeugt, daß die Zerstörung eines derartigen Symbols lediglich Wut und Zorn hervorrufen würde. Ein Terroranschlag, der tatsächlich Angst und Schrecken auslöste, mußte sich gegen ein Ziel richten, das eine bedeutsame Rolle im Alltagsleben spielte. El-Salarabi hatte vor einem Monat vier Tage damit zugebracht, die verschiedenen Möglichkeiten durchzuspielen.

Bürogebäude.

Hohe Apartmenthäuser.

Vielleicht auch ein Broadway-Theater.

Doch jeder Passant, der ihm während dieser ersten Erkundungsgänge begegnete, schien eine Einkaufstüte zu tragen. Und die wahre Erleuchtung war ihm gekommen, als ihn ein stinkender, pockennarbiger Stadtstreicher, der einen Plastikbeutel von Bloomingdale's umklammerte, um Kleingeld anbettelte.

Bloomingdale's …

Das perfekte Symbol für den Reichtum und die Dekadenz der westlichen Gesellschaft. In London hatte die IRA aus ganz ähnlichen Beweggründen einen Anschlag auf das Edelkaufhaus Harrod's verübt. Mit dem Fehler allerdings, daß das Gebäude nach dem Anschlag immer noch stand.

Jetzt, einen Monat nach seinem ersten Aufenthalt, war El-

Salarabi mit dem festen Vorsatz nach New York zurückgekehrt, nicht denselben Fehler zu machen.

Mittlerweile hatte er die Fifty-ninth Street schon fast erreicht und kochte innerlich wegen der aufdringlichen Straßenhändler, die ihre nachgemachte Designerware auf Klapptischen anboten oder direkt auf dem Asphalt aufgestapelt hatten und ihn so am raschen Vorankommen hinderten. Zum Glück hatte er wenigstens eine Sonnenbrille, deren dunkle Gläser seine Augen vor der grellen Sonne schützten. Drei Stunden lang durch Bloomingdale's zu wandern und Pläne des Gebäudes zu zeichnen hatten seine Augen überempfindlich gemacht.

El-Salarabi rief sich selbst zur Geduld, drückte die braune Ledertasche enger an sich und bereitete sich auf die nächste Stufe des Plans vor. Die Aktentasche enthielt zwanzig Seiten voller Notizen und Skizzen, die er zwar rasch, aber dennoch sorgfältig im Schutz diverser verriegelter Toiletten angefertigt hatte. El-Salarabi vertraute bei derart kritischen Planungen nicht auf sein Gedächtnis, sondern legte lieber alles schriftlich nieder, solange er die Daten über die Konstruktion und Anlage des Gebäudes noch frisch im Kopf hatte. Sobald er die Aktentasche an seinen Kontaktmann übergeben hatte, war sein Teil der Aktion beendet. Die Bombe selbst würden andere nach den Anweisungen in seinen Unterlagen anbringen. Diese Männer und Frauen waren austauschbar. Sie kamen und gingen. Nur er selbst war unersetzbar.

El-Salarabi umklammerte den Griff des Aktenkoffers noch etwas fester.

Er hatte seinen Verbindungsmann direkt von Bloomingdale's aus angerufen. Die Anweisung lautete, die Lexington Avenue in südlicher Richtung entlangzugehen, die Fifty-ninth Street zu überqueren und bis zu einem Obststand vor dem geschlossenen Alexander's-Kaufhaus weiterzugehen. Dort sollte er die Aktentasche neben sich stellen und so tun, als betrachte er die Auslage. In diesem Moment würde seine Kontaktperson die Tasche unauffällig an sich nehmen. Noch einfacher ging es kaum.

Wegen des unangenehmen Gedränges auf dem Bürgersteig ignorierte El-Salarabi die rote Ampel an der Fifty-ninth Street. Er zwängte sich durch den stockenden Verkehr und hielt auf eine Gruppe von Straßenhändlern zu, die nachgemachte Louis-Vuitton-Handtaschen, Gucci-Uhren und Armani-Krawatten anboten.

Hier herrschte weniger Betrieb, so daß er seinen Schritt verlangsamen und ein gemächlicheres Tempo anschlagen konnte. Der Obststand lag genau in seiner Richtung. Selbst aus dieser Entfernung sahen die Orangen, Grapefruits, Äpfel und Weintrauben sehr verlockend aus. Vielleicht sollte er sich etwas von dem Obst kaufen, um seine Tarnung perfekt zu machen. Zumindest würde der Verkäufer dadurch abgelenkt.

Sein Teil der Mission war bald beendet.

»Scheiße!«

Blaine McCracken legte eine Hand über sein Ohr, als fürchte er, einer der Passanten könnte die rauhe Stimme Sal Belamos gehört haben.

»Stimmt was nicht, Sal?«

»Dieser Arsch Salami hat gerade bei Rot die Fifty-ninth überquert. Ist ja nicht zu fassen!«

»*Salarabi.*«

»Salami, Bologna – für mich macht das alles keinen Unterschied. Schmier einfach reichlich Senf drauf, leg das ganze zwischen zwei Scheiben Roggenbrot und vergiß die Gewürzgurken nicht.«

»Wo ist er jetzt?«

»Marschiert in Richtung Fifty-eighth. Moment, die Ampel springt gerade um. Ich gehe jetzt auch rüber.«

»Bleib in Sichtweite, Sal.«

»Er wird langsamer.«

»Wo?«

»Bei einem Obststand auf dem Bürgersteig vor Alexander's. Hat gerade genau davor angehalten«, setzte Belamo hinzu und zog sich wieder in die Lexington Avenue zurück.

»Indianer«, rief McCracken, der sich drei Blocks westlich aufhielt und in der Nähe eines Springbrunnens stand.

»Bin schon unterwegs«, erwiderte Johnny Wareagle, der vor einem Laden namens Boogie's in der Mitte zwischen Fifty-seventh und Fifty-eighth gewartet hatte, der gleichzeitig Delikatessen und Freizeitkleidung anbot.

»Halte dich zurück, Sal, aber verlier die Aktentasche nicht aus den Augen. Wir sind hinter dem Mann her, der sie übernimmt.«

»Ich habe diese Spielchen schon früher mal gespielt, McCrackensack.«

»Es läuft aber nie zweimal gleich ab«, warnte McCracken. »Wer auch immer die Aktentasche nimmt, er muß an einem von euch beiden vorbei.«

McCracken selbst mußte sich im Moment zurückhalten, weil er wußte, daß El-Salarabi ihn von ihrer letzten Begegnung her wiedererkennen würde. Vor achtzehn Monaten hatte ihn ein Freund, der für den ägyptischen Geheimdienst arbeitete, gebeten, seine Organisation bei der Bekämpfung der Terroranschläge auf Touristen zu unterstützen. Wenige Stunden nach seiner Ankunft führte die Meldung, El-Salarabi sei gesehen worden, ihn und seine ägyptischen Begleiter nach Luxor. Salarabi verließ im falschen Augenblick eine überfüllte Moschee und tauchte direkt vor Blaine auf. Bevor McCracken auch nur einen einzigen Schuß abgeben konnte, verwandelte sich El-Salarabi in eine wilde Bestie. Seine wahllos in die Menge gefeuerten Kugeln lösten Panik unter den Moscheebesuchern aus, während er sich gleichzeitig praktisch von Geisel zu Geisel bewegte, um McCracken daran zu hindern, seinerseits zu schießen. Und jetzt wollte Blaine eine Wiederholung dieser Ereignisse in den Straßen von New York um jeden Preis verhindern.

Vor zwei Tagen hatte McCracken von einem arabischen Informanten erfahren, daß El-Salarabi bereits vor einem Monat eine Reise nach New York unternommen hatte und nun zum zweiten Mal dorthin unterwegs war. Der Informant hatte erklärt, angesichts der besonderen Qualifikation Salarabis sei mit einem größeren Anschlag zu rechnen, zugleich jedoch beteuert, keine weiteren Einzelzeiten zu kennen. Er wußte lediglich, daß El-Salarabi im Pierre Hotel absteigen würde. McCracken hatte daraufhin Sal Belamo und Johnny Wareagle nach New York beordert, um ihm zu helfen, den Anschlag zu verhindern und alle dingfest zu machen, die mit El-Salarabi zusammenarbeiteten. Normalerweise wäre zur Erledigung einer derart komplexen Aufgabe ein gutes Dutzend Männer erforderlich gewesen. McCracken ging allerdings davon aus, daß sie drei völlig ausreichten.

Belamo, der Exmittelgewichtsboxer, dessen Ruhm vor allem darauf beruhte, daß ihm in den beiden Kämpfen, die er gegen Carlos Monzon verloren hatte, jedesmal die Nase gebrochen worden war. Wareagle, der geheimnisvolle, zwei Meter zehn große Indianer, an dessen Seite Blaine in Vietnam gekämpft hatte und den er jedesmal aus seinem Heim in den Wäldern Maines zu sich rief, wenn es die Situation verlangte. Bis vor wenigen Jahren war Belamo noch regelmäßig für den Geheimdienst tätig gewesen, doch nachdem er einmal zu oft auf eigene Rechnung gearbeitet hatte, war er dort in Ungnade gefallen. Zum Glück für McCracken war es Sal gelungen, seine Kontakte aufrechtzuhalten, die noch immer zu den besten in der Branche zählten. Wareagle hingegen blieb stets der Stoiker, der er schon immer gewesen war. Tatsächlich kam es McCracken so vor, als habe sich der Indianer in den mehr als zwanzig Jahren, die sie sich nun schon kannten, überhaupt nicht verändert.

El-Salarabi hatte das Pierre kurz vor Mittag verlassen und sich geradewegs zu Bloomingdale's begeben. Nachdem er sich mehr als drei Stunden lang in dem Gebäude aufgehalten hatte, war das Ziel des geplanten Anschlags klar. Seine Aktentasche würde jetzt die Pläne des Bauwerks enthalten. Und detaillierte Anweisungen, wie die Sprengladungen anzubringen seien, um den größtmöglichen Effekt zu erzielen. McCrackens Plan sah nun vor, abzuwarten, bis die Übergabe erfolgt war, und dann den Kurier in die Zange zu nehmen. Ginge er nach Norden, würde Johnny von hinten kommen, während Belamo ihm vorne den Weg versperrte. Wählte der Kurier die südliche Richtung, würde das gleiche Spiel ablaufen, nur mit umgekehrten Rollen. Unterdessen wollte sich McCracken persönlich um El-Salarabi kümmern, sobald die Übergabe erfolgt war.

»Salami hat die Aktentasche gerade abgestellt«, berichtete Belamo. »Sie lehnt jetzt an seinem Bein.«

»Indianer?«

»Ich komme jetzt die Fifty-eighth Street rauf, Blainey.«

»Sprich mit mir, Sal«, sagte McCracken in das in seinem Ärmel verborgene Miniaturmikrofon. Er war etwas frustriert, weil er nicht direkt an der Aktion teilnehmen konnte. Das Funkgerät war ein Motorola-Erzeugnis, das technisch eine Stufe weiter entwickelt war als die beim Geheimdienst gebräuchlichen Apparate. Es hatte einen winzigen unabhängigen Hörknopf, der das Jochbein als Verstärker benutzte. Auf diese Weise gab es kein verdächtiges Kabel. Den Geheimdienstlern machte es in der Regel nichts aus, wenn sie auffielen; McCracken konnte sich das aber nur höchst selten erlauben.

»Salami steht vor dem Obststand«, antwortete Belamo. »Die Aktentasche lehnt noch immer an seinem Bein. Sieht so aus, als würde er sich ein paar Orangen aussuchen.«

»Blainey«, flüsterte Johnny Wareagle, »jemand hat gerade vor mir die Fifty-eighth Street überquert.«

»Hast du ihn erkannt?«

»Ich habe sein Gesicht nicht gesehen, nur seine Aktentasche.«

»Aktentasche?«

»Braunes Leder, erstklassige Qualität«, erklärte der Indianer. »Identisch mit der von El-Salarabi, Blainey.«

»Also planen sie einen Austausch«, sagte McCracken. »Jetzt geht's los.«

Als Benjamin Ratansky die Fifty-eighth Street überquerte, ging er bewußt langsam, um nicht aufzufallen. Er machte den Nacken steif, damit er sich nicht ständig umschaute. Sein Hemd war schon längst schweißdurchtränkt.

Waren sie noch immer da? Lauerten sie irgendwo hinter ihm? Ratansky war sich dessen sicher, auch wenn der gesunde Menschenverstand ihm sagte, daß das unmöglich war. Der Sprung auf den gerade anfahrenden Bus mußte wirklich jeden Verfolger abgehängt haben. Zehn Blocks später hatte er den Bus neben einer U-Bahn-Station verlassen und war von dort aus mit der Bahn bis zur Fifty-first Street gefahren. Die Blocks, an denen er danach vorbeigekommen war, hatte er kaum wahrgenommen – nach achtundvierzig Stunden ohne Schlaf reagierten seine Sinne nicht mehr sehr zuverlässig.

Er war gestern nach New York gekommen, um den Inhalt der Aktentasche abzuliefern, doch sein Kontaktmann war nicht aufgetaucht. Bestürzt hatte er daraufhin immer wieder die Telefonnummer angerufen, die man ihm mitgegeben hatte, aber niemand meldete sich. Daraufhin stieg er in einem heruntergekommenen Rattenloch von Hotel in der West Fonrty-sixth Street ab, wo er die ganze Nacht mit dem Gesicht zur Tür auf einem wackeligen Stuhl hockte, während die flackernden Neonlichter die einzige Beleuchtung bildeten.

Auch heute morgen hatte sich niemand unter der angegebenen Nummer gemeldet. Ratansky hatte sich daraufhin entschlossen, zwar in der Stadt zu bleiben, dabei jedoch immer in Bewegung zu sein. Möglicherweise war der Mann, den er in New York treffen wollte, geschnappt worden, aber an dieser Sache waren auch noch andere beteiligt. Früher oder später würde jemand seinen Anruf entgegennehmen.

Als er die Fifty-eighth Street zur Hälfte überquert hatte, gab er schließlich dem Drang nach und sah sich um. Zwei Männer verließen gerade den Bürgersteig und schlugen seine Richtung ein. Einer der Männer begegnete seinem Blick, und Ratansky wandte sich schnell und mit angehaltenem Atem ab.

Es war unmöglich, es war ganz einfach unmöglich!

Sie waren es!

Zwar hatte er keinen der Männer je zuvor gesehen, aber er war sich trotzdem ganz sicher. Die Aktentasche zitterte in seiner Hand, als er die andere Straßenseite erreichte, wo ein Obststand, der einen Großteil des Bürgersteigs einnahm, sein zügiges Vorwärtskommen behinderte. Würden die Männer in seinem Rücken es wagen, hier vor allen Leuten etwas zu unternehmen, oder konnte er etwas Zeit gewinnen, indem er bei dem Obsthändler stehenblieb? Während er noch über diese Frage nachdachte, fiel sein Blick auf einen Mann, der Orangen in eine Tüte füllte. Eine Aktentasche lehnte an seinem Bein.

Eine braune Ledertasche, die genauso aussah wie seine eigene.

Die Entscheidung, was als nächstes zu tun sei, traf er so schnell es seinem übermüdeten Verstand möglich war. Das einzige, was wirklich zählte, war der Inhalt der Aktentasche. Er dachte an die quälend langen Minuten, die es gedauert hatte, eine Hard Copy der Diskette herzustellen. Die Blätter konnten sich gar nicht schnell genug aus dem Laserdrucker herausschieben. Und jedesmal, wenn ein leises Geräusch aus dem Korridor drang, hatte ihm das Herz bis zum Hals geklopft.

Trotz allem hatte Ratansky die Sache durchgezogen – und wenn sie ihn jetzt erwischten, wäre alles umsonst gewesen. Der Inhalt der Aktentasche mußte unbedingt gerettet werden, sein eigenes Schicksal war dabei zweitrangig. Er mußte jetzt nur schnell genug handeln …

Ratansky glitt neben den großen, dunkelhäutigen Mann, der Orangen in einen Beutel stopfte, kniete sich hin und tat so, als wolle er seine Schnürsenkel zubinden. Mit einer raschen Bewegung stellte er seine Aktentasche neben das Bein des Mannes und nahm dessen Tasche an sich. Der Mann schaute nach unten. Ratansky bemühte sich, ein beiläufiges Lächeln aufzusetzen, was ihm jedoch mißlang. So beschränkte er sich darauf, die Aktentasche an sich zu pressen, und erhob sich steifbeinig.

Der Austausch war erfolgt, und Ratansky setzte sich genau in dem Moment in Bewegung, als seine Verfolger auf dem Bürgersteig vor dem Obststand auftauchten.

Ahmed El-Salarabi spürte die leichte Berührung an seinem Bein und dachte im ersten Moment, sein Kontaktmann hätte die Tasche an sich genommen. Als er verstohlen nach unten schaute, sah er einen Mann, der an seinen Schnürsenkeln nestelte. Ihre Blicke trafen sich, und irgend etwas in den

Augen des Mannes ließ bei El-Salarabi sämtliche Alarmglocken läuten. Der Fremde war schon wieder unterwegs, bevor der Araber etwas anderes tun konnte, als die Aktentasche zwischen seine Beine zu schieben. Doch der Schaden war schon angerichtet, dessen war er sich sicher.

Man hatte ihn entdeckt! Der Feind war ihm auf den Fersen!

Zwei gutgekleidete Männer mit leblos wirkenden Augen drängten sich durch die Passanten vor dem Obststand. El-Salarabi ließ den Beutel mit Orangen fallen und zog sich von dem Stand zurück.

Die Früchte rollten auf den Bürgersteig. Salarabi packte eine Holzkiste voller Orangen und schleuderte sie den beiden Männern entgegen. Ohne die Wirkung seines Wurfs abzuwarten, stürmte er mitten auf die Lexington Avenue. Reifen quietschten. Ein Taxi krachte in das Heck eines anderen Wagens und schob ihn ein Stück vorwärts. Noch mehr Autos hielten mit kreischenden Bremsen an, und El-Salarabi rannte zwischen ihnen die Straße entlang, die Aktentasche fest umklammert.

»*Was zum Teufel …*«

»Sal?«

»Unser Mann ist gerade auf die Straße gerannt und haut ab!«

»Er hat uns entdeckt!«

»Nein! Dahinter steckt etwas anderes. Der Mistkerl hat eine Orangenkiste auf zwei Männer geworfen, bevor er losgerannt ist.«

»Indianer, hat der Mann mit der Aktentasche den Austausch vorgenommen?«

»Konnte ich nicht sehen, Blainey.«

»Bleib ihm sicherheitshalber auf den Fersen. Sal, du hängst dich an El-Salarabi.«

»Bin schon unterwegs.«

»Ich gehe jetzt auch los«, sagte McCracken und stürzte sich in das Getümmel auf der Lexington. Während er die Straße überquerte, spürte er förmlich das Verrinnen der kostbaren Sekunden.

»Boß!« rief Sal Belamo außer Atem.

»Ja, Sal?«

»Salami ist von der Straße runter und wieder reingegangen!«

»Wo rein?«

»Bloomingdale's«, erwiderte Belamo.

Kapitel 2

Benjamin Ratansky hatte die Fifty-ninth Street schon fast erreicht und schaute sich gerade nach möglichen Verfolgern um, als er mit jemandem zusammenstieß, der ihm auf der Lexington entgegenkam.

»Entschuldigung«, sagte er und drehte den Kopf nach vorn. In diesem Moment hüllte ihn der geradezu unglaubliche Gestank ein.

Er starrte genau auf die Brust eines Mannes in einem zerlumpten Leinenmantel, der vorne offenstand und abgetragene und verdreckte Kleidung enthüllte. Überwältigt von dem Gestank des Mannes richtete Ratansky den Blick nach oben. Was er sah, verschlug ihm fast den Atem. Das Gesicht des riesigen Mannes war schmutzbedeckt. Seine Lippen verzogen sich zu einem Grinsen, das zwei Reihen bräunlicher, fauliger Zähne enthüllte, zwischen denen sich einige Lücken auftaten. Er kicherte, und sein Mundgeruch warf Ratansky fast um.

»He«, murmelte Ratansky, als er spürte, wie sich die mächtige Hand des Mannes um seinen Ellbogen schloß. »He!«

Das Haar des Riesen hing ihm in langen, fettigen Strähnen ins Gesicht. Die buschigen Brauen überschatteten gelblich verfärbte Augen, deren Pupillen geschlitzt waren wie die einer Katze. Nässende Eiterpickel bedeckten die Haut.

Der Riese verstärkte den Druck seiner Hand und zeigte grinsend, was von seinen Zähnen noch übrig war.

Und plötzlich begriff Ratansky und spürte, wie ihn alle Kraft verließ.

»Nein«, keuchte er. »Nein!«

Er sah, wie die stumpfe, rostige Klinge vorzuckte. Das Messer war genauso ungepflegt und heruntergekommen wie der Riese, der es führte.

»April ist der Grausamste der Monate.«

Der Stadtstreicher trug die erste Zeile von T. S. Eliots berühmtem Gedicht ›Das wüste Land‹ mit rauher Stimme vor, als sich das Messer in Ratanskys Bauch bohrte.

Der Riese blickte sich um, während er das Messer nach oben drückte, um seine mörderische Arbeit zu vollenden, und sah die Gestalt eines Indianers, der sich durch die Menge auf dem Bürgersteig zur Straße drängte. Es schien, als spüre der Indianer den Blick, der auf ihm ruhte.

Für einen Moment trafen sich ihre Augen, dann huschte die riesige Gestalt davon, die Aktentasche seines Opfers fest umklammert.

Johnny Wareagle erstarrte für einen Sekundenbruchteil, irritiert durch den Anblick der formlosen Gestalt eines Mannes, die vielleicht ein Dutzend Schritte von ihm entfernt aufragte. Er sah direkt in die Sonne und blinzelte in der vagen Hoffnung, er könne auf diese Weise die unmögliche Erscheinung vertreiben. In dem kurzen Moment, den er brauchte, um sich wieder zu fangen, schaffte es die Gestalt, von der Straße zu verschwinden.

Johnny stürzte vom Bürgersteig und versuchte auszumachen, in welche Richtung die riesige, in Lumpen gehüllte Gestalt geflüchtet war. Der flüchtige Blick hatte ausgereicht, um den Mann zu erkennen. Trotzdem glaubte er, seine Augen hätten ihn getäuscht.

Johnny hatte fast die Ecke der Fifty-ninth Street erreicht, als die blutüberströmte Gestalt des Mannes, der sich mit seiner Aktentasche neben El-Salarabi an den Obststand gestellt hatte, gegen ihn stolperte. Passanten wichen kreischend zur Seite. Der brechende Blick des Sterbenden suchte Johnnys Augen, seine zitternden Finger bohrten sich in den Unterarm des Indianers.

»Der Tag des Gerichts«, murmelte er, während Blut und Eingeweide aus der klaffenden Wunde in seinem Bauch quollen. »Der Tag des Gerichts.«

Der Mann sackte zusammen. Johnny packte zu, um seinen Fall zu bremsen.

»Haltet sie auf«, keuchte der Mann. Seine Augen wurden langsam glasig, doch der Griff um Johnnys Arm lockerte sich nicht. »Ihr müßt sie aufhalten ...«

Das Kinn des Mannes sackte herab, als er seinen letzten Atemzug tat. Wareagle ließ ihn sanft auf das Pflaster sinken. Er suchte die Umgebung nach der braunen Ledertasche ab und sprang wieder auf die Füße, als sie nirgends zu entdecken war. Mit raschen Schritten drängte er sich durch die zusammenströmende Menge in Richtung der Fifty-ninth Street, wo er die riesige, in Lumpen gehüllte Gestalt zu finden hoffte, die die Aktentasche an sich genommen haben mußte.

Doch er entdeckte nichts. Wareagle bewegte sich weiter in östlicher Richtung und überprüfte jede Baulücke und jede Gasse, die von der Straße abging.

»Johnny!« Blaine McCrackens Stimme drang in sein Ohr. »*Johnny!*«

Wareagle blieb stehen. »Ja, Blainey?«

»El-Salarabi ist gerade wieder im Bloomingdale's verschwunden. Hast du den anderen ...«

»Der ist tot, Blainey.«

»Und die Aktentasche? Was ist mit der Tasche?«

»Weg.«

Blaine bemühte sich, das Gefühl der Enttäuschung zu unterdrücken, das sich in ihm ausbreitete. »Na schön, wenigstens haben wir noch diesen arabischen Hundesohn. Komm her, so schnell du kannst, Indianer.«

In einer Gasse, die von der Sixtieth Street abging, blieben die beiden gutgekleideten Männer zwei Schritte von der mächtigen Gestalt entfernt stehen. Die Aura der Gewalt, die den Mann umgab, ließ sie ebenso innehalten wie dessen durchdringender Gestank. Er stand etwas vorgebeugt und mit gesenktem Kopf da, und seine gelben Augen blickten die beiden an wie die eines Raubtiers kurz vor dem Sprung.

»*Sprach der Rabe*«, sagte die Stimme durch trockene, aufgesprungene Lippen. »*Nimmermehr.*«

Die linke Hand mit der Aktentasche hob sich, und einer der Männer streckte die Rechte vor, um sie in Empfang zu nehmen. Augenblicklich wandten sich beide von dem Riesen ab. Derjenige, der die Tasche hielt, öffnete sie und zog die Papiere heraus.

Zeichnungen und Skizzen. Umrisse und Pläne, die aussahen wie die ersten Arbeiten eines unordentlichen Architekten. Und völlig bedeutungslos für sie.

Was war mit den Papieren geschehen, die sie beschaffen sollten?

Die beiden Männer sahen sich an. Im gleichen Moment erinnerten sie sich an den Mann vor dem Obststand, der ohne jeden erkennbaren Grund eine Kiste Orangen auf sie geschleudert hatte und dann geflüchtet war, wobei er eine Aktentasche umklammerte, die der in ihrer Hand zum Verwechseln ähnelte. Ein eisiger Schauer überlief sie.

Ratansky hatte es geschafft, die Taschen auszutauschen!

Ob der Mann, der am Obststand geflüchtet war, tatsächlich mit Ratansky zusammenarbeitete, spielte keine Rolle. Was zählte, war einzig und allein der Inhalt der Tasche, die sich jetzt in seinem Besitz befand.

Die beiden Männer eilten zur Sixtieth Street zurück und kamen gerade rechtzeitig, um Zeuge einer Art Aufruhr zu werden, der sich gleich links von ihnen am Haupteingang von Bloomingdale's entwickelte. Sie wechselten einen kurzen Blick und setzten sich in Bewegung.

Als El-Salarabi durch den Haupteingang von Bloomingdale's an der Lexington stürmte, hatte er eigentlich vorgehabt, seinen Verfolgern über die Treppen, die zur unter dem Gebäude liegenden U-Bahn-Station führten, zu entkommen. Doch die zahllosen Menschen, die sich dort auf den Stufen drängten, zwangen ihn, statt dessen direkt ins Innere des Kaufhauses zu laufen.

Er eilte ein paar Treppenstufen hinab, die ihn in die holzverkleidete, für Ralph Lauren reservierte Abteilung der Herrenausstatter brachten. Hier gab es, genau wie auf allen anderen Etagen, eine Menge Ausgänge und zahllose Versteckmöglichkeiten. Immerhin hatte El-Salarabi einen Großteil des Tages damit zugebracht, die Flure und Gänge zu erforschen, die das eigentliche Kaufhaus und die angegliederten Läden miteinander verbanden. Er kannte hier jede Ecke und jeden Winkel.

Doch seine Verfolger wußten, wie er aussah und was er anhatte. Wenn er allerdings seine Kleidung wechselte, könnte er seine Erscheinung damit grundlegend verändern.

Ja ... genau das war es!

Die Aktentasche nach wie vor fest im Griff, lief El-Salarabi in Richtung der Auslagen von Levi's, die sich weit links von ihm befanden. Seiner Einschätzung nach war dies die Abteilung mit dem größten Kundenandrang und somit höchstwahrscheinlich auch diejenige, in der er kaum damit rechnen mußte, von Verkäufern belästigt zu werden. Jedenfalls wimmelte es dort von Kaufwilligen, die sich um die hell erleuchteten Regale drängten, in denen Jeans in allen Farben und Schnitten aufeinander gestapelt lagerten. In El-Salarabis Augen war dieser Laden besonders typisch für die amerikanische Verschwendungssucht. Und es lag natürlich eine gewisse Ironie darin, daß genau dieser Umstand in erheblichem Maß zu seiner Furcht beitragen sollte.

Der Terrorist schnappte sich eine Stonewashed-Jeans von einem der Stapel und dazu ein einfaches Hemd aus einem Ständer. Er rief sich in Erinnerung, wo sich die Umkleideräume befanden, eilte dorthin und verschwand in einer der Kabinen.

Rasch schloß er die Tür hinter sich und schälte sich aus seinen Kleidern. Dann streifte er Jeans und Hemd über und schob die Neunmillimeterbrowning in den Gürtel, wobei er sich vergewisserte, daß sie vom Hemd verdeckt wurde. Er bückte sich gerade, um die Aktentasche aufzuheben, als das Geräusch sich schnell nähernder Schritte ihn veranlaßte, statt dessen nach der Pistole zu greifen.

Sal Belamo wartete direkt hinter dem Haupteingang von Bloomingdale's, als Blaine McCracken hereinstürmte. Von den letzten zwei Minuten einmal abgesehen, war die ganze Operation so glatt verlaufen, wie man es sich nur wünschen konnte. Doch dann hatte sie sich unerklärlicherweise so entwickelt, daß er befürchtete, das Schlimmste stünde erst noch bevor. Erinnerungen an das, was in Luxor geschehen war, als sich seine Wege zuletzt mit denen El-Salarabis kreuzten, wurden in ihm wach.

»Ein Wachmann hat einen Mann, auf den die Beschreibung unserer Zielperson paßt, gesehen, wie er in diese Richtung lief«, berichtete Sal und deutete zur Abteilung für Herrenbekleidung hinüber. »Wenn du mich fragst, versucht er, seine Kleider zu wechseln.«

Blaine nickte. »Mal sehen, ob wir ihn mit heruntergelassenen Hosen erwischen können.«

Er ging zusammen mit Belamo durch die Ralph-Lauren-Abteilung und blieb dann in der Nähe der Displays von Joseph Abboud und Nautica stehen.

»Wohin jetzt, Boß?« fragte Sal.

Blaine wollte gerade vorschlagen, sich aufzuteilen, als ein Trio von Bloomingdale's-Sicherheitsleuten in blauen Jacken links von ihnen zwischen den Regalen mit Unterwäsche und Socken von Calvin Klein auftauchte.

»Was zum Teufel geht denn da vor?« überlegte Sal laut.

Er und Blaine eilten hinter den Wachmännern her, die in Richtung der Levi's-Abteilung liefen. Dort näherten sich gerade drei weitere Sicherheitsleute der Nische, in der sich die Umkleideräume befanden.

»Scheiße«, murmelte Blaine.

Eine Sekunde, bevor Ahmed El-Salarabi mit aufblitzender Pistole aus der Kabine stürzte, wußte McCracken schon, was geschehen würde. Zwei der Wachmänner gingen sofort zu Boden. Die anderen schafften es gerade noch, sich zur Seite zu werfen, als Salarabi mitten zwischen die Kunden stürmte, die in alle Richtungen auseinanderliefen.

Blaine und Sal drängten sich mit gezogenen Pistolen durch die panischen Menschen. El-Salarabi wollte gerade zur nächsten Rolltreppe laufen, als er die beiden entdeckte. Verzweifelt schob er den Griff der Aktentasche so weit über seine linke Hand, daß sie am Handgelenk baumelte, dann beugte er sich vor und packte das lange Haar eines jungen Mannes, der über einen Stapel Leinenshorts gestolpert war. Im nächsten Moment drückte der Lauf von El-Salarabis Pistole gegen die Schläfe des Jungen.

McCracken und Belamo erstarrten, als Salarabi den Kopf des jungen Mannes zurückließ. Sein Blick bohrte sich in Blaines Augen.

»*McCracken!* Ich hätte mir denken können, daß Sie dahinterstecken …«

Blaines SIG-Sauer war direkt auf El-Salarabi gerichtet, und seine dunklen Augen machten deutlich, daß er nicht zögern würde, sie auch zu benutzen.

»Lassen Sie ihn los, El-Salarabi.«

Der Araber hatte seine Geisel einen Schritt zur Seite zerren wollen. Jetzt blieb er stehen und zog den Jungen an den Haaren näher zu sich heran.

»Bleiben Sie, wo Sie sind, oder er stirbt! Ich meine es ernst, und das wissen Sie.«

McCracken schüttelte den Kopf. »Das hier ist nicht Luxor.«

»Ich bringe ihn um!«

McCracken wich keinen Millimeter und visierte den Araber über den Lauf der SIG an. »Diesmal nicht.«

Einen Sekundenbruchteil, bevor sich Blaines Finger um den Abzug krümmten, donnerten automatische Waffen los und sandten vernichtende Feuerstöße quer durch die ganze Abteilung von Levi's. Blaine warf sich zu Boden, als direkt neben ihm ein Spiegel zersplitterte. Sein erster Gedanke war, die unbekannten Schützen seien zu El-Salarabis Rettung hier aufgetaucht. Doch als er hochblickte, erkannte er, daß auch der den Kugeln nur knapp entronnen war. Der Junge, den er als Geisel benutzt hatte, war seinem Griff entkommen und hatte sich außerhalb der Schußlinie in Sicherheit gebracht. Ganz offensichtlich gehörten die Schützen nicht zu den Freunden des Arabers.

Doch wer waren sie dann?

McCrackens Verstand arbeitete fieberhaft, um die Daten miteinander zu verknüpfen. Vor dem Obststand war El-Salarabi geradezu panisch vor zwei mysteriösen Männern geflohen, eine Flucht, die ihn wieder zurück zu Bloomingdale's getrieben hatte. Dann war, nur wenige Sekunden später, der Mann, der mit dem Araber die Tasche getauscht hatte, mitten auf der Straße von einem oder mehreren Unbekannten ermordet worden. Offensichtlich war hier neben Blaine und El-Salarabi eine dritte Partei am Werk. Aber welche Rolle spielten diese Männer? Und davon abgesehen, weshalb umklammerte El-Salarabi noch immer eine Aktentasche, in der sich eigentlich nichts Wichtiges mehr befinden durfte?

Blaine richtete sich ein wenig auf, um nach El-Salarabi zu sehen, doch der Feuerstoß aus einer Maschinenpistole zwang ihn wieder zu Boden. Gleich darauf bellte die Pistole des Arabers in rascher Folge mehrmals auf. Sal Belamo lief geduckt aus der Deckung, um das Feuer zu erwidern, doch eine Kugel der dritten Partei traf ihn an der Schulter und schleuderte ihn zur Seite. Er ging zu Boden und riß einen Ständer mit Baumwollhemden mit sich.

Die beiden mysteriösen Schützen rannten los, ihre schweren Schritte dröhnten auf dem Holzboden. McCracken kroch ein Stück zur Seite, um Belamo Deckung zu geben.

Sein Blick fiel auf Johnny Wareagle, der hinter den beiden Schützen auftauchte. Johnny feuerte im gleichen Moment wie Blaine auf die völlig überraschten Männer. Der Kopf des einen zuckte zurück und dann wieder nach vorne, als die Kugeln ihn in Stücke fetzten. Der andere Mann wirbelte zur Seite und verschoß dabei einen Kugelhagel, der in einem weiten Bogen von McCracken bis zu Wareagle reichte. Blaine und Johnny sprangen in Deckung und machten damit den Weg für El-Salarabi frei, der in Richtung eines Tommy-Hilfager-Displays losrannte, gefolgt von dem übriggebliebenen Schützen.

Instinktiv liefen Blaine und Johnny zu Sal Belamo hinüber. Von dessen linker Schulter tropfte Blut, sein Gesicht war schmerzverzerrt.

»Geh und schnapp dir die Arschlöcher, Boß«, stöhnte

Belamo, der in seinem eigenen Blut kniete und mit einem Schnellader die Kammern seiner .44 Magnum nachfüllte.

Blaine warf Wareagle einen Blick zu. »Wohin sind sie gelaufen, Indianer?«

»Zu Rolltreppe, die nach unten führt, Blainey.«

»Die U-Bahn!« begriff McCracken und sprang auf.

Ahmed El-Salarabi stürmte quer durch die Damenabteilung und rannte dann durch eine der Glastüren, die zu der U-Bahn-Station unter Bloomingdale's führte. Die Aktentasche klatschte gegen seine Schenkel. Die Jeans, die er übergestreift hatte, waren viel zu lang, obwohl er sie unten umgeschlagen hatte, und saßen auch in der Taille sehr locker. Das Hemd hing lose darüber. El-Salarabi war verwirrt. Die Identität der Schützen, die er schon auf der Straße kurz gesehen hatte und denen er gerade erst knapp entkommen war, stellte ihn vor ein Rätsel. Im ersten Moment hatte er geglaubt, sie gehörten zu McCrackens Leuten, doch als sie ihr Feuer auch auf dessen Truppe eröffneten, wurde ihm klar, daß er sich geirrt hatte.

Er flankte über die Absperrung, ohne eine Münze einzuwerfen, und blieb dabei fast mit den viel zu langen Hosenbeinen hängen.

»He!« brüllte ein Angestellter der U-Bahn.

El-Salarabi drehte sich gerade lange genug um, um auf den Mann zu feuern, bevor dieser die Verfolgung aufnehmen konnte. Direkt vor ihm hielt eine Bahn an. Die Türen öffneten sich zischend. Doch ehe El-Salarabi das Abteil betreten konnte, zerschmetterte ein Feuerstoß aus einer Maschinenpistole das Fenster des Waggons. Der Araber duckte sich und versuchte, in der Deckung der voller Panik durcheinanderlaufenden Menschen zur nächsten Zugtür zu kommen. Sie schloß sich, kurz bevor er sie erreichte. Der Zug setzte sich in Bewegung. El-Salarabi richtete sich vorsichtig auf und sah sich hektisch nach dem Verfolger um.

Ein Feuerstoß traf seine Körpermitte und warf ihn nach hinten. Er prallte gegen den anrollenden Zug, wurde ein kurzes Stück mitgerissen und schließlich wieder auf den Bahnsteig geschleudert, als die U-Bahn beschleunigte. Der Schütze eilte zu ihm und griff nach der Aktentasche, die er noch immer umklammerte.

Doch ehe der Mann die Tasche aus dem Griff des toten Arabers lösen konnte, tauchten Blaine und Johnny in der Station auf. Ihre Pistolen spuckten Feuer. Der Mann wollte seine Mac10 packen, doch die Kugeln schlugen in Brust und Bauch ein, bevor er die Waffe erreichte. Der Aufprall schleuderte ihn rückwärts auf die Schienen. McCracken erreichte die Bahnsteigkante und vergewisserte sich, daß der Mann nicht mehr lebte.

Johnny Wareagle hatte inzwischen die Aktentasche El-Salarabis Griff entwunden, geöffnet und den Inhalt herausgenommen. Er überflog die ersten Seiten und schaute dann zu McCracken hinüber.

»Du solltest besser mal einen Blick auf das hier werfen, Blainey.«

Kapitel 3

»Sie sind jetzt soweit, Dr. Raymond.«

Karen Raymond sammelte die gebundenen Berichte auf ihrem Schoß zusammen und legte die Videokassette oben auf den Stapel. Dann holte sie noch einmal tief Luft, erhob sich und machte sich auf den Weg zum Konferenzraum.

Gentlemen, die Jardine-Marra-Company befindet sich im Besitz dessen, was sich als die größte Entdeckung in der Geschichte der Medizin erweisen könnte …

Sie hatte mindestens hundert verschiedene Sätze erwogen, mit denen sie ihre Präsentation eröffnen wollte, und sie allesamt wieder verworfen. Dies hier war ein Moment, dem sie, genau wie alle Mediziner und Pharmazeuten, seit mehr als einer Dekade entgegenfiebert hatte. Zerschlagene Hoffnungen und unrealistische Erwartungen hatten in all diesen Jahren Hunderte von Forschungsteams zermürbt, die für Dutzende von Firmen und Institutionen arbeiteten, neben denen Jardine-Marra wie ein Zwerg wirkte, von der Regierung selbst ganz zu schweigen. Die besten wissenschaftlichen Gehirne waren auf dieses Problem angesetzt worden. Daß die Lösung ausgerechnet in einem der kleinsten pharmazeutischen Labors entdeckt werden sollte, erschien nahezu unfaßbar.

Jardine-Marra befand sich schräg gegenüber dem Salk Institute im Industriepark Torrey Pines in La Jolla, das im Grunde ein Vorort von San Diego war. In Torrey Pines hatten sich eine ganze Reihe von Biotech-Firmen niedergelassen, die allesamt zur Spitze des technologischen Fortschritts zählten. JM war die einzige pharmazeutische Firma in dieser Gruppe, und bis zum heutigen Tag vermutlich auch die unbedeutendste.

Auf dem Weg zum Konferenzraum sah sich Karen in einem Stück Spiegelglas, das Teil eines an der Wand hängenden modernen Kunstwerks war. Über der Frage, welche Kleidung sie für den heutigen Tag auswählen sollte, hatte sie erheblich länger und intensiver gebrütet als über den ersten Sätzen ihres Vortrags. Schließlich hatte sie sich für ein konservatives graues Tweed-Kostüm entschieden. Jetzt fragte sie sich allerdings, ob es richtig gewesen war, ihr Haar lang und offen zu tragen, statt es zu einer konservativeren Frisur hochzustecken. Die langen Haare ließen sie fast zu jugendlich erscheinen, sie wirkte damit eher wie eine Assistentin, die frisch von der Uni kam, und nicht wie die Leiterin der Forschungsabteilung. Vielleicht wäre es auch keine schlechte Idee gewesen, statt der Kontaktlinsen eine Brille zu tragen. Möglicherweise würde sogar ihre athletische, muskulöse Figur negativ vermerkt werden, die sie dem konsequenten Training an den Kraftmaschinen verdankte, das sie regelmäßig absolvierte, sobald sie ihre beiden Söhne zu Bett gebracht hatte, ganz gleich, wie müde und erschöpft sie auch war.

Unsinn, dachte sie. Schließlich sprach sie heute nicht zum ersten Mal vor den Direktoren von JM – neu war nur, daß sie selbst eine Versammlung einberufen hatte.

Das aus sieben Männern bestehende Führungsgremium erhob sich, als die Leiterin für Forschung und Produktentwicklung den Raum betrat.

»Tut mir leid, daß wir Sie haben warten lassen«, begrüßte Alexander MacFarlane, der Präsident der Gesellschaft, sie und ging ihr ein paar Schritte entgegen.

MacFarlane wirkte so, als habe man ihn direkt aus diesem Sitzungszimmer, in dem er hofzuhalten pflegte, herausgemeißelt. Seine Anzüge waren grundsätzlich braun, olivfarben oder taubengrau und harmonierten so mit den vorherrschenden Tönen von Wänden, Fußboden, Möbeln und sogar dem Orientteppich, auf dem der Konferenztisch stand. Er selbst war groß und trotz seiner Jahre noch sehr schlank, und sein Gebiß war so weiß wie das eines Schuljungen. Die Einrichtung des Konferenzraums bestand größtenteils aus antiken Möbeln, deren Kratzer und Schrammen eher ein Zeichen der Erfahrung als ein Makel waren, genau wie die Falten in MacFarlanes Gesicht. Der große Tisch war aus massivem Mahagoni gefertigt, die Sessel wirkten wuchtig und schwer.

Alexander MacFarlane hatte jedes einzelne Möbelstück persönlich ausgewählt, ganz nach seinen Vorstellungen von Gehalt und Bestand. Mit den gleichen Vorgaben ging er auch an die Einstellung von Personal heran, und unterzog jeden potentiellen Angestellten einem eigenen Vorstellungsgespräch. MacFarlane war es auch gewesen, der Karen in die Firma aufgenommen und ihr weiteres Fortkommen persönlich überwacht hatte. Eine ganze Reihe von Firmen hatte ursprünglich Interesse an ihr bekundet, aber diese Offerten waren allein auf ihre guten Examensnoten zurückzuführen gewesen. Als sich jedoch herausstellte, daß sie aufgrund gewisser Turbulenzen in ihrem Privatleben alleinerziehende Mutter zweier kleiner Kinder war, hatte ihr niemand eine hochdotierte Position angeboten, ausgenommen MacFarlane von JM. Vor acht Jahren war sie in die Firma eingetreten. Harte Arbeit und vorzeigbare Resultate hatten zu ihrem stetigen Aufstieg geführt, der vor achtzehn Monaten in der Ernennung zur Leiterin der Forschungs- und Entwicklungsabteilung gipfelte. Alex' Weigerung, trotz der Empfehlung des Aufsichtsrates andere Bewerber in Erwägung zu ziehen, sollte sich jetzt auszahlen.

Dr. Karen Raymond umklammerte die sieben gebundenen Berichte fester und krümmte ihre Finger um die Videokassette.

»Vielen Dank, daß Sie trotz der kurzfristigen Benachrichtigung hier erschienen sind, meine Herren«, erklärte sie zur Begrüßung. »Leider ließ es sich nicht anders einrichten, doch ich bin sicher, in ein paar Minuten werden Sie überzeugt sein, daß die Reise sich gelohnt hat.«

Roger Updike, Vorsitzender des Aufsichtsrates und schärfster Gegner ihrer Berufung, bewegte sich unruhig. Updike war ein wuchtiger, breitgesichtiger Mann, der die wenigen ihm noch verbliebenen Haare quer über den Schädel zu kämmen pflegte. Diese Angewohnheit in Verbindung mit dem ständig präsenten Stirnrunzeln erinnerte Karen an die Figur des bösen Simon Bar aus der Cartoon-Serie ›Underdog‹, die sich ihr jüngster Sohn ständig im Fernsehen anschaute.

Karen warf ihm einen nervösen Blick zu, während sie zum Kopfende des Konferenztisches ging. Der Videorecorder stand gleich rechts von ihr auf einem Regal, direkt unter einem großen Sony-Trinitron-Fernsehgerät. Sie legte die Videokassette oben auf den Fernseher und verteilte die in schwarzes Plastik gebundenen Berichte an die Mitglieder des Aufsichtsrates.

»Vor Ihnen liegen die Ergebnisse von fünf Jahren Forschung, die ich eingeleitet und in meiner neuen Funktion weiterhin überwacht habe«, verkündete sie.

Die Männer, die, von MacFarlane abgesehen, keine Chemiker waren und nur über rudimentäre Kenntnisse auf diesem Gebiet verfügten, blätterten in dem Bericht, ohne wirklich zu verstehen, was sie da lasen.

»Mein Gott«, murmelte Alexander MacFarlane, als er auf Seite drei angekommen war, und seine Augen wurden groß.

»Die Seiten drei bis sieben fassen die Ergebnisse unserer Forschungen zusammen«, fuhr Karen fort. »Kurz gesagt, meine Herren, befindet sich Jardine-Marra im Besitz eines Impfstoffes gegen HIV, jenen Virus, der Aids hervorruft.«

Die Männer saßen ausnahmslos mit offenen Mündern da. Ein paar blätterten rasch zu den genannten Seiten zurück und rückten ihre Brillen zurecht, doch die übrigen hockten einfach gelähmt vor Erstaunen auf ihren Plätzen.

»Warum sind wir nicht eher darüber informiert worden?« verlangte Roger Updike zu erfahren.

»Das sind Sie doch«, erklärte Karen. »Ich habe in den vergangenen vier Jahren alle drei Monate einen Bericht über unsere Fortschritte bei der Entwicklung eines Aidsimpfstoffs herausgegeben. Sie werden sich auch gewiß erinnern, daß mein Jahresbericht detailliert die recht beeindruckenden Ergebnisse unserer Tests an Schimpansen schilderte.«

Updikes Blick hob sich von der Zusammenfassung auf Seite sieben des Berichts. »Das ist richtig. Doch ich glaube mich zu entsinnen, daß die Regierung genau zu diesem Zeitpunkt ihre Zweifel an der von Ihnen eingeschlagenen Richtung äußerte und sich weigerte, die Forschungen weiterhin zu unterstützen.«

Karen schluckte schwer. »Es ist mir gelungen, eine alternative Finanzierung für die einleitende humanbiologische Testphase zu finden.«

»Ich muß hierfür die Verantwortung übernehmen«, warf Alexander MacFarlane ein. »Dr. Raymond wurde bei mir mit einer Rahmenfinanzierung zur Fortführung des Projekts vorstellig, in die ich eingewilligt habe.«

»Offensichtlich ohne unsere Zustimmung«, erklärte Updike aufgebracht.

»Ich hatte nicht den Eindruck, daß es notwendig sei, Sie darüber zu informieren.«

»Und Sie hatten wohl auch nicht den Eindruck, daß es notwendig sei, uns über den Fortschritt des Projektes auf dem laufenden zu halten.«

»Ich zog es auf eigene Verantwortung vor, diese Informationen vor Ihnen allen, Mr. MacFarlane eingeschlossen, zurückzuhalten, und zwar aus Sicherheitsgründen«, sagte Karen mit fester Stimme.

»Sicherheit?« rief Updike, während die Adern an seinen Schläfen sichtbar pulsierten.

»Solange, bis wir ganz sicher sein konnte, wie Sie gewiß verstehen werden.«

»Nein, Dr. Raymond, das verstehe ich nicht.«

»Wir wollten um jeden Preis undichte Stellen vermeiden«, entgegnete Karen. »Unerwünschte Aufmerksamkeit hätte unserer Arbeit in erheblichem Maße geschadet, als wir Lot 35 für die humanbiologische Testphase vorbereiteten.«

»Lot 35?« fragte Updike nach.

»Das ist der klinische Name, den wir dem Impfstoff gegeben haben.«

»Genaugenommen handelt es sich in diesem Stadium noch um einen Impfstoff-Aspiranten«, warf Alexander MacFarlane ein.

»Allerdings um einen außerordentlich vielversprechenden Aspiranten«, präzisierte Karen, in deren Stimme eine gewisse Verteidigung mitschwang. »Die Ergebnisse liegen Ihnen vor, doch ich möchte sie trotzdem kurz zusammenfassen. Wir haben den Impfstoff dreißig gesunden Freiwilligen verabreicht. Siebenundzwanzig davon entwickelten Antikörper, die in der Lage waren, in Reagenzgläsern gezüchtete Aidsviren zu neutralisieren. Darüber hinaus ließen sich bei den Testpersonen keinerlei Nebenwirkungen erkennen.«

Karen legte die Kassette in den Videorecorder ein.

»Alex, wenn Sie sich bitte um das Licht kümmern könnten …«

MacFarlane betätigte eine Reihe von Schaltern, bis schließlich das Fernsehgerät die einzige Lichtquelle darstellte. Der Bildschirm wurde für einen Moment schwarz und zeigte dann eine Szene, die aus einem Science-fiction-Film hätte stammen können: Dutzende von rosagrauen Gebilden kämpften inmitten eines schwarzen Netzes um ihr Überleben.

»Was Sie hier sehen, meine Herren, ist eine Computersimulation des Eindringens von HIV-Viren«, erläuterte Karen. »Jedes dieser Gebilde stellt eine Zelle dar. Der Virus muß in eine Zelle eindringen, um sich vervielfältigen und fortpflanzen zu können.«

Plötzlich tauchten kleine blaue Kreise auf dem Schirm auf.

Sie schlüpften zwischen die digitalisierten Zellen wie Figuren aus einem Videospiel, verankerten sich schließlich an den Außenwänden von etwa einem Viertel der rosagrauen Zellformationen und drangen langsam in sie ein.

»Wir wissen bereits seit einiger Zeit«, fuhr Karen fort, »daß der HIV-Virus bestimmte Zellstrukturen bevorzugt.«

»Aber die sehen doch alle gleich aus«, warf Roger Updike ein.

»Ich sprach von molekularer Struktur und Zusammensetzung, Mr. Updike, nicht von der physischen Erscheinung. Nichts, was sich optisch erkennen ließe, und bis vor kurzem wäre es auch noch nicht nachweisbar gewesen.« Karen wandte sich dem Bildschirm zu, wo sich die blauen Eindringlinge mittlerweile allesamt in den rosagrauen Zellen eingenistet hatten. »Ursprünglich glaubten wir, der Vorgang des Eindringens würde nach dem Zufallsprinzip erfolgen. Doch dann wurde die Erkenntnis, daß dort eine durchaus spezifische Auswahl getroffen wird, zum Ausgangspunkt unserer weiteren Forschungen. Wie Sie in dieser Computersimulation sehen können, breitet sich die Infektion aus, indem sich die Viren innerhalb der Zellen reproduzieren und in den Blutkreislauf eintreten, sobald die Zelle abstirbt. Doch wenn es gelänge, den Virus innerhalb der Rezeptorzelle festzusetzen und ihn daran zu hindern, diese Zelle wieder zu verlassen, wäre er ausgeschaltet. Und bekanntermaßen existieren innerhalb des Blutes erheblich mehr Rezeptoren als Viren.«

Wie auf ein Stichwort hin wechselte das Bild auf dem Schirm und zeigte eine Gruppe unbefallener Zellen. Doch diesmal unterstützten Formen mit weißen Umrissen die rosagrauen Gebilde bei ihrem Überlebenskampf in dem schwarzen Netz. Karen wartete schweigend, bis die nächste Welle simulierter blauer Virenkapseln auftauchte, die die gleichen Bewegungen wie zuvor vollführten. Diesmal lagerten sie sich allerdings ausschließlich an den weißumrandeten Zellen an.

»Die weißen Cluster, die die HIV-Viren an sich gebunden haben, sind modifizierte menschliche Blutzellen«, erläuterte sie, »modifiziert insofern, als sie Rezeptoren enthalten, welche die molekulare Struktur nachbilden, von der sich die HIV-Viren hauptsächlich angezogen fühlen. Doch da sie keine DNS besitzen, gibt es für die HIV-Viren auch keine Möglichkeit der Reproduktion. Sie landen also gewissermaßen in einer Sackgasse. Genaugenommen besiegen wir den Virus, indem wir ihn in die Irre führen. Sobald unser Impfstoff einmal injiziert ist, produziert er die vorgetäuschten Rezeptoren, die sich an den roten Blutkörperchen anlagern, die dann wiederum wie Magnete auf die HIV-Zellen wirken, die in den Blutkreislauf eintreten. Wenn dann eine Infektion auftritt, kann sie sich nicht reproduzieren und insofern auch nicht ausbreiten.«

Karen drückte auf die Standbildtaste und das Bild auf dem Schirm erstarrte. »Wir haben es hier mit einer Ableitung des Trojanischen-Pferd-Theorems zu tun, das in der Vergangenheit weder zu präventiven noch therapeutischen Erfolgen geführt hat. Da die Regierung unsere Methode lediglich als eine weitere Variation dieses Theorems betrachtet hat, wurden zusätzliche Gelder gestrichen. Ich gebe zu, daß unsere Aussichten nicht besonders gut waren, doch letzten Endes hatten wir Erfolg.«

»Genau wie Salk seinerzeit beim Polio-Impfstoff«, erinnerte MacFarlane.

»Wollen Sie damit sagen, Lot 35 sei als therapeutischer Impfstoff ebenso einsetzbar wie als präventiver?« fragte ein Mitglied des Aufsichtsrates.

»Ich fürchte, nein. Unsere Forschungen haben ergeben, daß die Ausbreitung des HIV-Virus, sobald sie einmal über das Blut erfolgt ist, eine immense Virulenz entwickelt, die durch unsere Rezeptoren nicht mehr zu bremsen ist. Insofern würde der Einsatz unseres Serums lediglich einen örtlich begrenzten Effekt erzielen.«

»Aber Sie behaupten doch«, warf der plötzlich konziliant klingende Roger Updike ein, »daß Lot 35 den Virus an der Ausbreitung in bisher nicht infizierten Menschen hindert?«

»Im Grunde genommen verhindert Lot 35 die Verbreitung von HIV-Viren generell. Bedenken Sie bitte, meine Herren, daß wir es hier mit einer heimtückischen Krankheit zu tun haben, heimtückisch insofern, als sie sich nicht an die üblichen Regeln hält. Ein Impfstoff, der bei einer Person positiv anschlägt, kann bei einer anderen ohne Auswirkung bleiben, da der Virus unendlich viele Erscheinungsformen annehmen kann. Doch die Prinzipien, auf denen Lot 35 aufbaut, legen den Schluß nahe, daß dieser Impfstoff bei allen Virusformen Wirkung zeigt, denn Lot 35 verleitet den Virus in all seinen Erscheinungsformen zu dem, was er am besten beherrscht: sich an jenen Zellen anzulagern, die seinen Fähigkeiten am meisten entsprechen.« Karen hielt lange genug inne, um ihren Blick über die vor ihr sitzenden Männer schweifen zu lassen. »Ich habe Sie heute hier zusammengerufen, weil es uns trotz allem an den nötigen Beweisen mangelt, die nötig wären, um die Regierung zu veranlassen, unser Projekt weiterhin zu unterstützen. Wenn wir weiter daran arbeiten wollen, heißt das, wir müssen diese Forschungen selbst finanzieren.«

»Was bedeutet ...«

»Was bedeutet, Mr. Updike, daß wir eine Flächenstudie durchführen müßten, an der rund eintausend Testobjekte beteiligt sind.«

»In welchem Zeitrahmen?«

»Achtzehn Monate, bis wir dem Gesundheitsministerium die entsprechende Dokumentation vorlegen können.«

»Kosten?«

Karen zögerte nicht mit der Antwort. »Fünfundsiebzig Millionen Dollar.«

Die Mitglieder des Aufsichtsrates tauschten unbehagliche Blicke aus.

»Das ist ein erschreckend hoher Betrag, den wir da aufbringen müßten, Dr. Raymond«, sagte Updike. »Wenn Sie scheitern, könnte das den Bankrott von Jardine-Marra bedeuten.«

»Und ein Erfolg würde den hundertfachen Profit innerhalb der nächsten Dekade bedeuten. Die fünfundsiebzig Millionen sind nichts anderes als eine Investition.«

»Für meinen Geschmack sieht das eher nach einem Glücksspiel aus.«

»So verhält es sich oft bei höchst lukrativen Investitionen.«

Updike ließ seinen Blick über die anderen Direktoren

schweifen und richtete ihn dann auf Alexander MacFarlane. »Würden Sie uns für einen Moment entschuldigen, Dr. Raymond?«

Der Moment dehnte sich auf fast eine Stunde aus. Als Karen den Raum wieder betrat, hatte Updike den Sitz am Kopfende des Tisches eingenommen.

»Fünfzig Millionen, Dr. Raymond«, sagte er zögernd, als sie ihn ansah. »Mehr ist beim besten Willen nicht machbar.«

Karen Raymond verließ den Konferenzraum in einem Zustand physischer und emotionaler Erschöpfung. Es kam ihr so vor, als hätte man ihr ein gewaltiges Gewicht von den Schultern genommen, als wäre ein lebenslanger Kampf endlich zu einem Ende gekommen.

Solange sie sich zurückerinnern konnte, hatte sie stets um irgend etwas gekämpft. Angefangen hatte es mit dem Kampf um die besten Noten an der High-School, die ihr ein Stipendium am College einbrachten. Doch als sie von der Brown University angenommen wurde, stellte sich heraus, daß die finanzielle Unterstützung die anfallenden Kosten nicht decken würde. So galt ihr nächster Kampf der Arbeit, mit der sie ihren Lebensunterhalt verdiente. In den unteren Semestern mußte sie dabei auf von der Hochschule vermittelte Jobs zurückgreifen, doch nach ihrer Graduierung wurde ihr eine Assistentenstelle angeboten, dank derer ihre finanziellen Nöte vorerst ein Ende hatten.

Ihre Doktorarbeit schrieb Karen an der Columbia University, und dort lernte sie auch Tom kennen. Sie war so lange einsam und ohne Zuwendung gewesen, daß ihr ihre Anfälligkeit offenbar regelrecht ins Gesicht geschrieben stand, denn Tom fing sie rasch und ohne große Umstände ein. Als sie sich zum ersten Mal begegneten, beendete Tom gerade sein Abschlußjahr an der Hochschule für Film und war fest davon überzeugt, vor ihm liege eine strahlende Zukunft, zuerst als Drehbuchautor und später dann als Regisseur. Seine ungeordnete Art zu denken, das wundervoll kreative Chaos in seinem Verstand zog Karen augenblicklich an. Er stellte gewissermaßen eine Antithese zu ihr dar und erweckte einen Teil von ihr zu neuem Leben, dessen Existenz sie schon längst vergessen hatte.

Karen verliebte sich bis über beide Ohren.

Ihre Arbeit und die angestrebte Karriere verlor sie deswegen nicht aus dem Blick, doch sie nahm daneben nun auch andere Dinge wahr. Als Tom ein Jahr vor ihr sein Studium beendete, willigte sie ein, mit ihm nach Kalifornien zu ziehen und schrieb sich dort an der UCLA ein. Das Lehrangebot war zwar nicht mit dem an der Columbia zu vergleichen, erwies sich aber als zumindest ausreichend. Außerdem verdiente Tom als freier Autor nicht schlecht. Er verkaufte einige Drehbuchentwürfe und schrieb ein paar Folgen für Fernsehserien. Daneben bemühte er sich vor allem, die richtigen Kontakte zu knüpfen, wichtige Leute kennenzulernen. Sie lebten recht spartanisch in einem hübschen Studioapartment in Westwood, und sonntags spazierten sie mitunter durch Beverly Hills und überlegten, welches der Häuser sie sich eines Tages kaufen würden. Sechs Monate, nachdem sie zusammengezogen waren, heirateten sie. Daß sie irgendwann groß herauskommen und es bis an die Spitze schaffen würden, schien nur noch eine Frage der Zeit zu sein. Und Karen glaubte, die Periode ständiger Kämpfe neige sich langsam ihrem Ende zu.

Statt dessen standen ihr die schlimmsten Kämpfe erst bevor. Nicht lange nach ihrer Hochzeit kehrte sie eines Tages nach Hause zurück und fand Tom, der mit einer fast leeren Flasche Jack Daniel's zwischen den Knien mitten auf dem Boden des Wohnzimmers hockte. Karen kam gerade vom Arzt, der ihr eröffnet hatte, daß sie schwanger war, und sie dachte daran, ihr Studium für eine Weile ruhen zu lassen. Das Timing hätte wirklich kaum besser sein können.

Oder schlimmer, wenn man es genau betrachtete.

Die Wahrheit kam ans Licht, während Tom auf dem Wohnzimmerteppich hockte. Er hatte nicht ein einziges Script verkauft oder auch nur einen einzigen Dollar verdient, seit sie nach Hollywood gezogen waren. All seine Erfolge waren nichts als Angebereien und Lügen gewesen. Das Geld, das er heimgebracht hatte, stammte aus einem Treuhandfonds, den ihm seine Großeltern hinterlassen hatten. Seine Eltern waren keineswegs tot, wie er einmal unter Tränen erzählt hatte, sondern hatten ihn schon vor Jahren rausgeworfen und jeden Kontakt zu ihm abgebrochen. Der Treuhandfonds hatte ihm das Studium ermöglicht und den ehrlichen Versuch finanziert, sich als Autor zu etablieren. Doch jetzt war der Fonds erschöpft und alles Geld ausgegeben.

Rückblickend betrachtet, hätte Karen die ganze Geschichte hier und jetzt beenden sollen. Doch es gab immer noch das Baby, und nicht zu vergessen auch ihre eigenen romantischen Vorstellungen. So redete sie sich selbst ein, Tom Mitchell sei trotz all der Lügen und Unwahrheiten immer noch der Mann, den sie liebte und geheiratet hatte. Ihr Verlangen nach Zuneigung, verbunden mit der Angst, wieder in ein Leben voller Einsamkeit zurückgeworfen zu werden, verführten sie zu dem Glauben, sie könnte ihre Beziehung noch retten. Im nächsten Jahr würde sie ihre Doktorarbeit beenden und dann eine möglicherweise recht lukrative Karriere starten. Falls Tom in der Zwischenzeit irgendeine Arbeit fand, könnten sie es schaffen.

Es war ein guter Plan, doch leider von Anfang an zum Scheitern verurteilt. Zum einen zwang sie die nicht eben glatt verlaufende Schwangerschaft, ihre Arbeit für die Hochschule immer wieder aufzuschieben. Zum anderen hatte sie nicht erkannt, wie tiefgreifend die Probleme ihres Ehemanns wirklich waren. Die Lügen gingen weiter. Tom war nicht in der Lage, einen Job länger als einen Monat zu behalten, und jedesmal, wenn er gefeuert worden war oder gekündigt hatte, versank er wieder im Alkohol.

Karen wechselte zur University of California in San Diego, und sie zogen in Richtung Süden, zuerst in ein heruntergekommenes Apartment und später in eine Wohnwagensiedlung in Sanpee, wo ihre nächsten Nachbarn Mitglieder einer Motorradgang mit dem Namen die Skulls waren. Tag und Nacht hörten sie donnernde Rockmusik, nur unterbrochen vom alptraumhaften Dröhnen hochdrehender Chopper, die immerzu anrollten oder abfuhren. Taylor, Karens erster Sohn, wurde im Frühjahr geboren, und acht Monate später war sie dank eines defekten Diaphragmas erneut schwanger.

Und wieder kam Karen ihr Verhalten im Rückblick unerklärlich dumm vor. Weshalb hatte sie es nur so lange bei Tom Mitchell ausgehalten, obwohl er sich doch schon längst als Taugenichts und Tagedieb erwiesen hatte? Offenbar hatte ihr allein die schlichte Tatsache seiner Gegenwart genügt, auch wenn sie das heute kaum noch nachvollziehen konnte. Zu dem Zeitpunkt, als Brandon, ihr zweiter Sohn, geboren wurde, machte ihre Doktorarbeit nur noch millimeterweise Fortschritte. Sie arbeitete in einem nahe gelegenen Restaurant als Kellnerin, um den Lebensunterhalt für ihre Familie zu verdienen, während Tom versuchte, zum Schreiben zurückzufinden. Sein Talent hatte nie in Frage gestanden, und daß er sich endlich wieder bemühte, etwas Produktives zu leisten, erleichterte Karen ihr Los zumindest etwas. Zudem konnte sich Tom bei diesem Arrangement um die Kinder kümmern, während sie selbst zur Arbeit ging oder studierte.

Alles kam eines Tages zu einem sehr plötzlichen Ende, als Karen bei ihrer Heimkehr die beiden Kinder aus Leibeskräften schreiend vorfand und Taylor, ihr Ältester, blutete und Schrammen und Quetschungen aufwies. Tom versuchte die Sache mit seinen üblichen Lügen aus der Welt zu schaffen, doch diesmal ließ sich Karen nicht darauf ein. Der Streit, der sich daraufhin entwickelte, übertönte offenbar sogar die Rockmusik der Skulls, denn gerade, als Tom sie zum zweiten Mal schlagen wollte, flog die Tür des Wohnwagens auf. Eine mächtige, schwarzgekleidete Gestalt stand im Eingang und mußte sich etwas ducken, um überhaupt ins Innere zu gelangen.

»Macht der Kerl Ihnen Probleme, Miss?«

Die breiten Lippen des Mannes bewegten sich kaum, als er sprach. Ein schwarzes Barett bedeckte den massigen Schädel und verstärkte noch die Bedrohung, die von dem bärtigen Gesicht ausging.

»Kümmer dich um deinen eigenen Dreck.«

Wenn Tom das nicht gesagt hätte, dann hätte er sich einfach umdrehen und gehen können. Aber er sagte es, und Karen sah, wie ein leises Lächeln über das Gesicht des Bikers huschte. Er bewegte sich ohne zu zögern vorwärts. Die Lederkleidung knirschte leise, und die Stiefel stapften schwer über den billigen Fußbodenbelag des Wohnwagens.

Er war der größte und wuchtigste Mann, den sie je gesehen hatte!

Tom schaute mit einem bösartigen Glitzern in den Augen zu, wie er näher kam. Der Alkohol verlieh ihm Mut, und er wich keinen Zentimeter zurück.

»Verpiß dich!«

»Klar doch, Mister.«

Der Biker überbrückte das letzte Stück mit einem großen Schritt und packte Toms Hemd. Einen Moment später flog Tom wie eine Stoffpuppe durch die Luft. Er krachte auf den Klapptisch, auf dem noch die im Grunde nutzlose Smith-Corona-Schreibmaschine stand, rutschte weiter und landete schließlich in einem Haufen aus zusammengeknülltem Papier auf dem Boden.

Als er mühsam wieder auf die Beine kam, schleuderte der Biker ihn gegen die Wand, wo er heftig aufprallte und dann langsam zu Boden rutschte. Der Skull sah Karen an.

»Möchten Sie, daß ich ihn töte?«

»Nein«, stammelte sie, entsetzt über die Beiläufigkeit, mit der er diese Frage gestellt hatte.

Der Biker warf einen Blick auf die beiden Babys, die weinend in ihren Wiegen lagen. »Wenn ich ihn nur rauswerfe, könnte er zurückkommen.«

»Nein«, wiederholte Karen. »Nein, ich glaube nicht, daß er noch mal herkommt.«

Der Biker sah auf Tom hinunter. Sein Lächeln enthüllte ein paar Zahnlücken. Es war das kälteste Lächeln, das Karen je gesehen hatte. Sie erschauerte unwillkürlich.

»Ja. Ich glaube, da haben Sie recht.«

Tom richtete sich langsam wieder auf und benutzte dabei die Wand als Stütze.

»Verschwinde«, sagte der Biker mit der gleichen leisen, unbewegten Stimme. »Und halt dich nicht erst mit Packen auf.«

Toms Füße bewegten sich unsicher in Richtung Tür. Er blieb kurz stehen, um sich auf den zweiten Klapptisch zu stützen, an dem sie ihre Mahlzeiten einnahmen, und schaute zu Karen hinüber, ohne etwas zu sagen. Dann stolperte er durch die Tür in die Dunkelheit hinaus und verschwand zwischen einer Gruppe von Bikern, die durch die Kampfgeräusche angelockt worden waren.

Karen sah Tom an diesem Abend zum letztenmal, doch das galt nicht für den großen Biker. Sein Name war T. J. Fields, aber alle nannten ihn nur Two-Ton. Früher einmal war er ein olympiareifer Gewichtheber gewesen, doch dann hatten seine Knie der Belastung nicht mehr standgehalten, und so hatte er sich als professioneller Wrestler versucht. Sein Problem war nur, daß er es nicht mochte, absichtlich zu verlieren. Eine Zeitlang machte er das Spiel trotzdem mit, bis er eines Tages gegen einen kleinen Wichtigtuer verlieren sollte, der sich selbst Tumbler nannte. Der Tumbler erwischte ihn versehentlich in der Leistengegend, und als das Publikum daraufhin losjohlte, trat er noch einmal unter die Gürtellinie, diesmal mit Absicht. Sobald T. J. wieder Luft bekam, nahm er den Tumbler auseinander. Wortwörtlich. Er renkte ihm beide Schultern aus, gestaltete seine Nase neu und sorgte dafür, daß er eine Handvoll Zähne ausspucken konnte, als er schließlich auf der Matte landete. Dann verließ er den Ring, ohne dem Kerl noch einen weiteren Blick zu schenken. Ob er ausgezählt wurde oder nicht, spielte im Grunde auch keine Rolle mehr.

T. J. und die anderen Skulls unter der Führung ihres hinkenden, alterslos wirkenden Gründers Papa Jack adoptierten Karen und die Kinder. Nach einigem Zögern stimmte sie zu, daß sich ein paar der Frauen, die mit der Gang herumfuhren, um die Kinder kümmerten, so daß ihr mehr Zeit für das Studium blieb. So schaffte sie es schließlich, ihre Doktorarbeit zu beenden, und bekam, dank Alexander MacFarlane, eine gute Stelle bei Jardine-Marra. Die Skulls stellten nie irgendwelche Forderungen an sie und weigerten sich auch, eine Entschädigung in irgendeiner Form anzunehmen, als sie anfing, richtig Geld zu verdienen.

Der Tag, an dem sie den Wohnwagenplatz in Sanpee verließ, um ihre erste richtige Wohnung zu beziehen, war einer der traurigsten in ihrem ganzen Leben. Sie wäre noch länger geblieben, doch Taylor war mittlerweile alt genug, um die Vorschule zu besuchen, und in der Nähe gab es keine Schule, die ihren Vorstellungen entsprochen hätte. Natürlich boten ihr die Skulls auch jetzt wieder ihre Unterstützung an, doch die Vorstellung, daß ihre Jungs auf dem Rücksitz einer Harley zur Schule fuhren, war selbst für sie etwas zuviel.

Eine Zeitlang hielt sie regelmäßigen Kontakt zu T. J. und den anderen, doch später sahen sie sich höchstens noch einmal im Jahr. Seit ihre Arbeit an Lot 35 Ergebnisse zeigte, blieb ihr kaum Zeit, an etwas anderes zu denken. Trotzdem war ihr irgendwie wohler gewesen, als sie ihre Jungs noch in der Obhut von in Leder gekleideten Biker-Mamas gewußt hatte, statt in der schier endlosen Reihe von Tagesstätten und Babysittern.

Die Babysitterin, die sie in diesem Monat beschäftigte, machte sich praktisch im gleichen Moment auf den Weg, als Karen ihr Haus im Nordwesten von Del Mar betrat, einer aus teuren Häusern bestehenden Wohnsiedlung, deren Privatstraßen sich westlich vom Freeway hinzogen. Die angenehme, kaum fünf Meilen lange Strecke bis zu ihrem Arbeitsplatz in Torrey Pines war kein Vergleich zu den entnervenden Fahrten über verstopfte Highways und unfallträchtige Zubringer, die sie auf dem Weg von Sanpee bis zur Universität von San Diego regelmäßig hinter sich gebracht hatte. Und doch, und doch …

»Mami!«

Die Umarmung des zehnjährigen Brandon war so stürmisch wie immer, doch die Tage, an denen sie Taylor ähnlich herzlich begrüßte, wurden immer seltener. Er war jetzt fast zwölf, und das Umarmen der Mutter zählte zu den Dingen, die man in diesem Alter langsam ablegte. An sich wäre das gar nicht mal so schlimm gewesen, hätte er seinem Vater nur nicht so ähnlich gesehen. Er besaß Toms dunkle Augen und auch dessen weiche Gesichtszüge. Jedesmal, wenn sie ihn in letzter Zeit anschaute, sah sie seinen Vater und empfand wieder die gleiche Verletzlichkeit, die er in ihr hervorgerufen hatte. Taylor wußte, wie er sie um den Finger wickeln konnte, genau wie sein Vater, und schaffte es so immer wieder, seinen Willen durchzusetzen.

Mein Gott, was habe ich Tom alles durchgehen lassen!

Im Grunde ändern sich Menschen nicht wirklich, dachte sie. Sie hatte sich nicht verändert, und Tom mit Sicherheit auch nicht. Seit zehn Jahren wurde sie von der Vorstellung geplagt, er könnte eines Tages wieder bei ihr auftauchen und sie besäße nicht den Mut, ihn hinauszuwerfen.

Und diesmal war T. J. nicht in der Nähe, um ihr zu Hilfe zu kommen.

Verschwinde … Und halt dich nicht erst mit Packen auf.

Manchmal fragte sie sich, ob es mit Taylor eines Tages genauso kommen würde. Sie billigte weder seine Freunde noch seine Kleidung oder sein lockiges, schwarzes Haar, das er nach Art eines Rockstars wachsen ließ. Allerdings war sie in den letzten Monaten zu selten hiergewesen, um ihrem Mißfallen Ausdruck zu verleihen. Wenn sie unter diesen Umständen fair sein wollte, mußte sie ihm vertrauen. Und Vertrauen bedeutete, nicht der Versuchung nachzugeben, an seinen Händen zu schnüffeln, ob sich dort der typische Geruch von Marihuana festgesetzt hatte, und auch nicht den Inhalt der zahllosen Taschen seiner schwarzen Lederjacke zu durchwühlen.

»Wie steht's mit den Hausarbeiten?« erkundigte sie sich bei dem Jungen, der vor dem riesigen Bildschirm des Mitsubishi-Fernsehgeräts hockte.

»Erledigt«, erwiderte er.

»Und das Abendessen?«

»Auch.«

»Kannst du vielleicht mal eine Frage mit mehr als einem Wort beantworten?«

»Nein«, sagte er mit einem leichten Grinsen, während es in seinen Augen funkelte, als er kurz zu ihr hinüberschaute.

»Aber du könntest mich fragen, wie mein Tag verlaufen ist.«

»Ja«, meinte er, immer noch grinsend.

»Ach, mach doch, was du willst.«

Sein knapp zwölf Jahre altes Gesicht veränderte sich, wurde sanfter, und er sah zu ihr, als würde das Fernsehgerät plötzlich nicht mehr existieren. »Ich brauche einen neuen Computer.«

»Tatsächlich?«

»Den neuen Mac. Mit Farbmonitor. Und Sprachausgabe.«

»Ich hoffe, er schafft mehr als nur ein Wort.«

»Ich meine es ernst.«

»Und du sprichst plötzlich in ganzen Sätzen …«

»Mom!« Taylor ließ den Arm in gespielter Verzweiflung auf das Sofa klatschen.

»Hoppla. Jetzt sind wir wieder bei einem Wort gelandet.«

Karen ging hinaus, um Brandon bei seinen Schulaufgaben zu helfen. Irgendwie war es wichtig für sie, das Wohnzimmer zu verlassen, zwar nicht als Siegerin, aber zumindest auch nicht als Verliererin. Sie war entschlossen, alles zu tun, damit Taylor nicht zu einem Ebenbild seines Vaters heranwuchs, auch wenn sie sich nicht ganz sicher war, was ›alles‹ eigentlich bedeuten sollte. Was sie tun konnte, war, ihm zu vertrauen, obwohl sie zunächst einmal damit anfangen mußte, sich selbst zu trauen.

Brandon mochte es immer noch, wenn man ihm vorlas, und irgendwann döste Karen erschöpft auf seinem Bett ein, getragen von den Tönen der Heavy-Metal-Musik, die leise aus Taylors Zimmer drang. Plötzlich schreckte sie mit dem Gefühl hoch, aus einem Alptraum zu erwachen. Mit heftig klopfendem Herzen und angehaltenem Atem richtete sie sich auf.

Langsam ließ sie sich aus dem Bett gleiten. Irgend etwas hatte sie aufgeweckt, ein Geräusch, oder eine Stimme. Taylor möglicherweise, der versuchte, sich aus dem Haus zu schleichen, um sich mit seinen Freunden zu treffen. Karen ging zu Brandons Fenster hinüber, aus dem man den Vorgarten überblicken konnte.

Die beiden Lampen, die normalerweise die ganze Nacht hindurch den Rasen erleuchteten, brannten nicht. Sie hatten keine Schalter, sondern wurden über Fotozellen gesteuert, die sie automatisch einschalteten, sobald die Dämmerung hereinbrach. Außerdem, dachte Karen, hatte sich Taylor bisher noch nie nachts aus dem Haus geschlichen.

Es war ein Geräusch gewesen, das sie aufgeweckt hatte.

Ein Schlag, hell und leise klirrend. Wie zerbrechendes Glas.

Karen drückte sich mit klopfendem Herzen dichter an das Fenster. Die Lampen draußen waren zu weit entfernt, um sie deutlich erkennen zu können, zu weit, um …

Etwas bewegte sich über den Rasen, ein Schatten, der sich kaum von dem dunklen Hintergrund abhob.

Karen bemühte sich angestrengt, etwas zu erkennen, doch die Dunkelheit gab ihre Geheimnisse nicht preis. Vielleicht war dort wirklich etwas gewesen; vielleicht aber auch nicht.

Sie zog sich vorsichtig vom Fenster zurück und bewegte sich zur Tür. Inzwischen war sie hellwach, und das Adrenalin pulsierte durch ihre Adern. Sie schlich den Flur entlang in ihr Schlafzimmer, wo auf dem Nachttisch gleich neben dem Telefon eine einzelne Lampe brannte. Karen drückte den Hörer ans Ohr und streckte die Finger aus, um die Notrufnummer 911 zu wählen.

Es kam kein Freizeichen.

Das Telefon war tot.

Kapitel 4

Karen drückte ein paarmal auf die Gabel, doch ohne Ergebnis. Nur Stille drang aus dem Hörer.

Zum Glück bot ihr das ausgefeilte Alarmsystem des Hauses eine Ausweichmöglichkeit, und so eilte sie zu dem Kontrollpaneel an der Wand gleich draußen neben ihrer Schlafzimmertür. Wenn man die beiden Knöpfe in den unteren Ecken drückte, wurde ein Signal ausgelöst, das die Polizei in weniger als drei Minuten alarmierte. Und im Gegensatz zu älteren Anlagen verfügte ihr Alarmsystem über eine eigene Energieversorgung und einen kleinen Radiosender, der sicherstellte, daß das Signal auch dann hinausging, wenn die Telefonleitung unterbrochen war. Karen legte ihr Finger auf die beiden Knöpfe und drückte fest zu, wobei sie sich unwillkürlich in Erwartung des schrillen, durchdringenden Tons anspannte, der jetzt aufheulen würde.

Doch es kam kein Ton; nur Stille.

Karens Angst verwandelte sich in Panik. Zwar arbeitete ihr Gehirn noch, aber die Gedanken überschlugen sich chaotisch. Die Eingangstür und das Schloß gehörten zum besten, was auf dem Markt zu finden war. Für einen Profi nicht völlig unüberwindlich, doch mit Sicherheit eine ernstzunehmende, zeitraubende Hürde.

Von unten drang ein leises, klickendes Geräusch herauf. Entweder das Türschloß, oder etwas kratzte über Fensterglas.

Karen stand stocksteif da, während ihr Verstand wieder in gewohnter Weise zu arbeiten begann. Ihre erste und wichtigste Sorge galt jetzt den Kindern. Sie mußte sie in Sicherheit bringen, zumindest so weit, wie das unter den gegebenen Umständen möglich war. Aber hier im ersten Stock gab es keinen Ausgang, und draußen stand auch kein Baum, auf den man von einem geöffneten Fenster aus springen könnte. Es gab nur eine Treppe nach unten.

Sie eilte in Brandons Zimmer zurück, nahm den schlafenden Jungen in die Arme und hob ihn vom Bett hoch. Er bewegte sich unruhig und stöhnte. Karen huschte wieder zum Fenster und entdeckte abermals schattenhafte Bewegungen. Diesmal waren es mehrere Gestalten, mindestens aber zwei.

Brandon erwachte langsam in ihren Armen, als sie über den Flur zu Taylors Zimmer lief.

»Mom ...«

Karen öffnete Taylors Tür und hörte im gleichen Moment mehrere gedämpfte Schläge im Haus, gefolgt vom Geräusch zerbrechenden Glases.

»Mom ...«

Brandon wehrte sich gegen ihren Griff, seine Stimme klang gleichzeitig verschlafen und weinerlich.

»Pst!« machte Karen und hoffte, er würde ihre Angst nicht bemerken.

Taylor lag in Jogginghosen und einem Metallica-T-Shirt auf dem Bett, die Kopfhörer noch auf den Ohren. Karen setzte Brandon auf den Boden, nahm Taylor die Kopfhörer ab und schüttelte ihn wach.

»Was ist …«, fuhr er hoch.

Karen legte eine Hand über seine Lippen. »Unten ist jemand. Nimm deinen Bruder und …« Und versteckt euch im Wandschrank, wollte sie gerade sagen, als ihr klar wurde, daß die Kinder sich gar nicht vor den Eindringlingen verbergen konnten. Wer immer dort unten sein mochte, war hinter ihnen her, wollte sie in seine Gewalt bringen. Diebe kappten normalerweise nicht erst die Telefonleitung und setzten die Alarmanlage außer Kraft, bevor sie in ein Haus eindrangen. Viel eher brachen sie ihr Unternehmen einfach ab, wenn sich die Haustür nicht schnell und ohne große Mühe überwinden ließ.

»Nimm deinen Bruder und bleib dicht an der Tür stehen. Laß sie einen Spalt offen und warte, bis ich dich rufe. Hast du verstanden?«

Nach kurzem Zögern nickte Taylor. Karen fragte sich unwillkürlich, wann er zuletzt so unschuldig und kindlich ausgesehen hatte. Widerstrebend wandte sie sich ab und ging zur Tür, wo sie sich noch einmal umdrehte und warnend den Finger auf die Lippen legte. Taylor nickte, während er sich bemühte, Brandon endgültig aufzuwecken.

Karen stand wieder auf dem Flur und verfluchte sich selbst wegen ihrer Angst und Abscheu vor Waffen. Wenn sie eine Pistole im Haus gehabt hätte, könnte sie sich jetzt wenigstens verteidigen. Sie brauchte etwas, das eine Pistole ersetzen konnte, etwas, mit dem sie sich und ihre Kinder schützen konnte.

Doch in jedem Haushalt existieren Waffen, insbesondere für jemanden, der sich so wie sie mit Chemikalien auskannte.

Die leisen, gedämpften Geräusche im unteren Teil des Hauses gingen weiter. Als Karen das Bad der Jungen betrat und den Wandschrank öffnete, waren nicht einmal zwei Minuten vergangen, seit sie den ersten Schatten draußen auf dem Rasen entdeckt hatte. Der flüssige Abflußreiniger war genau dort, wo sie ihn in Erinnerung gehabt hatte, gleich neben einem kleinen weißen Eimer. Sie schüttelte den Plastikbehälter und stellte fest, daß er noch mehr als halbvoll war.

Das reichte aus.

Mit raschen Bewegungen goß sie den Abflußreiniger bis

zum letzten Tropfen in den weißen Eimer. Dann hielt sie den Eimer unter den Hahn und ließ etwas Wasser dazulaufen, um eine Säureverbindung herzustellen. Sie wandte ihr Gesicht ab, als die ätzenden Dämpfe aufstiegen.

Als sie zurück auf den Flur schlich, hielt sie den Eimer fest gegen ihre Hüfte gepreßt. Sie ging an Taylors Tür vorbei, die einen Spalt offenstand, durch den der Junge hinausspähte. Hinter ihm war sein Bruder als undeutliche Gestalt zu erkennen.

Taylors Lippen bildeten das Wort *Mom*.

Karen nickte so aufmunternd, wie sie konnte, und ging weiter. Ihre Augen sahen zur Treppe, und der Junge registrierte den Eimer, den sie trug, und begriff auch, was er enthielt, als eine Spur der Dämpfe in seine Nase drang.

Karen drückte sich am oberen Ende der Treppe dicht gegen die Wand. Mondlicht fiel durch das große Oberlicht auf einen näher kommenden Schatten. Zumindest eine Person schlich die Treppe hinauf, auch wenn das Geräusch der Schritte durch den Läufer, der die Stufen bedeckte, weitgehend verschluckt wurde. Karen schob sich noch etwas näher heran und hörte die gedämpften Schritte jetzt deutlicher, die gerade den mittleren Treppenabsatz passierten. Die vom Mondlicht beschienenen Bäume über dem Oberlicht bewegten sich leicht, und ihre Schatten tanzten auf der Treppe.

Karen hob den Eimer an und löste sich von der Wand. Jetzt stand sie den dunklen Gestalten direkt gegenüber und schleuderte die Flüssigkeit auf sie, hoch genug, um die Gesichter zu erwischen. Die Ladung traf ihr Ziel mit einem platschenden Geräusch, das sofort von durchdringenden Schmerzensschreien übertönt wurde, als sich die Säure in die Augen der Eindringlinge brannte.

»Taylor!« schrie Karen und drehte sich zu ihren Söhnen um.

Der Junge war mit Brandon im Schlepptau auf den Flur gestürzt, als die Schreie einsetzten. Karen wandte sich wieder zur Treppe, wo die beiden Männer blind umherstolperten, ein gräßliches Heulen ausstießen und vergeblich versuchten, den brennenden Schmerz aus dem Gesicht zu wischen. Ihre Waffen hatten sie fallengelassen. Die Schreie wurden immer lauter, während sich die Säure durch ihre Haut fraß und sie genauso auflöste wie die Reste, die einen Abfluß verstopften.

Karen hob Brandon hoch und packte Taylors Handgelenk mit der freien Hand. Ungeschickt stolperten sie die Treppe hinunter und bemühten sich dabei, den blind umhertappenden Männern auszuweichen. Einer von ihnen erwischte Taylors Knöchel, als der Junge vorbeihuschte.

»Mom!« schrie er auf, zerrte seinen Knöchel frei, brachte dadurch aber seine Mutter aus dem Gleichgewicht.

Karen schaffte es, Brandon nicht fallen zu lassen, verlor dabei aber ihren sicheren Stand. Ihr Fußgelenk verdrehte sich schmerzhaft, und sie schlug mit der Schulter gegen das Treppengeländer. Schmerz durchzuckte sie, als habe man ihr einen Nagel durch die Schulter gebohrt. Sie landete auf dem Boden am Fuß der Treppe und wäre beinahe erneut ausgerutscht, als sie gegen eine der Pistolen der Eindringlinge trat. Trotzdem war sie geistesgegenwärtig genug, um mit der freien Hand nach Taylor zu tasten.

»Ich bin hier!« schrie der Junge. »Stütz dich auf mich!«

Karen setzte Brandon auf dem Boden ab, legte den Arm um Taylors Schultern und stolperte in Richtung Haustür.

Doch bevor sie die Tür erreichen konnten, gab Taylors schmächtige Gestalt unter ihrem Gewicht nach, und sie landeten auf dem Teppich in der Eingangshalle. Der Sturz rettete sie vor den drei Schüssen, die aus dem Wohnzimmer kamen, durch dessen Fenster die Eindringlinge sich Zutritt zum Haus verschafft hatten. Eine dritte Gestalt stürmte vorwärts. Der Lauf seiner Waffe schimmerte schwach in der Dunkelheit.

Karen hörte Brandon aufschluchzen und spürte mehr, als sie es sah, daß Taylor den kleineren Jungen mit sich gerissen hatte, während sie selbst zur anderen Seite stürzte. Sie landete fast genau auf der Pistole, gegen die sie am Fuß der Treppe gestoßen war und dabei unabsichtlich in Richtung Tür getreten hatte. Ihre Erfahrung mit Schußwaffen war eher dürftig und beschränkte sich auf ein paar Besuche auf dem Schießstand, als sie vor Jahren erwogen hatte, sich doch eine Waffe zuzulegen.

Schießen Sie, immer weiter und ohne Pause …

Der Ratschlag des Schießlehrers kam ihr wieder ins Gedächtnis, als sie die Neunmillimeterpistole vor sich liegen sah. Sie feuerte schon, bevor sie richtig zielen konnte, zog den Abzug wieder und wieder durch. Die leeren Hülsen wurden ausgeworfen und trafen ihr Gesicht. Nach den ersten Schüssen lockerte sich ihr Griff und der Daumen rutschte unter den zurückschlagenden Hammer, doch sie spürte den stechenden Schmerz erst, als der Schlitten zurückfuhr und in dieser Stellung arretierte, weil das Magazin leer war.

In diesem Moment wurde ihr klar, daß sie gar nicht wußte, wo sich der dritte Eindringling eigentlich befand. Der Durchgang, in dem er für einen Moment aufgetaucht war, war jetzt leer, und das Wohnzimmer dahinter in Dunkelheit getaucht. Karen hoffte inständig, er liege jetzt angeschossen und blutend irgendwo dort drinnen. Die beiden anderen Angreifer waren mittlerweile die Treppenstufen heruntergestolpert, krümmten sich aber immer noch vor Schmerzen und hielten die Hände vors Gesicht gepreßt.

»Kommt schnell!« rief Karen ihren Söhnen zu und stürzte zur Tür.

Sie hatte gerade den Riegel zurückgeschoben, als Taylor aufschrie.

»Paß auf, Mom!«

Der Junge tauchte neben ihr auf und warf sich in den Weg des blutenden Mannes, auf den sie geschossen hatte. Der Mann schleuderte ihn gegen die Wand, und Taylor keuchte vor Schmerz auf. Karen schrie. Vergessen waren in diesem Moment die wuchtige Gestalt und die brutale Kraft des Killers, vergessen auch das Blut, das aus den zwei Einschußlöchern strömte. Sie wußte nur noch, daß sie das einzige war, was zwischen dieser Bestie und ihren Kindern stand.

Mit einem rauhen Laut, der tief aus ihrer Kehle drang, warf sich Karen auf den Mann. Der Zusammenprall brachte sie beide aus dem Gleichgewicht, und so stolperten sie zusammen ins Wohnzimmer. Karen spürte unter ihren Turnschuhen die knirschenden Splitter der Fensterscheibe, durch die die Männer eingedrungen waren. Der Mann tastete nach ihrer

Kehle, und sie versuchte mit aller Kraft, ihn von sich wegzustoßen. Doch ihr verrenkter Knöchel gab nach. Sie stürzte zu Boden, und die mächtige Gestalt landete auf ihr.

Eine große Hand umklammerte ihre Kehle und bohrte sich in die Haut. Sie wollte schreien, brachte aber nur ein ersticktes Keuchen heraus. Vergeblich zerrte sie an den würgenden Fingern. Der Druck in ihrem Kopf nahm zu, und das Blut rauschte in ihren Ohren. Sie hatte das Gefühl, Dunkelheit senke sich über sie.

Mit einem wütenden Schrei sprang Taylor auf den Rücken des Mannes und zerrte an seinen Haaren. Der Mann versuchte, den Jungen abzuschütteln, aber er war durch die Schußwunden zu geschwächt. Dank Taylors wilder Entschlossenheit, nicht nachzugeben, lockerte sich sein Griff um Karens Kehle, und sie spürte, wie ihre Sinne zurückkehrten.

Ihre rechte Hand fuhr über den Boden und tastete verzweifelt nach den scharfkantigen Resten des zerbrochenen Fensters. Ihre Finger schlossen sich um eine Scherbe und stießen sie in das gerötete, wutverzerrte Gesicht über ihr. Der Mann versuchte, den Kopf wegzudrehen, doch er reagierte zu spät, und Karen schnitt mit der Scherbe quer über seine Augen. Er stieß einen Schmerzensschrei aus, als Taylors letzter, entschlossener Ruck ihn zu Boden warf. Eine Sekunde später war der Junge neben Karen, half ihr auf die Füße und zerrte sie zur Haustür.

»Hol deinen Bruder«, keuchte sie und bemerkte jetzt zum erstenmal das Blut, das aus den Schnittwunden in ihrer Hand strömte.

Brandon hockte am Türrahmen, das Gesicht zu einer Maske des Schocks erstarrt. Taylor packte den Jungen, während Karen die Haustür aufriß.

»Kommt jetzt«, stöhnte sie und griff nach Brandons freier Hand.

Mit dem kleineren Jungen in der Mitte liefen sie zur Garage. Karen versuchte den Schmerz zu ignorieren, der bei jedem Schritt ihren Knöchel durchzuckte. Sie führte die Kinder durch die unverschlossene Seitentür der Garage und half ihnen auf den Rücksitz des mit Rosenholz ausgekleideten

Mercedes 300 D, bevor sie selbst auf dem Fahrersitz Platz nahm. Mit einer raschen Bewegung beugte sie sich vor und öffnete das Handschuhfach. Dort bewahrte sie für den Fall, daß ein Angestellter den Wagen für sie parkte, einen Ersatzschlüssel auf, weil sie einem Fremden nicht den ganzen Bund samt Hausschlüsseln überlassen wollte. Karen schob den Schlüssel ins Zündschloß, drehte ihn um und betätigte den Schalter des Garagentoröffners, als der Motor ansprang. Sie umklammerte das Lenkrad und spürte, wie das Blut aus ihrer zerschnittenen Handfläche das Leder durchtränkte.

Karen drehte sich um und warf einen kurzen Blick auf ihre verängstigten Kinder, bevor sie den Rückwärtsgang einlegte. Das Garagentor bewegte sich zwar noch, doch durch das Heckfenster ließ sich erkennen, daß der Weg schon frei war. In diesem Moment landete eine Gestalt auf der Motorhaube. Karen und ihre Söhne schrien gleichzeitig auf, als sich ein verätztes, völlig zerstörtes Gesicht gegen das Glas preßte. Versehentlich berührte Karen den Schalter des Scheibenwischers, dessen Arme sich in Bewegung setzten und den Angreifer streiften.

Das Gesicht war angeschwollen und blasig, die Augen fast vollständig geschlossen, und was sich durch die schmalen Schlitze erkennen ließ, sah aus wie rohes Fleisch. Wütend schlug der Mann mit der Pistole nach dem Wischer.

Karen trat kräftig auf die Bremse, doch so einfach ließ sich der Mann nicht abschütteln. Er bleckte die Zähne in einer haßverzerrten Grimasse. Der Lauf der Pistole kratzte über die Windschutzscheibe, als er sich bemühte, die Waffe auszurichten.

Karen legte den Vorwärtsgang ein.

Der Mercedes schoß mit einem ohrenbetäubenden Kreischen der Reifen vor und holperte zurück in die Garage. Der Mann auf der Haube wurde einmal hochgeworfen, versuchte aber sofort wieder, die Waffe auf sein Ziel zu richten. Karen spürte, wie sich das Antiblockiersystem zuschaltete, als sie auf die Bremse trat, doch damit wurde die Wucht, mit der die Stoßstange des Wagens gegen die Garagenwand prallte, kaum abgeschwächt. Der heftige Schlag schleuderte den

Mann von der Motorhaube. Er krachte gegen eine Reihe an der Garagenwand hängender Gartengeräte, die einen Sekundenbruchteil später zusammen mit ihm auf dem Boden landeten, während Karen schon wieder den Rückwärtsgang einlegte.

Jetzt erst fiel ihr ein, auf den Knopf zu drücken, der automatisch alle Türen des Fahrzeugs verriegelte. Kaum hatte sie die Garage verlassen, schaltete sie wieder in den Vorwärtsgang, riß den Mercedes herum und jagte die Einfahrt hinunter.

Karen wagte es nicht, sich umzudrehen, sondern warf nur durch den Rückspiegel einen Blick auf die Jungen, die aneinander geklammert auf der Rückbank hockten und sich nicht trauten, die Köpfe zu heben.

»Jetzt ist alles wieder in Ordnung«, versuchte Karen sie zu beruhigen und fragte sich gleichzeitig, ob das wirklich stimmte, während der Mercedes aus der Ausfahrt herausschoß und auf die Straße einbog. »Es ist vorbei.«

Aber auch bei diesem Satz hatte sie ihre Zweifel.

Kapitel 5

»Der Doktor meint, ich wäre bald wieder so gut wie neu«, berichtete Sal Belamo McCracken und Wareagle von seinem Bett in einer Suite des Grand Hyatt aus.

Natürlich hatte derselbe Arzt ihm auch geraten, die Nacht im Krankenhaus zu bleiben, ein Ratschlag, den Sal mit einem höflichen Nicken zur Kenntnis genommen hatte, bevor er selbst seine Entlassungspapiere unterzeichnete.

»Ich lasse mich doch nicht einfach von allem abschneiden, was hier passiert«, fügte er als Erklärung hinzu.

»Wovon uns heute das meiste selbst überrascht hat«, ergänzte McCracken. Im Krankenhaus hatte er dem Arzt eine Nummer in Washington gegeben und ihn gebeten, dort anzurufen. Als Ergebnis des kurzen Telefonats wurde Sals Schußwunde nicht bei der Polizei gemeldet, und es würde auch keine Akte darüber geben, daß er in diesem Krankenhaus behandelt worden war.

»Du wirst mich brauchen, um etwas Licht in diese Angelegenheit zu bringen, Boß.«

»Das könnte aber diesmal sogar deine Fähigkeiten übersteigen, Sal.«

Alles in allem konnte sich Blaine nicht erinnern, jemals etwas ähnlich Verwirrendes erlebt zu haben. Überraschungen waren an sich nichts Neues für ihn; normalerweise waren sie nichts anderes als das Ergebnis unzulänglicher Planung. Doch heute lagen die Dinge anders. Heute hätten sie beim besten Willen nicht vorhersehen können, womit sie es letzten Endes zu tun bekamen. Was wirklich passiert war, wurde Blaine erst klar, als er den Inhalt der Aktentasche überprüfte, die Johnny Wareagle auf dem Bahnsteig der U-Bahn-Station unter Bloomingdale's an sich gebracht hatte. Jede einzelne Seite war eng bedruckt und listete Namen und Adressen auf. Manche Einträge erstreckten sich über zwei Zeilen, um alle Informationen aufnehmen zu können. McCracken dachte an die offensichtliche Beteiligung einer dritten Partei: die beiden mysteriösen Killer sowie der tote Mann, wegen dessen Aktentasche El-Salarabi letztendlich gestorben war.

Offenbar hatte der Terrorist gar nicht gemerkt, daß der Austausch vorgenommen worden war! Bis zu seinem Ende mußte er geglaubt haben, sich noch im Besitz der Pläne für die Zerstörung von Bloomingdale's zu befinden.

»Was du nicht sagst!« platzte es aus Belamo heraus, als Blaine ihm und Wareagle die Sachlage erklärte, sobald sie sich im Schlafzimmer der Hotelsuite befanden und Sal es sich auf dem Bett so bequem wie möglich gemacht hatte. »Du meinst, die beiden Typen, die du erledigt hast, sind zur gleichen Zeit hinter einem Kerl mit einer Aktentasche hergewesen, während wir drei einem anderen Kerl mit einer Aktentasche nachjagten?«

»Und dann wurden diese beiden Aktentaschen vertauscht.«

»Nur wußte Salami nichts davon …«

»Während wir glaubten, alles verliefe genau nach Plan«, vollendete Blaine den Satz. »Doch jetzt wissen wir es besser.«

»Dann erleuchte mich mal.«

»Der Mann, der den Austausch vorgenommen hat und wenig später auf der Straße in Johnnys Armen gestorben ist, wußte, daß die beiden Killer, die wir bei Bloomingdale's getötet haben, hinter ihm her waren. Und er wußte auch, daß er sich selbst nicht retten konnte, aber er wollte zumindest versuchen, den Inhalt seiner Aktentasche in Sicherheit zu bringen.«

Belamo nickte. »Und als die beiden Mistkerle, vor denen er flüchtete, merkten, daß sie die falsche Tasche erwischt hatten, jagten sie hinter der richtigen her.«

»Was sie zu El-Salarabi führte«, bestätigte Blaine. »Und zu Bloomingdale's.«

»Wenn du mich fragst, wußten sie ganz genau, was sich in der Tasche befand, und wollten um jeden Preis verhindern, daß irgend jemand auch nur einen Blick darauf werfen kann.«

»Nur haben wir jetzt die Unterlagen.«

Belamo warf einen Blick auf die Blätter auf seinem Schoß. »Sieht aus wie eine simple Adressenliste.«

»Wegen der heute drei Menschen gestorben sind, Sal. Vier, wenn du El-Salarabi mitzählst.«

Belamo nickte. »Sobald ich wieder auf den Beinen bin, besorgst du mir ein Computerterminal. Dann hänge ich mich ins nationale Datennetz und schaue mal, was ich über die Leute herausfinden kann, deren Namen auf dieser Liste stehen. Mal sehen, welche Verbindung es zwischen ihnen gibt.« Er wurde plötzlich blaß, und sein Kopf sackte auf die Brust. »Sieht so aus, als würden die Schmerzmittel anfangen zu wirken ...«

»Ruh dich etwas aus, Sal.«

Belamo legte die Hand auf die Papiere. »Erst werfe ich noch einen Blick auf das hier ...«

Blaine führte Johnny aus dem Schlafzimmer in den Wohnraum der Suite.

»Du warst dort drinnen reichlich still, Indianer. Genaugenommen bist du schon den ganzen Nachmittag über ziemlich schweigsam.«

»Es gibt etwas, das ich dir bisher noch nicht gesagt habe, Blainey.«

»Soviel war mir auch schon klar.«

»Der Mann auf der Straße hat noch etwas von sich gegeben, bevor er starb.« Wareagle machte eine Pause. »›Der Tag des Gerichts.‹«

»Das war alles, was er gesagt hat?«

»Nein, noch etwas mehr, aber Worte zählen nicht so viel im Vergleich zu dem, was man in seinen Augen lesen konnte: Angst. Nicht vor dem Tod, sondern vor dem, was aus den Menschen werden wird – aus allen Menschen.«

»In der Offenbarung bezieht sich der Tag des Gerichts auf das Ende der Welt, Indianer.«

»Ich weiß, Blainey. Und er wußte das auch.«

»Dann bedeutet diese Namensliste …« McCracken bemerkte, daß Wareagles Gesichtsausdruck zwischen Unsicherheit und Unbehagen schwankte. Beides stand in scharfem Gegensatz zu seinem ansonsten eher stoischen Äußeren. »Da ist doch noch etwas?«

»Es … es spielt keine Rolle.«

»Wer hat den Mann mit der Aktentasche getötet? Du hast ihn doch gesehen, oder?«

»Ja und nein, Blainey.«

»Was meinst du damit, Indianer?«

»Ich habe den Killer gesehen … obwohl das unmöglich wahr sein kann. Weil er tot ist.« Die Unsicherheit verschwand aus Johnnys Gesicht, doch das Unbehagen blieb. »Ich habe ihn getötet.«

Wareagle ging zum Fenster, von dem aus man die Forty-second Street aus einer Höhe von mehr als dreißig Stockwerken überblicken konnte. Als er weitersprach, blieb sein Gesicht der Scheibe zugewandt. »Nach dem höllischen Krieg in Vietnam, Blainey …«

»Wurden wir beide nach Israel geschickt, als Verstärkung im Jom-Kippur-Krieg von dreiundsiebzig.«

»Und dann …«

»Ging ich nach Japan. Und du hast dich in deine Wälder zurückgezogen, bis ich dich vor acht Jahren gerufen habe.«

»Nein.« Johnny drehte sich langsam um. »Es gibt etwas, wovon ich dir nie erzählt habe, Blainey. Als ich aus Israel zurückkehrte, erwarteten sie mich schon.«

»Sie«, wiederholte McCracken.

Er starrte Wareagle so lange an, bis der Indianer bereit war, weiterzureden.

»Es gab da einen Auftrag ...«

Die Experimente zur Bewußtseinskontrolle und -veränderung, die in den späten Sechzigern und frühen Siebzigern, meist auf Veranlassung des CIA, durchgeführt worden waren, waren mittlerweile allgemein bekannt. Nur die Versuche, die der höchsten Geheimhaltungsstufe unterlagen sowie deren verheerende Ergebnisse blieben auch weiterhin der Öffentlichkeit verborgen. Eines dieser Experimente betraf eine LSD-Variante, die entwickelt worden war, um das sinnliche Wahrnehmungsvermögen zu steigern. Die Droge wurde an einer Reihe von Freiwilligen getestet, die allesamt aus den Hochsicherheitstrakten der überall im Lande verstreuten Bundesgefängnisse stammten. Wofür sich die Häftlinge eigentlich meldeten, wurde ihnen nie exakt mitgeteilt. Man erzählte ihnen lediglich, die Tests dienten der Steigerung ihrer Gehirnfunktionen.

Drei der Freiwilligen starben wenige Stunden nach der ersten Injektion auf grauenhafte Weise, zwei weitere nach der zweiten und letzten Spritze. Die elf Überlebenden wurden ununterbrochen überwacht und einer Reihe von Tests unterzogen, um festzustellen, ob die neue Droge ihre Seh- und Hörfähigkeit – und auch ihr Geruchsvermögen – tatsächlich steigerte. Selbst ein eher moderates Ergebnis hätte als Erfolg gegolten, ließe sich doch auf diese Weise den eigenen Soldaten ein nicht zu unterschätzender Vorteil auf dem Schlachtfeld verschaffen.

Doch das Experiment hätte gar nicht katastrophaler verlaufen können.

Nicht eine einzige, noch so geringe Sinnessteigerung ließ sich nachweisen. Statt dessen wurde der Verstand der Testpersonen langsam und unaufhaltsam geschädigt. Paranoide Psychosen, Schizophrenie und soziopathisches Verhalten waren die am häufigsten zu beobachtenden Folgen.

Das Projekt wurde gestoppt, doch es war schon zu spät. Drei der überlebenden Testpersonen ermordeten ihre Wachen und entkamen in die dichten Wälder Nordkaliforniens, wo das Forschungslabor nicht weit vom Redwood Forest entfernt eingerichtet worden war. Einer von ihnen, ein riesiger Student, der sich auf Lyrik spezialisiert hatte und als entschiedener Gegner des Vietnam-Kriegs galt, war seinerzeit im Gefängnis gelandet, weil er einem Polizisten das Gesicht mit einem Stein zerschmettert hatte. Der Beamte hatte zuvor versucht, die Freundin des Demonstranten gewaltsam aus einer Protestveranstaltung auf dem Gelände der Universität in Berkeley zu entfernen.

Der Name dieses Mannes lautete Earvin Early.

Der Schlag brach praktisch jeden einzelnen Knochen im Gesicht des Cops, angefangen bei den Augenhöhlen bis hin zu den Wangenknochen, und die Nase klebte plattgeschlagen wie ein Pfannkuchen in seinem blutüberströmten Gesicht.

Der Cop vegetierte nach diesem Schlag nur noch dahin, und Early wurde zu lebenslänglich verurteilt. Die Aussicht auf Entlassung hatte ihn bewogen, sich freiwillig für das Experiment zur Verfügung zu stellen, doch bei einer gründlicheren Vorauswahl wäre er erst gar nicht zu den Versuchen zugelassen worden. Earvin Early war schon ein psychotischer Grenzfall, bevor man ihn der Behandlung mit einer Droge unterzog, die selbst völlig normale Menschen in Verrückte verwandelte.

»Ich habe ihn getötet, Blainey, und heute habe ich ihn wiedergesehen.«

»Der Reihe nach, Indianer.«

»Sie baten mich, die drei Männer aufzuspüren. Und sie legten mir Fotos vor, die zeigten, was Early und die beiden anderen ein paar Familien angetan hatten, die draußen in den kalifornischen Wäldern campten.« Johnny hielt inne. Seine

Augen schienen in weite Fernen zu blicken. »Ich war nicht der erste, der sie einfangen sollte. Ein anderes Team war bereits gescheitert. Ein paar dieser Männer wurden gefunden. Andere nicht.«

»Sie haben dich allein losgeschickt?«

»Sie wollten mir ein Team zur Seite stellen, aber ein zweites Team wäre ebenso nutzlos gewesen wie das erste.«

»Und du hast die Sache wegen dem übernommen, was Early und seine Kumpane diesen Familien angetan hatten.«

»Wenn ich mich geweigert hätte, wäre ich für alle weiteren Morde verantwortlich gewesen. Das war noch in der Zeit, bevor ich gelernt habe, mich abzuschotten.«

»Du hast sie natürlich gefunden.«

»Nachts, tief im Wald. Der erste war kein großes Problem, beim zweiten ging es schon etwas schwieriger. Early war der letzte. Ich stellte ihn am Rand einer Schlucht. Jagte zwei Pfeile in seinen Körper. Er stürzte hinab. Ich habe es gesehen.«

»Aber heute ...«

»Das war er, Blainey«, erklärte Wareagle bestimmt und dachte an die hünenhafte Gestalt des Stadtstreichers in dem abgerissenen Leinenmantel, das Gesicht ein einziger Alptraum aus Eiterpocken und Schmutz.

»Wiederauferstanden.«

»Ich habe versagt. Er hat mich ausgetrickst.«

»Und jetzt hat er sich jenen angeschlossen, vor denen unser geheimnisvoller Mann mit der Aktentasche geflüchtet ist ...«

»Der Tag des Gerichts wird kommen, Blainey, und Early ist ein Teil davon. Ich werde mich wieder auf seine Spur setzen und zu Ende bringen, was ich vor all den Jahren begonnen habe.«

»Und dabei vielleicht auch herausfinden, was hinter all dem steckt?«

Johnnys Schweigen war Antwort genug. Es erstaunte McCracken immer wieder, wie ähnlich sie einander im Grunde waren, auch wenn sie meist verschiedene Wege einschlugen, um das gleiche Ziel zu erreichen. Dieser Gedanke rief ihm etwas ins Gedächtnis zurück.

»Nach dieser Geschichte in den Wäldern, Indianer ...«

Wareagle sah ihn an und nickte.

»Damals hast du dich von allem zurückgezogen und bist spurlos verschwunden, ohne irgend etwas zu hinterlassen.«

»Ich hatte genug gesehen.«

»Dieses Gefühl kenne ich. Man sieht die Folgen, so wie diesen Earvin Early, und fragt sich, ob man nicht vielleicht die ganze Zeit über auf der falschen Seite gestanden hat. Wenn die da oben bei einer Sache so katastrophale Fehler machen, dann liegen sie vielleicht bei allen anderen Dingen genauso falsch. Und dann fängst du an zu glauben, daß du und alles, wofür du einstehst, auf die gleiche Weise *gemacht* worden ist, so wie sie Early zu einem Monster gemacht haben. Und das nimmt uns dann das einzige, das sie uns gelassen haben: Stolz und Würde.«

Welche Reaktion Blaine auch immer bei Johnny Wareagle erwartet haben mochte, das leise Lächeln, das sich jetzt auf seinem Gesicht zeigte, gehörte nicht dazu.

»Unsere Rollen haben sich umgekehrt, Blaine. Jetzt wird der Ratgeber beraten.«

»Ich weiß einfach nur, wie das ist, Indianer. Ich habe das auch schon erlebt, erinnerst du dich? Nur an einem anderen Ort. Für mich stellten sich diese Fragen in London ...«

McCracken spielte auf das widerwärtigste Erlebnis in seiner Karriere an. Damals, im Jahr 1980, ließ man eine Gruppe extrem gefährlicher Flugzeugentführer auf dem Londoner Flughafen Heathrow im eigenen Saft schmoren, während die britischen Verantwortlichen diskutierten und die Männer vom Special Air Service in Sichtweite der Landebahn Däumchen drehten. Blaine arbeitete damals mit der britischen SAS zusammen und lag neben dem Kommandanten, als sich das Flugzeug in einen Feuerball verwandelte. Es wurde niemals eindeutig festgestellt, ob das Ganze ein Unfall gewesen war oder die Reaktion auf ein abgelaufenes Ultimatum. Jedenfalls war es geschehen, und alle Geiseln in dem vollbesetzten Flugzeug starben völlig sinnloserweise.

Blaine ließ seine Frustration über die Art, wie man die ganze Sache gehandhabt hatte, an der Statue von Churchill auf dem Parliament Square ab. Genauer gesagt schoß er der

Statue jenen Teil ab, an dem es den Briten seiner Ansicht nach mangelte. Der Zwischenfall brachte ihm die sofortige Ausweisung und den Spitznamen ›McCrackensack‹ ein. Die Ausweisung wurde nach fünf Jahren aufgehoben, der Spitzname blieb ihm erhalten.

»Wenn sie mich damals nicht in Frankreich auf Eis gelegt hätten, Indianer«, bekannte Blaine, »dann hätte ich mich wahrscheinlich von allem zurückgezogen. Der Unterschied bestand nur darin, daß ich, wäre ich selbst gegangen, vermutlich nie wieder zurückgekommen wäre.«

»Wäre ich auch nicht, wenn du mich nicht gerufen hättest, Blainey.«

»Aber daß wir beide eine Weile fort waren, hat uns geholfen, die Dinge klarer zu sehen. Und als wir zurückkamen, machten wir nicht aus den gleichen Gründen wie zuvor weiter.«

»Weshalb dann? Für uns selbst?«

»Für diejenigen, die zählen. Wenn wir El-Salarabi nicht aufgestöbert hätten, wie viele Menschen wären dann gestorben, während sich Bloomingdale's in einen riesigen Trümmerhaufen verwandelt hätte? Es gibt eine Menge Dreck auf der Welt, Indianer. Früher gehörten wir selbst dazu, doch heute fegen wir ihn weg.«

»Genau wie ich sagte«, meinte Johnny, und das Lächeln auf seinem Gesicht vertiefte sich, »für uns selbst. Wir sind Jäger, Blainey, die den Raubtieren nachstellen, die es auf die Herde abgesehen haben, während die Hirten schlafen. Für uns bedeutet die Jagd alles.«

»Dann hoffen wir besser, daß wir die Witterung nicht verloren haben, Indianer«, sagte McCracken und dachte an die Kräfte, die hinter Earvin Early und der Namensliste standen, die sich Sal Belamo bald vornehmen würde, »denn das hier könnte unser wichtigster Fall werden.«

»Der Tag des Gerichts, Blainey.«

»Nicht, wenn wir es verhindern können.«

Earvin Early hockte mit bis an die Brust hochgezogenen Knien an ein Gebäude gelehnt. Den Namen des Bauwerks kannte er nicht. Der Name der Stadt spielte keine Rolle. Für ihn waren sie doch alle gleich, austauschbare Teile in einem Puzzle, das ihm völlig egal war.

Early rückte seine mächtige Gestalt zurecht und zog den Leinenmantel enger um sich, um weniger aufzufallen. Nicht, daß das nötig gewesen wäre.

Schließlich konnte er sich unsichtbar machen. Er konnte eine Menge Dinge tun, wenn er sich wirklich darauf konzentrierte. Zum Beispiel konnte er hingehen, wohin immer er wollte, indem er einfach die Augen schloß. Und wenn er dort war, konnte er alles tun, was ihm beliebte.

Earvin Early lebte in seinem Verstand. Der Körper bedeutete ihm nichts, war nur eine heruntergekommene Hülle, die lediglich dazu diente, sein gewaltiges Ich aufzunehmen. Aus diesem Grund bestand Earlys Vorstellung von einem Bad darin, in einen Regenschauer zu geraten. Er mochte den Gestank, der von seinem Körper und den verdreckten Kleidern aufstieg, weil er dadurch den Kontakt zu seinem physischen Ich aufrechterhielt. Genau wie der Schmerz, den die Blasen und die nässenden Geschwüre hervorriefen, die Gesicht, Hals und Schultern bedeckten. Der Schmerz bewahrte ihn davor, für immer in eine der Welten abzugleiten, die sein Verstand erschuf.

Plötzlich sah Early Ratten, die den Bürgersteig entlangliefen, ihn umringten, sich auf die Hinterbeine erhoben und an ihm schnüffelten. Early streckte seine Hand aus, um ein paar der Tiere zu streicheln, und sie rieben sich schnurrend an seinen Fingern. Early blinzelte.

Die Ratten waren fort.

Er sah oft Dinge, die nicht von Dauer waren. Schon vor langer Zeit hatte er den Versuch aufgegeben, herauszufinden, was real war und was ein Produkt seines Geistes, der alles vermochte. Statt dessen ging er einfach davon aus, daß alles real war; ein Kompromiß, wenn man so wollte.

Earlys Abscheu vor dem eigenen Selbst war der Grund, weshalb er zu einem Stadtstreicher geworden war. Doch diese

Rolle hatte sich zur ultimativen Tarnung entwickelt. Wo immer er hinging, wohin immer sie ihn auch brachten, er fügte sich ein. Auf diese Weise konnte er verschwinden, ohne sich wirklich unsichtbar zu machen, und das war gut, denn sich unsichtbar zu machen, kostete ihn eine Menge Energie. Energie, die er lieber für seine Befreiungen aufsparte.

So nannte Early das, was er am besten konnte. Er wußte, daß er tötete, doch da er seine Opfer nur von jenem Bewußtsein trennte, das sie an die Mittelmäßigkeit fesselte, tat er ihnen im Grunde einen Gefallen.

Er befreite sie.

Erst vor ein paar Stunden hatte Early einen Mann befreit. Und als er das tat, hatte er dafür gesorgt, nicht wirklich dort zu sein, damit niemand ihn sehen konnte.

Doch einer hatte ihn bemerkt. Early hatte ihn gesehen und in dem kurzen Augenblick, bevor er sich verschwinden ließ, auch erkannt.

Der Indianer …

Der Indianer war eine seiner letzten Erinnerungen an die Zeit, bevor sie ihm die Macht verliehen hatten und die reale Welt verworren und nebelhaft wurde. Als er den Sturz in die Schlucht – mit zwei Pfeilen im Leib – überlebt hatte, hatte er erkannt, daß er auf eine höhere Ebene der Existenz übergewechselt war. Gewaltige Kräfte hatten ihn gerettet, Mächte, die weit über das hinausgingen, was er sich in seinen wildesten Träumen vorzustellen vermochte. Eine Welt wurde geboren, die nur er allein bewohnen konnte. Und während er zuließ, daß sein Körper äußerlich verkam, beschmutzte sich der Rest der Menschheit innerlich, blieb gefangen im eigenen Körper und dem eigenen Bewußtsein.

Doch das spielte keine Rolle. Wenn man ihm nur genug Zeit ließ, war Early mehr als bereit, sie alle zu befreien.

Er wußte, daß seine großen Kräfte einem besonderen Zweck dienten, und so wartete er darauf, daß ihm dieser Zweck enthüllt wurde. Und als die anderen dann kamen, wußte er augenblicklich, daß er die Antwort durch sie finden würde.

Er arbeitete nicht im gewöhnlichen Sinne des Wortes für sie, sondern führte nur gelegentlich eine Befreiung durch, wenn sich die Notwendigkeit ergab. Danach verschwand er wieder. Die Tatsache, daß sie stets wußten, wo er zu finden war, bewies ihm, daß sie, genau wie er selbst, jeden Ort zu erreichen vermochten. Die Missionen, auf die sie ihn schickten, und die Objekte, die sie für eine Befreiung auswählten, waren Teil eines weitaus größeren Plans, über den er wenig wußte. Seine besonderen Gaben hielt er verborgen, selbst vor ihnen. Niemand, der in der echten Welt lebte, durfte davon wissen. Niemand!

Doch der Indianer hatte es gewußt. Der Indianer hatte ihn gesehen, ihn erkannt, ihn angeblickt und alles gewußt.

Earvin Early hockte zusammengekauert an dem Gebäude und schaukelte leicht hin und her, während er versuchte, sein Bewußtsein auszusenden, um den Indianer zu finden. Doch der Indianer wußte offenbar genug, um seine eigenen psychischen Schilde hochzufahren, und so blieben Earlys Anstrengungen vergeblich.

Natürlich hatte Early den anderen nichts von dem Indianer erzählt; er hätte das nicht einmal dann getan, wenn er noch die gleiche Sprache benutzt hätte wie die vielen Gefangenen, die der Befreiung bedurften. Er äußerte nur noch Zeilen der Gedichte, die er in jenen Tagen vor seiner wundersamen Veränderung erlernt hatte. Auf diese Weise vermied er, durch seine eigenen Worte etwas von seinem wahren Ich preiszugeben. Die Worte, die er aussprach, stammten von anderen Menschen.

Doch der Verzicht auf die Worte änderte nichts an dem, was den Indianer betraf, denn der verließ sich nicht mehr auf Worte als Early selbst. Und so war Early froh, daß der Nachmittag verstrichen war, ohne daß es zu der unvermeidlichen Konfrontation gekommen war. Early fürchtete nur jene, die ihn sahen, wie er wirklich war.

Earvin Early würde auf eine andere Zeit, einen anderen Ort warten. Zweimal hatten sich ihre Wege gekreuzt. Und sie würden sich wieder begegnen.

»Ob's edler im Gemüt, die Pfeil' und Schleudern des wütenden Geschicks erdulden, oder, sich wappnend gegen eine See von Plagen, durch Widerstand sie enden.«

Early zitierte Shakespeare laut in die Nacht hinein und kehrte dann in die Tiefen seines Geistes zurück, wo eine noch größere Dunkelheit herrschte.

Kapitel 6

»Ihr wißt, warum ich euch gerufen habe«, sagte der Mann in dem Priestergewand zu den beiden Gestalten, die rechts und links von ihm knieten, ein wenig versetzt, so daß er beide mit einer leichten Bewegung des Kopfs ansehen konnte.

Die beiden nickten gleichzeitig.

Im Gegensatz zu dem Priester waren sie in die Tracht mönchischer Novizen gekleidet: braune Roben aus grobem Leinen, an der Hüfte durch ein Seil zusammengehalten, das wie eine Schärpe gebunden war. Die Kapuzen warfen dunkle Schatten über ihre Gesichter, nur die Münder waren in dem düsteren Licht halbwegs zu erkennen.

Die Kirche lag groß und dunkel da, nur ein paar vereinzelte Lichter an der hohen Decke verbreiteten ein schwaches Leuchten. Das Holz des Gestühls war handgeschnitzt und durch Jahre der Benutzung geglättet und nachgedunkelt, und der Altar, der ihnen gegenüberstand, war schon über zweihundert Jahre alt, und noch nie war etwas an ihm verändert worden. Die zerkratzten, seit ungezählten Jahren den Elementen ausgesetzten Buntglasfenster hielten das Licht draußen und die Geheimnisse drinnen. Im Hintergrund war ein Chor junger Stimmen zu vernehmen, die lateinische Gesänge intonierten.

»Rantansky wurde getötet«, sagte der Priester. Sein langes, schmales Gesicht wirkte erschöpft und müde, und das einst tiefe Blau der Augen war verblaßt. Das ergrauende Haar hing über die Ohren herab. Das Ohrläppchen auf der linken Seite fehlte.

»Wir haben den Kontakt zu all jenen verloren, die sich zu seiner Unterstützung zusammengeschlossen hatten.« Der Priester ließ seinen Blick zwischen den beiden Novizen hin und her wandern. »Das Netzwerk wurde aufgedeckt und ist jetzt ohne Nutzen für uns.«

»Sind wir hier sicher?« Die Stimme der linken Gestalt klang jung und männlich. Angst und Erregung mischten sich in ihr.

Der Priester nickte. »Ich habe diesen Ort selbst vor unseren vertrauenswürdigsten Kontaktpersonen geheimgehalten. Doch jetzt existiert außerhalb dieser Mauern kein Vertrauen mehr.« Er sah die beiden an. »Schlagt eure Kapuzen zurück.«

Die verhüllten Gestalten befolgten die Anweisung in perfektem Gleichklang und enthüllten glatte Gesichter, die bleich vor Besorgnis waren. Beide hatten langes, hellbraunes Haar; das des Jungen fiel bis auf die Schultern herab, während die Haare des Mädchens ungefähr fünfzehn Zentimeter länger waren. Die Augen zeigten das gleiche harte, kristallene Blau und wirkten ein wenig zu groß für die ansonsten ebenmäßigen, wie gemeißelt erscheinenden Züge. Die Nasen waren lang und schmal, die Wangenknochen hoch und perfekt geformt. Fast zu perfekt, zu schön, um wirklich zu sein, waren die beiden einander zugleich so ähnlich, daß jeder, der sie sah, sofort erkannte, daß es sich um Zwillinge handelte.

»Es gibt nur noch uns«, sagte der Priester.

»Dann haben wir verloren«, erklärte der Junge.

»Nein, Jacob!« rief seine Zwillingsschwester Rachel. Ihre Stimme klang leicht rauchig, während Jacobs etwas zu hoch für einen Mann war. »Es gibt immer noch uns drei!«

»Ja«, stimmte der Priester zu, und die beiden richteten ihre Blicke wieder auf ihn. »Doch Ratansky hatte das, wonach wir so verzweifelt suchten.«

»Dann müssen wir es uns holen«, erklärte Rachel bestimmt. »Was immer es kosten mag.«

Der Priester zuckte die Achseln. »Das könnte die einzige Möglichkeit sein, sie aufzuhalten. Sie besitzen die Mittel, genau wie wir es die ganze Zeit über befürchtet haben. Aber ich hätte nie geglaubt, daß sie so schnell in der Lage sein würden, sie auch …«

»Wie ich schon sagte«, warf Rachel ein. »Was immer es kosten mag.«

»Aber«, setzte der Priester an und unterbrach sich fast

sofort. »Ich kann es nicht … *ich kann es nicht!*« Sein Gesicht verzog sich zu einer schmerzerfüllten Fratze.

Die Zwillinge sahen sich an.

»Wir werden es tun«, erklärte Rachel, und ihr Zwillingsbruder Jacob nickte zustimmend.

»Wenn es nur einen anderen Weg gäbe«, stöhnte der Priester mit belegter Stimme.

»Aber es gibt keinen«, entgegnete Jacob. »Und es gibt auch keinen Zufluchtsort. Zumindest wird es dann keinen mehr geben. Nicht in dieser Welt.«

Das Gesicht des Priesters war voller Traurigkeit. Der Widerhall der Gesänge des jungen Chores verstärkte seinen Kummer noch.

»Kinder«, sagte er leise, »alles, was uns geblieben ist, sind Kinder.«

»*Wir* sind keine Kinder«, protestierte Rachel.

Der Priester sah sie an. »Ihr seid nicht einmal achtzehn Jahre alt.«

»Aber die Hälfte dieser Zeit haben wir zusammen mit dir in diesem Krieg verbracht«, wandte Jacob ein. »Und in den letzten vier Jahren haben wir gemeinsam mit den Soldaten trainiert, die uns jetzt verlassen haben. Wir haben die Lehrgänge wieder und wieder mitgemacht und alle Anforderungen erfüllt – wie du selbst gesagt hast. Und du weißt, daß es jetzt keine andere Wahl mehr gibt, für keinen von uns.«

»Wenn wir so gut sind, wie du immer behauptet hast«, setzte Rachel hinzu.

»Ihr seid besser.«

»Dann gehen wir nach New York. Ratansky hat doch mit Sicherheit *irgend etwas* hinterlassen.«

»Die Aufgabe besteht darin, dieses Etwas zu finden«, ergänzte ihr Bruder. »Vielleicht können wir den Faden an dem Ort aufnehmen, an dem er gestorben ist.«

»Aber die Gefahr«, murmelte der Priester düster. »Herr im Himmel, die Gefahr …«

»Die bleibt, ob wir nun gehen oder nicht«, entgegnete Jacob.

»Sie sieht nur etwas anders aus«, erklärte Rachel. »Es ist unsere letzte Chance und die letzte Chance der Welt.«

Der Priester nickte langsam und zögernd. Mit knackenden Gelenken erhob er sich und wartete, bis auch die Zwillinge aufgestanden waren. Als sie mit gesenkten Köpfen vor ihm standen, sprach er einen kurzen Segen und schlug das Zeichen des Kreuzes.

»Möge Gott mit euch sein«, sagte er zum Schluß. »Möge Gott mit uns allen sein.«

Captain Ted Wilkerson von der Arizona Highway Police marschierte in raschem Tempo den Flur des Tucson General Hospital entlang und zwang damit Dr. Lopez, in einen leichten Trab zu fallen, um mit ihm Schritt halten zu können.

»Wir haben ihn so schnell wie möglich hergebracht, Captain«, erklärte Lopez verteidigend.

Sie erreichten den Fahrstuhl, und Wilkerson drückte auf den Knopf nach oben.

»Erklären Sie es mir noch einmal, Doc, aber machen Sie schnell.«

»Ihr Mann …«

»Denbo ist nicht nur mein Mann. Er ist ein Mann mit einer Familie, die bald fragen wird, was mit ihm geschehen ist.«

»Nun, wie Sie wissen, wurde er vor vier Stunden von einer unserer Patrouillen entdeckt, und zwar irgendwo in der Mitte zwischen Tombstone und Mexiko. Wie es aussieht, war er ein gutes Stück quer durch die Wüste gefahren. Er hat einen sehr ernsten Hitzschlag abbekommen und war gefährlich dehydriert. Ich glaube, wir haben ihn noch rechtzeitig gefunden, doch wie die Geschichte letztlich ausgeht, wird sich erst in den nächsten vierundzwanzig Stunden entscheiden.«

Die Fahrstuhltüren öffneten sich, und Captain Wilkerson marschierte in die Kabine, ohne sich um die Menschen zu kümmern, die aussteigen wollten. Dr. Lopez quetschte sich hinter ihm durch das Gedränge.

»Ich möchte Sie auf das vorbereiten, was Sie gleich zu sehen bekommen«, erklärte Lopez, als der Aufzug zum dritten Stock hinaufsummte.

»Ich habe schon Leute gesehen, die länger in der Wüste waren als Denbo, Doc.«

»Ich rede nicht von der Wüste, Captain. Es geht um das, was auch immer ihm widerfahren ist, bevor er dort hinausraste. Ein Schockzustand ist zwar unter solchen Umständen nicht ungewöhnlich, doch Officer Denbo ist absolut nicht ansprechbar. Er hat nicht ein einziges Wort gesagt, seit wir ihn hergebracht haben, und wir sind nicht einmal sicher, ob es uns überhaupt wahrnimmt.«

Im dritten Stock eilte Lopez vor Wilkerson aus dem Fahrstuhl und führte ihn zu Wayne Denbos Zimmer, einem ruhigen Eckraum mit Aussicht auf die Laternen, die den Krankenhausparkplatz erleuchteten. Als sie die Tür erreichten, legte sich plötzlich eine fleischige Hand auf Lopez' Brust und hinderte ihn am Eintreten.

»Von hier an übernehme ich, Doc.«

»Aber ...«

»Ich rufe Sie, wenn ich Sie brauche.« Wilkerson schloß die Tür vor Lopez' Nase und sah sich Sergeant Bart Harkness gegenüber, der an Denbos Bett Wache hielt.

»Gott im Himmel«, murmelte der Captain.

Denbo lag ausgestreckt auf dem Bett und starrte blicklos ins Nichts. Die Hitzeblasen in seinem Gesicht waren alle punktiert und verbunden, und er sah aus wie ein Mann, der während der morgendlichen Rasur Amok gelaufen war. Die Haut selbst war von starkem Sonnenbrand gerötet.

»Hat er irgendwas gesagt?« fragte der Captain.

»Nicht ein einziges Wort«, erwiderte Harkness.

Wilkerson trat neben Denbos Bett und sah den Sergeant an. »Was zum Teufel ist passiert?«

Harkness richtete den Blick auf die Gestalt, die wie verloren in dem von der Klimaanlage gekühlten Raum lag. »Er hat einen ziemlich verrückt klingenden Notruf an die Zentrale durchgegeben, doch bevor er sagen konnte, wo er sich befand, brach die Verbindung ab.«

»Das war alles? Sonst nichts?«

»Als wir den Wagen fanden, lagen die Reste des Mikros auf dem Beifahrersitz. Sieht aus, als hätte er es zerbrochen. Muß sich dabei die Hand aufgerissen haben«, erläuterte Harkness und zeigte auf den Verband um Denbos Rechte. »Jedenfalls fuhr er von dort, wo immer er auch war, so schnell wie möglich los und direkt in die Wüste. Schien ihm völlig gleich zu sein, wohin es ging, solange er nur wegkam. Ein Hubschrauber hat ihn gerade noch vor Einbruch der Dunkelheit entdeckt. Der Wagen hatte kein Benzin mehr, und er saß vorne auf der Stoßstange und starrte genauso ins Nichts wie jetzt. Wir haben ihn dann mit dem Helikopter hergebracht.«

»Was ist mit seinem Partner? Wo steckt Langhorn?«

»Keine Spur von ihm. Möglicherweise hat Denbo ihn irgendwo zwischen dem Start- und dem Endpunkt seiner Fahrt abgesetzt.«

»Haben Sie eine Ahnung, wo sie sich auf ihrer Patrouille befanden, als das alles passierte?«

»Wir durchkämmen die Gegend in immer weiteren Kreisen, ausgehend von ihrer letzten bekannten Position. Sind eine ganze Menge Quadratmeilen. Das Gebiet hat ungefähr die Größe von Rhode Island.«

Captain Wilkerson warf einen langen Blick auf Wayne Denbos leeres Gesicht. »Was war das für eine Sache, die Sie mir nicht über Funk erzählen wollten, Bart?«

»Wayne und Joe hatten jemanden auf dem Rücksitz. Wir fanden dort Haar, das zu keinem von beiden gehört, und Blut.«

»Blut ...«

»Nicht viel. Aber genug, um festzustellen, daß es weder von Wayne noch von Joe stammte.«

»Wo ist Langhorn?« fragte Wilkerson frustriert. »Was um Gottes willen ist mit ihm passiert?«

Harkness reagierte mit einem hilflosen Achselzucken. »Ich wollte, ich wüßte es, Cap.«

»Dann versuchen Sie mal, die folgende Frage zu beantworten, mein Freund: Was kann einen Mann dazu bringen, in die Wüste hinauszufahren und sich in ... so etwas zu verwandeln?«

Die beiden Männer schauten auf Denbos reglose Gestalt hinunter und sahen sich dann an. »Was zum Teufel hat er gesehen, Bart?« fragte Wilkerson. »Was hat er nur gesehen?«

Kapitel 7

Anderthalb Stunden, nachdem Karen Raymond in der zehn Minuten von ihrem Haus in Del Mar entfernten Außenstelle des San Diego County Sheriff's Department Zuflucht gesucht hatte, tauchte Alexander MacFarlane dort auf. Er war nicht zu Hause gewesen, als sie bei ihm angerufen hatte, doch der Anrufdienst versprach, ihn irgendwie zu erreichen. Nachdem eine halbe Stunde ergebnislos verstrichen war, versuchte sie es noch einmal, wartete weitere zwanzig Minuten und rief dann noch mal an. Doch all ihre Versuche führten zu nichts. Schließlich meldete sich MacFarlane selbst bei der Polizeiwache und erklärte, er sei unterwegs. Seine Stimme klang angespannt und gehetzt. Und jetzt, als er über den Flur zu dem Büro eilte, in dem man Karen und die Kinder einstweilen untergebracht hatte, kam er ihr regelrecht verängstigt vor. Ein Trio von Männern folgte ihm dicht, die sie als Angehörige des Sicherheitsdienstes erkannte, der bei Jardine-Marra unter Vertrag stand.

»Mein Gott, Karen«, sagte MacFarlane statt einer Begrüßung, »mein Gott ...«

Karen ging zu ihm hinüber und ergriff seine ausgestreckten Hände. MacFarlane zog sie an sich. Es schmerzte, das Gesicht auf den gezerrten Knöchel zu verlagern, und die Bandage, die ein Sanitäter um ihre verletzte Hand gelegt hatte, hinderte sie daran, die Finger zu schließen.

»Wir müssen von hier verschwinden«, sagte MacFarlane leise, als sie sich wieder trennten. »Wir müssen sofort verschwinden. Am besten bringen wir Sie und die Kinder in mein Haus. Dort haben wir genügend Platz. Und außerdem«, er warf einen raschen Blick auf die schwerbewaffneten Wachmänner, »sind wir dort nicht allein.«

Karens Miene war ausdruckslos. »Die Polizei hat die Einbrecher nicht gefunden, Alex. Sie sind zu meinem Haus gefahren, doch dort war niemand mehr. Aber sie können nicht aus eigener Kraft verschwunden sein. Das ist völlig unmöglich. Und das heißt, es müssen andere gekommen sein, um ihnen zu helfen. Es gibt also noch mehr von ihnen!«

»Wir müssen hier weg, Karen. Bitte.«

Karen rührte sich nicht. »Sie verstehen doch, was ich meine, Alex. Das war kein zufälliger Einbruch. Sie waren speziell hinter mir her.« Sie senkte die Stimme. »Es geht um Lot 35. Das muß der Grund sein.«

»Ich weiß«, erwiderte MacFarlane mit grimmiger Miene.

Die Bemerkung und MacFarlanes Tonfall ließen Karen innerlich erstarren. »Wie können Sie das *wissen*, Alex?«

MacFarlanes Blick huschte kurz zu den Sicherheitsleuten hinüber, die ihn begleitet hatten. »Diese drei sollen Ihre Söhne in mein Haus bringen. Draußen warten noch zwei Männer, die uns begleiten werden.«

»Begleiten? Wohin?«

»Dorthin, wo ich war, als der Anrufdienst mich erreichte: Im Werk.«

Karen Raymond nahm nur am Rande wahr, wie Alexander MacFarlanes Limousine das Salk Institute passierte und durch den Industriepark von Torrey Pines in Richtung Jardine-Marra fuhr. Vor dem Gebäude stand eine Reihe von Autos, die alle den vertrauten Schriftzug des Sicherheitsdienstes trugen. Daneben parkten auch einige Zivilfahrzeuge. Sicherheitsposten mit Schrotflinten quer vor der Brust flankierten den hell erleuchteten Eingang. Als sie die Limousine verließen, bemerkte Karen einen Mann im Anzug, der sich gleich hinter dem Eingang in der Lobby aufhielt.

»FBI«, erklärte Alex und nahm ihren Arm. »Das hier fällt in ihren Zuständigkeitsbereich.«

»Das hier?« wiederholte Karen nervös. »Was ist denn überhaupt los?«

Bevor MacFarlane antworten konnte, kam ihnen der Mann durch die Eingangstür entgegen.

»Quantico schickt zwei forensische Teams mit dem ersten Flug, der heute morgen geht, Sir«, verkündete er in geschäftsmäßigem Ton.

»Was ist mit meinem Haus?« fragte MacFarlane.

»Teams zur Unterstützung sind bereits eingeteilt.«

»Ich brauche keine Unterstützung, verdammt noch mal, ich brauche Schutz!« Sein Blick wanderte zu Karen. »Dr. Raymonds Kinder werden in Kürze dort eintreffen.«

»Sie werden dort sicher sein, Sir.«

»Ich verlasse mich darauf.«

Der FBI-Mann bellte ein paar kurze Anweisungen in ein Walkie-talkie, das er aus dem Gürtel zog, während Karen und Alexander die Lobby von JM durchquerten. Der Agent schloß zu Alex auf und wechselte ein paar leise Worte mit ihm, die Karen nicht genau verstehen konnte.

Es paßte alles zusammen. Wenn der Angriff auf ihr Haus tatsächlich aus den Gründen erfolgt war, die sie vermutete, war klar, daß die Kräfte, die dahintersteckten, sich nicht auf diesen einen, gescheiterten Versuch beschränken würden. Schließlich war sie nur ein Teil der phantastischen Arbeit, die Jardine-Marra mit Lot 35 geleistet hatte. Ein wichtiges Rädchen, sicher, aber eben doch nur ein Teil. Andere Rädchen waren, ob nun gemeinsam oder allein, von ähnlicher Bedeutung.

Karens Gedankengang wurde abrupt unterbrochen, als sie sich dem Labor näherten, in dem die Entwicklung von Lot 35 erfolgt war. Das Labor befand sich in einem abgelegenen Teil des Gebäudes, der einen gewissen Schutz vor neugierigen Besuchern bot. Ein weiterer Mann im Anzug stand vor der Tür Wache. Als er sah, wie sich MacFarlane und der FBI-Agent der Tür näherten, trat er mit steifen Bewegungen ein Stück zur Seite. Karen ging durch den Eingang und spürte, wie ihre Füße plötzlich schwer wurden. Ihr Magen brannte, und der Fußboden schien zu schwanken.

Das Lot-35-Labor war ein einziger Trümmerhaufen. Tische lagen umgestürzt auf dem von zerschmettertem Glas bedeckten Boden. Aktenschränke waren aufgebrochen und leergeräumt, Computer zerstört worden.

Später sollte sich Karen darüber wundern, daß ihr diese Bilder der Zerstörung stets als erstes in den Sinn kamen, wenn sie an diese Szene zurückdachte. Nicht das Blut. Und auch nicht die Leichen der acht Labormitarbeiter, die wie immer bis spät in die Nacht hinein gearbeitet hatten.

Sie hätte hiersein müssen! Und an jedem anderen Abend wäre sie auch hiergewesen.

Ihre Mitarbeiter lagen überall dort im Labor, wo sie gerade gearbeitet hatten. Den größten Teil der letzten zwei Jahre hatte sie mit diesen Männern und Frauen verbracht, und in den letzten sechs Monaten hatte die besondere Bedeutung ihrer Arbeit sie noch enger zusammenwachsen lassen. Jede freie Sekunde hatten sie für den Endspurt geopfert, um das lang ersehnte Ziel zu erreichen. Und als es schließlich soweit war, waren sie sich unter Tränen in die Arme gefallen, hatten sich chinesisches Essen kommen lassen und endlich, endlich gefeiert.

»Sie wurden erschossen«, sagte MacFarlane leise. »Alle.«

»Eine Gruppe wurde zu mir nach Hause geschickt«, murmelte Karen, »und die anderen ...«

»Hierher«, ergänzte er den Satz. »Die Killer haben alles mitgenommen, Notizen, Disketten, Proben, sogar die Versuchstiere.«

Karen packte seinen Arm. »Bringen Sie mich hier raus, Alex.«

»Ich glaube, wir ...«

»Sofort!«

Karen empfand plötzlich den verzweifelten Wunsch, jetzt bei ihren Söhnen zu sein. So tief ihr Gefühl der Trauer und des Verlustes auch war, weit mehr beunruhigte sie die durchaus reale Möglichkeit, daß sich Taylor und Brandon noch immer in Gefahr befanden.

»Ich will zu meinen Kindern.«

»Karen, wir müssen miteinander reden.«

»Bringen Sie mich zu den Jungs, Alex.«

»Sie sind in Sicherheit.«

»Jetzt sofort!«

»Sie sind die einzige, die noch übrig ist«, sagte MacFarlane, als sie wieder im Wagen saßen. »Wenn Sie auch bei Ihnen ... Erfolg gehabt hätten, dann wäre Lot 35 jetzt verloren.«

»Wer sind *sie*, Alex?«

»Ganz offensichtlich jemand, der nicht will, daß unser Impfstoff jemals auf den Markt kommt.«

Karen versuchte vergeblich, ihr Zittern zu unterdrücken. »Das heißt, es gibt eine undichte Stelle. Das ist Ihnen doch klar?«

MacFarlane warf ihr einen Blick zu. »Aber ich weiß nicht, auf welcher Ebene sich diese Stelle befindet. Noch nicht, jedenfalls.«

»Doch, das wissen Sie. Genauso wie ich. Einer von unseren Direktoren ist dafür verantwortlich. Einer von ihnen muß in direkter Verbindung zu jemandem stehen, der möchte, daß Lot 35 für immer verschwindet. Jemand aus einer anderen pharmazeutischen Firma!« Die plötzliche Erkenntnis traf sie wie ein Schlag.

»Karen ...«

»Lassen Sie mich ausreden, Alex. Nehmen wir an, diese andere Firma steht genauso dicht vor der Entwicklung eines Impfstoffes wie wir, vielleicht sogar noch dichter. In der Sache ist ein Gewinn in Milliardenhöhe zu erwarten, viele Milliarden Dollar, aber es gibt nur Platz für einen Aidsimpfstoff.«

»Sie ziehen Ihre Schlußfolgerungen reichlich schnell.«

»Ja, genau wie derjenige in unserem Aufsichtsrat, der die Informationen über Lot 35 weitergegeben hat.«

»Das waren aber nicht die einzigen, die Zugang zu diesen Informationen hatten«, wandte MacFarlane ein.

»Nein, aber es waren die einzigen, die erst *heute* von der Existenz von Lot 35 erfahren haben. Alle anderen waren darüber schon seit mehreren Monaten informiert. Die Tatsache, daß all dies heute nacht passiert ist, kann nur eines bedeuten. Beweisen Sie mir doch das Gegenteil, Alex. Versuchen Sie es ruhig.«

MacFarlane seufzte. »Die FBI-Beamten haben die gleichen Schlußfolgerungen gezogen.«

»Und was beabsichtigen sie jetzt zu unternehmen?«

»Sie wollen jedes einzelne Mitglied des Aufsichtsrates gründlich durchleuchten.«

»Sagen Sie ihnen, sie sollen außerdem Merck, Ciba-Geigy, Pfizer und Van Dyne überprüfen.«

»Ich bin sicher, das haben sie auch vor«, erwiderte MacFarlane nervös und beugte sich zu ihr hinüber. »Unsere vordringliche Aufgabe besteht jetzt darin, Ihre Arbeit unter strengen Sicherheitsvorkehrungen zu rekonstruieren, und zwar am besten an einem anderen Ort. Ich weiß, daß Sie dazu in der Lage sind. Schließlich haben Sie immer darauf bestanden, von jedem einzelnen Schritt persönliche Sicherheitskopien anzufertigen.«

Karen nickte unbehaglich. »Aber es fällt mir schwer, jetzt an solche Dinge zu denken.«

»Natürlich. Tut mir leid.«

»Sie müssen sich nicht bei mir entschuldigen, Alex. Sie haben heute nacht genausoviel verloren wie ich selbst.«

MacFarlane berührte ihren Arm. »Wir werden das gemeinsam angehen, Karen, wir beide. Das verspreche ich.«

Der kleine Konvoi, bestehend aus den zwei Wagen mit Sicherheitskräften und der Limousine in der Mitte, brauchte kaum fünf Minuten, um die anderthalb Meilen bis zu MacFarlanes Haus zurückzulegen. Das auf den Klippen von La Jolla, dreihundert Fuß oberhalb von Black's Beach gelegene Gebäude war ein weitläufiges, dreistöckiges geometrisches Wunderwerk aus runden und dreieckigen Formen, umgeben von Patios aus Kalkstein. Die Rahmenkonstruktion bestand zu neunzig Prozent aus stahlgefaßtem Glas und erlaubte von fast allen Räumen aus einen ungehinderten Blick auf den Ozean und den Strand. Dieser Strand verdankte den Namen Black's Beach dem vulkanischen Sand, aus dem er bestand. Erreichbar war er entweder über einen versteckten Pfad oder durch die Aufzüge, die viele der Anwohner am Rand der Klippen hatten anbringen lassen. Karens Jungen waren vermutlich die einzigen, die Alex' Aufzug in den letzten Jahren bei ihren gelegentlichen Besuchen benutzt hatten, da MacFarlanes Kinder längst erwachsen waren und er selbst den Strand seit dem Tod seiner Frau nicht mehr betreten hatte.

Sämtliche Lampen und Scheinwerfer auf dem Grundstück waren eingeschaltet und erleuchteten die Vorderfront des Hauses fast taghell, so daß die uniformierten Gestalten, die sich dort bewegten, dunkle Schatten warfen. Der Wachtposten an der Eingangstür kam auf den Wagen zu, als die Limousine mit einem leisen Knirschen hielt.

»Dr. Raymonds Kinder?« fragte MacFarlanes statt einer Begrüßung.

»Sind oben und werden bewacht, genau wie angeordnet. Auf eigenen Wunsch sind beide in einem einzigen Zimmer untergebracht. Ich glaube, sie schlafen jetzt.«

»Na also«, wandte sich der Präsident von Jardine-Marra an Karen. »Zufrieden?«

»Ich will sie sehen.«

»Warum sollen wir sie aufwecken ...«

»Jetzt, Alex«, sagte sie leise, aber bestimmt. »Sofort!«

Der Anblick ihrer schlafenden Kinder nahm Karen eine schwere Last von der Seele. Sie weckte sie nicht auf, aber es erforderte ihre ganze Willenskraft, darauf zu verzichten.

Karen schloß die Tür leise hinter sich und entschied, das Licht nicht einzuschalten, sondern sich mit der schwachen Helligkeit zu begnügen, die von einem der Scheinwerfer durch die Ritzen der Jalousie ins Zimmer fiel. Sie dachte an den morgigen Tag und das, was danach kommen würde. Alexander MacFarlane hatte recht, sie mußten Lot 35 wiederherstellen, ein neues Team bilden und rund um die Uhr arbeiten, denn erst nach der offiziellen Anerkennung der formellen Testreihen würde sie sich sicher fühlen. Sobald ihre Arbeit veröffentlicht war, würde der Gegner, der in dieser Nacht zugeschlagen hatte, keinen Grund mehr haben, gegen sie vorzugehen.

Oder gegen ihre Söhne.

Karen betrachtete die Kinder, die friedlich nebeneinander in dem großen Bett lagen, während das schwache Licht auf ihren Gesichtern spielte. Am liebsten hätte sie sich zwischen sie gelegt, sie in die Arme genommen und sich für eine Weile selbst dem Halbdunkel überlassen. Aber sie wollte die Jungen nicht stören, und so blieb sie einfach neben dem Bett stehen.

Doch dann wandten sich ihre Gedanken wieder den Ereignissen der Nacht zu, und ein plötzlicher, erschreckender Gedanke durchzuckte sie. Alexander MacFarlane zufolge hatten die Killer praktisch gleichzeitig im Labor und in ihrem Haus zugeschlagen. Doch der Angriff auf ihr Heim hat erst kurz vor Mitternacht stattgefunden, zu einem Zeitpunkt also, an dem zumindest ein Teil ihrer Mitarbeiter normalerweise schon zu Hause war. Es war ausgeschlossen, absolut ausgeschlossen, daß sich alle um Mitternacht noch im Labor aufgehalten hatten. Das bedeutete …

Alexander MacFarlane hatte über den Zeitpunkt des Massakers gelogen. Der Überfall auf das Labor mußte erheblich früher erfolgt sein, mindestens mehrere Stunden vorher. Und erst als sich herausstellte, daß sie nicht dort war, hatte man den zusätzlichen Angriff auf ihr Haus gestartet. Außerdem hatten sich die Eindringlinge dort geradezu unglaublich gut ausgekannt. Sie waren mit der Alarmanlage, der Lage der Zimmer, wirklich mit allem vertraut gewesen.

Alexander MacFarlanes Haus war mit der gleichen Alarmanlage ausgestattet. Und sie hatte ihr Haus vor zwei Jahren von einem seiner Freunde gekauft.

Nicht Alex, niemals. Jeder andere außer Alex …

Und dennoch …

Er hatte sie jetzt genau dort, wo er sie haben wollte: in seinem eigenen Revier, verängstigt und gehorsam. Und dazu auch noch Taylor und Brandon.

Alex hatte ihre Söhne.

Unsere vordringliche Aufgabe besteht jetzt darin, Ihre Arbeit unter strengen Sicherheitsvorkehrungen zu rekonstruieren, und zwar am besten an einem anderen Ort. Ich weiß, daß Sie dazu in der Lage sind. Schließlich haben Sie immer darauf bestanden, von jedem einzelnen Schritt persönliche Sicherheitskopien anzufertigen.

War es das, was er haben wollte, die Sicherheitskopien? Fürchtete er, Lot 35 könnte irgendwie selbst ihren Tod überdauern?

In einer gewissen, schrecklichen Weise ergab das durchaus einen Sinn. Und auch wieder nicht, weil sie Alexander MacFarlane vertraute. Und wenn sie ihm nicht mehr trauen konnte, wem denn dann noch? Ganz davon abgesehen waren mittlerweile noch andere außer MacFarlane in die Angelegenheit verwickelt. Das FBI zum Beispiel.

Aber konnte sie überhaupt sicher sein, daß diese Männer tatsächlich FBI-Beamte waren? Und wieso waren nicht auch Vertreter des San Diego Sheriff's Department bei Jardine-Marra aufgetaucht?

Vielleicht, weil niemand sie alarmiert hatte. Vielleicht war die ganze Show eigens für sie inszeniert worden.

Ein leises Klopfen war an der Tür zu hören, und Karen fuhr unwillkürlich zusammen.

»Karen?« fragte Alexander MacFarlanes Stimme. »Ist alles in Ordnung?«

Erzähl du mir das doch! hätte sie am liebsten zurückgeschrien, doch statt dessen antwortete sie leise: »Ja.«

Sie hatte ihre Entscheidung bereits getroffen. Ihre einzige Sorge galt jetzt den Kindern.

»Ich habe ja gesagt, daß es den beiden gutgeht«, meinte MacFarlane, als Karen das Zimmer verließ und die Tür sorgsam hinter sich schloß.

»Gott sei Dank.«

»Hier sind sie sicher. Genau wie Sie.«

»Ja, ich weiß.«

Sie wartete bis drei Uhr, bevor sie ihren Plan durchführte. Von dem Schlafzimmer aus, das MacFarlane ihr gegeben hatte, hatte man einen guten Ausblick auf die Klippen und den Ozean, und am Tag war auch ein Teil von Black's Beach zu sehen. Als sie aufstand, brannten draußen noch immer alle Lampen, und auch die Wachen patrouillierten weiterhin regelmäßig über das Grundstück. Entweder wurde hier eine Illusion von Sicherheit eigens für sie aufrechterhalten, oder MacFarlane meinte es tatsächlich ehrlich. Dann schoß ihr der Gedanke durch den Kopf, die Wachen könnten auch dort stehen, um sie daran zu hindern, das Haus zu verlassen. Falls das zutraf, könnten die nächsten Minuten ziemlich übel für sie werden.

Zum Glück hatte MacFarlane im Haus keine Wachen postiert, so daß sie sich dort ungehindert bewegen konnte. Karen schlich über den Flur zu dem Zimmer hinüber, in dem

Taylor und Brandon schliefen. Sie öffnete lautlos die Tür und huschte zu der Seite des Bettes, auf der der ältere der beiden lag. Als sie ihn wachrüttelte, legte sie eine Hand über seinen Mund. Seine Augen blickten schläfrig zu ihr hoch, dann erkannte er sie und fing an zu strahlen.

»Mom.« Das Wort kam dank der Hand auf seinem Mund nur gedämpft heraus.

»Pst«, machte Karen. »Wir müssen verschwinden.«

Er sah sie fragend an.

»Ich weiß nicht, ob wir hier sicher sind. Vielleicht ja, wahrscheinlich sogar, aber ich weiß es eben nicht genau.«

Wo sie sicher sein würden, wohin sie von hier aus gehen sollten, darüber hatte sie sich noch keine Gedanken gemacht. Immer eins nach dem anderen.

Taylor schlüpfte in seine Turnschuhe, während Karen Brandon in die Arme nahm, der sich beharrlich weigerte, aufzuwachen. Sie mußte ihn regelrecht auf den Flur hinauszerren, bevor er sich bequemte, seine Füße zu benutzen.

»Hier entlang«, flüsterte sie und führte die Jungen zur Treppe.

Karen wußte, wo MacFarlane die Schlüssel für seine drei Wagen aufbewahrte, einen Rolls Corniche, einen alten Porsche und einen Cadillac. Die Garage, in der die Autos standen, war direkt an das Haus angebaut und von der Küche aus über einen kleinen Flur zu erreichen. Dort hingen auch die Schlüssel in einem Wandschränkchen, und Karen nahm sich den, an dem ein Anhänger mit dem Cadillac-Logo befestigt war. Schweigend und nur im Schein des von draußen hereindringenden Lichts führte sie ihre Söhne in die Garage und schloß die Tür hinter sich.

Der schwierigste Teil lag noch vor ihnen. Auf dem Grundstück wimmelte es von Sicherheitskräften. Sie würden mit dem, was Karen beabsichtigte, zwar nicht rechnen, aber das hieß noch lange nicht, daß sie nicht in der Lage wären, rasch darauf zu reagieren. Nachdem Karen Taylor und Brandon sicher auf dem Rücksitz untergebracht und angewiesen hatte, unbedingt die Köpfe unten zu halten, schob sie den Schlüssel ins Zündschloß und drehte ihn um.

Schnurrend erwachte der Cadillac zum Leben.

Karen griff nach oben und drückte auf den Knopf über der Sonnenblende, der den automatischen Garagenöffner aktivierte. Sofort setzte sich das Tor in Bewegung und glitt nach oben. Über ihr an der Garagendecke flammte ein Licht auf, und Karen verfluchte sich selbst, weil sie nicht daran gedacht hatte, die Birne herauszudrehen, bevor sie in den Wagen gestiegen war. Das leise Summen, mit dem sich das Tor öffnete, konnte der Aufmerksamkeit der Wachen entgehen, doch das Licht würde auffallen, sobald jemand in ihre Richtung sah.

Karen legte den Rückwärtsgang des Cadillac ein. Der schwere Wagen glitt auf den schwarzen Belag der kreisförmigen Einfahrt und wäre fast mit zwei dort parkenden Autos kollidiert, bevor Karen das Bremspedal trat. Sie ließ die Scheinwerfer ausgeschaltet, als sie die Richtung zum Haupttor einschlug. Statt einfach loszurasen, fuhr sie langsam, in der Hoffnung, die Wachen würden glauben, es handle sich um eine ganz gewöhnliche, planmäßige Fahrt.

Zumindest der Posten am Tor schöpfte tatsächlich keinen Verdacht. Karen sah, daß seine Waffe noch im Holster an der Hüfte steckte, als der Mann auf den Wagen zukam. Jetzt blieb ihr keine andere Wahl mehr. Sie trat das Gaspedal bis zum Boden durch, und der Cadillac hinterließ eine Wolke aus hochgeschleuderten Schmutzpartikeln, als er vorwärtsschoß. Der Mann sprang im gleichen Moment aus dem Weg, als sie das Lenkrad herumriß, um ihm auszuweichen. Das Fahrzeug rumpelte über die Grasnabe und streifte einen dekorativen Findling, als es durch das Tor jagte. Rasch richtete sie den Wagen wieder aus und raste dann mit Höchstgeschwindigkeit die Straße entlang.

»Klasse, Mom!« rief Taylor, der von ihrer reifenquietschenden Flucht sehr angetan war.

Wie schon einmal in dieser Nacht warf Karen immer wieder nervöse Blicke in den Rückspiegel. Doch auch diesmal tauchte dort nichts auf, was bedrohlich gewirkt hätte. Genauer gesagt, es war überhaupt nichts zu sehen.

Sie schaltete die Scheinwerfer ein und fuhr in die Nacht

hinaus. Nachdem sie dem Ort entkommen war, der möglicherweise ihr Gefängnis hätte sein sollen, überlegte sie, wohin sie sich jetzt gehen sollte. Lokale Polizeibehörden kamen nicht in Frage, doch die Staatspolizei, die überall durch die California Highway Patrol vertreten war, wäre eine Möglichkeit. Allerdings hatte sie keine Ahnung, wo sich das nächstgelegene Revier befand, ganz zu schweigen von der Frage, was geschehen würde, wenn sie dort auftauchte. Karen beschloß, um ihrer Söhne willen kein Risiko einzugehen. Welchen Ort auch immer sie jetzt aufsuchte, er mußte absolute Sicherheit bieten und zudem ein echtes Refugium sein, in dem sich Taylor und Brandon notfalls auch für sehr lange Zeit aufhalten konnten.

Es gab nur einen Ort, der diese Anforderungen erfüllte, und so jagte Karen den Cadillac immer weiter durch die Nacht ihrem Ziel entgegen.

Kapitel 8

»Das ist alles, Sir«, sagte eine Stimme in der Dunkelheit des Vorführraums, als das Band durchgelaufen war.

»Und jetzt sind alle hier, Major?«

»Soweit ich weiß, werden sie noch immer versorgt, Sir. Ist ein ziemlich komplizierter Prozeß, wenn man die besondere Situation bedenkt.«

»Aber ich hoffe doch, wir sind entsprechend ausgerüstet.«

»Jetzt schon, Sir.«

»Und was ist mit dem State Trooper?«

»Er hätte natürlich nicht entkommen dürfen. War reiner Zufall, Sir.«

»Ein ziemlich unangenehmer Zufall.«

»Nicht nach den jüngsten Berichten, Sir. Man hat ihn vor ein paar Stunden in apathischem Zustand in der Wüste aufgegriffen. Ich bezweifle ernstlich, daß er in absehbarer Zeit irgend jemandem etwas erzählen kann, Sir.«

»Trotzdem werden wir sicherstellen müssen, daß es lange genug so bleibt, nicht wahr, Major?«

Der Mann im Hintergrund umklammerte die mit abgestoßenem roten Velours verkleidete Lehne des Sitzes vor ihm. Jedes Detail wies ornamentale Verzierungen auf, und der Saal strahlte eine Atmosphäre aus, als habe man einfach ein altmodisches Kino hierhergeschafft. Holzverkleidungen mit handgeschnitzten Pilastern und Simsen bedeckten die Wände. Die Decke war im neopompejanischen Stil bemalt, Arabesken und Blumengirlanden wanden sich um Götter und Göttinnen.

»Und was ist mit dem Ort selbst?« wollte er wissen.

»Alle Berichte bestätigen, daß er sauber ist, Sir. Nicht die geringste Spur. Sämtliche Tests wurden mit absoluter Sorgfalt durchgeführt. Ich glaube nicht, daß wir in dieser Beziehung irgend etwas zu befürchten haben.«

»Ich nehme an, wir dürfen uns deswegen glücklich schätzen. Wie steht es mit der Absicherung vor gegnerischer Beobachtung?«

»Wir überwachen das Gebiet genauestens, Sir, und wenn wir es schaffen, den Ersatz in die Stadt zu bringen, bevor die Highway Patrol wieder auftaucht, dürften da keine Probleme entstehen.«

»Wie lange wird das Ihrer Ansicht nach dauern, Major?«

»Äußerstenfalls bis morgen nachmittag, Sir.«

»Sehr gut. Halten Sie mich auf dem laufenden.« Er schien das Gespräch beenden zu wollen, doch dann kam ihm noch etwas anderes in den Sinn. »Natürlich erlauben uns die anderen Ereignisse des Tages, ein Problem aus der Welt zu schaffen, das uns schon seit einiger Zeit quält. Sie wissen, wovon ich spreche, Major.«

»Ich habe die entsprechenden Befehle bereits erteilt, Sir.«

»Genau nach meinen Anweisungen, hoffe ich.«

»Natürlich, Sir. Buchstabengetreu.«

»Ich möchte die Möglichkeit haben, ihr gegenüber Wiedergutmachung zu leisten. Soviel bin ich ihr schuldig.« Die Gestalt im rückwärtigen Teil des Vorführraums erhob sich und zeichnete sich als Silhouette ab. »Also schön, dann ...«

»Sir?«

»Ach, richtig, Major. Da war noch etwas.« Zögernd setzte er sich wieder.

»Etwas sehr Dringendes, fürchte ich, Sir.«

Auf ein Zeichen hin erloschen wieder alle Lampen in dem Kinosaal. Auf der zweieinhalb mal vier Meter großen Leinwand an der Stirnseite des Saals tauchte ein Bild auf, das einen schmalen Ausschnitt der Lexington Avenue in New York zeigte. Eine Reihe von Fußgängern passierte eine Menschentraube, die sich bei einem Obststand vor dem Alexander's zusammendrängte.

»Wir haben dieses Band bei einem Touristen konfisziert, der zufällig zum Zeitpunkt des Zugriffs gefilmt hat.«

»Ein ziemlich armselig durchgeführter Zugriff, bei dem das Material, auf das es uns ankam, möglicherweise in den falschen Händen gelandet ist.«

»Streichen Sie das Wort ›möglicherweise‹, Sir.«

»Major?«

»Ich glaube, wir haben das Material lokalisiert, Sir. Ich lasse das Band bis zur fraglichen Stelle vorlaufen.«

»In Ordnung«, erwiderte die Stimme aus der hinteren Reihe, die jetzt besorgt klang.

Die Bilder auf der Leinwand liefen wieder mit normaler Geschwindigkeit. Eine Frau und drei Kinder blickten lächelnd in die Kamera und winkten. Ihre Lippen bewegten sich, aber man konnte nicht verstehen, was sie sagten. Plötzlich durchquerte ein Mann dicht vor dem Kameraobjektiv das Bild und verdeckte die Familie. Der Major fror den Film kurz auf den verdutzten Gesichtern der Mutter und der Kinder ein und ließ ihn dann in Zeitlupe zurücklaufen. Als sich der Fremde, der nur von der Hüfte aufwärts sichtbar war, genau in der Bildmitte befand, hielt er den Film abermals an. Trotz der Bewegungsunschärfe ließ sich erkennen, daß der Mann breitschultrig gebaut war und einen Bart trug.

»Sir, dieser Mann entspricht der Beschreibung eines der Schützen, von denen unsere Leute in Bloomingdale's eliminiert wurden. Es ist uns mittlerweise gelungen, aufgrund einer Computeranalyse dieses Bildes eine positive Identifikation zu erhalten.« Der Major hielt kurz inne. »Der Name dieses Herrn lautet Blaine McCracken.«

Der Mann im Hintergrund erhob sich, um das Bild genauer zu betrachten. »Sollte mir der Name irgend etwas sagen, Major?«

»Das sollte er allerdings, Sir«, erwiderte der andere Mann. Und dann begann er zu erklären.

ZWEITER TEIL

DIE SCHLÜSSELGESELLSCHAFT

NEW YORK CITY
Dienstag, 9 Uhr

Kapitel 9

Sal Belamo arrangierte das Treffen für McCracken von seinem Krankenbett im Grand Hyatt aus. Dank der Schußwunde, die er sich am vergangenen Nachmittag eingefangen hatte, und einer unruhigen Nacht fühlte er sich steif und zerschlagen. Er schnitt eine Grimasse und schluckte zwei Percodan-Tabletten ohne Wasser.

»Wenn du mich fragst, kann man sich viel zu leicht an diesen Mist gewöhnen.«

»Was hat dein Gewährsmann über die Leichen erzählt?« erkundigte sich McCracken.

»Gar nichts. Wollte am Telefon nicht reden, nicht einmal, als ich ihm sagte, es ginge nicht anders. Er meinte, entweder persönlich oder ich soll mich zum Teufel scheren.«

»Hast du ihm gesagt, daß ich hingehe?«

Belamo grinste, während sich sein Blick langsam trübte. Die Tabletten begannen zu wirken. »Ich habe ihm gesagt, er soll nach einem Burschen Ausschau halten, der ungefähr so gut aussieht wie ich vor zehn Jahren.«

McCracken legte die kurze Strecke vom Hyatt bis zum Broadway Deli auf der Fourty-second Street, wo Sergeant Ed Reese ihn erwartete, zu Fuß zurück. Blaine hätte Belamos Beschreibung gar nicht gebraucht, um den Cop zu erkennen – ein fetter Mann in einer billigen Khakijacke, der auf einem Hocker am Tresen saß und zur Tür sah, als er das Deli betrat. Der Mann warf McCracken einen desinteressierten Blick zu und wandte sich dann wieder seinem marmeladegefüllten Doughnut zu, der auf dem Weg zu seine Lippen kräftig tropfte. Er spülte den Bissen mit einem mächtigen Schluck Kaffee hinunter, wobei ein Teil der Flüssigkeit auf dem Unterteller landete. Reeses Haar lag vorn glatt an, stand aber am Hinterkopf senkrecht hoch. Der Mann wirkte müde und abgespannt, aber auch vertrauenswürdig.

McCracken war noch einen Schritt von Reese entfernt, als der Cop ihm abermals einen beiläufigen Blick schenkte und dann das Wort an ihn richtete.

»Der alte Sal hat sich anschießen lassen, wie?«

»Stimmt.«

»Ist nicht das erste Mal.«

Reese rückte seinen Körper auf dem Hocker zurecht, wobei die Fettmassen in Bewegung gerieten.

»Mich hat's in Korea erwischt«, meinte er und klopfte sich auf den oberen Teil des linken Schenkels. »Genau hier an der Hüfte. Ein paar Splitter stecken noch drin. Die blöden Ärzte haben nicht alles rausgeholt.«

»Sie kennen Sal aus Korea?«

Der Polizist schüttelte heftig den Kopf. »Teufel, nein. Er war damals mit einem ganz anderen Spiel beschäftigt, und darauf verstand er sich sehr viel besser als ich. Und Sie?«

»Vietnam.«

»Dachte ich mir schon. Na ja, ich habe den kleinen Sal erst später kennengelernt, damals, als er boxte. Habe auf die beiden Kämpfe gegen Carlos Monzon gewettet.«

»Da müssen Sie ja Ihr letztes Hemd verloren haben.«

»Ganz und gar nicht. Ich habe auf Monzon gesetzt. Er hatte noch nie einen Kampf verloren, und ich ahnte schon, daß nicht ausgerechnet der kleine Sal derjenige sein würde, der ihn zum ersten Mal auf die Matte legt.« Reese stopfte sich den Rest den Doughnuts in den Mund, kaute mit schnellen Kieferbewegungen, schluckte und warf dann einen Blick auf die Uhr. »Tut mir leid, aber ich muß gleich wieder weg.«

»Haben Sie die beiden Schützen identifiziert, die wir erledigt haben?«

»Nein, und das werden wir auch nicht.« Reese hielt inne, sah sich um, ob irgend jemand ihn beobachtete, und schnappte sich dann noch einen Doughnut aus dem Glasbehälter. »Die Leichen sind nämlich fort. Jemand hat sie direkt aus der Leichenhalle der Gerichtsmedizin geholt. Hat einfach den Wachtposten niedergeschlagen, und das war's dann.« Er griff in die Tasche seiner Jacke und holte einen zusammengefalteten, kaffeebefleckten Umschlag hervor. »Hier drin finden Sie den vorläufigen Bericht über die Schützen. Ist das einzige, was ich für Sie tun konnte. Übrigens, diese Schützen hatten etwas gemeinsam.«

»Außer, daß ihre Leichen gestohlen wurden?«

»Stellen Sie sich vor, beiden fehlte das linke Ohrläppchen.«

Blaine dachte kurz über diese Information nach. »Was ist mit dem Toten, den man auf der Lexington in der Nähe der Fifty-ninth Street gefunden hat?« fragte er nach dem Mann, der Johnny Wareagle noch im Sterben eine Warnung zumurmeln konnte, nachdem er seine Aktentasche mit der El-Salarabis vertauscht hatte.

»Der hatte noch beide Ohrläppchen, falls Sie das meinen.«

»Wenigstens ist seine Leiche nicht auch noch abhanden gekommen.«

Reese runzelte die Stirn. »Tja, aber der Bursche hat den größten Teil seiner Eingeweide verloren, weil er an jemanden geraten ist, der mit dem Messer umgehen konnte.« Reese griff wieder in die Tasche und zog einen Notizblock heraus. »Da wir seine Leiche noch haben, sind wir über ihn etwas besser im Bilde. Haben ihn anhand der Fingerabdrücke identifiziert. Er heißt Benjamin Ratansky, ist dreiundfünfzig und stammt aus Aldrich, Illinois. Komischerweise haben unsere Nachforschungen ergeben, daß er eigentlich gar nicht tot sein kann. Der Computer behauptet steif und fest, Ratansky sitze gerade eine zehnjährige Gefängnisstrafe wegen Computerbetrügereien im Taylorville Correctional Center in Taylorville, Illinois, ab.«

Johnny Wareagle wanderte durch die Straßen von New York. Er hatte kein bestimmtes Ziel und folgte auch keiner speziellen Route. Er wirkte wie ein Jagdhund, der auf der Suche nach der richtigen Witterung umherstreift.

Die Begegnung mit Earvin Early letzten nachmittag hatte ihm sein Versagen vor Augen geführt, etwas, woran er nicht gewöhnt war und das ihm zutiefst mißfiel. Für ihn als Indianer war das ganze Universum eine einzige Kette, deren Glieder miteinander verbunden und voneinander abhängig waren. Die Handlungen einiger Menschen waren in besonderem Maß mit denen anderen verknüpft, und so mußten sie sich auch die Verantwortung dafür teilen. Nach Wareagles Ansicht war die Folge seines Scheiterns bei dem Versuch, Early vor zwanzig Jahren zu töten, daß er bis zu einem gewissen Grad auch die Schuld am Tod derer mittrug, die der Wahnsinnige seitdem umgebracht hatte. Und er hatte viele getötet, dessen war sich Johnny sicher. Selbst aus der Entfernung, aus der er gestern einen kurzen Blick auf Early geworfen hatte, hatte er das in dessen gelben Augen lesen können.

Die Morgenluft erwärmte sich langsam, und die Stadt erwachte zum Leben.

»He, Riese. He, großer Riese.«

Johnny blieb stehen und blickte zu dem Inhaber der Stimme hinunter. Es war ein einbeiniger Stadtstreicher, der auf dem Bürgersteig saß und das verbliebene Bein unter sich gezogen hatte, während seine Schultern an der Hauswand lehnten. Um seinen Hals baumelte ein handgeschriebenes Schild, auf dem KRIEGSVERSEHRTER VIETNAM-VETERAN stand. Er hielt Johnny einen Styroporbecher hin, der noch immer nach Kaffee roch.

Als Wareagle seinen Blick erwiderte, verloren seine eingesunkenen Augen für einen Moment den Ausdruck der Hoffnungslosigkeit.

»Du warst auch dort. Das kann ich dir ansehen!«

Wareagle betrachtete den Versehrten genau, und dieser Anblick verriet ihm sehr viel über Earvin Early. Der Psychopath hatte gestern fast genauso ausgesehen. Johnny wußte, daß es keine Verkleidung gewesen war. Materie, alles, was physisch und daher auch vergänglich war, bedeutete dem wahnsinnigen Riesen nichts mehr. Das Experiment, dem er sich unterzogen hatte, als er im Gefängnis saß, hatte irgend etwas mit seinem Verstand angestellt und ihn von einem

Menschen in ein Monster verwandelt. Und Wareagle hatte geglaubt, dieses Monster vor zwanzig Jahren in den Wäldern von Carolina getötet zu haben.

In jener Nacht hatte Earvin Early mit zwei Pfeilen im Leib den Sturz in den Abgrund überlebt, hatte es irgendwie geschafft, eine neue Existenz zu beginnen. Und dieses neue Leben war es, was Johnny vor allem Sorge bereitete. Und so galt seine Jagd nicht in erster Linie Early, sondern dem, zu dessen Teil er geworden war, weil Johnny es nicht verhindert hatte:

Dem Tag des Gerichts …

Early hatte den Mann getötet, der im Besitz dieses Geheimnisses gewesen war, hatte ihn getötet, um das Geheimnis zu schützen. Wenn er Early fand, entdeckte er damit zugleich auch das nächste Glied in der Kette.

Der Tag des Gerichts mußte verhindert werden.

Und Earvin Early würde Johnny dabei helfen.

Sal Belamo legte den Telefonhörer auf die Gabel zurück und warf Blaine von seinem Sessel im Schlafraum der Suite einen vorwurfsvollen Blick zu. »Und du hast gedacht, einer meiner Kontaktleute würde spinnen …«

»Ratansky?«

»Laut dem Register von Illinois sitzt er tatsächlich im Taylorville Correctional Center. Block D, Zelle siebenundzwanzig. Wurde vom Zuchthaus oben in Sheridan dorthin verlegt.«

»Nur, daß er im Moment auf einem Labortisch beim Leichenbeschauer von New York City liegt. Ist doch merkwürdig, daß ein toter Mann noch immer seine Zeit im Gefängnis absitzt.«

»Da hast du wohl recht, Boß.«

»Sieht so aus, als müßte ich mich mal persönlich mit ihm unterhalten.«

»Bist du sicher, daß du das wirklich willst, Indianer?«

Wareagle schaute von dem kleinen Rucksack hoch, den er auf der Couch im Wohnzimmer der Suite packte. »Es geht nicht um das, was ich tun will, Blainey. Es geht um das, was ich tun muß.«

»Weil du diesen Earvin Early beim ersten Mal verfehlt hast.«

»Und weil er Teil dessen ist, mit dem wir es jetzt zu tun haben.«

»Early fällt in diese Schlucht, überlebt irgendwie und macht sich aus dem Staub. Die Spur ist kalt, Indianer. Vor zwanzig Jahren erkaltet.«

»Die Witterung wird noch dort sein, Blainey.«

»Bleib in Kontakt mit mir, Indianer.«

»Tut mir leid wegen Ihrem Onkel, Miss«, sagte Sergeant Bob Hume mitfühlend. Er hob den Blick von den Papieren auf seinem Schreibtisch und sah die junge Frau an, die ihm gegenüber saß. Ihre blauen Augen wirkten kalt und hart. Hume hatte schon die unterschiedlichsten Ausdrücke auf den Gesichtern jener Menschen gesehen, die erst wenige Minuten zuvor die Überreste ihrer Angehörigen identifiziert hatten. Nicht zwei waren sich völlig gleich gewesen, doch nur bei sehr wenigen hatte Hume eine ähnliche Miene erlebt. Aber wie auch immer, sein Job bestand lediglich darin, die Lücken in dem vor ihm liegenden Formular zu füllen, damit der Frau gestattet werden konnte, die Leiche zu übernehmen.

»Sie waren also Mr. Ratanskys Nichte«, sagte Hume und glitt mit der Spitze des Stiftes zur entsprechenden Zeile des Formulars.

»Ja«, erwiderte Rachel. Es fiel ihr leicht, in die Rolle eines anderen Menschen zu schlüpfen: sorgfältig ausgewählte Kleidung, entsprechendes Make-up und die Bearbeitung ihres Haars mit der Brennschere erzielten den gewünschten Effekt. Sie hatte überlegt, Trauer zu zeigen, sich dann aber dagegen entschieden aus Furcht, damit ihre Tarnung zu gefährden.

»Sobald der Autopsiebericht vervollständigt ist, können wir die Leiche freigeben«, fuhr der Polizist fort.

»Hatte er irgendwelche … persönlichen Dinge bei sich?« fragte Rachel.

»Ein paar«, erwiderte Hume und warf einen Blick auf die kurze Liste, die hinten an den Bericht geheftet war. »Wir werden sie Ihnen aushändigen, sobald wir hiermit fertig sind.«

»Ich hätte gerne eine Kopie dieser Akte«, verlangte Rachel und deutete auf die Mappe.

Hume betastete die Mappe, als wolle er sich vergewissern, daß sie wirklich von der Akte sprach. »Da steht wirklich nichts …«

»Nur zum privaten Gebrauch.«

»Das ist nicht üblich.«

Ihr Gesicht wirkte plötzlich sanfter. »Mein Vater ist auch Polizist. Er hat mich gebeten …«

»Ich verstehe. Ich mache Ihnen eine Kopie.«

Hume wollte sich gerade erheben, da hielt ihn die Stimme der jungen Frau auf.

»Sergeant, da ist noch etwas anderes. Mein Onkel hatte die Angewohnheit, stets eine braune Aktentasche bei sich zu tragen. Er reiste viel und wollte daher seine persönlichen Unterlagen immer in der Nähe wissen. Jetzt frage ich mich, ob etwas, worauf diese Beschreibung paßt, in der Nähe des Tatorts gefunden wurde.«

Hume überflog die Liste mit den persönlichen Gegenständen. »Laut dieser Aufstellung nicht. Aber ich werde das gerne noch einmal für Sie überprüfen, Miss.«

»Vielen Dank.«

»Wenn Sie jetzt bitte hier unterschreiben. Ich mache Ihnen dann gleich eine Kopie des Berichts …«

Jacob wartete in dem kleinen Park auf sie, der nur ein Stück vom Revier entfernt die Straße hinauf lag. Ihm fiel auf, daß ihre Handtasche jetzt voller war als zuvor.

»Bei seinen persönlichen Sachen ist nichts, was uns weiterhelfen könnte«, erklärte Rachel, als sie sich neben ihn auf die Bank setzte.

Jacobs Blick wanderte von der Tasche zu ihrem Gesicht. »Bist du sicher? Ratansky war ziemlich clever. Er könnte …«

»Du hast mich nicht ausreden lassen.«

Sie zog ein paar zerknitterte Blätter aus der Handtasche. »Als der Sergeant ging, um eine Kopie des Berichts zu machen, habe ich mir das hier von seinem Schreibtisch genommen.« Sie reichte die Blätter ihrem Zwillingsbruder. »Das ist der vollständige Polizeibericht über die Ereignisse, zu denen es nach Ratanskys Tod gekommen ist.«

»Was für Ereignisse?«

»Lies es selbst.«

Jacob überflog die kurze Darstellung einer Schießerei, die sich bei Bloomingdale's ereignet hatte und an der außer den beiden unbekannten Toten noch mindestens drei weitere Personen beteiligt gewesen waren. Bei einem dieser Männer handelte es sich um einen gebürtigen Syrer, der terroristischer Verbindungen verdächtigt wurde. Er war ebenfalls tot. Von den beiden anderen Beteiligten konnte der Bericht lediglich einige wenig detaillierte Beschreibungen liefern, die von den verängstigten Zeugen der Schießerei stammten.

»Das ergibt doch keinen Sinn«, meinte Jacob, nachdem er die Papiere durchgelesen hatte. »Wer sind diese Männer? Wie sind sie mit den Soldaten aneinandergeraten?« Seine Augen weiteten sich erwartungsvoll. »Verbündete von Ratansky vielleicht. Helfer, von denen wir gar nichts ahnten!«

»Selbst wenn es so gewesen ist, heißt das noch lange nicht, daß er auch das Material an sie übergeben hat. Und falls er das doch getan hat, können wir aus der Tatsache, daß sie bisher noch keinen Kontakt aufgenommen haben, schließen, daß sie einen anderen Weg verfolgen.«

»Einen, der sich aber offensichtlich mit unserem überschneidet.«

»Wovon sie wiederum nichts wissen.«

»Damit bleibt uns nicht mehr als ihre Beschreibungen.«

»Ein bärtiger Mann und ein riesiger Indianer«, sagte Rachel und wiederholte damit die Sätze, die am häufigsten in den Aussagen der Zeugen auftauchten, die versucht hatten, die geheimnisvollen Männer zu beschreiben.

»Nicht gerade viel, womit wir da arbeiten müssen«, murmelte Jacob und verzog enttäuscht das Gesicht.

»Aber alles, was wir im Moment haben.«

Kapitel 10

»Karen, was ist denn in Sie gefahren? Wo um Himmels willen stecken Sie?«

Alexander MacFarlanes aufgeregte Stimme drang durch den Hörer des Münztelefons in Modesto an Karen Raymonds Ohr.

»Das spielt keine Rolle, Alex. Und ich habe auch nicht vor, so lange zu sprechen, bis jemand, der vielleicht zuhört, das herausfinden kann.«

»Was? Wovon reden Sie da eigentlich? Ich bin vor Sorge fast umgekommen. Ich dachte, jemand hätte Sie entführt. Die Wachen erzählten zwar, Sie hätten allein im Wagen gesessen, aber das konnte ich mir beim besten Willen nicht vorstellen.«

»Ich war nicht allein. Die Jungen saßen auf dem Rücksitz.«

»Mein Gott, sie hätten verletzt werden können ...«

»Oder vielleicht erschossen, Alex. Von Männern, die mich nicht von Ihrem Grundstück entkommen lassen wollten. Aus Ihrer Kontrolle.«

»Erklären Sie das bitte, Karen!«

Sie warf einen prüfenden Blick auf ihre Uhr, um MacFarlane nicht genug Zeit zu geben, den Anruf zurückverfolgen zu lassen. »Nicht jetzt. Es genügt, wenn ich sage, daß ich ganz auf Sicherheit gehe.«

»Aber letzte Nacht, Karen! Denken Sie daran, was letzte Nacht geschehen ist.«

»Das tue ich.«

»Reden Sie mit mir, Karen! Gott ist mein Zeuge, ich weiß nicht, was in Sie gefahren ist, aber wir müssen miteinander reden.«

»Bald«, erwiderte Karen und hängte auf.

MacFarlanes Cadillac hatte sie letzte Nacht stehengelassen, weil die Polizei mit Sicherheit im ganzen Staat nach ihr und dem Wagen suchen würde. Sie hatte ungefähr zwanzig Minuten gebraucht, um zehn Meilen zurückzulegen, genug, wie sie hoffte, um ihr einen ausreichenden Vorsprung zu verschaffen. Anschließend hatte sie sechs verschiedene Taxiunternehmen angerufen, bis sie eines fand, das bereit war, sie zu dieser Stunde nach Sanpee in eine bestimmte Wohnwagensiedlung zu bringen.

Natürlich hatte sie kein Bargeld bei sich, um den Fahrer zu bezahlen. Sie informierte ihn vor Antritt der Fahrt darüber und versprach zugleich, das Geld zu beschaffen, sobald sie ihr Ziel erreicht hatten. Der Mann warf einen Blick auf die Kinder, zuckte die Achseln und willigte ein.

Die Fahrt nach Sanpee dauerte knapp eine halbe Stunde. Die Jungen schliefen praktisch sofort ein, sobald sie im Wagen saßen. Karen wollte es ihnen am liebsten gleichtun, doch jedesmal, wenn sie fast eingeschlummert war, schreckten sie ein paar blendende Scheinwerfer oder der Klang einer Hupe wieder hoch. Wohin sie auch blickte, überall vermutete sie Feinde; hinter der nächsten Kurve, irgendwo verborgen zwischen dem Bewuchs der Straßenböschung oder in dem Kleinlaster, dessen aufgeblendete Scheinwerfer sie im Rückspiegel sah.

Schließlich fuhren sie in Sanpee von der Schnellstraße ab und erreichten den Rand der Wohnwagensiedlung kurz vor vier Uhr morgens. Alles sah unverändert aus, die Wohnwagen standen noch genauso wie vor acht Jahren, als sie fortgezogen war. Um diese Zeit brannten nicht mehr viele Lichter, von den vereinzelten schwachen Lampen abgesehen, die das Management als Sicherheitsmaßnahme bezeichnete. Das Taxi suchte sich einen Weg durch die labyrinthischen Gassen des Parks, während Karen versuchte, die Dunkelheit mit ihren Blicken zu durchdringen.

Ein Hund bellte. Dann noch einer.

Der Fahrer trat heftig auf die Bremse. Karen und die Jungen rutschten auf ihren Sitzen nach vorne.

»Heilige Scheiße«, murmelte der Fahrer.

Die Hunde, allesamt Pitbulls, umkreisten den Wagen, bellten ihn an, sprangen daran hoch und schnappten nach den Reifen und dem Kühlergrill. Der Fahrer schloß rasch die Fenster und wandte sich dann mit erschrockener Miene an Karen.

»Haben Sie das hier erwartet, Lady?«

Bevor Karen antworten konnte, erklang eine vertraute Stimme.

»Sieht so aus, als hätten wir Besuch ...«

T. J. Fields trat in den Lichtkegel der Scheinwerfer. In der Hand hielt er eine Schrotflinte vom Kaliber .12. Er kniff die Augen zusammen, weil der grelle Schein ihn blendete. Seine Figur war noch genauso wuchtig, wie Karen sie in Erinnerung hatte, um die Hüften schien er sogar zugelegt zu haben. Das Haar war grau geworden und viel kürzer geschnitten, doch ansonsten sah er aus wie damals, als sie sich zum ersten Mal begegnet waren und er sie vor Tom Mitchell beschützt hatte. Noch immer trug er lederne Hosen, schwere Bikerstiefel und eine Lederweste, auf deren Rücken das Logo der Skulls eingestickt war. Karen glaubte fast, das Knirschen des Leders zu hören, als er sich bewegte.

»Das reicht jetzt, Jungs«, dröhnte seine kräftige Stimme im Befehlston. Augenblicklich verstummte das Gebell der Pitbulls, von einem leisen Jaulen abgesehen. »Karen, ich glaube, du kannst jetzt rauskommen.«

»Mom«, rief Taylor mit weit aufgerissenen Augen, »wer ist ...«

»Ein Freund. Jemand, der uns helfen wird.«

»Dieser Kerl ist dein Freund? Du kennst ihn wirklich?«

Statt Taylor zu erklären, daß T. J. Fields auch sein Freund war, beugte sich Karen einfach über Brandon hinweg, öffnete die Tür des Taxis und stieg aus. Two-Ton marschierte mit der Schrotflinte im Arm auf den Wagen zu. Die Hunde rannten ziellos und jaulend um ihn herum. Ein paar langweilten sich offenbar und verschwanden irgendwo in der Dunkelheit.

Karen lehnte sich an die geöffnete Tür des Taxis.

»Komm ins Licht und laß dich ansehen«, rief der große Mann. »Na, was für ein Anblick. Immer noch so hübsch wie der Tag lang ist.«

T. J. hielt die Schrotflinte von sich weg, als wäre sie nicht schwerer als ein Zahnstocher, und breitete die Arme aus. Karen machte einen Schritt vorwärts und verschwand regelrecht in seiner Umarmung.

»Es ist viel zu lange her, Mädchen.«

»Ich weiß. Tut mir leid.«

»Scheiß drauf. Nur Verlierern tut etwas leid. Es gibt 'ne

Menge Leute, die das hier als Heim bezeichnen und nur hin und wieder mal vorbeischauen.« Er schob sie ein Stück von sich fort, hielt sie aber an den Schultern fest. »Aber davon können sich die wenigstens ›Doktor‹ nennen. Ein paar der Jungs dachten, du wärst ein richtiger Medizinmann, als ich ihnen erzählte, daß du kommst. Sie haben's eben vergessen.«

»Aber du nicht.«

»Ich vergesse meine Freunde nie, Kleines. Wir verlieren uns zwar mitunter aus den Augen, aber wenn wir uns dann wiedersehen, hat sich nichts zwischen uns geändert.«

»Diesmal hat sich viel geändert. Aber erst vor kurzem.«

T. J. warf einen Blick auf die Jungen, die noch im Auto hockten. »Scheint so.«

»Ich stecke in Schwierigkeiten.«

»Kommt mir bekannt vor. Das haben wir doch schon einmal erlebt, weißt du noch?«

Karen wandte sich dem Wagen zu und holte Brandon vom Rücksitz. Taylor folgte ihm nach draußen.

»Kannst du den Fahrer bezahlen?« fragte sie. »Ich mußte ziemlich überstürzt aufbrechen.«

T. J. hatte bereits ein Geldbündel aus der Hosentasche gezogen. Er benetzte die Finger und blätterte die Scheine durch, ohne deswegen die Schrotflinte aus der Hand zu legen.

»Wieviel?«

»Zweiunddreißig fünfzig«, erwiderte der Fahrer.

T. J. zählte vier Zwanzigdollarnoten von dem Bündel ab und reichte sie dem Mann durch das Fenster. »Der Rest ist Schweigegeld. Sie sind nie hiergewesen.«

Der Fahrer warf einen raschen Blick auf die Pitbulls. »Ich habe nicht mal von diesem Ort gehört.« Die Erleichterung stand ihm deutlich ins Gesicht geschrieben. Nachdem der Fahrer gewendet hatte, um sich vorsichtig den Weg zum Ausgang zu suchen, drehte sich T. J. wieder zu Karen um. Der schwache Schein der Bremslichter reichte aus, um ihm die Angst zu zeigen, die ihr ins Gesicht geschrieben stand.

»Du und ein Haufen Hunde«, sagte sie mit einem schiefen Lächeln und zog den verschlafenen Brandon an sich. »Etwas mehr hatte ich ja schon erwartet.«

T. J. Fields grinste, steckte zwei Finger in den Mund und pfiff durchdringend. Sofort tauchte hinter Bäumen, Wohnwagen und Autos mehr als ein Dutzend bewaffneter Gestalten auf.

»Genügt dir das?« fragte eine andere vertraute Stimme aus der Dunkelheit.

Karen wirbelte zu dem Sprecher herum und sah einen alten Mann, der langsam näher kam. »Papa Jack?«

»Genau der.«

Sie stürzte vorwärts und umarmte ihn.

»Langsam, langsam«, stöhnte er, »sonst brichst du mir noch die letzten heilen Knochen im Leib.«

Seit Karen ihn kannte, behauptete Papa Jack, der geistige Führer der Skulls, knapp sechzig zu sein. Dem Korea-Krieg verdankte er eine schwarze Klappe über dem rechten Auge, und ein schwerer Motorradunfall war verantwortlich für die acht Stahlschrauben in seinem rechten Bein. Das graue Haar hatte er zu einem Pferdeschwanz zurückgebunden, und das verbliebene blaue Auge betrachtete sie leicht amüsiert.

»Ich nehme an, du möchtest wieder in deinen alten Wohnwagen.«

»Nur, wenn der Heißwasserboiler endlich repariert ist.«

»Steht ganz oben auf meiner Liste, Kind.« Er zwinkerte ihr zu. »Etwas Entgegenkommen könnte die Sache enorm beschleunigen.«

»Du bist mir zu schnell, Papa Jack.«

Er schien Taylor und Brandon jetzt erst zu bemerken. »Das können doch unmöglich deine Jungs sein. Bitte erzähl mir jetzt nicht, ich wäre soviel älter geworden, Kind.«

»Es sind meine, Papa Jack. Aber das macht dich keinen Tag älter als neunundfünfzig.«

Er zupfte an seiner Augenklappe. »Das ist Musik in meinen Ohren, Kind, Musik in meinen Ohren.«

Der Begrüßung war eine kurze Zeit relativer Ruhe gefolgt, bevor es Zeit wurde, Alexander MacFarlane anzurufen. Karen hatte den Anruf von der Telefonzelle vor einem Kurzwarenladen aus getätigt, der ein paar Meilen von der Wohnwagensiedlung entfernt lag. Nachdem sie aufgehängt hatte, fuhr sie mit dem alten Ford Galaxy, der einem der Skulls gehörte, zwanzig Minuten die Straße entlang bis zu einer anderen Telefonzelle, von der aus die MacFarlane abermals unter seiner Privatnummer anrief.

»Karen«, sagte er, ohne abzuwarten, daß sie sich meldete.

»Ich werde mich mit Ihnen treffen, Alex, aber nur zu meinen Bedingungen.«

»Karen, wir müssen das jetzt klären. Ich kann nachempfinden, wie Sie sich jetzt fühlen ...«

»Dann sollten Sie um so mehr bereit sein, meine Forderungen zu akzeptieren.« Karen hatte die Einzelheiten bereits ausgearbeitet und mit T. J. besprochen. Die Skulls waren ein As in ihrem Ärmel, von dem weder MacFarlane noch sonst jemand wußte.

»Torrey Pines State Park. Am Aussichtspunkt, heute abend um zweiundzwanzig Uhr. Stellen Sie Ihren Wagen südlich der Ranger-Station ab. Und ich will nur Sie und Ihren Fahrer sehen.«

»Ich werde kommen, Karen.«

»Ich auch.«

Blaine McCracken tauchte eine halbe Stunde vor dem Termin, den er mit dem Gefängnisdirektor vereinbart hatte, am Taylorville Correctional Center in Taylorville, Illinois, auf. Der Wachtposten überprüfte die Ausweispapiere, die er sich angefertigt hatte, und starrte ihn beeindruckt an.

»Ich rufe im Büro an und sage Bescheid, daß Sie unterwegs sind«, erklärte er.

Zehn Minuten später saß Blaine im Büro von Gefängnisdirektor Warren Widmer. Widmer war ein überraschend freundlich wirkender, umgänglicher Mann, der jeden, ob Insasse oder nicht, gleichermaßen mit Respekt behandelte. Im Moment lauschte er Blaines Bericht über Benjamin Ratansky mit höchsten Erstaunen.

»Was Sie mir da erzählen, Mr. McCracken«, sagte er, als

Blaine geendet hatte, »läuft darauf hinaus, daß einer unserer Insassen gestern in New York City ermordet wurde.«

»Ganz recht, Mr. Widmer.«

»Würden Sie bitte seinen Namen buchstabieren?«

Widmer drehte sich mit seinem Stuhl zum Computerterminal, gab den Namen ein, den Blaine ihm nannte, und tippte die entsprechenden Befehle. Nachdem er das Ergebnis kurz betrachtet hatte, wandte er sich wieder McCracken zu.

»Es sieht so aus, als hätten Sie recht. Benjamin Ratansky sitzt hier in Zelle siebenundzwanzig in Block D ein.«

»Befindet er sich jetzt dort?«

»Wohl kaum, fürchte ich. Denn in Block D gibt es nur sechsundzwanzig Zellen.«

Die Anspannung in der Stimme des Priesters war nicht zu überhören, als er seine Fragen an die Zwillinge über den Lautsprecher des Telefons wiederholte.

»Seid ihr sicher, daß die Beschreibungen, die ihr mir durchgegeben habt, zutreffen?«

Jacob und Rachel sahen sich an.

»Ja«, erwiderte Jacob.

»Sie stammen direkt aus dem Polizeibericht«, fügte Rachel hinzu.

»Es ist mir gelungen, die beiden zu identifizieren«, erklärte ihr Vater nach einer längeren Pause. »Es war gar nicht besonders schwierig. In bestimmten Kreisen sind sie ziemlich bekannt.«

»Und wer sind sie?«

Als ihr Vater ihnen genau berichtete, wer der bärtige Mann und der Indianer waren und was man von ihnen erwarten durfte, wurden die Zwillinge zusehends aufgeregter.

»Wie ist es möglich, daß solche Männer in die Sache verwickelt sind?« fragte Rachel.

»Könnte sein, daß sie rein zufällig hineingestolpert sind. Meinen Informationen zufolge ist dieser McCracken dem arabischen Terroristen schon einmal begegnet. Unter ähnlich unerfreulichen Umständen.«

»Das erklärt aber noch nicht die Anwesenheit der Soldaten«, warf Jacob ein. »Sie hätten eigentlich verschwinden müssen, nachdem sie Ratansky ausgeschaltet hatten.«

»Wir müssen davon ausgehen, daß sie ihre Gründe hatten, anders zu handeln.«

»Vielleicht ist McCracken unwissentlich in die Sache verwickelt. Durch etwas, das er getan ... oder *erfahren* hat!« rief Rachel aufgeregt.

»Schon möglich, aber darüber könnte uns nur McCracken selbst Auskunft geben.«

»Dann müssen wir ihn eben finden!«

»Aber wo sollen wir mit der Suche anfangen?« wandte Jacob mutlos ein.

»Wo würdest du denn an seiner Stelle ansetzen?« rief der Priester. »Versucht, wie er zu denken.«

»Ratansky«, murmelte Rachel.

»Inzwischen dürfte McCracken ihn identifiziert haben«, ergänzte Jacob.

»Und wohin wird er sich mit dieser Information begeben?«

Die Zwillinge sahen sich mit großen Augen an. Rachel sprach aus, was Jacob dachte. »Dorthin, wo wir jetzt hingehen müssen.«

»War die Verlegung ungewöhnlich?« fragte McCracken.

»An und für sich nicht« entgegnete Widmer. Vor ihm auf dem Schreibtisch lag ein Computerausdruck von Ratanskys Akte. »Ratansky war ein Mustergefangener, hätte aber aufgrund der Höhe seiner Strafe innerhalb der nächsten zwei Jahre noch nicht auf Bewährung freigelassen werden können. Insofern war die Verlegung in ein Gefängnis mit gelockerten Haftbedingungen die nächstbeste Möglichkeit.«

»Nur ist er nie in Taylorville angekommen.«

Der Gefängnisdirektor ging die Blätter durch und griff dann nach weiteren, die gerade über das Computermodem aus Sheridan eingetroffen waren. »Alles deutete darauf hin, daß seine Verlegung hierher ein Täuschungsmanöver war, in Szene gesetzt von jemandem, der die Computersysteme beider Haftanstalten manipuliert hat. Sheridans Unterlagen sind genau wie unsere so abgeändert worden, daß alles seine Ordnung zu haben schien.«

»Ratansky wurde wegen Computerbetrügereien verurteilt«, erinnerte McCracken.

»Wie ich feststelle, ist Ihnen dieser Zusammenhang ebenfalls nicht entgangen.«

»Ebensowenig wie die Tatsache, daß er die ganze Geschichte unmöglich allein durchgezogen haben kann.«

»Dem stimme ich zu. Tatsächlich sind seine Unterlagen hier in Taylorville regelmäßig auf den neuesten Stand gebracht worden, offenbar für den Fall, daß jemand mal einen Blick in die Akte werfen könnte.«

»Gibt es eine Möglichkeit, diese Einträge bis zu ihrer Quelle zurückzuverfolgen?«

»Nicht mit hinreichender Genauigkeit, jedenfalls nicht unter den gegebenen Umständen. Bedenken Sie bitte, daß es keine schriftlichen Unterlagen gibt. Der ganze Vorgang erfolgte in Form eines Datenaustauschs zwischen verschiedenen Computern.«

Blaine dachte kurz nach. »Haben Sie eine Liste der Besucher, die er in Sheridan empfangen hat?«

»Die müßte mir eigentlich vorliegen ... Einen Moment bitte.«

Wieder ging Widmer die Blätter durch. Die chronologisch geordnete Liste über die drei Jahre, die Ratansky in Sheridan eingesessen hatte, umfaßte vier Blätter.

»Hauptsächlich Familienmitglieder«, bemerkte der Direktor. »Und sein Anwalt.«

»Wie steht es mit seinen letzten Wochen und Monaten in Sheridan? Tauchen da neue Namen auf?«

Widmer hob langsam den Kopf. »Ein paar. Aber keiner erscheint zweimal.«

»Ich vermute, es war immer dieselbe Person, die jeweils andere Ausweispapiere benutzte«, erklärte Blaine.

»Vier Besucher in den letzten drei Monaten vor seiner Verlegung«, meinte der Direktor skeptisch. »Nicht gerade viel, um daraus Schlüsse zu ziehen.«

»Es sei denn, es gab innerhalb von Sheridan eine Möglichkeit, ihm weitere Informationen zukommen zu lassen. Prüfen Sie nach, ob Ratansky zu irgendeiner Gruppe gehört hat. Und achten Sie auch darauf, ob er sich ihr erst in den letzten Monaten angeschlossen hat.«

Es dauerte ein paar Minuten, bis Widmer die Antwort in einer zweiten Akte gefunden hatte, die ihm vom Sheridan Correctional Center herübergefaxt wurde. »Ja und nein. Er hat sich nie einer Gruppe angeschlossen, aber es gibt mehrere Hinweise auf Verbindungen zu einer Sekte, die alle aus den letzten Monaten stammen. Sie nennt sich die Fünfte Generation. Lieber Himmel«, rief Widmer plötzlich, »es gab eine Gruppe gleichen Namens oben in Menard, als ich dort stellvertretender Direktor war. Eine religiöse Vereinigung, fanatische Evangelisten, wenn ich mich recht entsinne. Mir war allerdings nicht klar, daß es sich um mehr als eine rein lokale Erscheinung handelte.«

»Aber hier in Taylorville gibt es keinen Ableger, oder?«

»Diese Leute sind nicht der Typ, der in den offenen Strafvollzug kommt. Im Grunde passen sie nicht einmal in Gefängnisse der mittleren Sicherheitsstufe. Aber Sheridan verfügt zusätzlich über einen Hochsicherheitstrakt.«

McCracken beugte sich vor, während sich seine Nackenhärchen aufstellten. »Diese Mitglieder der Fünften Generation, würden Sie die als Störenfriede einstufen?«

»Nein. Sie bleiben meist unter sich, es sei denn, eines ihrer Mitglieder wird angegriffen. Sie kümmern sich um einander. Im Gefängnis ist so etwas durchaus üblich. Genaugenommen gibt es sogar recht wenig, das bei ihnen aus dem Rahmen des Üblichen fällt, von ihrem religiösen Eifer einmal abgesehen.«

»Eben haben Sie sie als Fanatiker bezeichnet.«

»Ein unglückliches Vorurteil, fürchte ich. Sehen Sie, diese Leute hängen einer recht ungewöhnlichen Tradition an, die wir allen Anstrengungen zum Trotz nicht unterdrücken konnten.«

»Weshalb machen Sie sich denn überhaupt die Mühe?«

»Aus gesundheitlichen Gründen. Die Mitglieder dieser Vereinigung schneiden sich das linke Ohrläppchen ab, Mr. McCracken. Jeder von ihnen.«

Nach diesen Hinweis auf den vermutlichen Verbleib der verschwundenen Leichen der New Yorker Killer rief Blaine Sal Belamo von Direktor Widmers Büro aus an und bat ihn, soviel wie möglich über die Gruppe in Erfahrung zu bringen, die sich selbst als Fünfte Generation bezeichnete. McCracken fuhr bereits seit einer Stunde in nördlicher Richtung auf Sheridan und das Gefängnis zu, aus dem Benjamin Ratansky auf so ungewöhnliche Weise entkommen war, als das Telefon seines Mietwagens klingelte.

»Was hast du herausgefunden, Sal?« fragte McCracken statt einer Begrüßung.

»Es verhält sich folgendermaßen, Boß. Die Fünfte Generation ist zwar hinter Gefängnismauern entstanden, hat sich aber längst weit darüber hinaus ausgebreitet. Es sind extreme christliche Fundamentalisten, und damit meine ich wirklich extrem. Sie haben Wiedergeburt, Erlösung und solchen Kram auf ihre Fahnen geschrieben und sind damit groß im Geschäft. Die Gruppe wurde vor fünfzehn Jahren in San Quentin von einem Priester namens Preston Turgewell gegründet. Das Komische an der Sache ist, daß Turgewell dort nicht als Seelsorger arbeitete, sondern selbst als Häftling einsaß.«

»Weswegen?«

»Dieser heilige Vater führte ein Doppelleben, das er mit den Spenden der Gemeindemitglieder finanzierte. Wie es aussieht, machte er das Beste aus der zweijährigen Haftstrafe. Wurde praktisch zu einem ganz neuen Menschen und scharte eine Menge Bekehrter um sich.«

»Die Fünfte Generation …«

»Ganz recht, Boß. Sobald er entlassen wurde, ging er mit seiner Lehre auf Tournee. Seine Organisation hatte bald Ableger in allen größeren Strafanstalten, und zwar überall im Land. Sobald seine Anhänger entlassen werden und in ihre Heimatorte zurückkehren, eröffnen sie dort weitere Niederlassungen der Fünften Generation, alles unter Aufsicht von Vater Turgewell. Wir reden hier von einer riesigen Zahl von Exsträflingen, bei denen es sich fast durchgängig um Schwerstkriminelle handelt. Oder handelte.«

»Vergangenheitsform?«

»Ja, weil Vater Turgewell mittlerweile zu seinem Schöpfer heimgekehrt ist. Er kam vor ungefähr einem Jahr bei einem Flugzeugabsturz ums Leben. Allerdings unter merkwürdigen Umständen, insbesondere wenn man bedenkt, daß seine Kinder etwa zur gleichen Zeit spurlos verschwanden.«

»Kinder?«

»Hatte ich das nicht erwähnt? Ja, von allem anderen abgesehen hat Turgewell, bevor er zum Herrn zurückfand, auch noch zwei Kinder in die Welt gesetzt.« Sal machte eine kurze Pause und blätterte in seinen Notizen. »Zwillinge, ein Junge und ein Mädchen. Sind jetzt fast achtzehn Jahre alt.«

Kapitel 11

Der Regen prasselte auf das große Zelt herab. Der Wind trieb wahre Wassermassen gegen die flatternde Leinwand und drohte, ihre Verankerungen herauszureißen. Seit vierundzwanzig Stunden strömte der Regen nun schon an dem Zelt hinab und verwandelte jede Vertiefung im Boden in immer größer werdende Pfützen. Dort, wo das Gras unter den Wassermassen versank und fortgespült wurde, bildeten sich blubbernde, schlammige Rinnsale, die entschlossen schienen, sich einen Weg unter den Zeltbahnen hindurch zu erzwingen, die bislang diesem Ansturm noch standgehalten hatten.

Innerhalb und außerhalb des Komplexes bemühten sich Dutzende bis auf die Haut durchnäßter Arbeiter fieberhaft, die Befestigungen der Leinwand zu verstärken. Frische Verankerungen wurden überall dort eingeschlagen, wo der Boden noch fest und trocken genug war. Und da, wo das nicht mehr möglich war, bemühten sich die Arbeiter wenigstens, die bereits vorhandenen Befestigungen nach besten Kräften zu sichern.

Der Menge, die sich im Innern des Zeltes zusammengefunden hatte, blieben die Auswirkungen des Sturms vorerst noch erspart. Die Menschen saßen auf Klappstühlen überall dort, wo der Boden noch trocken war. Das monotone Trommeln, mit dem der Regen gegen das Zeltdach prasselte, schien Teil der hier herrschenden Atmosphäre zu werden und wurde von den Menschen gar nicht mehr registriert. Lediglich das durch die olivbraune Leinwand sichtbare Aufzucken der Blitze sorgte für gelegentliche Störungen, bei denen jeweils ein leises Raunen durch die Sitzreihen lief.

»Haben wir die Natur zu fürchten, meine Brüder und Schwestern?« fragte die Frau herausfordernd von der untersten Ebene der dreistufigen Bühne, die an der Stirnwand des Zeltes aufgebaut war. »Müssen wir hier in dieser Nacht unser Ende als hilflose Opfer einer Tragödie fürchten? Müssen wir unsere Hilflosigkeit im Angesicht der Macht des Herrn fürchten?«

Das Murmeln in der Menge nahm zu. Blicke wanderten über das erst kürzlich errichtete Zelt, als wollten sie prüfen, ob die turmhohen Masten stark genug waren, der Gewalt des Sturmes zu trotzen.

»Ich sage, nein! Ich sage, wir haben nichts zu fürchten!«

Schwester Barbara wurde vom strahlenden Licht der weißen und blauen Scheinwerfer überflutet, die von drei Gerüsten herableuchteten. Ihr perlweißes, mit Ziermünzen besetztes Kleid schien das Licht gleichermaßen zu absorbieren wie zu reflektieren, als würde sie mit den Strahlen selbst verschmelzen. Hochgewachsen, schlank und elegant schritt sie über die Bühne, und das Klicken der hohen Absätze war zwischen den einzelnen Donnerschlägen deutlich zu vernehmen. Hinter ihr verfolgte ein hundertköpfiger, blaugekleideter Chor von halbkreisförmig im Bühnenhintergrund aufgebauten Bänken jede ihrer Bewegungen. Schwester Barbara trug ein drahtloses Mikrofon, das kaum sichtbar an ihrem linken Ohr befestigt war. Jetzt trat sie an den Rand des Podiumaufbaus und ließ ihre Stimme über die Menschen hinweg erschallen.

»Da sind jene, die auf Bühnen wie dieser stehen, und sie sagen, es gibt keine Hoffnung. Sie sagen, laßt alle Hoffnung fahren. Sie sagen, ihr müßt euch ändern und ihnen nachfolgen, oder ihr werdet nicht errettet, wenn der Tag des Jüngsten Gerichts naht.«

Wie auf ein Stichwort hin zuckte ein greller Blitz durch die Zeltwände, gefolgt vom heftigen Dröhnen eines gewaltigen Donnerschlags. Die immer nervöser werdenden Zuschauer schnappten nach Luft.

»Nun«, fuhr Schwester Barbara fort, »ich bin heute hier, um euch zu sagen, ihr sollt euer Vertrauen nicht jenen Untergangspropheten schenken, die euch und die ganze Welt schon längst aufgegeben haben. Habt Vertrauen in euch selbst, glaubt daran, daß ihr überleben werdet, ganz gleich, was man euch in den Weg werfen mag. Jene, die vor mir hiergewesen sind, haben den Klingelbeutel herumgehen lassen und euch aufgefordert zu geben, auf daß ihr gerettet werdet. Doch es ist der Glaube an euch selbst und an Gott, der euch errettet, nicht der Glaube an die Deuter Seines Wortes. Heute werden hier keine Klingelbeutel herumgereicht, und niemand wird Geld einsammeln. Gott verlangt kein Honorar für die Verbreitung Seines Wortes.«

Schwester Barbara streckte beide Hände nach der Menge aus, als wolle sie jeden einzelnen berühren. Als diesmal Blitz und Donner die Pause in ihrer Ansprache füllten, verharrten die Menschen stumm und reglos.

»Sind jene hier, die gekommen sind, um Heilung zu finden?«

»*Ja!*« schallte es von einem Teil der Menge zur Bühne zurück.

»Sind jene hier, die gebrechlich sind an ihrem Körper?«

»*Ja!*«

»Sind jene hier, die leiden an ihrer Seele?«

»*Ja!*« Diesmal antworteten beträchtlich weniger Stimmen.

»Sind jene hier, die ihre Hoffnung verloren haben ...«

»*Ja!*«

»Die vergessen haben, wie man liebt ...«

»*Ja!*«

»Die Glücklosen, die ihren Glauben verloren haben, die dem Dämon Alkohol ins Antlitz schauen ...«

»*Ja! ... Ja! ... Ja!*«

Schwester Barbara faltete die Hände in der spöttischen Imitation eines Gebetes vor der Brust. »Was tun wir gegen diese Krebsgeschwüre, die unseren Körper und unsere Seele auffressen? Wir kommen hierher und suchen Erlösung bei der einzigen Macht, an die wir uns noch wenden können. Und wenn wir von hier fortgehen, so wie wir kamen, was geschieht dann? Was geschieht morgen, wenn der Wecker schellt und ein weiterer Tag voller Schmerz beginnt?« Sie ließ ihren Blick über die Menge schweifen, und jeder der dort versammelten Menschen glaubte, Schwester Barbara habe ihm direkt in die Augen gesehen, und jeder von ihnen spürte, wie ihn ein sonderbarer Schauer überlief. »Wir verlieren die Hoffnung, und wenn wir die Hoffnung verlieren, wird das Grab, das wir uns schaufeln, nur noch tiefer. Wenn wir die Hoffnung verlieren, wird unser Leben zu einem Morast, in dem unsere Gefühle versinken. Deshalb müßt ihr, die ihr hergekommen seid, um Erlösung zu finden, erst eure eigenen Seelen erforschen, bevor ihr erwarten dürft, daß Gott sich euch zuwendet.«

»Amen«, sang der Chor mit erhobenen Armen.

»Amen«, fiel die Menge ein.

»Doch ihr seid heute nicht gekommen, um Gott zu finden«, fuhr Schwester Barbara fort. »Ich seid gekommen, um euch selbst zu finden, um den Sinn in eurem Leben zu finden, um Hoffnung zu finden. Und ich werde euch zeigen, wie ihr die Hoffnung finden könnt. Ich werde euch führen, denn ich bin schon dort gewesen, wo ihr jetzt seid. Ich bin selbst in die tiefsten Tiefen hinabgesunken. Ich weiß, wie es ist, wenn man die Welt aufgibt und wenn man sich selbst aufgibt, so wie ihr.«

Schwester Barbara preßte die Augenlider fest zusammen. Ihr ganzes Gesicht verwandelte sich in ein schmerzerfülltes Antlitz. Sie neigte den Kopf und berührte mit den Fingerspitzen die Schläfen.

»Hier ist eine Frau, die ihren Sohn seit fünf Jahren nicht mehr gesehen hat. Er ist von daheim fortgelaufen, als er dreizehn war …«

Irgendwo inmitten der Sitzreihen erklang ein lautes Schluchzen.

»… weil sein Vater ihn schlug.« Schwester Barbara öffnete die Augen. »Und die Frau warf den Vater aus dem Haus, als sie erfuhr, was er getan hatte. Zu spät, um ihren Sohn zu retten, doch nicht zu spät, um sich selbst und ihre Seele zu retten. Sie macht sich Vorwürfe, weil sie Angst hatte, den Vater an seinem Tun zu hindern, und sie quält sich, weil ihr Sohn fort ist.«

»*Bitte*«, flehte die Stimme, die zuvor geschluchzt hatte. Ein Donnerschlag schloß sich dem Wort an.

»Komm nach vorne«, sagte Schwester Barbara.

Die Menge richtete ihre Aufmerksamkeit auf die Mitte des Zeltes. Einige erhoben sich halb von ihren Sitzen, um besser sehen zu können. Lautes Gemurmel machte sich breit, als eine heruntergekommen wirkende Frau in einem billigen blauen Kleid langsam über den Mittelgang auf das Podium zuging. Ihr Haar war ungepflegt und strähnig, und unter dem Kleid zeichneten sich Speckrollen ab, die die Nähte zu sprengen drohten. Die Frau jammerte leise vor sich hin, und ihre Augen schienen kaum etwas wahrzunehmen.

Schwester Barbara kniete am Rand der Bühne nieder und streckte den Arm aus, um die Hand der Frau zu ergreifen. »Du fürchtest, daß du deinen Sohn nie wiedersehen wirst. Du möchtest, daß ich dir sage, ob er jemals zurückkehrt oder wo du ihn finden kannst.«

»Ja! *Bitte* …«

»Welchen Grund hast du ihm gegeben, zurückzukommen?«

Die Frau blickte fragen hoch. Der Griff, mit dem sie Schwester Barbaras Hand umklammert hatte, wurde schlaff.

»Was hast du aus dir selbst gemacht, seit er gegangen ist und seit auch dein Mann fort ist? Wohin soll der Junge zurückkehren?«

»Ich, ich …«

»Furcht hat ihn fortgetrieben. Wenn es keine Hoffnung gibt, keinen Glauben, wird er niemals zurückkehren. Du mußt dir erst ein Leben für dich selbst aufbauen, bevor du dich anderen widmen kannst.«

Mit einem jämmerlichen Heulen sank die Frau in sich zusammen. Schwester Barbara ergriff ihren Arm mit beiden

Händen und hinderte sie so daran, auf dem Boden aufzuschlagen.

»Du möchtest aufgeben. So viele von uns haben diesen Wunsch schon verspürt, und manchmal wehren wir uns nicht mehr gegen ihn. Wir fallen in das Grab, das wir uns selbst geschaufelt haben, und hoffen, daß uns jemand wieder herauszieht. Doch letzten Endes bleibt diese Aufgabe uns selbst überlassen, und wenn wir dabei versagen, sinken wir immer tiefer, bis wir eines Tages nicht einmal mehr die Oberfläche sehen. Kannst du die Oberfläche jetzt sehen, Schwester?«

Die Lippen der Frau zitterten.

»Kannst du die Oberfläche sehen?«

»Nein. Gott möge mir vergeben, nein.«

»Schließe deine Augen, Schwester. Schließe deine Augen, und lasse dich von deinem Geist zurücktragen in jene Zeit, als du diese Oberfläche noch gesehen hast. Schau auf die Jahre, in denen du noch dachtest, du könntest glücklich werden. Wenn du dich nicht selbst betrogen hättest, wärest du nicht gefallen. Kannst du den Tag deiner Hochzeit sehen, den Tag, an dem dein Kind geboren wurde …?«

Aus dem Heulen der Frau waren Freudentränen geworden, und ein strahlendes Lächeln breitete sich über ihr Gesicht aus. »Ja! Ja! Gelobt sei der Herr, ja!«

»Lobe nicht den Herrn, Schwester. Lobe dich selbst. Sieh, wie du damals warst, und verwandle dich wieder in jene Person zurück. Steig zurück an die Oberfläche.«

Das Lächeln der Frau verblaßte, der Schmerz kehrte zurück. »Ich … ich … kann nicht!«

»Du kannst!«

»Ich kann sie nicht erreichen.«

»Dann ziehe ich dich hinauf. Leg deine Hände in meine, und ich ziehe dich hoch.«

»Ja … ja …«

»Gib mir auch die andere Hand. Leg sie in meine!«

Die Finger der Frau griffen ziellos in die Luft, bis sie schließlich Schwester Barbaras Hand streiften. Schwester Barbara griff danach und spürte, wie sich die Finger der Frau mit den ihren verhakten.

»Jetzt benutze mich, um dich selbst hinaufzuziehen.«

»Ich bin zu schwach!«

»Das bist du nicht!«

»Zieh!« intonierte der Chor, dessen Mitglieder sich erhoben hatten. »Zieh!«

Die Frau schien die Stimmen zu hören. Sie richtete sich auf und versuchte sich hochzuziehen.

»Genau so«, drängte Schwester Barbara. »Streng dich jetzt noch etwas mehr an. Komm schon.«

Und als die Frau gehorchte, zog Schwester Barbara sie mit einer unglaublich raschen und kraftvollen Bewegung auf die Bühne hinauf, ohne dabei auch nur as geringste Zeichen von Anstrengung zu zeigen. Ein verwundertes Raunen ging angesichts dieses offensichtlich ohne jede Mühe vollbrachten Kunststücks durch die Menge. Die ungepflegte Frau stand jetzt zitternd neben Schwester Barbara. Das zerknitterte Kleid klebte an ihrem Körper, und der Saum war verrutscht.

»Danke«, schluchzte sie, während ihr die Tränen über die Wangen liefen. »Gelobt sei der Herr, danke.«

Schwester Barbara hielt noch immer ihre Hände, wenn auch nicht mehr so fest wie vorhin. »Du weißt, was du jetzt tun mußt, nicht wahr? Du weißt, was du tun mußt, wenn dein Sohn jemals zurückkehren soll?«

»Ich habe es gesehen.«

»Dann verliere diesen Augenblick nicht wieder, Schwester. Verliere ihn nicht, so wie du die Hoffnung verloren hast, denn dieser Augenblick bedeutet neue Hoffnung – er *ist* die Hoffnung.«

Die Frau sank gegen sie, und Schwester Barbara ließ sie sanft auf den Boden gleiten.

»Der Dämon dieser Frau ist ausgetrieben worden«, wandte sie sich an die Menge. »Doch einige unserer Dämonen sind stärker. Die Dämonen der Krankheit, des Versagens, der Schuld, der versäumten Möglichkeiten. Und dennoch sind es nur Dämonen, und wenn wir die Hoffnung annehmen, erhalten wir eine Waffe, durch die wir sie für alle Zeiten besiegen können.«

Mit diesen Worten stieg Schwester Barbara die wenigen

Stufen von der Bühne zum Boden des Zeltes hinunter. Hunderte von Augenpaaren folgten ihr, als sie mit ausgebreiteten Armen den Mittelgang entlangging und dabei hier und dort über die Stirn eines Menschen strich. Ohne Ausnahme fiel jeder, den sie berührt hatte, zu Boden und blieb zusammengerollt liegen. Einige Zuhörer drängten aus den Reihen, um ihre Aufmerksamkeit zu gewinnen.

»Laßt euch von niemandem einreden, es gäbe keine Hoffnung«, sagte sie auf ihrem Weg durch den Gang. Eine Reihe von zusammengesunkenen Körpern säumte ihren Weg. »Hört nicht auf die Endzeitpropheten, die die Welt aufgegeben haben und nicht mehr an eine Rettung glauben. Schenkt ihnen keinen Glauben, wenn sie von einer neuen Menschheitsdämmerung erzählen, die nur jene erleben werden, die es wert sind, gerettet zu werden. Glaubt ihnen nicht, meine Brüder und Schwestern, denn wir alle sind es wert, gerettet zu werden, jeder einzelne von uns. Und euer Glaube an diese einfache Wahrheit wird verhindern, daß der Tag des Gerichts, den die Propheten des Untergangs verkünden, uns alle in eine Welt schleudern wird, in der es keine Hoffnung mehr gibt. Ihr könnt die Hoffnung finden«, rief Schwester Barbara und blickte in die Augen eines Mannes, der unter ihrer Berührung zu Boden sank. »Wir alle können sie finden, Brüder und Schwestern. Wir ...«

Sie unterbrach sich, als sie die beiden gutgekleideten Männer bemerkte, die mit eingefrorenem Lächeln in der Nähe des Gangs standen und keinerlei Anstalten machten, in die Nähe ihrer heilenden Hände zu gelangen. Und Barbara wußte, wer sie waren, sie wußte es, noch bevor sie sah, daß beiden das linke Ohrläppchen fehlte.

»Selbst jetzt sind sie mitten unter uns, Brüder und Schwestern«, hob Schwester Barbara erneut an, ohne es zu wagen, den Blick von den beiden Männern abzuwenden. »Wir können Ihnen nicht entkommen, nein, aber wir können sie besiegen. Ja, das können wir.«

Wenigstens hoffte sie das.

Sie schloß die Tür ihres Wohnwagens aus und ging durch das Halbdunkel. Sie war nicht überrascht, daß die kleine Lampe auf dem Tisch brannte, obwohl sie sich genau erinnerte, sie ausgeschaltet zu haben. Und ebenso wenig war sie überrascht, die beiden gutgekleideten Männer, die ihr schon im Zelt aufgefallen waren, hier in ihren Sesseln sitzen zu sehen.

»Guten Abend, Schwester Barbara«, begrüßte sie der Dunkelhaarige. »Es ist an der Zeit, heimzukehren.«

»Zurück ins Königreich«, ergänzte der Mann mit den hellen Haaren. »Zurück zu den Sieben.«

Schwester Barbara wußte nicht, woher die Gabe stammte, die sie zu dem gemacht hatte, was sie war, oder wann sie erkannt hatte, daß sie sie besaß. Sie erinnerte sich daran, als Kind bei Ratespielen stets gewonnen zu haben. Damals lernte sie auch, sich zu verstellen, die richtigen Antworten zurückzuhalten, damit ihre Freunde auch weiterhin mit ihr spielten. Sie war jedoch nie in der Lage gewesen, die Zukunft vorherzusehen. Tatsächlich hätte sie der Frau im Zelt nicht einmal sagen können, wo sich ihr Sohn im Augenblick befand. Sie hatte nur die vertraute Stimme in ihrem Kopf gehört, die ihr die Situation der Frau schilderte.

Und dank dieser Stimme wußte Schwester Barbara auch, was die Menschen dachten, die sie ansah, und welche Sorgen sie hatten. Diese Dinge tauchten in ihrem Kopf auf, wenn sie ihren Geist öffnete, und sie konnte nichts dagegen tun. Aber sie wollte den Menschen helfen. Allen, jedem einzelnen.

Mit diesem Lebensziel vor Augen war sie nach dem College Lehrerin geworden. Doch ihre Neigung, sich persönlich in das Leben und die Probleme ihrer Schüler einzumischen, kostete sie einen Job nachdem anderen, an Privatschulen ebenso wie an den staatlichen. Immer wieder wurde ihr vorgehalten, alle Menschen würden sich in ihrer Gegenwart unwohl fühlen – Eltern, Schüler, andere Lehrer, einfach jeder.

Erst nach einer langen Reihe von Enttäuschungen hatte Barbara zu ihrer wahren Bestimmung gefunden. Sie begann, vor kleinen Gruppen in Klubs und Büchereien zu sprechen, und ihr großes Thema lautete, wie man den Menschen helfen konnte, zu sich selbst zu finden und Selbstbewußtsein zu entwickeln. Damals kamen gerade Selbsthilfegruppen groß in Mode, und Barbara ritt auf dieser Welle mit, fand ihr Publikum über Zeitschriften und Radiosendungen. Ihre Auftritte, die anfangs eher vor kleinen und mehr oder weniger trauter Runde stattfanden, füllten bald ganze Hörsäle. Kritiker verglichen ihre Vorträge mit den Darbietungen altmodischer Erweckungsprediger. Barbara bekam eine Menge Publicity, und das war es wohl in erster Linie, was ihr den Zugang zur Welt der Evangelisten eröffnet hatte, in die ihre Überzeugungen und Lehren bestens hineinpaßten. Sie wurde zu einer der gefragtesten Gastrednerinnen im ganzen Land, und ihre Anhängerschaft wuchs rasch.

Und dann, plötzlich und unerklärbar, hatte sie alles aufgegeben – die Fernsehshow am Sonntag, die Millionen von Namen umfassende Adressenkartei, und nicht zuletzt die regelmäßig eintreffenden Spenden. Das alles wurde ersetzt durch eine mit acht großen Lastwagen durch das Land reisende Erweckungstruppe, die überall, wo man sie haben wollte, für einen kurzen, ein- oder zweitägigen Aufenthalt ihr Zelt aufschlug. Sie hatte die Hoffnung, ihre Lehre nur vor kleinen Gruppen zu verkünden, würde sich auf eine Weise auszahlen, die nur sie selbst verstand. Eine Zeitlang hatten die Medien sie bedrängt und nach dem Grund für ihr Verhalten geforscht. Aber sie hatte sich nicht dazu geäußert, da sie davon überzeugt war, man würde ihr doch nicht glauben. Davon abgesehen spielte das aber auch keine Rolle.

Den Kampf, den sie ausfocht, mußte sie allein führen, ohne die vielen Hilfsmittel, die sie bisher benutzt hatte. Kein Fernsehen, keine gemeinsamen Auftritte mit anderen Predigern und auch keine großzügigen Spenden. Um die Zukunft zu bewahren, kehrte Schwester Barbara zu den Methoden der Vergangenheit zurück. Sie unternahm diese endlose Reise, um etwas zu verhindern, dessen Teil sie einst fast geworden wäre:

Den Tag des Gerichts.

Es war ein Wettlauf zwischen ihr und den anderen Mitgliedern der Sieben, denen sie den Rücken gekehrt hatte. Die Sieben mußten sie in Ruhe lassen. Dieser Gruppe blieb gar keine andere Wahl, denn die Schwester hatte sie in der Hand, und das wußten sie. Bevor Barbara deren Königreich verließ, hatte sie sich eine kleine Lebensversicherung verschafft. Deswegen überraschte es sie sehr, daß die beiden Männer erst in ihrem Zelt aufgetaucht waren und jetzt hier im Camper hockten.

»Zurück zu den Sieben«, wiederholte der Dunkelhaarige.

»Es gibt noch immer einen Platz für dich im Königreich«, drängte der hellhaarige Mann.

»Wir sind gekommen, um dich zu begleiten.«

»Es ist deine letzte Chance.«

»Als ich den Ort damals verließ, habe ich deutlich zu verstehen gegeben, daß ich nicht die geringste Absicht hege, jemals zurückzukehren«, erwiderte Schwester Barbara.

»Die Situation hat sich geändert«, erwiderte der Braunhaarige, »und der Reverend wünscht deine Anwesenheit.«

»Dich zu opfern, wäre eine Verschwendung«, fügte der Blonde hinzu.

Die Schwester empfand keine Furcht. »Vielleicht vergißt der Reverend ja dabei, daß ich etwas besitze, was ihm sehr teuer ist.«

»Ein Mann ist vor etwas sechs Monaten in deine Dienste getreten«, sagte der Braunhaarige.

»Ein Computerzauberer namens Ratansky.« Wieder sprach der Blonde. »Er wurde von Turgewell auf dich angesetzt. Als er ging, nahm er deine Lebensversicherung mit sich.«

»Turgewell ist tot.«

»Das dachten wir auch«, entgegnete der Blonde. »Wir haben uns alle geirrt.«

»Und jetzt müssen wir alle den Preis für unsere Fehleinschätzung zahlen«, erklärte der Braunhaarige. »Doch für dich ist dieser Preis ein Segen. Du darfst ins Königreich zurückkehren.«

»Und zu den Sieben«, meldete sich der Blonde wieder. »Der Reverend möchte noch immer, daß du an seiner Seite stehst.« Barbara versuchte, die Angst zu verbergen, die sie jetzt empfand, doch die Enthüllungen der beiden Männer ließen ein taubes Gefühl an ihrem Rückgrat emporkriechen. Mund und Kehle waren auf einmal so trocken, als hätte sie versucht, Sand zu verschlucken. Sie erinnerte sich an die sonderbaren Umstände im Zusammenhang mit Benjamin Ratanskys plötzlichem Verschwinden. Jetzt wußte sie, was es damit auf sich hatte.

Er war von Turgewell auf sie angesetzt worden, dem anderen Mitglied der Sieben, das noch vor ihr aus dem Königreich geflohen war. Sie hatte dessen Angebote, ihn bei seinem Kampf zu unterstützen, bis zu seinem angeblichen Tod im vergangenen Jahr abgelehnt. Offensichtlich hatte er seinen Tod vorgetäuscht, um den Kampf gegen die Sieben ungehindert fortsetzen zu können. Und ohne Zweifel nahm die Namensliste, die Schwester Barbara bisher von den Vergeltungsmaßnahmen der Gruppe geschützt hatte, eine ganz bedeutende Rolle in seinen Plänen ein. Wenn sich die Liste in Turgewells Händen befand, würde er mit Sicherheit Gebrauch davon machen. Damit hätte sie ihre Funktion als Sicherheitsgarantie für Schwester Barbara verloren, die nur Dank der Drohung, die Namen zu veröffentlichen, bislang überlebt hatte.

»Der Zeitpunkt rückt näher«, sagte der Blonde.

»Der Zeitpunkt für was?« fragte Schwester Barbara.

Er sah sie ruhig an. »Für die Verwirklichung unserer Pläne.«

»Der Tag des Gerichts steht bevor«, ergänzte der andere.

Ein eisiger Schauer überlief Schwester Barbara. War das möglich? Hatte der Reverend tatsächlich eine Möglichkeit gefunden, den wahnsinnigen Traum zu verwirklichen, der zu ihrem Bruch mit den Sieben geführt hatte?

»Wir warten auf deine Entscheidung«, unterbrach der Blonde ihre Gedanken.

»Geht«, befahl Schwester Barbara.

»Wie du es wünschst«, nickte der Braunhaarige.

Die beiden Männer erhoben sich steif. Als sie die Tür erreichten, wandte sich der Blonde um.

»Die Hölle wartet auf dich, Schwester Barbara.«

»Nein, die habe ich bereits einmal verlassen«, erwiderte sie. »Und ich habe nicht vor, dorthin zurückzukehren.«

Kapitel 12

Die Fahrt zum Sheridan Correctional Center, wo Benjamin Ratansky drei Jahre seiner Haftstrafe verbüßt hatte, würde etwa vier Stunden dauern. McCracken würde also erst spät am Abend dort eintreffen, doch die besondere Schwere des Falls bewog die Verantwortlichen, sich über die Vorschriften hinwegzusetzen und ein Treffen zwischen Blaine und Arthur Deek vorzubereiten. Deek war der Leiter der hiesigen Gruppe der Fünften Generation, mit der Ratansky in Kontakt gestanden hatte.

Die fehlenden Ohrläppchen wiesen eindeutig auf eine Verbindung zwischen der von Preston Turgewell im Gefängnis gegründeten religiösen Organisation und den beiden aus dem New Yorker Leichenschauhaus verschwundenen Killern hin. Welche Rolle Benjamin Ratansky in dieser Geschichte spielte, blieb weiterhin ein Rätsel, doch Blaine hoffte, sein Besuch in der Strafanstalt würde wenigstens etwas Licht in die Angelegenheit bringen.

»An denen ist nichts Ungewöhnliches«, meinte Captain Neal, der Leiter der Wachmannschaft, über die Fünfte Generation, als er Blaine zu einem der Besuchsräume führte. »An einem Ort wie diesem muß man sich einer Gruppe anschließen, wenn man überleben will.«

»Schneiden sich all diese Gruppen ein Stück vom Körper ab?« fragte McCracken.

»Nein, manche lassen sich tätowieren oder tragen besondere Ringe, Halstücher, Farben – irgend etwas eben, das zeigt, daß es noch andere gibt, die mitmischen, falls man sich mit einem von ihnen anlegt.«

»Funktioniert das auch bei der Fünften Generation?«

»Die bleiben meist unter sich.«

»Wie kann man sich ihnen anschließen?«

»Überhaupt nicht, man wird ausgewählt. Die Kriterien sind unterschiedlich. Am ehesten kommen die besonders gewalttätigen Typen in Frage, diejenigen, bei denen die geringste Hoffnung auf Besserung besteht. Die Fünfte Generation pickt sich die heraus, die sie haben will. Allerdings müssen die Kandidaten wirklich gerettet werden wollen.«

»Vor wem?«

»In erster Linie vor sich selbst.«

»Und der Anführer hier, derjenige, wegen dem ich hergekommen bin?«

»Ist genau wie die anderen«, erklärte Captain Neal. »Vielleicht noch etwas schlimmer.«

Arthur Deek war zu einer lebenslänglichen Gefängnisstrafe verurteilt worden, nachdem er drei Schüler der Junior High-School entführt und anschließend zu perversen Sexualhandlungen gezwungen hatte. Deek hatte die drei Jungen an einer Bushaltestelle in seinen Wagen gelockt, indem er ihnen anbot, sie an einem der verregnetsten Tage des Monats nach Hause zu fahren. Es dauerte vier Wochen, bis die Polizei ihn und seine ›Beute‹ in einer einsamen Berghütte aufspürte. Einer der Jungen hatte seither noch kein einziges Wort gesprochen. Der zweite würde höchstwahrscheinlich die nächsten Jahre in einer Anstalt verbringen müssen. Und der dritte fand keinen Schlaf mehr.

Mittlerweile hatte Arthur Deek als Anführer der hiesigen Gruppe der Fünften Generation zu Gott gefunden. Er war einen Meter vierundachtzig groß, also genau so groß wie Blaine, und auch von ähnlich kräftiger Statur. Sein Schädel war glattrasiet, und sein Gesicht zeigte ein Grinsen, das er immer dann aufsetzte, wenn er sich nicht inmitten seiner ergebenen Anhänger aufhielt. Man hatte ihn aus dem Schlaf gerissen, und das mochte er überhaupt nicht. Als Captain Neal McCracken in das Besuchszimmer führte, warf er von dem Stuhl, auf dem er saß, nicht einmal einen Blick auf Blaine. Der Raum war ein einfacher, fensterloser Würfel mit graugestrichenen Wänden. Die Einrichtung beschränkte sich auf einen Tisch und zwei Stühle. An einer Wand bemerkte Blaine ein paar Befestigungen, die einmal einen Wasserspender gehalten hatten.

»Sie können uns jetzt allein lassen«, sagte McCracken, als

Neal Anstalten machte, an der Wand Aufstellung zu beziehen.

Neal deutete in Deeks Richtung. »Er trägt keine Handschellen, Mister.«

»Ich auch nicht, Captain.«

Neal betrachtete Blaine von oben bis unten und zog sich dann widerstrebend zurück. Erst jetzt bequemte sich Arthur Deek, Blaine anzusehen. McCracken hatte noch nie einen derart kalten Blick erlebt.

»Keine gute Idee«, murmelte der Häftling düster.

»Haben Sie vor, meine Seele zu retten, Deek?«

»Eher, Sie umzubringen.«

Blaine betrachtete ihn stirnrunzelnd. »Beides dürfte recht schwierig sein. Ich bezweifle, daß Sie auch nur eines davon schaffen. Zumindest das letztere dürfen Sie aber gern versuchen, wann immer Sie wollen. Allerdings muß ich Sie warnen: Bei mir werden Sie vermutlich auf mehr Widerstand stoßen als bei den dreizehnjährigen Jungen.«

Deeks blasses Gesicht errötete leicht. »Das waren die Verbrechen eines anderen Mannes, nicht die meinen.«

»Zu schade, daß Sie derjenige sind, den man eingesperrt hat.«

»Sie haben meinen Körper eingesperrt, nicht meinen Geist. Meine Seele lebt. Sie bewegt sich frei durch das Universum und die Unendlichkeit. Mein Bewußtsein schweift umher. Der Körper bedeutet gar nichts.«

»Erzählen Sie das mal all den Menschen, die Angst vor Ihnen haben.«

Deek umklammerte die Tischkante. »Heidnische Tiere, die am Tag des Gerichts nicht errettet werden.«

McCracken zuckte leicht zusammen. »Was wissen Sie über den Tag des Gerichts, Deek?«

»Nichts, außer daß er kommen wird. Bald.«

»Ich nehme an, diese Ansicht basiert auf zuverlässigen Informationen.«

»Absolut zuverlässig«, erwiderte Deek und richtete den Blick nach oben.

»Tut mir leid, Arthur, das ist die falsche Richtung.«

»Nur jene, die den Schlüssel besitzen, werden gerettet werden.«

»Ein Schlüssel wie derjenige, den die Bullen weggeworfen haben, nachdem man Sie hier eingesperrt hat?«

»Der Schlüssel zu dem besseren Leben, das vor uns liegt.«

»Und den Sie natürlich besitzen.«

»Jeder, der nach der einen großen Wahrheit strebt, kann ihn besitzen, wenn er dessen würdig ist.«

»Und was genau ist das für eine Wahrheit?«

»Vor allem anderen das Streben nach Wiedergeburt und Erlösung. Ein neuer Anfang, der aus dem Ende erwächst, das der sterbenden Welt bevorsteht. Dann werden wir uns aus dieser Hölle erheben und unser Anrecht wahrnehmen.«

»Um das zu schaffen, brauchen Sie aber noch einen anderen Schlüssel, Arthur.«

»Nein«, erwiderte Deek mit drohendem Unterton. »Nur den einen.«

»Und wie paßt Benjamin Ratansky in diese Geschichte?«

»Die früheren Namen jener, die nach der Wahrheit streben, besitzen keine Bedeutung für mich.«

»Dann werde ich Ihrem Gedächtnis mal auf die Sprünge helfen: ein unauffälliger Mann, Anfang Fünfzig, vermutlich mit einer Familie, die voller Kummer auf seine Heimkehr wartet.« Als darauf keine Reaktion folgte, fuhr Blaine fort. »Wartet irgend jemand auf Sie, Deek?«

Wieder huschte ein Anflug von Ärger über das Gesicht des Führers der Fünften Generation. Blaine nahm auf dem Stuhl gegenüber von Deek Platz, bevor er seinen Vorteil weiter ausbaute. »Seine Spezialität waren Computer. Brauchen Sie Computer?«

»Ich brauche nur Gott.«

»Nun, die Computer würden eher erklären, weshalb Sie sich entschlossen haben, ihm Schutz zu gewähren. Ein Mann hat ihn in dem Monat, bevor Sie Kontakt zu Ratansky aufnahmen, mehrfach besucht. Der gleiche Mann hat sich auch mit Ihnen getroffen.«

Deek leckte sich über die Lippen. »Interessante Schlußfolgerung.«

»Das Wort ›offensichtlich‹ würde hier besser passen. Die Unterschriften im Besucherbuch stammen von ein und derselben Person.«

Blaine schaute zu, wie Deeks massige Hände langsam über die Tischplatte krochen.

»Ich erzähle Ihnen, wie ich mir die Sache vorstelle«, fuhr McCracken fort. »Jemand aus Ihrer Bewegung, der nicht hier einsitzt, kommt auf die Idee, man könne sich Ratanskys Fähigkeiten zunutze machen. Der Kontakt wird hergestellt, und urplötzlich verkünden Sie, daß der Mann unter Ihrem Schutz steht. Und nicht nur das, das Mann braucht auch noch ein paar fähige Leute, die ihm helfen, von hier zu verschwinden. Also verschafft man ihm Zugang zu dem Raum in dem sich der richtige Computer befindet. Wenig später verlegt er sich selbst von Sheridan in eine nichtexistente Zelle in Taylorville. Wie klingt meine Theorie?«

Der Sektenführer wandte den Blick von McCracken ab.

»Allerdings wurden Sie reingelegt, Deek. Sie dachten, es wären Ihre eigenen Leute, die wollten, daß Ratansky befreit wurde. Wie sich dann aber zeigte, steckte ein anderer hinter der Geschichte, einer von Ihren vielen eingeschworenen Feinden«, sagte Blaine, womit er ein paar Mutmaßungen einstreute, um sein Gegenüber aus der Reserve zu locken. »Sie kommen dahinter und jagen ein paar Halunken los, die auch zu Ihrem verrückten Verein gehören, um Ratansky zu seinem Schöpfer zu schicken. Nur finden die ihn dummerweise erst, als er schon gemerkt hat, worauf derjenige, der hinter Ihnen steht, wirklich aus ist.«

Deek blickte noch immer an McCracken vorbei.

»Der springende Punkt ist allerdings, daß es Ratansky gelungen ist, Beweismaterial beiseite zu schaffen. Und das ist bei mir gelandet, Arthur.«

Deek drehte den Kopf und sah Blaine direkt in die Augen.

»Vielleicht hat es ja etwas mit dem Tag des Gerichts zu tun. Und vielleicht finde ich dadurch heraus, wie ich ihn verhindern kann.«

Das Grinsen des Mannes wurde zu einem breiten Lächeln. »Sie können ihn nicht verhindern. Niemand kann das.«

»Wenn Sie mir helfen, könnte ich Ihnen möglicherweise etwas beschaffen, was Gott Ihnen nicht geben kann: einen Straferlaß.«

Das gewohnte Grinsen tauchte wieder auf Deeks Gesicht auf. »Meine Haftstrafe hat nicht die geringste Bedeutung – nicht angesichts dessen, was geschehen wird.«

»Warum erzählen Sie mir dann nicht einfach, wo Ratansky die Namensliste aufgetrieben hat, die sich jetzt in meinem Besitz befindet? Sagen Sie mir, was die Liste zu bedeuten hat, was diese Menschen miteinander verbindet. Der Computerschwindel, wegen dem man Ratansky eingelocht hat, gilt als das ausgetüfteltste Verbrechen seiner Art in diesem Jahrzehnt, und als nächstes schafft er es tatsächlich, sich in eine nichtexistierende Zelle in einem anderen Gefängnis verlegen zu lassen. Selbst ein Laie wie ich merkt da, daß es sich bei ihm um ein außergewöhnliches Talent handelt. Ein Mann wie er kann eine ganze Menge in die Wege leiten.« McCracken hielt kurz inne. »Und der, den er aufs Korn nimmt, könnte ganz schön in der Scheiße landen.«

Deek sprang mit geballten Fäusten auf.

»Vielleicht hat er sogar dafür gesorgt, daß Sie am Tag des Gerichts nicht errettet werden«, setzte Blaine noch eins drauf.

Dem Häftling brach der Schweiß aus und lief in Rinnsalen über sein Gesicht. Blaine stand ebenfalls auf. Für einen endlos scheinenden Moment standen sie sich schweigend und reglos gegenüber.

»Erzählen Sie mir, wer hinter dem steckt, worauf Ratansky gestoßen ist«, sagte Blaine schließlich. »Helfen Sie mir, dann helfe ich Ihnen – auch wenn das wahrhaftig nicht leicht sein wird.«

Deek bleckte die Zähne wie ein Hund, der gleich zubeißen will.

»Ihre letzte Chance«, erklärte Blaine. »Wenn Sie etwas zu sagen haben, dann tun Sie's jetzt.«

Der Häftling blieb bei seinem Schweigen.

»Danke für Ihre Hilfe«, meinte McCracken kühl und ging zur Tür.

Captain Neal war nirgendwo zu sehen. An seiner Stelle wartete ein kräftig gebauter Wachtposten auf dem Flur.

»Sergeant O'Malley«, stellte er sich vor. »Ich soll Sie hinausbegleiten.«

»Ist Ihr Captain verhindert?«

»Es gibt ein bißchen Ärger in einem der Zellenblocks, Sir.« O'Malley zögerte und schluckte schwer. Sein Blick fixierte die Tür des Besuchszimmers. »War er kooperativ, Sir?«

»Haben Sie Angst vor Deek, Sergeant?«

Die beiden Männer setzten sich in Bewegung und gingen den Flur hinab.

»Ich wüßte hier niemanden, der keine Angst vor ihm hätte, Sir.«

»Ich werde Ihnen mal etwas über Männer wie ihn verraten, Sergeant. Man kann sich immer ...«

O'Malley wandte sich nach links, als sie das Ende des Flurs erreichten, und McCracken konnte seine linke Gesichtshälfte für einen Moment genauer sehen.

Auf dieser Seite fehlte das Ohrläppchen.

O'Malley mußte den Blick irgendwie gespürt haben, denn er wirbelte schon herum, als Blaine sich gerade erst in Bewegung setzte. McCrackens erster Schlag streifte die Wange des größeren Mannes und riß ihn herum. O'Malley versuchte das Gleichgewicht zu halten, doch Blaine warf sich gegen ihn und packte seine Haare. Dann rammte er den Mann mit dem Gesicht voran gegen die Wand. Blaine achtete nicht auf das knirschende Geräusch, mit dem O'Malley aufprallte, und schlug dessen Gesicht nochmals gegen die Betonwand.

O'Malley sackte zusammen. Blaine fuhr herum, als das Geräusch sich rasch nähernder Schritte laut wurde.

Die Mitglieder der Fünften Generation stürmten von beiden Seiten des Gangs auf ihn zu. Einige waren kahlgeschoren, anderen trugen Bärte und lange Haare, doch allen fehlte das linke Ohrläppchen. McCracken wehrte die ersten Schläge ab und griff vergeblich nach der Pistole, die nicht wie gewohnt im Halfter steckte, weil er sie den Sicherheitsbestimmungen entsprechend am Eingang abgegeben hatte. Einer der Angreifer umklammerte ihn von hinten. Blaine packte dessen Arm und schleuderte den Mann über die Schulter nach vorn. Der Wurf zwang ihn, sich mit einem Knie auf dem Boden abzustützen, und bevor er sich wieder aufrichten konnte, stürzten sich zwei der Männer auf ihn. Er wurde auf den Boden gepreßt. Ein dunkler Schatten ragte über ihm auf, während er verzweifelt versuchte, sich unter den Männern hervorzuwinden. Irgend etwas schoß mit einem pfeifenden Geräusch auf ihn herab.

Dann wurde es dunkel um ihn.

Kapitel 13

Johnny Wareagle war nicht mehr in den Wäldern Nordkaliforniens gewesen, seit er hier vor zwei Dekaden Earvin Early und die beiden anderen Killer verfolgt hatte. Heute nacht wirkte dieser Wald bösartig und abweisend, wie eine wildwuchernde Barriere, die sich allen Versuchen, sie zu überwinden, entgegenstemmte. Johnny stand eine Weile da, den Rucksack zu seinen Füßen, und blickte den Wald an, als bitte er um Erlaubnis, in ihn eintreten zu dürfen. Die Dunkelheit der Nacht wurde nur durch das Mondlicht durchbrochen, das hin und wieder durch die dichte Wolkendecke fiel.

Johnny warf einen Blick auf die Uhr. Es war fast zweiundzwanzig Uhr, die gleiche Zeit, zu der er den Wald vor zwanzig Jahren an genau diesem Punkt betreten hatte. Die Baumstämme waren dicker geworden, das Unterholz dichter und unwegsamer, doch die Spuren würden noch dort sein. Auch wenn Johnny sie nicht mit den Augen sehen konnte, war er doch in der Lage, sie aufzuspüren und der Richtung zu folgen, die sie ihm wiesen.

Der Wald verschluckte ihn, umhüllte ihn mit seinen Ästen und griff mit den Ranken nach ihm. Wareagle öffnete sich. Ein Teil seines Bewußtseins sah das, was gerade vor ihm lag, doch ein anderer Teil rief ihm das in Gedächtnis zurück, was vor zwei Jahrzehnten geschehen war. Bäume und Unterholz hatten die Spuren unter sich begraben, die Early und die anderen in ihrem Blutrausch hinterlassen hatten.

Doch nicht die Erinnerungen.

Die Geister halfen, sie zu neuem Leben zu erwecken, und mit jedem Schritt, den Johnny machte, strömten sie auf ihn ein. Für Wareagle war es so, als würde er in einen Spiegel hineingehen. Die Geräusche der Vergangenheit vermischten sich mit denen der Gegenwart. Jener Earvin Early, den er jetzt verfolgte, war hier in diesen Wäldern geboren worden. Die Zeichen der Geister setzten Johnny auf eine Fährte, die ihn unweigerlich zum Tag des Gerichts führen würde, auch wenn sich ihm die Gründe dafür erst auf seinem Weg dorthin enthüllen würden.

Die Zeit schien sich zu verzerren, wirkte manchmal wie eingefroren, nur um dann wieder dahinzujagen. Johnny vergaß alles um sich herum. Er trank kein Wasser, aber er verspürte auch keinen Durst.

Vor zwanzig Jahren war er ausgesandt worden, um drei Männer zu finden, drei Killer. Jene, die ihn gerufen hatten, zeigten ihm Fotos der letzten Opfer dieser Mörder. Damals war Johnny klargeworden, daß ihm keine Wahl blieb. Earvin Early und die anderen mußten aufgehalten werden, und nur er war dazu in der Lage.

In dieser Nacht, genau wie damals, in jener anderen Nacht, erreichte Wareagle den Lagerplatz, wo man die Leichen entdeckt hatte. Mittlerweile hatte der Wald diesen Ort zurückerobert, ihn verschluckt, ohne eine Spur zu hinterlassen. Die Picknicktische waren fortgeschafft worden, oder vielleicht hatte man sie auch sich selbst überlassen, damit sie verrotteten und eins mit dem Boden wurden. Die ganze Lichtung war so rasch und gründlich zugewachsen, als hätte man einen anderen Teil des Waldes hierhintransplantiert. Der Pfad zu dem nahe gelegenen Teich war verschwunden, genau wie der Teich selbst, der schon vor langer Zeit ausgetrocknet sein mußte. Jetzt war nur noch ein brauner Streifen zu sehen, dem die Vegetation Jahr um Jahr näher rückte.

Doch Johnnys Blick durchdrang die Dunkelheit, und er erblickte den Platz so, wie er ihn damals in jener Nacht gesehen hatte.

Die drei Killer waren kurz nach Einbruch der Dämmerung über die Familien hergefallen. Die Leichen der Kinder entdeckte man in der Nähe des Wassers. Die gräßlich verstümmelten Körper der beiden Väter lagen auf halbem Weg zwischen dem Camp und dem Teich, so als hätten sie ihren Kindern zu Hilfe eilen wollen.

Early und seine Spießgesellen hatten sich die Frauen und Mädchen bis zum Schluß aufgehoben. Und als sie mit ihnen fertig waren, schnitten sie Stücke aus ihnen heraus, Teile, die niemals gefunden wurden. Das Experiment, dem die Regierung sie unterzogen hatte, sollte ihre Sinneswahrnehmungen verstärken. Doch es hatte sie in Monster verwandelt, die nur darauf aus waren, ihre unersättlichen Triebe zu befriedigen. Psychotiker, gefangen in einem surrealen Zustand, in dem ihre Handlungen, ähnlich wie in einem Traum, keine echten Konsequenzen nach sich zogen.

Johnny überquerte den Ort, der einst eine Lichtung gewesen war.

Schreie. Er hörte Schreie …

Obwohl sie aus der Vergangenheit zu ihm drangen, erschütterten sie ihn bis ins Mark. Vor zwanzig Jahren hatte Johnny die Angst und den Haß in sich aufgenommen, die ihn befähigten, die Fährte der Killer in die Nacht hinein zu verfolgen.

Er benutzte die geborgten Emotionen, als er in den frühen Morgenstunden auf den ersten der Mörder stieß, der gerade die Spuren ihres Nachtlagers verwischen wollte.

Johnny benutzte sein Messer und erledigte ihn mit einem raschen, sauberen Schnitt durch die Kehle.

Anschließend setzte er Early und dem anderen nach und kletterte auf einen Baum, als er spürte, daß einer von ihnen zurückkehrte. Der untersetzte, muskulöse Mann ging genau unter ihm vorbei. Wareagle stürzte sich auf ihn und ließ wieder sein Messer die blutige Arbeit verrichten.

Dann machte er sich auf die Suche nach Early.

Er entdeckte den riesigen Mann am Rand einer Schlucht, gut zwanzig Meter von Johnny entfernt auf anderen Seite einer Lichtung. Early stand wie angewurzelt dort und wandte ihm den Rücken zu. Sein schweres Messer blitzte im Mondlicht auf, und Wareagle fragte sich, ob das Blut der Opfer noch immer daran klebte.

Johnny nahm den Bogen von der Schulter und legte einen Pfeil auf. Dann zog er die mit hundertfünfundzwanzig Pfund gespannte Sehne zurück und zielte.

Early drehte sich um. Das Licht des Mondes war hell genug, um die wahnsinnige Wut zu zeigen, die in seinen Augen loderte. Er setzte sich in Bewegung.

Wareagle ließ die Sehne los. Der Pfeil schnitt durch die Luft und traf mit einem dumpfen Laut sein Ziel.

Early kam immer noch auf ihn zu.

Johnny jagte einen weiteren Pfeil los, der dicht neben dem ersten einschlug und das Herz nur knapp verfehlte. Early schwankte und stolperte bis zum Rand der Schlucht zurück.

Wareagle verharrte an seinem Platz und legte einen neuen Pfeil auf. Earlys Blick bohrte sich durch die windgepeitschte Nacht in Johnnys Augen. Dann stürzte er rückwärts über den Rand der Schlucht in den Abgrund.

Genau an dieser Stelle stand Johnny jetzt. Earlys Fußabdrücke waren längst verschwunden, doch das Bild in Wareagles Erinnerung war noch immer lebendig. Der dreißig Meter unter ihm liegenden Fluß strömte langsamer dahin, offenbar führten ihm die Bäche jetzt weniger Wasser zu als damals. Hier endete die Spur. Earvin Early war in die Dunkelheit hinabgestürzt und verschwunden, gestorben. Und gleichzeitig war das, wozu er heute geworden war, hier geboren worden.

Etwas war dort unten. Etwas, das Johnny in dieser Nacht erwartete, so wie es Early zwanzig Jahre zuvor erwartet hatte.

Wareagle streifte den Rucksack von den Schultern und holte die Geräte heraus, die er benötigte. Bei Nacht über die steilen Klippen hinabzuklettern, ohne einen zweiten Mann, der den Abstieg sicherte, war ein riskantes Unternehmen, doch Johnny war entschlossen, dem Weg zu folgen, den ihm die Geister wiesen.

Er befestigte das siebzig Meter lange Kletterseil mit Gurten und Karabinerhaken am Stamm eines Baumes, der ein paar

Schritte vom Rand der Schlucht entfernt wuchs. Nachdem er sich vergewissert hatte, daß die Verankerung halten würde, führte er das Seil durch die Halterungen und zog es straff. Dann ging er rückwärts bis zum Rand und ließ sich langsam über die Kante hinunter. Er spürte, wie das Seil durch seine mit Handschuhen geschützten Hände glitt.

Die ersten beiden Sprünge endeten jeweils in einem recht schmerzhaften Zusammenstoß mit dem Felsen, doch dann hatte Johnny seinen Rhythmus gefunden und bewegte sich mit zunehmender Sicherheit. Wie sich zeigte, wurde der Abhang, der von oben wie eine glatte Felswand gewirkt hatte, durch ein Sims unterbrochen, das weit genug abstand, um einen Sturz zu bremsen oder sogar aufzufangen. Möglicherweise hatte Early auf dem Weg nach unten wild um sich geschlagen und dabei eine der Pflanzen erwischt, die aus dem Sims herauswuchsen. Und von dort aus wäre es ihm trotz seiner Verletzung möglich gewesen, sich weiter herunterzulassen.

Trotzdem hatte irgend etwas dort unten auf ihn gewartet, etwas, das ihn hatte überleben lassen, damit er zu dem werden konnte, was er heute war. Dieses Gefühl setzte sich in Johnny fest, und es wuchs mit jedem Sprung, der ihn ein Stück weiter nach unten brachte, mit jedem Auftreffen der Stiefel auf dem harten Felsen, während das Seil durch seine Hände und die Ösen des Kletterharnischs glitt.

Am Grund der Schlucht plätscherte das Rinnsal dahin, das damals noch ein reißender Fluß gewesen war. Johnny ließ das Seil an der Felswand hängen und packte Handschuhe und Harnisch wieder in den Rucksack. Das Wasser war kaum tief genug, um seine Stiefel zu überspülen.

Sein Instinkt riet ihm, den Bach zu überqueren und auf der anderen Seite weiterzulaufen, wo der Wald weniger dicht war und eine bessere Orientierung ermöglichte. Er fand sich auf einem Pfad wieder, der frei von Ranken und wucherndem Unterholz war.

Johnny kniete nieder, betastete den Erdboden und schnüffelte daran. Vor nicht allzu langer Zeit hatten Menschen diesen Weg benutzt. Es war höchstens eine Woche her, vermutlich sogar nur ein paar Tage. Langsam richtete er sich wieder auf.

Eine der Spuren war frisch, vielleicht eine halbe Stunde alt. Und sie stammte möglicherweise von jemandem, der beobachtet hatte, wie er sich die Wand hinuntergelassen hatte.

Johnny folgte der Spur. Anfangs bewegte er sich ruhig und gleichmäßig, doch dann, ohne es recht zu merken, verfiel er in eine Art Laufschritt. Zweige streiften sein Gesicht, doch er schenkte ihnen keine Beachtung.

Ein paar hundert Schritte weiter verbreiterte sich der Pfad, bis er fast die Ausmaße einer Straße angenommen hatte. Dann wichen die Bäume zurück und eine Lichtung tat sich vor Johnny auf. Er blieb regungslos stehen, alle Sinne aufs äußerste gespannt, um jeden Laut und jede Bewegung sofort wahrzunehmen. Nachdem er sich davon überzeugt hatte, daß er allein war, griff er in seinen Rucksack und holte die Taschenlampe heraus.

Der Lichtstrahl fiel auf etwas, das einmal eine kleine Ansammlung von Hütten gewesen war. Doch jetzt deuteten nur noch geschwärzte Balken und ein paar verbrannte Stellen auf dem Boden an, wo die Häuser einst gestanden hatten.

Die Hütten waren allesamt niedergebrannt und dem Erdboden gleichgemacht worden. Nur die Überreste der kräftigen Eckpfosten ragten noch aus dem Erdreich wie verkohlte Grabsteine. Johnny bückte sich und hob eines der verbrannten Hölzer auf. Ein einziger Druck seiner Hand verwandelte es in staubiges Pulver. Das Feuer, das diese Ansiedlung vernichtet hatte, war schon vor langer Zeit verloschen. Sonderbarerweise konnte er auf der Lichtung weder den Geruch von Leben, noch den von Tod wahrnehmen.

Johnny bewegte sich weiter über die Lichtung. Die Brandmuster waren geradezu unglaublich gleichmäßig, jede der Ruinen ragte inmitten eines klar umrissenen Flecks geschwärzter Erde auf. Kaum anzunehmen, daß der Brand auf einen Unglücksfall zurückzuführen war. Höchstwahrscheinlich war das Feuer vorsätzlich gelegt, überwacht und eingedämmt worden. Wareagle bohrte die Spitze seines Stiefels in das verbrannte Erdreich.

War dies der Ort, den Earvin Early erreicht hatte? Und war er vielleicht für das Feuer verantwortlich, das alles hier in Schutt und Asche gelegt hatte?

Early konnte durchaus hierhergefunden haben, nachdem es ihm gelungen war, sich aus dem Fluß zu retten.

Knack …

Ein kleiner Ast hatte unter dem Gewicht eines Fußes nachgegeben. Doch das Geräusch kam nicht von vorn, sondern von hinten. Johnny schaltete die Taschenlampe aus.

Es raschelte erneut, weiter entfernt, dann wieder ganz in der Nähe. Geister erhoben sich aus dem dunklen Boden, um ihn willkommen zu heißen. Vielleicht war sogar Earvin Early zurückgekehrt, um ihm seinen Respekt zu erweisen. Ein lautes Knacken ertönte. Johnny wirbelte herum und erblickte eine kräftige Gestalt mit geschwärztem Gesicht, die ein Schrotgewehr umklammerte. In nächsten Moment tauchten weitere schemenhafte Gestalten auf und kreisten ihn ein, wobei sie in sicherem Abstand zu ihm blieben.

»Es wäre am vernünftigsten«, sagte der erste Mann, während die übrigen näher rückten, »wenn Sie sich jetzt nicht vom Fleck rührten.«

Kapitel 14

Das erste, das Blaine spürte, als er langsam wieder zu sich kam, war Wasser, das auf ihn herabtropfte. Er hustete einen Schwall aus. Als er sich das Kinn abwischen wollte, merkte er, daß er seine Hände nicht bewegen konnte. Dann setzte die Erinnerung ein. Er öffnete die Augen und rief sich die Übermacht der Mitglieder der Fünften Generation ins Gedächtnis zurück, die ihn überwältigt hatten. Immerhin war er nicht tot. Wenigstens etwas, auch wenn das im Moment nicht viel heißen mußte.

Als sich sein Blick langsam klärte, sah er ein Gesicht, das ihn aus kaum einem Meter Entfernung angrinste. Das Gesicht war schweißbedeckt, auf dem kahlen Schädel glitzerten ebenfalls Schweißperlen, und die dunklen Augen betrachteten ihn bösartig.

»Schön, daß du dich uns angeschlossen hast, Heide«, begrüßte ihn Arthur Deek. Außer ihm befanden sich noch ungefähr ein Dutzend Mitglieder der Fünften Generation in dem Duschraum.

Blaine sah nach oben. Das Wasser, das auf ihn herabtropfte, stammte aus einem rostigen Duschkopf, der sich direkt über ihm befand. Seine Hände waren mit zwei Ketten gefesselt, die von aus der Wand ragenden Rohren herabhingen und so kurz bemessen waren, daß er den Boden praktisch nur mit den Zehenspitzen berühren konnte. Von seiner Unterhose abgesehen war er nackt. Außerdem juckte ihn der Bart, und er hatte keine Möglichkeit, sich zu kratzen.

Aus den alten Duschköpfen des Waschraums tropfte Wasser in unterschiedlicher Stärke herab. Es sammelte sich auf den verdreckten Bodenfliesen und rann in Richtung Abfluß. Das ständige Tropfen war das einzige Geräusch, bis einer von Deeks Männern den Hahn der Dusche direkt über McCracken aufdrehte. Ein unregelmäßiger Schauer kochendheißes Wasser verbrühte seine Haut und ließ ihn unwillkürlich aufstöhnen.

»Du erzählst mir jetzt sofort, wer dich geschickt hat«, verlangte Deek durch den Dampf, der zwischen ihnen aufstieg.

»Niemand.«

»Du lügst! *Sie* haben dich geschickt. Ich weiß Bescheid. Gib es zu, und du hast einen leichten Tod.«

»Warum verraten Sie mir nicht einfach, wer *sie* sind?«

Deek rückte etwas näher. »Das ist unsere Welt. Du gehörst nicht dazu.«

»Lassen Sie mich gehen, und ich bin gern bereit ...«

Deek schlug ihm mit dem Handrücken ins Gesicht, und Blaine spürte, wie sich Blut in seinem Mund sammelte.

»Die Verräter haben dich geschickt, aber du wirst sterben, ohne etwas erfahren zu haben.«

»Was für Verräter? Verräter an wem oder was?«

Deek nickte einem seiner Männer zu. Der trat vor und

reichte ihm ein Gerät, das in erster Linie aus zwei Kontakten zu bestehen schien, die durch Kabel mit einem weiter hinten stehenden Kasten verbunden waren. Deek packte mit jeder Hand einen der Kontakte und hielt sie so, daß Blaine sie sehen konnte. Sie glichen denen eines tragbaren Defibrillators, wie er zur Ausstattung von Ambulanzfahrzeugen gehörte.

»Wir müssen die Identität aller unserer Feinde kennen. Weshalb hast du mich nach Ratansky gefragt?«

»Ich habe doch gesagt, warum, Blödmann.«

Deeks Augen blitzten auf, und die Kontakte kamen Blaine bedrohlich nahe. »Wo ist seine Aktentasche? Wo ist die Liste, die er gestohlen hat?«

»Wem gestohlen?«

»Sag mir, wo sie ist!«

»Wie passen Sie eigentlich in diese Sache mit dem Tag des Gerichts? Was gewinnen Sie dabei? Was hat man Ihnen versprochen?«

Deek stieß die Kontakte vor. Einen Sekundenbruchteil, bevor der Schmerz ihn durchzuckte, hörte Blaine das elektrische Summen. Ein heftiger Krampf erschütterte seine Körper, seine Zähne schlugen aufeinander, und vor seinen Augen wurde es für einen Moment dunkel. Dann kehrte das Licht zurück, doch er zitterte noch immer am ganzen Körper. Offenbar hatte ihn das heiße Wasser, das noch immer aus der Dusche auf ihn herabströmte, vor einer Ohnmacht bewahrt.

»Das war die niedrigste Stufe«, erklärte Deek. »Es gibt noch drei Zwischenstufen bis zur stärksten Einstellung. Du hast die Wahl.«

Blaine unterdrückte das Gefühl der Hoffnungslosigkeit, das ihn zu überwältigen drohte, und versuchte herauszufinden, welche Möglichkeiten ihm blieben. Seit dem Stromschlag schien sich irgend etwas an seinen Fesseln verändert zu haben. Es kam ihm vor, als würden ihm die Ketten mehr Spiel lassen. So unauffällig wie möglich belastete er die Ketten und spürte, wie die Rohre, an denen sie befestigt waren, etwas nachgaben!

»Im Besuchszimmer hast du dich aufgeführt wie jemand, der mit allem fertig wird«, höhnte Deek. »Doch niemand, der den wahren Grund unserer Existenz erfährt, darf weiterleben.«

»Der Tag des Gerichts«, murmelte Blaine.

Diesmal sah er die Kontakte kommen und versuchte, sich dagegen zu wappnen. Vergebens. Ein noch schlimmerer, brennender Schmerz durchfuhr ihn vom Scheitel bis zur Sohle. Sein Kopf wurde in den Nacken geschleudert und schlug hart gegen die geflieste Wand. Gleichzeitig prasselte immer noch das kochendheiße Wasser auf ihn nieder. Er schnappte verzweifelt nach Luft, als sein Körper für einen Moment das Atmen einstellte.

Über ihm knirschten die Rohre, an denen seine Ketten befestigt waren, unter der Belastung.

»Du sagst mir jetzt, wo ich den Inhalt von Ratanskys Aktentasche finde!« rief Deek. »Und du erzählst mir auch, wer noch von der Sache weiß!«

Blaine blickte ihn an, obwohl es ihm schwerfiel, den Kopf zu heben. Seine Beine begannen zu zittern, weil die Muskeln kaum mehr in der Lage waren, das Gewicht seines Körpers auf den Zehenspitzen zu balancieren. Doch McCracken mußte diese Belastung durchstehen, damit die Männer der Fünften Generation nicht merkten, daß die Rohre über ihm nachgaben.

»Wer hat die Liste, die Ratansky gestohlen hat?«

McCracken hätte nicht einmal antworten können, wenn er dazu bereit gewesen wäre. Selbst das kochendheiße Wasser, das über seinen Körper lief, spürte er kaum noch.

»Wer hat dich geschickt?«

Langsam kam er wieder zu Atem. »Rede!«

Blaine schrie einen Sekundenbruchteil, bevor die Kontakte ihn wieder berührten. Sein ganzer Körper zuckte, und die Wirbelsäule schien zu schrumpfen. Als der Stromstoß endete, spürte er überhaupt nichts mehr. Jeder Teil seines Körpers war taub und gefühllos. Nur seine Beinmuskeln hatten sich schmerzhaft verkrampft.

»Schrei ruhig, wenn du willst!« höhnte Deek.

McCracken bekam noch immer keine Luft.

»Schrei!«

Und wieder zuckten die Kontakte vor.

Diesmal spürte Blaine fast gar nichts. Die Welt um ihn herum versank in einem schwarzen Wirbel. Erst als sich sein Speichel mit Blut vermischte, wurde ihm klar, daß er sich auf die Zunge gebissen hatte. Seine Knie krümmten sich und zitterten. Er hätte am liebsten geschrien, doch er bekam einfach keine Luft mehr.

Die Rohre über ihm hatten sich mittlerweile fast vollständig aus ihrer rostigen Verankerung gelöst. Blaine war sich darüber klar, daß er nicht mehr sehr viel ertragen konnte. Vielleicht nicht einmal mehr einen einzigen Stromschlag. Die nächste Stufe war die höchstmögliche, und falls er den Schlag überhaupt überlebte, konnte es gut sein, daß er anschließend gar nicht mehr in der Lage wäre, noch irgendwelche Fragen zu beantworten.

»Du bist schwach«, sagte Deek. »Deine Stärke ist nur eine Illusion. Eine Illusion, die du mit es vielen anderen teilst. Doch all die Schwachen werden zugrunde gehen, wenn der Tag des Gerichts naht. Die Schwachen werden untergehen, und die Starken – die es verdienen – werden sich erheben, um die ihnen zustehenden Plätze einzunehmen. Wir besitzen den Schlüssel.« Deek packte Blaines Haar und zwang ihn, ihm ins Gesicht zu sehen. »Hast du verstanden? Wir besitzen den Schlüssel zu der Tür, die in die neue Welt führt. In ihr werden wir wiedergeboren, und nach unseren Vorstellungen wird die Erde neu geschaffen.«

Er trat einen Schritt zurück und machte die Kontakte wieder einsatzbereit. Sie summten leise.

McCracken spannte die Armmuskeln und sammelte all seine Willenskraft, um die Kontrolle über seinen Körper zurückzugewinnen. Er legte den Kopf in den Nacken und ließ das heiße Wasser über sein Gesicht rinnen, damit der Schmerz ihn aus seiner Starre riß. Seine Hände umklammerten die Ketten, die von den gelockerten Rohren herabhingen.

Locker genug ... hoffte er.

McCracken riß mit aller Kraft an den Rohren. Ein wahrer Sturzbach überschüttete ihn, als sie aus der Wand krachten. Deek reagierte zu spät auf das stählerne Hindernis, das sich plötzlich zwischen ihm und seinem Opfer befand. Mit einem lauten Knistern berührten die Kontakte eines der Rohre. Deeks ohrenbetäubender Schrei ging fast augenblicklich in ein gequältes Stöhnen über, als sich sein Körper unter den Stromstößen wand. Einer seiner Anhänger packte den Führer der Fünften Generation an den Schultern und versuchte ihn von der Gefahrenquelle fortzuziehen. Der Versuch endete damit, daß er sich dem Todestanz anschloß und die gleichen zuckenden Bewegungen vollführte wie Deek.

Die Lampen im Duschraum flackerten einmal auf und erloschen dann. Der Raum versank in Dunkelheit, die nur durch das trübe Licht gemindert wurde, das aus dem Durchgang zu den Waschbecken und Toiletten hereinfiel. Der plötzliche Ausfall des Lichtes und die Überraschung der Männer gaben Blaine genug Zeit, die Ketten ganz von den Rohren zu lösen. Seine Beine waren immer noch schwach und hätten fast unter ihm nachgegeben, als er versuchte, sie zu belasten. So verharrte er für einen Moment gegen die Wand gelehnt und versuchte, wieder zu Kräften zu kommen.

Das Wasser, das aus den losgerissenen Rohren herausschoß, war genauso heiß wie das, was vorher aus der Dusche auf Blaine herabgeregnet war. Eine Dampfwolke breitete sich in dem Raum aus, die ihn weitgehend vor den Blicken der Männer verbarg. Doch weder das dämmrige Halbdunkel noch der Dampf würden ihn auf Dauer schützen, nicht einmal lange genug, bis die Wachmannschaften des Gefängnisses hier eintrafen. Er mußte seinen Vorteil sofort ausnutzen.

Die Mitglieder der Fünften Generation hatten sich so überlegen gefühlt, daß sie keine Waffen bei sich trugen, was die Kette, die noch immer an Blaines Handgelenken befestigt war, um so effektiver machte. Trotz der dampferfüllten Dunkelheit konnte er ein paar der Männer als schemenhafte Umrisse erkennen. Er machte ein paar Schritte vorwärts und ließ die Kette kreisen. Die eisernen Glieder trafen Gesicht und Augen eines Häftlings.

McCracken stürzte sich auf den nächsten Mann, schlang ihm eine der Ketten um den Hals und packte das freie Ende mit der anderen Hand. Als er die Kette spannte, wurde der

Adamsapfel des Mannes zwischen zwei Kettengliedern eingeklemmt und mit einem deutlich hörbaren Geräusch zerquetscht. Der Gefangene brach zuckend zusammen.

Zwei Mitglieder der Fünften Generation hatten Blaine mittlerweile trotz der Dunkelheit ausgemacht und kamen auf ihn zu. Blaine wich zur Seite aus und brachte so einen der Männer zwischen sich und den anderen. Dann streckte er die Arme aus und stieß dem Mann, der ihm am nächsten stand, beide Daumen in die Augen. Der Häftling stieß einen schrillen Schmerzensschrei aus, der das Rauschen des Wassers übertönte und seine in Dunkelheit und Dampf umherirrenden Kumpane in Panik versetzte. Der andere Mann zog ein zurechtgefeiltes Stück Metall, wie es als Messer in Gefängnissen nicht unüblich war. Blaine stieß den Mann neben sich seinem Kameraden entgegen, gerade als dieser zustach. Die Klinge bohrte sich in den Hals des Mannes, und die herausspritzende Blutfontäne vermischte sich mit dem Wasserdampf.

»Wo ist er? Wo ist er?« schrie jemand voller Panik.

Der Mann mit dem Messer kannte die Antwort, zumindest glaubte er es. Er stieß mit dem Messer nach einem Schatten, den er nur vage in der Dunkelheit ausmachen konnte, doch genau in diesem Moment war der Schatten verschwunden. Der Messerstecher machte einen Schritt vorwärts und stolperte, als der Mann, dem er die Kehle aufgeschlitzt hatte, röchelnd nach seinem Knöchel griff. Er versuchte mühsam, das Gleichgewicht wiederzugewinnen, als eine Hand aus der Dunkelheit auftauchte, das Handgelenk mit dem Messer packte und es herumdrehte. Das Krachen des Knochens klang wie ein Pistolenschuß. Bevor der Mann aufschreien konnte, legte sich eine Hand über Mund und Kinn und riß seinen Kopf mit soviel Gewalt herum, daß sein Genick brach.

Die verbliebenen Anhänger der Fünften Generation sammelten sich in einer Ecke, als sie endlich begriffen hatten, was sich abspielte. Dann gingen sie in einer Reihe vorwärts und untersuchten jeden der am Boden liegenden Körper in der Hoffnung, McCracken unter den Opfern zu finden.

Doch Blaine war nirgendwo zu sehen.

»Er ist abgehauen!« rief einer.

»Unmöglich!« antwortete ein anderer.

»Und die Tür?«

»Ist gesichert!«

»Aber wo ist er dann?«

»Wir brauchen Licht! Jemand soll das Licht wieder einschalten!«

Von seinem Platz oben auf den Wasserrohren, die einen halben Meter unter der Decke verliefen, hörte Blaine Schritte, die den Raum verließen. Nach seiner Berechnung waren nun nur noch sechs von Deeks Genossen übrig. Zwei dieser Männer befanden sich direkt unter ihm. McCracken griff nach einem Rohr, um seine Lage zu stabilisieren, doch seine Hand zuckte unwillkürlich zurück, als sie das heiße Material berührte. Bei der urplötzlichen Bewegung hätte er fast den Halt verloren. Rasch griff er nach einem anderen Rohr und berührte dabei etwas Gummiartiges.

Ein Elektrokabel – die Stromversorgung für die Kontakte, mit denen Deek ihn gefoltert hatte und die ihn letztlich selbst das Leben gekostet hatten. Das Kabel war um eines der Rohre geschlungen und führte dann weiter zu einer Steckdose, die sich entweder hoch oben in der Wand oder vielleicht sogar an der Decke befinden mußte. Von hier oben konnte Blaine nur ein Stück des Kabels sehen, die Kontakte selbst waren irgendwo in der dampferfüllten Dunkelheit verborgen. Aber wenn es ihm gelang, die Kontakte zu sich heraufzuziehen …

Ja! Das könnte funktionieren!

Blaine verankerte sich, so gut es ging, zwischen den Rohren, beugte dann vorsichtig den Oberkörper vor und griff nach dem Kabel. Er zog daran, vorsichtig zuerst, doch als er keine Widerstand spürte, holte er es mit raschen Bewegungen ein. Wie er es erwartet hatte, besaß das Gerät nur einen einzigen Schalter. Sobald man daran eine der fünf möglichen Stärken eingestellt hatte, wurden die Kontakte automatisch unter Strom gesetzt. Und die Gegner standen allesamt in dem stetig steigenden Wasser, das den Strom hervorragend leiten würde.

Kein Problem, sofern es Blaine gelang, die Kontakte zu seinem Vorteil einzusetzen, sobald der Strom wieder eingeschaltet war. Der Schalter stand noch immer auf der höchsten Stufe, als McCracken die beiden Kontakte zwischen den Rohren herabbaumeln ließ, auf denen er hockte.

»Dort oben!« rief eine Stimme.

»Da bewegt sich etwas!«

»Das ist er!«

Blaine ließ die Kontakte noch ein Stück tiefer rutschen. Einer der Männer, die sich durch Dampf und Dunkelheit in seine Richtung bewegten, lief genau dagegen.

Die Lampen flammten auf und warfen einen trüben Schein über den von Wasserdampf erfüllten Raum.

McCracken hakte beide Arme um ein Rohr, um zu verhindern, daß er den Boden berührte, als er seinen Körper nach unten schwingen ließ. Seine Füße trafen den Rücken des Mannes, der genau vor den Kontakten stand. Der Stoß brachte den Sträfling aus dem Gleichgewicht und schleuderte ihn mit dem Gesicht voran auf den wasserbedeckten Boden.

Die Elektrokontakte wurden unter seinem Körper eingeklemmt.

Es zischte kurz, als die plastikverkleideten Kontakte unter die Wasseroberfläche gedrückt wurden. Die Schreie, die darauf folgten, hielten wesentlich länger an. Blaine zog sich wieder zu seinem sicheren Platz auf den Rohren hinauf, während sich die Dusche in ein riesiges, elektrisch geladenes Becken verwandelte, das Tausende von Volt in die Körper der Männer jagte, die sich darin aufhielten. Blaine beobachtete, wie die zuckenden, heulenden Männer übereinander stürzten.

Mit einem scharfen Knacken schossen Funken aus der Steckdose an der Decke, die das Kabel mit Energie versorgte. Dann war ein lauter Knall zu hören, begleitet von einem grellen Blitz, als der Kurzschluß die Stromversorgung des ganzen Zellenblocks unterbrach und den Duschraum wieder in Dunkelheit hüllte.

McCracken ließ sich von seinem Platz an der Decke herunter und landete in dem dampfenden Wasser. Er ging Richtung Tür und wich dabei, so gut es ging, den Leichen aus, die auf dem Boden herumlagen.

Schließlich erreichte er die Tür, riß sie auf, eilte auf den kalten Korridor hinaus und wandte sich in Richtung der nächstgelegenen Wachstation.

Wayne Denbo mochte die Dunkelheit. In ihr hatte er die Kontrolle. Als das Licht zu ihm durchdrang und Stimmen sein Ohr erreichten, verlor er die Kontrolle, und die Angst kehrte zurück. Denbo hatte keine Vorstellung davon, wie lange er sich schon dort befand, wo er jetzt war. Er wußte nur, daß die Dunkelheit sich immer weiter zurückzog. Immer wieder versuchte er, sie festzuhalten, doch von Mal zu Mal erwies sich das als schwieriger. Und je mehr sich die Dunkelheit zurückzog, desto deutlicher konnte er die Schatten erkennen, die durch den Staub in Beaver Falls auf ihn zukamen. Sie kamen zu ihm, wie sie zu den anderen gekommen waren.

Aber er war entkommen. Seine Augen hatten förmlich am Rückspiegel geklebt, statt nach vorn durch die Windschutzscheibe zu schauen, und so hatte er rasch jedes Gespür für die eingeschlagene Richtung verloren. Seine einzige Sorge galt der Frage, ob er verfolgt wurde. Und nichts schien mehr wichtig, außer zu fahren, immer weiter zu fahren. Trotzdem hatte er mindestens fünf Minuten lang in das Mikrofon des Funkgeräts gekrächzt, bevor ihm aufging, daß er es schon lange vorher zerquetscht hatte. Selbst das Blut, das von seiner Hand herabtropfte, hatte er erst bemerkt, als der metallische Geruch in seine Nase stach. Und auch da hatte er noch viel zuviel Angst gehabt, um kurz anzuhalten und die Wunde zu verbinden.

Zweimal hatte er am vergangenen Tag Gestalten gesehen, die aus dem Dunst auftauchten, um ihn aus seinem Zimmer im Krankenhaus zu holen. Jedesmal war er schreiend aufgewacht. Drei Männer mußten ihn festhalten, bis eine Schwester ihm eine Spritze verabreichte, die wenigstens für kurze Zeit die willkommene Dunkelheit zurückbrachte. Doch diese Phasen dauerten nie lange genug. Schließlich begriff er, daß er nur laut schreien mußte, damit man ihm eine weitere Spritze setzte und er wieder in die Finsternis zurückgleiten konnte, die alles darstellte, wonach er sich sehnte.

Denbo war sich bewußt, daß er durchaus sprechen könnte, sofern er es nur ernsthaft versuchte, doch er zog es vor, zu schweigen. Wenn er erst einmal gesprochen hatte, würden sie ihm nicht mehr erlauben, wieder in die Dunkelheit zurückzukehren, die doch seine einzige Zuflucht war. In ihr war nichts von alldem geschehen. Dort war er niemals nach Beaver Falls gefahren. Und dort saß auch Joe Langhorn immer noch neben ihm im Wagen.

Doch Joe war jetzt fort. Wayne war allein.

Und niemand würde ihm zuhören. Niemand würde ihm glauben. Es gab keinen Ort, an den er gehen konnte.

Außer der Dunkelheit.

Die Zwillinge glichen Chamäleons. Sie waren in der Lage, sich jeder Situation anzupassen und den Eindruck zu erwecken, sie gehörten dazu. Es war eine Kunst, die sie sich schon vor langer Zeit angeeignet und immer wieder geübt hatten. Die Nachricht, daß eine Reihe von Häftlingen getötet worden war, sorgte dafür, daß sich ganze Scharen von Freunden und Angehörigen vor dem Staatsgefängnis versammelten. Die Zwillinge mischten sich unter die Menge, und genau wie es ihr Plan vorsah, schlüpfte Jacob zusammen mit einer Gruppe von Pressevertretern durch die Tore des Sheridan Correctional Centers.

»Sehr interessant«, lauteten seine ersten Worte, als er knapp eine Stunde später wieder herauskam.

»Was hast du herausgefunden?« wollte Rachel wissen.

»Offenbar sind vierzehn Häftlinge getötet worden. Gerüchten zufolge von einem einzigen Mann.«

»Gerüchte ...«

»Da ist noch mehr. Wie es scheint, waren alle Opfer Mitglieder der Fünften Generation. Ihr Anführer soll sich auch unter den Toten befinden.«

»Dann war es McCracken! Er ist hiergewesen!«

»Er hat genau das gemacht, was wir unter den gleichen Umständen ebenfalls getan hätten.«

»Bitte vergleiche dich nicht mit ...«

»Ich meinte *uns beide* mit diesem Vergleich.«

»Vergiß es.« Rachels Blick wanderte wieder zum Gefängnis, wo noch immer die rotierenden roten Lampen aufblitzten. »Ob er noch dort ist?«

»Falls ja, kommt er jedenfalls nicht durch den Haupteingang heraus.«

»Dann haben wir noch eine Chance! Wenn wir die anderen Ausgänge im Auge behalten und etwas Glück haben ...«

»Es ist einen Versuch wert«, erwiderte Jacob ohne rechte Überzeugung.«

»Du glaubst, er ist schon fort?«

»Wir wären jedenfalls längst nicht mehr hier.«

»Du ziehst schon wieder Vergleiche.«

»Wenn wir Blaine McCracken finden wollen«, erklärte Jacob seiner Zwillingsschwester, »sollten wir besser lernen, so wie er zu denken.«

Kapitel 15

Die mit Gewehren bewaffneten Männer, die Johnny Wareagle in ihre Mitte genommen hatten, setzten sich in Bewegung. Sie wirkten dabei eher verängstigt als bedrohlich. Johnny hatte den Eindruck, wenn sie ihn wirklich erschießen wollten, hätten sie das schon längst getan.

»Ist das einer von ihnen?« rief eine Stimme. »Ich glaube, er gehört zu ihnen!«

»Bringen wir ihn um!«

»Seid ruhig!« befahl eine andere, rauh klingende Stimme. »Er hat nicht mal eine Pistole bei sich. Wenn sie jemals kommen, dann mit Gewehren.«

»Und wie nennst du das da auf seiner Brust?«

»Ein Messer.«

»Das größte Messer, das ich je gesehen habe. Töten ist töten.«

»Seid friedlich«, erwiderte die rauhe Stimme. »Er ist allein. Sie würden niemals allein kommen.«

»Wer?« fragte Johnny.
»Halt die Klappe!« befahl die erste Stimme.
Der Mann mit der rauhen Stimme näherte sich Johnny. »Hast du dich verlaufen?«
»Nein.«
»Dann hast du also nach uns gesucht?«
»Ich suche nach ... etwas.«
Der Mann mit der rauhen Stimme warf den anderen einen bedeutungsvollen Blick zu. »Ich meine, wir sollten mit ihm reden.«
»Und ich sage, wir töten ihn!« rief jemand aus der Gruppe, die sich zusammengedrängt hatte.
»Das ist vielleicht gar nicht so einfach, wie es aussieht.«
»Aber er hat uns gesehen, verdammt! Selbst wenn er nicht zu ihnen gehört ...«
»Dann haben sie das getan«, sagte Johnny plötzlich mit ruhiger Stimme.
Die Männer, die um ihn herum standen, sahen sich an.
»Was?« fragte der Mann, der dafür war, ihn zu töten.
»Diejenigen, von denen ihr fürchtet, ich könnte zu ihnen gehören, haben die Siedlung niedergebrannt.«
Eine Weile herrschte Schweigen. Schließlich trat der Mann mit der rauhen Stimme vor. Seine rechte Gesichtshälfte bestand aus wildwucherndem Narbengewebe, und vom Auge dort war nur noch eine eingesunkene Höhle übrig, die im Lauf der Jahre fast zugewachsen war.
»Hast du nach uns gesucht?« fragte er mit Lippen, die zu einer ständigen Grimasse verzogen waren.
»Nein«, erwiderte Johnny, der plötzlich anfing zu begreifen, »ich glaube, ich suche nach ihnen.«
Der Fußmarsch, der sie tiefer in den Wald hineinführte, dauerte fast eine halbe Stunde. Johnny überragte das gute Dutzend Männer, die ihn gefangengenommen hatten, und achtete sorgsam darauf, seine Hände stets gut sichtbar zu halten, damit sie gar nicht erst auf den Gedanken kamen, er könnte noch irgendwo eine Waffe verborgen haben. Der Trupp führte Johnny zu einer Siedlung, die in dem Wald kaum auszumachen war, so dicht schmiegten sich die niedrigen Behausungen

an Bäume und Buschwerk. Wareagle hätte nicht einmal genau sagen können, wie viele Hütten es hier insgesamt gab. Gleich vor ihm erhoben sich etwa zehn Blockhäuser, die mehr oder weniger eine Reihe bildeten, doch wie viele sich dahinter im Wald versteckten, ließ ich nicht einmal annähernd schätzen. In der Mitte einer Lichtung befand sich eine Feuerstelle, umgeben von Felsbrocken, die als Sitze dienten. Johnny fiel auf, daß kein Feuer brannte. Als sie die Lichtung erreichten, schaltete der Mann mit der rauhen Stimme seine Taschenlampe ein und ließ den Strahl über Johnny wandern.

»Du bist ein Indianer.«

»Ja.«

»Du hast gesagt, du glaubst, daß sie es sind, hinter denen du her bist«, fuhr der narbige Mann fort. »Macht es dir etwas aus, uns genauer zu erzählen, wie du zu diesem Schluß gelangt bist«

»Ich war schon einmal in diesen Wäldern. Vor zwanzig Jahren.«

»Wir auch«, warf eine Stimme ein, die Johnny bisher noch nicht gehört hatte.

Am Rand der Lichtung tauchten weitere Gestalten auf. Wareagle bemühte sich, nicht zu offensichtlich zu ihnen hinüberzuschauen, doch selbst ein kurzer Blick verriet ihm, das mehrere Frauen darunter waren und auch ein paar halbwüchsige Kinder. Soweit er es erkennen konnte, zeigten ihre Mienen die gleiche Furcht und Unsicherheit, die er auch schon in den Stimmen der Männer gespürt hatte, die ihn entdeckt hatten.

»Ich habe damals drei Männer getötet«, berichtete Johnny. »Ich dachte zumindest, ich hätte drei getötet. Der dritte überlebte, nachdem er über die Klippen und in den Fluß gestürzt war. Er hieß Earvin Early.«

Die Miene des narbigen Mannes verzog sich noch mehr. »Ist ein bißchen spät, um ihn jetzt noch zu verfolgen, nicht wahr?«

»Ich habe erst am Montagnachmittag erfahren, daß er noch lebt. Für mich heißt das, die Spur ist kaum sechsunddreißig Stunden alt.«

»Bist du Kopfgeldjäger oder so was?« wollte der Narbige wissen.

»In gewisser Weise war ich das damals wohl«, erwiderte Johnny und faßte das, was sich zwanzig Jahre zuvor ereignet hatte, so gut er konnte zusammen.

Als er geendet hatte, nickte der narbige Mann. »Diese, äh, Leute, die dich auf die Mörder angesetzt haben ... Sie müssen doch ihre Gründe gehabt haben, ausgerechnet dich auszuwählen.«

»Die hatten sie.«

»Sie wußten also, daß du jemand bist, der seine Arbeit gründlich erledigt.«

»Bis gestern glaubte ich, ich hätte das getan.«

»Diese drei waren die einzigen, nach denen du gesucht hast?«

»Damals schon.«

»Und jetzt?«

»Zu wem immer mich Earlys Spur führt«, sagte Johnny und verzichtete darauf, den Tag des Gerichts zu erwähnen.

»Aber sie hat dich zu uns geführt.« Das Mondlicht fiel jetzt auf die unversehrte Gesichtshälfte des narbigen Mannes, die von Falten und Runzeln durchzogen war. Das blaßgraue Auge strahlte grimmige Ruhe aus. »Es gibt da nämlich ein Problem. Du sagst, du wärst ursprünglich wegen diesem Early und den beiden anderen hierher in den Wald gekommen. Nur hätte eben auch einer von uns dein Ziel sein können, denn wir unterscheiden uns gar nicht so sehr von diesen dreien. Um die Wahrheit zu sagen, wir alle sind Kriminelle, und wir waren alle auf der Flucht, als wir hier ankamen.«

Der Mond tauchte hinter den Wolken auf und beleuchtete jetzt beide Gesichtshälften des Narbigen. Johnny schaute auf ihn hinunter und erwiderte: »Trotzdem habt ihr nicht befürchtet, ich könnte aus diesem Grund gekommen sein.«

Die Kiefermuskeln des Narbigen spannten sich an. Sein gesundes Auge zog sich zu einem Schlitz zusammen, und Johnny erblickte darin die Erinnerung an die niedergebrannte Siedlung, die er vorher im Wald entdeckt hatte. »Sie werden wiederkommen. Das ist nur eine Frage der Zeit, und wir kämpfen darum, diesen Zeitpunkt so weit wie möglich hinauszuschieben.«

»Wer sind *sie*?«

»Der Rest von uns, Indianer, diejenigen, die fort sind. Der Rest der Gründungsmitglieder der Schlüsselgesellschaft.«

»Der Mann, der uns hergeführt hatte, nannte unsere Gruppe so, weil er glaubte, er besäße den Schlüssel«, erzählte der Narbige weiter, nachdem er sich als Hodge vorgestellt und Johnny eingeladen hatte, ihm gegenüber auf einem der Felsen Platz zu nehmen, die die kalte Feuerstelle umgaben. Ein Teil der anderen setzte sich ebenfalls, während die übrigen im Hintergrund stehenblieben oder sich auf die Fersen hockten. Die Frauen und Kinder waren von der Lichtung verschwunden oder hatten sich zumindest so weit zurückgezogen, daß man sie nicht mehr sehen konnte. Hin und wieder bemerkte Johnny, wie in der einen oder anderen Holzhütte kurz ein schwaches Licht aufflackerte, das aber rasch wieder gelöscht wurde. »Worüber wir hier reden, ist eine zweite Chance, eine Art Wiedergeburt, oder, wie Frye es nannte, der Schlüssel, der uns die Tür in eine bessere Welt öffnet.«

»Frye?« fragte Johnny.

Hodges Blick strich kurz über die anderen im Kreis, bevor er antwortete. »Hast du noch nie von ihm gehört?«

»Nein.«

»Reverend Harlan Frye?«

Wareagle schüttelte den Kopf.

»Ein Fernsehprediger. Mittlerweile reich wie die Sünde. Hat die Kirche des Erlösers gegründet. Ist vielleicht eine Milliarde Dollar wert.«

»Ich sehe hier nirgendwo Fernsehantennen.«

»Wir haben unsere Quellen. Schließlich müssen wir wissen, was der Hurensohn treibt. Jedenfalls waren diese Wälder hier der Ort, wo er angefangen hat. Du siehst hier einige seiner ursprünglichen Jünger, die er eigentlich erretten wollte, indem er ihnen die Tür zu einem besseren Leben öffnete – so hat er es zumindest bezeichnet.«

»Verstehe.«

»Tja, dann solltest du auch verstehen, daß alle, die hierhergekommen sind, das Gesetz auf den Fersen hatten. Wir hatten nichts als die Straße und mußten uns davon überraschen lassen, wohin sie uns führen würde. Dieser Ort hier war uns bekannt, ein Zufluchtsort für diejenigen, die vom Leben hart gebeutelt waren und die versuchten, die Dinge zu ändern. Allerdings auf die falsche Weise. Müssen ungeführ fünfzehn von ihnen hiergewesen sein, als ich aufgetaucht bin. Drei andere waren bei mir, die ich unterwegs aufgelesen habe. Sind mittlerweile alle tot, sind in jener Nacht ums Leben gekommen.«

»Das Feuer?«

Hodge gab darauf keine Antwort. »Frye hat uns alle mit offenen Armen willkommen geheißen und gemeint, wir könnten bleiben, so lange wir wollten, und uns so lange wir beabsichtigten von dem Leben verabschieden, das wir vorher geführt hatten. Oh, er sprach nicht davon, uns zu rehabilitieren, sondern er redete davon, uns klarzumachen, daß wir etwas wert seien, und daß er den Schlüssel besäße, mit dem er uns eine neue Welt aufschließen könne. Und dazu müßten wir nicht mehr tun, als ihm zuzuhören, denn auf diese Weise werde er den Schlüssel ins Schloß stecken. Der verdammte Bastard hat tatsächlich geglaubt, er könne die Menschen einen nach dem anderen retten, und zwar gleich hier.«

»Wie bist du auf diesen ... diesen Ort gestoßen?« fragte Johnny.

»Auf der Straße trägt sich vieles herum, Gerüchte und Geschichten. Zuerst glaubt man kein Wort davon. Doch dann fragt man sich irgendwann, verdammt, was hast du eigentlich dabei zu verlieren, und schon macht man sich auf den Weg. Nachdem wir hier eigetroffen waren, kamen neue Männer, gelegentlich auch Frauen, ein ständiger Zustrom. Wir haben uns die Zeit mit der Arbeit an der Siedlung drüben im Wald vertrieben. Und Frye hat uns bei der Stange gehalten. Frag mich jetzt bloß nicht, wie ihm das gelungen ist. Ich meine, einige von den Jungs waren ziemlich finstere Gestalten, die dir heute die Hand schütteln und morgen die Kehle aufschlitzen.

Aber nicht einer von ihnen hat jemals den Reverend angegriffen. Als hätte er eine besondere Macht über sie gehabt.«

»Und wie steht es mit dir?«

»Ich glaube, mit mir war es ähnlich. Ich war ein kleiner Einbrecher, der bloß einmal zu fest zugeschlagen hat, als der Hausbesitzer früher als erwartet zurückkam. Viele von den anderen Jungs hatten erheblich mehr auf dem Kerbholz.«

»Wie zum Beispiel Earvin Early?«

Hodges eines Auge wurde kurz groß. »Was hat er eigentlich verbrochen? Nach all den Jahren weiß ich das immer noch nicht.«

»Zwei Familien ermordet«, entgegnete Johnny und hielt das für eine ausreichende Antwort.

Das Auge schloß sich für einen Moment und öffnete sich dann wieder. »Ich kann mich noch gut an die Nacht erinnern, an dem ein paar von unseren Männern ihn entdeckten, als er gerade aus dem Fluß kletterte. Kein angenehmer Typ, konnte einem schon Angst einjagen.« Er sah Johnny ins Gesicht. »Er hat sich wohl kaum geändert, oder?«

»Ist mit ihm noch schlimmer geworden.«

»Damals hatte es hier schon angefangen, nicht mehr so lustig zu sein. Frye war übergeschnappt. Wir waren zu jener Zeit bereits zweihundert, mehr als wir vertragen konnten, und der Zustrom ebbte langsam ab. Aber dem Reverend war das noch lange nicht genug. Es reichte ihm nicht mehr, nur die auf den rechten Weg zu führen, die hier auftauchten. Frye wollte hinaus in die Welt ziehen und die suchen, die in Not waren. So weit, so gut, aber er verlangte von uns, als seine Apostel mit ihm zu kommen und überall die frohe Botschaft zu verbreiten, daß er den Schlüssel zu einer besseren Welt besäße. Die Männer, denen es scheißegal war, ihr Gesicht dort zu zeigen, wo sie es besser nicht taten, waren damit einverstanden. Aber wir anderen, die wir unsere fünf Sinne noch beisammen hatten, wußten, daß es unklug war, auf uns aufmerksam zu machen. Außerdem gefiel uns das, was wir uns hier aufgebaut hatten, und so entschieden wir uns dafür, zu bleiben. Der Reverend war natürlich enttäuscht, erklärte sich aber schließlich einverstanden, uns hierzulassen.«

Wind kam auf und rauschte durch die Wipfel. Eine warme Brise, die bei Hodge dennoch eine Gänsehaut auslöste, als er sich einen Stock nahm und damit etwas auf den Boden kritzelte. Der Mond beleuchtete weiterhin die Lichtung.

»Und wenig später«, fuhr der Einäugige fort, »hat unser Freund Early auf Geheiß Fryes einigen von denen, die beschlossen hatten, hierzubleiben, die Hälse durchgeschnitten. Ein paar von ihnen konnten entkommen. Sie rannten gleich hierher, um den Rest von uns zu warnen.«

Hodge sprach jetzt leiser und grimmiger. Seine Hand stieß den Stock so hart in die Erde, daß er sich fast bis zum Zerbrechen durchbog. Johnny blickte ihm in das gesunde Auge und erkannte, daß der Mann jene Nacht noch einmal durchlebte. Schließlich senkte Hodge den Kopf und starrte auf den Boden.

»Zuerst haben wir uns gewehrt, doch dann versuchten wir zu fliehen. Sie haben die meisten von uns eingefangen. Diejenigen, die sie erwischten, darunter auch ich, wurden gefesselt in die Häuser geworfen. Und dann haben sie sie angezündet. Ich war in der letzten Hütte, die in Brand gesteckt wurde. Bevor ich an der Reihe war, hörte ich schon die Schreie der Sterbenden und nahm den Gestank von verbranntem Fleisch wahr. Fryes Spießgesellen brüllten und johlten. Dann zogen sie sich zurück. Vermutlich hielten sie mich für tot. Aber die wenigen Freunde, die ihnen hatten entkommen können, schlichen wieder zu der Siedlung. Es gelang ihnen, mich und wohl noch fünf andere aus den Flammen zu retten.« Hodge rieb sich mit der freien Hand über die verbrannte Gesichtshälfte. »In meinem Fall sind sie etwas zu spät gekommen, aber zumindest war ich noch am Leben. Ziemlich viele Männer sind in der abgebrannten Siedlung umgekommen, in der wir dich heute nacht entdeckt haben. Ich will hier gar nicht behaupten, es seien gute Menschen gewesen, aber sie waren immer noch mehr wert als ihre Mörder.« Hodge hob den Kopf wieder, und ein nachdenklicher Blick stand in seinem Auge. »Das muß jetzt so um die achtzehn Jahre her sein … Seitdem haben wir von Frye und seinen Leuten nichts mehr gesehen oder gehört.«

»Aber ihr seid immer noch auf der Hut. Die Männer, die mich bemerkt haben, als ich in den Wald kam, verhielten sich wie Wachtposten.«

»Na ja, das Problem ist aber: Hätten die Wächter dich auch bemerkt, wenn du gewußt hättest, daß wir uns hier verstecken, und hinter uns her gewesen wärst?«

»Wohl kaum«, antwortete Johnny.

»Siehst du, und genau diese Angst läßt uns nachts wach liegen. Wir gehen davon aus, daß Frye früher oder später hierher zurückkehrt, um das zu Ende zu führen, was er vor fast zwei Jahrzehnten begonnen hat. Er gehört nicht zu den Menschen die etwas unerledigt lassen, ganz gleich, wie lange diese Sache zurückliegt.« Der Einäugige atmete tief ein. »Und was uns sonst angeht«, schloß er und ließ kurz den Blick über die Siedlung schweifen, »so haben wir uns hier so gut es eben ging eingerichtet. Auf der Straße erzählt man sich jetzt nicht mehr, daß jeder, der sich verstecken muß oder sonstwie auf der Flucht ist, hier den idealen Schlupfwinkel findet, und das ist uns ganz recht so. Mittlerweile leben hier auch komplette Familien mit Kindern. Wir haben nicht viel, aber wir kommen zurecht.« Er sah Johnny lange und eindringlich an. »Männer wie du könnten uns alles kaputtmachen.«

»Könnten, ja, tun es aber nicht.«

Hodge schien sich jetzt über einiges im klaren zu sein. »Du bist wegen Earvin Early gekommen, nicht wahr. Vielleicht bist du auch hinter Frye her. Early hat den Prediger geradezu angebetet, daran kann ich mich noch gut erinnern. Sicher hat er etwas verbrochen, woraufhin du dich an seine Fersen geheftet hast, und ich will dir was sagen: Wo Early auftaucht, ist Frye nicht weit. An deiner Stelle würde ich deswegen schwer auf der Hut sein. Der Prediger behandelt die Leute, die mit ihm nicht einer Meinung sind, nicht gerade mit ausgesuchter Freundlichkeit.« Er rieb sich über die entstellte Gesichtshälfte. »Und Frye hat eine krankhafte Vorliebe für Feuer. Er würde die ganze Welt anzünden, wenn er damit die vernichten könnten, die sich ihm in den Weg stellen.«

»Der Tag des Gerichts«, murmelte Johnny so leise, daß der Einäugige ihn gerade noch verstehen konnte.

»Und für Harlan Frye kommt der jedesmal, wenn die Sonne aufgeht.«

Es war weit nach Mitternacht, als Blaine McCracken das Sheridan Correctional Center in Illinois verlassen durfte. Wenige Sekunden nachdem er sich aus dem Duschraum herausgetastet hatte, fiel schon das Licht der Taschenlampen, mit denen die Wachen sich nach dem Stromausfall im Zellenblock bewaffnet hatten, auf seine fast nackte Gestalt. Der grausige Anblick, der sich den Wachen dem gekachelten Raum bot, veranlaßte sie dazu, McCracken sofort in Einzelhaft zu stecken und sich seine Erklärungen gar nicht erst anzuhören. Sie riefen gleich den Gefängnisdirektor, und selbst mit der Hilfe seiner bedeutenden Kontakte in Washington fiel es McCracken nicht leicht, seine Freilassung zu erwirken. Immerhin ging über ein Dutzend getöteter Häftlinge auf sein Konto. Eine gründliche Durchsuchung der Räumlichkeiten förderte seine Kleidung zutage. Man fand sie in der Putzkammer, die sich neben dem Duschraum befand.

Diesmal wartete er, bis er sich in einem Motel, das fünfzehn Meilen weiter am Straßenrand lag, eingecheckt hatte, ehe er sich bei Sal Belamo meldete.

»War ein erfolgreicher Tag, Boß.«

»Du sprichst von Ratanskys Namensliste?« fragte McCracken erwartungsvoll.

»War 'ne verdammt harte Nuß. Ich habe diese Namen stundenlang durchgeackert und nach irgendeiner Verbindung zwischen ihnen gesucht. Das Ergebnis war null Komma null, bis ich mich in die Datenbank einer Einrichtung geschmuggelt habe, die ich sonst meide wie der Teufel das Weihwasser: das Finanzamt.«

»Verrate mir mehr.«

»Tja, wie es sich nun darstellt, haben die Namen auf der Liste etwas mit vielen Nullen gemeinsam: Ich meine damit Spenden und Schenkungen, und zwar nicht das, was alte Mütterchen sonntags in den Klingelbeutel fallen lassen, sondern erhebliche Sümmchen. Die Gesamtsumme beläuft sich auf mehr als eine Milliarde Dollar!«

»Und wer ist der glückliche Empfänger?«

Belamo klang so, als bereite ihm das alles einen Riesenspaß: »Nun, jetzt kommen wir zu dem Teil, wo es erst richtig interessant wird. Diese Milliarde ging samt und sonders an eine Einrichtung, die sich Kirche des Erlösers nennt. Darunter darfst du dir aber keinen hohen Turm mit Kirchenschiff und bunten Glasfenstern vorstellen. Die Kirche des Erlösers ist eine Fernsehmission, und die Namen auf der Liste gehören den Freunden und Förderern dieser Gemeinde. Sie sind allesamt Mitglieder einer sogenannten ›Schlüsselgesellschaft‹.«

»Nie von gehört.«

»Kannst du auch nicht, Boß, solange du sonntags oder, wie in diesem Fall, an jedem Tag etwas Besseres zu tun hast, als dir einen Fernseh-Prediger anzuschauen. Diese Herrschaften führen nicht nur auf dem Bildschirm eine Messe oder etwas in der Art durch, nein, ihnen gehört ein eigener Sender mit Namen Zukunftsglauben-Kanal. Um ganz ehrlich zu sein, eigentlich gehört er weniger den Mitgliedern der Schlüsselgemeinschaft, sondern einem Typen, der mit seinem Sermon fünfzig Millionen Haushalte erreicht, wenn sie nicht rechtzeitig genug auf einen anderen Kanal zappen.

Der Mann heißt Harlan Frye.«

Kapitel 16

Der Motor der Limousine summte noch, als Karen Raymond auf die Lichtung trat, die sich vor einem der vielen steilen Abhänge im Torrey Pines State Park ausbreitete. Sie hatte bis jetzt hinter einem der Bäume gestanden, die diesem Park seinen Namen gaben, und darauf gewartet, daß MacFarlane erschien. Einerseits beruhigte es sie, daß er zumindest diesen Teil der Abmachung eingehalten hatte, doch auf der anderen Seite fürchtete sie diesen Mann, der irgendwie in den

Anschlag verwickelt war, der sie fast das Leben gekostet hatte.

Vertraue niemandem.

Das war nicht schwer zu befolgen, denn sie hatte niemanden mehr, dem sie noch Vertrauen schenken konnte – abgesehen natürlich von T. J. Fields und den Skulls. Ein Teil dieser Gang war mit hierhergekommen. T. J. hatte jeden einzelnen von ihnen persönlich ausgesucht. Am liebsten wäre er natürlich auch mitgekommen, aber Karen hatte ihn eindringlich an die große Verantwortung erinnert, die sie ihm übertragen hatte: die für ihre Söhne. Das Team, das er ausgewählt hatte, war schon Stunden vor ihr in den Park gekommen. Mittlerweile dürften sie alle Stellung bezogen haben, obwohl sie nicht einen von ihnen in dem dichten Laubwerk, das den Rand der Lichtung umgab, ausmachen konnte.

Karen blieb nach fünfzehn Metern stehen und wartete. Wie vereinbart blendeten die Scheinwerfer der Limousine zweimal auf. Dann öffnete sich eine der Hintertüren, und die Gestalt von Alexander MacFarlane zeigte sich. Der Nachtwind wehte sein weißes Haar durcheinander und ruinierte seine teure, gepflegte Frisur. Als er auf sie zu schritt, behielt er die Hände in den Manteltaschen. Karen wartete, bis er sich zwanzig Schritte von dem Wagen entfernt hatte, ehe sie auf ihn zu trat. Sie trafen sich in der Mitte der Lichtung am Overlook und standen ganz allein in der Dunkelheit der Nacht. Als Beleuchtung diente ihnen lediglich das Licht der Autoscheinwerfer und einige verirrte Strahlen von der Ranger-Station.

»Nehmen Sie die Hände aus den Taschen, Alex.«

»Was?«

»Sie haben mich genau verstanden. Ihre Hände, los, ich will sie sehen.«

MacFarlane zog sie heraus und schüttelte den Kopf. »So geht es nicht weiter, Karen.«

»Das denke ich auch.«

»Sie schweben in großer Gefahr.«

»Aus diesem Grund treffen wir uns ja hier.«

MacFarlane trat einen Schritt auf sie zu. »Was Sie letzte nacht getan haben, war überaus töricht.«

»Das müssen Sie mir erst beweisen, Alex. Erklären Sie mir doch am besten, was hier eigentlich vor sich geht. Warum mein Labor-Team sterben mußte. Und warum meine Kinder beinahe das gleiche Schicksal erlitten hätten. *Herrgott, Alex, meine Kinder!*«

Sein Mund klappte auf. »Sie glauben doch hoffentlich nicht im Ernst, ich könnte irgend etwas damit zu tun haben ...«

»Ich weiß, daß Sie daran beteiligt waren.« Karen war sich dessen bisher nicht sicher gewesen, aber etwas in seinem Tonfall und an der Art, wie er sie ansah, verschafften ihr letzte Klarheit. »Machen Sie sich gar nicht erst die Mühe, es abzustreiten. Sollten Sie es doch tun, gibt es für mich keinen Grund mehr, diese Unterhaltung fortzusetzen.«

MacFarlane legte die Stirn in Falten. »Ich würde Ihren Kindern nie etwas antun. Und Ihnen selbst auch nicht. Das ist die Wahrheit.«

»Mag sein, aber wie steht es mit den anderen?«

MacFarlane sah sie traurig und niedergeschlagen an. »Ich habe sie beschworen, mich die Sache erledigen zu lassen. Und sie haben zugestimmt, Karen. Verstehen Sie, sie haben eingewilligt.«

Karen spürte, wie ihr Herz gegen die Rippen schlug. »Wer sind ›sie‹, Alex? Sagen Sie es mir.«

»Das spielt jetzt keine Rolle ...« MacFarlane schwieg für einen Moment. »Es geht vielmehr um Ihre Entdeckung.«

»Sie sprechen von Lot 35, dem Aidsimpfstoff. Was hat es mit ihm auf sich, Alex?«

»Verdammt, es fällt mir so schwer, den richtigen Anfang zu finden ...«

»Ich habe viel Zeit mitgebracht, Alex.«

»Es geht um Macht, Karen, einzig und allein um Macht. Und ich spreche immer noch von Lot 35.«

Sie starrte ihn wütend an. »Wer wollte das Mittel verschwinden lassen, Alex? Wer hat acht Menschen ermorden lassen und es bei drei weiteren versucht, bloß um zu verhindern, daß das Serum auf den Markt kommt?«

MacFarlane seufzte lange. »Van Dyne.«

Der Name hallte in ihrem Kopf wider, nachdem MacFarlane ihn ausgesprochen hatte.

Van Dyne ... einer der weltweit größten und mächtigsten Pharma- Konzerne.

»Ich arbeite für diese Firma«, fuhr MacFarlane fort, ohne von ihr dazu gedrängt worden zu sein. »Genauso wie Sie. Ihr gehört nämlich Jardine-Marra.«

Die Eröffnung traf Karen wie ein Fausthieb in den Magen. Angewidert wandte sie den Kopf ab, damit MacFarlane nicht mitbekommen konnte, was sich jetzt auf ihrer Miene tat. Doch er ließ sich davon nicht aufhalten.

»Van Dyne ist mittlerweile auf dem Pharmaziemarkt weltweit die Nummer Eins, Karen. Die größte Sorge dieses Konzerns gilt nicht der Konkurrenz, sondern der Regierung. Bestimmungen und Vorschriften der Gesundheitsfürsorge, festgesetzte Preise für Medikamente, Positiv- und Negativlisten – dem Konzern wurde rasch klar, daß seine Profitmargen den Bach runtergingen. Deshalb verfiel er darauf, im stillen zu expandieren und Firmen aufzukaufen, die nicht in direkter Konkurrenz zu ihm stehen.«

»Wie zum Beispiel Jardine-Marra ...«

»Hauptsächlich ging es Van Dyne um unseren Versandhandel. Er hat sich heimlich, still und leise bei uns eingekauft. Alles verlief perfekt.«

»Perfekt? Wissen Sie überhaupt noch, was Sie sagen, Mann?«

MacFarlane klang übergangslos streng: »Jetzt hören Sie mit mal gut zu, Karen. Was glauben Sie, wo das Geld hergekommen ist, dank dessen Sie Ihr Projekt zu Ende führen konnten? Ja, richtig geraten, ohne die Finanzmittel, die uns durch den Einkauf von Van Dyne zugeflossen sind, hätten Sie Ihr Lot 35 vergessen können.«

Karen versuchte, Ordnung in ihre Gedanken zu bringen. Dann hob sie den Kopf und sah ihm direkt ins Gesicht. »Aber sie müssen doch von Lot 35 gewußt haben, oder?«

»Sie wußten, daß es bis zu einem Ergebnis noch lange hin war. Und ihnen war bekannt, daß die Regierung Ihren Wunsch nach weiteren Fördermitteln abgelehnt hatte.«

»Sie haben es ihnen erzählt«, entgegnete sie tonlos.

»Ich ... mir blieb keine andere Wahl.«

»Wann? Wann haben Sie es ihnen gesagt?«

»Zu Beginn der Verhandlungen. Vor über einem Jahr.«

»Dann waren sie also mehr als zwölf Monate lang über den Stand meines Projektes informiert ... Warum haben sie dann bis gestern gewartet, um es zunichte zu machen?«

»Weil wir – weil ich bis gestern keine Ahnung hatte, daß Lot 35 etwas taugt. Sie haben tolle Arbeit geleistet, indem Sie Ihre Fortschritte vor aller Welt geheimhielten, sogar vor mir.«

»Damit wären wir wohl quitt, denn Sie haben mir auch nie mitgeteilt, daß ich in Wahrheit für Van Dyne arbeite.«

»Und was wäre geschehen, wenn ich es Ihnen gesagt hätte?«

»Dann hätte ich gekündigt und woanders angefan...« Karen hielt abrupt inne, weil sie mit ihren Worten MacFarlane die Antwort in den Mund legte.

»Ganz genau«, nickte er. »Dieses Risiko durften sie unter keinen Umständen eingehen.«

»Aber warum denn nicht?«

»Weil sie einen eigenen Impfstoff entwickelt haben, Karen. Mehrere hundert Millionen Dollar sind in dieses Projekt geflossen, und die abschließenden Tests vor der Marktreife stehen in Kürze an. Lot 35 wäre für sie eine Konkurrenz gewesen.«

»Solange mein Projekt nicht vorangekommen ist, bestand also kein Anlaß zur Sorge. Doch als ich dann auf der Sitzung den Erfolg unserer Forschung verkündete, haben Sie sofort Ihre Freunde bei Van Dyne informiert, und die haben darauf genau in der Art reagiert, wie Sie es von ihnen erwartet haben!«

»Nein und nochmals nein! Ich habe ihnen gesagt, daß ich die Sache regeln könne, habe ihnen versichert, daß ich alles unter Kontrolle hätte. Und sie haben sich einverstanden erklärt, die Geschichte mir zu überlassen.«

»Dann haben sie Sie belogen.«

»Trotzdem gibt es noch einen Ausweg. Ich kann Sie retten. Und auch Ihre Kinder.« MacFarlane trat noch einen Schritt näher. »Es geht um Lot 35. Sie wollen es in ihren Besitz bekommen. Überlassen Sie es ihnen, und ...«

»Was soll das heißen, sie wollen es in ihren Besitz bekommen? Nachdem sie letzte Nacht buchstäblich alles zerstört haben ...«

MacFarlane schien etwas sagen zu wollen, schwieg dann aber.

»Moment mal«, murmelte Karen nachdenklich. »Sie wollten Lot 35 nicht zerstören, sondern stehlen. Darum ging es in Wahrheit bei dem gestrigen Überfall. Sie haben erst angefangen, meine Forschungsunterlagen und -geräte zu vernichten, nachdem sie glaubten, sie hätten alles, was sie brauchten, in ihre Hände bekommen ...«

»Die Computer ...«, begann MacFarlane.

»Keine Diskette enthält mehr als Fragmente unserer Forschungsergebnisse, und einzeln ergeben sie für niemanden einen Sinn. Nur ich besitze die Disketten, auf denen alles abgespeichert ist. Das wußten die sauberen Herren natürlich nicht. Woher hätten sie es auch wissen sollen?« Ihre Miene verzog sich und spiegelte damit ihre Verwirrung wider. »Aber nach dem, was Sie mir erzählt haben, Alex, besitzen sie doch ihren eigenen Wirkstoff. Wozu brauchen sie dann noch Lot 35?«

»Das tut jetzt nichts zur Sache. Alles, was jetzt zählt, ist der Umstand, daß wir damit ein Faustpfand in der Hand halten. Wenn Sie zustimmen, kann ich sie dazu bewegen, Ihre Sicherheit zu garantieren.«

»Sie haben schon einmal gelogen, Alex.«

MacFarlanes Miene war ausdruckslos. »Wir müssen es drauf ankommen lassen, Karen, denn es gibt keine andere Möglichkeit.«

»Und mit meiner Zustimmung geht es dann wohl auch einher, daß die Mörder meiner Mitarbeiter, meiner *Freunde*, unbehelligt davonkommen, oder?«

»Wenn Sie und Ihre Kinder dadurch in Frieden leben können, würde ich mir darum keine Kopfschmerzen machen.« MacFarlane schluckte. »Sie müssen in dieser Geschichte einfach jemandem vertrauen, Karen, und dafür bietet sich Ihnen kein Besserer als ich.« Er streckte eine Hand aus. »Kommen Sie mit in den Wagen, Karen. Lassen Sie uns die Angelegenheit gemeinsam hinter uns bringen ... jetzt!«

»Gehen wir zur Polizei, Alex? Bringen wir die Sache hinter uns, indem wir zur Polizei gehen, um dort alles auszusagen, was Sie mir eben erzählt haben.«

Frustration breitete sich auf MacFarlanes Zügen aus, und er lief vor Ärger rot an. »Haben Sie nicht gehört, was ich gesagt habe? Wir können nicht gegen sie ankämpfen, Karen! Aber wenn Sie jetzt mit mir zusammenarbeiten und ihnen das geben, was sie wollen, können wir wenigstens uns retten.«

Sie ballte die Fäuste. »Ich glaube nicht, daß ich das tun kann, Alex.«

Er hielt die Hand immer noch ausgestreckt. »Das müssen Sie aber, Karen ... bitte.«

»Sie mögen sich Van Dyne mit Haut und Haaren verschrieben haben, Alex, ich aber nicht.«

Er drehte kurz den Kopf weg und starrte in das Licht der Scheinwerfer. »Sie kommen jetzt mit mir zum Wagen, Karen. Es besteht keine andere Möglichkeit.«

Sie vergrub die Fingernägel in die Handflächen. »Sie beobachten uns, nicht wahr? Alex, Sie haben sie hierhergeführt!«

»Bit...«

»Ihre Freunde werden mich erschießen, wenn ich nicht mitkomme ... so ist es doch, oder?«

Er sah sie nur an.

»Wissen Sie was, Alex, ich glaube, das werden sie nicht wagen. Wenn ihnen so daran gelegen ist, Lot 35 zu bekommen, werden sie sich hüten, mich zu töten. Und ich glaube, ich kann jetzt einfach gehen und den Park verlassen, ohne daß sie auch nur eine Kugel abfeuern.«

»Karen, Sie kennen diese Männer nicht. Hören Sie mich bitte an.«

»Ich hatte immer schon eine rasche Auffassungsgabe.«

»Sie werden Sie aufspüren, Karen, Sie und Ihre Kinder.«

Ihre Miene wurde unerbittlich. »Nein, Alex, ich werde diese Leute vernichten. Ich werde ihre Machenschaften aufdecken und sie damit zugrunde richten.«

»Das können Sie nicht. Niemand kann das.«

»Zusammen wäre es uns vielleicht möglich. Ich glaube, Sie sollten lieber mit mir kommen.«

»Stellen Sie sich nicht dümmer an, als Sie sind.«

»Vertrauen Sie mir doch einfach. Wir tun jetzt so, als würden wir zum Wagen gehen. Wenn ich Sie am Ärmel zupfe, springen wir beide dort drüben rechts in die Büsche.«

»Sie haben wohl den Verstand verloren.«

»Keine Angst, wir kommen schon durch. Und dann suchen wir uns jemanden, der etwas zu sagen hat und gewillt ist, uns zuzuhören. Van Dyne muß gestoppt werden, Alex. Sie hätten mir nicht soviel erzählt, wenn Sie nicht selbst in Ihrem Innersten davon überzeugt wären. Und glauben Sie mir, ich bin diejenige, die Sie retten kann.«

»Sie sind also nicht allein gekommen«, erkannte er.

»Genausowenig wie Sie.«

Für einen Augenblick schwankte MacFarlane und schien fast schon bereit, sich auf ihren Vorschlag einzulassen. Doch dann verhärteten sich seine Gesichtszüge, und seine Augen wurden wieder kalt.

»Ich gebe Ihnen eine letzte Chance, Karen. Kom…«

Er kam nicht dazu, den Satz zu Ende zu sprechen, denn in diesem Moment krachten Gewehrschüsse aus dem Innern der Limousine. Karen bekam noch aus dem Augenwinkel die orangefarbenen Mündungsblitze mit, bevor sie sich zu Boden warf.

»Was um alles in der Welt …«, schrie MacFarlane. »Nein! NEIN!«

Er drehte sich zum Wagen und winkte mit beiden Armen. Zwei Kugeln schlugen in seine Brust und warfen ihn zurück. Er taumelte, und sein verwirrter Blick fand Karens Augen. Dann brach er zusammen.

Die Türen des Wagens flogen auf, und vier Männer sprangen heraus. Sie hielten ihre Waffen im Anschlag und liefen langsam auf Karen zu. Für sie bestand kein Grund zur Eile. Wozu auch?

Wo blieben die Skulls? Warum hatten sie nicht schon längst das Feuer erwidert?

Angst ergriff Karen, als sie hochsprang und davonrannte.

Zwei der Männer legten an.

Gott … Karen strauchelte und verlor das Gleichgewicht. Alle Schützen waren inzwischen stehengeblieben. Die beiden ersten zielten auf sie.

Im nächsten Moment zerschmetterten zwei krachende Schüsse die Stille der Nacht. Die beiden ersten Schützen flogen zurück, Blut spritzte aus den tiefen Löchern, die die Schrotkugeln der Skulls ihnen in die Brust gerissen hatten. Die nächste Salve krachte, als die beiden anderen Männer ihre Waffen hoben. Diesmal schienen die Schüsse aus allen Richtungen zu kommen, und die beiden konnten ihre Gewehre nicht ein einziges Mal abfeuern, bevor sie zusammenbrachen.

Eine automatische Waffe nahm nun aus dem Innern der Limousine die Skulls aufs Korn, die sich ins Freie gewagt hatten. Einer der Biker ging zu Boden. Karen konnte nicht erkennen, ob er getroffen worden war oder sich nur in Deckung bringen wollte; sie blieb liegen, um ein möglichst kleines Ziel zu bieten. Die restlichen Skulls stürmten jetzt aus dem Unterholz und griffen den Wagen von vorn und von hinten an. Ihre Schrotflinten bedachten die Limousine mit Dauerfeuer, und Karen mußte sich die Ohren zuhalten, damit ihr Trommelfell nicht platzte. Die Scheiben zerbarsten und schickten Scherbenregen auf den Boden. Dann sackten die Reifen zischend zusammen. Die Schrotkugeln punktierten die weiße Karosserie und hinterließen auf dem Metall eine Kraterlandschaft. Aus dem Wageninnern wurde schon längst kein Schuß mehr abgegeben, aber die Skulls wollten es nicht darauf ankommen lassen. Schließlich näherten sich sechs der Gangmitglieder dem Wagen, während die beiden übrigen zu Karen eilten.

»Alles in Ordnung, Karen?«

»Bist du verletzt?«

Sie schüttelte den Kopf, als einer der beiden ihr auf die Füße half. Der andere legte einen Arm um sie, und gemeinsam liefen sie los. Die Biker schützten sie mit ihren Körpern. Karen wollte ihnen sagen, sie sollten anhalten, damit sie wieder zu Atem kommen könne, aber ihre Kehle war wie zugeschnürt.

Auf ihrer Flucht umgab sie nichts als die nachtschwarze Dunkelheit des Parks.

Kapitel 17

Harlan Frye war sich erstmals an dem Tag seiner göttlichen Bestimmung bewußt geworden, an dem sein Stiefvater seinen Hund totgetreten hatte. Eine Woche nach dem achten Geburtstag des kleinen Harlan hatte der Welpe ins Wohnzimmer geschissen. Sein Vater hatte den Hund daraufhin im Garten angekettet und angefangen, ihn zu treten. Und er hatte Harlan befohlen, dieser Maßnahme von Anfang an beizuwohnen, bis zu ihrem Ende, als der kleine Hund nur noch zuckend und verblutend dalag. Sein Stiefvater hatte ihm erklärt, dies sei eine Lektion in Verantwortungsbewußtsein gewesen.

Harlan hatte die ganze folgende Nacht kniend an seinem Bett gewacht, und darum gebetet, daß sein Stiefvater sterben möge. Er war bald völlig verkrampft, und seine Knie schmerzten fürchterlich, aber er blieb in dieser Haltung, preßte die Hände zusammen und hielt die Augen fest geschlossen. Hin und wieder nickte er ein, doch die Schmerzen in den Gelenken rissen ihn regelmäßig ins Bewußtsein zurück, und dafür war er dankbar.

Bitte, laß ihn sterben ... Bitte, laß ihn sterben ...

Wieder und wieder, immer dasselbe Flehen.

Am Morgen war die Haut an seinen Knien so aufgerauht, daß sie am Stoff seiner Pyjamahose klebte. Harlan riß die Hose von den Knien, und als der Schmerz ihn durchfuhr, stellte er sich dabei seinen Vater vor. Der Rücken und die Beine taten ihm weh, und in den Schultern machte sich der Muskelkater immer stärker bemerkbar, der davon herrührte, daß er am zurückliegenden Tag ein Grab für seinen Hund ausgehoben hatte.

Bitte, laß ihn sterben, Gott … Ich tue alles, wenn du ihn nur sterben läßt … Wenn du ihm das Leben nimmst, gehöre ich ganz dir und stehe in deiner Schuld …

Natürlich war dieses Gebet nur eine ebenso unüberlegte wie grausige Phantasie, doch dem kleinen Harlan war es beschieden, daß sein Wunsch in Erfüllung ging.

Zwei Nächte später erschien der Sheriff an der Haustür der Fryes. Den Hut in den Händen überbrachte er mit grimmiger Miene die traurige Botschaft: Harlans Stiefvater, von Beruf Fernfahrer, war allem Anschein nach hinter dem Steuer eingeschlafen. Sein Lastzug hatte die Mittellinie überquert und war in den Verkehr auf der Gegenfahrbahn gekracht. Schließlich hatten Laster und Anhänger sich quergestellt und waren umgestürzt. Meilenlange Staus in beiden Fahrtrichtungen waren die Folge gewesen.

Die später durchgeführte Untersuchung ergab, daß Harlans Stiefvater anderthalb Flaschen Jack Daniel's im Magen gehabt hatte, als sein Gefährt auf die Gegenfahrbahn geraten war. Während seine Mutter schluchzte und weinte, lief Harlan in sein Zimmer und kniete wie einige Nächte zuvor vor dem Bett nieder.

Vielen Dank, lieber Gott, jetzt will ich dir mein Leben weihen.

Damit war es dem Jungen durchaus ernst. Gott hatte ihm einen großen Gefallen erwiesen, hatte mehr für ihn getan als irgend jemand sonst, und das würde Harlan Ihm nicht vergessen.

Dabei gab es eine ganze Menge in seiner Kindheit in Haleyville, Alabama, das er lieber verdrängt oder ungeschehen gemacht hätte. Als schüchterner Junge hatte er nie einen einzigen Freund. Doch von diesem Tag an bereitete ihm das keinen Kummer mehr, denn jetzt wußte er Gott auf seiner Seite. Harlan zog es nicht sonderlich in die Kirche, aber er besuchte regelmäßig die Veranstaltungen der Wanderprediger, die von Ort zu Ort zogen, ihre schäbigen Zelte aufbauten und sich dann stundenlang über die Verwerflichkeit der Sünde ereiferten, während ihre Assistenten Klingelbeutel durch die Reihen der Einheimischen wandern ließen. Der Junge sagte sich bald, daß diese Prediger den wahren Gott kannten, wußten, wie man mit Ihm reden mußte, und von Ihm auch Antwort erhielten.

Kurz nach seinem zwölften Geburtstag versteckte Harlan sich auf dem Wagen des Predigers John Reed und verließ mit ihm seinen Heimatort. Reeds Mitarbeiter entdeckten ihn erst am nächsten Morgen, als sie bereits im Bundesstaat Mississippi waren und in einem kleinen Ort Station machten. Der Junge hatte seinen Proviant schon in den ersten zwei oder drei Stunden verputzt und seitdem nichts mehr zu sich genommen. Bleich und mit einem flauen Gefühl im Magen ließ er sich von den Arbeitern zum Prediger führen und war überzeugt, daß John Reed ihn geradewegs nach Hause schicken würde. Im stillen betete er inständig zu Gott, bei der Truppe bleiben zu dürfen. Bitte schick mich nicht wieder nach Haleyville zurück. Jeder Ort ist mir lieber als Haleyville.

Und wieder erhörte ihn Gott.

Doch nach nicht allzu langer Zeit mußte Harlan erfahren, daß es durchaus Dinge gab, die noch schlimmer als Haleyville waren.

Der Junge gelangte zu der Überzeugung, daß Gott ihm alle Wünsche erfüllte, wenn er Ihn nur richtig darum bat. Aber er mißbrauchte dieses Privileg nie für unwichtige Gefallen, sondern nur für Dinge, von denen er glaubte, daß sein ganzes junges Leben davon abhinge. Manchmal erteilte Gott ihm aber eine Lehre, indem Er ihm genau das gewährte, worum der Junge Ihn gebeten hatte. So hielt Harlan sich anfangs für den glücklichsten Menschen der Welt, weil er mit Prediger John reisen durfte. Reed nannte ihn seinen Adoptivsohn und ließ ihn in einer schmalen Koje bei sich im Wohnwagen schlafen.

Doch eines Nachts stieg der heilige Mann zu ihm ins Bett.

»Es ist Gottes Wille, Kind.«

Harlan spürte, wie Johns Arme ihn umschlossen, und fing an zu zittern.

»Bitte ...«

Reed begann, ihn zu streicheln und überall zu berühren. »Wehr dich nicht dagegen, Junge.«

Harlan zog sich in die hinterste Ecke zurück und erstarrte.

Die eiskalten Hände lagen fest wie Schraubstöcke auf seine Schultern.

»Wenn du dich dem Willen des Herrn widersetzt, Kind, muß ich dich fortschicken. Zurück in die Welt, aus der du gekommen bist. Wenn du dich von mir abwendest, wendest du dich damit gleichzeitig auch von Ihm ab.«

Der Prediger preßte seinen Unterleib gegen ihn. Harlan drückte sich an die Wand, an der die Koje stand.

»So ist es schon viel besser, mein Junge. Jaaah, viel besser ...«

Reed stieg fortan fast jede Nacht zu ihm ins Bett. Manchmal stank der Prediger nach Alkohol, andere Male roch er nur nach Schweiß. Für Harlan wurden die Nächte zu einer endlosen Wiederholung des Tages, an dem sein Stiefvater den kleinen Hund zu Tode getreten hatte. Er dachte öfters daran, Gott darum zu bitten, ihn von dieser Pein zu erlösen, tat es aber doch nie. Immerhin war diese Qual nur eine Folge einer früheren Bitte, die der Herr ihm erfüllt hatte. Außerdem wußte der Junge nicht, wohin er sich wenden sollte, und er hatte große Angst davor, daß Reed seine Drohung wahrmachen würde, wenn Harlan ihm nicht mehr zu Willen sein wollte. Und wer wußte schon, welche Strafen der Prediger sich dann noch für ihn ausdenken würde?

Nein, mit diesem Problem mußte er ganz allein fertig werden.

Und eines Nachts tat er das auch. Er lag verschwitzt und beschmutzt auf seinem schmalen Bett, nachdem John sich wieder an ihm befriedigt hatte, wartete auf das Schnarchen seines Peinigers und schlich dann ins hintere Ende des Wohnwagens, wo einige Benzinkanister standen. Er goß den Inhalt der Behälter rings um die Koje und auf der Decke aus. Der Junge bespritzte auch Reeds Körper damit und achtete darauf, den Mann nicht zu wecken. Schließlich zündete er ein Streichholz an und wartete, bis es ihm den Daumen angesengt hatte, bevor er es in das Benzin warf.

Der Prediger erwachte von dem Brand und sah sich in einem Feuerring gefangen. Die Augen traten ihm vor Entsetzen und Zorn fast aus den Höhlen, als er den Jungen entdeckte, der ganz ruhig die Szene verfolgte. Dann schlossen sich die Flammen über ihm. Harlan hörte die schrillen Schreie des heiligen Mannes und ergötzte sich daran.

Es waren die Schreie seines Stiefvaters, die Schreie von Haleyville.

Der Junge sah dem Feuer zu, bis er die Hitze nicht mehr aushalten konnte. Dann floh er aus einem Fenster, während die Arbeiter heraneilten und sich verzweifelt bemühten, die Flammen zu ersticken. Harlan war schon weit fort, als von dem Wohnwagen nicht mehr als ein Haufen Asche übrig war.

Der Knabe kam zu dem Schluß, daß Gott einen bestimmten Grund gehabt haben mußte, ihn bei dem Prediger zu belassen. Aus allem konnte man eine Lehre ziehen, und in diesem Fall lautete sie folgendermaßen: Die Welt war schlecht, ein verkommener Ort, an dem die Menschen sich nichts sehnlicher wünschten, als errettet zu werden.

Vielleicht hatte Gott es ja längst aufgegeben, sich selbst darum zu kümmern. Oder aber, Er gewährte den Menschen Erlösung mit Hilfe einiger weniger Auserwählter. Und so gelangte Harlan zu dem Schluß, daß er in der Nacht, in der er Prediger John bei lebendigem Leib verbrannt hatte, nicht mehr und nicht weniger getan hatte, als den Willen des Herrn zu erfüllen.

Und er würde damit fortfahren, dem Willen Gottes zu dienen, denn die Welt bedurfte der Errettung.

So ging er bei einer Reihe von Predigern in die Lehre, die wie John Reed mit ihren großen Lastern und Wohnwagen den Süden der USA bereisten. Harlan hörte die Geschichten der Gepeinigten und Hoffnungslosen, die in die Zelte strömten und auf Erlösung hofften. Im Lauf der Zeit erkannte er, daß es sich bei diesen Menschen um einen landesweiten Mikrokosmos der Niedergeschlagenen und Beladenen handelte. Und in ihm wuchs die Überzeugung, daß ihnen allen geholfen werden konnte. Doch konnte er die meisten dieser Menschen nicht von einer Kanzel in einem Zelt erreichen, weil diejenigen, die am dringendsten der Errettung bedurften, gar nicht auf die Idee kamen, die Wanderprediger aufzusuchen.

Und so schloß Harlan Frye, sich zu den Bedürftigsten zu begeben.

Im Alter von zwanzig Jahren verließ er die Prediger, von denen er so viele begleitet hatte. Seine Reise begann im Süden, wo er kreuz und quer durch das Land zog und auf seinem Weg nach Westen die Menschen auflas, die das Glück verlassen hatte. Ehemalige Häftlinge und Kriminelle, Männer und Frauen, die nach einer zweiten Chance suchten und eines Mannes mit dem Schlüssel bedurften, der ihnen die Tür zu einem besseren Leben öffnete. In den Wäldern Nordkaliforniens kamen die Menschen, die von seinem Wirken gehört hatten, spontan und in kleinen Gruppen zu ihm. Sein Erfolg bewies, daß er zu Höherem ausersehen war und die nächste Stufe betreten sollte. Es wurde an der Zeit, daß er mehr Menschen erreichte und das Wort Gottes auch unter denjenigen verbreitete, die noch nicht ganz unten angelangt waren. Die ersten Jahren waren für ihn gut verlaufen, die nächsten sollten noch besser werden.

Doch vorher erwarteten ihn eine weitere Prüfung und eine neue Lehre: Nicht alle aus der Legion, die er geschaffen hatte, wollten ihm hinaus in die Welt folgen. Der Reverend, wie er sich mittlerweile nennen ließ, wußte, was aus denen werden würde, die ohne ihn auskommen mußten. Ohne seine Anleitung würden sie in ihr früheres Leben zurücksinken. Er gab ihnen Zeit zum Nachdenken und machte ihnen auch sonst die Entscheidung leicht, aber sie verweigerten ihm weiterhin die Gefolgschaft. Wenn sie nicht auf seiner Seite standen, waren sie wertlos. So einfach verhielt es sich mit diesen Menschen.

Und wieder beschwor Harlan die Allmacht des Feuers gegen diejenigen, die sich von ihm lossagten und ihn verleugneten. Wenn die Hoffnung, die er verbreitete, überleben sollte, mußten alle die vernichtet werden, die sich ihr widersetzten. Harlan Frye war so sehr von seinen Worten und Lehren überzeugt, daß er sich stets an sie hielt. Eine gerechte Verteilung von Strafen tat der Menschheit durchaus gut, und so kehrte er mit dem festen Vorsatz aus den Wäldern in die Welt zurück, so viele Seelen zu erretten, wie es ihm nur möglich war.

Einige Zeitungen wurden auf ihn aufmerksam. Radiosender wandten sich an den Prediger und baten ihn, Sendungen zu machen, bei denen er die Fragen von Anrufern beantworten sollte. Und bald meldete sich auch das Fernsehen regelmäßig bei ihm.

Fernsehen …

Der Einstieg in dieses Medium erfolgte so reibungslos wie all die anderen Schritte, die er in seinem bisherigen Leben unternommen hatte. Durch das Fernsehen konnte sein Wort Millionen und Abermillionen erreichen. Und damit ließe sich aus der Ferne jeder erretten, der in der Lage war, den richtigen Kanal einzuschalten. Harlan war davon überzeugt, daß ihm diese Möglichkeiten offenbart worden waren, weil er jetzt reif genug für sie war.

Frye begann in einem religiösen Kabelkanal, der in den Südstaaten ausgestrahlt wurde, mit einer sonntäglichen Predigt-Show. Die enormen Zuschauerzahlen, die er vorweisen konnte, öffneten ihm auch den Markt in den Nordstaaten, und er entwickelte sich zu einem ernstzunehmenden Rivalen von Jerry Falwell und Pat Robertson.

Doch anders als seine Konkurrenten gab Frye sich mit diesem Erfolg noch lange nicht zufrieden. Wenn eine Show seiner Arbeit schon so förderlich sein konnte, was würde dann erst eine eigene Produktionsgesellschaft für sein großes Ziel bewirken? Geldgeber und Investoren fanden sich ohne Mühe, und wenig später war ›Zukunftsglauben‹ geboren. Anfangs nahmen nur fünf Sender die von ihm produzierten Sendungen in ihr Programm auf, aber Harlan hatte noch nicht verlernt, sich in Geduld zu üben. Binnen sieben Jahren waren aus den fünf Sendern weit über hundert geworden. Und seine ›Sonntagmorgen-Messe‹ rangierte unter den landesweiten Top ten der Kabelprogramme. Seit ihm die wahre Bestimmung seines Auftrags offenbar geworden war und sich die Möglichkeit der Fernsehübertragung ergeben hatte, ließ Frye seine Sendung jeden Sonntag von einem anderen Ort live übertragen – aus einem Hinterhof in den Slums, aus einer Wohlfahrtsherberge oder aus einem Pornokino. Das Thema seiner Predigten war stets das gleiche: die Wiedergeburt,

Hoffnung aus dem Nichts. Und wo er auch hinkam, drängten die Menschen in seine Veranstaltungen. Dieser Strom schwoll so gewaltig an, daß Frye davon Abstand nahm, im voraus bekanntzugeben, an welchem Ort er am folgenden Sonntag auftreten werde. Erst am vorangehenden Samstagabend machte er eine entsprechende Mitteilung. Und schon verbreitete sich die Nachricht in Windeseile. Und sogar noch schneller …

›Zukunftsglauben‹ war mittlerweile in allen fünfzig Bundesstaaten zu empfangen und erreichte ungefähr hundert Millionen Menschen. Auch das Ausland hatte Interesse angemeldet, und zur Zeit befand er sich in Verhandlungen mit mehreren Ländern, deren Fernsehsender seine Programme übernehmen wollten. Als Haupthindernis erwies sich dabei allerdings Harlans strikte Weigerung, sein Wort von einem Fremden übersetzen zu lassen. Man kam schließlich zu einem Kompromiß, und die ausländischen Verhandlungsführer willigten ein, ihn die jeweiligen Übersetzer von einer Liste aussuchen zu lassen, die sie ihm vorlegen wollten. Frye lud die Kandidaten auf seine Kosten in die Vereinigten Staaten ein und führte persönlich mit jedem einzelnen von ihnen ein längeres und gründliches Gespräch. In diesem Punkt verstand er keinen Spaß.

Spenden, Schenkungen und Werbeeinnahmen strömten in solchen Mengen herein, daß der Prediger mit dem Zählen nicht mehr nachkam. Und dennoch war er immer noch nicht zufrieden. An ihm nagte weiterhin das Gefühl, nicht genügend von den Menschen erreichen zu können, die seiner Hilfe bedurften. Und wie stets, wenn er eine Erleuchtung brauchte, ließ Gott ihn auch dieses Mal nicht im Stich.

Der Reverend erkannte die Möglichkeiten, die im gebührenpflichtigen Telefonservice lagen, und er richtete eine entsprechende Leitung ein. Indem sie zwei Dollar für die erste Minute und für jede weitere einen Dollar an Telefongebühren entrichteten, konnten die Bekümmerten und Beladenen im persönlichen Gespräch mit einem seiner Bevollmächtigten Trost und Rat erhalten. Im Durchschnitt dauerte ein Anruf sechsundzwanzig Minuten, und rund um die Uhr gingen mehrere hundert solcher Anrufe bei seinen Mitarbeitern ein. Diese Neuerung bildete bald den krönenden Höhepunkt seiner Mission und stellte die erfolgreichste Vermarktungsmaßnahme in der Geschichte der religiösen Erweckung dar.

Reverend Harlan Frye gehörte bald zu den zehn bekanntesten Persönlichkeiten im Lande. Die unglaubliche Macht, die er nun hatte, empfanden manche als Bedrohung. Andere sahen in ihr ein Mysterium, und wieder andere glaubten an ein Wunder. Der Prediger selbst war jedoch immer noch der Ansicht, erst an der Oberfläche der Bedürfnisse dieser Welt gekratzt zu haben. Der eigentliche Kern entzog sich ihm auch weiterhin.

Harlan betete wieder zu Gott um Führung und Leitung. Genau so, wie er es in jener so vielen Jahre zurückliegenden Nacht in Haleyville getan hatte, kniete er sich vor sein Bett und faltete die Hände auf der Decke. Er erflehte Erkenntnis oder ein Zeichen, das ihm offenbaren würde, was er als nächstes tun sollte. Doch als der Morgen kam und sich nichts ereignet hatte, wuchs in Frye der leise Verdacht, Gott könne sich von ihm abgewandt haben. Sein Glaube geriet ins Wanken, und auch die folgenden Tage brachten nichts, was geeignet war, diesen Prozeß umzukehren. Bis er dann nach Dixonville gelangte, einer kleinen Stadt in Virginia. Harlan zog es an diesen Ort, weil dort eine Schule eingestürzt war und über fünfzig Kinder unter sich begraben hatte. Er stellte sich mitten auf die Trümmer, ließ sich nicht von den Rettungs-Teams abhalten, die unter umgestürzten Mauern nach weiteren Überlebenden suchten, und hielt seinen Gottesdienst ab. Die Minuten, die nun folgten, offenbarten ihm die wahre Grundlage und Inspiration für seine Existenz und seinen göttlichen Auftrag. Die Gedanken stürmten wie eine Flut in sein Bewußtsein, und er kam kaum damit nach, sie in Worte zu fassen. Und mit dieser Woge sah und erkannte er:

Dies war das Zeichen, auf das er gewartet hatte! Wenn diese Kinder es nicht wert waren, gerettet zu werden, wer denn dann? Die Welt als Ganzes befand sich nicht mehr im Zustand der Gnade. Sie mußte von Grund auf erneuert und wiederaufgebaut werden, mußte aus den Trümmern neu erstehen, die sich nur in ihrer Anzahl von denen der Schule unterschieden, in der ihm die Erkenntnis gewährt worden war. Diejenigen, die es wert waren, gerettet zu werden, galt es zu finden und auszusondern, bevor die Reste der alten Welt sie wie diese bedauernswerten Schulkinder verschlingen würde.

Nach diesem Erlebnis las Harlan einen Tag und eine Nacht lang ununterbrochen in der Offenbarung und gelangte schließlich zu der Erkenntnis, daß es ihm bestimmt war, das Werkzeug der Offenbarung zu werden.

Der Tag des Jüngsten Gerichts – der Tag des Gerichts, wie er in der Offenbarung vorhergesagt wurde.

Aber ganz allein konnte er das nicht bewerkstelligen. Johannes berichtete von sieben großen Plagen und einem Erzengel, der jede einzelne ankündigen würde. Somit oblag es Harlan, die sechs anderen zu finden, die im Namen des Herrn sprachen und über Ressourcen und Machtmittel verfügten, die den seinen ähnlich waren. Nach dem Jüngsten Gericht würden nur sie und ihre Gefolgschaft übriggeblieben sein. Und dann würde Harlan Frye sein Königreich errichten, in dem alle Auserwählten ein sorgloses Leben führen konnten.

Das Königreich der Sieben.

Er brauchte vier Jahre, um einen Ort zu finden, der geeignet genug erschien, dort den Tag des Gerichts zu überdauern und sein neues Königreich zu beherbergen. Harlan erinnerte sich gern an den Tag zurück, an dem eines einer Teams, das er auf die Suche geschickt hatte, ihn zu einer großen, aufgegebenen Salzmine nahe dem Palo Duro Canyon im Herzen von Südtexas rief. Das Innere der Mine setzte sich aus einem Labyrinth von unterschiedlich großen Kammern zusammen, die sich um eine Zentralhöhle von beinahe zwei Quadratmeilen Fläche scharten. Die Anlage reichte vollauf, um hier mehrere Siedlungen zu gründen. Bis zum heutigen Tag waren erst wenige Komplexe fertig gebaut, und von diesen war lediglich das Hauptgebäude funktionstüchtig. Von einigen zusätzlichen Unterkünften stand der Rohbau, und die Arbeitskolonnen waren fieberhaft damit beschäftigt, deren Inneres auszugestalten. Gleichzeitig gossen Maurertrupps bereits die

Fundamente für neue Bauten. Andere machten sich daran, in den angrenzenden Räumlichkeiten Wohneinheiten von den unterschiedlicher Größe und variierendem Schnitt zu errichten. Frye erinnerte die Anlage manchmal an einen Bienenstock, und dieser Vergleich beglückte ihn, weil sein Königreich so geschickt von der Natur abgeschaut war.

Neben anderen Faktoren, die die Salzmine aus vergleichbaren Objekten herausragen ließ, sprachen auch die Festigkeit und Stabilität für diesen Ort. Hier war ausreichend Sauerstoff vorhanden, und die Gefahr einer Gasentzündung lag hier deutlich niedriger als in Sandstein- oder Kalksteinhöhlen. Eine Reihe von Regierungsbehörden war in der Vergangenheit dazu übergegangen, Kopien ihrer Unterlagen in ähnlichen Salzminen zu lagern, weil diese nach Expertenmeinung selbst einen Atomangriff überstehen konnten.

Natürlich traf man hier auch auf Schwierigkeiten, wie zum Beispiel für ausreichend Licht und Wärme zu sorgen, ganz zu schweigen von der Stabilität der inneren Struktur. So stützte man die Kammern gleich zu Anfang mit Stützbalken ab, die so beschaffen waren, daß sie sich später problemlos in die fertigen Komplexe integrieren ließen. Da in derart abgeschlossenen Räumlichkeiten immer die Gefahr eines Feuers bestand, wurden alle Maschinen mit Propan betrieben, das jedoch lange nicht so wirksam war wie Öl und andere Gase. Natürlich brauchten die Bautrupps viel Licht, und so wurden an den Decken endlose Reihen von großen Lampen installiert. Die Beleuchtung im Salzbergwerk ließ sich durchaus mit der einer Flutlichtanlage in einem Sportstadion vergleichen. Hier unten war es so hell, daß Frye, wenn er durch die Kammern lief, fast den Eindruck gewinnen konnte, sich oben auf der Erdoberfläche zu bewegen, und nicht tief im Bauch der Welt. Lediglich die muffige, verbrauchte Luft erinnerte ihn dann daran, wo er sich befand.

Erst als die Errichtung seines Königreichs sich dem Ende näherte, weihte Harlan seine auserwählten Brüder in die wahren Vorhaben hinter seinen Plänen ein. Daß es ihm noch an den Mitteln mangelte, den Tag des Gerichts heraufzubeschwören, störte ihn dabei nicht im geringsten, denn er wußte, daß der Herr ihm zu gegebener Zeit den rechten Weg weisen würde. Ein zweites Mitglied der Sieben floh kurz nach dem ersten, dem Frye vor Jahren, sicher etwas voreilig, von seiner Vision berichtet hatte. Diese beiden hatten sich damit als wertlos erwiesen, und der Reverend freute sich schon auf den Tag des Gerichts, wenn sie genauso wie die anderen ihr verdientes Ende finden würden.

Doch wie sollte er Mittel und Wege finden, die wahrhaft wertvollen Menschen zu retten? Die gesamte Zivilisation zu zerstören, war sinnlos, solange man sie nicht gemäß dem Willen Gottes wiederaufbauen konnte. Das bedeutete mit anderen Worten, daß er eine Auswahl treffen mußte. Eine solche Aufgabe hätte niemand bewältigen können, bis auf den Reverend, dem als einzigem Menschen auf der Welt die Gnade zuteil geworden war, das Wort des Herrn zu vernehmen.

Harlan umgab sich mit Männern und Frauen, die seine Ansichten teilten; zumeist Untergebene und Zuträger, die ihn regelmäßig mit Berichten über das Vorankommen der laufenden Projekte versorgten. Er las jeden einzelnen, prägte sich die Details ein und wartete. Wenn man auf das Unvermeidliche wartete, fiel es einem nicht schwer, Geduld aufzubringen.

Und diese Geduld hatte sich vor drei Jahren bezahlt gemacht, als ihm offenbart wurde, wie er die Auserwählten retten und gleichzeitig die Welt von ihrem menschlichen Abfall befreien konnte. Die Mittel dazu waren überraschend simpel, ausreichend und in ihrer Klarheit geradezu wunderbar.

Gott hat mir dieses Mittel in die Hand gegeben! Gott hat es geschaffen, damit ich Gebrauch davon mache!

Frye ärgerte sich zunächst, daß er nicht schon viel früher darauf gekommen war, beruhigte sich aber bald mit dem Gedanken, daß er erst jetzt dazu bereit und ausersehen war. Damit lag das Ziel offen und deutlich vor ihm. Der Reverend hatte das letzte Hindernis auf dem Weg zur Erfüllung seines Schicksals überwunden.

Doch inzwischen war alles wieder in Gefahr geraten. Obwohl der Tag des Gerichts immer näher rückte, fühlte er sich von einem mächtigen Feind bedroht. Frye saß wieder auf seinem üblichen Platz im hinteren Teil des Zuschauerraums seines Kinos und konnte den Blick nicht von der Leinwand wenden, auf dem Blaine McCracken von der Hüfte an aufwärts zu erkennen war. Das überlebensgroße Bild betonte den V-förmigen Oberkörper des Mannes, und seine Gesichtszüge waren von einem Computer so bearbeitet worden, daß sie eine fast comichafte Klarheit gewannen. Auf der dunklen Gesichtshaut waren jede Linie und jede Falte überdeutlich zu sehen. Eine gezackte Narbe lief wie Eisenbahnschienen durch seine linke Augenbraue. Der Bart wirkte, als habe jemand aufs Geratewohl Haarbüschel an sein Kinn geklebt. Die Augen waren schmal und blickten seltsam intensiv, so daß es kaum möglich war, sie für einen längeren Zeitraum anzuschauen.

Harlan hatte es sich zur Angewohnheit gemacht, jeden Mann mit sich selbst zu vergleichen, und studierte den Betreffenden vor allem unter dem Gesichtspunkt, wie er sich wohl vor einer Menge Gläubiger machen würde, die des Trostes und des Beistands bedurften. McCracken würde dabei keine allzu gute Figur abgeben, weil seine Augen nicht lügen konnten. Dieser Mann konnte nicht vor Menschen stehen und ihnen etwas vormachen.

Frye hingegen vermochte es, sein Auftreten so leicht zu verändern, wie andere ihre Kleider wechselten, und seine Ausstrahlung den Erfordernissen der gegebenen Situation anzupassen. Selbst einen Spiegel konnte er täuschen und ihn dazu bringen, nie zweimal denselben Harlan Frye zu zeigen. Der Reverend war ein paar Zentimeter kleiner als McCracken und hatte dort Fettröllchen, wo sein Kontrahent Muskelpakete zeigte. Doch Harlans Gesicht strahlte viel mehr Wärme aus, und er dachte darüber nach, daß man ihm schon als Kind gesagt hatte, er besäße ein Strahlen, das von innen komme. Diese Eigenschaft hatte ihn sein Leben lang begleitet, ohne daß er etwas dafür getan hätte, genausowenig wie McCracken für seinen grimmig intensiven Gesichtsausdruck; es war ihnen angeboren. Der Reverend hatte immer schon die Blicke der Menschen wie ein Magnet angezogen. Manchmal waren sie ihm unangenehm gewesen, wie zum Beispiel die, mit denen Prediger John Reed ihn betrachtet hatte. Doch im Lauf der Jahre hatte Harlan gelernt, wie er das innere Glühen zu seinem persönlichen Vorteil nutzen konnte.

Die Zuschauer, sowohl die, die an seinen Messen teilnahmen, als auch die vor den Bildschirmen, sahen ihn gern und schienen gar nicht genug von ihm bekommen zu können. Doch auf Fotos konnte man ihn leicht übersehen. Fryes Gesicht wirkte eigentümlich weich. Die morgendliche Rasur reichte vollkommen aus, bis zum nächsten Tagesanbruch alle unwillkommenen Schatten zu vertreiben. Er trug das Haar kurz und sauber geschnitten, und er konnte genauso gut als Dreißigjähriger wie als Mittfünfziger durchgehen. Frye mochte seine unauffällige äußere Erscheinung, und manchmal kam es ihm so vor, als bestünden seine Züge aus Teig, die man nach Belieben formen und den Gegebenheiten anpassen konnte. So konnte er jedem so erscheinen, wie dieser ihn gerne sehen wollte. Wenn er mehreren Menschen den Auftrag erteilt hätte, ihn zu porträtieren, wären dabei völlig unterschiedliche Bilder herausgekommen.

Die einzige Konstante in seinem Gesicht waren die Augen. Sie lagen tief in den Höhlen, waren groß und erinnerten an die einer Eule. Ihr Blick drang tief in die Menschen ein und ertappte sie bei ihren innersten Gedanken. Die meisten mieden es, dem Reverend in die Augen zu sehen, und wenn sie es doch einmal taten, konnten sie dem intensiven Blick nicht standhalten. Eigenartig, dachte Harlan, wie McCrackens Augen auf der Leinwand zum Leben zu erwachen schienen. Bei seinen eigenen war das auf Abbildungen nie der Fall. Dieser Widerspruch hatte Frye immer schon beschäftigt, und so weigerte er sich schon seit Jahren, sich fotografieren zu lassen. Nur bei der Messe ließ er sich ablichten, denn dann zeigten die Fotos das Feuer in seinen Augen so lebendig wie in der Wirklichkeit, wenn er von der Kanzel predigte.

»Dieser Mann ist also unsere Nemesis, Major«, bemerkte Harlan nun von seinem Lieblingsplatz hinten im Zuschauerraum.

Major Osborne Vandal wartete nunmehr schon seit zwanzig Minuten auf eine Reaktion des Reverends. Es hätte ihm nichts ausgemacht, auch zwanzig Jahre zu warten, denn Frye hatte ihm das Leben gerettet. Nicht eigentlich, indem er ihn vor einer drohenden Gefahr bewahrt, sondern vielmehr im geistigen Sinne, indem er seinen inneren Frieden sichergestellt hatte.

Vandal hatte die letzten sieben Jahre des Vietnamkrieges in einem besonders brutalen Gefangenenlager des Vietkong verbracht. Er verließ den Ort mit einer zerschmetterten Hand. Permanente Folterungen hatten sie vollkommen unbrauchbar gemacht. Die Ärzte hatten ihm erklärt, er wäre gut damit beraten, sie amputieren zu lassen, denn mit einer Prothese käme er bestimmt besser zurecht. Doch das widerstrebte dem Major ganz entschieden. Er wollte ein vollständiger Mann bleiben, auch wenn das bedeutete, verkrüppelt durchs Leben zu gehen.

Vandal warf nun einen Blick auf seine Hand und spreizte die Finger, die fast zwei Jahrzehnte lang nicht mehr als eine verkrümmte, starre Klaue gewesen waren, die er meist in der Manteltasche verborgen hatte. Doch mittlerweile konnte er mit ihr wieder Gegenstände greifen und sie auch für andere Tätigkeiten benutzen. Und wenn man von den Narben und den Verfärbungen absah, unterschied sich die verletzte Hand kaum noch von der gesunden. Und dies verdankte er …

»Major?«

Die Stimme des Reverends riß ihn aus seine Gedanken. Vandal hob den Kopf und räusperte sich.

»Sir«, begann er, und es behagte ihm überhaupt nicht, schlechte Neuigkeiten überbringen zu müssen, »wir konnten zweifelsfrei nachweisen, daß McCracken tatsächlich in den Besitz der Liste gelangt ist, die Ratansky Schwester Barbara gestohlen hat.«

»Wie sind Sie dahintergekommen?«

»Heute hat sich jemand auf illegale Weise Zutritt zum Computer des Finanzamtes verschafft und die Namen auf der Liste eingegeben.«

»Dann weiß er von mir, nicht wahr?«

»Ja, Sir, wir dürfen mit an Sicherheit grenzender Wahrscheinlichkeit davon ausgehen.«

»Und was schlagen Sie vor?«

»Daß wir uns nun auf McCrackens nächsten Zug vorbereiten.«

»Und da bestehen so viele Möglichkeiten, daß wir nur raten können, oder?«

Das sah Vandal nicht so. »Ich habe diesen Mann studiert, Reverend. Er hat drüben in Vietnam die Art von Krieg geführt, zu der ich auch gern in der Lage gewesen wäre. Im Krieg wie auch in seiner Arbeit hier zeichnete McCracken sich vor allem durch Stetigkeit aus. Doch diese Eigenschaft birgt neben einigen Vorteilen auch einen Nachteil.«

»Und welchen?«

»Daß man vorhersehbar wird. Auf Grundlage dessen, was wir über den Mann in Erfahrung bringen konnten, glaube ich zu wissen, was er als nächstes unternehmen wird. Ich will einige Teams losschicken, die ihn an ausgewählten Orten abfangen sollen.«

»Würden Sie das bitte näher ausführen, Major?« Vandal kam der Aufforderung bereitwillig nach, und Frye lauschte interessiert. Schließlich nickte er und erklärte mit einem kaum wahrnehmbaren Lächeln: »Sie sehen mich wirklich beeindruckt, Major. Ich glaube, Sie erkennen allmählich die Botschaft, die dem allen hier zugrunde liegt.«

Harlan erhob sich, trat hinaus auf den Mittelgang und hinderte so den Lichtstrahl des Projektors daran, die Leinwand zu finden. Nur an den Rändern war noch etwas zu erkennen, während Frye selbst in unheimliche bunte Lichter getaucht wurde.

»Sie lautet, es gibt Zweifler in unseren Reihen. Das Königreich ist noch nicht der Hort der Reinen. Wir sind noch nicht bereit. Die Zeichen sprechen eine eindeutige Sprache.«

»Wie soll ich das verstehen, Sir?«

»McCracken ist eine weitere Lektion für uns, wie so vieles andere, das vor seinem Erscheinen über uns gekommen ist. Er dient als Prüfung für unseren Mut und unsere Entschlossenheit, unserer Bestimmung gerecht zu werden. Sind wir etwa nach den Ereignissen in Beaver Falls in Panik geraten? Nein, denn wir haben darauf angemessen reagiert, haben uns nicht damit aufgehalten, den Verlust zu beklagen, sondern nach Möglichkeiten gesucht. Ich war heute abend im Labor, Major, und dort habe ich das Erstaunliche gesehen, das wir aus diesem Debakel zu formen verstanden haben. Ein Wunder, ein wahrhaftiges Wunder. Der Zeitpunkt ist gekommen, die anderen zu uns zu rufen.«

Frye atmete tief durch.

»Und wenn sie ins Königreich strömen, werde ich ihnen mitteilen, daß der Tag des Gerichts binnen einer Woche kommen wird. Gott hat uns in Beaver Falls ein besonderes Geschenk gemacht, auch wenn Er es in das Gewand der Katastrophe kleidete. Die Gabe von dieser Verkleidung zu befreien, war nur der eine Teil des Tests. Der zweite zeigt sich uns in Gestalt von McCracken. Und in dieser Karen Raymond haben wir wohl den dritten Teil zu sehen. Sind wir bei ihr schon weitergekommen?«

»Ich fürchte nein, Sir. Und ich bin der Ansicht, wir sollten die Bedrohung, die von ihr ausgeht, nicht auf die leichte Schulter nehmen. Sie bewegt sich zur Zeit auf einem Pfad, der sie viel eher auf unsere Spur bringen könnte als das, was McCracken vorhat.«

»Bedrohung? Haben Sie wirklich Bedrohung gesagt, Major? Diese Frau stellt keinesfalls eine Gefahr für uns dar, sondern vielmehr einen Segen. Wir müssen sie nur davon überzeugen, uns an dem Wissen teilhaben zu lassen, das sie in sich trägt.« Frye breitete die Arme aus, als wollte er seiner Gemeinde den Segen erteilen. »Begreifen Sie denn nicht? Ist Ihnen das denn wirklich verborgen geblieben? Wir stehen dicht vor dem Ziel, sind ganz nahe dran. Der Herr stellt uns wirklich auf die Probe. Die Hindernisse, die Er uns in den Weg legt, enthalten gleichzeitig stets neue Möglichkeiten für uns. Gott muß wahrlich davon überzeugt sein, daß wir es wert und in der Lage sind, die Welt neu aufzubauen, sie zu dem Zeitpunkt vor sich selbst zu bewahren, an dem sie noch zu retten ist. Eine ehrfurchtgebietende Aufgabe und eine ungeheure Verantwortung.« Wieder huschte ein kaum wahrnehmbares Lächeln über seine Züge. »Verstehen Sie jetzt, Major? Gott hat in Seiner unerschöpflichen Weisheit die größten Herausforderungen bis zum Schluß aufgehoben. Und wir sollten sie nicht als Bedrohung ansehen, sondern uns auf die neuen Mittel freuen, die uns nach ihrer Überwindung zur Verfügung stehen. Sobald wir auch die letzten Hindernisse aus dem Weg geräumt haben, steht nichts mehr zwischen uns und dem Schicksal, das uns erwartet. Nur dann werden Seine letzten Zweifel zerstreut sein. Erst dann wird Sein Vertrauen in uns unerschütterlich sein.«

Der Reverend trat aus dem Projektorscheinwerfer und wurde wieder zu einem schemenhaften Schatten.

»Wir müssen diese Tests bestehen, Major. Sind Sie von unserer Strategie bezüglich McCracken felsenfest überzeugt?«

»Das bin ich, Sir.«

»Dann wollen wir uns jetzt auf die Herausforderung konzentrieren, die Karen Raymond darstellt, und versuchen, das von ihr zu erhalten, was sich für uns als großer Vorteil erweisen dürfte.«

»Es ist uns gelungen, Sir, das Gebiet einzugrenzen, aus dem sie mehrere Telefonanrufe getätigt hat. Ich habe mir daraufhin ihre Akte vorgenommen und glaube jetzt zu wissen, wo die Raymond sich versteckt hält.«

»Sind dort auch ihre Kinder zu finden?«

»Jawohl, Sir.«

Harlan schwieg für einen Moment und sprach im stillen ein Dankgebet für das Verstehen, das ihm gewährt worden war, und die Vision, die er erhalten hatte, um zu erkennen, was nun zu tun war.

»Dann führen Sie Earvin Early zu mir«, wies er den Major an.

DRITTER TEIL

DIE SIEBEN

SANPEE, KALIFORNIEN
Mittwoch, 8 Uhr morgens

Kapitel 18

»Wenn ich dir einen Rat geben darf«, erklärte T. J. Fields am Mittwoch morgen Karen im Wohnwagenpark, »dann solltest du zusehen, so schnell wie möglich von hier fortzukommen. Nimm deine Kinder, und kratz die Kurve. Wenn du willst, komme ich mit und passe auf euch auf.«

Die Skulls hatten Karen, nachdem sie sie in der vergangenen Nacht aus dem Torrey Pines State Park gerettet hatten, auf den Campingplatz zurückgebracht. Man hatte ihr in dem Park nach dem Leben getrachtet, und in der folgenden Schießerei war Alexander MacFarlane ums Leben gekommen. Auch nach ihrer Rückkehr hierher war Karen immer noch mit den Nerven am Ende gewesen und hatte keinen zusammenhängenden Satz hervorbringen können. T. J. hatte sie in dem Wohnwagen, in dem ihre Söhne in einem Doppelbett schliefen, in den Schaukelstuhl gesetzt. Wie üblich lief auf dem Fernsehgerät ein Musiksender. Danach hatte er die Tür hinter sich geschlossen und sich mit seinem Schrotgewehr auf den Knien davor hingehockt.

»Nein, das kann ich nicht«, sagte sie jetzt. Es war noch früh am Morgen, und sie hatte bis eben durchgeschlafen. »Vor gestern nacht hätte ich deinen Rat sofort angenommen, aber jetzt ist mir das nicht mehr möglich.«

»Warum?«

»Weil mir inzwischen klargeworden ist, daß sie es nicht mehr riskieren können, mich am Leben zu lassen. Wohin ich auch gehe, sie werden mir auf die Spur kommen.«

T. J. sah sie über den Eßtisch an, auf dem eine Kaffeekanne

stand und langsam auskühlte. »Ich kenne da ein paar Plätze, die liegen so abseits, daß nicht einmal die Tiere, die dort herumstreifen, sie finden.«

»Auch das hilft mir nicht. Sie werden mich überall finden.«

»Wieso bist du dir da so sicher?«

»Weil für sie zuviel auf dem Spiel steht«, antwortete Karen. »Sieh mal, du hast mir doch selbst gesagt, daß du Zeitung gelesen und die Nachrichten verfolgt hast.«

»Stimmt.«

»Und dabei ist nicht einmal in einer kleinen Meldung die Ermordung meiner Labormitarbeiter bei Jardine-Marra erwähnt worden. Ich wette mit dir, daß du auch von Alexander MacFarlanes Tod nichts erfahren wirst. Sie sorgen dafür, daß alle Spuren beseitigt werden, T. J. Und nichts und niemand kann sie aufhalten.«

»Ich sehe noch immer keinen besseren Ausweg, als dich zu verdünnisieren, Kleines.«

»Doch, es gibt eine Möglichkeit.«

Der Biker sprang auf und starrte sie mit funkelnden Augen an. »Wenn du damit sagen willst, daß du zu diesen Van-Dyne-Gangstern gehen und vor ihnen zu Kreuze kriechen willst, schlage ich dich eigenhändig nieder und fessle dich an einen Stuhl.«

»Ich kenne jemanden, der dort arbeitet.«

»Du meinst jemanden, dem du vertraust?«

»Nein, ich traue niemandem mehr.«

»Und trotzdem willst du dich mit ihm treffen?«

Karen zuckte die Achseln. »Wenn sich dazu eine Gelegenheit ergibt.«

»Dann bleibe ich doch lieber bei meinem Vorschlag.«

»Die *ganze* Tour?«

Margaret Rennick, die Organisationschefin von Schwester Barbaras mobiler Kirche, sah von ihrem Notizblock auf.

»Jeder einzelne Ort, Margaret«, antwortete Schwester Barbara bestimmt. »Und natürlich die entsprechenden Daten.«

»Ich dachte, es ginge Ihnen nur um die nächsten Daten und Orte.«

»Nein, ich meinte die gesamte Tour. Sagen Sie alles ab.«

Margaret Rennick machte sich nicht die Mühe, ihre Enttäuschung und Besorgnis zu verbergen. »Ja, Schwester.«

»Und sorgen Sie bitte dafür, daß alle Mitarbeiter eine Abfindung in Höhe von sechs Wochenlöhnen erhalten.«

»Und was soll ich ihnen sagen?«

»Daß es mir nicht gutgeht. Nein, teilen Sie ihnen besser mit, daß ich ein Zeichen erhalten hätte und mir ein größerer Wandel bevorstünde. Und vergessen Sie nicht, sich bei ihnen für ihre Bemühungen zu bedanken.«

»Dann ... dann sind Sie nicht mehr da, um den Mitarbeitern persönlich zu danken?«

»Nein, Margaret.« Schwester Barbaras Miene spiegelte Traurigkeit und Resignation. »Ich kehre heim.«

Gestern nacht waren die Männer des Reverend Harlan Frye bei ihr aufgetaucht, und nun blieb ihr keine andere Wahl. Die Schwester brauchte dringend Zeit zum Nachdenken und Pläneschmieden. Und so, wie die Dinge standen, würde sie zu beidem nicht allzu viel Gelegenheit haben. Barbara mußte sich eingestehen, Fryes Wahnsinn und das Ausmaß seiner Visionen erheblich unterschätzt zu haben.

Vor fast zehn Jahren, als ihre Popularität ihren Höhepunkt erreicht hatte und sie noch festen Glaubens war, wirklich etwas verändern zu können, hatte sie sich überreden lassen, zu einem der Urmitglieder der Sieben zu werden. Damals war ihr dieser Schritt durchaus richtig erschienen, als natürliche Folge ihrer Bemühungen. Denn zu jener Zeit mußte sie sich trotz ihrer Triumphe bereits den Grenzen stellen, die dem Wirken eines einzelnen gesetzt sind. Und so faszinierte sie die Vorstellung, was *Sieben* bewirken konnten, wenn sie nur ihre Kräfte vereinigten. Damals hatte sie sich gesagt, daß ein solches Potential nahezu unerschöpflich sein mußte.

Doch Frye hatte alle ihre Hoffnungen enttäuscht, als sie zum ersten Mal das Königreich besuchte, das er für die Sieben errichtet hatte. An jenem Tag hatte er ihnen seine Vision vom Tag des Gerichts unterbreitet. Und was Schwester Barbara da zu hören bekam, erschien ihr absolut irrsinnig. Nicht in ihren schlimmsten Alpträumen wollte sie es für möglich halten, daß es einmal so weit kommen könnte. Doch die letzte Nacht hatte sie eines Schlechteren belehrt. Nachdem die beiden Soldaten des Reverends wieder gegangen waren, hatte sie die halbe Nacht wachgesessen und über die vergangenen zwei Jahre ihrer Verzweiflung nachgedacht. Die Schwester hatte Fryes Königreich damals mit dem festen Vorsatz verlassen, den Reverend von seinen Plänen abzubringen, indem sie ihm bewies, daß die Welt das Schicksal nicht verdient habe, das er ihr zugedacht hatte. Doch gestern abend hatte sie erfahren müssen, daß Harlan nun durchaus die Mittel besaß, seine furchtbare Vision Wirklichkeit werden zu lassen. Und damit hatte sich alles für Barbara geändert. Sie mußte nun sorgfältig planen. Sicher, sie hatte sich damit zu beeilen, durfte aber keinen Fehler machen. Und so würde sie dazu mehr Gelegenheit erhalten als bei den letzten Überbleibsel ihres früheren Lebens des Ruhms und der Triumphe:

Die Oase.

Bei diesem Ort handelte es sich um einen großflächigen Vergnügungspark, der sich über die Hügel vor Asheville in North Carolina erstreckte. Schwester Barbara hatte die Oase als Zufluchtsort für einsame, mißbrauchte, kranke und vernachlässigte Kinder errichtet. Zweihundert Hektar des puren Vergnügens standen diesen jungen Leuten zur Verfügung. Ein Wasserpark, Kirmesattraktionen, große Spielplätze und Bühnen dienten vor allem den Zweck, die Gedanken der Kinder von dem schrecklichen Leben abzulenken, das sie führten. Der Eintritt war frei, aber man gelangte nur auf Einladung in diesen Park. Für keine der Attraktionen auf dem Gelände mußte bezahlt werden, und die Größe und die Vielfalt der Anlage sorgte dafür, daß es nirgendwo zu langen Warteschlangen kam. Die Kinder konnten hier tun, was ihnen beliebte, und mußten sich nicht den Kopf darüber zerbrechen, ob sie den Rest ihres Taschengelds für eine weitere Fahrt auf der Achterbahn oder lieber für Hamburger oder Eiskrem ausgeben sollten. Ein flüchtiges Paradies für diejenigen, deren Leben ansonsten ein einziger Alptraum war.

Das eigentliche Heim, das zu besuchen Schwester Barbara in den vergangenen zwei Jahren nur höchst selten Zeit und Gelegenheit gefunden hatte, war ein großes Anwesen am Rande des Vergnügungsparks. Wenn die Schwester morgen dort eintreffen würde, wollte sie gleich damit beginnen, den Samen für Harlan Fryes Scheitern und Untergang zu säen. Doch die Soldaten des Reverends würden bestimmt dort auftauchen, und dann stand ihr eine ernstzunehmende Auseinandersetzung bevor. Die Zeit war jetzt ihre wichtigste Waffe.

»Ja?« rief Harlan in das Mikrofon, das auf dem Schreibtisch in seinem Privatbüro im Königreich stand.

»Er ist hier«, meldete Major Osborne Vandal.

Die Tür zum Büro, die weder über Knauf noch Klinke verfügte, glitt automatisch auf, und Earvin Early schob seinen hünenhaften Körper herein. Von allen Bedrohungen, die von diesem Wahnsinnigen ausgingen, empfand Frye die Art, wie der Mann sich bewegte, am furchteinflößendsten. Ein Mensch von solchen Ausmaßen sollte plump und schwerfällig gehen, doch Early lief leichtfüßig und tänzelnd wie ein Panther. Seine präzisen Bewegungen wirkten fast graziös.

Harlan betrachtete ihn im hellen Licht seines Büros und hätte den Blick am liebsten gleich wieder abgewandt. Earvins strähniges, fettiges Haar klebte ihm am Kopf und verdeckte teilweise sein Gesicht. Die eiternden Wunden und Beulen wirkten noch grotesker und abstoßender als bei ihrer letzten Begegnung. Die Kleidung war immer noch dieselbe – genauso wie die blutunterlaufenen, gelb gefärbten Augen, in denen Rot und Weiß ineinander verlief. Der Riese blickte wie eine Katze, ruhig und gleichzeitig angespannt, so als sei er ständig bereit, die Beute anzuspringen.

Early, dessen immenser Oberkörper nur knapp von dem vielfach geflickten Leinenmantel bedeckt wurde, blieb zehn Fuß vor dem Reverend stehen. Nicht weit genug, denn der Gestank des Mannes drang Frye sofort in die Nase. Harlan mußte an sich halten, um nicht zu würgen.

»Wir haben uns viel zu lange nicht mehr gesehen, Bruder.«

Earvin sah ihn mit durchbohrendem Blick an. Er besaß eine unerwartet melodische Stimme: »*Die Zeit hält uns alle als Schuldner im Griff. Sie leiht Minuten, doch Jahre sind die Zinsen.*«

Nicht selten erkannte der Reverend das Zitat wieder und konnte es einem Dichter zuordnen. Doch dieses war ihm noch nie untergekommen. In all den Jahren, die sie sich bereits kannten, von jener Nacht, in der sich Early halbtot aus dem Fluß gerettet hatte, bis heute, hatte er den Mann nie einen normalen Satz von sich geben hören. Anfangs waren ihm die ständigen Reime auf die Nerven gefallen, doch im Lauf der Zeit hatte er sich daran gewöhnt, und mittlerweile war es ihm auch möglich, das herauszuhören, was der Hüne mit seinen Versen eigentlich sagen wollte.

»Ich habe wichtige Aufträge für dich, Bruder, und die sind mir so wichtig, daß ich sie dir lieber unter vier Augen erteilen möchte.«

»*Ihnen gebührt nicht zu fragen, und sie müssen nicht verstehen. Sie haben nur zu gehorchen und in den Tod zu gehen.*«

Tennyson, dachte Frye, aus seinem ›Der Angriff der leichten Brigade‹.

»Du hast von der Frau gehört, die unsere Pläne durchkreuzt?«

Earlys Nicken war unter dem Gewirr der Haarsträhnen kaum wahrzunehmen.

»Wir glauben zu wissen, wo sie sich aufhält. Nach unseren Informationen hat sie sich der Hilfe einiger früheren Freunde versichern können. Es handelt sich um die Mitglieder einer Motorradgang. Diese Biker beschützen sie und ihre beiden Kinder.«

Ein leises Lächeln zeigte sich auf Earvins rissigen Lippen: »*Kinderohren hören alles und lauschen Worten gern, und was sie davon äußern, ist zum Gefallen des Herrn.*«

Der Reverend lächelte, weil er verstand, was der Riese damit sagen wollte. »Ja, mein Bruder. Und sie sollen erfahren, daß der Herr gesprochen hat. Du weißt, was du zu tun hast.«

Earvin nickte. »*Unserer Helden Ruhm kann nicht bestehen, denn vor der Nacht des Schicksals wird alles vergehen.*«

»Du bist mein Schicksal, Bruder. Ich zähle sehr auf dich. Mehr noch, Gott zählt auf dich.«

»*Geheimnisvoll sind des Herren Wege, was an Wundern auch gescheh', Er reitet auf dem Sturm und wandelt über die See.*«

»Ja! Ja!« rief Harlan entzückt. »Und nun reiten wir mit Ihm auf dem Sturm, du, ich und all die anderen, die sich als wert erwiesen haben. Doch zuvor müssen wir uns selbst als würdig erweisen. Vollbringe das, Bruder, was niemand sonst in meiner Legion vermag.«

Earlys Gesicht tauchte unter den Strähnen auf. Die Wunden waren violett verfärbt, und die Geschwüre näßten.

»*Dies ist meine Bestimmung*«, zitierte er jetzt lächelnd Shakespeare. »*Kein Mann schäme sich der Plagen, die er für seine Bestimmung auf sich nimmt.*«

Wie wahr, wie wahr, dachte der Reverend.

Kapitel 19

»Ist er das?« fragte T. J. Fields.

»Zumindest könnte es sein Wagen sein«, antwortete Karen und verfolgte, wie das schwarze Lexus 300 Coupé langsam über die staubige abgesperrte Ausfahrt rollte.

Sie verließ ihre Deckung hinter einem Schutthaufen, und zeigte sich dem Auto. Die nie fertiggestellte Ausfahrt am Pacific Coast Highway erstreckte sich auf einem leicht abschüssigen Hang, und dank der darüber liegenden Fahrbahn sah sie so aus, als verschwinde sie in einen Tunnel. Der Mann am Steuer schien Karen bemerkt zu haben, und der staubbedeckte Lexus kam vierzig Fuß vor ihr zum Stehen. Die Fahrertür schwang auf, und Freddy Levinger stieg aus. Er war wie stets in einen eleganten dunklen Anzug gekleidet, auf dem sich jedes Staubkorn zeigte. Vergeblich bemühte er sich, alle Fremdkörper von dem edlen Stoff zu streifen und durch festes Auftreten die dünne graue Schicht von seinen Lackschuhen zu entfernen. Schon nach wenigen Momenten gab er sein Bemühen auf. Der Wind zerzauste sein sorgfältig und modisch frisiertes Haar, und er hob eine Hand, um die Locken wieder an ihren Platz zu bringen.

Karen hatte einige Zeit lang zusammen mit Levinger an der UCLA studiert, und ihre Karrieren in der Pharma-Industrie waren weitgehend parallel verlaufen. Aus ihm war mittlerweile der Leiter der Entwicklungsabteilung geworden, und damit stellte er für Karen die erste Adresse dar, um Auskunft über das projektierte Aidsmittel aus dem Hause Van Dyne zu bekommen.

Inzwischen galten heimliche Treffen von Vertretern der Pharmabranche nicht mehr als Seltenheit. Sie waren zwar noch nicht gang und gäbe, aber auch keine Rarität. Personen in höheren Positionen ließen gelegentlich an entscheidender Stelle die Bemerkung fallen, daß sie einen Wechsel in Erwägung zögen, aus welchem Grund auch immer, und so wurde bei solchen heimlichen Treffen die notwendigen ersten Kontakte geknüpft. Immerhin bestand durchaus die Chance, daß ein neuer Kopf auch neue Ideen mitbrachte – und vermutlich allein aus diesem Grund ließen die betreffenden Firmen sich auf solche geradezu konspirativen Zusammenkünfte ein. Karen hatte Freddy wissen lassen, daß sie ihn sprechen wolle, weil ihr der Sinn nach einer beruflichen Veränderung stehe. Sie hoffte inständig, daß ihr Ruf in der Branche und die alte Freundschaft zu ihrem ehemaligen Kommilitonen Freddy verlocken würde, sich mit ihr an einem so sonderbaren Ort zu treffen.

»Wenn du mich brauchst, Kleines«, hörte Karen T. J. murmeln, als sie aus ihrer Deckung trat, »ich stehe hier bereit.«

Sie sah, wie Freddy Levinger blinzelte und sich vermutlich darüber ärgerte, seine Sonnenbrille nicht mitgebracht zu haben. »Ich hoffe doch sehr, daß du es bist, Karen, weil andernfalls ...«

Sie blieb zwei Meter vor ihm stehen. »Hallo, Freddy.«

Levinger lächelte und deutete in Richtung seines Wagens. »Du hast nicht zufällig einen Gartenschlauch dabei, oder?«

»Hübsches Auto.«

»Danke.« Er stellte sich schräg zur einfallenden Sonne, und

seine Miene zeigte wieder das alte Selbstvertrauen. »Ich hoffe nur, daß du mir etwas wirklich Wichtiges sagen willst, andernfalls würde ich mich nämlich ziemlich ärgern, für nichts und wieder nichts meinen Anzug verdreckt zu haben. Van Dyne hat schon seit einiger Zeit ein Auge auf dich geworfen, Karen.«

»Jemand hat vor zwei Nächten mehr als nur das getan, Freddy. Und um ganz genau zu sein, gestern nacht schon wieder.«

»Ich glaube, ich verstehe nicht ganz.« Der verschmitzte Ausdruck in seinen Augen verschwand.

»Freddy, ich bin nicht gekommen, weil ich zu euch will, sondern wegen meiner Kinder.«

»Kinder?«

»Ja, zwei Jungen.«

»Ich weiß, daß du zwei Söhne hast.«

»Weißt du dann auch, daß sie Montag nacht beinahe ermordet worden wären?«

Levingers Augen traten fast aus den Höhlen, und er vergaß für einen Moment, den Mund zu schließen.

»Und du bist auch ein Grund dafür, daß ich mich hier mit dir treffe. Ich will wissen, in was du bei Van Dyne verwickelt bist.«

Er erstarrte sichtlich, und sein Blick kehrte wieder zu dem Coupé zurück. »Ich glaube, ich verabschiede mich jetzt besser.«

»An deiner Stelle würde ich das nicht versuchen.«

»Wenn ich mit dem Wagen diese komische Rampe hinaufkomme …«

»Keine besonders gute Idee.«

»Was?«

»Sieh dich mal um.«

Freddy drehte den Kopf und entdeckte die Mitglieder der Skulls, die überall Aufstellung genommen hatten und nur auf Karens Signals zu warten schienen. Jeder hielt ein Schrotgewehr, eine Pistole oder sonst ein Schießeisen deutlich sichtbar in den Händen.

»Was sind das für Kerle?«

»Freunde von mir. Und von denen kann man eigentlich nie genug haben. Bist du eigentlich noch mein Freund, Freddy?«

»Gott … Karen …«

»Zur Zeit brauche ich jeden, der zu mir hält.«

Levinger ließ vorsichtig den Blick von seinem Lexus zu seiner alten Studienfreundin wandern und konnte doch kaum einen Moment lang den Blick von den bewaffneten und in schwarzes Leder gekleideten Gestalten wenden. »Was geht hier vor, Karen? Was hat das alles zu bedeuten?«

»Willst du damit sagen, du weißt es wirklich nicht? Es geht um Aids, Freddy. Besser gesagt, um ein Aidsserum, daß sich bei Van Dyne in der Testphase befindet. Und damit in deinen Zuständigkeitsbereich, wenn ich nicht vollkommen falsch informiert bin.«

Levinger erbleichte unter seiner Sonnenbräune.

»Jetzt fragst du dich sicher, woher ich das weiß, Freddy. Nun, auch ich habe ein Mittel entwickelt, es heißt Lot 35, und ich habe am Montag nachmittag den Vorstand und den Aufsichtsrat von Jardine-Marra davon in Kenntnis gesetzt. Und noch am selben Abend haben drei Männer versucht, mich und meine beiden Kinder in unserem Zuhause zu ermorden. Vielleicht handelte es sich bei den dreien um dieselben Männer, die alle meine Mitarbeiter in der Forschungsabteilung von Jardine-Marra getötet haben.«

»Was?« ächzte Levinger schon wieder.

»Schockiert dich diese Neuigkeit wirklich, Freddy, oder tust du nur so?«

»Bei Gott, natürlich bin ich entsetzt.«

»Das freut mich, denn damit darf ich wohl davon ausgehen, daß du jetzt bereit bist, mir zu helfen.«

»Karen …«

»Laß mich dir erst alles erklären, Freddy. Alexander MacFarlane hat mich und meine beiden Kinder in sein Haus gebracht, angeblich weil wir uns dort in Sicherheit befinden würden. Doch irgendwie gewann ich den Eindruck, daß ich Alexander nicht trauen könnte, und so habe ich mich mit meinen Jungs aus dem Staub gemacht. Mein Instinkt hat mich nicht getrogen. Gestern nacht habe ich mich mit MacFarlane getroffen, und da hat er ein paar interessante Dinge zugegeben. Unter anderem, daß er deine Firma über mein Produkt Lot 35 in Kenntnis gesetzt hat. Alexander behauptete, ihm sei keine andere Wahl geblieben, denn, und das ist dir sicher bekannt, Jardine-Marra gehört längst Van Dyne.« Sie schwieg für einen Moment. »Das weißt du doch sicher, oder, Freddy?«

»Gott sei mein Zeuge, Karen, ich schwöre dir, daß ich jetzt zum ersten Mal davon höre.«

Levinger legte die Stirn in Falten und schien dringend nach etwas zu suchen, das er sagen konnte, um zu überspielen, wie nervös er geworden war. »Vielleicht sollte ich mich lieber mit MacFarlane unterhalten.«

»Zu spät, Freddy. Er weilt nämlich nicht mehr unter den Lebenden. Alexander ist von denen umgebracht worden, die schon meine acht Mitarbeiter getötet haben und mir und meinen Söhnen das gleiche antun wollten.«

»Karen«, begann Levinger langsam, »bitte glaub mir, daß ich von all dem nichts gewußt habe.«

»Das mußt du mir beweisen.«

»Und wie?«

»Was immer auch hinter allem stecken mag, das Serum, das du in deinen Labor testest, ist der Schlüssel dazu. Ich will, daß du mir alles über dieses Mittel sagst, und ich möchte die Unterlagen und die Berichte sehen.«

Levinger trat einen Schritt näher, und sein Blick huschte nervös über die sechs Bewaffneten, die reglos auf ihren Posten blieben. »Das könnte mich meinen Job kosten. Du mußt mir schon etwas Zeit geben, darüber nachzudenken.«

Karen schüttelte den Kopf. »Ich kenne dich, Freddy. Du willst nur zu Van Dyne und ein paar Fragen stellen. Und dann endest du morgen oder übermorgen genu so wie MacFarlane und mein Team. Und soll ich dir noch was verraten? Dein Tod erscheint weder in den Nachrichten, noch wird die Polizei irgendwelche Ermittlungen anstellen.«

Die beiden standen sich lange Zeit wortlos gegenüber. Schließlich fragte Levinger leise: »Was genau willst du von mir wissen?«

»Wie ihr auf euer Serum gestoßen seid. Seine Wirkungsweise. Wie ihr es gewonnen und entwickelt habt. Für den Anfang wäre das schon nicht schlecht.«

»Aber in dem Mittel stecken Jahre an Forschung und Entwicklung.«

»Dann solltest du dich etwas beeilen. Aber keine Bange, ich habe es heute nicht eilig.«

Levingers Lippen zitterten, als er zu sprechen begann. »Wir sind bis ganz an den Anfang zurückgekehrt, Karen, und damit meine ich wirklich bis zu Adam und Eva.«

»Könntest du etwas genauer werden?«

»Was weißt du über die Arbeit von Hilary Kalprowski?«

Sie bedachte ihn mit einem spöttischen Blick. »Eigentlich nur, daß seine Theorie über den Ursprung der Krankheit auf einhellige Ablehnung stieß.«

»Sie wurde deswegen abgelehnt, weil die Menschen sich weigerten, mit offenen Augen durch die Welt zu gehen. Seine Erklärung wirkte zu simpel, zu glatt, und deswegen hat man die Theorie gleich verworfen.«

»Aus gutem Grund.«

»Wir haben die Augen offengehalten, Karen.«

»Erzähl mir mehr davon.«

»Zuerst mußt du die Situation verstehen, in der Koprowski sich damals befand. Er stand zu jener Zeit unter enormem Druck, weil er einen Polioimpfstoff entwickeln sollte. Salk arbeitete nämlich ebenfalls daran, und es schien so, als sei er Koprowski einen Schritt voraus. Das Hauptproblem unseres Freundes bestand nun darin, daß die indische Regierung die Ausfuhr von Rhesus-Makaken verboten hatte. Also ließ er ähnliche Affen aus Afrika kommen, genauer, aus Zaire, das damals noch Belgisch-Kongo hieß. Er benutzte deren Nieren, um seinen Impfstoff zu kultivieren. Und dabei stieß er auf eine unerwartete Schwierigkeit.«

»Das Blut dieser Affen war mit einer Krankheit infiziert«, nickte Karen, »dem Simian Immunodeficiency Virus oder SIV.«

»In diesen Affen verhielt sich dieser Virus ruhend, aber in menschlichem Blut wurde er aktiv. Ein paar Jahre, nachdem Koprowski sein Serum, das in den Nieren der Affen herangereift war, getestet hatte, zeigten die ersten afrikanischen Einheimischen die Symptome der Krankheit, die wir heute Aids nennen. Ein relativ gutartiger Virus in den Affen war mutiert und entwickelte sich zum Killer, sobald er mit dem menschlichen Immunsystem in Berührung kam.«

»All dies ist längst bekannt, Freddy, wenn auch nicht allgemein akzeptiert.«

»Karen, fünfundsiebzigtausend afrikanische Kinder in Leopoldsville erhielten seit dem Jahr 1958 Koprowskis Impfstoff. Und wie heute bekannt ist, wurden dort 1959 die ersten Fälle von Aids entdeckt.« Levinger sah sie an, als hätte er sie spätestens jetzt von seinem Standpunkt überzeugt. »Wir haben Koprowskis ursprüngliche Arbeiten mit den Affen wieder vorgenommen«, fuhr er dann selbstbewußt fort, »das heißt, wir haben mit einigen seiner Kulturen begonnen, die seit vierzig Jahren tiefgefroren waren. So gelang es uns, die genauen Bedingungen wiederherzustellen, unter denen sich der SIV, aus dem sich allem Anschein nach der HIV-Virus entwickelt, in Affen passiv verhält. Er wurde erst aktiv, nachdem Koprowski deren Nieren nahm, um darin sein Serum zu kultivieren. Der Wissenschaftler konnte damals noch nicht wissen, was da entstand, weil es ihm dazu an der nötigen Ausrüstung fehlte. Bis vor kurzem sind wir ebenfalls im dunkeln getappt. Doch dann sind wir auf die Lösung gestoßen.« Er legte eine Kunstpause ein. »Protein, Karen.«

»Wie bitte?«

»Der Grund, warum der SIV sich in Affen gutartig verhält, besteht darin, daß er von einem Proteinmantel umschlossen wird, den die Antikörper dieser Tiere um die einzelnen Zellen bilden. Als Koprowski nun in den Affennieren Zellkulturen anlegte, hat sein Serum die Proteinschicht zerstört und damit den Virus freigelassen, der sich in den Körpern der Menschen, die seinen Impfstoff erhielten, zu Aids entwickelte. Aber Van Dyne ist es gelungen, das Originalprotein aus den tiefgefrorenen Proben zu isolieren und seine DNS zu entschlüsseln. Mit dieser Formel war es uns dann möglich, Antikörper zu produzieren, die in der Lage sind, Aidsviren zu erkennen und mit einem ähnlichen Proteinmantel zu umgeben, ja, sie im wahrsten Sinne des Wortes darin zu versiegeln.«

»Das heißt, die Antikörper fangen sie ab, damit sie sich nicht ausbreiten und das Immunsystem der Körpers zerstören können«, sagte Karen und zeigte damit an, daß sie genau verstand, worauf ihr alter Studienfreund hinauswollte.

»Nach unseren Forschungsergebnissen zerstört sich das menschliche Immunsystem selbst und fängt damit an, seine eigenen CD4-Zellen zu vernichten, sobald der HIV-Virus es daran hindert, seine Produktion fortzusetzen. Dieser Virus ist äußerst aggressiv, hat aber seine Grenzen. Unsere Antikörper säubern den Organismus nicht von ihm, sondern legen ihn für immer schlafen. Und so hat es sich ja auch bei den SIV-Viren verhalten, die sich im Organismus von Koprowskis Affen befanden.«

»Aber wenn das wahr wäre, wenn das wirklich funktionieren würde …«

»Natürlich funktioniert das, Karen«, unterbrach Freddy seine alte Freundin, bevor sie ihren Gedankengang beenden konnte. »Unser Impfstoff wirkt sowohl therapeutisch als auch präventiv. Und abgesehen vielleicht von den am weitesten fortgeschrittenen Aidsfällen wirkt er bei jedem.«

Karen nickte, blieb aber trotz dieser phantastischen Eröffnung merkwürdig ruhig. »Das ist sicher eine der größten Entdeckungen in der Geschichte der medizinischen Forschung.«

»Wenn nicht sogar die größte Entdeckung …«

»Ganz sicher die lukrativste.«

»Selbstverständlich, aber …«

»Ich glaube, du fängst jetzt langsam an zu verstehen, was ich dir zu erklären versuche. Wir reden hier über eine Entdeckung, die gut und gerne ihre zehn Milliarden Dollar wert sein dürfte. Aber wenn jetzt ein zweiter Wirkstoff auftaucht, der eine ernstzunehmende Konkurrenz darstellt, weil er mindestens genauso gut ist …«

»Du meinst dein Serum?«

Karen nickte und erklärte ihm die Parameter ihres Lot 35. Levinger hörte immer interessierter zu und zeigte sich von ihrer Arbeit tief beeindruckt, bis plötzlich Zweifel seine Miene umwölkte.

»Okay, Karen, aber jetzt erklär mir bitte, warum Van Dyne, dem doch nach deinen Worten Jardine-Marra und damit Lot 35 gehört, sich die Mühe machen sollte, dein Mittel zu vernichten und acht Menschen zu ermorden?«

»Neun«, berichtigte sie ihn und erinnerte an Alexander MacFarlane. »Und damit zum Clou der Geschichte. Van Dyne hat Montag nacht nicht versucht, Lot 35 zu zerstören, Freddy, sondern den Wirkstoff zu stehlen. Doch die Leute, die hinter diesem Anschlag steckten, wußten nicht, ob sie in den Besitz der vollständigen Unterlagen gelangt waren. Deswegen haben sie MacFarlane geschickt, mit mir zu verhandeln. Als er in seinen Bemühungen gescheitert ist, wurde er kurzerhand umgebracht.«

Levinger stand wie vom Donner gerührt vor ihr. »Dann sag mir jetzt bitte, was du von mir verlangst, Karen.«

»Auf welchem Entwicklungsstand befindet sich dein Serum?«

»Nun, wir stehen mitten in den abschließenden Reihentests an Menschen. Die dürften noch ein paar Monate in Anspruch nehmen. Allerdings nur, wenn die Regierung weiterhin ihr Okay gibt und uns nicht die Mittel sperrt.«

»Ich möchte, daß du mit mir zusammen die Entwicklungsstadien durchgehst, Freddy. Und zwar Stufe für Stufe und mit allen verfügbaren Daten.«

»Karen, nicht einmal ich habe Zugang zu allen Unterlagen.«

»Du bist doch bei Van Dyne der Leiter der Entwicklungsabteilung.«

»Versteh doch, Karen, ich mache mich strafbar, wenn ich das für dich tue. Bei diesem Projekt schaut uns die Regierung über die Schulter, und das nicht zu knapp, Himmeldonnerwetter noch mal!«

Sie sah ihm ernst ins Gesicht. »Besorg mir die jüngsten Ergebnisse der Reihentests, Freddy.«

»Und was genau willst du damit anfangen?«

»Sie als Nachweis dafür vorlegen, daß Van Dynes Impfstoff existiert. Ein handfester Beweis, um die Behörden von dem zu überzeugen, was hier vor sich geht. Ohne diese Unterlagen würden sie mir nie auch nur ein Wort glauben.«

Levingers Augen wurden groß, und sein Gesicht lief rot an. »Du hast gesagt, die Angelegenheit bliebe unter uns, und ich habe dir vertraut.«

Karen schüttelte den Kopf. »Nein, du hast darüber geredet, weil du Angst hast. Aber deine Angst ist bei weitem nicht so groß wie meine, und eins laß dir gesagt sein: Wenn man kurz davor ist, panisch zu werden, macht man vor nichts mehr halt!«

Freddy dachte kurz nach. »Dazu brauche ich natürlich etwas Zeit. Außerdem habe ich nicht zu allen Dateien Zugang, die du sehen willst.«

»Du hast bis heute abend Zeit.«

»Karen …«

»Und laß dir bloß nicht einfallen, dich damit an die Firmenleitung zu wenden, Freddy. Komm bloß nicht auf die Idee, den Helden spielen zu wollen.« Karen sah zu den bewaffneten Skulls hinüber und wartete, bis Levinger ihrem Blick folgte. »Du hast eine Frau und drei Kinder. Wenn mir heute abend irgend etwas zustoßen sollte …«

»Aber das ist doch krank! Wie kannst du nur … Das hast du doch nicht wirklich vor …«

»Ich drohe nur mit dem, was man mir beinahe angetan hat, Freddy. Wenn jemand deine Kinder bedroht, suchst du nicht sehr lange nach einem Ausweg.« Sie schwieg für einen Moment und atmete dann vernehmlich aus. »Ich glaube, das ist dir auch gerade klargeworden. Du wirst jetzt das erledigen, was du tun mußt.«

»Ich sehe zu, was sich machen läßt«, gab er gepreßt zurück.

»Bis heute abend, Freddy. Wenn du nur bis heute abend alles zusammen hast.«

Kapitel 20

McCracken flog am Mittwoch morgen, gleich nachdem Sal Belamo bei seinen Nachforschungen über Reverend Harlan Fryes Schlüsselgesellschaft ein gutes Stück weitergekommen war, mit dem ersten Flug von Chicago zum Atlanta Hartsfield International Airport. Blaine hatte nach dem Namen des größten Spenders dieser Gruppe gesucht.

»Kein Problem, Boß«, hatte Belamo ihm am Mittwoch in aller Frühe mitgeteilt. »An diese Information kann man wirklich ohne Mühe gelangen. Der größte Gönner heißt Jack Woodrow, auch oder besser bekannt unter dem Namen Jumpin' Jack Flash.«

»Ich kenne weder den einen noch den anderen Namen.«

»Wenn du im Süden leben würdest, hättest du beide schon mehr als einmal gehört. Jumpin' Jack Flash ist der erfolgreichste Autoverkäufer der ganzen USA. Er hat in fünf Bundesstaaten an die zwanzig Niederlassungen gegründet, und jede einzelne davon wirft einen Wahnsinnsprofit ab. Woodrow hat sich seinen Namen mit Lastern, Pick-ups, Geländewagen, Campern und dergleichen gemacht, und die schaffen ihm auch heute noch die Butter aufs Brot. Der Mann hat einen Laden außerhalb von Atlanta, da stehen die Kisten auf zwanzig Hektar Stoßstange an Stoßstange. Und täglich rollen neue Lieferungen an.«

»Und was hat dieser Woodrow unserem Freund Frye zukommen lassen?«

»So weit ich mir bis jetzt einen Überblick verschaffen konnte, mindestens hundert, Boß.«

»Du meinst doch nicht etwa hundert Millionen?«

»Doch, und ich erzähl' dir keinen Scheiß, Boß. Wenn du mich fragst, muß Jumpin' Jack wirklich sehr daran gelegen sein, etwas für sein Seelenheil zu tun.«

Blaine verarbeitete diese Neuigkeit rasch und erklärte dann: »Sobald ich in Atlanta bin, werde ich ihn persönlich danach fragen. Hast du inzwischen zufällig was von Johnny gehört?«

»Komisch, daß du gerade heute danach fragst. Er hat mich letzte Nacht angerufen. Ob du's glaubst oder nicht, aus Kalifornien. Unser Häuptling hat sich einige Zeit lang in den Wäldern herumgetrieben und ist dabei auf den Rest einer Kriminellen-Kommune gestoßen, in die es vor Zeiten unseren Earvin Early verschlagen hatte. Du errätst nie, wer diese Gemeinde gegründet hat.«

»Harlan Frye.«

»Ich werde dich nie wieder unterschätzen, Boß. Na ja, jedenfalls hat der Reverend vor achtzehn Jahren alle Mitglieder seiner Kommune angezündet, die nicht mehr mit ihm einer Meinung waren.«

»Ist doch wirklich eine nette Art, mit seinen Anhängern umzuspringen.«

»Und seitdem dürfte er seine Methoden kaum geändert haben …«, dachte Sal laut. »Hör mal, soll ich unserem großen Indianer sagen, er soll sich wieder in den Osten aufmachen?«

»Und sorg dafür, daß er sich regelmäßig bei dir meldet.«

Für Jacob und Rachel wurde die Warterei zur Qual. Blaine McCracken war mittlerweile sicher weit fort aus Illinois, und jetzt mußten sie herausfinden, wohin er sich gewandt hatte. Die immer noch bestehenden Kontakte zu ihrem Vater hatten sie mit einer Liste der Inkognitos versorgt, unter denen der Gesuchte zu reisen pflegte. Er machte sich nun daran, nach diesen Namen in den Passagierlisten der beiden Chicagoer Flughäfen O'Hare und Midway International zu suchen.

Rachel nahm den Hörer ab, als in ihrer Hotel-Suite das Telefon läutete.

»Atlanta«, sagte die Stimme ihres Vaters nur. »McCracken ist nach Atlanta geflogen.«

»Atlanta?« Es lief ihr eiskalt den Rücken herunter. »Jack Woodrow«, erklärte sie ihrem Bruder.

»Dann weiß er es!« rief Jacob. »Wenn er zu Woodrow will, muß er im Besitz der Namensliste sein, die Ratansky gestohlen hat.«

»Wie viele Stunden ist er uns voraus?« fragte Rachel ihren Vater.

»Nur ein paar.«

»Dann holen wir ihn ein«, sagte sie und legte auf.

Jumpin' Jack Flashs bemerkenswertester Charakterzug war sicher der, daß er es sich trotz der Größe seines Unternehmens nicht nehmen ließ, sich persönlich um Interessenten und Kaufwillige zu kümmern. Wenn er zwischen Werbespotaufnahmen und Wohltätigkeitsveranstaltungen Zeit fand, stürzte er sich in die Arbeit. Jeder einzelne Verkauf erfreute ihn, und wenn er das Geschäft höchstselbst getätigt hatte, begeisterte ihn das geradezu. Man konnte ihn sogar gelegentlich in der Werkstatt antreffen, wo er sich nicht zu fein war, sich die Hände bei einem Ölwechsel schmutzig zu machen.

Das Flaggschiff seiner Kette und gleichzeitig sein Lieblingsladen war der Flash Pot in Chamblee, Georgia, einem Vorort von Atlanta. Die Niederlassung lag direkt am Buford Highway und breitete sich über den Landstreifen direkt gegenüber der Church of God aus. Woodrow hatte die Parzelle der Verwaltung vom der Gwinnet County abgerungen und ihr die Entscheidung mit einem dicken Bündel Scheine erleichtert. Der Buford Highway war das Paradies für jeden Autonarren: Zubehörgeschäfte und Werkstätten säumten die Straße in ihrer gesamten Länge und wurden nur hier und da von einem der obligatorischen Fast-food-Läden abgelöst. Jumpin' Jack konnte sich keinen besseren Ort für die weltgrößte Truck- und Nutzfahrzeughandlung vorstellen. Zwanzig Hektar Verkaufsfläche direkt zwischen den zwei Hauptzugangsstraßen nach Atlanta (das Motorfreunde auch Hotlanta nannten), nicht mehr als zwanzig Minuten Fahrt von der Innenstadt hierher und leicht von jedem anderen Ort zu erreichen. Er liebte es, zwischen den endlosen Reihen von glänzendem, sonnengebackenem Stahl herumzulaufen, der nur darauf wartete, von seinem Grundstück gefahren und in die Garage eines glücklichen Käufers gestellt zu werden. Und das schönste daran war, daß diese Fahrzeuge den größten Händlerrabatt abwarfen.

Die Kunden, die den Laden betraten, in dem sich Jack Woodrow gerade aufhielt, wurden nie enttäuscht. Was sie zuvor im Werbespot gesehen hatten, war genau das, was sie hier erwartete – bis zum überhängenden Bauch des Besitzers. Der Schmerbauch hatte es zu einiger lokaler Berühmtheit gebracht, seit Jack ihn in einem Werbespot, der im Flash Pot gedreht worden war, nicht ganz unter den Campingtisch gezwängt bekommen hatte. Doch er hatte an dem Tag tapfer durchgehalten und sein Bestes gegeben, so daß der Regisseur nicht einmal ›Cut!‹ hatte rufen müssen. Dieser Werbespot lief immer noch im Fernsehen. Der Mann, den alle nur bei seinem Spitznamen ›Jumpin' Jack Flash‹ nannten und kannten, machte sich nichts daraus, als Witzfigur angesehen zu werden, solange nur die Leute, die über ihn lachten, in seine Läden strömten und dort etwas kauften. Aus diesem Grund pflegte er auch sein Erscheinungsbild und war seit Jahren nicht mehr ohne seine Cowboystiefel mit Sporen, dem riesigen Stetson und den String-Tie gesehen worden.

Mittwoch war der Tag, an dem er sich normalerweise im Flash Pot aufzuhalten pflegte, und diese Woche hätte keine Ausnahme gemacht, wenn er nicht letzte Nacht einen Anruf von Harlan Fryes Mitarbeitern erhalten hätte. Der Reverend schien zu befürchten, daß einer seiner Erzfeinde Jack aufsuchen könne. Kein Problem für Sie, versicherten die Anrufer Woodrow. Kümmern Sie sich wie immer um Ihren Laden, und überlassen Sie uns alles Weitere. Und wenn Ihnen zufällig ein Mann über den Weg läuft, der …

Jack setzte sich um Punkt zehn Uhr den Stetson auf den Kopf, rückte ihn gerade, verließ sein Privatbüro und marschierte in den Ausstellungssalon. Genießerisch sog er den Duft von frischem Stahl und Gummi ein. Der Ausstellungsraum im Flash Pot hatte die Ausmaße eines halben Football-Felds und enthielt alles vom normalen Pick-up bis zum Prunkstück der Marke Winnebago, einem wahren Haus auf Rädern, in dem fünf Personen schlafen konnten und in das sogar ein Whirlpool eingebaut war. Vierzig bis fünfzig Fahrzeuge waren hier aufgestellt, und um mindestens die Hälfte davon wuselten geschäftstüchtige Verkäufer herum und priesen sie gerade einem Kunden an.

Jack lief stolz durch den gutgefüllten Salon, als ein großer, bärtiger Mann durch den Haupteingang trat und ihn direkt ansah.

»O-oh«, murmelte Woodrow.

McCracken brauchte nur einen Blick auf den Mann werfen, den er gleich als Jumpin' Jack Flash wiedererkannte, um zu wissen, daß etwas nicht stimmte. Woodrow drehte sofort die Augen zur Seite, und Blaine folgte seinem Blick.

Im selben Augenblick verstummten alle Gespräche zwischen Verkäufern und Kunden, und viele Köpfe drehten sich zu ihm hin. Das verschaffte McCracken einen kleinen Zeitvorteil, und er nutzte ihn gleich, um seine SIG-Sauer aus dem Holster zu ziehen und die ersten vier der falschen Kunden niederzustrecken, die halbautomatische Maschinenpistolen unter ihren Jacken hervorgezaubert hatten. Danach blieb Blaine ständig in Bewegung. Geduckt rennend oder mit gewaltigen Sprüngen bewegte er sich von Wagen zu Wagen, während die Kugeln seiner Gegner Windschutzscheiben und Seitenfenster zerplatzen ließen und große Reifen durchlöcherten.

»Nein!« hörte er eine Stimme kreischen, die er für die von Jack Woodrow hielt. »Aufhören! Sofort aufhören damit!«

Einige Scherben flogen McCracken ins Gesicht, und er riß unwillkürlich die freie Hand hoch, um seine Augen zu schützen. Dabei feuerte er weiterhin seine SIG ab und hob sich die letzten zwölf Kugeln im Magazin für die Ecken auf, in denen mehrere seiner Feinde standen. Er schoß mit Bedacht und verschaffte sich so ausreichend Zeit, zu seinem Ziel zu gelangen, einer riesigen Glasscheibe an einer Seite des Ausstellungsraums. Die Gegner reagierten so, wie er es von ihnen erwartet hatte, und feuerten ganze Salven dorthin ab, wo sie ihn zu sehen glaubten oder vermuteten. Einige ihrer Kugeln trafen die Scheibe, auf die er sich zu bewegte, und so bedurfte es keiner großen Anstrengung mehr, mit erhobenen Armen, um sein Gesicht zu schützen, durch das zu krachen, was von dem Glas übriggeblieben war.

Blaine rollte sich auf dem Betonboden draußen ab, sprang auf die Füße und rannte gleich weiter. Er überlegte kurz, ob er auf den Buford Highway laufen sollte, aber dort auf dem offenen Gelände hätte er nirgends Deckung finden können. Ihm blieb nur eine Chance: der Parkplatz, auf dem sich die fabrikneuen Trucks dicht an dich drängten.

Er tauchte rasch zwischen den ersten Reihen von Allradantrieb-Jeeps unter, die nach Farben und zusätzlichem Zubehör angeordnet waren. Die Wagen standen Stoßstange an Stoßstange, und er fand zwischen ihnen kaum ausreichend Raum, mit den Füßen den Boden zu berühren. Blaine bewegte sich geduckt und lief auf das hintere Ende des Platzes zu, wo er eine Fluchtmöglichkeit zu finden hoffte. Doch bis dahin müßte er sicher einigen Schwerbewaffneten ausweichen, die bestimmt längst aus dem Salon gekommen waren und nun von der Seite her auf die Ausstellungsfläche vorrückten. Der einzige Vorteil, den McCracken noch besaß, war die Deckung der Fahrzeugreihen. Wenn er den nicht zu nutzen verstand, war es um ihn geschehen.

Eine Kugel prallte gegen den Kühlergrill eines mitternachtsblauen Pick-ups. Hinter ihm kämpften sich zwei Männer zwischen den Stoßstangen durch und gelangten in die Reihe, in der er sich befand. Blaine fuhr herum und feuerte drei Schüsse aus dem neueingeschobenen Magazin auf sie ab. Während die beiden in Deckung sprangen, tauchte er hinter einen Geländewagen zu seiner Rechten und bewegte sich die Reihe entlang.

Wenn er die beiden Schurken nicht bald abschütteln konnte, verlor er wertvolle Zeit. Da die anderen ihm an Bewaffnung eindeutig überlegen waren, durfte er es nicht zulassen, daß sie ihn umzingelten und in aller Seelenruhe niedermachten. Allerdings steckte er hier fest … Es sei denn, er könnte das nützen, was ihm hier zur Verfügung stand. Wenn er die hiesigen Ressourcen in Waffen umwandeln würde …

Die Benzintanks …

Der Platz war etwas abschüssig. Das Benzin, das aus den Tanks strömte, würde unter den Wagen hindurch dorthin fließen, wo sich der Flash Pot und der Highway trafen. Blaine holte das Riggin-Messer aus der Tasche, das er immer bei sich trug, und zog den Dorn heraus. Normalerweise nutzten Seeleute dieses Werkzeug, um Seilenden aufzuspleißen. McCracken wußte aber, daß dieser Dorn durch Stahl wie durch Butter fuhr. Er kroch unter den ersten Truck und begann mit seiner Arbeit.

»Wo steckt er? Wohin ist er, verdammt noch mal!«

»Unter den Trucks«, antwortete der zweite Schütze, der am weitesten zwischen den Pick-ups vorangekommen war. »Er ist bestimmt unter die Wagen gekrochen!«

Der erste ging sofort in die Hocke und schob sich unter einen flammend roten Kleinlaster. Er konnte bis ans Ende der Reihen blicken.

»Hier ist nichts von ihm zu sehen!« rief er seinem Kumpanen zu. »Nicht das geringste Anzeichen.«

»Dann muß er in einen der Wagen gestiegen sein.«

Der Schütze unter dem Pick-up grunzte etwas und kroch wieder hervor. Seine Hose war ölverschmiert. Sich gegenseitig Deckung gebend bewegten die beiden sich dann an der langen Reihe entlang. Während der eine ins Führerhaus sah, hielt der andere die Maschinenpistole bereit. Am anderen Ende der Reihe gingen mittlerweile vier weitere Männer in ähnlicher Weise vor. Der Rest der Truppe war noch draußen vor den Wagen und näherte sich den Reihen von allen Seiten. Die beiden ersten Männer hatten gerade die Mitte ihrer Reihe hinter sich gebracht, als einem von ihnen ein Rinnsal auffiel, das von seinen Schuhen aufgestaut wurde. Schließlich lief es um die Sohlen herum und floß dann weiter auf den Salon zu.

»Was um alles in der Welt ...«, murmelte der Schütze. »Gott ...«

Blaine tauchte unvermittelt acht Fahrzeuge weiter auf der Ladefläche eines Pick-ups auf – genau zwischen den beiden Gruppen. Seine SIG spuckte sofort Kugeln auf die Schützen, die sich von der anderen Seite näherten, und blies zweien das Licht aus. Kaum waren sie zusammengebrochen, eröffneten ihre Hintermänner das Feuer auf ihn.

»Nein!« schrie der Schütze, der vorhin auf das Rinnsal gestoßen war, denn mittlerweile erfüllte scharfer Benzingeruch seine Nase.

Aber seine Warnung kam zu spät. Die Kugeln seiner Kumpane auf der anderen Seite setzten das Rinnsal, das unter den Pick-ups hindurch floß, in Brand. In der Folge davon explodierten die Wagen einer nach dem anderen und gingen in Flammen auf.

Blaine war in dem Moment, in dem die Gegner blindlings sein Feuer erwidert hatten, von der Ladefläche gesprungen. Er landete auf dem Asphalt und rollte sich zur Seite. Die Explosionen bildeten eine hervorragende Deckung und verbargen ihn vor den Blicken der Schützen – die im Moment sowieso anderes zu tun hatten, als nach ihm Ausschau zu halten. McCracken rannte auf die Feuersbrunst zu und kam den Flammen gefährlich nahe, als er zur Hinterseite des Flash Pot lief, wo die vollausgestatteten Camper in endlosen Reihen aufgestellt waren. Dort brachte er die Maschinenpistolen der beiden Männer an sich, die er vorhin niedergestreckt hatte.

Er konnte nicht feststellen, wie viele seiner Gegner bei den Explosionen ihr Ende gefunden hatten. Als das Feuer ausgebrochen war, hatten sich mindestens vier von ihnen in dessen unmittelbarer Nähe befunden. Hier draußen hatte er zwei erledigt, und vier weitere im Salon. Damit waren noch mindestens fünfzehn Schützen übrig.

Das war doch nicht schlecht für den Anfang.

Die Männer, die McCracken den Hinterhalt gelegt hatten, wußten nicht, wie ihnen geschah. Ihre Anführer liefen wie aufgescheuchte Hühner vor der Flammenwand hin und her und versuchten, die Truppe zusammenzuhalten und sie dazu zu bewegen, ihren Auftrag auszuführen. Einige bluteten, andere taumelten vor Schmerzen schreiend umher. Wieder andere sahen aus wie lebendige Fackeln. Ihr Gesichtsausdruck verriet, daß sie noch gar nicht begriffen hatten, was ihnen zugestoßen war.

Diejenigen mit den schlimmsten Verletzungen wurden am vorderen Rand der Fahrzeugparade zurückgelassen. Die restlichen Männern, von denen die meisten weit genug von der Feuersbrunst entfernt gewesen waren, sammelten sich und bauten sich in einem weiten Halbbogen am hinteren Ende des Flash Pots auf. Der unter Strom stehende Sicherheitszaun war ein zusätzliches Hindernis für McCracken. Doch die Männer, die soeben mitbekommen hatten, welche Tricks Blaine im Ärmel hatte, schenkten dem Zaun wenig Vertrauen.

»Haltet die Augen offen«, befahl der Anführer. Seine Stimme klang vom dichten Rauch ungesund kratzig. »Schießt auf alles, was sich bewegt.«

Thomas J. Bodine fuhr aus dem Schlaf. Diejenigen, die öfters in diese Gegend kamen, kannten ihn als ›Bürgermeister des Buford Highway‹. Bodine hatte die wenigsten seiner Tage mit einem Dach über dem Kopf geschlafen. Das bedeutete allerdings nicht, daß er viel gelitten hatte. Zumindest nicht, seit er Zugang zu einem ganzen Riesenparkplatz voll der luxuriösesten Camper hatte, die man sich nur vorstellen konnte.

Thomas J. Bodine, alias der Bürgermeister des Buford Highway, suchte am liebsten die Modelle der Firma Winnebago auf, und er verbrachte jede Nacht in einem anderen ›Winnie Bago‹, wie er die Fahrzeuge bei sich nannte. Heute nacht ruhte er auf einem breiten Wasserbett, als eine Serie von Explosionen seinen Schlaf störte. Bodine saß senkrecht im Bett. Er war auch früher schon in seiner Ruhe gestört worden, doch meist nur durch einen eifrigen Verkäufer, der einem potentiellen Kunden das Innenleben ausgerechnet des Campers vorführen wollte, in den der Bürgermeister des Buford Highway sich zurückgezogen hatte.

Bodine brauchte seinen Schlaf, vor allem, wenn er am Vorabend eine volle Flasche Wodka aus einem Wagen, der in der Nähe der Pizzeria ein Stück weiter die Straße hinunter abgestellt gewesen war, entwendet und geleert hatte. Nach den ersten gierigen Schlucken rann der Schnaps ihm wie Wasser durch die Kehle, und ehe Bodine sich versah, war die Flasche leer. Er fand daraufhin leicht schwankend diesen wunderbaren Camper und breitete sich auf dem Wasserbett aus, um seinen Rausch auszuschlafen.

Als die Explosionen aufhörten, tat der Bürgermeister des Buford Highway das, was ihm geboten schien.

Er drehte sich wieder auf die Seite und schlief ungerührt weiter.

McCracken sah die drei Drähte, die über die gesamte Länge des drei Fuß hohen Maschenzauns verliefen, der sich nur wenige Meter vor ihm erhob. Er hatte nicht damit gerechnet, daß der Zaun unter Strom stand. Dieses Hindernis paßte nicht in seine Pläne. Er konnte den Zaun nicht kurzschließen, denn dazu müßte er aufstehen, und sich den Schützen wie auf dem Präsentierteller zeigen. Auch die zwei Maschinenpistolen hätten ihm dann nicht mehr allzu viel genutzt. Damit blieben ihm als Ausweg nur noch die Camper, die in mehreren Reihen den hinteren Teil des Flash Pot einnahmen.

McCracken hockte sich hinter eines der riesigen Vorderräder eines Winnebago und verrenkte den Hals, um unter das Chassis zu spähen und nach seinen Gegnern Ausschau zu halten. Er entdeckte die Füße mehrerer Männer, die ein Stück entfernt standen und sich tunlichst vorsahen, dem Feuer, das in der Pick-up-Abteilung wütete, nicht zu nahe zu kommen. Blaine richtete sich langsam und in der Deckung der Reifen auf, und seine Hand erreichte die Klinke der Fahrertür. Zu seine großen Überraschung war sie nicht abgeschlossen. Leider steckte der Schlüssel nicht im Zündschloß, wie er nach der ersten Suche feststellen mußte.

McCracken schob sich unter das Armaturenbrett und machte sich an den Drähten zu schaffen.

Die Schützen bekamen nur am Rande mit, wie ein mächtiger Motor zum Leben erwachte, denn im selben Moment zerrissen die Sirenen der heranbrausenden Feuerwehrwagen die Luft. Sie erinnerten sich erst wieder, als sie den riesigen Camper sahen, der auf sie zu rollte.

Das Fahrzeug krachte durch ein paar kleinere Camper und schwankte dabei etwas, setzte seine Fahrt danach aber ungerührt fort und gewann rasch an Geschwindigkeit. Die Männer, die dem Ungetüm am nächsten standen, eröffneten sofort das Feuer und brachten mit ihrem Kugelhagel die Windschutzscheibe zum Bersten.

Der Winnebago ließ sich auch davon nicht beirren.

Die ersten Schützen sprangen voller Panik zur Seite, während drei Männer, die weiter hinten standen, auf die Reifen zielten. Ein Vorderreifen des Campers wurde zerfetzt. Der Wagen schlingerte hin und her, bog dann aber nach rechts ab und steuerte direkt auf den bereits arg in Mitleidenschaft gezogenen Ausstellungsraum von Flash Point zu.

»Nein!« kreischte Jumpin' Jack Woodrow, der gerade draußen bei den verblüfften Feuerwehrmännern stand. »Heilige Scheiße … Neiiiin …«

Sein heulender Schrei erstarb, als der Winnebago durch die Reste der Schaufensterscheibe krachte und jedes Fahrzeug, das ihm im Weg stand, in Schrott verwandelte. Einige von Woodrows teuersten Stücken stapelten sich bald vor dem Ungetüm auf, und der Camper schob sie vor sich her, bis sich ein ganzer Berg von Wracks vor ihm aufgetürmt hatte.

»Scheiße!« brüllte Jumpin' Jack und stampfte mit dem Fuß auf. »Scheiße, Scheiße, Scheiße, Scheiße, Scheiße, Scheiße …«

Ein Teil der verbliebenen Schützen rannte hinter dem Camper in den Salon und feuerte unablässig. Kugeln drangen in die Karosserie, zertrümmerten das Firmenlogo und zerfetzten Zierleisten, Seitenspiegel und andere Teile. Die Seitenscheiben zerplatzten, und hinter ihnen hingen die Jalousien schlaff und schief herab. Der Motor lief immer noch, aber die Reifen drehte durch, weil das Schrotthindernis unüberwindlich geworden war. Die Beifahrertür hing nur noch an einem Scharnier, und zwei Schützen sprangen ins Fahrerhaus. Dort mußten sie feststellen, daß das Gaspedal mit einem Stück Schnur am Boden festgebunden waren. Die beiden Männer sahen sich an, begriffen, daß sie hereingelegt worden waren, und stiegen wieder aus.

Kaum waren sie draußen, flog das immer noch intakte Sonnendach in der Mitte unter McCrackens kräftigem Stoß nach oben. Blaine zeigte sich, in jeder Hand eine Maschinenpistole und feuerte sofort auf alles, was ihm vor die Läufe kam. Das Dauerfeuer dauerte kaum fünf Sekunden, dann waren die Magazine leer, aber dieser kurze Zeitraum kam seinen Gegnern wie eine halbe Ewigkeit vor. Die Schützen kamen erst dazu, das Feuer zu erwidern, als McCracken den ruinierten Camper längst verlassen hatte und in dem Flur verschwand, der parallel zu den Büroräumen verlief.

Blaine rannte durch den Korridor, der die riesige Serviceabteilung des Flash Pot mit der Werkstatt verband. Dank des Feuers waren alle Räume verlassen. McCracken war trotzdem auf der Hut, während er zwischen den Hebebühnen und Gruben hindurchschlich und überlegte, wie er nun weiter vorgehen sollte. Der scharfe Geruch von Autolack drang in seine Nase. Sein Ziel war immer noch Woodrow. Wenn es ihm nur gelänge, die Schützen von hier fortzulocken, würde er sicher eine Möglichkeit finden, mit Jumpin' Jack allein zu reden.

Blaine war gerade auf den Parkplatz getreten, auf dem die Fahrzeuge abgestellt waren, an denen etwas nachgesehen oder repariert werden mußte, als die Tür eines kleineren Winnebago quietschend aufging. Er wirbelte sofort herum und richtete seine SIG auf einen zerlumpten Mann, der ganz den Eindruck machte, gerade aufgestanden zu sein.

»Kann man denn hier nirgendwo in Ruhe schlafen?« murmelte Thomas J. Bodine.

»Hätten Sie Lust auf eine kleine Spritztour?« fragte McCracken zurück und faßte im selben Moment einen tollkühnen Plan.

Der Bürgermeister des Buford Highway lächelte, offensichtlich erfreut.

Kapitel 21

Die verbliebenen neun Schützen bewegten sich vorsichtig durch den Flash Pot. Der Mann, mit dem sie zusammengestoßen waren, hatte sich als gefährlicher und gewitzter erwiesen, als sie das je für möglich gehalten hätten. Nur wenige Momente blieben ihnen, bevor sie sich von dem Gelände zurückziehen und verschwinden mußten. Die Schießerei im Salon hatte die wenigen erschienenen Polizisten so in Angst und Schrecken versetzt, daß sie jeden verfügbaren Beamten anforderten, darunter auch ein SWAT-Team. In kurzer Zeit würde es hier von schwerbewaffneten Polizisten wimmeln, und gegen eine solche Streitmacht kamen die Schützen niemals an.

Keiner von ihnen achtete auf den Abstellplatz draußen, als plötzlich ein kleinerer Camper durch eine der Garagentüren krachte und auf sie zuraste. Der Wagen schlingerte nach links und nach rechts, um all den kleineren und größeren Hindernissen auszuweichen, bevor er die Vorderseite des Flash Pot erreichte und auf den Buford Highway fuhr. Diesmal war es kein Trick. Hinter dem Lenkrad war eindeutig ein Mann zu erkennen gewesen.

Die Schützen rannten zu ihren Autos. Endlich hatten sie McCracken wieder im Visier.

Während die ersten Streifenwagen der Polizeiarmada auf das Gelände rollten, verließen vier Limousinen den riesigen Fahrzeugpark und setzten dem Winnebago nach, der sich bereits in den für den Buford Highway typischen Verkehr einfädelte.

Jumpin' Jack Woodrow zog sich in den hintersten Teil der Werkstatt zurück und suchte zwischen den Trümmern nach einem geeigneten Versteck. Überall auf dem Gelände wimmelte es vor Polizisten, die Ausschau nach jemandem hielten, dem sie Fragen stellen konnten. Ohne Zweifel war er ihre erste Wahl. Jumpin' Jack wünschte, er wäre jetzt weit fort von hier, und beschloß, sich hier so lange zu verbergen, bis er sich eine gute Geschichte zurechtgelegt hatte.

Diese gottverdammte Arschloch von Harlan Frye …

Dank dem Reverend, der dieses Problem unbedingt auf seine Art hatte lösen wollen, mußte die Feuerwehr sich damit abmühen, einen Brand zu löschen, der dem aus dem amerikanischen Bürgerkrieg, als Sherman die Stadt Atlanta genommen hatte, in nichts nachstand. Und gleichzeitig rasten aus allen nur denkbaren Richtungen Streifenwagen heran. Wie sollte Woodrow nur halbwegs plausibel erklären, daß es hier zu einer gewaltigen Schießerei gekommen war, an der sich mindestens dreißig Personen beteiligt hatten, von denen die meisten jetzt tot oder verwundet waren; gar nicht erst zu reden von den Reihen der in Flammen aufgegangenen Trucks und Pick-ups oder dem Trümmerfeld, in das der Salon verwandelt worden war. Jumpin' Jack mußte sich dringend etwas einfallen lassen, eine Geschichte, die die Ermittlungsbeamten ihm abkauften. Als beste Idee erschien es ihm, anzugeben, man habe versucht, ihn zu kidnappen. Damit stünde er als Opfer da und könnte bei den kniffligsten Fragen Unwissen vortäuschen. Oder besser noch, er behauptete, die Männer, von denen viele bis zur Unkenntlichkeit verbrannt waren, seien Terroristen gewesen, die es darauf abgesehen hätten, den größten Autosalon des ganzen Landes zu zerstören. Womöglich seien sie im *Guinness Book of Worlds Records* auf den Flash Pot gestoßen und hätten ihn gleich zum Zielpunkt erkoren. In gewisser Weise, wenn auch etwas verdreht, ergab das sogar einen Sinn. Nach einer Weile war Woodrow fast so weit, selbst an diese Version zu glauben.

Er mußte natürlich noch an der Geschichte feilen, und so versuchte er, sich die Fragen zu beantworten, die die Cops ihm höchstwahrscheinlich stellen würde. Scheiße, warum mußte alles auch so weit kommen? Aber Woodrow hatte das Schlimmste noch nicht überstanden.

Jumpin' Jack spürte etwas Hartes in seinem Rücken. Ungefähr im selben Moment legte sich eine Hand auf seinen Mund.

»Ich glaube, wir sollten uns einmal unterhalten«, erklärte Blaine McCracken.

Die Schützen glaubten, ihren Augen nicht trauen zu dürfen. Dort stand der Winnebago quer auf der Fahrbahn, eingekeilt von den vier Autos, mit denen er zusammengestoßen war, als er direkt hinter der Ausfahrt zur Route 285, ungefähr zweieinhalb Meilen vom Flash Pot entfernt, eine rote Ampel überfahren hatte. Die Männer näherten sich vorsichtig dem verbeulten Fahrzeug, weil sie damit rechneten, in einen ähnlichen Feuerhagel zu geraten wie vorhin im Salon des Autohändlers. Deshalb drangen einige von ihnen gleichzeitig durch die beiden Türen ins Fahrerhaus, während die anderen das Sonnendach im Auge behielten.

Die sechs Schützen, die den Winnebago stürmten, fanden den Fahrersitz leer vor. Dafür stießen sie im hinteren Teil auf einen zerlumpten Mann, der dort vor dem Fernsehgerät hockte und mit der Fernbedienung hin und her schaltete.

»He!« rief ihnen der Bürgermeister des Buford Highway zu, »weiß einer von euch, auf welchem Kanal Oprah läuft?«

»Gott im Himmel«, stöhnte Jack Woodrow, als der Mann, vor dem man ihn gewarnt hatte und der sich als noch viel gefährlicher erwiesen hatte, ihn an das Gerät band, mit dem Metallteile geradegezogen wurden. »Bei allem, was recht ist …«

Blaine drehte am Kontrollrad, und Jumpin' Jacks Gliedmaßen wurden auseinandergezogen. Die Sehnen und Muskeln wurden bis zur Schmerzgrenze gedehnt.

»Was wollen Sie von mir wissen? Sie brauchen nur zu fragen!« ächzte der Automobilhändler.

»Das Gerät soll nur sicherstellen, daß Sie mir keine Lügen auftischen. Ich habe einen scheußlichen Morgen hinter mir, und langsam geht mir die Geduld aus.«

»Mann, stellen Sie einfach Ihre Fragen!«

»Sie waren darüber informiert, daß ich heute hier auftauchen würde, nicht wahr?«

»Fryes Mitarbeiter haben mich letzten Freitag angerufen und gesagt, Sie würden höchstwahrscheinlich bei mir aufkreuzen. Dann meinten sie noch, sie würden eine Truppe schicken, zu meiner eigenen Sicherheit. Himmel, ich hatte doch keine Ahnung, daß der Reverend eine halbe Armee schicken würde. Und erst recht wäre mir nicht im Traum eingefallen, daß die hier alles ohne Rücksicht auf Verluste plattmachen würden.« Er warf mühsam einen Blick nach draußen.

»Dann wissen Sie also, was Frye vorhat?«

»Worüber reden Sie eigentlich?«

»Über die hundert Millionen Dollar, die Sie in ihn investiert haben … für den Tag des Jüngsten Gerichts.«

Als Woodrow darauf keine Antwort gab, drehte Blaine das Rad noch ein Stück weiter. Die Jacke des übergewichtigen Mannes zerriß, und seine Hose platzte auf. Jumpin' Jack wollte schreien, aber es kam nur ein heiseres Stöhnen über seine Lippen, weil der Streckvorgang bereits seine Lunge und seine Kehle stark in Mitleidenschaft zog.

»Ich habe ihm die ganze Geschichte sowieso nicht geglaubt«, röchelte der Mann schließlich.

»Was für eine Geschichte haben Sie ihm nicht abgekauft?«

»Na, die über das Jüngste Gericht, was Sie gerade gesagt haben. Der Reverend hat diesen Ausdruck aber nicht einmal fallenlassen.«

»Wie hat er ihn denn genannt?«

»Nun, er meinte, ich solle mir über die Zukunft keine Sorgen machen … und daß die Schlüsselgesellschaft gerettet würde, sobald der Zeitpunkt gekommen sei.«

Woodrow versuchte, den Kopf zu drehen, und hoffte, jemand draußen habe etwas gehört. Vielleicht waren die Bullen schon auf dem Weg hierher … Quatsch, bei dem Chaos, das draußen herrschte, durfte er wohl kaum darauf bauen.

McCracken legte die Hand wieder auf das Kontrollrad, drehte es aber nicht weiter. »Erzählen Sie weiter, Flash, lassen Sie sich nicht aufhalten.«

»Frye sagte so etwas wie, es ginge um die letzte Saat auf dem Acker der Zivilisation«, fuhr Jumpin' Jack fort. »Er meinte, er wolle die tote Ernte unterpflügen und den Boden umbrechen, damit daraus frische neue Feldfrüchte sprießen könnten. Und er versicherte mir, daß ich zu den wenigen gehören solle, die unversehrt bleiben würden.« Woodrow verkrampfte sich, weil er erwartete, der Fremde würde erneut am Rad drehen. »Glauben Sie mir, ich habe das alles immer für Schwachsinn gehalten und mich nie weiter darum gekümmert. Frye hat sie doch nicht mehr alle auf der Reihe. Er und seine Truppe sind bloß eine Bande von Spinnern, hab' ich nicht recht? Mit den hundert Millionen habe ich mir lebenslange Werbezeit auf seinem Zukunftsglauben-Kanal gekauft, verstehen Sie? Und das hat sich schon ausgezahlt, weil all die gottesfürchtigen Menschen aus dem ganzen Süden lieber zu einer von meinen Niederlassungen gefahren sind, auch wenn sie dafür stundenlang unterwegs waren, als zum Autohändler auf der anderen Straßenseite zu gehen. Darum und um nichts anderes ging es mir bei der Spende, das schwöre ich Ihnen!«

»Kam es Ihnen nicht eigenartig vor, daß der Reverend eine halbe Armee hierhergeschickt hat?«

»Ich habe Ihnen doch schon erklärt, er sagte, das sei nur zu meinem Schutz. Frye meinte, ich stünde ganz oben auf der Liste seines größten Feindes, weil ich der Bewegung soviel Unterstützung gegeben hätte, sowohl finanzieller wie auch anderer Art.«

McCracken spürte, wie es ihm kalt den Rücken hinunterlief. »Ich möchte mehr über diese Unterstützung anderer Art erfahren.«

»Ach, das war wieder so ein typischer Mist, mit dem ich mich nicht näher auseinandersetzen wollte. Noch eine von Fryes Spinnereien.«

»Und worum ging es dabei genau?«

»Der Reverend verlangte von mir, eine ganze Ladung Fahrzeuge zu liefern. Er gab mir auch Anweisungen, von welcher Marke sie sein sollten und wie ich sie auszurüsten und umzubauen hätte. Ich erhielt sogar eine Liste von Personen, auf die die Wagen zugelassen werden sollten. Das Komische daran war nur, daß all diese Menschen in derselben gottverdammten Stadt gemeldet waren.«

»Wie hieß die Stadt?«

»Lassen Sie mir einen Moment Zeit, damit es mir wieder einfällt, ja?« Jumpin' Jacks Gesicht verzog sich, als er jetzt angestrengt nachdachte. »Irgend etwas mit ... Falls ... Ja, das ist es! Und davor Beaver! Genau, Beaver Falls. Liegt in Arizona.«

»Und wie viele Personen sind es gewesen?«

»Kann ich Ihnen wirklich nicht mehr sagen, und bei Gott, das ist die reine Wahrheit. Waren aber über hundert Fahrzeuge. Ich erinnere mich noch gut an den Berg von Zulassungspapieren …« Er verdrehte bei der Erinnerung die Augen. »Hören Sie, Mann, Sie glauben doch nicht, daß es dem Reverend mit diesem Scheiß irgendwie ernst gewesen ist, oder? Daß er womöglich wirklich glaubt, der Tag des Gerichts stünde bevor, was?«

»Doch, er glaubt tatsächlich daran, denn schließlich ist er derjenige, der ihn über die Menschheit bringen will.«

Woodrow machte ein Gesicht, als wollte er dazu etwas sagen. Dann dann entschied er sich anders und verdrehte mit einiger Mühe den Kopf so weit, daß er Blaine ansehen konnte. »Da wäre vielleicht noch eine Sache«, begann er zögernd. »Ich habe mir eigentlich nie groß darüber den Kopf zerbrochen, aber da Sie jetzt meinen …«

»Heraus damit.«

»Der Papierkram für die Lieferung, Transportrechnungen, Überführungsgebühren und so weiter, lief über eine Firma in San Diego … Van … Van … irgendwas.«

»Vielleicht Van Dyne?«

»Ja, richtig!«

Diese Neuigkeit ließ einen Eisklumpen in McCrackens Magengrube entstehen. Van Dyne war ein internationaler pharmazeutischer Konzern, der größte in den ganzen USA, vielleicht sogar in der ganzen Welt. Aber was hatte Van Dyne mit Reverend Harlan Frye zu schaffen?

»Frye ist bestimmt nicht sonderlich begeistert, wenn er herausfindet, was Sie mir alles erzählt haben«, warnte Blaine den Autohändler. »Ich will damit nur sagen, daß es bestimmt keine gute Idee ist, sich gleich ans Telefon zu hängen und ihm von unserer kleinen Unterhaltung zu berichten.«

»Da können Sie einen drauf lassen, Mister«, entgegnete Woodrow, und McCracken drehte das Rad langsam zurück. Der Schmerz in Jumpin' Jacks Gelenken ließ nach und wurde von Taubheit ersetzt. Er hatte das Gefühl, für eine ganze Weile nicht mehr auf seinen Beinen stehen zu können, und auch die Arme würden einige Zeit brauchen, bis er sie wieder ausstrecken durfte. »Ich habe mich nie groß für diesen Mist vom Jüngsten Gericht interessiert. Verdammt, wenn der Reverend wirklich so wahnsinnig ist, wie Sie sagen, hätte ich ihm nicht einmal den Inhalt unserer Portokasse gespendet.«

Die Ketten wurden erst von seinen Beinen und dann von seinen Armen genommen. Sehr langsam und ganz vorsichtig versuchte er, sie zu bewegen.

»Ich wünschte, ich könnte mein Geld irgendwie zurückbekommen«, murmelte er. »Wenn es doch nur einen Weg gäbe …«

Woodrow hielt inne und hob den Kopf. Die Halle war leer.

Blaine McCracken war verschwunden.

Wayne Denbo wußte, was er zu tun hatte. Das war ihm schon während der vergangenen Stunden klar gewesen, in denen er so getan hatte, als würde er nicht bemerken, daß sich noch jemand im Raum aufhielt. Die Leute hier konnten ihm sowieso nicht helfen. Niemand konnte irgend etwas für ihn tun.

Nur er selbst konnte sich helfen.

Selbst die Dunkelheit brachte ihm keine Ruhe mehr. Jedesmal, wenn er die Augen schloß, sah er Beaver Falls vor sich, und zwar so, wie er es zuletzt gesehen hatte: einsam und verlassen in der Wüste. Er erlebte noch einmal, wie er den Streifenwagen in den Ort gesteuert hatte. Joe Langhorn neben ihm hatte ständig etwas einzuwenden gehabt, und Frank McBride auf dem Rücksitz hatte angefangen, sich zu rühren. Sie hatten zuerst das Büro des Sheriffs aufgesucht, dann das Restaurant, das Postamt, die Bank und schließlich die Schule. Überall hatte es so ausgesehen, als wären die Einwohner von einem Moment auf den anderen aufgesprungen, hätten alles stehen und liegen gelassen und seien spurlos verschwunden, entweder aus Angst oder weil man sie abtransportiert hatte. Nachdem man Wayne Denbo ins Krankenhaus eingeliefert hatte, glaubte er, es sei nur eine Frage der Zeit, bis ihm das gleiche zustoßen würde. Doch mittlerweile war er sich ziemlich sicher, daß es nicht dazu kommen konnte, weil ständig ein Highway Patrolman in seinem Zimmer im Tucson General Hospital saß. Doch das bedeutete noch lange nicht, daß er hier sicher war. Früher oder später würden sie kommen, um ihn zu holen.

Die Gestalten im Staub.

Wayne Denbo könnte das den Personen genau erklären, die sich immer wieder über sein Bett beugten. Er fühlte sich auch durchaus in der Lage, ihnen die Männer in den merkwürdigen Anzügen zu beschreiben, die mit Mondautos, oder was auch immer, herangefahren waren. Merkwürdige Wagen mit bizarren Metallaufbauten auf den Dächern. Doch dann würden ihn die Ärzte in die geschlossene Abteilung verlegen lassen, dort wo die Geistesgestörten untergebracht waren und von wo man viel, viel schlechter fortkam, wenn der rechte Zeitpunkt gekommen war.

War die Dunkelheit bislang sein Refugium gewesen, entwickelte sie sich nun zu seiner Verbündeten. Die Finsternis hatte es ihm ermöglicht, sich einen Plan zurechtzulegen. Also hatte Wayne sich ruhig verhalten, damit die Ärzte ihm mit ihren Spritzen vom Leib blieben. Wenn es soweit war, mußte er bei klarem Verstand und beweglich sein. Da konnte er irgendwelche komischen Säfte nicht gebrauchen, die ihn ruhigstellen sollten. Von dem Zeugs schwamm schon viel zuviel in seinem Kreislauf herum. Dann stellte er sich den Plan Punkt für Punkt vor, damit er sich alles besser einprägen konnte. Wieder und wieder ließ er ihn vor seinem geistigen Auge abspulen; ebenso wie die Ereignisse in Beaver Falls, damit er sich in dem Ort zurechtfinden konnte, wenn er endlich dorthin zurückgekehrt war. Dazu mußte er nur versuchen, seinen Arsch aus diesem Gebäude zu bekommen und sich auf den Weg zu dem Ort machen, an dem alles begonnen hatte.

Zurück nach Beaver Falls.

Jack Woodrow massierte immer noch seine Gelenke, um die Taubheit loszuwerden, als zwei Personen die Halle betraten. ein junger Mann und eine junge Frau, die kaum alt genug wirkten, um einen Führerschein zu besitzen.

Jumpin' Jack verfolgte, wie sich ihre Blicke unisono hierhin und dorthin richteten. Ihm selbst schenkten sie nur wenig Beachtung, und überhaupt schienen sie enttäuscht zu sein. Dann setzte der Junge sich in Bewegung, und das Mädchen folgte ihm.

»Wo ist er?« fragte er den Autohändler.

»Wer?«

»McCracken.«

»Nie von ihm gehört«, antwortete Woodrow und hoffte inständig, daß die Polizei und die Feuerwehr bereits nach ihm suchten. »Du mußt dich irren –«

Bevor er den Satz beenden konnte, hatte der Junge ihm bereits eine Hand an die Kehle gelegt und drückte fest zu. Der Bursche bewegte sich wie eine Raubkatze, dachte Woodrow erschrocken. Das Mädchen war immer noch hinter ihm.

»Ich frage Sie jetzt noch einmal«, erklärte der Junge so ruhig, daß es Jumpin' Jack abwechselnd heiß und kalt wurde. »Wo steckt Blaine McCracken?«

Der Schmerz im Hals war noch schlimmer als der, den er vorhin auf der Streckbank hatte aushalten müssen. Woodrow wünschte sich nur, ihn so rasch wie möglich hinter sich zu bringen. »Fort«, krächzte er. »Ist verschwunden, kurz bevor ihr hier aufgetaucht seid.«

Die beiden jungen Leute tauschten einen Blick.

»Wohin ist er gegangen?« wollte der Junge wissen.

»Himmel noch mal, woher soll ich das denn …«

Eine grauenhafte Schmerzwoge durchtoste ihn. Tränen traten in seine Augen, und er mußte würgen. Jack Woodrow sank auf die Knie, weil ihm vor Schmerz übel geworden war.

»Ich weiß, wer Sie sind«, erklärte der Junge. »Und ich weiß auch, zu wem Sie gehören. McCracken wußte das auch. Sie haben ihm etwas gesagt, und das will ich jetzt auch erfahren.«

»Beaver Falls«, flüsterte der Autohändler, weil er nicht mehr hinausbekam. »… Stadt in Arizona … Hab' ihm von der

Ladung … Fahrzeuge erzählt, die ich dorthin … geschickt habe … Waren über hundert … Und jetzt laß mich gehen … bitte.«

»Aber gern«, entgegnete der Junge.

Ein ploppendes Geräusch ertönte, als der junge Mann noch einmal zudrückte und dabei den Adamsapfel zerquetschte. Jumpin' Jack wand sich in Krämpfen am Boden.

Jacon schenkte dem sterbenden Mann keinen Blick, als er sich zu seiner Zwillingsschwester umwandte. »Komm, wir müssen weiter.«

Kapitel 22

Hank Belgrade erwartete Blaine schon, als dieser am Mittwoch um vierzehn Uhr die Stufen des Lincoln Memorial hinaufeilte.

»Wegen Ihnen haben ich mein Mittagessen sausen lassen, McSpinner.«

»Tut Ihrer Figur nur gut, Hank«, gab McCracken zurück und ließ sich neben dem Mann nieder.

»Lecken Sie mich doch am Arsch.«

Belgrade war ein großer, schwergewichtiger Mann, der zu den wenigen Auserwählten gehörte, die auf der Gehaltsliste der Regierung standen, ohne irgendeinen offiziellen Titel zu tragen. Nominell wurde er in den Personallisten des Außen- wie des Verteidigungsministeriums geführt, doch in Wahrheit war er weder für das eine noch für das andere tätig. Stattdessen vermittelte er zwischen beiden Behörden und kümmerte sich um deren schmutzige Wäsche. Hank hatte Zugang zu Dateien und Informationen, von denen nur die wenigsten in Washington wußten, daß sie überhaupt existierten. Blaine hatte ihm vorzeiten, als der Kalte Krieg noch voll im Gange war, die Karriere und sicher noch mehr gerettet. Damals war in Belgrades Abteilung eine undichte Stelle aufgetreten, und McCracken hatte den betreffenden sowjetischen Spion enttarnt und unschädlich gemacht. Seitdem war Belgrade immer für Blaine da, wenn dieser bestimmte Informationen benötigte. Sie trafen sich dann auf den Stufen des Lincoln Memorial, und wie stets hatte Hank auch heute wieder seine griesgrämige Miene aufgesetzt, so als bereite es ihm alles andere als Vergnügen, McCracken wiederzusehen.

»Van Dyne Chemicals, Hank«, sagte Blaine jetzt nur leise.

»Mann, Sie haben wirklich ein Gespür dafür, immer zum richtigen Zeitpunkt aufzutauchen. Hinter was sind Sie denn jetzt schon wieder her, verdammt noch mal?«

»Was ist denn los?«

»Ich tätigte ein paar Anrufe, um die Informationen für Sie zusammenzubekommen, und wie aus heiterem Himmel fängt meine Sicherheitsabteilung an zu bimmeln. Sie haben wieder einmal in ein Wespennest gestochen, McSpinner.«

»Sie müßten doch langsam wissen, daß das meine Spezialität ist.«

»Also, erst mal zum Offiziellen: Van Dyne besitzt in den USA einen Marktanteil von achtzehn Prozent und ist damit der größte amerikanische Pillendreher. Im letzten Jahr hat der Konzern einen Umsatz von zwanzig Millionen gemacht.«

»Und inoffiziell?«

»Tja, der Verein steht unter besonderem Schutz, McSpinner. Und zwar von ganz oben.«

»Wie hoch ist ganz oben in diesem Fall?«

»So hoch, daß ich nicht mehr drankomme. Einer Menge Leute in Pennsylvania und Constitution hat es überhaupt nicht gefallen, daß Sie Ihre Nase in diese Sache gesteckt haben.«

»Haben Sie ihnen gesagt, warum die Geschichte mich interessiert?«

»Hätte ich denen erklären sollen, irgendein versponnener Prediger träume vom Weltuntergang? Blaine, ich liebe meinen Job. Nun, das FDA hat angefangen, sich mit Ihnen zu beschäftigen. Ein Mann will mit Ihnen sprechen. Er wartet im Dupont Circle auf Sie.« Belgrade warf einen Blick auf seine Armbanduhr. »Ich fürchte, Sie sind schon etwas spät dran.«

Dupont Circle war so ziemlich der verrufenste Ort in ganz Washington. Der Park mit viel Rasenfläche lag am Rand von Georgetown und war allgemein als Treffpunkt für Drogenhändler und andere Gestalten bekannt, die dort ihren dunklen Geschäften nachgingen. Viele Obdachlose ließen sich hier tagsüber nieder und hockten auf den Tüten und Säcken, die alles enthielten, zu dem sie es in ihrem Leben gebracht hatten. Auf den meisten Bänken saßen oder lagen andere ungepflegte Gestalten, die sich die Zeit mit Schnapsflaschen vertrieben. Soviel hatte McCracken noch vom Dupont Circle im Gedächtnis. Als er dort ankam, fiel ihm wieder ein, daß es hier sonderbarerweise überhaupt keine Frauen gab. Kaum hatte er den Park betreten, entdeckte er auch schon die kleinen Gruppen von Männern, die hinter Bäumen oder an den Statuen ihren Geschäften nachgingen. Und er registrierte durchaus die neugierigen oder interessierten Blicke, die ihm zugeworfen wurden. Blaine erwiderte nicht einen davon und marschierte geradewegs auf das Monument in der Mitte der Anlage zu, wo der Mann vom FDA, dem Gesundheitsamt, auf ihn warten sollte. Er nahm die Abkürzung über die große Wiese und mußte dabei über einen Haufen Elend steigen, der sich das Gesicht mit der gestrigen Ausgabe der Washington Post zugedeckt hatte.

Der Mann, der unruhig vor dem Monument auf und ab lief, war der einzige weit und breit, der einen Anzug trug. Über seinem Arm hing ein Mantel, und er machte den Eindruck, als würde ihm diese Gegend überhaupt nicht behagen. McCracken blieb einen Meter vor ihm stehen.

»Der Anzug steht Ihnen wirklich gut«, sprach Blaine ihn mit einem Augenzwinkern an.

»Sie müssen McCracken sein. Mein Name ist Maggs«, erklärte der kleine, nervöse Mann. Seine Augen wanderten unter dem öligen schwarzen Haar ständig hin und her.

Keiner der beiden Männer machte sich die Mühe, dem anderen die Hand zu geben.

»Kommen Sie öfters her, Maggs?«

»So selten, wie nur eben möglich. Hören Sie, wenn es Ihnen nichts ausmacht, möchte ich diese Angelegenheit gern rasch hinter mich bringen.«

»Haben Sie vielleicht heute nachmittag noch etwas Wichtiges vor?«

»Ich gehörte nicht dem FDA an«, erklärte Maggs.

»Das war mir von Anfang an klar. So arbeitet das Gesundheitsamt nämlich nicht. Für wen arbeiten Sie denn dann?«

»Sagen wir, unsere Interessen verlaufen parallel zu denen des FDA. McCracken, Sie haben da eine Tür geöffnet, die Sie nichts angeht.«

»Ich fürchte, Maggs, das ist eine unangenehme Eigenschaft von mir.«

»Wenn es ein anderer gewesen wäre, hätten wir der Sache vermutlich keinerlei Beachtung geschenkt. Aber Ihnen geht ein ganz bestimmter Ruf voraus. Wann immer Sie anfangen, über jemanden über etwas Erkundigungen einzuziehen, steckt dieser Jemand oder dieses Etwas schon bald in Schwierigkeiten.«

»Bislang hat es sich auch immer herausgestellt, daß dieser Jemand oder dieses Etwas tatsächlich Dreck am Stecken hatte.«

»In diesem Fall ist dem aber nicht so«, entgegnete Maggs und verschränkte die Arme vor der Brust. »Van Dyne steht unter besonderem Schutz.«

»Das hat mir Hank Belgrade auch schon gesagt. Er konnte mir aber die Gründe dafür nicht nennen.«

»Weil er sie nicht kennt. Wir halten die Angelegenheit unter Verschluß, und so soll es auch bleiben. Denn schließlich steht hier zuviel auf dem Spiel.«

»Das sehe ich ganz genau so.«

»Ich möchte wissen, warum Sie sich für Van Dyne interessieren.«

»Weil die Männer in der Chefetage ihre Finger in mehr Dingern drin haben, als Sie sich vielleicht vorstellen können, Maggs. Möglicherweise schützen Sie diese Firma aus ganz falschen Gründen.«

Maggs nickte übertrieben lange und bemerkte dann: »Es gefällt Ihnen sehr, Leben zu retten, nicht wahr, McCracken?«

»Manche sagen, das könne ich am besten.«

»So ähnlich verhält es sich auch mit Van Dyne. Um genau

zu sein, man steht dort kurz davor, bald Millionen von Leben retten zu können. Aber nur, wenn wir anderen den Konzern in Ruhe arbeiten lassen. Und zu meinen Aufgaben gehört es, das sicherzustellen.«

»Sie dort in Ruhe arbeiten zu lassen?«

»Sicherzustellen, daß Leute wie Sie ihnen nicht auf den Nerv gehen.« Der kleine Mann trat einen Schritt auf Blaine zu und fuhr leiser fort: »Ich spreche von einem Projekt, an dem die Regierung ein äußerst großes Interesse hat. Es geht um einen Aidsimpfstoff. Van Dyne steht kurz davor, die Testreihen abzuschließen und die erforderlichen Unterlagen mitsamt der Dokumentation der Entwicklung dem FDA vorzulegen, damit das Mittel genehmigt werden kann.«

McCracken hatte Mühe, seine Überraschung zu verbergen. »Und Sie befürchten, ich könnte mit meinen Nachforschungen dieses Projekt gefährden?«

»Van Dyne kann es sich zur Zeit überhaupt nicht leisten, durch irgend etwas ins Rampenlicht der Öffentlichkeit zu geraten. Das Projekt wie auch der Stand der Forschung unterliegen der Geheimhaltung. Und genau die bedrohen Sie. Hören Sie, ich habe keine Ahnung, wie es geschehen konnte, daß Ihre Ermittlungen Sie ausgerechnet auf die Spur von Van Dyne gebracht haben, aber wenn ich Ihnen einen guten Rat geben darf, dann lassen Sie ab sofort die Finger von dem Konzern. Und wenn ich ganz ehrlich sein soll, dann ist dies mehr als nur ein guter Rat.«

Blaine sah den kleinen Mann mißtrauisch an. »Warum interessiert sich die Regierung so sehr für die Arbeit eines Pharmazie-Unternehmens? Nein, antworten Sie nicht, lassen Sie mich raten. Aufgrund der neuen Aidsforschungs-Koordinations- und Subventionierungspolitik ist die Regierung bestimmt bei jeden einzelnen Schritt in Van Dynes Forschungslabors mit der Nase dabei. Das ist schon mehr als nur eine staatliche Förderung, das kann man schon als Elefantenhochzeit zwischen der Regierung und einem Großkonzern bezeichnen.«

»Wir sprechen in diesem Fall lieber von einer echten Partnerschaft in einem fortentwickelten kapitalistisch-demokratischen System.«

»Ganz gleich, welches Etikett Sie draufkleben, es geht hier um Aids, also um eine internationale Epidemie, die dieses Land erst gestreift, viele andere Nationen aber im wahrsten Sinn des Wortes heimgesucht hat. Ein Impfstoff gegen diese Seuche bedeutet damit grenzenlose Macht, und von diesem Kuchen will sich die Regierung natürlich ein großes Stück abschneiden. Oh, ich kann mir durchaus vorstellen, was unseren hohen Herren und Damen durch den Kopf geht. Sie sitzen bald am Drücker und entscheiden über Leben und Tod, darüber, wer das Serum erhält und wer nicht ...«

»Genug davon!«

»Habe ich damit womöglich den Nagel auf den Kopf getroffen? Ja, ich bin sogar ziemlich überzeugt davon. Wer auch immer aus unserer illustren Regierung Sie zu mir geschickt hat, muß in Van Dynes Serum ein ungeheures Machtinstrument sehen, mit dem sich Dinge bewirken und erreichen lassen, die ursprünglich gar nicht so beabsichtigt gewesen sind.« Blaine schüttelte angewidert den Kopf und lächelte bitter. »Ja, alles paßt zusammen.«

»So funktioniert die Welt heute nun einmal, McCracken. Ob Ihnen das gefällt oder nicht, Sie können nichts daran ändern. Und wir wehren uns mit allen Mitteln dagegen, daß Sie uns mit Ihrem verdammten Kreuzzug diese Gelegenheit vermasseln. Finger weg von Van Dyne!«

»Eigenartig ... Sie haben sich noch gar nicht danach erkundigt, worum es mir bei meinen Kreuzzug geht.«

»Das muß ich auch gar nicht, denn Van Dyne hat nichts damit zu tun.«

»Und wenn doch?«

Maggs schwieg.

»Da draußen läuft ein Mann herum, der schon morgen das Jüngste Gericht über uns bringen will, und ich habe den starken Verdacht, daß Van Dyne irgendwie darin verwickelt ist. Ihre Pläne über die spätere Verteilung des Aidsmittels sind mir scheißegal, Maggs. Ich will nur herausfinden, womit der Konzern sich noch befaßt, genauer gesagt, welche Verbindung zwischen ihm und diesem größenwahnsinnigen Spinner Harlan Frye besteht.«

Maggs trat einen Schritt zurück und verkrampfte sichtlich. »Ich fürchte, das kann ich nicht zulassen.«

»Es wäre mir auch nie in den Sinn gekommen, Sie deswegen um Erlaubnis zu bitten.«

Maggs konnte McCracken nicht in die Augen sehen. »Wir beide machen jetzt einen kleinen Spaziergang. Man wird Ihnen kein Haar krümmen. Nein, dazu muß es wirklich nicht kommen. Man wird Sie nur darum bitten, einen schönen langen Urlaub anzutreten, sich irgendwo zu verkriechen, bis die Genehmigung für das Serum erteilt ist.«

Blaine sah sich um. »Deswegen haben Sie auch diesen Treffpunkt hier ausgesucht. Hier fällt es nicht auf, wenn zwei Männer sich anfassen …«

»Sie können nicht wissen, McCracken, wo ich überall meine Leute stationiert habe. Natürlich werden Sie einige von Ihnen entdecken, vermutlich haben Sie das schon auf dem Weg hierher. Aber wenn Sie auf dumme Gedanken kommen, reicht ein einzelner gezielter Schuß.«

Blaine nickte. »Sie meinen also, einer von den acht wird mich bestimmt treffen?«

Maggs riß den Mund auf, und seine Augen drohten fast aus den Höhlen zu treten. Verblüfft folgte er McCrackens Blick, als der zum Osteingang des Dupont Circle schaute. Der schlafende Mann, über den Blaine auf dem Weg hierher gestiegen war, hatte sich mittlerweile etwas aufgerichtet. Die Zeitung, die vorhin noch auf seinem Gesicht gelegen hatte, war ihm auf die Schultern gerutscht. Er hatte einen graudurchzogenen schwarzen Pferdeschwanz …

Johnny Wareagle!

»Ich bin davon überzeugt, daß Sie selbst auch nicht wußten, wie viele Männer hier aufgestellt sind, Maggs. So arbeitet man in Ihren Behörden nämlich. Aber Johnny dort drüben hat sie alle enttarnt. Als ich vorhin über ihn gestiegen bin, hat er mir mit den Fingern die Zahl Acht angezeigt. Dank meines indianischen Freundes sind diese Acht zur Zeit ausgeschaltet.«

Maggs erstarrte, und seine Augen suchten die Parkanlagen verzweifelt ab. Wo steckten seine Komplizen, die vor ihm hierhergekommen waren? Überall lagen Männer herum, andere lehnten reglos an Baumstämmen. Jeder von ihnen hätte einer davon sein können.

»Keine Bange, Maggs«, erklärte McCracken ihm. »Ich habe nicht vor, Ihnen weh zu tun. Sie haben mir alles mitgeteilt, was ich von Ihnen wissen wollte. Nämlich, daß Van Dyne unter staatlichem Schutz steht – und zwar von der Art, daß man ihnen alles durchgehen läßt … und daß der Konzern davon bereits reichlich Gebrauch gemacht hat.«

Er ließ Maggs stehen. Ein Stück weiter erhob sich Wareagle.

Blaine drehte sich noch einmal um. »Das Problem ist nur, daß ihnen das noch nicht reicht und sie noch viel mehr vorhaben.«

McCracken blieb stehen und sah dem kleinen Mann hinterher, wie er sich von ihm entfernte. Er fragte sich, ob Maggs verzweifelt genug war, die Pistole zu ziehen, die er im deutlich sichtbaren Achselholster trug.

»Und wohin jetzt, Blainey?« fragte Johnny, als er seinen Freund erreicht hatte. »Nach San Diego, Indianer. Zu Van Dyne Pharmaceuticals.«

Kapitel 23

Die Tür zum seitlichen Privateingang von Van Dyne Pharmaceuticals öffnete sich ein Stück weit, und Freddy Levinger schob den Kopf durch den Spalt.

»Beeil dich«, drängte er im Flüsterton und winkte Karen Raymond heran. Dabei ließ er seinen Blick unablässig über den Hof wandern.

Sie war schon durch den Eingang gehuscht, und Levinger schloß gleich hinter ihr ab.

»Wenn wir heute abend alles erledigt haben«, erklärte er nervös, als er ihr folgte, »ist meine Rolle in diesem Spiel beendet. Ganz gleich, was wir finden, ich habe danach nichts mehr mit der Sache zu tun. Gib mir dein Wort darauf.«

»Ich verspreche es«, sagte sie leise.

Karen hatte sich genau an die Anweisungen gehalten, die Levinger ihr am Nachmittag gegeben hatte. Van Dyne war das Werk im Torrey Pines Industrial Park schon vor vielen Jahren zu klein geworden, und so hatte der Konzern einen neuen Komplex am Freeway angelegt, der La Jolla in Richtung Norden verließ. Auf dem neuen Gelände befanden sich nicht nur die Hauptverwaltung der Firma und die Forschungslabors, sondern auch eigenständige Produktionsanlagen, dank derer sich Van Dyne den Luxus erlauben konnte, privat herzustellen und auf den Markt zu bringen.

Freddy hatte Karen einen Firmenpaß besorgt, mit dem sie problemlos durch das Haupttor gelangt war. Sein eigener Firmenausweis hatte ihr Zugang zum unterirdischen Parkhaus verschafft. Dort unten roch es überraschend gut und so gar nicht wie in anderen Parkhäusern, die sie kannte. Karen eilte zielstrebig, aber wachsam auf die Ausgangstür zu, die er ihr angewiesen hatte. Sie rechnete jeden Moment damit, daß ein Wagen auftauchen oder fremde Schritte sich einem der abgestellten Autos nähern würden. In diesem Fall hätte sie sich sofort irgendwo verstecken müssen. Doch niemand störte sie, und so stieg sie die Treppe hinauf, die sie nach oben brachte. Dort angekommen fand sie sich unweit des Haupteingangs zur eigentlichen Produktionsanlage wieder. Sie schlich einen Flur entlang und gelangte durch eine weitere Tür hinaus in die dunkle Nacht.

Bis zu dem U-förmigen Innenhof, um den herum die Büros und die Labors lagen, wartete ein gutes Stück Weg auf sie. Karen entdeckte nirgends patrouillierende Wärter, und dem schwachen Licht, das aus den Fenstern drang, konnte sie leicht ausweichen. Karen ging, so schnell sie konnte, auf ihr Ziel zu und erreichte endlich die cremefarbene Fassade an der offenen Seite des Innenhofs. Sie preßte sich an die Wand und spähte vorsichtig um die Ecke, ehe sie sich weiter vorwagte. Als sie auch hier nirgends Männer vom Sicherheitsdienst ausmachen konnte, lief sie zu der Tür in der hinteren rechten Ecke, zu der Freddy sie bestellt hatte.

Sie kam eine Minute zu früh dort an und wartete nervös,

während sie voller Panik den Eingang zum Innenhof im Auge behielt. Die Tür, vor der sie stand, wies keinen Schlitz auf, in den sie Levingers Ausweis hätte schieben können. Deshalb mußte sie hier ausharren, bis Freddy erschien und ihr aufmachte.

»Eine Treppe höher befindet sich ein Raum, den man in das Zentrum aller Testreihen umgewandelt hat, die das Serum betreffen«, teilte Levinger ihr mit, als er sie einen langen Korridor hinunterführte.

»Hört sich nicht gerade so an, als würdest du dort ein und aus gehen.«

»Richtig geraten. Ich bin nämlich erst einmal dort gewesen.«

»Und das, obwohl du der Leiter der Entwicklungsabteilung bist?«

»Diese Testreihen wurden als so wichtig eingestuft, daß nur einige wenige Auserwählte Zugang zu ihnen haben dürfen. Ich persönlich werde regelmäßig über die neuesten Entwicklungen und nächsten Schritte in Kenntnis gesetzt. Aber was sich darüber hinaus dort tut, kann ich dir beim besten Willen nicht sagen.«

»Meinst du mit diesem ›dort‹ das Zentrum?«

Levinger atmete tief durch, als sie die Treppe hinter sich gebracht hatten. »Die Testgruppe für unser Serum besteht aus einhundertachtzig Personen. Sie werden in einem kleinen Ort in der Wüste von Arizona unter Beobachtung gehalten. Eben so ein typisches Kaff, wo die wenigen Einwohner nicht allzu viele Fragen stellen, wenn mit einemmal mehrere Dutzend neue Bürger zuziehen. In dieser Gruppe befinden sich komplette Familien, aber frag mich jetzt bloß nicht, wie Van Dyne an diese Freiwilligen gekommen ist. Vor ungefähr sechs Monaten sind die Testpersonen dorthin transportiert worden. Offiziell hieß es, bei diesen Menschen handele es sich um die Mitarbeiter eines noch zu bauenden Wasserforschungsinstituts.«

»Wasserforschung mitten in der Wüste von Arizona?«

»Ich sagte doch bereits, eines noch zu bauenden Instituts.«

»Also getürkt. Aber das Kaff ist doch wenigstens echt, oder?«

»Ja, natürlich, der Ort existiert wirklich ...« Levinger schwieg für einen Moment, um seine Gedanken zu sammeln. »Er heißt ... Beaver Falls.«

McCracken steuerte den Lieferwagen der Pacific Coast Security Services vor den Haupteingang der Van Dyne Pharmaceuticals. Er hatte keine Zeit gehabt, sich mit einem detaillierten Lageplan der Anlage vertraut zu machen. So mußte er sich auf die Luftaufnahmen verlassen, die er im Jahresbericht des Pharma-Konzerns in einer Broker-Firma in Washington studiert hatte. Nach seinem Treffen mit Maggs hatte er gleich die Börsen-Agentur aufgesucht.

Wenn Harlan Frye wirklich beabsichtigte, das Jüngste Gericht über die Menschheit zu bringen, ergab seine Verbindung zu dem Pharmakonzern durchaus einen Sinn. Mit Van Dyne standen ihm endlose Möglichkeiten zur Verfügung. Schließlich beherrschte der Konzern den Markt der frei verkäuflichen und rezeptfreien Arzneimittel, und seine Produkte erreichten pro Jahr weit über einhundert Millionen US-Amerikaner. Aber noch war es zu früh für Spekulationen. Blaine wußte, daß die Antworten irgendwo in diesem Firmensitz zu finden waren, und aus denen würde er dann auf die besondere Verbindung zwischen Van Dyne und dem Reverend schließen können.

McCracken war davon ausgegangen, daß nach seiner Unterredung mit Maggs hier die Sicherheitskräfte verstärkt worden waren und überall erhöhte Alarmbereitschaft herrschte. Auf einer der Farbaufnahmen war ein Sicherheitsmann so deutlich zu erkennen gewesen, daß Blaine sogar das Firmenlogo auf seinem Ärmel hatte entziffern können. Also war McCracken nach seinem Eintreffen in San Diego gleich zur Pacific Coast Security weitergefahren und hatte sich dort einen der Dienstlieferwagen ›ausgeliehen‹. Der eigentliche Fahrer, ein Sergeant, lag gefesselt im hinteren Teil des Gefährts und würde erst am nächsten Morgen wieder aufwachen – höchstwahrscheinlich mit fürchterlichen Kopfschmerzen. Der Mann hatte ungefähr Blaines Größe, brachte aber fünfzig Pfund mehr auf die Waage – dementsprechend schlecht saß seine Uniform bei McCracken.

Tatsächlich herrschte auf dem Firmengelände erhöhte Alarmbereitschaft, und so winkte der Posten am Tor ihn nach einem flüchtigen Blick auf die Uniform gleich durch. Blaine nickte nur und fuhr zum unterirdischen Parkhaus weiter. Anstelle des Aschenbechers hatte der Firmenwagen ein Fach, das verschiedene Code-Karten für die Komplexe enthielt, die bei Pacific Coast Security Kunde waren. Für Van Dyne fand sich nur eine Karte, und die trug die Aufschrift ›Parkhaus‹.

McCracken rief sich das ins Gedächtnis zurück, was er auf den Farbfotos im Jahresbericht erkennen konnte, und steuerte auf eine steil abfallende Rampe zu. Kurz bevor es nach unten ging, erwarteten ihn ein Tor und ein Kasten mit einem Schlitz. Er mußte nur die Hand aus dem Fenster strecken, um die Plastikkarte dort hineinzuschieben. Die Maschine verschluckte die Karte und warf sie nach einem kurzen Moment wieder aus. Das Tor rollte hoch, und McCracken fuhr ins Parkhaus hinunter. Der Lieferwagen setzte einmal kurz auf, rollte dann aber unbehelligt weiter. Das Tor schloß sich hinter ihm sofort wieder. Blaine parkte neben den anderen Wagen von PCS und stieg aus. Er schloß gerade die Tür, als sich vom Westende rasche Schritte näherten. McCracken verließ sich auf seine Verkleidung und schenkte den Herankommenden keine größere Beachtung. Das änderte sich erst, als er eine bekannte Stimme hörte.

»Wie nett, Sie schon so bald wiederzusehen.«

Blaine drehte sich um und erkannte Maggs, der sich mit einem triumphierenden Grinsen vor ihm aufbaute.

»Höchste Zeit, daß Ihnen jemand in den Sack tritt, McCracken. Ich fürchte, diesmal ist Ihr indianischer Freund nicht in der Lage, für Sie alle meine Männer aufzuspüren und auszuschalten.«

Der Raum, von dem Freddy gesprochen hatte, lag am dunklen hinteren Ende eines Flurs im dritten Stock. Die Tür hatte keinen Knauf und war wiederum nur mit einer Plastikkarte zu öffnen, die man in den dafür vorgesehenen Schlitz schieben mußte.

»Du mußt mir meine Karte zurückgeben«, erklärte er Karen.

»Kann man sich denn mit der hier überall Zutritt verschaffen?« fragte Karen, als sie die Karte aus der Tasche zog und ihm reichte.

»Wenn man sich eines kleinen Tricks bedient, wie zum Beispiel dem hier.« Levinger griff in seine Jacke und hielt dann einen in Zellophan verpackten grauen Streifen in der Hand. Vorsichtig löste er den Streifen aus der Verpackung und klebte ihn dann über den Code-Streifen auf seiner Plastikkarte. Er warf Karen einen Blick zu und schob die Karte dann zögernd in den Schlitz.

Es machte leise Klick, und schon schwang die Tür ein Stück auf. Freddy stieß sie zurück und trat ein. Karen folgte dicht hinter ihm. Der Raum, in den sie gelangten, war mit einem Wärmesensor ausgestattet. Kaum traten sie ein, gingen überall die Lichter an. Die plötzliche Helligkeit ließ Karen zusammenzucken. Levinger ächzte, aber nicht wegen des unerwarteten Lichts.

»Grundgütiger …« Mehr bekam er nicht über die Lippen.

Der Raum war leer.

»Was hat das zu bedeuten?« wollte Karen wissen.

»Ich … keine Ahnung.«

»Aber du mußt doch etwas wissen. Irgend etwas, Mann!«

Levinger senkte kurz den Kopf und sah sie dann wieder an. »Alle Daten wurden hier gesammelt, gespeichert, vernetzt und verarbeitet. Der ganze Raum war voller Computer, die modernsten und leistungsfähigsten Geräte.«

»Aber irgendwo müssen die Informationen doch abgeblieben sein, Freddy«, drängte sie ihn. »Sind sie denn nicht noch in den Hauptdatenbänken der Firma gespeichert? Du kannst die Dateien finden, Freddy. Ich weiß, daß du dazu in der Lage bist.«

Levinger verzichtete diesmal darauf, alles abzustreiten

und Zeit zu gewissen. »Es gibt da eine Möglichkeit, aber nur diese eine.«

»Worauf warten wir dann noch?«

»Wir haben hier nichts gefunden, und ich habe immer noch den Kopf in der Schlinge. Wenn unser Eindringen bemerkt wird, kann ich meine Karriere vergessen.«

»Aber wir wissen, daß etwas vorgefallen sein muß, oder etwa nicht? Irgendwas ist in Beaver Falls furchtbar schiefgegangen, irgendeine Katastrophe, von der man dir nichts mitteilen will. Und zu diesem Desaster muß es so ziemlich zur gleichen Zeit gekommen sein, als Van Dyne beschloß, mein Serum in die Hände zu gekommen. Löst das denn bei dir nicht wenigstens Verärgerung aus? Macht dich das überhaupt nicht mißtrauisch? Okay, Freddy, ich weiß, daß du dich gegen alles gewehrt hast, was ich dir erzählt habe. Mir ist auch klar, daß du meine Geschichte nicht glauben wolltest, weil sich alles in dir dagegen sträubte. Aber jetzt frag dich doch mal bitte für einen Moment, was wohl sein würde, wenn ich dir die Wahrheit erzählt hätte? In welchem Licht würde Van Dyne dann für dich dastehen? Was würdest du dann von den Methoden und Motiven deiner Firma halten?«

Levinger nickte grimmig. »Der Computer braucht ein paar Minuten, bis er unseren unerlaubten Zugriff bemerkt und meldet. Ich kann dir fünf Minuten geben, Karen, und keine Sekunde mehr. Danach spielt es für uns beide keine Rolle mehr, auf was wir stoßen.«

Freddys Büro befand sich in einem anderen Flügel des Van-Dyne-Komplexes. Wenn man es betrat, glaubte man eher, an die Arbeitsstätte eines Abteilungsleiters aus der Verwaltung gelangt zu sein. Hier erinnerte kaum etwas daran, daß Levinger sich eigentlich mit Forschung, Wissenschaft und Entwicklung befaßte. Augenscheinlich definierte die Chefetage Freddys Tätigkeitsbereich etwas anders als im herkömmlichen Sinne. Seine Arbeit bestand wohl hauptsächlich darin, auf Reisen zu gehen und auf Aktionärsversammlungen und medizinische Kongressen zu referieren, welche bahnbrechenden und wundersamen neuen Produkte Van Dyne gerade entwickle.

Levinger schloß die Bürotür hinter Karen und schob einen Stuhl vor den Computer, der auf seinem L-förmigen Schreibtisch stand. Er bot ihr keinen Stuhl an, und sie kam auch gar nicht auf die Idee, nach einem zu fragen.

»Okay, das dauert jetzt einen Moment«, sagte er.

»Du hörst dich nervös an.«

»Um ins Netz zu gelangen, muß ich im gesamten Komplex, außer in den Produktionsanlagen, den Strom abschalten. Und zwar für mehrere Sekunden ... lange genug jedenfalls, damit die Maschine anspricht. Ist natürlich ein irres Risiko. Auf diese Weise kann jeder herausfinden, wo und wann jemand versucht hat, illegal in das System einzudringen.« Er gab den entsprechenden Befehl ein. »Jetzt geht's los, Karen.«

Fünf Bewaffnete, von denen keiner die PCS-Uniform trug, umringten McCracken. Blaine hielt nach Maggs Ausschau, doch der kleine Mann war klug genug gewesen, sich ein paar Schritte zurückzuziehen.

»Ich kann mir gut vorstellen, was Sie jetzt denken«, höhnte er. »Lassen Sie es lieber bleiben. Sie können sie doch nicht alle ausschalten. Zu Ihrer Information, ich habe noch nicht einmal die Hälfte meiner Männer aus ihren Verstecken treten lassen. Wenn Sie jetzt feuern, wäre das nichts als sinnlose Verschwendung. Widerstehen Sie der Versuchung, McCracken, und lassen Sie Ihre Waffe fallen. Eine SIG-Sauer Neun, wenn ich mich nicht irre.«

Blaine gehorchte und ließ die Waffe auf den Boden fallen. »Sie sehen mich beeindruckt.«

»Fassen Sie sich wieder. Gleich werden zwei Männer Sie gründlich durchsuchen. Sobald sie damit fertig sind, unternehmen wir beide einen kleinen Spaziergang.«

Die beiden traten vor und klopften McCracken ab. Die Sache war ihnen nicht geheuer, und sie waren übervorsichtig. Nachdem sie nichts gefunden hatten, hielt einer von ihnen

Blaines Handgelenke hinter seinem Rücken fest, während der andere ihnen Handschellen anlegte.

Der kühle Stahl berührte gerade McCrackens Haut, als die Lichter unvermittelt ausgingen und das Parkdeck plötzlich in tiefster Dunkelheit lag.

Levinger ließ den Strom für zehn Sekunden ausgeschaltet, ehe er Van Dynes Versorgung reaktivierte. Auf dem Computerbildschirm zeigte sich ein neues Menü, und Freddy fing an, die Beaver-Falls-Dateien abzurufen.

Er warf einen kurzen Blick auf seine Uhr, bevor er das Material sichtete, Karen spähte über seine Schulter und las mit. Doch die Kolonnen rasten so schnell über den Bildschirm, daß sie ihnen kaum folgen konnte.

»Sieht nicht so aus, als ließe sich hier etwas Ungewöhnliches finden«, bemerkte Freddy schließlich. »Alles in schönster Ordnung, genau so, wie man es mir mitgeteilt ...« Er verstummte mitten im Satz.

»Was ist denn los? Worauf bist du gestoßen?«

Er ignorierte Karen und ließ weitere Daten abrollen, bis sich auf dem Bildschirm nur noch eine zur Hälfte beschriftete Seite zeigte. Sein Zeigefinger drückte vergeblich auf die BILD-ABWÄRTS-Taste. Das Licht des Schirms tauchte Freddys Gesicht in ein gespenstisch leuchtendes Weiß. Karen bemerkte, daß er mehrmals schluckte.

»Was gibt's denn?«

Endlich drehte er sich zu ihr um und sah sie mit großen Augen an. »Alle Einträge, alle Daten enden mit dem Sonntag. Danach kommt nichts mehr.«

»Und was hat das zu bedeuten?«

Er starrte sie noch immer an, und sein Blick schien sie durchbohren zu wollen. »Irgend etwas muß schiefgegangen sein. Etwas wirklich Schwerwiegendes, etwas Großes ...«

»Mit der Testgruppe? Meinst du das, ja?«

»Ich weiß es selbst nicht, was ich meine. Mir ist nur klar, daß bis Sonntag alles wie immer gelaufen ist, und dann ...«

Levinger schwieg, als der Bildschirm schwarz wurde. Im

nächsten Moment ging ein Ruck durch ihn. Er sprang auf, und Panik stand auf seinen Zügen geschrieben.

»Sie haben den Eindringling isoliert! Wir müssen hier raus! Sofort. Schnell, Karen, sie sind uns schon auf der Spur!«

Kapitel 24

McCracken nutzte die Finsternis sofort für sich aus. Er stieß die beiden verwirrten Männer zur Seite und rannte davon.

»Schießt!« befahl Maggs. »Knallt ihn ab!«

Gewehr- und Pistolenschüsse krachten und hallten von den Deckwänden wider. Zu sehen war nicht mehr als das orangefarbene Mündungsfeuer.

McCracken entfernte sich so weit wie möglich von den Männern, und als das Licht unvermittelt wieder anging, stand er vor dem Eingang zu einem langen Flur. Er rannte sofort los und stürmte durch den Notausgang am Ende des Korridors. Eine Treppe erhob sich vor ihm, und er lief sie hinauf, zwei Stufen auf einmal nehmend. Dann stand er vor einer weiteren Tür, auf der WERKSEINGANG zu lesen war. Blaine warf sich mit der Schulter dagegen und gelangte ins Zentrum von Van Dynes Medikamentenproduktion.

Alle Arzneien des Pharma-Konzerns, sowohl die frei verkäuflichen als auch die rezeptpflichtigen, wurden in diesem Werk hergestellt. In einer Sektion wurde Hustensaft und Erkältungsmittel in Flaschen abgefüllt, die dann über ein Band in die Abteilung liefen, in der sie mit einem kindersicheren Deckel und dem entsprechenden Etikett versehen wurden. Und wieder ein Stück weiter wurden die Flaschen in Kisten verpackt. In einer anderen Produktionsstraße wurde Pulver raffiniert und danach zu Tabletten gepreßt oder in Kapseln gefüllt. Erstere wanderten weiter zu einer Maschine, die sie mit einer Mikroinkapsulationsschicht übersprühte, um ihre Haltbarkeit zu verlängern. Von dort ging es zur Abpackanlage, wo die Pillen und Kapseln in Plastikgehäuse gelegt und dann mit Alufolie überzogen wurden. Und endlich fanden sie ihren Weg in die Pappverpackungen.

McCracken bewegte sich rasch zum Zentrum dieser gigantischen Pillendreher-Fabrik. Er konnte nur hoffen, daß die Arbeiter ihn nicht bemerkten, die an den Monitoren der Steuerungsanlage saßen und alles überwachten. Die Männer trugen Ohrstöpsel, um sich vor dem lautstarken Rattern, Hämmern und Zischen zu schützen. Schallisolierte Wände verhinderten, daß der Lärm nach draußen drang. Die Stöpsel bewahrten die Ohren der Arbeiter vor Schäden, hinderten sie allerdings auch daran, etwas von dem Gewehrfeuer mitzubekommen, das sofort auf Blaine abging, als Maggs' Schützen die Fertigungshalle erreichten.

Zwischen den Fließbändern und Maschinen fiel es McCracken nicht schwer, Deckung vor den Kugeln zu finden, aber ihm war auch klar, daß er bei diesem Beschuß niemals eine der Ausgangstüren erreichen konnte. Er mußte also als erstes seine Gegner ausschalten, und dazu standen ihm lediglich die Geräte und Anlagen in diesem Werk zur Verfügung. Blaine mußte also herausfinden, wie er die am wirkungsvollsten gegen die Schützen einsetzen konnte.

Er lief geduckt an den Maschinenreihen entlang. Als er auf allen vieren das Zentrum der Halle erreichte, tauchte unweit einer Anlage, in der Tausende von Pillen rasend schnell in einer Kugel gedreht wurden, damit ihre Schutzschicht schneller trocknete, ein Paar Beine auf. McCracken hielt sofort an und drehte sich langsam um.

Eine Kugel prallte direkt über ihm von einem Stahlarm ab. Er warf sich auf den Boden und war froh über den Lärm in dem Werk, der die Schützen daran hinderte, einander Anweisungen zuzurufen. Er glitt unter die Verpackungsmaschine, rutschte weiter und tauchte in der nächsten Reihe wieder auf. Blaine hatte sich erst halb erhoben, als ein Mann über ein Fließband setzte und sich auf ihn warf. McCracken packte sofort die Pistolenhand seines Gegners und riß sie nach oben. Der Mann drückte ab und schickte eine Kugel in die Deckenbeleuchtung. In der riesigen Halle wurde es nur unmerklich dunkler, als eine der Neonröhren an der Decke zerplatzte und einen Scherbenschauer niederregnen ließ.

Der Schütze fand mit seiner freien Hand Blaines Kehle, während dieser sich weiterhin bemühte, die Schußwaffe von sich fernzuhalten. Der Mann prallte mit dem Rücken gegen eine große Maschine, stieß sich an ihr ab und erhielt so die Wucht, seine Hand mit der Pistole aus McCrackens Griff zu befreien.

Aber es gelang ihm nicht ganz, und während die beiden Männer miteinander rangen, geriet der Kopf des Schützen in die Nähe des Robotarms, der Plastikschachteln unter ein Rohr beförderte, aus dem sie ihren Überzug erhielten. Ein lautes Ploppen ertönt jedesmal, wenn eine Schale fertig war und zur Hitzeversiegelung weiterrollte. Blaine erkannte sofort seine Chance.

Während er mit der einen Hand weiterhin die Waffe festhielt, versetzte er dem Gegner mit der rechten Schulter einen Stoß. Der Kopf des Mannes geriet unter die rechteckige Rohröffnung, und schon fuhr der Robotarm heran, um die nächste Schale darunter zu halten. Die Anlage konnte nicht zwischen einer Schale und einem menschlichen Gesicht unterscheiden und spuckte mit dem gewohnten Ploppen die nächste Überzugsschicht aus.

Und eine zweite, und eine dritte ... McCracken hielt den Kopf des Mannes in dieser Position fest, der somit Überzug um Überzug erhielt. Der Schütze ruderte mit den Armen und versuchte verzweifelt, sich das Plastik von Mund und Nase zu zerren. Die Pistole war ihm längst aus der Hand gefallen. Seine Bemühungen hätten beinahe Erfolg gehabt, wenn McCracken ihn nicht am Hals gepackt und den Kopf so fest in die Rohröffnung gestoßen hätte, daß er sich dort verkeilte. Die Anlage konnte nicht mehr in der vorgesehenen Weise arbeiten und fing an zu ruckeln und zu heulen. Der Robotarm blieb mitten in der Luft stehen, und währenddessen flog Schicht um Schicht auf das Gesicht des Schützen.

Blaine ließ seinen Gegner schließlich los, und der Mann brach auf dem Boden zusammen. Alarm heulte auf. Oben auf der Maschine fing ein rotes Licht an, nervös zu blinken und zeigte damit den Arbeitern an den Monitoren an, wo es zu einem Schaden gekommen war. Die mächtige Anlage bockte noch einmal und schaltete sich dann selbst ab. Die Schalen mit den gefüllten Pillenfächern stauten sich auf und verstreuten ihren Inhalt auf dem Boden. McCracken war schon auf dem Weg zur nächsten Reihe. Ihm war jetzt klar, wie er weiter vorgehen mußte.

Freddy packte Karen am Arm, riß sie aus seinem Büro und stürzte mit ihr auf die Fahrstühle am Ende des Gangs zu. Zwei Aufzüge standen sich hier gegenüber.

»Du nimmst den einen, ich den anderen!« rief Karen jetzt, nachdem die Panik die Betäubung aus ihrem Bewußtsein verdrängt hatte. Schnell drückte sie auf beide Rufknöpfe, und sofort zeigte ein doppeltes Surren an, daß die Kabinen sich näherten.

»Wir sollten lieber zusammenbleiben.«

»Nein, denn damit würden wir die Chance erheblich verringern, daß wenigstens einer von uns hier rauskommt!«

»Ohne mich schaffst du es nie!«

»Wie ich schon sagte, Freddy, einer von uns muß durchkommen.«

Als sich vor ihr die Fahrstuhltüren öffneten – eine halbe Sekunde später hielt die Kabine vor Levinger –, sprang sie sofort hinein und drückte auf den Knopf T für die Tiefgarage. Bevor die Türen sich ganz geschlossen hatten, sah sie durch den Spalt, wie die auf Freddys Seite auseinanderrollten.

Ein wahres Sperrfeuer drang aus seiner Kabine. Das letzte, was Karen sah, bevor der Spalt sich geschlossen hatte, war Freddys Körper, der nach hinten flog und von unzähligen Kugeln durchsiebt wurde. Etliche Kugeln krachten gegen die Stahltüren, bevor ihr Aufzug sich abwärts bewegte.

Karen preßte sich gegen die Rückwand. Der T-Knopf leuchtete, und der Fahrstuhl wurde immer schneller. Sie wußte, daß sie von weiteren Schützen erwartet werden würde, sobald der Aufzug anhielt, und dann erging es ihr sicher nicht besser als Levinger.

Der Fahrstuhl bremste ab. Karen erstarrte und verkrampfte in Erwartung des Kugelhagels, der sie gleich empfangen würde.

Die Türen glitten auf.

Karen mußte an sich halten, um nicht laut zu schreien.

Aber keine Schüsse krachten, und niemand erwartete sie vor den Türen. Karen rannte durch den Gang zu ihrem Parkdeck.

McCracken lief einen weiten Bogen und erreichte schließlich die Anlage, in der stark alkoholhaltiger Hustensaft in Flaschen abgefüllt wurde, die dann weiter zu der Maschine rollten, in der sie eine kindersichere Verschlußkappe erhielten. Er duckte sich unter die Abfüllvorrichtung und entdeckte dort, wie erwartet, die Zuflußleitung. Die Sperrklappe, die den überschüssigen Saft zurückhielt, lag auf einem weiteren Rohr, dessen untere Mündung auf den Abfluß im Boden gerichtet war. Blaine riß Futter aus seiner Jacke und verstopfte damit den Abfluß. Dann löste er die Sperrklappe aus der Verankerung. Sofort ergoß sich Hustensaft aus dem Rohr und sammelte sich zu einer ständig größer werdenden Pfütze.

McCracken tränkte sein Taschentuch in der Flüssigkeit und zog sein Feuerzeug aus der Tasche. Dann schlich er in die nächste Maschinenreihe und wartete dort geduldig. Als er endlich Schritte hörte, die sich ihm näherten, zündete er das Taschentuch an. Als die Flammen daran hochleckten, warf er es in die Pfütze, deren Ausläufer ihn fast erreicht hatten.

Er sah zu, wie der Hustensaft in Brand geriet und das Feuer sich mit rasender Geschwindigkeit ausbreitete. McCracken rannte fort, keinen Moment zu früh, denn schon erschütterte eine gewaltige Explosion die Halle, in deren Folge verbogener Stahl und Glassplitter durch die Luft flogen. Blaine wußte nicht, wie viele der Schützen sich im Bereich der Abfüllanlage aufgehalten hatten, und er blieb auch nicht stehen, um nachzusehen. Die schrillen Schreie, die an sein Ohr drangen, sagten ihm deutlich genug, daß er einen vernichtenden Schlag gelandet hatte.

Die Feuersirene gellte durchdringend, als McCracken auf einen Schützen zulief, der an einer Ausgangstür stand und sich gerade von der Explosion ablenken ließ. Blaine wußte jedoch, daß er ihn nicht vollständig überraschen konnte. Vermutlich würde der Mann noch Gelegenheit haben, auf ihn zu schießen. Deshalb wandte McCracken sich zu den langen Schläuchen, die an mehreren Stellen von der Hallendecke hingen. Normalerweise benutzte man sie, um die Maschinen und Anlagen zu säubern. Die Schläuche versprühten unter ungeheurem Druck Dampf. Der Schütze schien etwas gehört zu haben, denn er drehte sich in dem Moment um, in dem Blaine den ersten der schwarzen Schläuche erreichte und ihn rasch von der Rolle abspulte.

Er öffnete ihn, und sofort strömte heißer weißer Dampf aus der Mündung. Der Dunst traf das Gesicht des Mannes, bevor der abdrücken konnte. Sein durchdringender Schmerzensschrei hallte in Blaines Ohren wider und war so laut, daß er die Feuersirene und das Dröhnen der Maschinen übertönte. Da McCracken keine Waffe mehr hatte, lief er zu seinem jüngstem Opfer, um dessen Maschinenpistole an sich zu bringen. Er mühte sich noch mit dem Riemen ab, der an der Schulter des Schützen festsaß, als sich Maggs' restliche Männer sammelten und das Feuer auf ihn eröffneten. McCracken nutzte den Verbrühten als Deckung und machte sich nicht mehr die Mühe, den Riemen von der Schulter zu befreien. Er griff unter den Arm des Mannes und gab in einem weiten Bogen Dauerfeuer. Blaine hoffte, so viele von Maggs' Schützen wie möglich ausgeschaltet zu haben.

Dann machte die Waffe Klick. Das Magazin war leer. McCracken zog die Neunmillimeterberetta aus dem Gürtelholster des Toten und löste sich aus seiner Deckung. Sein Blick schweifte durch die Halle, doch nirgends regte sich jemand. Dann hörte er Schritte, die sich von draußen näherten. Sie kamen genau auf die Tür zu, durch die er ins Freie hatte verschwinden wollen. Die Sprinkleranlage an der Decke hatte sich inzwischen über der Verpackungsabteilung eingeschaltet und ersetzte die wütend um sich greifenden Flammen durch fetten schwarzen Rauch. Jetzt blieb Blaine nur noch ein

Fluchtweg. Er stürmte durch die Rauchwolke zum Ausgang auf der anderen Seite, durch den man in den Bürokomplex von Van Dyne gelangte.

Für Karen wurde es der schlimmste Lauf ihres Lebens. Sie schien eine Ewigkeit zu brauchen, um ihren Wagen zu erreichen. Panik hatte sie ergriffen, noch bevor sie den ersten Korridor hinter sich gelassen hatte. Alles drehte sich vor ihr, und sie mußte sich an der Wand festhalten, um nicht den Boden unter den Füßen zu verlieren. Ihre Beine fühlten sich an wie Blei. Sie lauschte angespannt. Wo blieben Freddy Levingers Mörder?

Dann stampfte jemand von vorn auf sie zu. Karen wich in den Flur zurück, als auch hinter ihr jemand heranrannte.

Sie kamen aus beiden Richtungen!

Karen wußte, daß sie in der Falle saß. Alles war vergebens gewesen.

Da tauchte schon der erste auf. Er bog um die Ecke in den Korridor, in dem sie an der Wand lehnte, und ging sofort in die Hocke. Die Pistole, die er in der Hand hielt, würde sie im nächsten Moment ins Jenseits befördern.

Noch bevor McCracken die Tür erreicht hatte, hörte er, wie sich ihr jemand taumelnd näherte. Vermutlich hinderte ihn dieser Umstand daran, sofort das Feuer zu eröffnen, als er in den Flur sprang. Vielleicht ließ ihn aber auch der Ausdruck in den Augen der Frau zögern. Sie sah nicht nach einem seiner Verfolger aus, sondern im Gegenteil wie jemand, der selbst auf der Flucht war. Für einen langen Moment blieb er in der Hocke und zielte auf sie, drückte aber nicht ab.

»Helfen Sie mir!« ächzte sie mit einer Stimme, die klang, als schnüre ihr Todesangst die Kehle zu.

Plötzlich flog hinter ihr die Notausgangstür auf, und drei Männer sprangen in den Korridor. Blaine hob sofort die Waffe.

Er wußte später nicht, wie viele von den sieben Kugeln, die

er abgefeuert hatte, getroffen hatten. Jedenfalls reichten sie aus, um die drei Schützen niederzustrecken, und um mehr ging es ihm im Augenblick auch nicht. Die Frau glitt an der Wand herab, an der sie sich abgestützt hatte. Zuerst fürchtete McCracken, einer der Schüsse hätte sie getroffen – schließlich hatten die drei Männer noch Gelegenheit gehabt, auch ihre Pistolen abzufeuern. Doch dann sagte ihm ein Blick in ihre Augen, daß sie lediglich unter Schock stand.

Er lief zu ihr und zog sie hoch.

»Kommen Sie! Schnell!« befahl er.

»Danke«, murmelte sie tonlos. »Danke ...«

Blaine riß sie mit sich und stützte sie auf dem Weg zurück in die Produktionshalle. Sie japste, und ihr Gewicht beeinträchtigte sein Vorankommen immer mehr.

»Laufen Sie!« drängte er. »Wenn Ihnen Ihr Leben lieb ist, dann rennen Sie!«

Seine Worte schienen irgend etwas in ihr auszulösen, denn jetzt richtete sie sich auf und fing an, selbständig zu laufen. Ihre inneren Batterien schienen sich wieder aufgeladen zu haben, denn sie hielt nun tatsächlich mit ihm Schritt.

McCracken verschwand mit ihr hinter einer offenstehenden Tür, als drei Schützen aus dem Werk stürmten. Sie liefen vorbei, ohne etwas von den beiden zu bemerken. Hinter ihnen zeigte sich jetzt Maggs.

»Den schickt uns der Himmel«, flüsterte Blaine. »Jetzt können wir dort durch.«

»Dann sind diese Männer also hinter Ihnen her?« entfuhr es Karen. »Und ich dachte, sie wollten mich ...«

»Was wollten sie denn von Ihnen?«

Bevor Karen antworten konnte, rannten weitere Männer zu dem Flur.

»Himmel noch mal!« murmelte Blaine.

Karen spürte, wie er ihre Hand nahm und sie ins Werk zog. Sie rannten durch die Halle und stürzten durch den erstbesten Ausgang hinaus in die Nacht.

Karen blieb nicht stehen, um von ihm Auskunft zu verlangen oder zu protestieren. Irgend etwas sagte ihr, daß sie jetzt besser rennen sollte. So schnell sie konnten, liefen McCracken und sie über das offene Gelände hinter der Produktionsanlage. Ein Maschendrahtzaun umgab das gesamte Grundstück, und darauf rannte Karen zusammen mit dem Mann zu, den sie mittlerweile als ihren Retter ansah. Sie waren nur noch wenige Meter von dem Hindernis entfernt, als hinter ihnen das Feuer eröffnet wurde.

»Weiter!« befahl Blaine und ließ ihre Hand los.

Bevor sie etwas sagen konnte, hatte er sich schon umgedreht und war in die Hocke gegangen. Während sie die letzten Meter bis zum Zaun überwand, hörte sie das Bellen seiner Pistole. Karen hatte gar nicht vor, den Zaun hinaufzusteigen, sie wollte ihn überspringen. Und um das zu schaffen, mußte sie noch Geschwindigkeit zulegen. Sie machte einen Satz und landete auf dem oberen Drittel des Zaunes. Aus der Bewegung heraus setzte sie zum Felgumschwung an, sauste über den Rand und landete auf der anderen Seite hart auf dem Boden. Sie rappelte sich gerade wieder auf, als der bärtige Mann mit einer Leichtigkeit über den Zaun setzte, die Karen noch lange danach in Erstaunen versetzte. Er kam nicht weit von ihr auf, packte erneut ihre Hand und setzte sich gleich wieder in Bewegung.

»Drehen Sie sich nicht um!« befahl er. »Laufen Sie. Nur laufen!«

Er führte sie einen Hügel hinauf und wieder hinunter, und dann erreichten sie eine Straße, die auf den Freeway zulief.

»Sie kommen schon!« rief Karen ebenso atemlos wie verzweifelt.

Und im nächsten Moment rollte ein Wagen, der seine Scheinwerfer nicht eingeschaltet hatte, auf sie zu. Das Fenster wurde heruntergekurbelt.

»Du bist früh dran, Blainey«, brummte der riesige Indianer, der hinter dem Steuer saß.

McCracken schob die Frau auf die Rückbank und stieg hinter ihr ein. »Das liegt daran, daß ich auf sie gestoßen bin, bevor ich das finden konnte, wonach ich bei Van Dyne gesucht habe.«

»Tja, diese Firma hält eben für jeden Überraschungen bereit«, sagte Karen, die gerade erst wieder zu Atem gekommen war.

»Hört sich für mich so an, als sprächen Sie aus Erfahrung«, entgegnete Blaine und zog die Tür ins Schloß.

»Nicht unbedingt angenehme Erfahrungen«, seufzte Karen.

»Wundert mich kein bißchen«, sagte er. Johnny Wareagle wendete und steuerte den Wagen durch die finstere Nacht.

Plötzlich beugte Karen sich erregt nach vorn. »Ich muß mich mit ihnen treffen.«

»Mit wem?« wollte McCracken wissen.

»Keiner folgt uns«, bemerkte der Indianer, als der Wagen auf den Freeway zubrauste.

»Bieg nach rechts ab«, wies Blaine seinen alten Kampfgefährten an.

»Nein!« beharrte Karen. »Nach links! Bitte, ich muß diese Leute treffen!«

Wareagle suchte im Rückspiegel McCrackens Blick.

»Also gut, Indianer, bieg nach links ab.«

Kapitel 25

Earvin Early war unsichtbar. Niemand konnte ihn sehen, und fast erschien es so, als hätte er sich nie im Schutz der Dunkelheit auf den Campingplatz geschlichen. Solange er sich nur still verhielt und sich stark genug konzentrierte, würde er auch unsichtbar bleiben.

Seit Stunden harrte er hier schon aus, doch von der Frau hatte er noch nichts bemerkt. Early war ihr noch nie begegnet, doch er konnte sich ihren Duft vorstellen, und die Luft, die er immer wieder prüfend schnüffelte, verriet ihm, daß die Frau nicht hier war.

Aber das war nicht weiter tragisch. Der Reverend hatte ihm sehr deutliche Anweisungen gegeben. Für den Fall, daß er die Frau nicht aufspüren konnte, sollte er sich an ihre beiden Söhne halten, die sich hier im Schutz der Motorrad-Gang befanden. Damit würde der Frau keine andere Möglichkeit mehr bleiben, als sich Fryes Bedingungen zu unterwerfen. Um ihre Kinder zu retten, würde sie sich zu allem bereit erklären. Natürlich würde Earvin die Bengel gleich umbringen, aber davon brauchte ihre Mutter ja nichts zu erfahren.

Der unsichtbare Early lehnte sich zurück und ließ den Blick über die Szene schweifen, die sich ihm bot. Er prägte sich die Stellen ein, an denen die Biker Posten standen, und studierte ihre Waffen. Nicht, daß sie ihm damit etwas anhaben konnten. Earvin merkte sich auch die Camper und Wohnwagen, in denen die Gangmitglieder hausten. Ein alter Mann, der hinkte, eine Augenklappe trug und ein Gesicht wie gegerbtes Leder hatte, schien hier der Anführer zu sein. Early bemerkte einige Male, wie er, begleitet von zwei Pitbulls und bewaffnet mit einer Schrotflinte, seine Runde machte und die Posten abklapperte, die er aufgestellt hatte. Einmal, als er sich gerade wieder auf einem seiner Patrouillengänge befand, flog die Tür eines Campers auf, und für einen Moment zeigte sich dort ein sehr junges Gesicht.

Earvin Early hatte eines seiner Ziele entdeckt.

Er legte sich in Gedanken seinen Plan zurecht. Die bewaffneten Biker hatten sich in regelmäßigen Abständen voneinander an Stellen aufgebaut, von denen aus sie den ganzen Park überwachen und jeden Eindringling oder Störenfried sofort entdecken konnten. Earvin begriff jetzt, warum der Reverend ihn mit dieser Aufgabe betraut hatte. Die Gang würde nie mit einem Angriff rechnen, der nur von einer Person ausgeführt wurde – ganz zu schweigen davon, daß dieser Mann unsichtbar war und sie ihn erst ausmachen würden, wenn er direkt vor ihnen auftauchte.

Als ihm der rechte Zeitpunkt gekommen schien – Stunden, nachdem er sein Versteck im Wald verlassen hatte –, entschied er sich für den stärksten und wachsamsten Posten. Early schlich sich von hinten an ihn heran. Seine Schritte machten auf dem weichen Boden nicht das leiseste Geräusch. Der Mann bekam nicht das geringste mit. Earvin packte seinen

Kopf mit beiden Händen und drehte ihn ruckartig herum. Ein scharfes Knacken ertönte. Der Wächter brach zusammen. Early fing ihn auf, bevor er den Boden erreichte, und zog ihn in ein Gebüsch.

Der nächste Posten stand fünfzehn Meter weiter und rauchte eine Zigarette. Earvin konnte am Geruch des Rauchs feststellen, daß es eine Marlboro war. Diesmal mußte er sich von der Seite nähern, denn der Mann stand mit dem Rücken zu einem Camper. Der Wächter schien etwas gehört zu haben, denn im letzten Moment drehte er sich um und wollte gleich seine Waffe hochreißen. Doch dazu mußte er zuerst seine Zigarette loswerden, und diese Verzögerung kostete ihn das Leben. Earvin entriß ihm das Gewehr und stieß dem Wächter, bevor der einen Schrei ausstoßen konnte, den Kolben in den Mund. Etliche Zähne kamen dabei zu Schaden, und der Mann riß vor Schmerz und Entsetzen die Augen weit auf. Early stieß mit aller Kraft den Kolben tiefer in den Mund des Wächters. Die Wangen des Mannes spannten sich auf groteske Weise, und er bekam keine Luft mehr. Der Kolben erreichte die Wirbelsäule. Ein Krachen ertönte, und der Wächter erschlaffte mit blicklosen Augen. Early schob die Leiche unter den Wohnwagen.

Als nächstes erwarteten ihn zwei Männer, die ein Stück weiter zusammenhockten. Earlys Nase nahm einen starken Biergeruch wahr. Einer von ihnen rülpste. Der andere lehnte sein Schrotgewehr an einen Baum, streckte sich und gähnte.

»Scheiße«, brummte er dann. »Was für eine verkackte Nacht ...«

Er drehte sich halb um und streckte eine Hand nach der Waffe aus. Doch die lehnte nicht mehr an dem Stamm. Vermutlich war sie abgerutscht und ins Gras gefallen.

Der Biker tastete den Boden rings um den Baum ab und suchte nach seinem Gewehr. Plötzlich legte sich eine riesige Hand auf sein Handgelenk und zog heftig daran. Gleichzeitig vergrub sich eine zweite Hand in dem langen Haar an seinem Hinterkopf. Das letzte, was der Wächter mitbekam, war, daß sein Kopf auf den Stamm zuraste. Ein glucksendes Geräusch ertönte, als Gesicht und Holz gegeneinander prallten.

»He, was soll der Sch...«

Der zweite Biker war aufgesprungen und lief um den Baum herum, um dort seinen Freund vorzufinden, der alle viere von sich gestreckt am Stamm hing und kein Gesicht mehr hatte.

»He!« rief er. »Was ist hier los?«

Earvin drehte das Gewehr um und holte damit nach dem Kopf des Wächters aus. Der Biker sah den Kolben nicht kommen, auch nicht, als er sich umdrehte. Der Hieb spaltete ihm den Schädel und ließ eine klaffende Wunde zurück, Blut und Hirnmasse spritzte! Die ersten Gangmitglieder, die sein Ruf aufgeschreckt hatte, trafen an der Stelle ein, als der Mann in eine Pfütze fiel, die aus dem bestand, was sich vorhin noch in seinem Schädel befunden hatte.

»Großer Gott«, stöhnte einer der Hinzugekommenen. »Grundgütiger ...«

Zwei weitere Männer liefen zu ihm. Earvin wartete, bis die drei zusammenstanden und er sie so leichter erledigen konnte. Dann zog er sein Messer. Die Klinge war alt und rostig. Doch dieses Messer war seine Lieblingswaffe, und er sprang mitten in die Gruppe und machte sich damit zum ersten Mal sichtbar. Die drei bekamen dennoch nichts von ihm mit, denn viel zu schnell schnitt, stach und durchtrennte die Klinge. Die Biker kamen nicht dazu, auch nur einen Schuß zur Verteidigung abzugeben. Sie starben völlig verwirrt über das gestaltlose Wesen, das wie aus dem Nichts aufgetaucht und über sie hergefallen war.

Als Earvin mit ihnen fertig war, schlich er zu dem Camper, in dessen Tür er vorhin das Kind gesehen hatte. Das Gefährt stand etwa zwanzig Meter die Wohnwagenreihe hinunter. Der hinkende Alte, der hier der Anführer war, könnte vielleicht noch ein Problem darstellen – kein allzu großes, aber immerhin. Und wenn Early bei ihm zu laut vorging, könnte das andere Biker anlocken.

Aber darum machte er sich nicht wirklich Sorgen, denn er verstand es, seine Arbeit schnell und leise zu erledigen. Der Camper war nur ein kurzes Stück entfernt, und sein Inhalt gehörte bereits ihm.

Karen Raymond fing zögernd an, ihre Geschichte zu erzählen, während der Indianer durch die Nacht fuhr, und sie rechnete die ganze Zeit damit, daß McCracken ungläubig die Stirn runzelte oder ein spöttisches Lächeln aufsetzte. Doch zu ihrer großen Verblüffung hörte er aufmerksam zu und ermunterte sie mit seinen Blicken, fortzufahren. Wenn ihn ihre Worte vielleicht auch überraschten, so akzeptierte er sie doch zumindest.

»Also haben sie erst Männer ausgeschickt, um Sie zu töten«, schloß er, als sie wieder einmal eine Pause eingelegt hatte, »und dann kommen diese Leute zu dem Schluß, daß Sie etwas besitzen, das ihnen von großem Nutzen sein kann.«

Karen nickte. »Vermutlich, weil ihnen kein anderer Weg geblieben ist, an Lot 35 zu gelangen. Keine von den Disketten, die sie gestohlen haben, enthält alle Informationen über das Mittel. Es würde Monate dauern, aus dem vorhandenen Material auf die fehlenden Daten zu schließen. Dafür habe ich gesorgt.«

»Obwohl Van Dyne ein eigenes Serum in der Mache hat, ist dem Konzern plötzlich dringend daran gelegen, Ihren Impfstoff in die Hand zu bekommen.«

»Ich habe Ihnen doch schon erklärt, daß ihr Mittel nichts taugt. Irgend etwas ist damit furchtbar schiefgelaufen, und allem Anschein nach muß es während der Testphase zu einer Katastrophe gekommen sein.« Sie berichtete Blaine von Freddy Levingers Entdeckung, daß alle Einträge nach dem Sonntag gelöscht worden waren.

»Erzählen Sie mir mehr von diesen Testpersonen.«

»Wie es aussieht, handelte es sich bei ihnen um eine in vielfältiger Hinsicht heterogene Gruppe. Einhundertachtzig Männer, Frauen und Kinder. Eine sehr geringe Anzahl für die Erprobung eines solchen Mittels. Und ebenso ungewöhnlich erscheint mir, daß alle Probanden in einer einzigen Stadt versammelt wurden. Von einem solchen Versuch habe ich wirklich noch nie gehört.«

»Auch unter den Aspekten der Sicherheit und der Geheimhaltung würde ich das für keine gute Idee halten«, bemerkte McCracken.

»Nun, der Ort liegt ziemlich abgeschnitten von der Außenwelt. Mitten in der Wüste von Arizona. Damit dürfte Van Dyne ausreichend für Sicherheit und Geheimhaltung gesorgt haben«, entgegnete Karen.

Blaine spürte einen Eisklumpen in der Magengegend. Johnny sah ihn im Rückspiegel fragend an.

»Haben Sie Wüste von Arizona gesagt?«

»Ja, der Ort heißt ...«

»Beaver Falls!« platzte es aus McCracken heraus.

Karen riß Mund und Augen auf. »Woher wissen Sie das? Wie um alles in der Welt haben Sie davon erfahren?«

»Ich schätze, es ist an der Zeit, daß Sie meine Geschichte zu hören bekommen.«

Papa Jack stieg umständlich die Stufen des Campers hinab. Er hielt die Schrotflinte mit den abgesägten Läufen in der Rechten.

»Was zum Himmeldonnerwetter ...«, murmelte er mit einer Stimme, die klang, als würde er mit den Zähnen Kieselsteine zermahlen. Nun packten beide Hände das Gewehr.

Ein riesiger Schatten tauchte vor ihm auf und griff ihn an. Papa Jack drückte beide Läufe auf ihn ab. Der Rückstoß des Doppelschusses warf ihn zurück und hätte ihn fast von den Beinen gerissen. Der Alte war sich sicher, getroffen zu haben, und suchte nach dem Gegner, als er unvermittelt von der Seite angegriffen wurde. Starke Finger legten sich auf sein Gesicht und preßten mit aller Kraft gegen seine Schläfen. Papa Jack keuchte und versuchte zu schreien. Die Luft, die er dabei einsog, stank so entsetzlich nach Fäulnis und Tod, daß er sich fast übergeben hätte.

Der Geruch wurde immer intensiver, dann nahmen die Sinne des alten Mannes nichts mehr wahr.

Earvin ließ den eingedrückten Schädel des Bikers los und beseitigte die Leiche, ehe er zur Tür des Campers trat. Seine Arbeit hier war beinahe getan. Die zwei Jungen waren dort drinnen, und er brauchte sie nur noch herauszuholen. Early hatte noch nie ein Kind befreit und fragte sich jetzt, wie sich das wohl anfühlen würde. Hätten die Kleinen schon mehr über die Welt gewußt, wären sie ihm sicher dankbar dafür gewesen, sie befreit zu haben; denn dann hätten sie ihn verstanden. Natürlich wußten sie nichts von den Zuständen auf dieser Erde, aber das spielte jetzt wirklich keine Rolle.

Was weiß ein kleines Kind
dessen Wangen rot
dessen Leben geht geschwind
denn schon vom Tod?

Nachdem Earvin die Zeilen von Wordsworth leise vor sich hin gemurmelt hatte, drehte er am Türknauf. Die Tür ging sofort nach innen auf.

Er wollte hineinschlüpfen, als die beiden Hunde ihn ansprangen. Eine animalisch riechende, braune Fellwoge warf ihn von den Stufen und schnappte nach seinem Fleisch.

»Der Tag des Gerichts, der Tag des Jüngsten Gerichts«, sagte McCracken, nachdem er einen Moment nachgedacht hatte.

»Was hat es damit auf sich?«

»Deswegen sind der Indianer und ich hierhergekommen. Wir sind nämlich einem Mann auf der Spur, der sich in den Kopf gesetzt hat, diesen Tag über die Menschheit zu bringen – und anscheinend besitzt er auch die Mittel dazu.«

»Aber Sie hatten doch schon von Beaver Falls gehört. Und das hat Sie zu Van Dyne geführt.«

»Wir wissen, daß der Ort und der Konzern in irgendeiner Weise mit Frye und seinem Vorhaben zusammenhängen.«

»Etwa *Harlan* Frye?«

»Der Name ist Ihnen also nicht unbekannt.«

»Wer hat denn noch nicht von ihm gehört? Ob man ihn nun mag oder nicht, sein Name begegnet einem überall, in den Nachrichten, in der Presse, wo auch immer. Nach allem, was ich mitbekommen habe, muß er ein ziemlicher Hundesohn sein und alle verdammen, die nicht solche religiösen Fanatiker sind wie er.«

»Ich sehe, wir schwimmen auf der gleichen Welle.«

Karen zitterte, im Wagen schien es plötzlich kühler geworden zu sein. »Aber was soll denn Van Dyne mit all dem zu tun haben?«

»Ich vermute, Dr. Raymond, daß die Antwort auf diese Frage ziemlich viel mit dem Aidsserum des Konzerns zu tun hat. Bei allem, was mit dem Projekt zusammenhängt, halten gewisse Regierungskreise den Deckel drauf. Sie scheinen sich zu sagen, daß bei dieser Sache ein hübscher Profit für sie herausspringen wird.«

»Aber diese Herrschaften wissen bestimmt noch nicht, daß es bei den Tests zu einer Panne gekommen ist.«

»Höchstwahrscheinlich nicht. Und Frye oder Van Dyne werden es ihnen auch kaum auf die Nase binden.«

»Dann ist die Sache doch ganz simpel: Wir müssen nur die entscheidenden Stellen von der Katastrophe informieren.«

Blaine schüttelte den Kopf. »Vergessen Sie das ganz schnell wieder, Dr. Raymond. Sie können darauf wetten, daß wir für diese Stellen in Washington längst der Feind Nummer eins sind. Und das waren wir schon, bevor wir heute nacht Van Dynes Werk haben hochgehen lassen. Die bösen Jungs werden schon alles so biegen und drehen, daß wir als die alleinigen Schurken dastehen. Glauben Sie mir, ich habe so etwas schon mehr als einmal mitgemacht.«

»Und Washington wird uns erst dann helfen, wenn wir alles wieder zurechtgebogen und zurück ins Lot gebracht haben.«

McCracken nickte. »Die Regierung nennt so etwas Nichteinmischungspolitik. Hinter diesem Vorgehen stehen Kräfte und Behörden, von deren Existenz Sie bis heute abend keine Ahnung hatten.«

»Ich könnte mir aber vorstellen, daß Sie schon früher von ihnen gewußt haben.«

»Mehr als genug.«

»Dann heißt das also, daß wir beide auf uns allein gestellt sind.«

»Vergessen Sie den Indianer nicht. Er und ich geben ein

gutes Team ab, und mit Ihrer Unterstützung könnten wir vielleicht etwas ausgraben, das Washington veranlaßt, die Geschichte mit anderen Augen zu sehen.«

»Und was könnten wir ausgraben?«

»Das kann ich Ihnen nicht sagen. Ich weiß nur, wo wir vielleicht darauf stoßen werden.«

»Beaver Falls!« rief Karen.

»Volltreffer!«

Die Bisse und Wunden, die die Hunde Early beigebracht hatten, schmerzten furchtbar, und er konnte sich nur mit Mühe in den Wald zurückschleppen. Er hatte die Köter getötet, aber vorher hatten sie noch Gelegenheit gefunden, ihm ziemlich zuzusetzen. Earvins linker Arm hing blutüberströmt und schlaff von der zerfetzten Schulter. Der rechte Unterarm, den er zur Abwehr hochgerissen hatte, blutete aus etlichen tiefen Bißwunden. Er hatte die zwei Hunde umgebracht, die sich in ihm festgebissen hatten, und danach mußte er ihre Kiefer aufbrechen, um die Zähne aus dem zu bekommen, was sie von seinem Fleisch übriggelassen hatten. Nachdem er das viele Blut weggewischt hatte, konnte er kurz die tiefen Bißwunden erkennen, ehe sie sich von neuem mit Blut füllten. Seine Beine waren aufgerissen und zerbissen, die rechte Gesichtshälfte war nur noch ein blutiger Klumpen. Er bekam das rechte Auge kaum noch auf, und quer über seinen Hals zog sich in gefährlicher Nähe zur Hauptschlagader ein tiefer Biß.

Die Schmerzen, die Earvin jetzt empfand, waren eine ganz neue Erfahrung für ihn. Seit der Reverend ihn damals gerettet und ihm zu einem neuen Leben verholfen hatte, waren Early körperliche Gefühle weitgehend fremd. Dennoch hieß er die Schmerzen willkommen, würden sie ihn doch von nun an für alle Zeiten an sein Scheitern in dieser Nacht erinnern.

Nichts beginnt und nichts hört auf
Für das wir nicht müssen bezahlen.
Die Geburt ist schon ein Schmerzenslauf
Und das Ende erst recht voller Qualen.

Earvin murmelte diese Zeilen vor sich hin, während ihm Blut aus den Mundwinkeln rann. Seine Oberlippe war aufgeplatzt und hing auf groteske Weise über der Unterlippe. Early hustete und spuckte Blut, aber er hatte nicht vor, jetzt voller Qualen zu verenden, wie Francis Thompson es in seinem Gedicht beschrieb. Er wollte noch stärker werden und seinen Körper zwingen, sich selbst zu heilen, damit er ein weiteres Mal auf die Jagd gehen konnte …

… nach der Frau.

… nach ihren Söhnen.

… nach jedem, der sich ihm in den Weg stellte.

»Da stimmt etwas nicht«, sagte Karen, als Johnny Wareagle zum Campingplatz abbog und den Wagen vor den drei Bikern ausrollen ließ, die ihre Maschinen hinten links abgestellt hatten.

Sie stieß die Tür auf, sprang nach draußen, bevor das Auto hielt, und lief sofort zu dem Mann mit der grimmigen Miene, der in der Mitte stand. McCracken folgte ihr und zeigte den drei Motorradfahrern seine leeren Hände.

»Was ist passiert?« wollte Karen von T. J. Fields wissen, obwohl sie sich vor der Antwort fürchtete. »Was ist los?«

»Er hat Papa Jack erwischt«, antwortete er, und Zorn und Sorge verfinsterten seine Miene.

»Großer Gott, nein …«

»Und noch sechs weitere von uns. Stell dir das mal vor, gleich sechs!«

»Was ist mit meinen Kindern?« rief Karen und spürte, wie sich ein eisernes Band um ihr Herz legte. »*Was ist mit meinen Kindern?*«

T. J.s Augen sahen sie traurig an. »Papa Jack hat sie fortschaffen lassen. Er hatte so ein komisches Gefühl und schließlich die beiden mit ein paar von den Jungs fortgeschickt, um sicherzugehen. Was für ein Glück! Sonst hätte er deine Söhne erwischt.«

»Er? War es denn wirklich nur einer?« fragte Karen ungläubig.

»Ja, ein Mann hat sie alle umgebracht«, antwortete T. J. und schien es selbst noch nicht glauben zu können.

»Das kann kein Mensch gewesen sein«, brummte der Skull mit dem langen roten Bart, der rechts neben T. J. stand. »Shaves lebt noch, wenn auch nicht viel Leben mehr in ihm steckt. Aber er beißt die Zähne zusammen und hält wohl noch ein Weilchen durch. Er sagt, ein verdammtes Monster sei über sie hergefallen. Ein richtiger Riese.«

»Aber Papa Jack hat dem verdammten Dreckskerl eine hübsche Überraschung hinterlassen«, sagte T. J., und auf seiner sorgenzerfurchten Miene zeigte sich ein leichtes Grinsen. »Als das Monster die Tür von dem Camper aufgemacht hat, in dem er die Kinder vermutete, haben ihn die Pitbulls angefallen.«

»Unsere Jungs sind seiner Blutspur gefolgt«, ergänzte Rotbart. »Bis zur Straße. Sieht so aus, als habe ihn dort jemand im Wagen mitgenommen.«

T. J. schien jetzt zum ersten Mal McCracken zu bemerken, der in ein paar Metern Entfernung stehengeblieben war. »Wo hast du den denn aufgegabelt?« fragte er mit verächtlichem Unterton.

»Er hat mich aufgegabelt. Und mir das Leben gerettet.«

T. J. sah den Mann von oben bis unten an. Der verächtliche Ausdruck blieb auf seinem Mund.

»Na schön. Dann laß uns jetzt zu deinen Kindern fahren.«

»Nein.«

»Was war das?«

»Ich habe nein gesagt«, erklärte Karen und kämpfte gegen den Kloß an, der sich in ihrem Hals bildete. »Es ist sicher besser für sie, wenn ich mich für eine Weile von ihnen fernhalte. Und eigentlich solltest du mir gar nicht sagen, wo sie sich aufhalten.« Sie versuchte, kühl und gelassen zu wirken, scheiterte damit aber gründlich und fuhr mit zitternder Stimme fort: »Ich muß Van Dyne aufhalten, T. J. Nur so kann ich meine Söhne dauerhaft schützen.«

»Hat Van Dyne Papa Jack auf dem Gewissen?«

»Die Firma hat zumindest ihre Hände im Spiel, aber der Mörder ...«

»He, du scheinst etwas vergessen zu haben! Ich gehöre von nun an nämlich auch dazu.« Der Blick in seinen Augen sprach von tödlichem Ernst. »Sie hätten Papa Jack nicht umbringen dürfen, Kleines. Sie haben da einen wirklich dummen Fehler gemacht. Papa Jack hat mich nämlich in die Gang gebracht und mich seit der Zeit, als ich nachts noch feuchte Träume hatte, großgezogen. Ich bin ihm einiges schuldig.«

»Du kannst mir nicht helfen, T. J. Nicht gegen Van Dyne.«

Der Biker warf einen kurzen Blick auf Blaine. »Aber er kann dir helfen, oder?«

Karen nickte langsam. »Ja, davon bin ich überzeugt.«

»Und wenn ich jetzt zu ihm gehe und ihm einfach die Fresse poliere?«

»Ich habe ihn heute nacht kämpfen gesehen, T. J.«

»Na und?«

»Ihr beide seid so ziemlich aus dem gleichen Holz geschnitzt.«

Das schien T. J. zu gefallen.

»Und ihr beiden habt noch etwas gemeinsam: Jeder von euch hat mir das Leben gerettet.«

T. J. zeigte mit einem Finger auf sich. »Wenn ich mich nicht verzählt habe, ist mir bereits zweimal diese Ehre zuteil geworden.«

»Und nun vertraue ich dir das Leben meiner Kinder an. Das ist mehr als genug, T. J. Mehr kann ich wirklich nicht von dir verlangen.«

»Nicht so hastig, Kleines.« Der Biker warf noch einen schiefen Blick auf McCracken und wandte sich dann wieder an Karen. »Ich stehe in Papa Jacks Schuld, Mädchen, ich und all die anderen in unserer Gang. Wenn es zum großen Finale kommt, möchte ich einen Teil meiner Schuld begleichen.«

Zwei Streifenwagen der Highway Patrol hatten sich bereits vor dem Tucson General Hospital eingefunden, und ihre Blaulichter durchschnitten die Dunkelheit, als Captain Ted Wilkerson dort eintraf. Er stürmte durch den Eingang des Krankenhauses und kam an einem Polizisten vorbei, der gleich verkrampfte und salutierte, als er den Captain erkannte.

»Ist das Gebiet bereits gründlich abgesucht worden, Mann?«

»Sergeant Harkness läßt es gerade zum zweiten Mal durchkämmen, Sir.«

»Zum zweiten Mal?«

»Na ja, bei der ersten Suche ...«

»Ach, Scheiße«, murmelte Wilkerson und ließ den Polizisten stehen.

Bart Harkness stand in der Lobby unweit des Empfangs und ließ sich von zwei Sicherheitswachen des Krankenhauses, die gerade aus dem Keller gekommen waren, Bericht erstatten. Der Sergeant hörte auf zu nicken, als er den Captain entdeckte, der auf ihn zustampfte.

»Ich hoffe für Sie, Bart, daß Sie für das alles hier eine Erklärung haben. Und zwar eine, die mich überzeugen kann.«

»Captain, ich übernehme die volle Verantwortung«, begann Harkness steif und führte seinen Vorgesetzten zu den Fahrstühlen. »Mir ist ein Fehler unterlaufen.«

»Und wie soll uns das jetzt weiterbringen, verdammt noch mal? Ist mir scheißegal, wer die Verantwortung trägt. Und es interessiert mich einen feuchten Kehricht, wie es dazu kommen konnte. Ich will einzig und allein, daß er gefunden wird. Himmel noch mal, in dem Zustand, in dem er sich befindet ...«

»Die Ärzte sind mittlerweile zu der Ansicht gelangt, daß er uns etwas vorgespielt hat. Er hat durchaus alles mitbekommen, was um ihn herum vor sich ging, und nur so getan, als sei er weggetreten.«

»Und warum sollte er das getan haben?«

»Das ... darauf können die Ärzte sich auch keinen Reim machen.«

»Und wie steht's mit Ihnen?«

»Ich glaube, Wayne hatte einen Plan. Aber mehr weiß ich auch nicht.«

Der Aufzug hielt an, und die Türen glitten auf. Die beiden Männer liefen nebeneinander den Flur hinunter.

»Wie konnte es dazu kommen, Bart?«

»Ich war nur mal kurz draußen, um mir einen Kaffee zu holen. Sechs, im höchsten Fall sieben Minuten habe ich ihn allein gelassen. Und als ich zurückkam …«

Sie erreichten das Zimmer, und Harkness hörte auf zu reden. Captain Wilkerson konnte sich mit eigenen Augen überzeugen, und was er hier zu sehen bekam, sagte mehr als alles, was der Sergeant als Erklärung vorbringen konnte. Das benutzte Bett war leer. Die Decke war so hastig zurückgeworfen worden, daß sie halb auf dem Boden gelandet war. Die Tür zum Schrank stand offen, die Uniform fehlte. Dafür lag ein Patientennachthemd zusammengeknüllt in einer Ecke.

»Hol mich der Teufel«, murmelte Wilkerson.

Wayne Denbo war wieder einmal fort.

VIERTER TEIL

RÜCKKEHR NACH BEAVER FALLS

DAS KÖNIGREICH:
Donnerstag, 11 Uhr.

Kapitel 26

Harlan betrachtete das Reagenzglas und konnte sein Lächeln kaum zurückhalten. Tränen der Freude füllten seine Augen.

»Ist das das Mittel, Doktor? Wollen Sie mir tatsächlich sagen, daß Sie es endlich geschafft haben?«

Der schmächtige Mann mit der dicken Brille, der hier vor dem gigantischen Hauptlabor des Königreichs neben Harlan und Major Vandal stand, nickte und entgegnete: »Als wir die Probanden erst mal hier hatten, war der Rest nicht mehr schwer. Es ging dann nur noch darum, die richtigen Zellen in ihrem Blut zu isolieren und dann zu extrahieren.« Er schwieg für einen kurzen Moment. »Natürlich verlangte Ihre Anweisung bezüglich der Verteilungsmethode eine ziemlich starke Konzentration. Und die zu verdünnen, liegt noch jenseits der erwarteten Parameter.«

»Gibt es ein Problem?« fragte der Reverend.

»Sagen wir lieber, eine Komplikation. Wir mußten einen Katalysator finden, mit dem sich die konzentrierte Formel verbinden und dann in dem geometrischen Muster ausbreiten würde, das nötig war, um die von Ihnen gewünschten Ergebnisse zu erzielen. Die Logistik, die uns zur Verfügung stand, brachte uns dann ziemlich rasch auf die in Frage kommende Lösung.«

Frye sah das Reagenzglas an. »Und, sind Sie jetzt damit fertig? Oder brauchen Sie noch etwas?«

»Ja, Sir. Wir benötigen immer noch die zehnfache Menge, um die erforderliche Konzentration zu erhalten. Achtundvierzig Stunden dürften ausreichen, um das zu lösen. Und was danach kommt ...«

»Fahren Sie fort, Doktor.«

»Nun wird es ein wenig kompliziert, Reverend. Der von Ihnen vorgegebene Zeitplan zwang uns zu einigen Notlösungen bezüglich der Formel. Im Ergebnis läßt sie sich zu leicht von Licht oder Hitze neutralisieren.«

»Können diese Schwierigkeiten überwunden werden?«

»Wenn wir die Auslieferung so lange hinauszögern, bis diese Faktoren keine Rolle mehr spielen. Ich denke, ansonsten ist alles ausgearbeitet.«

Harlan hätte vor Begeisterung schreien können. Diese Neuigkeit ließ ihn fast die Katastrophe vergessen, zu der es vergangene Nacht bei Van Dyne gekommen war. Seine Feinde hatten sich mittlerweile zusammengeschlossen und setzten mit doppeltem Eifer ihre Suche nach den Bestandteilen seines Meisterplans fort. Frye fragte sich, wo er jetzt wohl stünde, wenn sich in Beaver Falls nicht alles so entwickelt hätte. Zuerst hatte er geglaubt, es sei dort zu einem Desaster gekommen, doch inzwischen wußte er es besser. Gott hatte ihm wieder einmal ein Zeichen geschickt, denn andernfalls wäre McCracken längst in der Lage gewesen, ihn aufzuhalten. Doch heute, dank der erfreulichen Entwicklung in seinem Königreich-Labor, konnte ihn nichts und niemand mehr stoppen.

»Ausgezeichnet!« strahlte Harlan. »Einfach wunderbar. Gott hat uns gestattet, Seine Arbeit für Ihn zu erledigen, und wir haben uns Seines Vertrauens als würdig erwiesen. Unsere Aufgabe ist so gewaltig, so ehrfurchtgebietend. Und nun, da wir kurz vor dem Abschluß stehen, eröffnen sich uns Möglichkeiten in einer solchen Vielzahl, daß einem davon ganz schwindlig werden kann. Doch wir haben nicht versagt und uns auch nicht von diesen Möglichkeiten blenden lassen. Wir haben uns den Herausforderungen gestellt und sie zu unserem Nutzen einzusetzen gewußt.«

Gottes finales Zeichen der Zustimmung, dachte er, ja genau, dies will Er uns mit diesem Gelingen sagen. Wieder einmal hatte der Herr ihm auf dem letzten Stück seines Weges weitergeholfen. Der Tag des Gerichts war in greifbare Nähe gerückt. In nur zweiundsiebzig Stunden würde es soweit sein.

Am Sonntag. Natürlich, am Tag des Herrn, an Seinem Tag. Nur ein Problem blieb noch bestehen, eine Kleinigkeit, die seine Vorfreude trübte.

»Und wie kommen Sie mit Lot 35 voran, Doktor?«

Der kleine, schmächtige Mann zuckte die Achseln. »Leider haben sich meine Befürchtungen bestätigt. Ohne die genaue Formel von Dr. Raymond ist es so gut wie unmöglich, die fehlenden Teile aus dem vorhandenen Material zusammenzustellen.«

»Gehen Sie ruhig einmal davon aus, daß die Formel Ihnen so schnell nicht zur Verfügung steht.«

»Dann brauche ich circa sechs Monate.«

Frye nickte resigniert. Ihm war sofort klar, welche Verwicklungen das mit sich brachte. »So vieles hat sich in unserem Sinne entwickelt. Fast mehr, als wir erhoffen durften. Wir dürfen nicht hochmütig werden und zuviel verlangen. Vielleicht ist weniger in diesem Fall mehr. Wir müssen uns Seinem Willen beugen und werden uns weiterhin Seiner Führung unterwerfen … Major Vandal«, er drehte sich zu dem Mann um, »Sie bringen die anderen zu mir. Spätestens morgen will ich sie sehen.«

»Jawohl, Sir.« Angesichts der Gewißheit des Sieges spürte Osborne Vandal, wie sein Vietnamtrauma nachließ. Der Major hatte zu den lediglich dreizehn Überlebenden des Gefangenenlagers gehört, in dem er interniert war. Und unter diesen war er der einzige Offizier gewesen. Ursprünglich hatte man dort an die hundert Gefangene eingesperrt. Danach hatte man ihn, wie es Vorschrift war, von amerikanischer Seite ins Verhör genommen, und ihn stundenlang nach einer möglichen Kollaboration mit dem Feind ausgefragt. Er hatte nie eine Anerkennung durch den Staat erhalten, aber es war auch keine Strafe gegen ihn verhängt worden – und dennoch fühlte Vandal sich schuldig. Die machtvollen Demonstrationen gegen den Vietnamkrieg blieben nicht ohne Wirkung auf ihn, und so erlitt er einen nicht wiedergutzumachenden Schaden. Für eine Beförderung kam er nicht mehr in Frage, und für ein Kommando oder einen bedeutenderen Posten wurde er ebenfalls nicht mehr vorgesehen. Osborne fühlte sich unehrenhaft entlassen und konnte sich keinen Grund dafür denken.

Zehn Jahre lang hatte er sich mit unterschiedlichen Posten durchgeschlagen und war von einem Standort zum nächsten weitergereicht worden. Nie ging er freiwillig, und im Lauf der Zeit wurde es mit ihm so schlimm, daß er sich beim Einzug in eine neue Kaserne nicht einmal mehr die Mühe machte, seine Sachen auszupacken. Aber eines Tages war er dann Reverend Harlan Frye begegnet. Der hatte sich seine ganze Leidensgeschichte ruhig angehört und ihm erklärt, daß er von nun an zu seinen Auserwählten gehöre. Dabei hatte er Vandals nicht mehr zu gebrauchende rechte Hand traurig betrachtet, als der Major ihm die Linke reichte. Vandal erinnerte sich oft an diesen Moment, und am stärksten waren ihm der Blick und das Lächeln im Gedächtnis geblieben, als Frye die Linke verschmäht und statt dessen die gelähmte Rechte ergriffen hatte.

Am nächsten Morgen wachte der Major auf und stellte zu seiner Verblüffung fest, daß er die rechte Hand wieder bewegen konnte. Zwar war er noch nicht in der Lage, sie wie früher einzusetzen, aber zumindest konnte er mit den Fingern bereits wieder leichtere Tätigkeiten verrichten. Und auch die schief zusammengewachsenen Knochen kamen ihm an jenem Morgen viel gerader vor. Seine Hand schien sich im Lauf der Nacht neugebildet zu haben. Osborne Vandal war auf die Knie gefallen und hatte gebetet.

Danach hatte er sich auf die Suche nach Reverend Frye gemacht.

Harlan hatte ihn schon erwartet, schien fest mit seinem Auftauchen gerechnet zu haben. Er verlor kein Wort über Vandals geheilte Hand und wehrte auch allen Dank ab, den der Mann ihm aussprechen wollte. Statt dessen fragte er den Major, ob er ein Kommando in der wundersamsten Armee erhalten wolle, die die Welt je gesehen hatte.

In der Armee Gottes.

Harlan betrat jetzt die Wendeltreppe, die ihn eine Etage

höher führte. »Kommen Sie bitte mit, denn ich habe einen dringenden Auftrag für Sie. Ich möchte denen danken, die die wahre Verantwortung für das tragen, was heute morgen hier vollbracht wurde.«

Der Major starrte ängstlich auf die Treppe. »Wirklich dorthin, Sir?«

»Wir schulden ihnen sehr viel, mehr als wir ihnen je zurückzahlen können, selbst wenn uns dafür ausreichend Zeit und Mittel zur Verfügung stünden. Deshalb will ich wenigstens das für sie tun, Major.«

»Sir …«

»Begleiten Sie mich, Major.« Frye winkte ihn zu sich heran. »Es dauert bestimmt nicht lange.«

Der Mann mit dem Gehstock starrte Schwester Barbara an, als habe sie den Verstand verloren.

»Sind Sie sich da auch ganz sicher, Schwester?« fragte er noch einmal. »Absolut sicher?«

»Sind meine Ausführungen so unklar gewesen, Roland?«

»Nein, Schwester, bestimmt nicht«, entgegnete er wie zur Entschuldigung. »Es ist nur so, daß …«

»Sprechen Sie es ruhig aus.«

»Einer Gruppe so kurzfristig abzusagen, wird bei den Betroffenen und auch bei vielen anderen große Enttäuschung hervorrufen.« Roland Bagnell, der Manager des Oasengeländes, auf dem sich ihr weithin berühmter Vergnügungspark befand, wechselte den Stock von der Rechten in die Linke. Barbara selbst hatte ihn ihm an dem Tag geschenkt, an dem er sich von den Krücken verabschiedet hatte. Seit dem Unfall in der Fabrik, der ihn beinahe das Leben gekostet hatte, war er auf diese Gehhilfen angewiesen gewesen. Als ein an Seele und Gliedern gebrochener Mann war er zur Oase gekommen. Und heute wirkte er stärker und seelisch gesünder als je zuvor.

Was er allein Schwester Barbara zu verdanken hatte.

Er schlenderte zusammen mit ihr durch die Parkanlage, die er während der letzten drei Jahre geleitet hatte, und sie gelangten auf die Straße, die so zukunftsträchtig auf den Namen Hope Avenue getauft war. »Kinder, Schwester, wir sprechen hier von Kindern.«

»Glauben Sie denn, das wüßte ich nicht?«

»Doch, natürlich, nur …«

»Dann ist Ihnen doch wohl auch klar, daß ich gewichtige Gründe für meine Entscheidung habe.«

»Verzeihen Sie, Schwester, aber …«

»Seien Sie versichert, daß es nur zu ihrem Besten geschieht, und überlassen Sie alles Weitere mir.«

Doch Bagnell war noch nicht bereit, die Sache auf sich beruhen zu lassen. »Schwester, gibt es da vielleicht etwas, das Sie mir verschwiegen haben? Brauchen Sie Hilfe? Kann ich Sie in irgendeiner Weise unterstützen?«

»Sie helfen mir am ehesten, wenn Sie sich um diese Angelegenheit kümmern. Und da wäre noch etwas: Ich möchte, daß alle Mitarbeiter die Anlage bis 20 Uhr verlassen haben.«

Der Manager blieb erschrocken stehen. »Aber die Sicherheitsbeamten, die Handwerker und …«

»Wir kommen auch ohne sie aus.«

»Lassen Sie wenigstens einen kleinen Stab von Mitarbeitern hier.«

»Auch dazu besteht kein Anlaß. Und ein letztes, Roland.«

»Ja, Schwester?«

»Der Abzug schließt auch Sie mit ein.«

Barbara drehte sich um und verließ Bagnell, bevor der etwas erwidern konnte. Sie mußte die ganze Kraft ihres Willens aufbieten, um sich nicht noch einmal zu ihm umzudrehen; zu sehr widerstrebte es ihr, sein verwirrtes Gesicht zu sehen und ihm dabei die Angst in ihrem Blick zu zeigen, die sie bis eben nur mit Mühe hatte zurückhalten können.

Wie sehr sie diesen Ort liebte und es genoß, vorbei an seinen Spielplätzen, Bühnen, Buden und den Wasserspielen zu spazieren! Das angenehme Klima in North Carolina hatte es ihr ermöglicht, die Wasseranlagen zur Hauptattraktion der Oase aufzubauen. Sechs lange Rutschen führten in einen lagunenartigen Pool hinunter. Das Wasser war kristallklar, und schon der Blick darauf war erfrischend. Hinter den Wasserrutschen breitete sich ein zweites, viel größeres Becken mit einer Wellenmaschine aus. Es konnte die Illusion erzeugen, sich mitten auf dem Meer zu befinden. Und noch ein Stück weiter lag ein künstlicher Weiher, den man mit Tret- oder Scooterbooten befahren konnte.

Die Schwester ging an dem hüfthohen Zaun entlang, der den Wasserpark umschloß. Der Chlorgeruch stieg ihr in die Nase, und sie stellte sich vor, wie Kinder dort aufgeregt schrien und herumtollten. Die letzte Besuchergruppe war gestern kurz vor ihrer Rückkehr abgereist. Morgen sollte eigentlich die nächste eintreffen. Roland Bagnell hatte natürlich recht gehabt damit, sie an die große Enttäuschung der Kinder zu erinnern, wenn ihnen kurz vorher abgesagt wurde. Aber ihr blieb keine andere Wahl.

Wind kam auf und brachte die Fahnen an den Buden zum Knattern. Die Riesengondel drehte sich leise. Barbara kam am Karussell vorbei, und die tierförmigen Sitze schienen sie anzulächeln. Die Schwester dachte daran, wie fröhliche Kinder zum Rhythmus der Musik auf und ab bewegt wurden. Ja, hier hatten sie lachen können, die kranken, mißbrauchten oder armen Kinder. Die Kleinen, die nie in ihrem Leben die Chance erhalten würden, etwas Schönes zu erleben, und für die deswegen die Oase geschaffen worden war. Und selbst die Kinder, die hierherkamen, konnten nur in den seltensten Fällen alle Attraktionen genießen, die in diesem Park geboten wurden. Ein, zwei oder sogar drei Tage waren ihnen hier vergönnt, in denen Barbara und ihre Crew alles unternahmen, um sie ihre Sorgen vergessen zu lassen. Die vielen Millionen Dollar, die sie zurückgelegt hatte und die noch aus den Tagen ihrer Fernsehsendungen stammten, reichten vollauf aus, die Anlage in Betrieb zu halten. Und es wärmte der Schwester das Herz, wenn sie mit ansehen konnte, wie ihr Geld so viele Kinder glücklich machte und so viel Gutes tat.

All das würde sie sehr vermissen. Die Oase war ihr in ganz besonderer Weise ans Herz gewachsen, und deswegen bildete sie auch das Fundament ihres Plans, Harlan Frye zu vernichten. Aber seine Soldaten waren schon gekommen, noch ehe sie Gelegenheit gehabt hatte, ihr Vorhaben in die Tat umzusetzen. Deswegen mußte sie jetzt rasch agieren und durfte kein unschuldiges Leben aufs Spiel setzen. Zuviel Blut klebte bereits an ihren Händen. Barbara hatte zu den ersten Sieben gehört, und für eine gewisse Zeit hatte sie sich der gleichen Machtgier und Selbstüberschätzung hingegeben, wie sie Wesenszug des Reverends war.

Die Schwester eilte zurück zu dem stattlichen Haus, das am Ostrand des Komplexes in einem großen Blumengarten erbaut worden war. Unterwegs kam sie an dem dreigeschossigen Hotel vorbei, in dem die Kinder und ihre glühendsten Anhänger untergebracht wurden, sobald sie hier angekommen waren. Etwa hundert dieser Menschen bewohnten zur Zeit das Gebäude. Sie übten die Tätigkeiten aus, die notwendig waren, die Oase funktionsfähig zu halten, und stellten dabei gleichzeitig ihr Seelenheil sicher. Roland Bagnell würde dafür sorgen, daß sie den Komplex zu gegebener Zeit verließen. Barbara tröstete sich mit der Vorstellung, daß diese Menschen die Oase gesünder an Leib und Seele verlassen würden, als sie es zum Zeitpunkt ihrer Ankunft gewesen waren. Aus ihnen waren zufriedene Menschen geworden, die im Frieden mit sich selbst lebten. Und das war mehr, als die Schwester zur Zeit von sich behaupten konnte.

Sie fuhren bereits anderthalb Stunden vom Tucson International Airport in südöstlicher Richtung, als endlich ein Hinweisschild auf die Ausfahrt nach Beaver Falls auftauchte. Blaine saß jetzt am Steuer. Wareagle prägte sich wie gewohnt alles ein, was er um sich herum sah, und Karen, die auf dem Rücksitz hockte, kämpfte gegen den Schlaf an.

»Halt an, Blainey«, sagte der Indianer unvermittelt.

McCracken trat auf die Bremse. »Was gibt's, alter Freund?«

»Da liegt etwas am Straßenrand. Dort drüben, rechts, siehst du?«

»Gott«, murmelte Blaine und entdeckte jetzt auch die staubbedeckte Gestalt, die halb im Straßengraben lag.

Er hielt kurz davor an und sprang hinter Johnny aus dem Wagen. Der große Indianer kniete bereits neben dem Körper.

McCracken erkannte, daß es sich um einen Mann handelte. Unter dem Staub war eine zerknitterte, schweißdurchtränkte Uniform der Highway Patrol auszumachen.

»Sieht so aus, als hätte er wenig Glück gehabt«, bemerkte Blaine. »Ist wohl von einem Wagen angefahren worden, oder?«

Wareagle nahm ein Handgelenk des Mannes und prüfte seinen Puls. »Er lebt noch, Blainey. Und sieh dir das hier mal an.«

McCracken folgte Johnnys Blick. Der Mann trug keine Schuhe, und so, wie seine Socken aussahen, machte es ganz den Eindruck, als sei er auf ihnen hierhergelaufen. Sie waren voller Löcher, und auf den Fußsohlen zeigten sich Blasen und wunde Stellen.

»Er muß einen langen Weg gelaufen sein.«

»Ja, er war viele Stunden unterwegs.«

»Ich hole den Wasserkanister.«

Karen stieg aus dem Wagen und reichte Blaine den Behälter, als er auf sie zukam. Sie folgte ihm zu dem schmalen Schattenband, das das Auto warf. Johnny hatte den Bewußtlosen inzwischen aus der Sonne gezogen. McCracken kniete sich neben ihn hin und setzte ihm die Kanisteröffnung an die aufgeplatzten Lippen. Sie teilten sich nach einem Moment, und etwas Flüssigkeit konnte hindurchsickern. Dann öffnete der Mann die Augen, nahm den Behälter und fing an, gierig zu trinken.

»Ganz ruhig«, mahnte Blaine und nahm ihm den Kanister wieder ab.

Der Mann öffnete den Mund, und seine Lippen zuckten, doch dann wurden sie wieder schlaff.

»Er will uns etwas sagen, Blainey«, bemerkte der Indianer und senkte den Kopf, bis er das Ohr über dem Mund des Uniformierten hielt.

McCracken hörte ein Krächzen, nur den Hauch eines Wortes, das nie bis an sein Ohr gelangte. Wareagle hob den Kopf wieder und sah seinen Freund an.

»Was hat er gesagt, Indianer?«

»›Fort‹, Blainey. Er sagte nur ›fort‹.«

Johnny und McCracken warteten, bis der Mann noch einmal getrunken hatte, und dann ein weiteres Wort über seine mittlerweile befeuchteten Lippen kam:

»Beaver Falls.«

»Indianer, hat er tatsächlich ...«

»Ja!« rief Karen. »Ich habe es auch gehört!«

Der Uniformierte krächzte noch etwas.

»Dort ... bin dort ... gewesen.«

»Sie kommen direkt aus Beaver Falls?«

Ein irrer Blick trat in die Augen des Mannes. »Muß wieder dorthin ... muß sie aufhalten ...«

Blaine und Johnny sahen zuerst sich und dann wieder den Uniformierten an, der langsam zu sich kam.

»Vielleicht können wir Ihnen da behilflich sein«, meinte McCracken.

Nach einer Weile ging es dem Mann wieder so gut, daß sie ihm in den Wagen helfen konnten. Wareagle schaltete die Klimaanlage auf höchste Leistungsstärke, um dem Uniformierten Kühlung zu verschaffen. Sein Atem ging bald wieder normal, aber der irre Zug in seinen Augen intensivierte sich, und das verschaffte ihnen allen ein unbehagliches Gefühl. Blaine tauschte mit Karen den Platz auf der Rückbank.

»Wie heißen Sie?« fragte er den Mann.

»Denbo, Wayne Denbo.«

»Gut, Wayne, was genau haben Sie in Beaver Falls gesehen oder erlebt?«

Denbo erzählte ihnen alles, was ihm und seinem Partner am vergangenen Montag widerfahren war, als sie nach Beaver Falls hineingefahren waren. Sein Bericht kam nur mühsam voran und wurde immer wieder von Hustenanfällen unterbrochen, nach denen er Wasser trinken mußte. Schließlich gab er den Kanister gar nicht mehr ab und preßte ihn mit beiden Händen an die Brust. Der Behälter wackelte und zuckte und zeigte so an, welche Anstrengung es Wayne kostete, seine Geschichte zu erzählen. Er teilte seinen Rettern mit, daß sie bei ihrer Untersuchung festgestellt hatten, daß alle Bewohner des Ortes verschwunden waren. Anscheinend waren sie mitten in der Tätigkeit aufgebrochen, der sie gerade nachgegangen waren, und hatten alles stehen und liegen lassen. Der Kanister auf seiner Brust fing an, regelrecht zu tanzen, als er berichtete, wie er aus dem Schulgebäude gekommen war und von seinem Partner nichts mehr gesehen hatte.

»Ich sprach gerade über Funk, als ich sie zum ersten Mal gesehen habe.«

»Wen haben Sie gesehen?«

»Gestalten, die aus dem Staub aufgetaucht sind. Sie waren heller als die Sonne. Sie kamen direkt auf mich zu, und ich bin gleich in den Streifenwagen gesprungen. Wahrscheinlich waren sie schon da, als ich mich noch in der Schule aufhielt. Und da haben sie mich wohl zunächst übersehen.« Er schluckte hart und hielt den Wasserbehälter wie ein Ertrinkender einen Rettungsring. »Aber sonst haben sie wohl jeden erwischt. Wie gesagt, die Stadt war menschenleer. Unfaßbar, eine ganze Stadt entvölkert!«

»Können Sie die Gestalten beschreiben?« fragte Karen.

»Aber das habe ich doch gerade getan.«

»Versuchen Sie sich weiter zu erinnern.«

»Ich weiß nur noch, daß sie ganz weiß und irgendwie strahlend waren ...« Wayne legte eine kleine Pause ein und dachte angestrengt nach. Der Kanister kam zur Ruhe. »Sie hielten ... so Dinger in den Händen ... und fuhren in ganz merkwürdigen Wagen.«

»Was für Dinger?« drängte Karen ihn. »Und was für Wagen?«

»Maschinen oder Geräte, wie ich sie in meinem ganzen Leben noch nie gesehen habe. Sie kamen direkt aus dem Staub, aus allen Richtungen. Und sie trugen so sonderbare Anzüge.«

»Weiße Anzüge«, half sie ihm auf die Sprünge. »Vielleicht so ähnlich wie die, die Astronauten tragen?«

Denbo beugte sich vor. »Ja, ja, ganz genau ... und sie kamen direkt auf mich zu.«

Karen sah McCracken an. »Dekontaminierungsanzüge, um den Träger vor Toxinen zu schützen. Solche Anzüge legen

Trupps an, bevor sie ein möglicherweise kontaminiertes Gebiet betreten.«

»Was genau meinen Sie mit kontaminiert?«

»Normalerweise versteht man darunter verseuchte Gebiete. Und die Geräte, von denen Wayne gesprochen hat, dienen dazu, Luft- und andere Proben zu nehmen. Wenn man weiß, welche Toxine im betreffenden Gebiet verbreitet sind, stellen die Geräte fest, ob diese noch aktiv sind oder nicht.«

Denbo wirkte verwirrt. »Und was ist mit den Fahrzeugen? Sie sahen aus wie Camper, und auf ihren Dächern haben sich so komische Finger gedreht.«

»Sensoren?« fragte McCracken den Indianer.

»Am ehesten Bewegungssensoren, mit denen sich feststellen läßt, wo sich noch Bewohner aufhalten, Blainey.«

»Um sicherzustellen, daß sie niemand übersehen haben, nicht wahr?«

»Bei einem der Fahrzeuge handelte es sich sicher um ein mobiles Labor«, warf Karen ein. »Vermutlich das größte Gefährt, das sich natürlich weiter im Hintergrund aufgehalten hat.«

»Aber was ist denn mit den Bewohnern?« wollte Wayne wissen.

»Wahrscheinlich hatte man sie längst evakuiert, als Sie dort eingetroffen sind«, erklärte Karen. »Und erst danach ist das Dekontaminierungsteam gekommen.«

»Und was ist mit meinem Partner?«

»Sicher ist er dort, wohin man auch die anderen gebracht hat.«

Ein entschlossener Zug trat auf Denbos Miene. »Deswegen wollte ich hierher zurück. Ich wollte ihn unbedingt finden.«

Blaine sah Karen an. »Wie paßt das alles mit Van Dynes Aidsmittel zusammen?«

»Nun, zumindest erklärt das, warum Freddy Levinger und ich gestern nacht ein leeres Projektzentrum vorgefunden haben. Van Dyne hatte bereits alle Spuren verwischt, um sicherzustellen, daß niemand etwas von der Panne erfahren konnte, zu der es in dem Ort gekommen sein muß.«

»Wie viele Bewohner von Beaver Falls gehörten der Testgruppe an?«

»Etwa zwanzig Prozent. Vielleicht haben sie die anderen achtzig Prozent als Vorsichtsmaßnahme gleich mit evakuiert, vielleicht aber auch, weil die normalen Einwohner etwas gesehen haben, was ihren Blicken besser verborgen geblieben wäre.«

»Und wenn wir jetzt in die Stadt fahren, können wir dann überhaupt noch etwas herausfinden?«

Karen legte die Stirn in Falten. »Ich weiß nicht, vielleicht stoße ich auf etwas, vielleicht aber auch nicht. Immerhin sind schon einige Tage vergangen.«

»Dann sollten wir jetzt nicht noch mehr Zeit verschwenden!«

Sie hielten eine halbe Meile vor Beaver Falls an und ließen den Wagen an einem sanften Hang zurück, von dessen Spitze man direkt ins Stadtzentrum blicken konnte. Wareagle hatte einen Feldstecher dabei und holte ihn aus seinem Rucksack. Beim Aufstieg reichte er McCracken das Gerät. Doch Blaine brauchte kein Fernrohr, um das zu erkennen, was der Ort ihm zu zeigen hatte. Beaver Falls bestand im wesentlichen aus einer Hauptstraße, und die Häuser am Ortsrand wiesen gepflegte Vorgärten auf. Insgesamt eine Bilderbuchstadt, wie ein Gemälde oder eine Studie von Rockwell in Beige, Altweiß und anderen Wüstenfarben. Wenn die asphaltierte Hauptstraße nicht gewesen wäre, hätte man nicht bestimmen können, aus welcher Zeit der Ort stammte.

Aber da war noch etwas anderes, etwas Unerwartetes.

McCracken sah den Indianer an. Karen blinzelte und schirmte ihre Augen mit der Hand ab. Denbo sank auf die Knie und schüttelte wieder und wieder den Kopf.

»Nein«, flüsterte er, während er auf den Ort starrte. »Nein ...«

Ein paar Wagen krochen über die Hauptstraße. Frauen spazierten über die Bürgersteige, Handtaschen baumelten an ihren Armen. Ein Mann trat aus einem Laden und hielt eine

Eistüte in der Hand. Etwas weiter vergnügten sich Kinder in der Nachmittagssonne auf dem Spielplatz neben der Schule.

Allem Anschein nach war Beaver Falls doch bewohnt.

Kapitel 27

Denbo nahm den Feldstecher, den McCracken ihm hinhielt, und preßte ihn an die Augen. Blaine und Johnny verfolgten, wie die Züge des Mannes sich verhärteten, als er mit dem Fernglas alles absuchte. Das Gerät wanderte in einem langen Bogen von links nach rechts und hielt nur wenige Male für einen kurzen Moment an.

»Sind Sie sicher, daß es sich bei diesem Ort um das Beaver Falls handelt, in das Sie mit Ihrem Partner gefahren sind?« fragte McCracken ihn.

Denbos Hand bewegte sich langsam auf das leere Holster zu – so wie ein Amputierter nach dem fehlenden Glied tastet. »Hundertprozentig. Wir waren in Beaver Falls. Aber jetzt ist dort niemand mehr fort.«

Johnny und Blaine sahen sich an und versuchten, einen Sinn in dem Ganzen zu erkennen. Vielleicht hatte der Polizist den Verstand verloren. Oder er hatte sich das alles nur ausgedacht … Nein, den beiden kam es nicht so vor, als würde eine dieser Möglichkeiten zutreffen.

»In vier Tagen kann ein eingespieltes Team eine Menge Arbeit erledigen, nicht wahr, Indianer?«

»Ja, zum Beispiel eine komplette Bevölkerung austauschen.«

»Die Geschichte läßt sich natürlich nicht lange aufrechterhalten, aber vielleicht brauchen sie das ja nur für eine kurze Frist. Eine verschwundene Stadt läßt sich nicht auf Dauer geheimhalten – aber für einige Zeit schon …«

»Ich möchte immer noch dort hinunter«, erklärte Karen.

»Reicht es Ihnen denn nicht, mit eigenen Augen zu sehen, daß die Bewohner des Ortes noch leben?« frage Blaine.

»Meine Augen sagen mir, daß dort unten jetzt keine Gefahr für Leib und Leben mehr besteht. Aber sie teilen mir nichts über die Gründe mit, die eine Evakuierung erforderlich gemacht haben. Und die Antwort darauf hoffe ich in der Stadt selbst zu finden.« Sie schloß die Hand fester um den Griff ihrer Tasche mit der Ausrüstung, die sie sich kurz vor der Abreise nach Beaver Falls besorgt hatte. »Da sind immer noch der Boden, die Abflüsse und die Regentonnen, denen ich Proben entnehmen könnte. Ich brauche nur eine Stelle, an der sich am Montag Wasser gesammelt hat, das bis heute nicht abgeflossen ist.«

McCracken hatte immer noch Bedenken. »Aber wenn jemand Sie sieht …«

»Dazu muß es nicht kommen. Ich muß nicht unbedingt mitten auf die Hauptstraße, um Proben zu entnehmen. Dazu reichen auch die Häuser und Straßen am Stadtrand. Und sagen Sie mir jetzt nicht, daß Sie das genausogut erledigen können«, nahm Karen seinen nächsten Einwand vorweg. »Es würde mich mindestens einen Monat kosten, Ihnen auch nur in Grundzügen beizubringen, wozu die Geräte und Fläschchen in meinem Koffer dienen und wie man sie einsetzt.«

»Na ja, ich fürchte, ganz so viel Zeit haben wir nicht«, stimmte Blaine widerwillig zu.

Vorsichtshalber schlug Karen einen weiten Bogen und erreichte den Stadtrand nach einer halben Stunde. Sie würde schnell vorgehen müssen, das bedeutete aber nicht, daß sie alle Sicherheitsvorkehrungen außer acht lassen durfte. Es ging ihr vor allem um den Boden, die Vegetation oder Stellen, an denen das Wasser stand, denn auch wenn die Toxine oder Kontaminanten längst aus der Luft verschwunden waren, so hatten sich ihre Reste doch auf Blättern, in der Erde oder in Tümpeln und Pfützen niedergeschlagen.

Karen näherte sich einem Haus, bei dem alle Rolladen herabgelassen waren; das bedeutete wohl, daß sich zur Zeit niemand darin aufhielt. Um ein halbwegs brauchbares Ergebnis zu erhalten, mußte sie an mindestens zwei weiteren Stellen in

Beaver Falls Proben entnehmen, und die sollten möglichst weit voneinander entfernt liegen.

Als erstes setzte sie eine kleine Vakuumpumpe in Gang, um eine Luftprobe zu entnehmen, denn schließlich konnten sich noch Reste der Viren oder Giftstoffe darin befinden. Dann versiegelte sie den kleinen Behälter und steckte ihn in die Tasche. Danach war der Boden an der Reihe. An fünf Stellen im hinteren Garten des Hauses wühlte sie etwas Erdreich auf und füllte Flaschen damit, die sie sorgfältig katalogisierte. Zusätzlich riß sie ein Grasbüschel aus und füllte eine Tüte damit. Von einer Zypresse schnitt sie drei Blätter, dann zupfte sie einen Stengel von dem Farn, der vor dem Haus wuchs. Karen hoffte, falls jemand vorbeikäme, würde er sie für eine Gärtnerin halten.

Neben dem Haus fand sie ein Loch, das die Besitzer wohl ausgehoben hatten, um einen Baum oder einen Strauch einzupflanzen. In der Mulde hatte sich Wasser gesammelt, das im Lauf der Zeit trübe geworden war und sich mit einem öligen Film überzogen hatte. Sie stieß ein leises Dankgebet aus und füllte dann drei Glasröhrchen mit der Flüssigkeit. Die beiden ersten tauchte sie tief in die Pfütze hinein, während sie mit der dritten Wasser von der Oberfläche abschöpfte. Dann setzte sie sich hin, steckte Röhrchen in die dafür vorgesehenen Fächer und fing gerade an, die entsprechenden Etiketten zu beschriften, als sich plötzlich ein Schatten über sie senkte.

»Ich glaube, Sie kommen besser mit, Miss.«

Erschrocken fuhr sie zusammen, drehte sich um und entdeckte einen kleinen, uniformierten Mann, der ein Gewehr auf sie richtete.

»Oha!« machte McCracken, als er durch das Fernglas verfolgte, wie ein Streifenwagen zum Sheriff's Office zurückkehrte.

Er mußte nicht zweimal hinsehen, um zu erkennen, daß es sich bei der Person auf dem Rücksitz des Autos um Dr. Karen Raymond handelte. Ein Polizist, der auf dem Bürgersteig stand, trat näher und half ihr beim Aussteigen. Dann kletterte der Fahrer aus dem Wagen und zog die Tasche mit den Proben vom Beifahrersitz. Er hielt sie am Schultergurt, und der Boden schleifte fast über den Asphalt.

»Es gibt Ärger, Indianer«, erklärte er Johnny.

»Ich fürchte, mehr, als du dir vorgestellt hast, Blainey.«

»Was soll das heißen?«

Wareagle starrte auf den Mann, der gerade oben an der Hauptstraße von Beaver Falls auftauchte.

»Denbo!« begriff McCracken schon, bevor er den Feldstecher wieder angesetzt hatte. »Dieser verdammte Hurensohn!«

»Lassen Sie die Frau los!«

Karen drehte sich um und erblickte Patrolman Wayne Denbo, der mitten auf der Straße stand und mit dem Handrücken das leere Holster bedeckte. Der Beamte, der Karen am Stadtrand aufgegriffen hatte, nickte dem Deputy zu, der auf dem Bürgersteig stand. Der Mann zog seinen Revolver und marschierte auf die Straße.

»Ich will wissen, was Sie den Menschen angetan haben, die in Wahrheit hier leben!« brüllte Denbo. »Haben Sie mich verstanden? Ich will erfahren, wo sie abgeblieben sind!«

»Nein!« schrie Karen, als sie sah, daß der Deputy den Revolver auf ihn richtete.

Sie riß sich von dem Polizisten los und warf sich gegen den Deputy. Er flog zur Seite, bekam aber ihr Haar zu fassen, als sie sich auf ihn stürzte.

Wayne war mittlerweile auf drei Meter herangekommen. Bevor er jedoch einen weiteren Schritt tun konnte, griff ihn ein Passant von hinten an und ließ einen Stock auf seinen Schädel niederkrachen. Karen verfolgte hilflos, wie Denbo auf der Stelle zusammenbrach.

»Bring sie rein!« rief jemand dem Deputy zu, der Karen immer noch an den Haaren hielt.

»Wir müssen sie da rausholen«, brummte McCracken und senkte das Fernglas.

»Die Leute da unten werden uns schon erwarten, Blainey.«

»Weil man ihnen mitgeteilt hat, daß wir möglicherweise hier auftauchen«, schoß es McCracken durch den Sinn, und dann kam ihm ein neuer Gedanke. »Warum haben sie Denbo so weit in den Ort hineingehen lassen? Sie haben ihn doch bestimmt schon viel früher entdeckt, oder?«

Wareagle begriff sofort, worauf sein Freund hinauswollte. Er sah sich rasch um und sog prüfend die Luft ein. »Wir sollten schnell von hier verschwinden, Blainey.«

McCracken nickte nur.

Doch bevor sie ihren Wagen erreichen konnten, tauchte oben auf dem Überhang, unter dem sie standen, ein Dutzend Bewaffneter auf. Die meisten von ihnen hatten ihre Gewehre angelegt und Blaine und Johnny bereits im Visier. Den beiden war damit nicht nur der Fluchtweg versperrt, sie würden auch keine Gelegenheit mehr erhalten, ihre Waffen zu ziehen.

»Hände hoch!« rief jemand von oben, und dann ertönten seine Worte noch einmal und wurden wieder und wieder von den Hängen und den Felsen zurückgeworfen.

»Hab' versucht, sie festzunehmen«, murmelte Wayne, der sich unweit der Kellertür befand. Sein unrasiertes Gesicht war bleich und fleckig. »Hab' versucht, sie festzunehmen.«

Man brachte die Gefangenen hierher, statt sie ins Gefängnis der Stadt zu sperren. Karen und Denbo waren bereits in dem Keller, als man Blaine und Johnny hineinstieß. McCracken konnte kurz einen Blick auf die beiden werfen, bevor die Wachen die Tür hinter ihnen ins Schloß warfen und den Riegel vorschoben. In dem Raum war es ziemlich finster, das einzige Licht drang durch die Ritzen in der schweren Holztür.

Doch das reichte McCracken, um zu erkennen, daß Wayne zusammengerollt auf dem Boden lag. Das Haar war voller Blut und klebte ihm am Kopf. Auch die Stirn hatte sich rot verfärbt.

»Was geschieht jetzt mit uns?« fragte Karen Blaine.

»Ich nehme an, sie bringen uns woanders hin.«

»Und warum töten sie uns nicht gleich?«

»Weil Frye erst sichergehen will, daß wir niemanden sonst alarmiert haben. Ihm ist bekannt, daß ich in Washington Fragen gestellt habe, aber er weiß nicht, wen ich alles aufgesucht habe.«

»Sie glauben also immer noch, daß der Reverend hinter dem Ganzen steckt?«

»Ich weiß, daß er der Drahtzieher ist.«

»Sie scheinen dabei aber zu vergessen, daß bislang Van Dyne den Finger am Drücker hatte. Und bis jetzt haben wir nicht den geringsten Hinweis auf eine Verbindung zwischen Frye und dem Pharmakonzern.«

»Der Reverend wird schon dafür gesorgt haben, daß niemand dahinterkommen kann.«

»Sie hören sich ganz so an, als würden Sie den Mann gut kennen.«

»Nicht persönlich, aber ich habe schon oft genug mit Typen wie ihm zu tun gehabt.«

Karen rückte in der Finsternis etwas näher an ihn heran. »Dann ist das hier alles nichts Neues für Sie, oder?«

»Nicht neu, nein, aber anders.«

»Wie soll ich das verstehen?«

»Ich bin in meinem Leben mehr als genug Wahnsinnigen begegnet, aber unter denen war bislang keiner, der glaubte, Gott spreche zu ihm und er mit Ihm. Alle Fanatiker sind hundertprozentig von der Richtigkeit ihrer Sache überzeugt. Aber wie weit sie bereit sind zu gehen, hängt davon ab, inwieweit sie ihre Taten rechtfertigen können. Und zwar nicht unbedingt vor anderen, sondern vielmehr hauptsächlich vor sich selbst. Harlan Frye nun glaubt, in allem recht zu tun. Egal, was er anfängt und unternimmt, er übt ja nur den Willen des Allmächtigen aus. Und davon ist er ganz ehrlich überzeugt. Damit ist er frei von Furcht, steht er doch unter dem Schutz des Höchsten, und Menschen, die keine Furcht kennen, sind stets die härtesten Gegner. Denn dadurch wird er kaum einen der Fehler begehen, die mir bei seinen Vorgängern geholfen und schließlich zu ihrem Untergang geführt haben.«

»Dann sollten Sie sich aber schleunigst eine neue Strategie ausdenken.«

»Ja, sollte ich wohl.«

Das wenige Licht, das ihnen zur Verfügung gestanden hatte, verging endgültig, als die Nacht hereinbrach. Anderthalb Stunden verbrachten sie in völliger Dunkelheit, dann hörten sie Schritte, die sich dem Keller näherten. Karen spürte, wie Blaine und Johnny sich in der Finsternis ansahen, und war davon überzeugt, daß die beiden nun die Positionen einnahmen, die sie vorher untereinander abgesprochen hatten.

Karen spannte alle Muskeln an, als die Tür aufging. Sie rechnete fest damit, daß McCracken und Wareagle sofort losspringen würden, doch die beiden blieben stehen, und Karen erkannte bald den Grund dafür. Die Kellertür öffnete sich zur Straße hinaus, und im Licht der Taschenlampen, die jetzt in den Raum strahlten, machte sie Gestalten aus, die hin und her liefen.

Auf der Straße selbst hielten sich etliche Schützen auf, die alle ihre Waffen im Anschlag hielten. Drei Männer kamen zu ihnen und gaben den Gefangenen mit einem knappen Kopfrucken zu verstehen, ihnen nach draußen zu folgen. Einer von ihnen bückte sich und hob Wayne hoch. Karen sah, daß die drei unbewaffnet waren, und sie spürte McCrackens Enttäuschung. Es schien so, als wollten die Männer nicht das geringste Risiko eingehen und Blaine keinerlei Gelegenheit geben, an eine Waffe zu kommen.

Auf der Straße angekommen, wurde ihr rasch bewußt, welche gewaltigen Vorkehrungen man getroffen hatte. In weitem Kreis schirmten Gewehrträger die Szene ab, und jeder von ihnen machte Miene, mit dem Abdrücken nicht lange zu zögern. Die drei Unbewaffneten führten die Gefangenen ins Zentrum des Halbkreises und sahen dann hoch zum Nachthimmel. Karen fiel jetzt auch auf, daß im ganzen Ort nur wenige Laternen brannten – auch dies eine Vorsichtsmaßnahme.

Die Gegenseite besaß eindeutig alle Trümpfe, und dennoch

spürte Karen, wie angespannt die Männer waren. Man hatte sie offensichtlich eindringlich vor den Tricks gewarnt, die McCracken auf Lager hatte. Sie sah ihn von der Seite an. Seine Miene war ausdruckslos und zeigte nicht das geringste von dem, was sich in seinem Innern tat. Das Gesicht des Indianers wirkte wie ein Spiegelbild von Blaine. Fast hatte man den Eindruck gewinnen können, die beiden beträfe das hier alles nicht. Dennoch entging ihren Blicken nichts, und sie schienen nur auf eine Gelegenheit zu warten, das Blatt zu wenden. Karen wußte, daß niemand sie vorwarnen würde, wenn der Moment gekommen war, und so machte sie sich bereit, sofort auf einen Kampf reagieren zu können.

Plötzlich kam ein strahlendes Licht vom Himmel, gefolgt von einem mächtigen Schwirren. Ein Hubschrauber flog aus Richtung der Hügel ein. Er hielt über der Hauptstraße in der Luft an und sank nach einem Moment herab. Die Rotorblätter wirbelten Staub, Abfall und Papier auf und zwangen die Schützen, die Hände hochzureißen, um ihre Gesichter zu schützen. Doch McCrackens Hände blieben unten. Karen hatte fest damit gerechnet, daß Blaine diesen Moment der allgemeinen Ablenkung nutzen würde. Statt dessen faßte er sie unmerklich am Arm.

»Noch nicht«, flüsterte er, ohne die Lippen zu bewegen.

McCracken erkannte in dem Hubschrauber einen Chinook-Truppentransporter. Der militärische Tarnanstrich war übermalt. Da es hier in der Nähe nirgendwo einen Flugplatz gab, hatte er schon damit gerechnet, daß man einen Helikopter schicken würde, um sie fortzubringen. Er fürchtete nicht um sein Leben, denn die Gegner würden sie erst töten, wenn sie in Erfahrung gebracht hatten, wie viele Verbündete sie hatten, oder anders ausgedrückt, wen McCracken und Karen in den letzten Tagen ins Vertrauen gezogen hatten.

Johnny und er hatten sich bislang zurückgehalten, weil sie wußten, daß der Hubschrauber ihnen am ehesten Gelegenheit zu einem Befreiungsschlag bieten würde. Sobald sie sich in der Luft befanden, konnten sie den beengten Raum und die begrenzte Anzahl von mit fliegenden Bewaffneten zu ihrem Vorteil nutzen. Natürlich würde man ihn und den Indianer fesseln, aber Blaine war zuversichtlich, im Helikopter einen Weg zu finden, dieses Hindernis zu überwinden.

Der Chinook setzte schließlich auf der Straße auf, und die Rotorblätter verspritzten ringsum Abfall und Staub. Zwei Männer traten zu dem Kopter, öffneten die hintere Luke und zogen die lange, breite Rampe heraus. Die drei Unbewaffneten stießen McCracken und Wareagle an. Karen und Wayne befanden sich schon auf dem Weg zu dem Fluggefährt.

Sie hatten gerade erst ein paar Schritte hinein in das blendende Licht getan, als Blaine bemerkte, wie der Wächter neben ihm erstarrte und dann wie ein gefällter Baum umkippte. Der zweite verabschiedete sich auf die gleiche Weise und schließlich legte sich auch der dritte hin, so als habe man ihm den Boden unter den Füßen weggezogen.

McCracken hatte in dem Rotorenlärm keine Schüsse hören können, aber er wußte, daß er jetzt keine Zeit hatte, sich lange darüber Gedanken zu machen. Statt dessen packte er Karen von hinten und warf sich zusammen mit ihr auf die Erde. Wareagle tat es ihm mit Patrolman Denbo gleich. Blaine und Johnny konnten nicht wissen, wen der Scharfschütze als nächsten aufs Korn nahm, und es war nicht auszuschließen, daß sie jetzt sein Ziel waren.

Nun fielen auch die Männer im Halbkreis wie die Kegel, getroffen von dem unsichtbaren Heckenschützen. Diejenigen, die es noch nicht erwischt hatte, liefen auseinander, suchten nach einer Deckung und feuerten wild um sich, und sei es auch nur, damit der unbekannte Schütze für einen Moment den Kopf einziehen mußte.

»Wer schießt da, Blainey?« raunte der Indianer, als er zu seinem Freund kroch.

»Keinen Schimmer, Indianer«, antwortete McCracken. »Aber ich denke, ich werde ihm die Arbeit etwas leichter machen …«

Er war gerade von Karen fortgekrochen und wollte sich schon erheben, als mitten in einer Gruppe von Bewaffneten eine Granate detonierte. Blaine warf sich sofort wieder auf den Boden. Ein paar weitere Explosionen folgten dicht hintereinander und hielten Fryes Truppe in Schach. Was auch immer die unbekannten Angreifer bezwecken mochten, sie verhalfen Blaine und seinen Gefährten zu relativer Sicherheit.

»Der Hubschrauber!« rief McCracken jetzt. »Ab in den Kopter!«

Johnny krabbelte, so rasch es ihm möglich war, auf allen vieren zu dem Chinook, während über seinen Kopf hinweg die Kugeln aus den Gewehren der langsam in Panik geratenden Schützen des Reverends pfiffen. McCracken hielt sich hinter Karen und Wayne und drängte sie vorwärts. Wareagle hatte den Hubschrauber fast erreicht, als sich aus einer Lücke zwischen zwei Gebäuden an der Hauptstraße zwei dunkle Schatten lösten. Sie rannten nebeneinander her und feuerten unablässig auf alle Gegner, die dumm genug waren, den Kopf aus der Deckung zu heben. Blaine fiel auf, daß sie mit dem neuesten Modell des M-24-Präzisionsgewehrs ausgerüstet waren. Dunkle Kapuzen ließen nur Teile ihrer Gesichter frei, die sie zusätzlich geschwärzt hatten.

Johnny schob Wayne die Rampe hinauf, während McCracken Karen hinter sich herzog. Die Vermummten erreichten jetzt den Helikopter und hielten kurz inne, um sich einen Überblick zu verschaffen. Einer von ihnen schleuderte eine weitere Handgranate auf die Schützen, während sein Partner mit der Behendigkeit einer Wildkatze in den Hubschrauber sprang.

»Ab mit euch!« rief der erste. »Starten!«

McCracken eilte durch den Transportraum in die Pilotenkanzel. Die beiden Piloten waren als erste von den Scharfschützen erledigt worden. Sie lagen schlaff in ihren Sitzen, kleine Löcher zeigten sich auf ihrer Stirn. Die Scheibe vor ihnen war mit Sprüngen wie bei einem Spinnennetz überzogen. Blaine löste ihre Sicherheitsgurte und zerrte sie von den Sitzen. Er bekam aus dem Augenwinkel mit, wie Wareagle an der offenen Rampe stand und mit einem Gewehr Sperrfeuer gab, das er von einem ihrer Retter erhalten haben mußte. Der erste Vermummte kam jetzt in die Kanzel, während der andere im Schutz von Johnnys Beschuß in den Hubschrauber gelangte. Jetzt zog der Indianer die Rampe hoch, und mit einem dumpfen Donnern schloß sich die hintere Luke. Der erste Vermummte öffnete die vordere Luke, um die Leichen der Piloten hinauszubefördern.

Blaine hatte sich inzwischen in den Pilotensitz gesetzt und überprüfte gerade die Kontrollen.

»Bringen Sie uns sofort hier raus!« brüllte der Schwarzgekleidete ihn an.

Kapitel 28

Ein Kugelregen prasselte gegen die Sichtscheibe, und einer der beiden Vermummten erwiderte durch die immer noch offenstehende Vorderluke das Feuer. Der andere ließ sich auf dem Kopilotensitz nieder und zog sich die Kapuze vom Kopf.

Langes, weiches Haar fiel über die Schultern, und der Träger schüttelte es aus.

Nein, kein er, sondern eine sie. Eine junge Frau, noch halb ein Teenager.

»Beeilen Sie sich doch!« rief der andere mit eindeutig männlicher Stimme, die allerdings noch etwas knabenhaft klang.

Blaine öffnete das Drosselventil, trat auf die Pedale, und schon erhob sich der Hubschrauber schwankend in die Luft. McCracken stabilisierte den Kopter und steuerte ihn fort von Beaver Falls. Unten auf dem Boden zeigten Mündungsblitze an, daß Fryes Männer noch nicht aufgaben, aber die Schüsse waren ungenau und verfehlten ihr Ziel. Blaine spürte, wie er sich allmählich etwas entspannte.

»Wer sind Sie, um alles in der Welt?« fragte er dann die beiden Fremden, die mit ihm das Cockpit teilten.

Der andere hatte sich jetzt auch die Kapuze abgenommen. Sein Haar war deutlich kürzer als das der Frau, aber sein Gesicht wies soviel Ähnlichkeit mit dem ihren auf, daß es sich bei ihnen nur um Zwillinge handeln konnte.

»Sie sind Zwillinge!« entfuhr es McCracken dann auch, ehe ihm die Erkenntnis kam: »Die Kinder von Preston Turgewell.«

»Gut geraten«, entgegnete die Frau.

»Sie sehen uns beeindruckt«, sagte der junge Mann.

»Jacob und Rachel«, erinnerte sich Blaine. Sal Belamo hatte ihm das während seiner Recherchen mitgeteilt. Johnny und Karen erschienen jetzt an der Kanzeltür und spähten herein.

»Und Sie sind Blaine McCracken.« Jacob starrte ihn an wie ein Football-Fan, der plötzlich vor seinem großen Idol steht.

»Ich bin ebenfalls etwas überrascht. Erzählen Sie mir bitte, wie Sie in diese Geschichte verwickelt sind. Und was hat Ihr toter Vater damit zu tun?«

»Er ist nicht tot«, widersprach Rachel.

»Er hat nur vorgegeben, tot zu sein, um die andere Seite zu täuschen«, ergänzte der junge Mann. »Es hat funktioniert, zumindest für eine Weile.«

»Und wer genau verbirgt sich hinter der anderen Seite?«

»Die Sieben. Als er dort ausgestiegen ist, haben sie versucht, ihn umzubringen. Und er hielt es für ratsamer, sie in dem Glauben zu belassen, ihr Anschlag habe Erfolg gehabt.«

»Moment mal, wer sind die Sieben?«

Die Zwillinge sahen sich an.

»Sie haben doch sicher schon von Harlan Frye gehört«, begann Rachel.

»Sie müssen von ihm erfahren haben«, sagte ihr Bruder, »und zwar als Sie in den Papieren, die Ratansky bei sich trug, auf die Schlüsselgesellschaft gestoßen sind.«

McCrackens Hand umschloß den Schaltknüppel fester. »Er wollte die Papiere Ihnen übergeben?«

»Eigentlich unserem Vater«, antwortete die junge Frau. »Er brachte Ratansky dorthin, wo er an die Liste gelangen konnte. Das war der Preis, den er für seine Freiheit bezahlen sollte.«

»Die Liste enthielt die Namen aller größeren Förderer und Spender von Fryes Bewegung. Wenn man die ausschalten würde, wäre das eine Katastrophe für die Pläne des Reverends.«

»Meinen Sie mit ausschalten, sie zu ermorden? Alle, die auf der Liste stehen?«

»Uns blieb leider keine andere Wahl.«

»Und warum sind Sie nicht Frye selbst angegangen?«

»Weil er inzwischen unerreichbar ist«, gestand Rachel. »Und was hätte es schon genutzt, ihn zu vernichten? Er hat längst dafür gesorgt, daß in einem solchen Fall andere, die er bestens vorbereitet hat, an seine Stelle treten können.«

McCracken öffnete ein neues Ventil. »Jetzt sagen Sie mir bloß nicht, die anderen Mitglieder der Sieben hätten ebenfalls vor ...«

»Der Name rührt von Fryes Besessenheit her, die alles umfaßt, was mit der Offenbarung, dem Buch der Apokalypse, zu tun hat«, erklärte Jacob. »Man trifft darin durchgehend auf die Zahl Sieben: Die sieben Zeichen der Apokalypse, die sieben Trompeten, die sieben Engel, die sieben Plagen und so weiter. Als dem Reverend klar wurde, daß er die Menschheit nicht retten konnte, verfiel er auf die Idee, daß er dazu bestimmt sei, sie zu vernichten, um sie wiedererstehen zu lassen.«

»Und weil er diese Aufgabe nicht ganz allein bewältigen konnte«, nahm die junge Frau den Faden auf, »scharte er sechs andere mächtige religiöse Führer um sich, von denen er annahm, daß ihnen ähnlich wie ihm daran gelegen sei, die Welt zu verbessern.«

»Aber Ihr Vater, der ursprünglich dazu gehörte, änderte dann seine Meinung, nicht wahr?«

Der Junge nickte. »Es widerstrebte ihm, daß Frye die Menschheit in den Untergang treiben wollte, wenn sich keine Möglichkeit ergeben sollte, sie auf den Weg des Heils zu führen.«

»Aber der Reverend hatte nicht vor, alle Menschen zu töten, oder?« meldete sich Karen zum ersten Mal zu Wort.

»Natürlich nicht«, antwortete Rachel. »Die Gruppe der Sieben wurde gegründet, um dem Plan auf den Weg zu helfen, einerseits die Menschheit zu vernichten und andererseits die zu erretten, die ihnen würdig genug erschienen, die Keimzelle der neuen Gesellschaft zu bilden.«

»Mit anderen Worten: die Schlüsselgesellschaft«, erriet Blaine.

»Ratansky hat die Liste einem Mitglied der Sieben gestohlen, das sich wie vorher schon unser Vater von der Gruppe abgewandt hatte«, entgegnete Rachel. »Dieses Mitglied betrachtete die Liste als eine Art Rückversicherung, daß Frye nicht seine Soldaten gegen es losschicken würde, genauer gesagt gegen sie.«

»Eine Sie?« fragte Karen.

»Eine Sie, die der Gruppe den Rücken gekehrt hat?« fragte McCracken. »Damit haben die Sieben ja schon zwei ihrer ursprünglichen Mitglieder verloren.«

»Soweit uns bekannt ist, ja.«

»Aber warum haben diese Frau und Ihr Vater sich dann nicht zusammengeschlossen?«

Jacob sah Rachel kurz an, bevor er antwortete: »Weil die Ziele, die mein Vater verfolgte, sich grundsätzlich von denen dieser Frau unterscheiden.«

»Mit anderen Worten, Ihr Vater wollte Gewalt als Mittel einsetzen, diese Frau aber nicht?«

Rachels Miene verhärtete sich. »Es ging um so viel, daß auf Gewalt nicht verzichtet werden konnte. Frye hatte unseren Vater schon sehr früh in sein Vertrauen gezogen, und so kam er schon recht bald zu dem Schluß, daß der Reverend tatsächlich beabsichtigte, die uns bekannte Welt zu zerstören.«

»Ich glaube, ich verstehe. Frye wollte Ihren Vater schon früh auf seine Seite ziehen, um die Kontrolle über die Fünfte Generation in seine Hand zu bekommen.«

Jacob nickte. »Aus ihnen sollten die Zenturionen der Sieben werden, deren Aufgabe dann darin bestehen sollte, die Schwachen und Wertlosen aufzuspüren, die dem Zorn des Reverends entgangen sein würden. Mit anderen Worten, Frye wollte sie in eine Bande von Killern verwandeln.«

»Eine Bande von der Größe einer Armee.«

»Ganz genau.«

»Aber trotz einer so gewaltigen Streitmacht hat es Ihr Vater nicht einmal geschafft, Ratansky zu retten. Bei einer so starken Truppe hat er nun ausgerechnet Sie beide mit dieser Aufgabe betraut?«

»Wir haben uns freiwillig gemeldet!« erklärte der junge Mann entschieden.

»Außer uns beiden war niemand mehr übrig«, sagte Rachel.

»Was ist denn geschehen?«

Die Zwillinge sahen sich erst an, bevor die junge Frau antwortete: »Die Kontrolle, die unser Vater über die Fünfte Generation ausübte, war nicht ganz so groß, wie er geglaubt hat. Nach seinem Bruch mit den Sieben spaltete sich die Truppe in diverse Fraktionen. Einige lösten sich ganz von der Bewegung, andere schlossen sich Frye an, und nur einige blieben bei unserem Vater. Bald stiegen viele ganz aus und kehrten ins Privatleben zurück. Zu dem Zeitpunkt, an dem unser Vater seinen Tod vortäuschte, war nur noch eine Handvoll übrig, auf die er sich verlassen konnte. Und mittlerweile sind auch die nicht mehr …« Sie beendete ihren Bericht mit einem Achselzucken.

»Und wie paßt Arthur Deek in die ganze Geschichte?«

»Er hat sich damals von unserem Vater losgesagt und wollte unbedingt in die Schlüsselgesellschaft aufgenommen werden. Aber der Reverend wollte nichts mit ihm zu tun haben.«

McCracken nickte. »Und als Ihr Vater dann Ratansky die Liste stehlen ließ, machte er Deek glauben, der Befehl dazu sei von Frye gekommen. Und dieser Mistkerl nahm natürlich an, er könne sich nun das Wohlwollen des Reverends verdienen …«

»Genau so ist es gewesen!« rief Rachel.

»Woher wissen Sie das?« fragte Jacob.

»Na, eigentlich nur daher, weil ich es an seiner Stelle genauso angefangen hätte.«

Der junge Mann sah ihn bewundernd an. »Das glaube ich Ihnen gern. Ich habe alles Material studiert, das mein Vater über Sie heranschaffen konnte.«

»Und wann haben Sie damit angefangen?«

»In New York. Ratanskys Tod führte meine Schwester und mich dorthin. Wir wußten natürlich nichts von Ihrem Eingreifen, bis wir uns den Polizeibericht verschaffen konnten und darin auf Ihren Namen gestoßen sind.« Er grinste Rachel an, ehe er fortfuhr: »Seitdem folgen wir Ihnen. Natürlich kamen wir immer etwas zu spät. So war es immer, ob New York, Illinois oder der Flash Pot.«

»Und jetzt haben Sie mich endlich doch noch gefunden ... Wie ist es dazu gekommen?«

»Jack Woodrow war so freundlich zu reden«, antwortete der junge Mann.

Blaine gefiel der selbstzufriedene, höhnische Zug nicht, der jetzt auf Jacobs Miene trat. Der Junge wirkte damit nicht reifer, sondern eher wie ein ungezogenes Kind. »Haben Sie seiner Redelust nachgeholfen?« fragte er die Zwillinge.

»Ein wenig.«

McCracken sah ihm in die Augen und erkannte die Wahrheit. »Sie haben ihn umgebracht, nicht wahr?«

»Er wußte zuviel ... wohin Sie wollten, und wohin wir gehen würden.«

»Aber er hätte Sie oder mich niemals verraten. Verdammt, eher hätte er sich die Zunge abgebissen. Denn dann hätte die andere Seite ihn umgelegt.«

»Wir durften kein Risiko eingehen«, entgegnete Jacob ohne das geringste Bedauern. »Davon abgesehen gehörte er doch auch zur Gegenseite. Ich habe nicht mehr getan, als unserem Plan zu entsprechen. Wir hätten ihn auch erledigt, wenn Ratansky Erfolg gehabt und unserem Vater die Liste übergeben hätte.«

»Da Ratansky aber nicht mehr dazu gekommen ist, wie sind Sie dann auf Atlanta und den Flash Pot gestoßen?«

»Woodrow war dafür bekannt, Frye großzügig mit Spenden bedacht zu haben. Als wir dann erfuhren, daß Sie auf dem Weg zu ihm sind, mußten wir nur noch eins und eins zusammenzählen. Uns wurde klar, daß Sie im Besitz der Liste waren und beschlossen hatten, sie von oben nach unten durchzugehen.«

»Aber Sie hätten doch ohnehin alle umgebracht, die auf der Liste standen. Warum haben Sie den Autohändler dann nicht schon viel früher erledigt?«

»Wir befürchteten, das könnte die anderen aufschrecken,

bevor wir im Besitz all ihrer Namen wären«, antwortete die junge Frau.

»Wir befinden uns mitten in einem Krieg«, fügte ihr Bruder hinzu. »Das müssen Sie doch einsehen, gerade ein Mann wie Sie!«

McCracken wandte für einen Moment den Blick von den Kontrollen ab, und schon fing der Chinook an zu schaukeln. »Was ich sehe, ist ein Junge, der glaubt, er würde die Arbeit eines Mannes erledigen. Lassen Sie mich Ihnen einmal etwas sagen, Junge, Menschen zu töten hat nichts damit zu tun, ein Mann zu sein.«

»Aber Sie hatten nichts dagegen, als wir heute nacht Menschen umgebracht haben, um sie zu retten, oder?«

»Das war etwas ganz anderes.«

»Und wieso?«

»Weil Fryes Schützen versucht haben, uns und Sie zu töten. Sie waren bewaffnet, Jack Woodrow aber nicht.«

»Aber das Geld des Autohändlers hat mitgeholfen, das zu erschaffen, dem wir uns heute gegenübersehen. Ohne Woodrows Millionen könnte der Reverend sich seinen Traum vom Jüngsten Gericht niemals erfüllen. Macht das Jumpin' Jack Flash denn nicht zumindest mitschuldig?«

»Ja, wenn der Mann davon gewußt hätte und dabei hatte mitmachen wollen.«

»Woher sollten wir denn wissen, ob er eingeweiht war oder nicht?«

»So etwas kann man herausfinden. Und das sollten Sie sich hinter die Ohren schreiben, bevor Sie noch einmal einen Mann umbringen.« McCracken senkte die Stimme. »Hören Sie mir jetzt gut zu, Junge, ich kann mir ziemlich gut vorstellen, als wen oder was Sie sich in Ihrer Phantasie gern sehen, deswegen werde ich Ihnen jetzt einen guten Rat geben. Sagen Sie meinetwegen, daß ich damit meine Schuld dafür abtrage, daß Sie mir das Leben gerettet haben: Jeder glaubt, daß er recht handelt und das Richtige tut. Die Bösen sind davon ebenso überzeugt wie die Guten. Und das einzige, was sie voneinander unterscheidet, ist die Art, welchen Wert sie dem Leben anderer Menschen zumessen. Man bringt niemanden um, wenn man nicht muß, und man schießt auf niemanden, der nicht gewillt ist, einem nach dem Leben zu trachten.«

Jacob ließ die Schultern hängen. Wie er so zwischen Blaine und seiner Schwester dastand, wirkte er wie ein ängstlicher, einsamer Teenager.

»Andernfalls beeinflußt einen das Töten mehr, als gut für einen ist«, fuhr McCracken fort. »Man wird so wie die, gegen die man kämpft, und sobald man sich nicht mehr von ihnen unterscheidet, ist auch die Sache, für die man steht, nicht mehr wichtig. Haben Sie das verstanden?«

Rachel antwortete anstelle ihres Bruders. »Wir werden niemals so wie die, gegen die wir kämpfen.«

Blaine sah sie für einen langen Moment an, ehe er entgegnete: »Keiner glaubt, daß ihm das jemals widerfahren könnte, junge Dame.«

Rachel errötete, senkte den Kopf und nickte. »Wir brauchen Sie«, erklärte sie schließlich leise. »Wir sind ganz dringend auf Ihre Hilfe und Ihre Erfahrung angewiesen.«

»Und wir benötigen Ihre Kontakte«, fügte ihr Bruder hinzu.

»Mit Kontakten meinen Sie wohl die in Washington«, sagte McCracken. »Tja, in diesem Fall können wir die samt und sonders vergessen. Ich war für diese Herrschaften gestern nachmittag in Washington ein unartiger Junge, und dann abends in San Diego bei Van Dyne Chemicals noch einmal. Jetzt sind sie natürlich böse auf mich.«

Die Zwillinge sahen sich mit großen Augen an.

»Was hat Sie denn zu dem Pharma-Konzern geführt?« wollte Rachel wissen.

»Ein Aidsserum, das sie dort gerade entwickeln«, sagte Karen rasch, ehe Blaine antworten konnte. »Van Dyne ließ das Mittel an einem Teil der Bevölkerung von Beaver Falls testen. Aber dabei muß es zu einer Katastrophe gekommen sein. Was auch immer schiefgegangen ist, der Konzern mußte sich nach einem Ersatz umsehen. Und da bot sich der von mir gefundene Impfstoff als einzige Alternative an.«

»Aber was hat denn ein Aidsmittel mit Fryes Tag des Gerichts zu tun?« fragte die junge Frau.

»Wenn ich das nur wüßte«, seufzte Karen.

»Wir alle haben leider keine Ahnung, wie das alles zusammenhängt«, fügte McCracken hinzu. »Wir wissen aber, daß die gesamte Bevölkerung von Beaver Falls am Montag morgen evakuiert worden ist.«

»Wer waren denn dann die Leute, die Sie heute abend gefangengenommen haben?« wollte Jacob wissen.

»Ersatz für die ursprünglichen Bewohner«, sagte Blaine. »Man hat die ganze Bevölkerung schlichtweg ausgetauscht.«

Der junge Mann schüttelte heftig den Kopf und zeigte damit an, daß er davon nicht überzeugt war. »Der Reverend kann doch wohl nicht annehmen, daß er damit längerfristig durchkommt!«

»Vermutlich will er das auch gar nicht. Die Fassade muß nur bis zum Tag des Gerichts halten.«

»Wenn wir nur eine Ahnung hätten, wie er den über die Menschheit bringen will«, schimpfte die junge Frau frustriert.

»Es würde uns schon vollauf reichen, wenn wir wüßten, wo Harlan Frye zu finden ist«, sagte McCracken.

»Das wissen wir auch nicht«, entgegnete Rachel. »Aber wir kennen jemanden, der vermutlich darüber informiert ist.«

Sie flogen weiter durch die Nacht über der Wüste.

»Zweihundert Meilen nordwestlich von hier liegt ein Flugplatz«, erklärte Jacob, »und dort wartet ein Jet auf uns.«

»Und wohin soll der uns bringen?« fragte Blaine. »Nein, sagen Sie nichts, ich kann es mir schon denken: Zu dem anderen Gründungsmitglied der Sieben, das vorzeitig ausgestiegen ist, nicht wahr?«

»Ja, zu dieser Frau«, fügte Karen hinzu.

»Sie heißt Schwester Barbara«, lächelte Rachel.

»Der Jet bringt uns nach Knoxville, und von dort sind es nur noch ein paar Stunden Autofahrt bis zu ihrem Heim in Asheville, North Carolina«, erklärte der junge Mann und schien sich wieder gefangen zu haben.

»Die Schwester ist sicher in der Lage, die Lücken zu füllen, bei denen wir immer noch nicht weiterkommen. Sie ist noch ein paar Jahre bei Frye geblieben, nachdem unser Vater mit ihm gebrochen hatte. Wenn ich recht informiert bin, war Barbara bis vor zwei Jahren bei dem Reverend.«

»Frye errichtet ein Königreich für sich und seine Getreuen«, ergänzte Jacob. »Unser Vater verließ ihn jedoch, bevor mit den Bauarbeiten begonnen worden war. Deshalb hat er nie erfahren, wo dieses Königreich entstehen soll. Die Schwester muß das aber wissen, und sie kann es uns sagen.«

»Aber sie hat Ihnen das bislang verheimlicht, weil sie mit Ihren Methoden nicht einverstanden ist, richtig?«

Die Zwillinge sahen sich stirnrunzelnd an. Schließlich antwortete die junge Frau: »Wir haben versucht, ihr so weit wie möglich entgegenzukommen. Aber leider hat sie sich nie als besonders kooperativ erwiesen. Das lag vermutlich an dem Umstand, daß sie keinen Moment daran geglaubt hat, Frye könne in der Lage sein, den furchtbaren Plan in die Tat umzusetzen.«

»Ja, das leuchtet mir ein. Andernfalls hätten Sie ja niemals Ratansky beauftragen müssen, ihre Liste mit den Namen der Förderer der Schlüsselgesellschaft zu stehlen. Im Klartext: Sie haben Schwester Barbara das einzige genommen, das ihr Sicherheit bieten konnte, und jetzt wollen Sie, daß ich sie dazu bringe, uns die Dinge zu erzählen, die sie Ihrem Vater stets verschwiegen hat.«

»Inzwischen hat sich schließlich einiges geändert«, sagte Rachel.

»Hat sich sogar alles geändert«, fügte Jacob hinzu.

»Ohne den Schutz der Liste wird Harlan Frye die Schwester ermorden«, drängte die junge Frau. »Sie wird in Panik sein, in Todesangst. Deshalb nimmt sie bestimmt dankbar die Hilfe an, die wir ihr bieten können.«

»Wir müssen nicht mehr tun, als sie davon zu überzeugen, daß der Tag des Jüngsten Gerichts unmittelbar bevorsteht«, ergänzte der junge Mann.

»Dann ist sie bestimmt bereit, uns den Standort des Königreichs der Sieben zu verraten.«

»Ja, so sieht unser Plan aus«, strahlte Jacob.

»Der aber weit davon entfernt ist, mein Junge, perfekt zu sein«, hielt McCracken dagegen.

»Sie haben mit eigenen Augen gesehen, was wir leisten können.«

»Ja, Ihre Arbeit war wirklich beeindruckend. Allerdings sollte man dabei nicht außer acht lassen, daß Sie das Überraschungsmoment auf Ihrer Seite hatten. Darauf können wir uns nun nicht mehr verlassen. Wenn es uns gelingt, ins Königreich einzudringen, wird man uns dort schon erwarten.«

»Sicher, aber bleibt uns eine andere Wahl?«

»Warten wir lieber ab, was die Schwester uns mitzuteilen hat«, entgegnete Blaine, »und dann können wir immer noch weitersehen.«

Ein paar Minuten später übernahm Wareagle das Steuer von McCracken, um das letzte Stück zum Flughafen zu fliegen, auf dem der Jet sie erwartete. Die Zwillinge blieben bei ihm in der Kanzel. Jacob nahm wieder auf dem Kopilotensitz Platz. Er war mit den Anstrengungen seines Vaters aufgewachsen, das zu zerstören, von dem er selbst einmal Teil gewesen war. Dieser heilige Krieg hatte sich in seinem Innern verselbständigt, so daß er nicht den geringsten Zweifel an der Richtigkeit hegte und in seinem Bewußtsein auch kein Platz für etwas anderes blieb. Blaine fragte sich, wie die Zwillinge weiterexistieren wollten, wenn der Kampf gegen die Sieben beendet war, ganz gleich wie er ausgehen mochte. Wenn die beiden bereit waren, ihm zuzuhören, könnte er ihnen eine Menge beibringen. Er selbst hatte schon einige solcher Kämpfe ausgefochten und lange genug gelebt, um einige sehr wichtige Lektionen zu lernen. Aber unglücklicherweise waren Rachel und Jacob nicht gewillt, irgend etwas zu akzeptieren, das jenseits ihrer Aufgabe lag und nichts mit ihrer beschränkten Weltsicht zu tun hatte.

McCracken zog sich in den Transportraum des Hubschraubers zurück und ließ sich neben Karen nieder. Sie sah ihn mit einer inneren Ruhe an, die er nicht von ihr erwartet hatte. »Ich habe jetzt keine Angst mehr«, erklärte sie ihm.

»Glückwunsch«, entgegnete Blaine eher rhetorisch. »Dann

ist Ihnen der große Sprung also gelungen. Willkommen in meiner Welt, Doktor.«

»Ich wäre nie auf die Idee verfallen, in Ihre Welt zu treten, und ich hätte auch nie die Kraft aufgebracht, all das hier durchzustehen, wenn es nicht um meine Kinder ginge. Fryes Bestien hätten sie, ohne zu zögern, ermordet.« Sie schüttelte sich, und dafür war nicht allein die Kälte im ungeheizten Transportraum verantwortlich. »Und wenn wir sie nicht aufhalten, werden sie es weiterhin versuchen.«

McCracken legte ihr einen Arm um die Schultern und zog sie näher an sich heran. »Solange ich etwas dagegen tun kann, werden sie keine Chance dazu erhalten.«

Karen zitterte in seinem Arm, und ihr Blick richtete sich auf die Kanzel. »Dieser junge Mann und seine Schwester ... Ihr Vater hat sie in den Kampf geschickt. Er hat sie allein dazu erzogen. Wenn ich an meine Kinder denke und daran, was sie mir bedeuten, kann ich ein solches Vorgehen nur als abstoßend empfinden.«

»Der Mann hat nur das getan, was er glaubte, tun zu müssen. Und das unterscheidet ihn doch nicht sehr von Ihnen oder mir. Es kommt eben immer auf die Perspektive an, aus der man etwas sieht.« Er legte eine kleine Pause ein. »Die Menschen leben in verschiedenen Welten.«

»Lebt er in Ihrer Welt?«

»Ja, das könnte man sagen.«

»Nein«, widersprach Karen und sah ihm ins Gesicht. »Ich habe genau mitbekommen, was Sie Jacob dazu zu sagen hatten, daß er den Mann in Atlanta umgebracht hat. Es bestand kein Anlaß, den Autohändler zu töten, und dennoch hat er es getan. Doch das hat Sie nicht so sehr gestört wie der Umstand, daß ihm das allem Anschein nach überhaupt nichts ausgemacht hat.«

Blaine lächelte verlegen. »Treffer, Dr. Raymond.«

»Er eifert Ihnen nach, möchte genauso sein wie Sie.«

»Ja, schon möglich.«

»Aus ihm wird aber nie ein zweiter Blaine McCracken, weil ihm die innere Anteilnahme fehlt. Er ist von seiner Sache überzeugt und handelt entsprechend. Und aus demselben

Grund ist er zwar ein ernstzunehmender Gegner, wird es aber einmal sehr schwer haben, wenn man ihn seiner Illusionen beraubt.«

»Das sehen Sie ganz richtig.«

»Ich lerne ziemlich schnell.«

»Dann wollen wir es einmal mit einer etwas schwierigeren Aufgabe versuchen: Meine Kontakte mögen uns zwar gegen Frye und seine Sieben nicht weiterhelfen, aber drüben an der Ostküste gibt es einen häßlichen kleinen Mann, der eine Menge für Sie und Ihre Kinder tun könnte, und das schon sehr bald.«

»Wen genau haben Sie denn da im Sinn?«

»Vertrauen Sie mir einfach.«

Sie legte den Kopf an seine Schulter. »Das tue ich doch. Haben Sie etwa daran gezweifelt?«

»Ich habe nicht daran gezweifelt. Es war bloß eine Feststellung. Und wenn wir den Flughafen erreichen, werden Sie eine weitere Feststellung von mir hören. Ich sage Ihnen dann nämlich, daß Sie nicht weiter mitkommen werden. Ich rufe einfach bei demjenigen an, über den ich eben gesprochen habe, und der bringt Sie und Ihre Söhne an einen Ort, an dem nicht einmal Reverend Harlan Frye Sie aufspüren kann.«

»Und wie lange sollen wir dort bleiben?«

»Bis alles erledigt ist.«

Sie schüttelte heftig den Kopf und richtete sich auf. »Nein.«

»Sie sind nicht einverstanden?«

»Weil Sie nicht auf mich verzichten können.«

»Ich biete Ihnen ein Ticket, das Sie aus meiner Welt hinausführt, Dr. Raymond.«

»Das habe ich nicht gemeint«, entgegnete Karen. »Ich bezweifle nicht, daß Sie und Ihr Freund mich vor Fryes Killern schützen können. Aber wie wollen Sie mich vor dem schützen, was der Reverend über die Welt bringen will? Davon abgesehen«, fuhr sie rasch fort, ehe McCracken etwas sagen konnte, »brauchen Sie mich. Das Jüngste Gericht muß irgend etwas mit Van Dynes Aidsmittel zu tun haben – und auch mit dem, was in Beaver Falls schiefgelaufen ist. In Ihrer Truppe bin ich die einzige, die sich mit dieser Materie auskennt, falls wir je die Chance erhalten, hinter dieses Geheimnis zu stoßen. Und jetzt sagen Sie mir, ob ich damit falschliege, Blaine McCracken.«

Er dachte angestrengt nach und mußte schließlich zugeben: »Sie haben recht.«

»Natürlich habe ich das. Ich war hinter etwas her, und Sie waren hinter etwas her, und unsere Wege haben sich bei Van Dyne gekreuzt. Unsere Aufgabe besteht jetzt darin herauszufinden, wo genau die Verbindung zwischen beidem liegt.«

McCracken warf einen Blick auf Patrolman Wayne Denbo, der mit dem Kopf an der Wand lehnte und zu schlafen schien. »Und was mit den wahren Einwohnern von Beaver Falls geschehen ist.«

Kapitel 29

Schwester Barbara erwachte früh am Freitag morgen, weil Stimmengemurmel durch ihr geöffnetes Fenster drang. Sie erhob sich steif und unbehaglich aus dem Sessel, in dem sie die wenigen Nachtstunden, die ihr zum Schlafen geblieben waren, verbracht hatte.

Jetzt hörte sie, daß sich draußen mindestens ein Dutzend Personen aufhalten mußten.

Sie trat neben das Fenster und lugte durch den Vorhang, den der Wind nach innen blies. Sie sah ihre Anhänger, die seit langem die Oase ihr Heim nannten. Sie arbeiteten im Blumengarten, der ihr Haus vom Rest der Anlage trennte.

Aber ich habe doch die Anordnung gegeben, daß sie alle den Komplex zu verlassen haben! Roland Bagnell sollte dafür sorgen, daß sie schon gestern abend abreisten …

Wie aufs Stichwort klopfte es an ihrer Tür.

»Herein!« rief Barbara.

Bagnell trat durch die Tür, und bei jedem seiner Schritte traf der Gehstock den Boden.

»Was geht hier vor, Roland?« fragte sie aufgebracht. »Ich habe doch eindeutig angewiesen, daß …«

»Ja«, unterbrach er sie. »Und die ständigen Bewohner dieses Parks haben sich ebenso eindeutig dagegen entschieden, von hier zu verschwinden.«

Zu Bagnalls Pflichten gehörte unter anderem, die verschiedenen Dienste der Oase zu koordinieren. Die Menschen, die hierher pilgerten, um seelische Erfüllung oder Ermunterung zu finden, wollten untergebracht und verpflegt werden. Außerdem mußte für sie im Park eine Arbeit gefunden werden. Roland war einer der ersten gewesen, die hier Unterkunft gefunden hatten. Als Krüppel und schwerer Alkoholiker war er gekommen und hatte den Ort seitdem nie wieder verlassen, auch wenn er sich längst von der Flasche verabschiedet hatte und nicht mehr auf die Krücken angewiesen war. Seitdem hatte er sich für die Schwester als unentbehrlich erwiesen und jede ihrer Entscheidungen mitgetragen; darunter auch die, auf die Fernsehsendungen zu verzichten und statt dessen wieder durch die Lande zu ziehen – auch wenn er die Gründe dafür nie begriffen hatte. Im Kreis ihrer engsten Vertrauten und Mitarbeiter galt Bagnell als derjenige, der sich Barbara gegenüber am loyalsten verhielt. Trotzdem hatte sie ihn nie in ihre Begegnungen mit den Sieben eingeweiht.

»Sie verstehen nicht, Roland«, tadelte die Schwester ihn. »Ich habe angeordnet, daß alle die Anlage räumen sollen, weil das für sie so am besten ist.«

»Doch, das verstehe ich, Schwester, und die anderen tun das auch. Sie haben erkannt, daß Sie große Angst haben. Und ihnen ist auch klar, daß irgend etwas nicht stimmt. Deswegen möchten sie Ihnen helfen. Vor allem ich möchte Ihnen beistehen … Bitte, Schwester Barbara, reden Sie mit mir.«

Sie mußte alle verbliebene Kraft aufbieten, um ihn streng anzusehen. »Roland, ich will, daß die Oase evakuiert wird. Wenn es denn unbedingt sein muß, lassen Sie meinetwegen eine Notbesatzung hier. Doch die Betreffenden sollen sich bereithalten, beim ersten Anzeichen …«

»Was für ein Anzeichen, Schwester?«

»Schaffen Sie sie raus, Roland. Sofort!«

Wenn jemand die Mühe auf sich genommen hätte, Warren Thurlow danach zu fragen, was er von dem Ganzen hielte, so hätte er geantwortet, daß ihm das alles wie purer Schwachsinn vorkäme. Als Chief Federal Marshal des Staates North Carolina hatte man ihn mitten in der Nacht aus tiefem Schlaf gerissen und ihm aufgetragen, so schnell wie möglich Schwester Barbara und den Bewohnern ihrer Oase Haftbefehle auszuhändigen. Die richterlichen Verfügungen wurden ihm von einem Kurier gebracht, während er sich noch anzog. Wenn er der Anklage Glauben schenken durfte, hatte sich in dem Park ein Drogenring breitgemacht, der von dort aus im ganzen Land operierte. Thurlow hatte keinen Schimmer, aufgrund welcher Verdachtsmomente diese Anklagen erhoben worden waren. Ihm war nur klar, daß er die Angelegenheit nicht auf die leichte Schulter nehmen oder womöglich ignorieren durfte.

Er kannte die Schwester zwar nicht persönlich, hatte sie aber oft genug auf dem Bildschirm gesehen, um zu wissen, daß sie ganz bestimmt keine Dealerin war. Auch hielt er es kaum für möglich, daß sich direkt unter ihren Augen ein Drogenring entwickeln konnte. Sein Problem war allerdings, daß er in diesem Fall nicht mehr als den Botenjungen spielen durfte. Er mußte ein paar Deputies zusammenrufen und in ihrer Begleitung die Haftbefehle überreichen. Und danach würde er sehen, daß er Land gewann, und sich aus dem Staub machen. Sollte Barbara sich doch die Leute vorknöpfen, die ihr ans Leder wollten, und sie zur Schnecke machen.

Thurlow rief die drei ersten Deputies an, die auf der Dienstliste standen, und befahl ihnen, ihn pünktlich um 6 Uhr 30 zu Hause abzuholen. Er wollte die Geschichte so rasch wie möglich hinter sich bringen.

Der Streifenwagen hielt zur festgelegten Zeit vor seinem Haus, und er verbrachte die neunzigminütige Fahrt auf dem Rücksitz mit dem Versuch, wenigstens etwas Schlaf nachzuholen. Aber es gelang ihm nicht einmal, die Augen für längere Zeit geschlossen zu halten, und als sie Asheville erreichten, eine Stadt, in der er immer schon gern leben wollte, dröhnte es in seinem Kopf. Mitten im Herz der Smoky Mountains gelegen, bot sich der Ort als wahres Paradies dar. Selbst die kleineren Häuser wirkten vor dem Hintergrund sanfter Hügel schmuck und malerisch. Eine verschwenderische Vielfalt von Bäumen warf Schatten auf die Straßen und Vorgärten, und die Rasenflächen lagen im schönsten Grün da. Thurlow mußte an sein eigenes gelb gewordenes, kränkelndes Gras denken und knirschte mit den Zähnen.

Seine Stimmung hatte sich noch verschlechtert, als sie am Haupteingang der Oase vorfuhren. Er befahl seinen Begleitern, im Hintergrund zu bleiben, und stampfte schon auf das Tor zu, noch bevor die Deputies ausgestiegen waren. Auf halbem Weg bemerkte Thurlow einen ärmlich gekleideten Mann. Er kam aus dem kleinen Wachhaus, das in der hohen weißen Mauer eingelassen war, die den gesamten Komplex umgab.

»Warren Thurlow, Federal Marshal!« rief Thurlow und zog die Haftbefehle aus der Jackentasche. »Ich fürchte, ich muß die Schwester sehen. Sollte sie sich allerdings nicht hier aufhalten ...«

Der Mann reagierte nicht auf den Wink mit dem Zaunpfahl. »Doch, sie ist hier«, erklärte er und nahm den Hörer vom Telefon im Wachhaus ab. »Wie, sagten Sie noch, lautet Ihr Name?«

»Warren Thurlow.«

»Und aus welchem Anlaß sind Sie hier erschienen?«

Bevor der Marshal antworten konnte, verschwand der Kopf des Wächters in einer Explosion von Blut und Knochen, die auf Thurlows Uniform herabregneten. Als nächstes hörte er die Schreie seiner Deputies und fuhr herum. Eine ganze Salve von Kugeln fuhr in ihre Leiber, und sie brachen einer nach dem anderen zusammen. Bevor Thurlow sich auf den Boden werfen konnte, wurde er in die Schulter getroffen. Eine weitere Kugel streifte seine Rippen, und er hatte das Gefühl, jemand habe ihn in die Seite getreten.

»Scheiße«, murmelte der Marshal, als er auf dem Boden landete. Er spürte, wie das warme rote Leben aus ihm hinausquoll, und dachte mit unerklärlicher Ruhe: Es hat mich erwischt.

Er hätte große Schmerzen haben müssen, aber sie blieben aus unerfindlichen Gründen aus. Thurlow gelang es, hinter einen dichten Azaleenstrauch zu kriechen, und dort versuchte er, wieder zu Atem zu kommen.

Was ist denn eigentlich los? Was um alles in der Welt geht hier vor?

Kriech zum Wagen zurück, sagte er sich, und häng dich ans Funkgerät.

Doch bevor er sich in Bewegung setzen konnte, hörte er, wie ganz in der Nähe ein paar schwere Fahrzeuge mit quietschenden Bremsen zum Stehen kamen. Er spähte um den Strauch und sah drei große olivgrün gestrichene Lastwagen, gegen die sich sein Streifenwagen wie ein Spielzeugauto ausnahm. Thurlow war noch genug bei Verstand, um sich augenblicklich tiefer in das Dickicht der Sträucher an der Mauer zurückzuziehen. Keinen Moment zu früh, denn schon sprangen Männer von der Ladefläche der Transporter.

Der Marshal sah zuerst nur ihre Gewehre, die im Licht der Morgensonne schwarz glänzten. Sein Verstand arbeitete mittlerweile schon deutlich langsamer, und so brauchte er eine Weile, ehe ihm bewußt wurde, warum die Bewaffneten ihm so bekannt vorkamen. Auf den schwarzen Windjacken, die sie über den kugelsicheren Westen trugen, und auf den dazu passenden schwarzen Kappen stand STRIKE geschrieben.

Sie trugen die Standarduniformen der Strike Force des Federal Marshals.

Die Bewohner der Oase hatten Rolands nur halbherzig vorgebrachte Instruktionen ignoriert und gingen ihren täglichen Pflichten nach. Schließlich würde der Park in wenigen Stunden öffnen. Schwester Barbara marschierte durch den wunderbaren Garten, der sich vor ihrem Haus ausbreitete, und suchte Bagnell. Sie fand ihn schließlich auf der Hope Avenue, die durch die gesamte Länge des Parks verlief. Er lehnte an einem Golfwagen.

Roland lächelte leise, und es kam ihr so vor, als freue er sich. »Ich habe getan, was ich konnte«, versicherte er Barbara.

»Aber die Leute sind ja immer noch hier.«

»Sie wollen nicht gehen, Schwester. Sie möchten fest an Ihrer Seite stehen, als Dank für das, was Sie für sie getan haben.«

»Roland, Sie verstehen anscheinend immer noch nicht. Genausowenig wie die Menschen dort.«

Er humpelte zu ihr und ließ den Stock im Wagen zurück. »Sie verstehen aber, was Verpflichtung und Loyalität heißen. Und sie beherzigen, was Sie ihnen beigebracht haben.«

»Nein, und nochmals nein! Jetzt hören Sie mir gut zu. Bitte ...«

Das Lächeln auf seinen Lippen wurde breiter. »Ich habe Ihnen zugehört, Schwester, und ich ... *Schwester!*«

Damit warf er sich auf sie und wirbelte sie herum. Furcht und Fassungslosigkeit standen in seinem Blick. Barbara spürte, wie ihre Rippen unter dem Aufprall knackten, und im nächsten Moment lag sie unter Bagnell begraben auf dem Boden.

»Roland«, keuchte sie, während sie versuchte, sich von der Last zu befreien. »Roland, was hat das –«

Als sie die Hände von seinem Rücken zog, waren sie voller Blut. Sie starrte in sein Gesicht und sah, daß ein dünnes rotes Rinnsal aus seinem Mundwinkel lief.

»ROLAND!«

Jemand hatte ihn angeschossen! Jetzt hörte Barbara auch dumpf die Feuerstöße, die durch den Park hallten. Sie rappelte sich auf und kroch zusammen mit Bagnell in den schwachen Schutz des Golfwagens.

»Nein ...«, krächzte er und schlug zum ersten Mal die Augen wieder auf. »Lassen Sie mich ...«

Sein Blick brach. Roland Bagnell war tot. Entsetzt fuhr die Schwester vor ihm zurück. Das Gewehrfeuer um sie herum nahm an Intensität zu, und mit plötzlicher Klarheit erreichte ein noch furchtbareres Geräusch ihr Ohr:

Schreie ...

Ihre Anhänger wurden hier in ihrer Oase abgeschlachtet!

Direkt vor ihr lief eine Gruppe über die Hope Avenue, und Barbara verfolgte, wie Kugeln von unsichtbaren Schützen dreien von ihnen in den Rücken schlugen und sie niedermähten. Einer dieser Unglücklichen, eine Frau, lebte noch und versuchte, über den Rasen fortzukriechen. Barbara eilte ihr sofort zu Hilfe.

»Warum, Schwester, warum nur?« murmelte die Frau, als Barbara vor ihr auftauchte. »Aus welchem Grund ...«

Ich bin der Grund, dachte die Schwester, während sie die Frau hinter einen Erfrischungsstand zog. Alles ist meine Schuld.

Barbara strich der tödlich Verwundeten über das Haar und schloß ihr die Augen. Die Frau atmete noch, aber man konnte nichts mehr für sie tun. Außerdem gab es da noch die anderen, die vielen anderen.

Immer noch wurden Kugeln abgefeuert, und überall im Park schienen Gefechte im Gange zu sein. Barbara sagte sich, daß eine ganze Armee in die Oase eingefallen sein mußte. Und sie mußte auch nicht lange nachdenken, um zu wissen, wer hinter diesem Anschlag steckte. Reverend Harlan Frye hatte seine Legionen ausgesandt, um die Bedrohung, die die Schwester für ihn darstellte, ein für alle Male auszumerzen.

Während Barbara durch die Anlage schlich und sich immer im Schutz von Gebäuden oder Bäumen hielt, bemerkte sie schwarzgekleidete Männer, die wie Kommandotrupps durch den Park vordrangen und auf alles schossen, was ihnen vor die Gewehrläufe kam. Als sie in die Nähe der Wasserspiele kam, entdeckte sie im lagunenartigen Becken die Leichen etlicher ihrer Anhänger. Das früher kristallklare Wasser hatte sich rot getrübt.

Die Schwester hörte sich selbst leise stöhnen und wimmern. Sie konnte nur in ihrem Innern weinen, und die Trauer ließ ihr jeden Schritt zur Last werden. Ihre Füße schienen zusätzlich die Bürde all dessen tragen zu müssen, was sich rings um sie tat. Doch dann schwoll ein mächtiger Zorn in ihr an, brannte auf ihrer Haut und vertrieb die Frostkälte des Kummers.

Sie würde Frye und die Sieben vernichten. Ihre Gefolgsleute wurden hier abgeschlachtet, und ihr Tod sollte nicht umsonst gewesen sein. Doch um ihre Anhänger zu rächen, mußte sie am Leben bleiben, und diese Aufgabe kam ihr im Moment überaus schwierig, wenn nicht unmöglich vor.

Die Schwester kroch hinter einen leeren Kiosk und wartete dort, bis ein Trupp Feinde vorübergezogen war, bevor sie sich wieder auf den Weg machte.

»Gewehrfeuer!« rief McCracken, als der vollbesetzte Lieferwagen den Hügel vor Schwester Barbaras Oase hinauffuhr.

»Wir sind zu spät«, murmelte Rachel. »Fryes Leute sind uns zuvorgekommen.«

»Schneller!« drängte Jacob Wareagle, der am Steuer saß. Der Indianer warf ihm nur einen kurzen Blick zu, ehe er den Wagen von der Straße lenkte und ihn so außer Sichtweite vom Eingang zum Park brachte.

Sie hatten nach der Landung in Knoxville, Tennessee, keine Rast eingelegt, waren gleich weitergefahren und hatten vor zwei Stunden North Carolina erreicht. Sie hatten die ganze Ausrüstung im Lieferwagen verstaut, dann waren sie gleich zu Schwester Barbaras Oase in den Hügeln von Asheville gestartet.

»Sie haben mir gesagt, Sie könnten mit Waffen gut umgehen?« fragte Blaine den jungen Mann.

»Das kann ich auch«, versicherte er und warf einen Blick auf seine Schwester. »Wir beide verstehen uns darauf.«

»Das hoffe ich, denn bei der Übermacht, gegen die wir gleich antreten, sind wir dringend auf gute Schützen angewiesen.« Er wandte sich zu Johnny, der das Fenster heruntergekurbelt hatte und lauschte. »Indianer?«

»Zwischen fünfunddreißig und vierzig, Blainey.«

»Gott, und wir sind nur vier, Dr. Raymond nicht eingerechnet.«

Patrolman Wayne Denbo, der hinten im Wagen lag, richtete sich halb auf. »Wir sind fünf, Mister.«

McCracken sah ihn nur an, sagte aber nichts.

Denbo setzte sich hin. »Na gut, ich bin vorhin vielleicht etwas durchgedreht, aber dafür ist Beaver Falls und all die Scheiße verantwortlich, die sie mir im Krankenhaus in die

Adern gepumpt haben. Aber ich glaube, ich habe jetzt meine fünf Sinne wieder beisammen.«

»Können Sie mit einem Schießeisen umgehen?«

»Ich war drei Jahre hintereinander Bezirksmeister im Pistolen- und Gewehrschießen.«

»Haben Sie auch schon einmal auf einen Menschen geschossen, Officer?«

Wayne senkte den Blick. »Nein, Sir.«

»Tja, für alles gibt es ein erstes Mal.«

Sie fuhren den Wagen durchs Unterholz eine Viertelmeile tief in den Wald hinein und stellten ihn dort ab. Hier war das Gefährt vor allen Blicken verborgen. Karen sollte dort bleiben und auf die Rückkehr der anderen warten. Wareagle, Denbo und die Zwillinge behängten sich mit Waffen, Munition und anderen Geräten, während Blaine ihnen seinen Schlachtplan erläuterte. Niemand zeigte sich sonderlich überrascht, daß Jacob quasi an seinen Lippen hing. Der Koffer der beiden jungen Leute enthielt für jeden zwei automatische Waffen. Nur Denbo blieb lieber bei seiner Pistole. McCracken und Johnny entschieden sich für M-16-Sturmgewehre und Mac-10-Maschinenpistolen vom Kaliber neun Millimeter. Die Zwillinge bewaffneten sich ebenfalls mit M-16s, und Jacob schulterte zusätzlich noch einen M-79-Granatwerfer, der aus seinem dicken, gewehrähnlichen Lauf 40-mm-Granaten verschoß. Rachel nahm noch eine halbautomatische Pump-Action, ein Schrotgewehr, das auch unter dem Namen Straßenfeger bekannt war und ein zwölfschüssiges Röhrenmagazin aufwies.

Die Zwillinge führten die Truppe an und marschierten auf das Eingangstor zu. Fünfzig Meter davor hielten sie an, damit die anderen aufschließen konnten. Denbo bildete die Nachhut. Aus der Anlage waren Schüsse zu hören, doch jetzt wurde nicht mehr überall gleichzeitig geschossen. Nur hier und da krachten noch Gewehre. McCracken hielt das für ein schlechtes Zeichen, und er fragte sich, ob Schwester Barbara zu den vielen gehörte, die vorhin bei dem massiven Beschuß getötet worden waren.

Nun übernahmen Blaine und Johnny die Spitze. Drei schwere Truppentransporter versperrten die Zufahrt, und zwischen ihnen stand ein Streifenwagen. Der Indianer schlich zu den drei Lastern und spähte hinein. Sie waren leer. Er gab McCracken ein Zeichen, und dieser winkte den anderen zu, ihm zum Tor zu folgen. Sekunden später waren alle fünf an den Pfosten in Stellung gegangen. Blaine wollte gerade weiter vorrücken, als ein leises Geräusch an sein Ohr drang. Es hörte sich an wie menschliches Stöhnen und schien aus einem der Büsche an der Mauer zu kommen. Er gab den anderen zu verstehen, hier auf ihn zu warten, und bahnte sich seinen Weg durch die Sträucher. McCracken stieß bald auf einen Mann, dessen Uniform lehmverschmiert war. An seiner Schulter und an seinen Rippen zeigten sich große rote Flecke.

»Sie gehören nicht zu uns«, sagte der Mann ächzend und schwer atmend. »Ich weiß nicht, wer sie sind, aber sie gehören nicht zu uns.«

Blaine drehte sich kurz um und nickte Wareagle zu. »Zu wem gehören sie nicht?« fragte er den Verwundeten dann leise.

»Zu den Federal Marshals. Zu unserer Strike Force. Sie sind zwar genauso angezogen und ausgerüstet wie unsere Truppe, aber lassen Sie sich davon nicht täuschen. Knallen Sie die Schweine ab! Haben Sie mich verstanden? Sie sollen sie umbringen.«

»Hört sich ja fast wie ein Befehl an.«

Warren Thurlow verzog vor Schmerzen das Gesicht. »Sie stehen hier einem Vertreter der Bundesregierung gegenüber.«

»Dann halten Sie hübsch den Kopf unten, Uncle Sam, und überlassen Sie alles andere uns.«

McCracken ging zu den anderen zurück. Als er festgestellt hatte, daß sich in Eingangsnähe keine Feinde aufhielten, schickte er Rachel und Jacob los. Die Zwillinge fuhren hoch, sausten geduckt durch das Tor und bewegten sich Richtung Osten weiter, wo Schwester Barbaras Privathaus stand. Einen Moment später folgten ihnen McCracken, Wareagle und der Patrolman in die Anlage, wandten sich aber nach Westen zu den Wasserspielen und Rutschen. Als sie über den gepflegten Rasen rannten, brandete vor ihnen stärkeres Gewehrfeuer auf.

Kapitel 30

Die nächsten Minuten, in denen Schwester Barbara im Park von einer Deckung zur anderen huschte, kamen ihr wie eine halbe Ewigkeit vor. Immer wieder mußte sie sich fallen lassen oder sich die erstbeste Deckungsmöglichkeit suchen, weil wieder irgendwelche schwarzuniformierten Schützen vor ihr auftauchten. Zuerst hatte sie vorgehabt, in ihrem Privathaus Schutz zu suchen. Doch als sie kurz davor anlangte und die blühenden Sträucher und Blumen des vorgelagerten Gartens erblickte, sagte sie sich, daß sie besser dort Unterschlupf suchen sollte. Barbara sah sich sorgfältig um, und als sie festgestellt hatte, daß sich keiner der Angreifer in der Nähe aufhielt, eilte sie über die Beete und warf sich hinter einen dichtbegrünten Busch in der Mitte des Gartens. Hier, unter den Blüten und Blättern einer Riesendahlie, war sie vor den Blicken aller, die nach ihr Ausschau hielten, verborgen und konnte erst einmal zu Atem kommen.

Blaine, Johnny und Wayne stießen siebzig Meter hinter dem Eingang auf die ersten Leichen. Vier Tote, zwei Männer und zwei Frauen. Alle unbewaffnet. Ohne Vorwarnung niedergeschossen, als sie sich arglos auf dem Weg zum Tor befunden hatten.

Die drei liefen vorsichtig über die Hope Avenue weiter, um ins Zentrum der Anlage zu gelangen. McCracken und der Indianer erblickten überall weitere Leichen. Man hatte sie kaltblütig niedergestreckt und ihnen nicht die geringste Chance gelassen, sich zur Wehr zu setzen. Blaine verspürte ohnmächtigen Zorn, und ihm wurde klar, daß der Reverend zur Verwirklichung seiner Ziele im wahrsten Sinn des Wortes bereit war, über Leichen zu gehen.

Um so mehr mußte Frye gestoppt werden. Doch dazu mußten sie zunächst die Schwester finden, am besten lebend und unverletzt.

Drei schwarzgekleidete Schützen stürmten aus dem Gang, der die Wasserrutschen vom Wellenbad trennte. Sie entdeckten Blaine und den Indianer einen Moment, nachdem sie von diesen erspäht worden waren. Doch dieser winzige Augenblick wurde für sie zur Ewigkeit. McCrackens und Wareagles M16 spuckten simultan kurze Feuerstöße aus und fällten die Feinde an der hüfthohen Absperrungskette.

Zwei neue Gegner erschienen hinter einem T-Shirt-Laden. Sie wollten wohl nur nachsehen, was die Schüsse zu bedeuten hatten, und kaum hatten sie Blaine und Johnny erblickt, eröffneten sie gleich das Feuer. McCracken ließ sich zu Boden fallen und rollte sich in Wareagles Schatten auf eine kleine Bude zu, hinter der sie für einen Moment in Sicherheit waren.

Plötzlich ertönten neben ihnen Schüsse, und die beiden Schwarzuniformierten brachen zusammen, bevor sie ihren Angriff fortsetzen konnten. Wayne Denbo war in den Kampf eingetreten. Bislang war er hinter McCracken und dem Indianer hergeschlichen und hatte sich unauffällig in ihrem Rücken gehalten, bis er jetzt den entscheidenden Augenblick gekommen sah, in das Geschehen einzugreifen.

»Danke«, sagte Blaine zu ihm. Er stand schon wieder auf den Beinen, und der Indianer spähte um den Rand der Bude.

Wayne lächelte verlegen. Zum ersten Mal seit einigen Tagen fühlte er sich wieder lebendig, und der Nebel, der seit dem Besuch in Beaver Falls über seinem Bewußtsein gelegen hatte, klärte sich jetzt endgültig.

Die drei liefen weiter zu dem vereinbarten Treffpunkt an Schwester Barbaras Haus, wo sie auf die Zwillinge stoßen wollten.

Auf dem ersten Stück ihres Weges wurden Jacob und Rachel von niemandem aufgehalten oder unter Feuer genommen. Da sie die einzigen in der kleinen Truppe waren, die die Schwester kannten, fiel ihnen natürlich die Aufgabe zu, sie hier in diesem Chaos aufzuspüren, während ihre drei Verbündeten sich darum kümmern sollten, die vielen Feinde im Park beschäftigt zu halten. Dennoch mußten die Zwillinge davon ausgehen, daß auch einige von Fryes Männern nach der Schwester suchten … wenn sie nicht längst tödlich getroffen war. Und diese Schergen mußten ausgeschaltet werden, wenn Jacob und Rachel Erfolg haben wollten.

Als sie den großen Vorgarten erreichten, legte Rachel ihrem Bruder eine Hand auf die Schulter. Er drehte sich zu ihr um und nickte, während sie geduckt durch eine schmale Gasse in der verschwenderischen Blütenpracht schlich. Sie wußte genau, was sie zu tun hatte. McCracken hatte ihnen diesen Auftrag gegeben, und nur deswegen war Jacob damit einverstanden, seine Schwester allein losziehen zu lassen.

Die schwarzen Jacken und Kappen, die Fryes Männer als Mitglieder der Federal Marshals Strike Force auswiesen, waren für Blaines Truppe vorteilhaft, denn dadurch waren sie leichter auszumachen und von anderen zu unterscheiden. Doch Jacob legte nicht auf die Männer an, die jetzt an seinem Versteck in einem Lilienbeet vorbeiliefen und allem Anschein nach ins Haus wollten. Die Zweige hingen so dicht über ihm, daß er nur wenig von dem mitbekommen konnte, was sich um ihn herum tat. Seine Schwester hatte er längst aus den Augen verloren. Er nahm an, daß sie das Gebäude mittlerweile erreicht haben mußte. Jacob spannte die Muskeln an und machte sich bereit.

Einen Moment später krachten aus dem Innern des Hauses Schüsse. Scheiben zerplatzten, und eine Frau schrie gellend. Dann wurde wieder gefeuert.

Jacob duckte sich tiefer, um nicht doch noch entdeckt zu werden.

Von seiner Position aus konnte er ziemlich gut verfolgen, wie Fryes Männer zu einem konzentrierten Angriff auf das Anwesen ansetzten. Das kurze Feuergefecht und der Schrei hatten ihre Aufmerksamkeit hierhergelenkt. Alles lief so, wie McCracken und seine Kameraden es geplant hatten.

Denbo hielt sich nun nicht mehr im Hintergrund, sondern marschierte neben Blaine und Johnny her. Als sie eine Fotobude erreichten, blieb McCracken stehen.

»Sie sind also Präzisionsschütze?« fragte er den Patrolman.

»Mit einer Pistole auf hundert Fuß. Mit einem Gewehr auf fünfhundert Fuß.«

»Und wie kommen Sie mit einem M-16 zurecht?«

»Ist nicht gerade meine Lieblingswaffe.«

»Danach habe ich nicht gefragt.«

Denbo zuckte die Achseln. »Schätze, ich treffe auf dreihundert Fuß.«

»Dann stellen wir das Visier lieber auf zweihundertfünfzig ein«, meinte Blaine und erklärte ihm dann seinen Plan. »Wir geben Ihnen Feuerschutz.«

»Nicht nötig. Machen Sie sich nur auf den Weg. Ich schlage mich schon allein durch.«

McCracken und der Indianer warteten, bis Denbo nicht mehr zu sehen war. Dann setzten sie sich in Bewegung. Überall lagen verkrümmte Leichen mit schmerzverzerrten Gesichtern.

Plötzlich tauchte vor ihnen eine Frau auf, die zwei neun- oder zehnjährige Kinder an der Hand hielt. Sie hatten sich hinter dem Karussell versteckt und glaubten jetzt anscheinend, die Luft sei rein genug, um zu den Sportplätzen zu rennen. Die Frau sah sich noch ängstlich um, als zwei schwarzgekleidete Männer auf einer der Straßen auftauchten, die die Hope Avenue kreuzten. Sie rissen sofort ihre Gewehre hoch und legten an.

Blaine und Johnny erschossen sie von hinten. Die Frau rannte im selben Moment los, und ihre Arme wirkten wie Ketten, mit denen sie die Kinder an sich gefesselt hatte und gleichzeitig antrieb.

Auch andere schienen die Szene verfolgt zu haben, denn jetzt tauchten überall verzweifelte und ängstliche Menschen aus ihrer Deckung auf und setzten sich ebenfalls in Richtung der Sportplätze in Bewegung. Anscheinend nahmen sie an, dort am ehesten einen Weg nach draußen zu finden.

McCracken und Wareagle folgten den Flüchtenden unbemerkt, um im Falle eines Angriffs sofort einzugreifen. Die beiden bewegten sich an den Ständen und Buden entlang, die die Hope Avenue säumten, weil sie hier am leichtesten Deckung finden konnten. Fryes Schergen ließen nicht lange auf sich warten. Etliche Schützen rannten los und versuchten, zu den Flüchtigen aufzuschließen, um sie so besser treffen zu können. Die Schwarzuniformierten schienen mit keinem Widerstand mehr zu rechnen, denn nicht einer von ihnen sah nach hinten. Wareagle nutzte ihre Achtlosigkeit. Er kniete sich am Rand eines Spielfelds hin und nahm die schwarzen Rücken sorgfältig ins Visier. So brauchte er auf jeden Gegner nur einen Schuß abzugeben. Fryes Männer fielen wie die Kegel.

McCracken blieb ein Stück zurück und bereitete sich auf den zu erwartenden Angriff auf den Indianer vor. Und schon löste sich eine Gruppe von den Verfolgern und bewegte sich auf die Buden und Stände zu. Sie liefen Blaine direkt vor das Sturmgewehr. Binnen kurzem streckten seine Schüsse vier oder fünf von ihnen nieder. Die anderen sprangen in Deckung und gaben von dort aus einzelne Feuerstöße auf den unsichtbaren Gegner ab. Blaine hielt sie mit seinen Kugeln in Atem. Er machte sich Sorgen um Wareagle, der ganz allein am Feldrand kniete. Nun war es an Wayne, ihm Feuerschutz zu geben.

Denbo hatte eine Leiter gefunden und war auf das Dach des höchsten Gebäudes der Oase gestiegen, einem dreigeschossigen Kino, das zweihundertfünfzig Meter von den Sportplätzen entfernt stand, wo sich der Indianer aufhielt.

Der Patrolman hatte sich gerade an den Dachrand gelegt, als er durch das Visier acht Männer ausmachte, die von Westen kommend auf Johnny zustürmten. Der Indianer fuhr herum und gab einen Feuerstoß auf sie ab. Er konnte zwei von ihnen erledigen, ehe sein Magazin leer war. Wareagle ging in Deckung und schob ein neues Magazin ein. Die verbliebenen sechs Schützen wollten ihren Vorteil nutzen und rannten unablässig feuernd weiter auf ihn zu. Wayne erkannte, daß Johnny unmöglich mit ihnen allen fertig werden konnte.

Er nahm den ersten ins Visier und drückte ab. Der Schwarzuniformierte warf den Kopf zurück und brach zusammen. Sofort legte Denbo auf den nächsten an. Nahm ihn ins Visier. Zielte. Feuerte. Der Getroffene riß die Arme hoch und kippte dann hinten über.

Die restlichen vier Schützen blieben stehen und sahen sich

voller Panik um. Wareagle hatte nachgeladen, sprang jetzt auf und erledigte drei von ihnen mit einem einzigen Feuerstoß, während Wayne dem letzten eine Kugel in den Kopf jagte. Dann suchte er nach dem Indianer, um festzustellen, ob er unverletzt geblieben war.

Wareagle winkte ihm zu und eilte dann zu Blaine zurück, der besorgt zwischen den Buden auf ihn wartete. Insgesamt hatten die drei durch ihr Eingreifen annähernd fünfzig Personen die Flucht ermöglicht.

»Jetzt aber nichts wie zum Haus, Indianer«, sagte McCracken, als Wareagle ihn erreichte.

In ihrem Versteck mitten im Garten hörte Barbara den Schußwechsel im Haus. Das ergab für sie nicht den geringsten Sinn. Auf wen schossen Fryes Männer denn dort? Niemand von ihren Anhängern hielt sich im Haus auf. Dann vernahm sie einen schrillen Frauenschrei.

Ob es tatsächlich einigen ihrer Arbeiter gelungen war, das Haus zu erreichen und sich dort zu verstecken? Anscheinend gingen die Angreifer davon aus, denn vor ein paar Minuten war über ein Dutzend von ihnen an ihr vorbeigelaufen. Barbara hielt es für ratsam, ihr Versteck zu verlassen. Sie fing gerade an davonzukriechen, als sie eine Gestalt bemerkte, die auf allen vieren aus einer Ecke des Gartens näher kam. Die Schwester zog sich augenblicklich wieder unter den Strauch zurück. Bei der Gestalt handelte es sich um einen jungen Mann, und als er sie passierte, konnte sie einen kurzen Blick auf sein Gesicht werfen. Er trug nicht das Schwarz von Fryes Leuten, und er ähnelte ihnen auch sonst nur wenig. Barbara verfolgte, wie er stehenblieb und eine merkwürdige, klobige Waffe von der Schulter nahm. Er hantierte kurz daran herum und schlich dann weiter auf das Haus zu.

Jacob hörte den Schußwechsel im Haus und duckte sich hinter einen Strauch, der etwa dreißig Meter vom Eingang entfernt stand. Rachels Waffe ließ sich eindeutig von den Schüssen der anderen unterscheiden. Die Intervalle zwischen den einzelnen Feuerstößen zeigten ihm an, daß sie sich, wie geplant, von Zimmer zu Zimmer bewegte und die Angreifer immer tiefer in das Gebäude lockte. Jacob wäre gern näher herangeschlichen, aber auf eine kürzere Distanz ließen sich die 40-mm-Granaten nicht abfeuern. Sie benötigten fünfunddreißig Meter Flug, um scharf zu werden.

Er baute den Granatenwerfer vor sich auf und schob die erste Granate in die Kammer. Dann setzte er den Werfer an der Schulter an. Er zielte sorgfältig und drückte ab. Die Granate flog mit einem dumpfen Ploppen aus dem Rohr, und bevor sie aufschlug und explodierte, hatte er bereits die zweite geladen.

Barbara hörte den gewaltigen Knall und hielt instinktiv die Hände an die Ohren. Dennoch vernahm sie ein Ploppen, als würde ein Sektkorken aus der Flasche fliegen, und kurz darauf krachte die zweite Explosion.

Binnen weniger Momente schlugen drei weitere Granaten ein, und trotz der Hände drang das Geräusch von berstenden Scheiben an ihr Ohr. Zwischen dem Ploppen und den jeweils kurz darauf erfolgenden Detonationen kroch sie ein Stück weiter zu einer Stelle, wo die Sträucher nicht so dicht standen und sie eine bessere Sicht hatte.

Ihr Haus sah aus wie nach einem Bombenangriff. Dicke schwarze Rauchwolken stiegen überall auf, dazwischen leckten Flammen nach oben. Die meisten Fensterscheiben waren zerplatzt, oft waren sie sogar mitsamt dem Rahmen und dem umliegenden Mauerwerk herausgesprengt worden. Nicht eines der drei Stockwerke war verschont geblieben. Noch während sie auf ihr Heim starrte, schleuderten zwei weitere Explosionen Holz, Stein und Glas in die Luft, und das Haus machte den Eindruck, als wurde es innerhalb der nächsten Minuten einstürzen.

Barbara verfolgte, wie einige Schwarzuniformierte aus dem Haus taumelten und die Treppe hinunterstolperten. Einige warfen sich durch die Fenster, bei den meisten von ihnen hatte die Kleidung Feuer gefangen. Doch einige wirkten unverletzt und liefen zu ihren Kameraden, um sie fort von dem Haus und in Sicherheit zu schaffen. Die nächste Granate schlug mitten zwischen ihnen auf den Stufen ein. Als sich der Qualm verzogen hatte, hatte sich der Rasen vor dem Haus in einen blutdurchtränkten Friedhof verwandelt.

Die Schwester glaubte, ihren Augen nicht trauen zu dürfen. Die widersprüchlichsten Gefühle rasten durch ihren Kopf und machten es ihr fast unmöglich, einen klaren Gedanken zu fassen. Jemand gab sich hier die größte Mühe, ihr Haus, ihr Heim, zu zerstören. Doch gleichzeitig nahm der junge Mann, der eindeutig hinter diesem Vernichtungswerk steckte, auch die Schergen Fryes unter Feuer, die ihre Oase überfallen hatten. Stand er nun auf ihrer Seite oder nicht? Sie überlegte fieberhaft, ob sie sich ihm nähern sollte.

Barbara setzte sich schließlich wieder in Bewegung und schlich durch den Garten, bis sie den Jungen direkt vor sich hatte. Er bemerkte sie nicht, weil seine ganze Aufmerksamkeit auf das Haus vor ihm gerichtet war. Barbara hielt an und entdeckte jetzt, daß eine junge Frau aus den Trümmern stieg. Ihre Kleidung war zwar stark verschmutzt, aber trotzdem erkannte Barbara, daß sie kein Schwarz trug. Sie hielt sich eine Hand vor den Mund und rannte hustend, spuckend und würgend zu dem Jungen. Er legte den Arm um sie und stützte sie. Als die beiden sich dann zum Gehen wandten, trat Barbara aus ihrem Versteck und zeigte sich ihnen.

»Hallo, Schwester«, sagte der junge Mann nach einem Moment und packte die junge Frau fester.

Plötzliche rasche Schritte ließen Barbara herumwirbeln. Ein großer, bärtiger Mann, der ein Gewehr geschultert hatte und ein zweites in der Hand hielt, lief auf sie zu. Hinter ihm tauchte ein riesenhafter Indianer auf, der die größten Sträucher überragte.

»Tut mir leid wegen der Bescherung, die wir hier anrichten mußten«, lächelte Blaine McCracken.

Wayne Denbo von der Arizona Highway Patrol fühlte sich fast wieder wie der alte, während er verfolgte, wie McCracken und Wareagle sich immer weiter durch den Oasen-

Komplex vorarbeiteten und dabei zielstrebig auf ein Haus zusteuerten, das von einem enormen Blumengarten umgeben war. Er selbst suchte weiterhin vom Dach des Kinos aus das Gelände ab und entdeckte plötzlich etwas an der Rückwand eines Gebäudes, das wie ein Schlafsaal oder eine Jugendherberge aussah. Vermutlich wäre es ihm nie aufgefallen, wenn die hellere Farbe des Gebildes sich nicht so eindeutig vom Rot der Ziegelsteine abgehoben hätte. Denbo hatte so etwas nur auf Bildern, aber noch nie bei einem seiner Einsätze gesehen, und seine Phantasie brauchte ein paar Momente, um dahinter zu kommen, worum es sich bei dem cremefarbenen Haufen handelte.

Plastiksprengstoff!

Die Gegner schienen vorzuhaben, die gesamte Anlage in die Luft zu jagen. Im selben Moment begriff Wayne, daß er hier nicht länger auf Posten liegen durfte. Er mußte Blaine von seiner Entdeckung berichten.

Denbo schulterte sein Gewehr und lief über das Dach zur Leiter. Hastig stieg er nach unten und scherte sich nicht um das Geklapper, das die Leiter dabei veranstaltete. Als er unten angekommen war, sah er sich rasch um, machte nirgends einen Feind aus und rannte zum Haus. Er hatte gerade sein M-16 wieder in die Hände genommen, als er hinter sich Schritte hörte. Sofort fuhr er herum, doch er war nicht schnell genug. Wayne wurde von mehreren Kugeln getroffen, ehe er sein Sturmgewehr abdrücken konnte. Sein Feuerstoß traf den Schwarzuniformierten in den Bauch, und der Gegner brach auf der Stelle zusammen. Denbo schleppte sich zum nächsten Gebäude und lehnte sich dagegen. Noch während er verschnaufte, entdeckte er ein weiteres Sprengstoffpaket. Der Anblick erinnerte ihn daran, daß er weiter, daß er McCracken und die anderen erreichen mußte, bevor es für sie alle zu spät war.

Wayne atmete flach und viel zu schnell. Er konnte kaum gerade laufen und benutzte schließlich das Gewehr als Krücke. Darauf gestützt humpelte er weiter und preßte die freie Hand an die brennenden, blutenden Wunden in Seite und Brust.

Jacob hielt seine Schwester fest und schleppte sie zu McCracken. Rachel hustete und würgte immer noch, Tränen rannen aus ihren Augen. Doch sie fühlte sich schlagartig besser, als sie Barbara entdeckte, die ihnen voraus auf Blaine und den Indianer zulief.

Die Zwillinge hatten ihr Bestes gegeben und ihren Teil des Plans vollauf erfüllt. Nachdem Rachel die Schützen, die sich in diesem Teil des Parks aufhielten, erfolgreich mit ihrem Gewehrfeuer ins Haus gelockt hatte, hatte Jacob damit begonnen, das Gebäude mit seinen Gewehrgranaten unter Beschuß zu nehmen. Die beiden hatten sich vorher abgesprochen, und als Rachel die erste Explosion hörte, hatte sie sich immer weiter ins Haus zurückgezogen, um nicht von einer Detonation überrascht zu werden.

»Hallo, Schwester Barbara«, grüßte sie die Frau und befreite sich von ihrem Bruder.

»Ich kenne euch!« rief Barbara und sah die beiden abwechselnd an. »Ihr seid Turgewells Kinder, die berühmten Zwillinge.«

Rachel nickte. »Wir haben Ihnen so viel zu berichten, und jetzt, da …«

Sie hielt inne, als sich schwere Schritte näherten. McCracken und Johnny legten sofort an.

Doch es war nur Denbo, der Mühe hatte, einen Fuß vor den anderen zu setzen, und schließlich zusammenbrach. Blut sickerte zwischen den Fingern der Hand durch, die er sich an die Brust preßte, Jacke und Hose hatten sich rot verfärbt.

Der Indianer erreichte ihn als erster, hob ihn behutsam an und brachte ihn in eine sitzende Position. Der Patrolman versuchte mit zitternden Lippen, ihm etwas mitzuteilen.

»Wir … müssen … hier … raus!«

»Was ist los?« rief Blaine.

Wareagle sah ihn nur für einen Moment an und schüttelte kurz den Kopf.

»Müssen hier weg … jetzt …« Brennende Furcht stand in Waynes sterbenden Augen. Er versuchte zu schlucken, besaß aber nicht mehr genug Kraft. »Überall … Sprengstoff … Hier fliegt … gleich alles in die Luft!«

»Natürlich, selbstverständlich«, murmelte Schwester Barbara, als sei ihr in diesem Moment der Sinn des Plans ihrer Gegner aufgegangen.

Sie trat zu den anderen, die um Wayne herumstanden, und hoffte, er würde noch etwas sagen. Doch Wareagle hatte ihm bereits die Augen geschlossen und legte ihn vorsichtig wieder hin.

McCracken wandte sich an die Schwester. »Auf welchem Weg kommt man hier am schnellsten nach draußen?«

»Über den Zaun hinter meinem Haus, oder besser gesagt, hinter dem, was von meinem Heim übriggeblieben ist.« Sie drehte sich zu den Trümmern um. Das Haus kam ihr jetzt fremd und irgendwie nicht mehr real vor. Es erschien ihr eher wie das Puppenhaus eines Mädchens, das in einem Wutanfall zertreten worden war. Immer noch stiegen Rauch und Flammen aus den vielen gezackten Löchern, die die Granaten in die Mauern gerissen hatten.

McCracken blickte jetzt ebenfalls zum Haus. »Auf geht's!« drängte er seine Mitstreiter. »Wir müssen von hier fort!«

Reverend Harlan Frye verfolgte auf dem Bildschirm die Serie von Detonationen. Seine Mitarbeiter hatten die Monitore, die überall im Park aufgestellt waren, bereits vor langer Zeit an sein Übertragungssystem angeschlossen. So bekam Frye schon seit Monaten mit, was sich in der Oase tat, und vor allem war er damit über viele Schritte der verräterischen Barbara informiert. Dummerweise reichten die Monitore nicht bis zum Haus der Schwester, und so sah er sich der Chance beraubt, mit ansehen zu dürfen, wie dieses Heim zusammen mit den anderen Einrichtungen des Komplexes zu Staub zerblasen wurde.

Er hatte den Sprengstoff anbringen lassen, um bei der Öffentlichkeit den Eindruck zu erwecken, die Bewohner des Parks hätten sich lieber selbst in die Luft gesprengt, als sich den Angreifern zu ergeben. Nicht umsonst hatte Harlan seine Männer in die Uniformen von Federal Marshals gesteckt. In den Medien sollte der Eindruck entstehen, die ein paar Jahre zurückliegende Wahnsinnstat des David Koresh in Waco, Texas, habe hier ihre Nachahmer gefunden.

Vor ein paar Minuten noch hatte der Reverend dem Herrn aus tiefstem Herzen gedankt, als auf einem der Bildschirme eindeutig Blaine McCracken und sein indianischer Freund Johnny Wareagle zu erkennen gewesen waren. Das konnte nur bedeuten, daß sich auch Turgewells verfluchte Zwillinge auf dem Gelände aufhielten, möglicherweise auch noch Dr. Karen Raymond. Frye nahm den Umstand, alle seine Feinde dort versammelt zu wissen, als Zeichen des Herrn, der ihm damit mitteilen wollte, daß seine letzte Prüfung bevorstand. Sobald Harlan diese bestanden hatte, konnte er, ohne weitere Störungen befürchten zu müssen, die nächste Stufe des Plans einläuten.

Kein Dazwischenfunken seiner Gegner mehr. Keine neuen Prüfungen. Der Tag des Gerichts würde ohne weitere Behinderungen am kommenden Sonntag morgen beginnen – in knapp achtundvierzig Stunden.

Die Explosionen erfolgten nacheinander in einem Zeitraum von fünfzehn Sekunden, von denen der Reverend jede einzelne genoß. Er pries den Herrn dafür, ihm das Geschenk erwiesen zu haben, mit ansehen zu dürfen, wie Barbaras verwünschte Oase Stück für Stück unterging. Ein Monitor nach dem anderen fiel aus, und das letzte, was er erblicken durfte, war eine gigantische Wasserwand, die nach der Zerstörung der Wasserspiele freigesetzt worden war, und sich nun in die riesige Feuersbrunst ergoß. Eine immense Wolke breitete sich kurz auf dem Schirm aus, doch dann schossen die Flammen wieder nach oben, um mit ihrem Zerstörungswerk fortzufahren. Frye starrte begeistert darauf, bis auch dieser Monitor schwarz wurde.

Harlan erhob sich, faltete die Hände zum Gebet und richtete den Blick nach oben. Er sah den Himmel jenseits des Daches seines Theaters im Königreich der Sieben.

»Nun vermag ich Dein wahres Werk zu beginnen«, versprach er Gott. »Dein Glaube an mich soll nicht umsonst gewesen sein.«

Kapitel 31

Karen hörte selbst in dem Lieferwagen, der weitab von der Straße im Wald abgestellt war, die gewaltigen Detonationen. Durch das Fenster konnte sie den Park zwar nicht erkennen, wohl aber das Flammenmeer und die dicken Rauchwolken, die darüber aufstiegen. Entsetzen befiel sie.

Sie lief das Stück bis zur Straße. Dort bot sich ihr ein noch schrecklicherer Anblick. Die Oase war eine einzige Feuersbrunst, die Flammen schienen sogar ständig an Kraft zuzunehmen. Rauchwolken bedeckten den Himmel, als sei eine Gewitterfront heraufgezogen. Der Qualm drang ihr beißend in Nase und Kehle und brachte den Geruch von Tod mit sich.

Karen fing an zu zittern. Von McCracken und den anderen war nirgends etwas zu sehen. Hatten sie sich zum Zeitpunkt der Explosionen noch in der Oase aufgehalten? Hatten die Detonationen sie zerschmettert?

Sie kehrte zum Wagen zurück. Wenn einer aus der Gruppe überlebt hatte, würde er sich bestimmt zum Wagen durchschlagen. Karen hoffte insgeheim, Blaine wäre schon beim Lieferwagen, wenn sie jetzt dort ankam, und würde voller Sorge nach ihr Ausschau halten.

Aber ihre Hoffnung wurde enttäuscht. Der Wagen war genauso leer, wie sie ihn zurückgelassen hatte. Die Luft fühlte sich bereits spürbar wärmer an. Karen warf die Arme um sich, weil das Zittern einfach nicht aufhören wollte. Die Sekunden vertickten und wurden zu Minuten. Niemand trat aus dem Wald, und auch auf der Straße zeigte sich kein Mensch. Nur Sirenen ertönten aus der Ferne und näherten sich langsam dem Park. Der Qualm legte sich bereits über die Wipfel und versperrte endgültig die Sicht auf das Inferno in der Oase. Karen setzte sich in den Lieferwagen.

Plötzlich raschelte es im Wald. Sie drehte das Fenster herunter und sah Blaine an der Spitze der kleinen Truppe.

»Verzeihen Sie bitte, meine Herren, daß ich Sie so lange habe warten lassen«, erklärte der Reverend, als er den Raum betrat, in dem die Sieben zu ihren Versammlungen zusammenzukommen pflegten. Seine Stimme wurde leise von den Wänden des großen Saals zurückgeworfen. Er schritt durch den Mittelgang an Kirchenbänken vorbei, die allesamt leer waren. Harlan hatte den Versammlungssaal in Form einer Kathedrale errichten lassen, komplett mit Fresken, Heiligenstatuen und bunten Kirchenfenstern, die von hinten beleuchtet wurden. »Es war mir leider nicht möglich, früher zu erscheinen«, fuhr er fort, »doch dafür bringe ich um so bessere Neuigkeiten.«

Frye hatte mittlerweile das Podium erreicht und stieg die fünf Stufen hoch. Noch nie waren die Bänke in dieser Halle vollbesetzt gewesen, doch der Reverend konnte sich schon sehr genau den Tag vorstellen, an dem es hier von Gläubigen wimmeln würde. Bislang waren die vier Männer, die hier auf der Empore auf ihn warteten, die einzigen, die das Privileg genossen, diesen Raum mit ihm zu teilen. Sieben Stühle standen um den schweren, handgeschnitzten Mahagonitisch, doch seit nunmehr zwei Jahren waren nie mehr als fünf davon besetzt gewesen.

»Wird auch höchste Zeit, daß Sie uns einmal etwas Erfreuliches mitzuteilen haben«, knurrte Tommy Lee Curtisan, der wie üblich die Daumen in die Weste seines dreiteiligen weißen Designeranzugs geschoben hatte. Tommy Lee hatte die Bewegung ›Rechter Weg‹ ins Leben gerufen, eine fünf Millionen Mitglieder zählende fundamentalistische Evangelistenkirche, zu deren Hauptziel es gehörte, landesweit Wahlgänge in ihrem Sinne zu beeinflussen. Er war fünfzig, und sein Haar stand dem Weiß seines Anzugs in nichts nach. Tommy Lee reiste zu politischen Versammlungen und war dort zu einer echten Attraktion geworden, wenn er flammende Reden für oder gegen den jeweiligen Kandidaten hielt. Er genoß diese Auftritte sehr, denn hier fand er das öffentliche Forum, auf dem er seine Ideen verbreiten konnte.

»Und ich hoffe, daß Sie uns bald das Ende der Probleme verkünden können, auf die wir immer wieder stoßen«, brummte ein dürrer, bleicher Mann mit einem Schnurrbart, der auf den Namen Arthur Burgeuron hörte. Er verlegte den monatlich erscheinenden Rundbrief *Apocalypse Now*, und seine Abonnenten setzten sich ausschließlich aus den radikalsten fundamentalistischen Kräften zusammen, für die allesamt der Untergang der Welt längst beschlossene Sache war. Für sie ging es, neben der Frage, wann dieses Ereignis denn nun einträfe, nur noch darum, wie die gesegneten Überlebenden am besten beim Wiederaufbau der Zivilisation zu Werke gehen sollten. Seine Anhänger bereiteten sich in Lagern in der Wildnis auf ihre Aufbauarbeit vor und hatten sich schon bei über einem Dutzend Gelegenheiten an irgendeinem Ort versammelt, um dort den Untergang der Menschheit abzuwarten, der wieder einmal von jemandem für einen bestimmten Zeitpunkt vorausgesagt worden war.

»McCracken ist tot«, verkündete Frye nun und konnte ein breites Grinsen nicht unterdrücken. »Und auch die Wissenschaftlerin lebt nicht mehr.«

»Gepriesen sei der Herr!« rief Louis W. Kellog mit seiner schrillen Stimme. Kellog hatte ein Konzept entwickelt, seine Sonntagsmessen per Satellit im ganzen Land zu verbreiten. An die dreihundert Kirchen in den USA zeigten mittlerweile, statt einen eigenen Gottesdienst abzuhalten, seine TV-Sendungen. Für diese Gemeinden waren die Satellitenübertragungen ein willkommener Ersatz für die Priestern, und Laien, die für die Aufrechterhaltung einer Gemeindebetreuung vonnöten waren. Und wenn dort ein Priester angestellt war, nahm er Kellogs Dienste gern an, denn sie ersparten ihm die lästige Mühe, sich jede Woche eine neue Predigt ausdenken zu müssen.

Doch Kellogs Konzept beinhaltete nicht nur die Übertragung von Bild und Text. Er hatte ein interaktives System aufgebaut, das es ihm ermöglichte, sich per Knopfdruck in jede gewünschte Sonntagsversammlung einzuklinken. Jeden Sonntag schickte er seine Messen, und nie war eine Predigt zweimal zu hören. Die einzige Konstante war der magische Satellit am Himmel, der es ihm erlaubte, Gottes Werk zu verrichten. Unter anderen Umständen wäre sein ›Sunday Morning Service‹ eine ernstzunehmende Konkurrenz zu Fryes Übertragungen geworden, doch die beiden hatten sich schon vor langem abgesprochen, und so liefen ihre Sendungen zu unterschiedlichen Tageszeiten.

»Halleluja, Halleluja, Halleluja!« sang Reverend Jessie Will. Er war Baptist und im Lauf der Jahre zum führenden Sprachrohr der reaktionären Rechten in allen Fragen geworden, die Abtreibung, Homosexualität und Familienwerte betrafen. Gegen Will wirkte Pat Buchanan wie ein aufgeklärter, toleranter Liberaler, und so konnte es nicht verwundern, daß der rechte Flügel der republikanischen Partei sich darum riß, ihn für seine Vorwahlkampfveranstaltungen als Redner zu gewinnen. Es hieß, daß die Ultrarechten ihre eigene Versammlung abhalten und dort einen eigenen Kandidaten küren wollten, sollte sich bei den Vorentscheidungen ein Vertreter des moderaten Parteiflügels durchsetzen. Und wenn es zu einer solchen Veranstaltung käme, würde niemand anderer als Jessie Will dort die Fäden ziehen. Er würde diese Versammlung eröffnen und mit seiner feurigen Rede, während der er wie ein Ertrinkender mit den Armen durch die Luft zu rudern pflegte und sein dichtes braunes Haar wunderbarerweise wie festgeklebt in Form blieb, die Anwesenden in die rechte Stimmung versetzen.

Diese fünf Männer, inklusive Harlan Frye, hatten vor allem anderen miteinander gemein, daß große Teile der Bevölkerung an sie glaubten und ihnen treu ergeben waren. Darüber hinaus verfügten sie allesamt über ein Korps von Aktivisten, die man sofort einzusetzen gedachte, sobald die Gruppe der Sieben die Kontrolle erlangt und sich in den Besitz der Macht gebracht hatte.

Dies waren die Männer, die Harlan auserwählt hatte, die Welt nach dem Tag des Gerichts wiederaufzubauen und sich selbst die Herrschaft zu sichern. Frye hatte die beiden, die ihn und das Werk der Sieben hintergangen hatten, nie ersetzt, denn es erschien ihm als falsch, etwas an seiner ursprünglichen Vision zu verändern. Mochten Schwester Barbara und Preston Turgewell auch gegangen sein, so hatten sie doch etwas hinterlassen – und zwar die Lektionen, die sie den verbliebenen, rechtgläubigen Mitgliedern erteilt hatten. In dieser Hinsicht waren sie also immer noch anwesend, auch wenn man sie auf dem Weg zum großen Ziel beseitigt hatte. Somit standen immer noch sieben Stühle um den Mahagonitisch, obwohl zwei davon nie wieder besetzt werden würden.

»Wir sollten uns durch unsere verständliche Freude nicht von den anderen Aufgaben ablenken lassen, die auf uns warten«, ermahnte Tommy Lee seine Kameraden.

»Dem stimme ich zu«, ließ sich Louis W. Kellog vernehmen.

»Die Komplikationen, die McCracken und die Wissenschaftlerin hervorgerufen haben, mögen beseitigt sein«, erklärte Jessie Will der Versammlung, »aber wir stehen immer noch vor den mindestens ebenso gravierenden Problemen, mit denen die unseligen Vorfälle in Beaver Falls uns belastet haben.«

»Dies ist auch der Grund, warum ich Sie hier zusammengerufen habe, meine Brüder«, lächelte Harlan Frye. »Denn verstehen Sie, diese Probleme existieren nicht mehr für uns.«

Sie warteten, bis die lange Reihe der Streifenwagen und Rettungsfahrzeuge auf dem Weg zu den brennenden Überresten der Oase an ihnen vorbeigebraust war, ehe sie ihren Weg zu dem im Wald versteckten Lieferwagen fortsetzten. Während der erzwungenen Wartepause kümmerten sich die Zwillinge um Barbara und versorgten sie aus ihrem Erste-Hilfe-Kasten. Wareagle hatte sie den ganzen Weg getragen, nachdem sie während der Flucht einen Unfall erlitten hatte. Gerade als die Schwester sich auf dem Zaun hinter dem Haus befunden hatte, war die erste Ladung Sprengstoff hochgegangen. Barbara hatte sich nicht mehr halten können und war mit dem Kopf auf dem Boden aufgeschlagen. Als Blaine sie erreichte, war sie ohne Bewußtsein gewesen, doch jetzt, als sie sich auf den Weg zum Lieferwagen machen wollten, kam sie langsam wieder zu sich.

»Sie steht unter Schock«, informierte Jacob die anderen. »Die Platzwunde am Kopf ist nicht tief, und sie hat nur eine leichte Gehirnerschütterung.«

»Barbara wird schon wieder werden«, versicherte Rachel, während sie die Kopfwunde verband.

Nachdem sie zu Karen zurückgekehrt waren, fuhren sie zu einem Motel, das nicht weit von der Parkanlage in den Hügeln North Carolinas lag. Blaine fühlte sich gelöst. Er war sich sicher, daß einige von Fryes Soldaten überlebt hatten und entkommen waren. Sie würden dem Reverend von der Schlacht gegen McCracken und seine Truppe berichten. Höchstwahrscheinlich würden sie ihm auch mitteilen, daß ihre Feinde in den gewaltigen Explosionen, die der Plastiksprengstoff ausgelöst hatte, zugrunde gegangen waren. Der Reverend würde annehmen, daß alle seine Gegner tot waren – und das verschaffte McCracken den Überraschungsvorteil, den er benötigte, sobald Schwester Barbara ihm den genauen Standort des Königreichs der Sieben verraten hatte.

Jacob und Rachel zogen los, um Vorräte und neue Medikamente für Barbara zu besorgen. Als die Zwillinge zurückkehrten, saß die Schwester in einem Sessel. In ihren Augen war wieder Leben, und ihr Gesicht gewann langsam Farbe. Doch als dann die Erinnerung wieder einsetzte und sie noch einmal vor ihrem geistigen Auge durchlebte, wie ihre Oase zugrunde gerichtet worden war, liefen ihr die Tränen über die Wangen.

»Was habe ich nur getan?« jammerte sie. »Womit habe ich einen solchen Fluch auf mich geladen?«

»Sie sind doch nicht für das verantwortlich, was heute geschehen ist«, versicherte Rachel ihr. Jacob packte derweil mit Blaine die Vorräte aus.

Die Schwester ließ sich von diesen Worten nicht beruhigen. »Menschen, die mir treu ergeben waren, sind tot. Die Menschen, die ihr ganzes Vertrauen in mich gesetzt haben, sind nicht mehr. Ich habe sie nicht gerettet, habe sie im Stich gelassen. Sie kamen zu mir, um die Chance für ein neues Leben zu erhalten ... und heute habe ich in der Oase den Tod über sie gebracht.« Bei den letzten Worten verzog sich ihr Gesicht zu einer Maske schmerzlichen Kummers.

»Nein, das war das Werk des Reverends Harlan Frye«, widersprach die junge Frau.

»Bin ich denn nicht Teil seines Werks gewesen und damit

auch für diesen Massenmord verantwortlich? War nicht Ihr Vater auch dabei?«

»Er hat versucht, dafür Wiedergutmachung zu leisten – genau wie Sie auch.«

»Aber wir sind in diesem Bemühen gescheitert, sowohl er als auch ich. Ich vermutlich noch stärker als er, weil ich so lange nicht einsehen wollte, daß Frye tatsächlich dazu in der Lage ist, das Jüngste Gericht über uns zu bringen. Wie habe ich mich dagegen gewehrt, denn wenn ich es akzeptiert hätte, hätte ich damit auch meinen Anteil an dieser Schuld eingestehen müssen. Und heute ist es zur Katastrophe gekommen, weil ich die Augen davor verschlossen habe, wie weit Harlan zu gehen bereit war und daß er vor keinem Mittel zurückschreckt.«

»Wo hält der Reverend sich auf, Schwester?« fragte McCracken. »Wo liegt das Königreich der Sieben?«

»Es ist doch längst viel zu spät, um ihn aufhalten zu können, oder?«

»Das kommt darauf an, wie sehr Sie uns helfen können oder wollen«, entgegnete Blaine.

»Wie sieht das Instrument seines Jüngsten Gerichts aus?«

»Das wissen wir auch nicht. Wir haben nur einzelne Puzzlestücke, nur wenige Hinweise, aus denen wir noch kein ganzes Bild zusammensetzen können.«

»Ein Aidsimpfstoff scheint dabei eine größere Rolle zu spielen«, wandte Karen ein.

Die Schwester runzelte die Stirn. Karens Bemerkung schien sie aus ihrer Trauer gerissen zu haben. »Haben Sie Impfstoff gesagt?«

Karen nickte. »Das Serum ist in einer Firma namens Van Dyne Pharmaceuticals entwickelt worden, scheint aber …«

»Natürlich!« entfuhr es Barbara.

»Allem Anschein nach sagt Ihnen das etwas«, drängte McCracken.

»Aber selbstverständlich, und zwar eine ganze Menge. Van Dyne Pharmaceuticals gehört nämlich Harlan Frye.«

Die vier verbliebenen Mitglieder der Sieben hatten wieder Platz genommen, als Frye zum Ende seines Berichts kam. Überraschung und Zweifel machten sich auf ihren Mienen breit, wo vorher Triumph und Begeisterung gestanden hatten.

»Kann so etwas denn wirklich in die Wege geleitet werden?« fragte Will.

»Aber selbstverständlich«, versicherte Harlan ihm. Er war als einziger stehengeblieben.

»Trotz allem, was sich in Beaver Falls ereignet hat?« rief Arthur Burgeuron.

»Wie ich bereits eingangs erwähnte, wird es gerade wegen dieses Desasters gelingen«, entgegnete der Reverend und trat selbstbewußt an den Tisch. »Begreifen Sie denn nicht, meine Brüder? Was wir anfangs als Katastrophe angesehen haben, hat sich im nachhinein zum Segen für uns entwickelt. Zum Segen des Herrn, den Er unserem Werk verliehen hat. In Seiner unendlichen Güte hat Er uns nämlich einen viel besseren Weg gewiesen, meine Freunde, und uns die Mittel und Wege gezeigt, mit denen wir Sein Werk in Seinem Sinne erfüllen können.«

»Durch eine Stadt?« fragte Tommy Lee skeptisch.

»Es handelt sich dabei nicht bloß um einen Ort, sondern um eine Sehenswürdigkeit. Besucher strömen von überall herbei, und wenn sie wieder gehen, tragen sie das Ende der Welt mit sich.«

»Aber was wird aus unseren Gefolgsleuten?« wollte Kellog wissen. »Aus denen, die wir auserwählt haben, damit sie überleben und uns beim Wiederaufbau helfen können?«

Frye legte die Hände auf den Tisch und zuckte die Achseln. »Einige von ihnen werden sicher zum Wohl des übergeordneten Ganzen geopfert werden müssen, doch binnen sechs Monaten sind wir in der Lage, das Mittel zu verabreichen, das der Mehrheit von ihnen das Überleben sichert.«

»Und wie soll das vonstatten gehen?« fragte Jessie Will.

»Habe ich das denn noch nicht erwähnt? Wir befinden uns in der glücklichen Lage, ein Mittel in unseren Händen zu wissen, mit dem ...«

Ein paar Sekunden verstrichen, in denen alle das zu verarbeiten versuchten, was Barbara ihnen gerade mitgeteilt hatte.

»Genaugenommen gehört Van Dyne den Sieben«, fuhr die Schwester jetzt fort. »Dank unserer gemeinsamen Finanzmittel, die alles in allem mehrere Millionen Dollar betrugen, konnten wir uns die Aktienmehrheit an dem Konzern sichern. Sie besitzen doch eine Liste von Fryes Schlüsselgesellschaft. Überprüfen Sie die noch einmal. Dort finden Sie den Namen des Gründers von Van Dyne an einer der ersten Stellen.«

McCracken lief nachdenklich im Raum auf und ab. Plötzlich sah er Karen an. »Angenommen, Van Dynes Mittel wirkt wie erwartet, und weiterhin angenommen, in Beaver Falls wäre es zu keiner Katastrophe gekommen …«

»Dann würde das Gesundheitsamt binnen zwei Jahren dem Serum seinen Segen geben.«

»Und was würde danach passieren?«

»Nun, der Konzern würde das Mittel weltweit vertreiben, und überall würde es zur Anwendung kommen. Ich schätze, buchstäblich jeder würde das Serum injiziert bekommen, weil das, wie damals bei Polio, die einzige sichere Methode ist, die Krankheit vollständig auszurotten.«

Blaine blieb im Raum stehen. »So etwas habe ich mir schon gedacht.«

»Ich verstehe nicht ganz, worauf Sie hinauswollen.«

»Sie haben es doch gerade selbst gesagt: Fryes Mittel würde dann der gesamten Welt injiziert werden.«

»O mein Gott!« stöhnte Karen, und es lief ihr eiskalt den Rücken hinunter.

»Ja, ganz richtig«, nickte McCracken.

»Bei dem Mittel, das Frye in Beaver Falls verabreicht hat, handelte es sich überhaupt nicht um ein …«

»Genau, um kein Antiaidsmittel«, erklärte Blaine, »sondern um das Gegenteil. Jeder, dem dieser Impfstoff gespritzt wird, bekommt Aids …«

Karen sprang auf. Sie schlang die Arme fest um sich, weil das Zittern wieder begann. »Die pathologischen Veränderungen an dem Stoff müssen sich auf sehr subtile Weise vollzogen haben. Van Dynes Mittel basierte auf der Fähigkeit des Metabolismus, um die eindringenden HIV-Viren, sobald er sie identifiziert hatte, dauerhafte und genetisch erzeugte Proteinschutzmäntel zu legen. Vermutlich haben aber Fryes Forscher diesen Proteinschutz so manipuliert, daß er im Lauf der Zeit erodiert … am ehesten durch eine Form von zellularer Einkapselung. Und sobald der Schutzmantel ausreichend durchlöchert ist, kann der Virus entweichen, ungehindert das Immunsystem angreifen und es gegen sich selbst wenden – die Form von Aids, wie wir sie heute kennen.« Ein Funkeln trat in ihre Augen, und sie hob den Kopf. »Aber dann ist irgend etwas schiefgelaufen.«

»Und zwar in Beaver Falls.«

»Ja! Richtig! Jetzt ist mir alles klar! Die Krankheit muß vorzeitig ausgebrochen sein, jedenfalls deutlich früher als vorgesehen. Der Mikroschutzmantel erodierte etliche Jahre zu früh.«

»Und die Freiwilligen des Reverends hatten plötzlich alle Aids.«

Karen nickte. »Nach dem, was Wayne Denbo uns berichtet hat, ist das die einzig mögliche Erklärung. Und damit wird auch klar, warum Frye sich solche Mühe gegeben hat, den Ort vollständig zu evakuieren.«

»Aber warum jeden einzelnen Bewohner, Dr. Raymond? Seine Versuchskaninchen bildeten doch nur einen Bruchteil der Bevölkerung.«

»Ich glaube, weil es zuviel Aufsehen erregt hätte, wenn nur die Testpersonen fortgeschafft worden wären. Wie dem auch sei, das gibt uns neue Hoffnung. Das Mittel wirkt nicht in der gewünschten Weise. Frye darf also nicht darauf hoffen, vom Gesundheitsamt eine Genehmigung zu erhalten – und damit ist eine weltweite Verbreitung ausgeschlossen. Das erklärt auch, warum er unbedingt mein Lot 35 in die Hand bekommen wollte. Da sein Serum unbrauchbar war, bestand für ihn der einzige Ausweg darin, es durch eine veränderte Version meines Mittels zu ersetzen. Als ich mich dann aber geweigert habe, die Formel auszuhändigen, sah der Reverend sich mit einem großen Hindernis konfrontiert. Und das konnte er nur überwinden, wenn es ihm gelingen würde, die Informationen auf den gestohlenen Disketten zu einem brauchbaren Ganzen zusammenzufügen.«

McCracken schüttelte den Kopf, weil er noch nicht ganz überzeugt war. »Sie vergessen da etwas, Dr. Raymonds. Als es in Beaver Falls nicht so wie geplant geklappt hat, hat Frye nicht nur alle Bewohner fortschaffen lassen, sondern sie auch noch durch andere ersetzt. Der Grund dafür war klar: Er brauchte nach außen hin eine unauffällige Kulisse, um Zeit zu gewinnen.«

»Aber wofür?«

»Wohl weil er einen neuen Weg entdeckt hat, das Jüngste Gericht einzuläuten. Und dabei spielt wohl seine Arbeit in Beaver Falls eine so große Rolle, daß er auf Ihr Mittel gar nicht mehr so sehr angewiesen ist. Gut, er benötigt ein Serum, das steht außer Frage, und da wäre als einziges Ihr Lot 35 verfügbar. Aber selbst wenn er die vollständige Formel besäße, würde sie ihm nicht mehr viel nutzen, weil er nicht mehr genug Zeit besitzt, um Ihren Impfstoff herzustellen und zu bearbeiten. Worauf ist der Reverend also gestoßen? Nun, die einzige Möglichkeit, das herauszufinden, besteht darin, ihn aufzuspüren.« Er sah Barbara an. »Und nun hängt alles von Ihnen ab, Schwester. Wo können wir Harlan Frye finden? Wo liegt das Königreich der Sieben?«

Barbara seufzte. »In einem verlassenen Salzbergwerk im texanischen Panhandle. Der Reverend errichtet dort eine ganze unterirdische Stadt – sein Königreich.«

»Vielen Dank«, sagte Blaine und schien wirklich über ihre Mitarbeit erfreut zu sein. »Das ist perfekt. An einem solchen Ort kann man ein so umfangreiches Projekt geheimhalten. Aber es dauert Jahre, um eine unterirdische Stadt mit Aufzügen, Luftschächten und anderen Versorgungseinrichtungen zu versehen.«

»Ganz zu schweigen von den Sicherheitsvorkehrungen«, meinte die Schwester.

Blaine warf seinem alten Freund Johnny einen Blick zu. »Sagen Sie uns jetzt bitte, wo wir das Salzbergwerk finden können, Schwester.«

FÜNFTER TEIL

DER TAG DES GERICHTS

TEXAS, PANHANDLE
Samstag, 10 Uhr

Kapitel 32

Ein Konvoi schwerer Lastwagen rollte über abgelegene Straßen, die schon ganz ausgefahren wirkten, durch den Südteil des Staates Texas, der aufgrund seiner Form Panhandle – Pfannenstiel – genannt wurde. Dieser Konvoi lag ein paar Stunden hinter den beiden zurück, die bereits den Palo Duro Canyon durchfahren hatten. Schuld daran war eine aufklappbare Brücke über den Colorado, die aufrecht stand und sich einfach nicht hatte senken lassen wollen.

Grund dafür war jedoch nicht simples technisches Versagen, sondern ein kleiner Sabotageakt von Blaine und Johnny, die sich auf diese Weise die Möglichkeit verschafft hatten, unter die Plane des drittletzten Transporters zu kriechen. Sie hatten erst den Zwillingen und Karen hinaufgeholfen, bevor sie zugestiegen waren. Die fünf quetschten sich zwischen die Frachtkisten. Die Enge wurde als noch unangenehmer empfunden, nachdem Wareagle die Plane wieder heruntergelassen hatte und vollständige Dunkelheit eingekehrt war.

McCracken fand direkt neben Karen einen freien Platz auf dem Boden. Anfangs hatte er sich dagegen gewehrt, sie an dem Abenteuer teilnehmen zu lassen, doch dann war ihm ziemlich rasch zu Bewußtsein gekommen, daß er sie brauchte. Schließlich war Karen die einzige in seiner Truppe, die das, worauf sie im Königreich stoßen mochten, am ehesten verstehen und interpretieren konnte. Nach dem Vorfall in Beaver Falls hatte der Reverend ein neues Mittel gefunden, um die Menschheit durch sein Jüngstes Gericht zu vernichten. Und sie mußten unbedingt herausfinden, worauf er da gestoßen war.

Zwar wußten sie jetzt, wo Fryes geheime Stadt lag, aber das bedeutete noch lange nicht, daß sie sich auch Zutritt zu dem Ort verschaffen konnten. McCracken hatte Sal Belamo angerufen, der etwas verschnupft darüber war, nicht an der Aktion beteiligt zu werden. Von ihm erfuhr Blaine jedoch die präzise Route der Transportkonvois, die nunmehr schon seit Monaten mit unbekanntem Ziel täglich von Amarillo aufgebrochen waren. Der Weg führte auch über die Colorado-Brücke, und kaum war McCracken darüber in Kenntnis gesetzt, entwickelte er auch schon einen Plan. Derselbe Jet, der sie bereits nach Knoxville geflogen hatte, beförderte sie nun nach Texas. Normalerweise hätte Blaine Sal gebeten, für ihn einige Ausrüstungsgegenstände zu besorgen, doch die Zwillinge waren buchstäblich mit allem ausgestattet.

Die Schwester hatte ebenfalls mitkommen wollen, doch in ihrem Fall blieb McCracken bei seinem Nein. Einer von ihnen mußte ganz einfach als Reserve sowie als Kontakt- und Koordinierungsstelle zurückbleiben, und dafür kam eigentlich nur Barbara in Frage.

»Wir hier sind die einzigen Menschen auf der ganzen Welt, die über den Reverend, seine Mitverschwörer und seine Machenschaften Bescheid wissen«, erklärte er der Schwester. »Das bedeutet, wir sind auf eine Rückversicherung angewiesen. Und ich kann mir niemand Besseren als Sie vorstellen, Barbara. Sie besitzen Glaubwürdigkeit, und Sie können die richtigen Stellen erreichen. Wenn wir nicht mehr aus dem Königreich herauskommen, sind Sie unsere einzige Chance, Frye noch stoppen zu können.«

Die Schwester widersprach nicht, aber sie sah Blaine lange und ernst an. »Das alles gefällt Ihnen, macht Ihnen großen Spaß.«

»Ist das eine Frage?«

»Nein, eine Feststellung.«

»Erwarten Sie von mir, daß ich das abstreite?«

»Ich würde nicht im Traum daran denken.«

McCracken sah sie ebenso ernst an. »Sind Sie gut in dem,

was Sie tun, Schwester? Ich meine, Seelen retten und so weiter?«

»Woher soll ich das wissen?«

»Doch, Sie wissen es. Sie konnten es in den Gesichtern Ihrer Anhänger lesen, wenn diese das Zelt verließen. Sie konnten erkennen, ob Sie die Menschen an einer inneren Stelle berührt haben, die diese schon halb vergessen hatten. Und Sie konnten feststellen, ob die Gläubigen zufriedener und in sich selbst ruhender gingen, als sie gekommen waren.«

Barbara schwieg und schien darauf zu warten, daß er fortfahren würde.

»Natürlich sind Sie gut, Schwester, sogar hervorragend. Aber Sie können nur dann gut sein, wenn Ihnen Ihre Arbeit gefällt. Das bedeutet nicht unbedingt, daß Sie hundertprozentig verstehen müssen, warum Sie dieses oder jenes anfangen. Manche Dinge braucht man nur zu akzeptieren. Sie haben eine Bestimmung, und das wissen Sie auch.« Blaine schwieg für einen Moment und setzte ein leises Lächeln auf. »Sehen Sie, Schwester, wir beide haben mehr miteinander gemein, als Ihnen vielleicht bewußt ist.«

Barbara seufzte tief. »Doch, es war mir wohl bewußt. Andernfalls hätte ich das Thema wohl kaum zur Sprache gebracht.«

»Stört Sie unsere Ähnlichkeit etwa?«

»Nein, höchstens dann, wenn ich darüber nachdenke, wie sehr sich unsere Methoden voneinander unterscheiden. Mir macht aber viel mehr Sorge, daß es mir mittlerweile gleich ist, welche Methoden zur Anwendung kommen, solange sie nur Erfolg haben. So sehr will ich, daß wir diesem Mann das Handwerk legen.«

»Warum sich darüber Sorgen machen, Schwester?« provozierte er sie. »Sie und ich, wir beide helfen den Menschen. Das ist unsere Aufgabe. Vielleicht haben sich Menschen gebessert, weil Sie in ihr Leben getreten sind. Vielleicht sind sie auch nur deshalb noch am Leben, weil ich eingeschritten bin. Sie bekämpfen den Teufel, Schwester, ich seine Stellvertreter auf Erden.«

Ihr Blick schien ihn zu durchbohren. »Wer ist denn hier in Wahrheit der Teufel, Mr. McCracken?«

»Tja, wenn es mir hilft, dem Feind auf den Pelz zu rücken, weise ich von keiner Seite Hilfe ab ...«

»Ich meinte damit, wie Sie sich selbst sehen. Wie kann man Gutes bewirken, wenn man sich selbst nicht als Werkzeug des Guten sieht?«

»In meinen Augen ist das, was ich tue, weder gut noch schlecht, sondern schlicht notwendig.«

»Ich rede von Ihrer Person, nicht von Ihren Taten.«

»Das ist für mich ein und dasselbe.«

»Sind Sie wirklich davon überzeugt, Mr. McCracken?«

»Unbedingt. Allein dieses Wissen läßt mich weitermachen. Und es bewahrt mich davor, mir selbst die Fragen zu stellen, mit denen Sie mich hier konfrontieren. Ich glaube an meine Arbeit, Schwester, und damit glaube ich auch an mich.«

Barbara begriff jetzt, was sie so sehr gestört hatte. Blaine McCracken mochte sich vieler Dinge schuldig gemacht haben, aber er war nicht einmal von der Wahrheit seiner Ideale abgewichen. Dagegen hatten die Jahre, die sie im Kreis der Sieben verbracht hatte, sie im Vergleich zu ihm schwach gemacht. Sie hatte danach gestrebt, so sehr danach gestrebt, etwas zu erlangen, daß sie dieses Ziel zum Sinn und Zweck ihres Daseins gemacht hatte. Und dadurch hatte sie sich sehr verändert, so daß sie nun dazu verdammt war, auf immer die Person zu suchen, die sie einmal gewesen war. Auf den Reisen durchs Land war ihr das nicht gelungen. Und sie hatte auch keinen Erfolg gehabt, als sie in die Oase zurückgekehrt war, um dort Harlan Fryes Rache abzuwarten. Erst, als sie gestern angesichts des Massakers an ihren Anhängern übermächtigen Zorn empfunden hatte, hatte sie zu ihrer wahren Persönlichkeit zurückgefunden. Die Gewalt hatte ihre innersten Gefühle erreicht und war zu ihrer eigentlichen Bestimmung vorgedrungen. Erst in der Welt, in der Blaine McCracken zu Hause war, hatte sie sich wiedergefunden.

Nachdem man die Brücke schließlich repariert hatte, wurde die Fahrt fortgesetzt. Der Lastwagen, bei dem die fünf zugestiegen waren, hatte ausschließlich Bausteine und

Ersatzteile für Solarzellen geladen. Der Inhalt der Kisten würde wohl ausreichen, eine Anlage in Betrieb zu nehmen, die den Großteil der Energieversorgung des Königreichs der Sieben sicherstellen konnte. Die Außenfläche der unterirdischen Stadt mußte über und über mit Sonnenkollektoren überzogen sein.

»Sobald wir im Königreich sind«, erklärte Blaine Karen, »wird Johnny Ihnen dabei helfen, die Labors zu finden.«

»Und inzwischen werden Sie ...«

»Werde ich mich ein wenig umsehen. Um herauszufinden, was der Reverend für unsere Welt bereithält. Sie entdecken in den Labors wahrscheinlich, welches Mittelchen er einzusetzen gedenkt. Aber nicht, wann und wo er zuschlagen will.«

»Ihnen bleibt sicher nicht viel Zeit«, entgegnete Karen und dachte an die Rolle, die die Zwillinge zu spielen hatten. »Genauso wenig wie mir.«

»Bestenfalls zwei Stunden, nachdem alle Ladungen angebracht sind. Wir müssen eben versuchen, damit auszukommen.«

»Müssen wir denn unsere Zeit so knapp bemessen? Können wir den Sprengstoff nicht erst dann hochjagen, wenn wir das Königreich wieder verlassen haben? Ist der Zeitzünder denn wirklich notwendig?«

»Dann müßten wir eine Garantie dafür haben, daß einer von uns lebend herauskommt, um den Detonator zu betätigen, Dr. Raymond«, erwiderte McCracken. »Da uns aber niemand diese Garantie geben kann, dürfen wir dieses Risiko nicht eingehen. Wenn wir scheitern, darf das Königreich nicht weiterbestehen. Alles in ihm muß zerstört werden. Und sollten die Sprengladungen nicht ausreichen, bleibt immer noch Schwester Barbara, die ihren Einfluß geltend machen wird, um die Welt vor dem Schicksal zu warnen, das ihr bevorsteht.«

Der Konvoi befuhr jetzt die Route 287 und gelangte auf ihr ins Herzland des Panhandles. Die Laster steuerten in Richtung Palo Duro Canyon. Links und rechts breiteten sich weite, flache Kalksteinebenen aus, die hier und da von niedrigen Hügellandschaften abgelöst wurden. Braune Gräser, Kakteen und Steppenhexe beherrschten das Land, das auch als Llano Estacado oder Staked Plain bekannt war. Als McCracken durch ein kleines Loch in der Plane die tiefen Canyons erblickte, die nun allmählich auftauchten, wußte er, daß es nicht mehr weit zum Königreich der Sieben war.

Zwanzig Minuten später spürte er, wie der Laster ruckelte. Der Fahrer mußte auf die Bremse getreten haben. Die Geschwindigkeit verringerte sich drastisch, und kurz darauf blieb der Laster ganz stehen. Blaine wagte es nicht, noch einen Blick durch das Loch zu werfen. Aber er wußte, daß sie ihrem Ziel sehr nahe sein mußten. Vermutlich hatte der Konvoi einen Sicherheitszaun erreicht, der ein Stück Land umgab, das als Regierungsbesitz ausgegeben wurde. Wer würde hier draußen, in dieser abgelegenen Gegend, schon Fragen stellen oder wissen wollen, welches Projekt irgendein Ministerium hier durchführen mochte?

Der Laster setzte sich wieder in Bewegung, hielt jedoch alle paar Meter wieder an, um danach erneut ein kurzes Stück voranzukommen. Etliche Minuten vergingen, bis das Fahrzeug ein Sicherheitstor passierte und den Eingang zum Salzbergwerk erreichte. Blaine spähte kurz durch das Loch. Wachen winkten den Wagen durch, und er rumpelte über den unebenen Boden.

»Was nun?« flüsterte Karen.

»Die Versorgungs- und die Baufahrzeuge werden sicher hydraulisch nach unten befördert … auf überdimensionalen Aufzügen. Solche Anlagen arbeiten nicht besonders schnell. Es kann also noch eine Weile dauern.«

Tatsächlich vergingen dreißig Minuten, ehe der Wagen in eine garagenartige Halle fuhr und auf eine von drei abgesicherten Plattformen rollte. Ein riesiges Tor schloß sich hinter ihm, und die Fläche bewegte sich quietschend und langsam nach unten. Blaine vermutete, daß sie in eine zentrale Entladestation gebracht wurden. Dort angekommen, würden Wareagle, Karen und er sofort zum Hauptgebäude aufbrechen. Schwester Barbara hatte ihnen eine detaillierte Karte vom Königreich gezeichnet, wie es noch vor zwei Jahren ausgesehen hatte. Aller Wahrscheinlichkeit nach handelte es sich bei dem Hauptgebäude um den einzigen Komplex, der mittlerweile vollkommen funktionstüchtig war. Und das ließ darauf schließen, daß sich die Laboratorien, zu denen Karen vorstoßen sollte, in dessen Innern befinden mußten; und womöglich auch das, wonach McCracken Ausschau halten wollte.

Rachel und Jacob würden sich inzwischen durch das Königreich vorarbeiten und an diversen Schlüsselpunkten in den noch nicht fertiggestellten Bauten Plastiksprengstoff anbringen. Es bestand kein Anlaß, flächendeckend Detonationen zu erzeugen. Die Zwillinge würden die Ladungen so anbringen, daß die dahinterliegenden Räumlichkeiten verschüttet oder mit zerstört würden.

Mit einem leisen Stoß setzte der Lastenaufzug auf. Der Fahrer vorn in der Kabine legte einen Gang ein und gab Gas. Der Transporter rollte über unebenen Boden und wurde dabei heftig durchgeschüttelt. Nach fünf Minuten kam er rumpelnd zum Stehen. McCracken hob die Plane ein Stück weit an. Wie erwartet stand der Laster in einer langen Schlange von Fahrzeugen, die allesamt darauf warteten, in einem großen Depot entladen zu werden. Rings herum standen Wagen, Kisten und Container, und entlang der Wände öffneten stählerne Hallen ihr Maul, um sich mit den einzelnen Frachtgütern füttern zu lassen. Ein paar Meter entfernt wurde gebaut. Zwei Zementmixer erhoben sich über einem Fundament von vierhundert Quadratmetern Fläche und schienen darauf zu warten, ihren Inhalt in die Tiefe zu ergießen. Vermutlich entstand hier ein großes Lagergebäude.

Blaine ließ sich vorsichtig von der Ladefläche herab und half Karen nach unten. Dann hielt er Wache, während Johnny und die Zwillinge den Laster verließen. Der Indianer führte sie in die Deckung eines riesigen Bulldozers, der neben dem Fundament abgestellt war. Das Fahrerhaus erhob sich fast vier Meter über dem Boden, und seine Räder waren so groß wie Wareagle. An seiner Vorderseite befand sich eine mächtige Schaufel mit großen Zähnen, die vier Kubikmeter Erdreich oder zwei Tonnen Gewicht aufnehmen konnte. Wenn einem solchen Gefährt ausreichend Zeit zur Verfügung stand, konnte es Berge bewegen, und im Verlauf der Bauarbeiten in diesem unterirdischen Reich hatte es vermutlich genau das getan.

McCracken ließ kurz den Blick schweifen. Hier schien tatsächlich eine ganze Stadt zu entstehen. Unfertige Straßen, die breit genug waren, um selbst den mächtigsten Tiefbaumaschinen Platz zu bieten, verliefen zwischen den im Bau befindlichen Konstruktionen. Auf den ersten Blick erschien das Straßennetz so symmetrisch, daß McCracken den Eindruck gewann, alle Wege seien miteinander verbunden – oder würden es nach ihrer Fertigstellung sein. Auf den zweiten Blick erkannte er, daß der Komplex wie ein ultramodernes Hochhaus angelegt war, wo man keinen Quadratmeter Platz verschwendete. Überall wurde gebaut, und die Luft war angefüllt von Summen, Stampfen und Klopfen. Die Geräusche verschmolzen zu einem Klangteppich, der Blaine durchaus gelegen kam, denn er bot ihnen einen gewissen Schutz.

Bis eben hatte McCracken sich noch keine Gedanken über das Licht gemacht, das hier unten herrschte. Nachdem er sich nun ausreichend umgesehen hatte, hielt er nach den Beleuchtungsquellen Ausschau. Sein Blick ging zur Decke, wo eine gigantische Lichtanlage angebracht war, die von Solarenergie gespeist werden mußte. Die meisten Lampen besaßen Ausmaße von mehr als dreißig Quadratmetern, andere breiteten sich sogar über sechzig Quadratmeter aus. Sie waren in unregelmäßigen Abständen in die Decke eingelassen, und zunächst schien es Blaine, als seien sie aufs Geratewohl angebracht worden. Doch dann sagte er sich, daß man sie wohl dort installiert hatte, wo für die Bauarbeiten viel Licht benötigt wurde. Die Deckenlampen stellten etwa fünfzig Prozent der Beleuchtung im Bergwerk dar, der Rest stammte von riesigen Scheinwerfern, die auf hochgezogenen oder bereits fertiggestellten Komplexen standen.

Wenn man nach oben sah, konnte einem leicht schwindlig werden, die Kosten für die Unterhaltung einer solchen Beleuchtung mußten astronomisch sein. Von seinem Standort aus konnte McCracken nur wenige der weiteren Kammern erblicken, von denen die Schwester gesprochen hatte. Ihm blieb nichts anderes übrig, als seine Phantasie zu bemühen und sich die noch nicht fertiggestellten Wohnbezirke vorzustellen. Das Königreich als Ganzes war noch viele Jahre von seiner endgültigen Inbetriebnahme entfernt. Doch allein schon das, was hier bislang geschaffen worden war, bezeugte eindringlich, was Frye anstrebte und wie weit sein Wahnsinn schon gediehen war.

Das Hauptquartier dieser Stadt lag nach den Angaben Barbaras hinter drei hohen, halbfertigen Gebäuden, die sich gut hundert Meter weiter befanden. Die Zentrale verfügte über insgesamt acht Stockwerke, von denen sich drei in den Minenboden erstreckten. Der Komplex war wie ein Bürohochhaus angelegt, allerdings hatte der Reverend im Innern einige Besonderheiten vornehmen lassen. Zwar konnte Blaine das Hauptquartier von hier aus nicht ausmachen, doch der Weg, den die Schwester ihm aufgezeichnet hatte, beschrieb genau, welche Route er wählen mußte.

»Stellen Sie die Zeitzünder auf Punkt vierzehn Uhr ein«, wies er die Zwillinge an.

»Also in genau zwei Stunden«, bemerkte Jacob nach einem Blick auf seine Uhr.

»Damit bleibt uns jede Menge Zeit«, brummte der Indianer.

Blaine und Johnny warteten, bis die Zwillinge losgezogen waren. Dann setzten auch sie sich in Bewegung und nahmen Karen in die Mitte. Die vielen Baumaschinen, die zahlreichen Schutthaufen und die halbfertigen Gebäude boten ihnen auf dem Weg zum wichtigsten Komplex des Königreichs ausreichend Schutz. Als sie ihn erreicht hatten, erblickten sie nicht mehr als ein simples Rechteck, in das ohne erkennbares System Fenster eingelassen waren. Die Fassaden waren cremefarben gestrichen, weil dieser Ton am ehesten das Licht der Deckenbeleuchtung aufnahm. Der Verputz fehlte noch an einigen Stellen, und die Ränder wirkten so wie Stuckarbeiten.

Blaine wunderte sich schon seit einiger Zeit darüber, hier unten kaum Sicherheitskräfte oder -posten auszumachen.

Aber vermutlich war der Reverend der Ansicht, daß ein Eindringling es nie bis hierher schaffen könnte. Davon abgesehen mußte er ja davon ausgehen, daß seine größten Widersacher den Tod gefunden hatten. Nur selten ließ sich ein Wächter blicken, der zu Fuß oder in einem Golfkarren patrouillierte – und stets ließ sich diesen Bewaffneten leicht ausweichen.

Als sie nur noch wenige Meter von dem Zentrum trennten, mußte McCracken erkennen, daß es doch Probleme gab, dort hineinzugelangen. Die Eingangstüren wiesen weder Klinken noch Knäufe auf. Man mußte entweder eine Karte in einen Schlitz schieben oder einen bestimmten Code eingeben. Blaine war klar, daß sie sich nicht gewaltsam Zutritt verschaffen konnten, weil damit sämtliche Sicherheitskräfte auf den Plan gerufen worden wären. Aber welche Möglichkeit blieb ihnen sonst noch?

Die Antwort erfolgte wenige Minuten später, als ein Wächter mit seinem Wagen vor einem Seiteneingang hielt. McCracken verfolgte, wie der Mann seine Karte in den Schlitz schob, und gab Wareagle ein Zeichen. Der Indianer sprang sofort auf, und der Wächter bekam von ihm nicht mehr mit als den Arm, der sich um seinen Hals legte. Die Tür ging auf, und Blaine lief mit Karen schnell zum Seiteneingang. Sie hoben den bewußtlosen Mann in den Wagen, und Johnny schob ihn hinter einen Container.

Die drei betraten das Gebäude und bewegten sich rasch und geräuschlos durch eine kleine Eingangshalle. Vor ihnen befanden sich mehrere gläserne Türen und eine Treppe. Barbara kannte nur die beiden ersten Stockwerke des Komplexes, und ihres Wissens war in keinem der beiden ein Laboratorium untergebracht. Vermutlich befand sich die Forschungsabteilung des Königreichs in einer höheren Etage.

McCracken deutete nach oben, und Johnny lief mit Karen die Stufen hinauf. Als die beiden außer Sicht waren, schlich Blaine durch den Hauptkorridor. Er hatte sich die Angaben der Schwester fest eingeprägt. Sie hatte ihm nicht mitteilen können, wo das zu finden war, was er suchte, denn zum Zeitpunkt ihrer Flucht hatte das Gebäude noch nicht über eine Kommandozentrale oder ein Planungszentrum verfügt.

Allerdings hatte sie von einem Kino oder Theater berichtet, das nach den außerordentlich detaillierten Plänen Fryes eingerichtet worden war. Der Reverend war geradezu besessen von den Möglichkeiten der Medien und der Videoübertragung. Als Meistermanipulator verließ er sich mehr als alles andere auf den visuellen Input.

»Harlan will einfach alles zu sehen bekommen«, hatte Barbara erklärt und weiter ausgeführt, daß das Theater zu den ersten Einrichtungen gehört hatte, die im Königreich fertiggestellt worden waren. Es nahm eine komplette Ecke des Zentrums ein und war zwei Stockwerke hoch.

McCracken entschied, daß er dort mit seiner Suche beginnen mußte, und bewegte sich rasch darauf zu. Er war auf der Hut, denn wenn überhaupt, würde der Reverend hier Wachtposten aufgestellt haben. Er sagte sich aber, daß Frye die Geheimnisse seines Königreichs nur einem sehr kleinen Kreis anvertrauen würde. Und je mehr Arbeiter er hier beschäftigte, desto größer wurde die Gefahr, daß etwas nach draußen sickern konnte. So war es durchaus vorstellbar, daß Harlan keinen Grund sah, hier Sicherheitskräfte zu stationieren, und sich auch ohne Wächter im Herzen seiner unterirdischen Stadt sicher und unangreifbar fühlte.

Das Theater sah genau so aus, wie Schwester Barbara es aufgezeichnet hatte. Zutritt fand man nur durch eine Tür, die abseits von den anderen am Ende einer Halle im Erdgeschoß lag. Zu McCrackens Verwunderung stand sie offen. Als er sich ihr näherte, fiel ein Schatten auf sie. Er drückte sich rasch in eine Nische. Vier Männer traten durch die Tür und marschierten zielstrebig an ihm vorbei. Der kurze Blick, den er auf sie warf, reichte aus, in ihnen die Mitglieder der Sieben zu erkennen, die laut Barbara bei Frye geblieben waren.

Blaine hätte die vier Evangelisten am liebsten auf der Stelle angegriffen und sie niedergestreckt. Doch er widerstand der Versuchung und erinnerte sich daran, daß sein eigentliches Ziel Harlan Frye hieß. Wenn er sich jetzt damit aufhielt, dieses Quartett niederzuringen, würde er sich vielleicht die einzige Chance nehmen, zum Reverend vorzudringen. Offenbar hatte bis eben im Theater eine Versammlung stattgefunden.

Und wenn Frye nicht einen anderen Ausgang benutzt hatte, konnte das nur bedeuten, daß er sich noch dort aufhielt.

Blaine wartete, bis die Evangelisten verschwunden waren, und trat dann näher zu der offenen Tür. Bevor er sie erreichte, blieb er stehen und preßte sich an die Wand. Von drinnen war nichts zu hören. Er spähte hinein und sah die leicht ansteigenden Reihen von Sitzplätzen, die vor einer großen Leinwand aufgebaut waren. Darauf war ein Symbol oder ein Standbild geworfen, das McCracken jedoch nicht genau erkennen konnte. Durch die Tür gelangte man in den vorderen Teil des Kinos. Man mußte an der Leinwand entlanglaufen, um ins eigentliche Innere zu gelangen.

McCracken ließ sich auf alle viere hinab und kroch in den Saal. Er zog sich an den Händen voran und gelangte auf diese Weise unter die erste Sitzreihe. Dort angekommen, schob er sich tiefer hinein, bis er ganz darunter verschwunden war. Dummerweise konnte er so immer noch nicht ausmachen, was der Projektor auf die Leinwand warf. Er fing gerade an, sich zu drehen, um den Mittelgang zu erreichen, als ein Klicken ertönte und der Schirm dunkel wurde. Die Beleuchtung ging an, und Schritte kamen den Mittelgang herab. Blaine erstarrte und verdrehte den Kopf, um besser sehen zu können. Zuerst machte er ein Paar Füße aus, das in teuren Samtschuhen steckte. Dann sah er das Gesicht von Harlan Frye.

McCracken kannte den Reverend nur von Fotos. Und einmal hatte er einen kurzen Auftritt auf dem Zukunftsglaubenkanal gesehen, als er sich Anfang der Woche in einem Hotelzimmer befunden und durch die Sender gezappt hatte. Der Reverend war mittelgroß und stämmig, und alles an ihm wirkte durchschnittlich, bis auf das Gesicht. Seine Züge wirkten alterslos und waren auch ohne Make-up glatt und rein. Blaine wußte, daß dieser Mann ein unglaublich warmes und vertrauenerweckendes Lächeln aufsetzen konnte. Wenn Menschen ihn ansahen, waren sie sofort bereit, ihm alles zu glauben. McCracken ertappte sich bei der Frage, wie er jemals hatte vermuten können, daß ein Mann mit einem so gütigen Gesicht so etwas wie den Weltuntergang heraufbeschwören könnte. Er schüttelte den Kopf, als müsse er sich von einem Bann befreien. Der Reverend übte ganz gewiß einen geradezu magischen Einfluß auf seine Mitmenschen aus.

Jemand schritt hinter Frye den Mittelgang herab. Ein Mann, dessen rechte Hand schlaff an der Seite baumelte. Die beiden gingen zur Tür und verließen das Theater. Die Tür schloß sich mit einem Zischen hinter ihnen. Blaine wartete vorsichtshalber noch ein paar Minuten, ehe er sich aus seinem Versteck wagte. Im Mittelgang richtete er sich auf und versuchte festzustellen, woher der Reverend gekommen war. Dann ging er den Gang hinauf und fand oben einen Sessel vor, in dessen Lehne ein Fach für eine Fernbedienung eingelassen war. McCracken nahm das Gerät in die Hand und drückte auf ON. Er hoffte, jetzt feststellen zu können, was Frye seinen Mitbrüdern vor wenigen Minuten vorgeführt hatte.

Wieder erschien das Logo auf dem Bildschirm, wenn es auch im ersten Moment aufgrund der Beleuchtung im Kino nur schwach auszumachen war. Mit der Fernbedienung in der Hand schritt McCracken nach unten, denn hinter dem Symbol konnte sich nur das verbergen, was der Reverend für den Tag des Jüngsten Gerichts plante.

Kapitel 33

Die Labors befanden sich im dritten Stock des Gebäudes.

Sie waren nicht schwer zu finden gewesen, denn eine Stahltür trug die Aufschrift:

FORSCHUNGSABTEILUNG
ZUTRITT NUR FÜR MITARBEITER

Johnny zog Karen hinter sich und schob die Karte in den Schlitz, die er vorhin dem Wachmann abgenommen hatte. Die beiden preßten sich eng an die Wand, als die Tür tatsächlich aufglitt. Dann sprang der Indianer vor und schoß so rasch durch die Öffnung, daß Karen ihn nur als einen Schatten wahrnahm. Er blieb direkt am Eingang stehen, hielt seine Maschinenpistole fest in beiden Händen und gab Karen mit einem Kopfnicken zu verstehen, daß sie zu ihm kommen solle.

Der große Raum war menschenleer. Kein Schreibtisch war besetzt, kein Computer eingeschaltet. In den abgetrennten gläsernen Zellen und Nebenräumen hielt sich ebenfalls niemand auf. Doch hier schien nicht nur das Personal zu fehlen. Auch die Ausrüstungsgegenstände machten den Eindruck, seit längerem nicht mehr für einen Versuch benutzt worden zu sein. Alles war peinlich sauber und stand geordnet an seinem Platz. Karen hatte eigentlich emsige Teams erwartet, die hier mit irgend etwas beschäftigt waren. Und sie war davon ausgegangen, daß Wareagle alle mit seiner Waffe in Schach halten mußte, während sie sich die Unterlagen und Forschungsergebnisse ansah.

Ihr Blick fiel auf eine Reihe von Reagenzgläsern, die auf einem Arbeitstisch standen, der die gesamte Länge einer Wand einnahm. Karen ging auf sie zu und nahm eine von ihnen vorsichtig aus der Halterung. Das Röhrchen zerschmolz fast in ihrer Hand; es bestand aus einer Gelatine-Plastik-Mischung, wie man sie bei bestimmten Arzneikapseln verwendete, die sich im Mund auflösten. Das Reagenzglas besaß zwar etwas mehr Konsistenz, würde sich aber in einer Flüssigkeit ziemlich schnell auflösen und seinen Inhalt freisetzen.

Bevor sie sich das Ganze genauer ansehen konnte, zog Johnny sie am Arm. Erschrocken ließ sie das Röhrchen fallen. Es blieb aber heil und rollte davon. Der Indianer drückte sie hinter einen Schrank an die Wand. Karens Blick fiel auf zwei Personen, die vom oberen Stockwerk eine Wendeltreppe herabstiegen. Die beiden trugen weiße Schutzanzüge, komplett mit Atemmaske und Sauerstoffflasche. Die dicken Handschuhe zeichneten die Konturen der Finger ab und erlaubten so auch feinere Verrichtungen.

Karen hatte selbst solche Anzüge getragen, wenn sie mit

instabilen Mixturen hantiert hatte und einer Kontamination vorbeugen wollte. Ihr Blick folgte dem Paar, das auf die inneren Sicherheitstüren zuschritt, die nicht aus Stahl, sondern aus Glas bestanden und in diesen Raum führten. Die Türen glitten auf, und die beiden blieben vor einer Reihe von Kleiderhaken stehen. Sie fingen an, sich aus den Schutzanzügen zu befreien, und dabei entdeckten sie die Eindringlinge.

Johnny war schon auf dem Weg zu ihnen.

Karen hatte noch nie einen Menschen gesehen, der sich so rasch bewegen konnte. Bis eben hätt sie es nicht einmal für möglich gehalten, daß ein Mann so schnell laufen konnte. Er war schon fast bei den beiden, ehe sie überhaupt mitbekamen, was sich ihnen da näherte. Der eine drehte sich um und packte den anderen an der Schulter. Karen sah die Gesichter hinter den Sichtscheiben der Atemmaske und erkannte die Panik in ihren Blicken.

Wareagle überwand das letzte Stück in einem mächtigen Sprung, breitete im Flug die Arme aus, bekam mit jeder Hand einen Kopf zu fassen und ließ beide heftig gegeneinander krachen. Die beiden brachen auf der Stelle zusammen. Johnny warf Karen einen kurzen Blick zu, bevor er die Männer in eine der Zellen zog.

»Vorwärts, Miss«, sagte er dann und deutete auf die Treppe.

»Womöglich halten sich oben noch andere auf«, wandte sie ein.

»Nein, da ist keiner mehr.«

»Woher wollen Sie das …«

Aber der Indianer rannte schon auf die Glastüren zu. Sie glitten automatisch auf, und er blieb so lange zwischen ihnen stehen, bis Karen zu ihm aufgeschlossen hatte. Dann stürmte er die Treppe hinauf, und Karen gab es schon nach wenigen Stufen auf, mit ihm Schritt halten zu wollen. So kam sie ein Stück nach Wareagle oben an und entdeckte gleich die Glaswand, die sich sechs Meter vor ihnen von einer Wand zur anderen erstreckte. Johnny trat ein paar Schritte auf die Sperre zu und erstarrte. Karen spürte, wie sich seine Muskeln verkrampften. Sie trat neben ihn, um festzustellen, was ihn so beunruhigte.

»Großer Gott«, murmelte sie dann, als ihr Blick darauf fiel.

Die Zwillinge kamen zügig voran. Obwohl der Vorrat an hochwirksamem Plastiksprengstoff, den sie in ihren Rucksäcken hatten, bei weitem nicht ausreichte, die unterirdische Stadt vollständig zu zerstören, genügte er doch, hier erheblichen Schaden anzurichten und etliche Komplexe zum Einsturz zu bringen. Darüber hinaus würden die schlecht belüfteten und stickigen Gänge des Königreichs einen idealen Nährboden für die sich ausbreitenden Flammen bieten. Binnen kurzem würde hier unten ein Inferno ausbrechen.

Preston Turgewell hatte während der letzten verzweifelten Jahre oft zu Rachel und Jacob von einem solchen Tag gesprochen. Doch was immer sie auch versucht hatten, ihre Bemühungen gegen die Sieben waren regelmäßig gescheitert. Und im Lauf der Zeit verringerte sich die Zahl ihrer Freunde und Kontaktleute ebenso sehr, wie sich ihre Finanzmittel erschöpften. Die Fünfte Generation selbst hatte aufgelöst werden müssen, weil sich so viele ihrer Mitglieder gegen die Turgewells gewandt hatten, daß man der Truppe nicht mehr über den Weg trauen durfte. Und angesichts Schwester Barbaras beharrlicher Weigerung, sich mit ihnen zusammenzutun, blieb bald nur noch die Liste, die Ratansky gestohlen hatte, um Fryes Plan zunichte zu machen; alle dort aufgeführten Personen sollten eliminiert und Frye so all seiner Unterstützung beraubt werden. Doch heute befanden sich die Zwillinge dank McCrackens Hilfe in einer weitaus günstigeren Ausgangslage.

Wenn sie das Königreich der Sieben hier und jetzt zerstören konnten, wären damit Reverend Harlan Fryes Weltuntergangspläne ein für allemal begraben.

Jacob und Rachel teilten sich, um eine größtmögliche Verteilung des Sprengstoffs zu erreichen. Sie begannen an den dunkelsten, abgelegensten Punkten der unterirdischen Stadt und legten ihre Bomben in die Komplexe, deren Errichtung noch nicht sehr weit vorangeschritten war. Von hier aus arbeiteten sie sich immer weiter ins Zentrum vor, bis zu den Gebäuden, die fast fertiggestellt waren. Die Zwillinge gingen methodisch vor, und ihre Route strebte direkt auf Fryes Kommandozentrale zu, wo sie auf die anderen stoßen sollten.

Die Arbeit fiel ihnen nicht schwer, sie mußten nichts weiter tun, als ein ziegelsteingroßes Stück Plastiksprengstoff in einem Gebäude an einer möglichst tragenden Stelle anzubringen und mit einem Detonator zu versehen. Jeder Zeitzünder wurde auf exakt vierzehn Uhr eingestellt. Rachel hatte ihre neunte Bombe angebracht und arbeitete gerade an der zehnten, als sie Schritte hörte, die über Schutt und Fels stiegen. Sie befand sich noch in einem der Außenbezirke des Königreichs. Die junge Frau verhielt sich ganz still und berechnete in Gedanken, wann der Betreffende sie erreichen würde. Im richtigen Moment schwang sie herum und richtete ihre Pistole auf die Stelle, an der der Fremde jetzt auftauchen mußte.

Aber da war niemand. Rachel atmete aus und entspannte sich. Da ertönte das Geräusch von neuem, doch diesmal aus der entgegengesetzten Richtung. Wieder wartete sie und hob im rechten Augenblick die Waffe. Aber auch diesmal fand ihr Blick niemanden.

Jemand schleicht um mich herum. Spielt mit mir.

Unbekannte Furcht stieg in ihr auf. Sie hob das Walkie-talkie an die Lippen – eines der beiden Geräte, die sie mitführten – und sprach leise hinein.

»Jacob?«

»Ja?«

»Hier ist jemand.«

Annehmlichkeiten und Bequemlichkeit lagen jenseits des Verständnisses von Earvin Early. Seit er seiner Körperlichkeit entsagt hatte, lebte er im buchstäblichen Sinne ohne jegliche Struktur. Da er sich um seine physischen Bedürfnisse nicht mehr kümmerte, waren Unterkünfte für ihn mehr eine Last als etwas Erstrebenswertes. Im Königreich gab es ohnehin wenig Behaglichkeit, und Early zog sich am liebsten in die dunklen Ecken in den halbfertigen Komplexen am Rand der unterirdischen Stadt zurück. Hier fühlte er sich am ehesten zu Hause, sofern er solche Empfindungen überhaupt noch kannte. Schlaf war für ihn seit seiner Rückkehr kaum mehr als eine vage Erinnerung.

Er erinnerte sich an das Gefühl des Schmerzes, das er in seinem früheren Leben gekannt hatte, und stellte sich vor, daß es genau das war, was seine unförmige Hülle gerade durchmachte. Aus den Wunden in den Armen, die die verdammten Hunde ihm beigebracht hatten, sickerte eine dunkle Flüssigkeit durch die Verbände, die er sich mehr schlecht als recht angelegt hatte. Als er sie das letzte Mal gewechselt hatte, war ihm aufgefallen, daß sein Fleisch eine grünliche Färbung angenommen hatte. Die aufgeplatzte Oberlippe konnte er nicht sehen, aber das Gefühl, das sie verursachte, sagte ihm recht deutlich, wie dick sie geworden war. Sie mußte sich in ihrem angeschwollenen Zustand mittlerweile vom Oberkiefer entfernen und die Zähne bloßlegen. Jedesmal, wenn er durch die Nase einatmete, gerieten dabei dicke Klumpen in Bewegung, die nach Tod rochen. Die aufgerissene Gesichtshälfte hatte sich in eine einzige nässende Schorffläche verwandelt, unter der sich der Eiter sammelte. Er konnte durch das eine Auge nichts mehr sehen und mußte sich allein auf sein linkes verlassen.

Meine Hülle fault weg, dachte er und überlegte, wie er sie gegen eine andere austauschen könnte.

Er grübelte noch darüber, als die junge Frau an der Türöffnung zu dem Raum vorbeilief, in dem er in einer Ecke hockte. Earvin richtete sich auf, folgte ihr eine Weile und prägte sich die Stellen ein, an denen sie Sprengstoff anbrachte. Nachdem sie die vierte Bombe angebracht hatte, beschloß er einzugreifen. Er würde nicht gleich über die junge Frau herfallen, sondern um sie herumschleichen, um festzustellen, wie sie darauf reagierte. Er hatte sein Spiel noch nicht allzu lange betrieben, als sie in ein Walkie-talkie sprach. Dadurch erfuhr Early, daß sie nicht allein hier war. Also würde er sie als Köder benutzen, um den oder die anderen anzulocken. Zu seinem

Leidwesen mußte Earvin feststellen, daß die Unternehmung, obwohl nicht von langer Dauer, seine Beine ziemlich ermüdet hatte. Diese Hülle war wirklich nichts mehr wert und starb zusehends ab. Aber darauf konnte er im Moment keine Rücksicht nehmen, er mußte sich um seine Aufgabe kümmern.

Nach einer Weile machte ihm das Spiel keinen Spaß mehr. Die junge Frau legte keine Sprengsätze mehr und konzentrierte sich nur noch darauf, ihn ausfindig zu machen. Die Behendigkeit, mit der sie sich bewegte, und die Geschicklichkeit, mit der sie ihm langsam näher kam, beeindruckten ihn. Natürlich würde es ihm nichts ausmachen, wenn ihr Blick auf ihn fallen sollte, denn er war gar nicht vorhanden, war für sie unsichtbar – bis zu dem Moment, an dem er sein körperliches Selbst in ihre Welt zurückbrachte.

Die junge Frau blieb stehen und sprach wieder in ihr Walkie-talkie. Earvin war jetzt hinter ihr und tauchte in die Wirklichkeit ein.

»Er ist es«, flüsterte Rachel in das Funkgerät.

»Wer?«

»Der Mann aus New York, von dem der Indianer gesprochen hat. Das Monster.«

»Woher willst du das ...«

Jacob vernahm aus dem Hörer einen dumpfen Schlag.

»Rachel!« rief er. »Rachel?«

Aus dem Walkie-talkie kamen nur noch Störgeräusche. Jacob erstarrte und zwang die Stärke in seine zitternden Glieder zurück. Plötzlich sprach eine Stimme, die sich kaum von dem Krachen und Zirpen unterschied, aus dem kleinen Funkgerät:

Bleibe dort,
Mich dich finden lasse,
Denn ich treffe dich bald,
In der hohlen Gasse.

»Nein«, stöhnte Jacob. »Bitte nicht …«
Wie von selbst setzten sich seine Beine in Bewegung.

Hinter der Glaswand sahen Karen und Wareagle eine Einrichtung, die am ehesten einer großen Krankenstation entsprach. Mehrere Reihen Betten standen dort, und an jedem waren ein Tropf und Überwachungsmonitore aufgebaut. Eine Wand des Vorraums, in dem die beiden sich befanden, war über und über mit elektronischen Anzeigetafeln bestückt. Ständig strömten Daten in die Anlage ein, die sofort verarbeitet wurden und in Form von Zahlenkolonnen und kurzen Berichten auf den über hundert Bildschirmen erschienen. Karen trat näher an die Trennscheibe. Die meisten Betten waren leer. Aber der Anblick der noch vorhandenen Patienten ließ ihr das Blut in den Adern gefrieren.

Die Körper der dort liegenden Menschen verfaulten und verrotteten, waren nur noch wenig mehr als leichte Erhebungen unter den gestärkten, blütenweißen Laken. Eine Unzahl von Männern und Frauen verbrachte hier die letzten Stunden ihres Lebens. Die wenigen Gliedmaßen, die Karen erkennen konnte, waren nur noch Knochen, über die eine papierdünne Schicht verfärbter Haut gespannt war. Die Gesichter über den Decken waren Gebilde voller Geschwüre, Blasen und purpurroter Flecke. Die Augen dieser Menschen sahen aus wie Glas und blickten leer und wie betäubt. Karen mußte nicht lange raten, um zu wissen, was diese Menschen befallen hatte: Sie allesamt befanden sich im letzten Stadium der Aidserkrankung. Ihre Körper hatten sich auf die bloße Erinnerung ihrer früheren Menschlichkeit reduziert. Während Karen noch in den Saal starrte, flatterten matt einige Lider, und ein paar Köpfe drehten sich kraftlos in Richtung der Scheibe.

Ihre Sinne sind immer noch wach. Sie können mich sehen!

Karen schüttelte sich bei dieser Vorstellung, und sie wandte den Kopf ab, um den Blicken dieser Menschen nicht mehr begegnen zu müssen.

»Sie sollten sich das hier einmal ansehen, Miss.«

Johnnys Stimme riß sie aus ihrer Starre. Karen drehte sich

zu ihm um. Er hielt ihr ein stählernes Klemmbrett hin. Der Indianer hatte bereits das Deckblatt umgeschlagen, und sie erkannte eine lange Namensliste.

»Wie hieß der Mann, den Wayne Denbo in der Wüste gefunden hat?« fragte sie ihn.

»McBride«, antwortete Wareagle, »Frank McBride.«

Karen überflog die Liste, und ihre Augen blieben an einem Namen hängen. Sie hatte das Gefühl, ihr Magen drehe sich um. »Hier steht McBride, Frank«, erklärte sie tonlos und hob den Kopf. »Bei diesen Menschen handelt es sich um die Bewohner von Beaver Falls.«

Sie blätterte rasch weiter und stieß auf medizinische Befunde und Krankengeschichten. Wenn sie etwas Wichtiges entdeckt hatte, teilte sie es Johnny sofort mit.

»Die ersten Symptome dieser ... O mein Gott, sie sind letzte Woche am Freitag abend aufgetreten. Um neun Uhr am Montag morgen wurde die Evakuierung eingeleitet ... Fünf Stunden, bevor Denbo und sein Partner mit Frank McBride in den Ort kamen.« Karen warf einen Blick durch die Scheibe. »Diese Blätter hier listen den körperlichen Verfall der Bewohner von Beaver Falls während der letzten fünf Tage auf.«

Karen wurde bleich vor Entsetzen.

»In ihrem Blut fanden sich keinerlei Anzeichen von HIV ... bis die ersten Symptome auftauchten ... und sich im Vergleich zum Standardverlauf der Krankheit geradezu sprunghaft vermehrten ... Acht Jahre wurden bei ihnen zu acht Tagen ... Der körperliche Verfall dieser Menschen hat sich so beschleunigt, daß die Geräte nicht mehr damit nachkommen, ihn zu registrieren ...« Karen wurde noch blasser. »Einen Moment mal ... Grundgütiger ...«

Ihre Finger blätterten rasch schnell zum letzten Blatt weiter und dann wieder an den Anfang zurück. Karen runzelte die Stirn und schien fieberhaft zu rechnen.

»Nein, das kann doch nicht sein ...«, murmelte sie. »Nein ...«

»Was ist denn?« wollte Wareagle wissen.

Als sie antwortete, klang ihre Stimme wie aus weiter Ferne. »Beaver Falls hatte eine Bevölkerung von siebenhundertundzwölf Personen. Und in dieser Liste sind siebenhunderzwölf Menschen im fortgeschrittenen Stadium von Aids aufgeführt ..., von denen über sechshundert dem Leiden bereits erlegen sind.«

»Und was hat das zu bedeuten?«

»Wenn ich das nur wüßte!« Karen biß sich auf die Unterlippe, um sie am Zittern zu hindern. »Die gesamte Einwohnerschaft ist infiziert worden, die ganze Bevölkerung liegt im Sterben. Dabei haben Fryes Testpersonen doch nur ein Viertel der Population ausgemacht ...«

Als McCracken den Mittelgang hinunterlief, um sich das Zeichen auf der Leinwand genauer anzusehen, stellte er fest, daß es sich dabei nicht um ein Logo, sondern um eine Landkarte handelte. Noch bevor er den Mittelgang hinter sich gelassen hatte, konnte er schon einzelne Symbole und Bezeichnungen erkennen. Er blieb stehen und suchte die Karte ab. Sein Blick fiel auf die Nordwestecke, wo ein Ortsname in ein rotes Viereck eingefaßt war und sich damit vom Rest abhob. Er kniff die Augen zusammen und entdeckte jetzt eine dicke schwarze Linie, die von dem roten Kasten ausging und nach Südosten zu einer Reihe von Punkten verlief, die allesamt schwarz umkreist waren. Die Linie folgte keinem erkennbaren Muster und wirkte am ehesten wie die vergeblichen Versuche eines Kindes, die Zahlen eines Punktbildes miteinander zu verbinden.

Blaine stellte sich vor die Leinwand. Sein Herz schlug wie rasend, als ihm klar wurde, um welche Stellen es sich dabei handelte und was es mit dem roten Viereck, den schwarzen Kreisen und der dicken Linie auf sich hatte.

Rot stand für den Ausgangspunkt, für den Todesbringer.

Insgesamt waren wohl an die fünfzig Punkte im Südwesten schwarz umrahmt.

Fünfzig verschiedene Stellen, denen allesamt das gleiche Schicksal blühte.

Und in diesem Moment ahnte McCracken, wie Harlan Fryes Pläne für den Weltuntergang aussahen.

Kapitel 34

Jacob fand Rachel hingestreckt auf dem Boden. Sie lag auf dem Bauch, und ihr Körper war von Schutt bedeckt. Nur der Kopf sah aus den Trümmern hervor. Allem Anschein nach war eine Wand eingestürzt, zumindest soweit es sich hier im Halbdunkel des Stadtrands erkennen ließ.

»Rachel?« rief Jacob leise, als er langsam auf sie zuging, die Maschinenpistole im Anschlag, und mit den Augen die Umgebung absuchte. »Rachel ...«

Sie rührte sich ein wenig. Dem Himmel sei Dank, sie lebte noch!

Jacob schwang die Maschinenpistole über die Schulter und zog eine Pistole, um wenigstens eine Hand frei zu haben. Er stieg über ein Trümmerstück, ging neben seiner Schwester in die Hocke und legte eine Hand auf ihr Haar, um ihren Kopf herumzudrehen.

»Rachel, was ist geschehen, ich ...«

Ihr Haar löste sich vom Kopf, er hielt es fassungslos in der Hand. Und aus dem Schutt sprang ein Riese. Jacobs Hand riß die Pistole hoch, während seine Augen ein faulendes, eiterndes Gesicht erblickten, das ihn mit einem Maul voller Zahnstümpfe angrinste. Während sich sein Zeigefinger um den Abzug krümmte, ließ ihn der Gestank, der von dem Monstrum ausging, würgen. Bevor er abdrücken konnte, traf ihn ein gewaltiger Hieb am Handgelenk, und die Pistole flog in hohem Bogen davon.

Als der junge Mann nach der Maschinenpistole griff, die er am Schulterriemen trug, legte sich eine riesige Hand auf sein Gesicht. Jacob zuckte zusammen und war nicht mehr in der Lage, den Lauf der Waffe auf den Angreifer zu richten.

Wehr ihn ab! Wehr ihn doch ab, verdammt noch mal!

Seine Instinkte erwachten. Er stieß mit dem freien Arm die Hand des Ungeheuers ab und behielt sie in Abwehrstellung oben, während er mit der anderen Hand die Mac-10 von der Schulter riß. Jacob hoffte, einen Feuerstoß abgeben zu können, bevor der Gegner wieder über ihn herfiel. Doch unvermittelt drehte sich der Lauf der Maschinenpistole und richtete sich auf ihn. Ein dicker, schmutzstarrender Finger legte sich auf den Abzug und zog ihn nach hinten. Der Mann besaß eine unglaubliche Kraft. Kein Mensch konnte über soviel Körperstärke verfügen.

Sein Zeigefinger wehrte sich so lange, bis der Knochen brach. Ein stechender Schmerz durchfuhr ihn, der jedoch harmlos war im Vergleich zu dem Feuer, das im nächsten Moment in seinem Bauch explodierte. Die Hitze währte nur kurz und wurde durch eine schreckliche Kälte abgelöst, in die hinein eine kehlige, automatenhafte Stimme sprach:

Gehab dich wohl,
Ich muß nun von dannen.
Gräm dich nicht
Dir hilft entspannen.

Earvin Early sah zu, wie der Junge starb, und schlich dann davon.

»Was hat das alles zu bedeuten?« fragte Johnny.

In Karens Kopf überschlugen sich die Gedanken. »Daß die Krankheit, der HIV-Virus, in einem Maße mutiert ist, wie die Wissenschaft das bislang noch nicht erlebt hat.« Sie zeigte mit einem zitternden Finger auf die Glasscheibe. »Was wir dort sehen, könnte die Folge einer Luftübertragung des Virus sein … Damit wäre die Ausbreitung von HIV nicht mehr allein auf sexuellen Kontakt oder die Berührung mit Blut und anderen Körperflüssigkeiten beschränkt. Die Bewohner von Beaver Falls haben sich den Virus durch bloßes Einatmen oder durch einen ganz normalen Kontakt mit Mitgliedern von Fryes Testgruppe eingefangen.«

Karen mußte tief durchatmen und kehrte dem Indianer den Rücken zu, ehe sie fortfuhr.

»Van Dynes – oder meinetwegen auch Fryes – Serum basiert auf einem Proteinmantel, der sich um den HIV-Virus legt und seine Zellen somit an einer weiteren Ausbreitung hindert. Die eingeschlossenen Zellen werden darunter buchstäblich ausgehungert und sterben nach einiger Zeit ab. Darum ging es im wesentlichen bei diesem Mittel: Der Körper sollte in die Lage versetzt werden, sich gegen diese Viren zu verteidigen – und dazu verlieh ihm das Serum die geeigneten Waffen. Im ursprünglichen Plan des Reverends sollte der Proteinmantel nach ein paar Jahren brüchig werden. Die eingeschlossenen Zellen wären damit wieder frei und könnten den Körper ungehindert befallen. Doch dann ist der Schutzmantel viel, viel früher als geplant unwirksam geworden. Und allem Anschein nach hat sich unter ihm ein deutlich virulenterer Virus entwickelt.« Karen drehte sich wieder zu der Krankenstation um, hob aber abwehrend beide Hände, so als fürchte sie sich davor, das Glas zu berühren. »Und das Ergebnis davon bekommen wir hier zu sehen.«

»Und im Labor eine Etage tiefer haben sie diesen neuen Virus untersucht und studiert«, bemerkte Wareagle.

»Das steht wohl fest«, erklärte sie, ohne den Blick von der Trennscheibe zu nehmen.

»Sie sind mit ihrer Arbeit fertig und deshalb verschwunden«, fuhr der Indianer fort. »Offenbar haben sie gefunden, wonach sie suchen sollten.«

Karen fuhr herum und starrte ihn an. Sie mußte an die Reagenzgläser denken, auf die sie unten gestoßen war. »Der mutierte Virus ...«

Johnny nickte. »Sie haben erst einen Weg gefunden, ihn zu konzentrieren, und dann ...«

»Ihn freizusetzen!« rief Karen. »Und zwar auf großflächiger Basis und ohne eine Massenimpfung durchzuführen. Und das bedeutet, daß ...«

Sie hielt sofort inne, als Wareagle zur Wendeltreppe herumwirbelte. Er starrte auf die oberste Stufe, während er Karen erklärte:

»Da kommt jemand.«

McCracken stand einen knappen Meter von der Landkarte und prägte sich die schwarzumkreisten Orte ins Gedächtnis ein. Bei allen handelte es sich um Hotels im Innern und in der Umgebung einer Stadt:

San Antonio, Texas.

Das rote Viereck hingegen, von dem die Linie ausging, lag im Nordwesten, und zwar am Rand der Stadt Boerne. Blaine mußte noch näher herantreten, um zu erkennen, worum es sich bei diesem Ort handelte: Ein Wasserwerk, eine Kläranlage.

Was hatte eine Kläranlage mit einer Reihe von Hotels zu tun?

Wasser ... Wasser war der Schlüssel.

Blaine bekam eine Gänsehaut, als ihm allmählich dämmerte, was der Reverend beabsichtigte. Frye hatte allem Anschein nach vor, die Wasserversorgung von San Antonio zu kontaminieren, einem Ort, an dem viele Tagungen abgehalten wurden und in dem sich zu bestimmten Zeiten mehrere zehntausend Menschen aufhielten, die aus den ganzen USA und aus vielen anderen Ländern angereist waren. Jetzt entdeckte McCracken auch Zahlen in den schwarzen Kreisen, dreistellige und vierstellige – offenbar die Menge der Gäste, die von jedem Hotel im Verlauf einiger Wochen erwartet wurde. Ohne Zweifel stand diese Periode in naher Zukunft bevor. Blaine rechnete rasch im Kopf die Zahlen zusammen. Als er bei hunderttausend angelangt war, hörte er auf.

Und all diese Menschen würden das verseuchte Wasser zu sich nehmen.

Irgendwie mußte es dem Reverend gelungen sein, einen Weg zu finden, das im Klärwerk von Boerne gereinigte Wasser zu vergiften, bevor es ins Versorgungssystem zurückgeleitet wurde. Von dort gelangte es ins Edwards-Reservoir, aus dem ganz San Antonio – und damit auch seine über fünfzig Hotels – Wasser bezog. Da Fryes ursprünglicher Plan schon im Vorstadium fehlgeschlagen war, plante er jetzt, die mehr als hunderttausend Besucher der Stadt zu kontaminieren und sie als unwissentliche Giftträger einzusetzen, und das aller Wahrscheinlichkeit nach weltweit.

Doch ein Punkt störte noch. Unter diesen Voraussetzungen würde eine Massenverseuchung viel zu langsam vonstatten gehen, um den Tag des Jüngsten Gerichts heraufzubeschwören. Der Reverend mußte noch einen weiteren Trumpf im Ärmel haben.

Blaine fuhr damit fort, die Landkarte zu studieren. Fryes ganzer Plan hing vom Wasser und von einem bestimmten Ort ab. Wenn es McCracken nur gelänge …

»Ist doch einfach wunderbar, nicht wahr, Mr. McCracken?« ertönte aus dem Hintergrund des Kinos die Stimme des Reverends.

Er drehte sich langsam um, und die SIG-Sauer schwang mit und war feuerbereit. McCracken beugte sich vor und suchte ein Ziel.

Doch da war niemand.

»Ach, kommen Sie, McCracken«, höhnte Frye, »Sie haben doch wohl nicht ernsthaft erwartet, daß ich es Ihnen so leicht machen würde, oder? Legen Sie jetzt die Waffe ab. Für gewöhnlich gehorchen mir meine Männer aufs Wort, aber selbst ich vermag nicht abzuschätzen, wozu ihre Nervosität sie in einer solchen Situation verleiten wird.«

Und schon tauchten sie aus den Schatten auf. Drei Männer auf jeder Seite, die einen größeren Abstand voneinander hielten. Blaine suchte nach dem Reverend, konnte ihn aber immer noch nicht entdecken.

»Wo doch schon Gott auf Ihrer Seite steht, Mr. Frye, was brauchen Sie da noch Soldaten?«

»Sie helfen mir lediglich dabei, Seinen Willen zu erfüllen. Und beseitigen für mich die letzten Hindernisse auf meinem Weg zum Ziel. Und jetzt die Waffe, bitte.«

Die Pistole landete mit einem dumpfen Knall auf dem Boden.

»So ist es doch schon viel besser, nicht wahr? Ich muß Sie allerdings noch darum bitten, Ihre Hände stets so zu halten, daß meine Männer sie sehen können. Sie haben sich als würdiger Gegner erwiesen, Mr. McCracken. Doch am Ende hat meine weise Voraussicht triumphiert – wie schon so oft.«

Blaine streckte die Hände aus. Die Fernbedienung hatte er

sich zuvor unbemerkt in den Ärmel geschoben. »Dann haben Sie mich also schon erwartet, Reverend?«

»Ich muß gestehen, ich habe mich kurz der Illusion hingegeben, Sie seien in der Oase zugrunde gegangen. Vielleicht wollte ich das einfach glauben. Aber die ganze Zeit über nagte der Zweifel in mir. Jemand wie Sie kann durch Flammen wandeln und nicht einmal die Hitze spüren. Gut möglich, dachte ich bei mir, daß einer wie McCracken die Explosionen überlebt hat.«

»Ich verstehe mich allerdings nicht darauf, über Wasser zu wandeln. In dem Punkt scheinen Sie mir voraus zu sein, Reverend.«

»Ich wußte, daß Sie hierhergelangen würden. Schon seit langem war mir klar, daß es mein Schicksal sein würde, Ihnen als meiner letzten Herausforderung gegenüberstehen zu müssen, bevor der Weg zu meinem Ziel endlich frei ist. Sobald man mir mitteilte, daß sich ein Unbefugter in diesem Theater aufhielte, wußte ich schon, daß nur Sie es sein konnten. Ich habe bereits einige Männer ausgeschickt, die aufzuspüren, die mit Ihnen gekommen sind.«

»Ich bin allein gekommen.«

»Beleidigen Sie bitte nicht meine Intelligenz. Ein Mann wie Sie versteht es nicht nur, selbst unversehrt aus allem herauszukommen, sondern auch, andere zu retten.«

»Genau aus diesem Grunde bin ich hier.«

»Ich verstehe sehr gut, was Sie meinen, denn mein ganzes Leben hat sich auf den Weg ausgerichtet, dessen Ziel nun zum Greifen nahe ist.«

»Sie wollen auch andere retten?« entgegnete Blaine, und in seiner Stimme klang unüberhörbare Ungläubigkeit mit.

»Mir geht es darum, die Menschheit zu retten. Und nur mein Weg kann dies bewirken, denn er ist der Weg des Herrn, Mr. McCracken. Ich erwarte natürlich nicht, daß Sie das verstehen oder auch nur annähernd begreifen können. Ihre Fähigkeiten sind unzweifelhaft beeindruckend, Ihre Emotionen und Empfindungen hingegen zurückgeblieben und geradezu primitiv.« Frye klang jetzt fast betrübt. »Eigentlich ist es eine Schande, wenn man bedenkt, daß wir beide dieselben Feinde bekämpfen: Gier, Ungerechtigkeit und Unmoral.«

»Dafür unterscheiden sich unsere Methoden aber erheblich voneinander, Reverend, und ich persönlich würde mir nie das Recht anmaßen, über die Moral eines anderen Menschen zu urteilen.«

»Meine Nachforschungen über Sie haben eine solche Einstellung angedeutet. Ehrlich gesagt, es hat mich fasziniert, was ich alles über Sie in Erfahrung gebracht habe. Und jetzt, da ich Sie vor mir sehe, kann ich diesen Eindruck nur bestätigen.«

Blaine suchte weiterhin unauffällig das Theater ab. Da er Harlan nirgends entdecken konnte, gelangte er zu dem Schluß, daß der Mann sich in einem anderen Raum aufhielt. Er sorgte dafür, daß er die Fernbedienung sofort aus dem Ärmel ziehen konnte. »Ich wünschte, ich könnte das gleiche von Ihnen behaupten, Reverend. Dummerweise haben Sie Unschuldige massakriert, und damit gehören Sie für mich zu der Kategorie, die ich immer bekämpft habe.«

»Ich vermute, Sie spielen auf die Ereignisse in der Oase an.«

McCracken nickte deutlich genug, daß Frye die Geste sehen konnte, in Richtung der Karte von San Antonio. »Nicht nur.«

»Die Umstände machten mein Eingreifen in der Oase unumgänglich, genauso wie die größeren Zusammenhänge das Schicksal erforderten, das zu erfüllen ich die Ehre habe. Alle großen Dinge verlangen gewisse Opfer. So ist es nun einmal, leider.«

»Wie viele Opfer, Reverend? Womöglich die gesamte Menschheit?«

»Wenn es sich nicht umgehen läßt.«

»Und in diesem Fall ist es unumgänglich?«

»Sie sollten besser als jeder andere wissen, warum dem so ist«, erklärte Frye, und aus seinen Worten klang so etwas wie leises Bedauern. »So viele Schlachten haben Sie geschlagen und konnten doch den augenfälligen allgemeinen Verfall nicht aufhalten. Sie bohren nur Löcher in einen Damm, den ich von Grund auf neu zu errichten gedenke, nachdem die Welt von der Flutwelle überspült worden ist, die sich aus den Exzessen und dem Haß der Menschen speist. Mir bleibt keine andere Wahl, Mr. McCracken. Wenn es eine gäbe, würde ich sie mit Freuden ergreifen.«

»Natürlich sind allein Sie es, der hier abwägt, nicht wahr?«

»Nein, Gott entscheidet. Ich bin nur Sein Bote – wie vor mir Jesus und davor Moses. Ich bin lediglich das Instrument Seines Willens.«

»Es erscheint mir als Außenstehendem schwierig, Sie und Ihn auseinanderzuhalten.«

»Wir reden hier aber eigentlich über Sie, Mr. McCracken.«

»Ein Thema, das mich langweilt.«

»Mich aber überhaupt nicht«, erwiderte Frye. »Ich habe mein Leben dem Ziel geweiht, Seelen zu retten. Doch Sie gehören zu den seltenen Individuen, die die Stärke gefunden haben, ihre eigene Seele zu retten. Ich weiß, woraus Sie entstanden sind und wozu Sie sich entwickelt haben. Ihre Bestimmung, Ihre Überzeugung, Ihre Loyalität ... Sie verkörpern alles, war mir wert und teuer ist. Doch wie alle klassischen Helden sehen Sie sich als jemand, der mehr vermag als jeder andere. Wenn Sie die Gelegenheit erhielten, die Welt auf einen Schlag zu retten, würden Sie sofort zugreifen, nicht wahr?«

»Wie ich eingangs schon erwähnte, bin ich aus eben diesem Grund hier.«

Harlan seufzte. »Und dennoch hadern Sie weiterhin, sind Sie immer noch voller Zweifel. Selbst wenn es Ihnen gelänge, mich zu stoppen, Mr. McCracken, wäre damit die Menschheit noch nicht gerettet. Sie hätten nur die Leben derjenigen bewahrt, die festen Willens sind, die Welt ihrem Untergang zuzuführen. Und genau dieser Widerspruch ist die große Tragödie Ihres Lebens. Sie setzen all Ihre Kraft dafür ein, diejenigen zu retten, deren bloße Existenz immer wieder aufs neue die Notwendigkeit für Sie schafft, den Kampf fortzusetzen. Wirklich jammerschade.«

»Sind wir jetzt an dem Punkt angelangt, an dem Sie mich auffordern, mich Ihnen anzuschließen, und ich mich weigere?«

»Ich würde nie auf die Idee kommen, ein solches Ansinnen an Sie zu richten. Wir beide sind uns viel zu ähnlich, um friedlich nebeneinander existieren zu können. Das wissen Sie ebenso gut wie ich.«

»Wenigstens in dem Punkt kann ich Ihnen zustimmen.«

»Ich dachte, zumindest soviel sollte ich Ihnen zugestehen. Deshalb habe ich auch so lange Ihr Leben geschont. Bevor ich Sie vernichten würde, wollte ich Sie die Wahrheit vernehmen … sie sehen lassen.«

»Was soll ich sehen?«

»Passen Sie jetzt gut auf«, antwortete Frye nur. Die Beleuchtung in dem Kino wurde schwächer, und auf der Leinwand ersetzte ein neues Bild die Karte von San Antonio.

Rachel litt unfaßbare Schmerzen. Das Monster hatte ihr mit einem großen Messer den Bauch aufgeschlitzt, und als sie hilflos auf dem Boden lag, hatte es sich grinsend über sie gebeugt und sie skalpiert. Dann war er mit dem Haar verschwunden und hatte sie liegengelassen, um sich ihren Bruder vorzunehmen.

Jacob … Jacob …

Sie wollte nach ihrem Bruder rufen, doch die Stimme gehorchte ihr nicht mehr. Wo steckte das verdammte Walkie-talkie? Rachel versuchte sich zu erinnern, was aus dem Sprechgerät geworden war. Aber es wollte ihr nicht einfallen. Ihre einzige Möglichkeit, Jacob zu retten, bestand darin, sich aus ihrer Lähmung zu lösen und hinter dem Ungeheuer herzukriechen.

Rachel atmete tief durch und fing an. Mit einer Hand zog sie sich vorwärts, während sie mit der anderen die klaffende Bauchwunde zusammenhielt.

Sie mußte Jacob finden, mußte ihren Bruder retten …

Zuerst verlor sie das Zeitgefühl, dann den Orientierungssinn. Und wenig später glaubte sie zu schweben.

Dann krachte das Geräusch eines Feuerstoßes aus Jacobs Mac-10 an ihr Ohr. Nur ein paar Kugeln, nicht mehr.

»Jacob«, versuchte sie zu rufen, doch nur ein Krächzen kam über ihre Lippen. »Jacob …«

Ein paar Momente später vernahm sie ein irres Kichern, und in einem lichten Augenblick begriff sie, daß alles verloren war. Earvin Early hatte ihren Bruder umgebracht, nachdem ihm das bei ihr nur fast gelungen war.

Sie hörte auf, sich weiterzuschleppen, und lehnte ihren geschundenen Körper an einen Schuppen. Rachel wollte nur noch die Augen schließen und auf ihr Ende warten. Doch etwas Irritierendes schoß durch ihre Gedanken und ließ sie keine Ruhe finden. Sie öffnete die Augen wieder und entdeckte das Schild, das an der Bretterwand angebracht war:

ACHTUNG
HOCHSPANNUNGS-TRANSFORMATOR
LEBENSGEFAHR

Rachel wurde langsam klar, daß sich in diesem Schuppen eine der zentralen Energieschaltstationen des Königreichs befinden mußte. Mit letzter Kraft gelang es ihr, einen Sprengsatz aus ihrem Rucksack zu holen. Danach war sie so erschöpft, daß sie sich schließlich eingestand, niemals in der Lage zu sein, die Bombe an der günstigsten Stelle anzubringen. Es gab nur noch eine Möglichkeit für sie: Rachel mußte sich an den Schuppen pressen und den Plastiksprengstoff zwischen ihrem Körper und der Bretterwand verkeilen. Der Zeitzünder war automatisch auf zwei Minuten eingestellt und ließ sich durch Druck aktivieren.

Rachel nahm alle verbliebene Kraft zusammen und schob sich gegen die Hütte.

Als das Licht langsam ausging, wollte Blaine eigentlich die Fernbedienung einsetzen, doch dann ließen ihn die Bilder, die er nun auf der Leinwand zu sehen bekam, innehalten. McCracken konnte nicht anders, er mußte einfach hinsehen.

Gleich zu Anfang erkannte er Beaver Falls wieder. Die Hauptstraße war zu sehen, und allem Anschein nach ging dort alles seinen gewohnten Gang. Dann änderte sich die Szene, und eine lange Reihe von weißen, fensterlosen Bussen rollte in den Ort. Aus einer anderen Perspektive sah man jetzt Dutzende Bewaffneter in Kontaminationsanzügen, die zu den Geschäften, Läden und zur Schule ausschwärmten. Die Bewohner wurden wie Vieh zusammengetrieben und in die Busse verfrachtet. Leider zeigte die Kamera nie ihre Gesichter, und so mußte Blaine sich auf seine Phantasie verlassen, um sich vorzustellen, was diese Menschen in jenem Moment empfunden haben mochten.

Die Männer in den Schutzanzügen liefen weiter durch den Ort, und Frye ließ sich wieder vernehmen: »Ich wollte, daß Sie Zeuge des Anfangs werden, Mr. McCracken. Als diese Aufnahmen gemacht wurden, glaubte ich allerdings, es sei das Ende. Eigenartig, wie aus einem Fluch ein Segen erstehen kann, nicht wahr? Als ich erfuhr, welches Schicksal über Beaver Falls gekommen war, fürchtete ich schon, alles sei gescheitert. Doch dann begriff ich, daß der Herr mir nur ein Zeichen gegeben hatte, mit dem er mir einen besseren Weg aufzeigen wollte.«

Blaine drehte sich zum hinteren Ende des Saals um und ließ die Fernbedienung in seine Hand gleiten. »Und was ist mit San Antonio, Reverend?«

»Diejenigen, die in diese Stadt kommen, werden sie als Seine Boten des Untergangs wieder verlassen, auch wenn sie sich dessen kaum bewußt werden dürften.«

»Und währenddessen hocken Sie und Ihre Gefolgsleute in dieser unterirdischen Stadt, um später eine Welt in Besitz nehmen zu können, auf der alles Leben erloschen ist.«

»Wir müssen nicht lange warten, und wir werden uns auch nicht gegenseitig auf den Füßen stehen.«

Blaine spürte, wie Harlan bei diesen Worten lächelte, und plötzlich wurde ihm alles klar.

»Karen Raymonds Serum – Lot 35 ...«

»Sehr gut, Mr. McCracken. Meine Meinung über Sie hat sich soeben aufs neue bestätigt. Dr. Raymond hätte uns viel Mühe ersparen und es uns ermöglichen können, viel mehr von unseren Brüdern und Schwestern zu retten, wenn sie sich nur bereit erklärt hätte, uns die Formel auszuhändigen. Aber das spielt jetzt keine Rolle mehr. Unsere Wissenschaftler sind längst dabei, die Datenbruchstücke auf den Disketten zusammenzusetzen, die wir in Dr. Raymonds Labor an uns bringen konnten. Es dauert nur noch ein paar Monate, längstens ein halbes Jahr, bis wir soweit sind.«

»Ein genialer Plan.«

»Ja, ein Plan, der uns von Gott eingegeben wurde und für den wir Seinen Segen haben.«

»Ich denke, es ist an der Zeit, Ihnen meinen Segen zu erteilen.«

McCracken drückte auf den OFF-Knopf, und augenblicklich erlosch das Bild auf der Leinwand. Der Saal lag jetzt in völliger Dunkelheit da.

»Erschießt ihn! Tötet ihn!« kreischte der Reverend.

Die Kugeln der Schützen, die Frye in sein Theater geschickt hatte, regneten sofort auf die Stelle hinab, an der Blaine eben noch gestanden hatte. Doch der war längst woanders. McCracken stürmte auf die Leinwand zu und sprang. Das dünne Material zerriß unter seinem Aufprall, und er rollte sich dahinter ab. Nun beharkten die Männer des Reverends den vorderen Teil des Kinos. Blaine landete neben einer Falltür, die im Boden eingelassen war. Er riß sie auf, ertastete darunter eine Leiter und ließ sich, so schnell es ging, herunter. Unten angekommen fand er sich in einem Vorratsraum wieder, der über eine Tür verfügte. McCracken stürzte darauf zu, öffnete sie und gelangte in einen Flur. Wenn ihn nicht alles täuschte, mußte er sich im ersten Untergeschoß befinden.

Die Schützen waren ihm sicher längst auf den Fersen, sowohl von oben, wie auch auf dieser Ebene. Er hatte sich einen kleinen Zeitvorteil verschafft, aber ohne Waffe würde der ihm nicht allzuviel nutzen. Blaine erwog kurz die wenigen Möglichkeiten, die ihm blieben, als sich plötzlich schwärzeste Dunkelheit über den Gang senkte und sogar das leise Summen der Luftumwälzanlage erstarb.

Im Königreich war die Stromversorgung ausgefallen.

Karen wartete darauf, daß Johnny ihr mitteilte, wann die Luft rein genug war, um sich weiterzubewegen. Vorhin, als Wareagle die Schritte gehört hatte, die sich unter ihnen der Treppe näherten, hatte sie einige Schutzanzüge und -helme entdeckt, die an einer Seitenwand aufgehängt waren. Sie waren rasch hineingestiegen. Dem Indianer mit seiner massigen Gestalt war der Anzug viel zu eng. Karen hatte zuerst seine und dann ihre Sauerstoffzufuhr aktiviert und ihn dann in die Krankenstation geführt, in der die letzten Bewohner von Beaver Falls lagen.

Wie erwartet wagten die Wachmänner, die kurz darauf die Treppe heraufgestürmt kamen, es nicht, die Isolierstation zu betreten. Karen und Wareagle hatten sich unter zwei freie Betten gelegt, und so fiel den Schützen bei ihren eher flüchtigen Blicken in die Station nichts Ungewöhnliches auf.

»Sie sind abgezogen«, sagte Johnny, und seine Stimme klang hinter der Sichtplatte gedämpft und verzerrt.

Karen erhob sich zusammen mit dem Indianer. Sie befanden sich im hinteren Teil der Station. Wareagle wies auf die Eingangstüren, und schon liefen sie darauf zu. Kaum hatten sie den Krankensaal wieder verlassen, befreiten sie sich sofort von den Helmen und Schutzanzügen.

»Was nun?« fragte Karen.

»Sie sind bestimmt längst hinter Blainey her.«

»Ja und?«

»Wir haben das gefunden, wonach er sucht. Also müssen wir ihn finden. Und dann …«

Das Licht fiel überall gleichzeitig aus.

»Frye«, murmelte Dr. Raymond.

»Nein, eher die Zwillinge.«

»Aber …«

Karen spürte eine starke Hand auf ihrem Arm.

»Auf!«

Und der Indianer führte sie durch die Finsternis die Treppe hinunter.

McCracken dankte in Gedanken den Zwillingen für ihr Werk. Er wußte, daß nur sie für den Stromausfall verantwortlich sein konnten. Er tastete sich an der Wand entlang durch die Schwärze des Flurs. Die Dunkelheit nahm den Verfolgern ihren Vorteil, sich hier unten besser auszukennen als er. Blaine suchte nach einer Treppe, die ihn hinauf ins Parterre führen würde, wo er Johnny und Karen zu finden hoffte.

Wie erwartet endete der Korridor vor einigen Stufen. McCracken legte eine Hand auf das Geländer und stürmte nach oben.

Wareagle hörte die Schritte einer einzelnen Person, als sie über die Treppe ins Erdgeschoß gelangt waren. Eine kleine Glasplatte in einer Ausgangstür verbreitete ein wenig Licht, das von draußen stammen mußte. Die spärliche Beleuchtung half ihnen, die Tür zu der Treppe zu finden, die ins Untergeschoß führte.

»Blainey!« rief Johnny leise, nachdem er die Tür aufgerissen hatte.

»Ich dachte mir schon, daß ich über kurz oder lang über dich stolpern würde, Indianer.«

Wareagle reichte ihm gleich eine seiner Maschinenpistolen, eine British Sterling mit einschiebbarem Kolben. »Wir haben dir eine Menge zu erzählen.«

Oben auf der Treppe, über die Karen und der Indianer eben angekommen waren, tauchten die Lichtkegel von Taschenlampen auf. McCracken und Johnny gingen sofort in Stellung und warteten darauf, daß die Lichtstrahlen anfangen würden zu tanzen, wenn die Feinde die Stufen hinabstiegen. Kaum war dieser Moment gekommen, feuerten sie simultan auf die Lichtquellen. Die Strahlen schossen hierhin und dorthin, und die Taschenlampen entglitten den Händen von Fryes Männern. Das Knallen der Schüsse hallte vielfach verstärkt aus den Hallen und Gängen wider.

»Da kommen bestimmt noch mehr, Blainey.«

»So lange wollen wir nicht warten, Indianer.« McCracken

befand sich schon vor der Ausgangstür und warf sich mit der Schulter dagegen.

Die solarbetriebenen Lampen an der Decke des Bergwerks waren vom Stromausfall nicht betroffen. Kaum war die Tür aufgeflogen, wurden sie vom Feuer der draußen versammelten Schützen empfangen. Der Indianer zahlte es ihnen mit gleicher Münze zurück, ehe er sich ins Gebäude zurückzog. Blaine warf die Tür ins Schloß und verriegelte sie. Sofort fanden sie sich erneut in vollkommener Dunkelheit wieder, wenn man von dem wenigen Licht absah, das immer noch durch die kleine Sichtscheibe fiel. Johnny war längst unten an der Treppe in Stellung gegangen, weil er mit einem neuen Angriff von oben rechnete. Karen preßte sich gegen eine Wand und war vor Furcht wie gelähmt.

»Kein sehr günstiger Ort, um eine Schar von Feinden abzuwehren«, flüsterte McCracken.

Doch als keiner von Fryes Soldaten mehr oben an der Treppe erschien, kehrte der Indianer zu ihnen zurück. »Gib mir zwanzig Minuten, Blainey.«

»Was hast du vor?«

»Uns ein Taxi besorgen.«

Kapitel 35

Ihnen blieb keine Zeit, nach einer besseren Möglichkeit zu suchen, und Wareagle war es ohnehin gleich. Also wartete McCracken, bis der Indianer sich neben ihm sprungbereit gemacht hatte, und stieß dann die Tür nach draußen ein zweites Mal auf. Er feuerte eine Salve hinaus und hielt dann lange genug inne, bis Johnny an ihm vorbeigestürmt war und sich außer Reichweite gebracht hatte. Wareagle gab kurze Feuerstöße ab, denen regelmäßig die Blaines folgten. Ihr Feuer wurde erwidert, aber allem Anschein nach war es ihnen gelungen, den Gegner in seine Deckung zu zwingen und ihn wenigstens für einen Moment in die Defensive zu drängen.

»Blaine!«

McCracken hörte Karens Warnruf, und im nächsten Moment wurde er vom anderen Ende des Gangs, wo weitere Soldaten des Reverends aufgetaucht waren, unter Beschuß genommen. Er verfeuerte den Rest des ersten Magazins in ihre Richtung und schob dann das zweite ein, das Wareagle ihm gegeben hatte. Es war gleichzeitig sein letztes.

»Wir müssen auch nach unten!« flüsterte er Karen zu und tastete schon nach ihr, um sie mit sich zu ziehen.

Sie spürte seine Hand auf ihrer Schulter. Seine Finger glitten bis zu ihrem Ellenbogen hinab.

»Vorsicht«, ermahnte er sie, schob sie zur Seite und dann zu der Treppe, über die er kurz davor zu seinen beiden Gefährten gestoßen war. »Die erste Stufe müßte sich direkt unter ihrem Fuß befinden.«

Karen schob den Fuß vor, fühlte plötzlich unter ihm nur noch Leere und hielt sich rasch mit der Hand am Geländer fest. McCracken eilte hinter ihr her und behielt dabei die ganze Zeit über die offene Tür im Auge. Karen wartete am ersten Absatz auf ihn. Er zog sie zu sich heran und flüsterte: »Steigen Sie weiter nach unten und bleiben Sie an der untersten Stufe stehen. Ich komme so schnell wie möglich nach.«

»Aber …«

»Kein Aber, tun Sie's einfach!«

Kaum war Karen in der Dunkelheit verschwunden, hörte McCracken auch schon die ersten schweren Schritte an der Tür. Er löste eine der beiden Handgranaten, die die Zwillinge ihm überlassen hatten, vom Gürtel, riß den Zünder heraus und schleuderte sie nach oben. Sie rollte über den Boden, und Blaine preßte sich an die Wand.

Die Explosion ließ ganze Sonnensysteme vor seinen Augen tanzen und machte ihn halb taub. Für einen kurzen Moment wurde es über ihm taghell. Etliche Schreie ertönten vom Erdgeschoß, die aber rasch verstummten.

»Karen!« rief Blaine laut genug, um das Klingeln in seinen Ohren zu übertönen.

»Ich bin hier!«

Er eilte zu ihr und legte ihr einen Arm um die Schultern. »Kommen Sie, weiter.«

Karen stolperte an seiner Seite mit, und sie tauchten tiefer in die Finsternis ein.

Um jetzt überleben zu können, mußte Wareagle seine Erfahrungen aus der Vergangenheit einsetzen. Der Kreislauf schien sich ständig zu wiederholen: Immer wieder der gleiche Vorgang, wenn auch stets an einem anderen Ort und zu einer anderen Zeit.

Er hatte die Minenfelder im Feuer der Hölle mehr als einmal überquert. Nur beim ersten Mal war er ernsthaft in Gefahr geraten. Eine Gruppe Soldaten hatte verwundet unter Feindbeschuß gelegen. Johnny hatte keine Möglichkeit gesehen, auf einem sicheren Weg zu ihnen zu kommen. So war ihm nichts anderes übriggeblieben, als über die Schlammlandschaft zu huschen und sich ganz darauf zu verlassen, daß ihm seine Instinkte mitteilen würden, wo er abbiegen, einen Haken schlagen oder sich ein Stück zurück bewegen mußte. An jenem Morgen im Zwielicht hatte der Boden mit ihm kommuniziert und ihm die kleinen, künstlich aufgeschütteten Erhebungen verraten, unter denen Minen auf ihn lauerten.

Und heute, als er durch das Maschinengewehrfeuer des Gegners stürmte, war es wieder so. Er lief im Zickzack, wandte sich mal hierhin und mal dorthin und verfolgte einen Kurs, dem keinerlei Ordnung zugrunde zu liegen schien. Wareagle nutzte die Stellen, an denen sich Schatten ausbreitete oder in die das Licht nur schwer gelangte, und nicht eine feindliche Kugel traf ihn. Johnny feuerte seine drei Magazine leer und entledigte sich dann mit wenig Bedauern seiner Mac-10. So weit, wie er jetzt gekommen war, würde das Mündungsfeuer der Maschinenpistole den Schützen nur seinen Standort verraten.

Der Indianer wußte, wohin er wollte, und ihm war auch klar, daß er am ehesten dorthin gelangen würde, wenn er unterwegs seine Verfolger abschütteln konnte. Auch jetzt verließ er sich wieder ganz auf seine Instinkte. Sein Geist arbeitete wie ein Supercomputer, der, einmal ins Laufen gebracht, ihn sicher ans Ziel bringen würde, ohne daß er noch einmal stehenbleiben und sich neu orientieren mußte. Die Route führte ihn an den Rand des Bergwerks, wo die Dunkelheit am tiefsten war.

Einmal kam er an einer Art Nische vorbei, in deren Halbdunkel eine Doppelreihe von Lastern und Autos abgestellt war. Bei zweien davon handelte es sich um große Limousinen, und das brachte Johnny zu der Erkenntnis, daß der Reverend einen weiteren Zugang angelegt haben mußte, über den Privatfahrzeuge unbemerkt in das Königreich gelangen konnten. Wo würde diese zweite Straße die Oberfläche erreichen? Er lief zwischen den Fahrzeugen hindurch und entdeckte, daß die Nische in einen Tunnel mündete, der vermutlich viele Meilen weiter irgendwo im Nirgendwo des texanischen Panhandles ebene Erde erreichte. Vermutlich diente diese Zufahrt auch den Gästen des Reverends, wenn er sie empfangen wollte, ohne daß jemand etwas davon mitbekam.

Johnny verbrachte einige wertvolle Minuten damit, einen Laster in eine neue Position zu bringen, weil er sich sagte, daß ihnen diese Transportmittel später noch von Nutzen sein könnte. Dann setzte er seinen Weg zu der Entladezone fort, in die der Lastenaufzug den Truck, in dem sie sich verborgen gehalten hatten, befördert hatte. Wenig später ragte der riesige Bulldozer vor ihm auf, und seine mannshohen Reifen hoben sich glänzend schwarz von der Umgebung ab. Seine gelbe Lackierung reflektierte das Licht, das von der Decke kam. Wareagle schlich den Rand der ausgehobenen Fundamente für das Lagerhaus ab, das hier entstehen sollte, bis er die viersprossige Leiter erreichte, die ins Fahrerhaus der Baumaschine führte. Sobald er den Bulldozer gestartet hatte, wollte er mit ihm zum Hauptgebäude fahren, in dem Blainey auf ihn wartete. Schon vor der untersten Sprosse konnte er den Griff der Tür erreichen. Sie öffnete sich mit einem leisen Quietschen, und der Indianer stieg höher.

Der Mann, der im Fahrerhaus hockte, sprang Wareagle mit solcher Wucht an, daß dieser den Halt verlor und auf dem

Rücken landete. Der gräßliche Gestank, der in Johnnys Nase drang, verriet ihm, wer da auf ihm lag und mit beiden Händen seine Kehle suchte. Die beiden Männer rollten über den Kies, und der Indianer starrte in das teuflische, grinsende Gesicht von Earvin Early.

Reverend Harlan Frye hatte sich in sein Privatbüro zurückgezogen. Er wurde von den sechs Leibwächtern begleitet, denen es nicht gelungen war, McCracken zu erledigen, bevor dieser in die Leinwand gesprungen war – wenige Sekunden vor dem Stromausfall. Frye hatte den elektronischen Öffnungsmechanismus zu seinem Büro überlistet, aber nun besaß er keine Möglichkeit mehr, die Tür abzuschließen. Deshalb blieben die Schützen bei ihm und bildeten einen lebenden Schutzwall um ihn, der Harlan allerdings nicht mit allzu viel Zuversicht erfüllte.

Major Osborne Vandal erschien im Eingang und strahlte sich mit der Taschenlampe ins Gesicht, damit Frye ihn identifizieren konnte.

»Reverend?«

Harlan hielt seine Taschenlampe in die Richtung, aus der die Stimme ertönt war. »Kommen Sie rein. Und berichten Sie mir rasch, was Sie zu sagen haben.«

»Wir haben die Ursache für den Stromausfall gefunden, Sir«, meldete Vandal sogleich. »Im Westsektor ist ein Transformator gesprengt worden. Glücklicherweise ist es uns gelungen, das Feuer zu löschen, das dort ausgebrochen war. Wir sind übrigens auch auf die Reste einer Leiche gestoßen.«

»Eine Leiche?«

»Nach der ersten Untersuchung dürfen wir vermuten, daß es sich bei ihr um einen der Turgewell-Zwillinge handelt. Und nicht weit von dem Schuppen haben wir einen zweiten Toten aufgespürt.«

»Early«, murmelte Frye, und neue Hoffnung stieg in ihm auf. »Nur er kann das gewesen sein …«

»Verzeihung, Sir, aber wir haben nichts von ihm entdecken können …«

»Sie mißverstehen mich, Major. Early hält sich irgendwo dort draußen auf, und er allein kann nun das Werkzeug unseres Vorhabens sein. Sie müssen ihn sofort finden und hierherbringen.«

»Wir suchen bereits nach ihm, Sir. Und unsere Spezialisten sind schon dabei, den zerstörten Transformator zu umgehen und dieses Gebäude wieder mit Strom zu versorgen.«

»Was ist mit den zusätzlichen Wachen, die ich angefordert habe?«

»Ich habe ein Dutzend Schützen in diesem Flur stationiert, und an jeder Tür zu Treppenhaus und vor jedem Fahrstuhl steht ein Doppelposten.«

»Die Männer unterstehenIhrem persönlichen Kommando, Major.«

»Bei allem gehörigen Respekt, Sir, aber ich ...«

»Sie Narr! Glauben Sie etwa, Ihre Posten könnten McCracken aufhalten, wenn er sich in den Kopf gesetzt hat, mich zu kriegen? Nein, dazu sind sie nicht in der Lage. Ich fürchte, nicht einmal tausend Bewaffnete würden dafür ausreichen. Solange Early nicht gefunden ist, verlange ich, daß Sie persönlich hier das Kommando übernehmen.«

In den Jahren des Höllenfeuers und auch danach hatte Wareagle nie einen Mann von solch unfaßbarer Körperkraft erlebt. Der Aufprall hatte seiner Seite einen schweren Stoß versetzt, und sicher hatte er sich jetzt ein paar Rippen aufgeschlagen, aber ansonsten war er unverletzt geblieben. Er rollte sich ab und versuchte, sich von dem Monstrum zu befreien, ehe dieses ihn mit seiner ganzen Stärke niederzwingen konnte. Einmal lag Johnny tatsächlich auf ihm, doch dann legte sich ein Paar riesiger Hände hart wie Stahlklammern um seinen Hals, und schon preßten sich die Daumen in seine Gurgel. Der Indianer nahm alle Kraft zusammen und konnte sich aus dem todbringenden Griff befreien. Keuchend schob er sich ein Stück fort und drehte sich dann um.

Earvin war fort. Wareagle sprang auf und wandte sich nach rechts.

Dort stand Early. Er hielt wie ein angriffslustiger Stier den Kopf gesenkt. Nur der Umriß seiner mächtigen Gestalt war im trüben Licht auszumachen. Doch Johnnys scharfe Augen erkannten mehr: ein unrasiertes, zerfetztes Gesicht, in dem ein Auge geschlossen war. Sofort erinnerte er sich an Earlys Kampf mit den Pitbulls der Motorradgang. Die Verbände an den Armen des Monsters waren aufgegangen, und ihre Enden hingen bis zum Boden herab. Große, eiternde Wunden, die zu pulsieren schienen, zeigten sich auf dem Fleisch. Der Riese schien Mühe mit seiner Atmung zu haben, und es zischte, wenn er die Luft unter seiner geschwollenen Oberlippe einsog.

Ein Geruch ging von Earvin aus, als habe er gerade erst eine Beute zur Strecke gebracht. Das Blut des Getöteten hing wie ein Umhang über seinen Schultern. Und das gleiche stand auch in seinem Auge zu lesen. Der Indianer begriff sofort, daß er sich nur über die Zwillinge hergemacht haben konnte. Höchstwahrscheinlich waren sie nicht mit ihrer Arbeit fertig geworden, überall Bomben anzubringen. Und Wareagle durfte davon ausgehen, daß Early die Sprengsätze längst entschärft hatte. Das Königreich würde nicht in Schutt und Trümmern versinken. Damit durfte Johnny nur noch darauf hoffen, mit heiler Haut aus der unterirdischen Stadt entkommen zu können. Aber um so weit zu kommen – und auch noch Blainey und Karen zu retten –, mußte er erst an diesem Monster vorbei.

In diesem Moment stürmte der Riese los. Kurz blitzte im matten Licht die rostige Klinge eines großen Messers auf. Johnny konnte den Stoß im letzten Moment abwehren, und der Stahl prallte gegen die Baumaschine. Wareagle rammte zweimal die Faust in die verletzte Gesichtshälfte seines Gegners, aber Early grunzte nur und hob schon wieder sein Messer.

Diesmal schlitzte die Klinge Johnnys Brust auf, und ein Blutstrahl verfärbte seine Kleidung. Der Indianer fuhr zurück und duckte sich, um dem nächsten Stich auszuweichen. Earvins Grinsen wurde breiter, während er immer näher kam und den Dolch wie ein Schwert hin und her schwang. Wareagle bewegte sich im perfekten Rhythmus dazu und wirkte wie ein Mungo, der vor einer Kobra tänzelt. Seine Ferse stieß gegen eine Erhebung und dahinter ins Nichts. Der Indianer drehte kurz den Kopf und entdeckte, daß er sich am Rand der Ausschachtung bewegte. Earvin ragte bedrohlich über ihm auf, als er zu dem Zementmixer zurückwich, der wohl seinen Inhalt in das Loch hatte ergießen sollen, ehe der Stromausfall dazwischengekommen war und alle Arbeiter losgelaufen waren, um die Ursache dafür zu finden.

Johnny glitt unter die Ausgußöffnung und achtete darauf, nicht über den Rand zu geraten. Early verlangsamte seine Schritte. Sein verfaulendes Gesicht verzog sich zu einer gräßlichen Fratze. Dann stürmte er vor.

Wareagle zog an dem Griff, der den Zementausguß in Gang setzte. Die graue Masse kippte auf das Monster und begrub es unter sich. Johnny sah noch, wie Earvin den Mund aufriß und nach Luft schnappte, bevor das Gewicht des Zements ihn mit sich in das Fundament riß. Der Indianer verfolgte, wie sich unter ihm ein kleiner Berg bildete, und schaute, ob es Early irgendwie gelungen war, sich aus seinem tödlichen Gefängnis zu befreien.

Eine grauverschmierte Hand legte sich um sein Fußgelenk und zog heftig daran. Der Indianer verlor das Gleichgewicht und sah im selben Moment Earvins zweite Hand, die sich am Rand festhielt. Wareagle kippte in das Loch, das einmal den Keller des zu errichtenden Gebäudes bilden sollte. Er rappelte sich gleich wieder auf und verfolgte, wie die zementbedeckte Gestalt Earlys abrutschte und durch Verschalungsbretter und Stahlträger krachte. Hinter ihm bildete sich eine graue schleimartige Spur. Das Monster wischte sich mit einer Hand das Gesicht frei, während die Masse weiterhin an ihm hinabrann.

Johnny stürmte schon auf ihn zu, aber Earvin griff hinter sich und riß eine Metallstrebe aus einem Betonblock. Er schwang das mächtige Stück mühelos über dem Kopf und sprang dem Indianer entgegen. Vor Wareagle lagen ein paar Stahlträger auf dem Boden, und er konnte gerade noch rechtzeitig einen von ihnen hochwuchten, um den Hieb des Monsters zu parieren.

Early holte ein weiteres Mal aus. Jetzt unterlief Johnny den Schlag und hielt seine Waffe aufrecht. Ein ohrenbetäubendes Klingen ertönte, als die beiden Stahlgebilde gegeneinander prallten. Wareagles rechter Arm vibrierte so stark, daß er den Träger fast nicht mehr hätte halten können. Sofort erschien Earvin über ihm und holte erneut aus. Der Indianer konnte sich im letzten Augenblick zur Seite werfen und schaffte es, mit seinem Stahl den Träger abzuwehren. Bevor Earvin wieder in Position gehen konnte, schlug Wareagle zu. Early drehte sich so, daß seine Schulter den Hieb abfing. Aber er atmete zischend ein und taumelte einen Schritt zurück. Doch einen Moment später grinste er erneut und zeigte wieder seine verfaulten Zahnstümpfe.

Johnny spürte, daß der schwere Träger bereits erheblich an seinen Kräften zehrte, und ihm war klar, daß sein nächster Schlag nicht besonders wirkungsvoll ausfallen würde. Also zog er sich ein paar Meter zurück. Earvin hielt seinen Stahl, als sei dieser nicht schwerer als ein Stück Holz. Ihm schien das enorme Gewicht überhaupt nichts auszumachen. Blut rann aus seinen zerfetzten Armen, vermischte sich mit dem Zement und verfärbte die graue Schicht hellbraun.

Wieder schwang Early seine Waffe. Der Indianer duckte sich, um dem Hieb auszuweichen, und die Strebe krachte gegen einen Stapel Geräte. Das Monster griff erneut an. Der Stahl sauste an Wareagles Ohr vorbei, fuhr in eine Verschalungswand und riß eine tiefe Bresche hinein. Der Zement, der dort hineingegossen worden war, strömte wie ein Sturzbach durch die Lücke.

Earvin hielt seinen Träger jetzt wie eine Lanze und fing an, damit nach seinem Gegner zu stoßen. Er spielte mit Johnny und lächelte so breit, daß weitere seiner Wunden im Gesicht aufbrachen und eitrige Flüssigkeit über seine Wangen rann.

»Auf dieser Erde nur eins bleibt besteh'n – die Blume, die einst blüht, wird vergeh'n«, zitierte er zischend und speichelblubbernd aus dem Rubaiyat des Omar Khayyam.

Johnny gelang es zwar, die Stöße abzuwehren oder ihnen auszuweichen, aber seine Armmuskeln schmerzten bereits erheblich vor Anspannung. Als Early unvermittelt einen Satz nach vorn machte, konnte der Indianer nicht rechtzeitig reagieren. Das Ende der Strebe fuhr ihm in den Bauch und warf ihn ein Stück zurück. Wareagle durchbrach ein weiteres Stück der Verschalung und fühlte sich in dem klebrigen Zement gefangen. Seine Hände konnten den Träger nicht mehr halten, und er fiel klappernd auf den Boden.

Earvin stürmte wie ein lanzenbewehrter Ritter gegen den Indianer an und versuchte, ihn tiefer in die graue Masse zu stoßen. Wareagle warf sich zur Seite, und die Strebe bohrte sich dicht neben ihm in den Zement. Early versuchte, seine Waffe herauszuziehen. Johnny hielt den Träger mit beiden Händen fest, scheinbar um das Monster daran zu hindern, seine Waffe aus dem Zement zu befreien. Tatsächlich aber suchte er eine Stütze für einen Beinschwung. Einen Moment später flogen seine Füße hoch und krachten gegen Earvins Brust. Der Riese keuchte und flog zurück.

Da seine Waffe im Zement feststeckte, hieb und trat er wie wild um sich. Johnny gelang es nur mit Mühe, den wirbelnden Fäusten und Füßen auszuweichen. Bald hatte er sich auf den Rhythmus des Monsters eingestellt und konnte alle Hiebe und Tritte mühelos parieren. Doch da traf ihn eine Faust an der Wange, und er glaubte, sein Gesicht explodierte. Early versuchte sofort, dieselbe Stelle wieder zu treffen. Wareagle tauchte unter seinem Gegner weg, und die Faust zerschmetterte ein weiteres Brett. Johnny stand nun hinter Early, rammte ihm einen Ellenbogen in die Rippen und warf sich dann mit seinem ganzen Körper gegen ihn. Die Wucht trieb Earvin durch die Reste der Verschalung und hinein in die Zementmasse, die sich bereitwillig teilte, um ihn zu verschlucken.

Der Indianer blieb an seinem Feind und spürte, wie das Grau über seine Arme und sein Gesicht lief. Während er Earvin weiter unten hielt, sammelte sich der Zement unter seinem Mund, und er atmete rasch tief ein. Earvin wehrte sich nach Kräften, doch Wareagle hatte nicht vor, den Griff zu lockern. Er drückte ihn auch dann noch in die graue Masse, als der Riese sich nicht mehr regte und anfing, nach unten zu sinken. Johnny ließ nicht nach, bis seine Lunge zu zerplatzen drohte. Dann warf er sich mit einem mächtigen Satz nach hinten, ehe der Zement tiefer in seine Nase und in seinen Mund eindringen konnte.

Benommen und halb betäubt fiel der Indianer auf die Knie, aber sein Blick blieb die ganze Zeit über auf die Stelle gerichtet, an der Earvin Early untergegangen war. Johnny wartete noch eine Weile, um ganz sicherzugehen. Er erhob sich erst wieder, als der Zement über dem Monster anfing, hart zu werden.

Die Räume im dritten Untergeschoß waren noch nicht fertiggestellt. Die Türen fehlten, und in kaum einem waren bislang Kabel und andere Leitungen verlegt. McCracken und Karen zogen sich in einen Raum zurück, der in der Mitte zwischen den Ausgangstüren an beiden Seiten der Halle entfernt lag.

»Ich muß Ihnen unbedingt erzählen, was wir entdeckt haben!« beharrte Karen und hatte nach dem langen Lauf durch die finsteren Gänge Mühe, zu Atem zu kommen. »Sie müssen erfahren, worauf wir oben im Labor gestoßen sind.«

»Dazu ist doch auch später noch Zeit, Karen.«

»Warum denn nicht jetzt?«

»Jetzt müssen wir erst einmal weiter.« Er sah sich kurz um. »Zurück ins Erdgeschoß und zu der Tür, durch die der Indianer verschwunden ist.«

»Aber wieso das denn?«

Blaine warf einen Blick auf seine Uhr. »Weil Johnny genau dorthin kommen wird, um uns abzuholen.«

Die Lichter in Harlan Fryes Privatbüro waren gerade wieder angegangen, als Major Osborne Vandal zurückkehrte. Er hatte wieder an Vietnam denken müssen, und diesmal hatten ihn nur die unangenehmen Erinnerungen befallen. Die Frustration, die Einsamkeit und die Gefangenschaft waren ihm in den Sinn gekommen. Die Finsternis, die sich vorhin im Königreich ausgebreitet hatte, ähnelte verteufelt der in dem Gefangenenlager, in dem er sieben Jahre seines Lebens verbracht hatte. Eigentümlicherweise war in der Dunkelheit seine Hand wieder steif geworden, und das unangenehme Pochen in ihr hatte sich eingestellt.

»Sir, der Reparatur-Trupp am Kraftwerk meldet Kämpfe im Versorgungsdepot.«

»Kämpfe ... Kampfhandlungen, oder was?«

Bevor Vandal antworten konnte, fing sein Walkie-talkie an zu quäken, und er hielt es an sein Ohr. Während er zuhörte, wurden seine Augen immer größer.

»Was gibt's denn, Major? MAJOR!«

»Alle Suchtrupps sofort vom Gelände zurückziehen!« bellte Vandal jetzt in das Gerät. »Alle Einheiten um die Zentrale gruppieren ... Haben Sie mich verstanden? Unverzüglich, verstanden? Die Einheiten Eins und Drei kommen auf direktem Wege zum Büro des Reverend!«

»Major!« blaffte Frye ihn an. »Was ist da draußen vorgefallen?«

Osborne atmete tief durch, bevor er antwortete: »Man hat Earvin Early gefunden, Sir.«

McCracken und Karen befanden sich noch ein Stockwerk unter dem Treffpunkt mit Wareagle, als die Lampen wieder aufflammten.

»Bleiben Sie dicht hinter mir«, befahl Blaine, als sie die letzte Treppe erreichten.

McCracken lief hinauf und hielt die Sterling schußbereit. Sein letztes Magazin war nur noch halbvoll. Karen folgte ihm mit einigen Metern Abstand.

»Runter!« brüllte Blaine, als sich ihnen Schritte näherten.

McCracken bewegte sich weiter und verfeuerte im Laufen den Rest seines Magazins. Ein halbes Dutzend Männer wurde dabei niedergemäht, doch jetzt blieb ihm nur noch die Handgranate.

»Auf!« rief er Karen zu und schleuderte die nutzlose Maschinenpistole fort.

Karen zögerte nicht eine Sekunde. Sie schien volles Vertrauen zu Blaine zu haben und stieg tapfer über die Leichen hinweg. Die beiden erreichten das Parterre und wurden gleich von einer wahren Salve empfangen. Am Eingang zum Korridor waren etliche Schützen in Stellung gegangen. McCracken schob Karen hinter sich und warf die Handgranate in den Flur. Sie rannte zu der Ausgangstür, und die gewaltige Explosion preßte sie gegen den Stahl. Blaine war sich bewußt, daß er ihnen mit der Handgranate lediglich eine Verschnaufpause verschafft hatte. Wenn die Gegner sich wieder sammelten, besaß er nur noch seine Hände, um sich zu verteidigen. Und es hatte auch keinen Sinn, sich von hier zu entfernen.

»Blaine«, flüsterte Karen. »Ich fürchte, ich höre da etwas ...«

Jetzt vernahm auch MacCracken ein Geräusch. Er spähte durch die Reste der Glasplatte, die bei der Explosion zerborsten war, nach draußen.

Ein gewaltiger Bulldozer rumpelte auf das Gebäude zu, und seine riesige Schaufel mit den großen Zähnen schien große Stücke aus dem Mauerwerk reißen zu wollen.

Wareagle rammte die Schaufel rechts neben der Tür durch die Fassade. Die Zähne zerrissen die Mauer wie Papier. Die Servogangschaltung des Gefährts erlaubte es dem Indianer, ohne Mühe vom zweiten in den Rückwärtsgang zu schalten und so ein mächtiges Stück Mauer herauszureißen. Blaine kannte seinen Freund lange genug, um zu wissen, was er beabsichtigte. Und so stieß er Karen fort von der Tür, ehe sie unter den Trümmern begraben werden konnte. Die Schaufel fraß weiter Stück um Stück aus der Zentrale des Königreichs, und so brachte Wareagle das Fahrerhaus immer näher an die Stelle heran, an der er McCracken vermutete. Endlich stand der riesige Bulldozer halb in und halb vor dem Gebäude. Die Schaufel klärte weiterhin den Weg, und die mächtigen Räder überrollten alle Hindernisse. Schließlich kam das Ungetüm zum Stehen, und Johnny beugte sich zur Seite, um die Beifahrertür aufzustoßen.

Blaine warf Karen buchstäblich die Leiter hinauf und sprang so rasch wie möglich hinterher. Er war noch nicht im Führerhaus angekommen, als schon Dutzende von Kugeln um ihn pfiffen. Sie schlugen gegen das Metallchassis und kamen McCracken immer näher. Karen drückte sich hinter den Fahrersitz. Die Windschutzscheibe des Bulldozers explodierte, und Johnny mußte den Kopf einziehen, als Blaine die Beifahrertür hinter sich zuzog und neben den Indianer kroch. Im Fahrerhaus stank es durchdringend nach feuchtem Zement. Als McCracken den Kopf hob, entdeckte er, daß sein Kampfgefährte von einer grauen Schicht überzogen war und wie eine Statue aussah, die ihr Podest verlassen hatte.

Jetzt zerplatzten auch die Seitenscheiben in einem Scherbenregen, und weitere Feuerstöße fuhren in den Leib des stählernen Ungetüms. Johnny steuerte den Bulldozer instinktiv nach links und riß damit ein weiteres großes Stück aus der Außenmauer. Immer mehr Kugeln knallten gegen die Verkleidung und die Reifen, ohne ihnen jedoch etwas anhaben zu können. Der Bulldozer löste sich aus dem Gebäude und rumpelte über die ungepflasterte Straße davon.

»Was nun, Indianer?« fragte Blaine. Er hockte immer noch unter dem durchschossenen Seitenfenster.

»Wir setzten unsere Flucht fort.«

Damit schaltete Wareagle den Power Boost ein, und augenblicklich erwachten zweihundertfünfzig Pferdestärken zum Leben. Johnny schaltete in den zweiten und wenig später in den dritten Gang und trat das Gaspedal bis auf den Boden durch.

»Was ist mit den Zwillingen?« wollte McCracken wissen und richtete sich auf.

Der Indianer schüttelte düster den Kopf und antwortete lediglich mit: »Earvin Early.«

Blaine verspürte großes Bedauern. »Ich darf wohl davon ausgehen, daß du ihm den Dank dafür nicht lange schuldig geblieben bist.«

»Dieser Kreis hat sich geschlossen, Blainey.«

»Wie steht es mit den Sprengsätzen?«

»Earvin hat sie aufgespürt und unschädlich gemacht. Daran besteht kaum ein Zweifel.«

»Und wie finden wir hier raus?«

»Geduld, ich zeige es dir gleich.«

McCracken entdeckte die dunkle Nische in der Minenwand, kurz bevor Wareagle den Bulldozer in die Reihe der Fahrzeuge steuerte, die davor abgestellt waren. Er hatte die Schaufel gesenkt, so daß sie nur noch ein kleines Stück über dem Boden schwebte. Sie schob die Wagen und Laster ineinander und schuf ihnen so freie Bahn. Die Fahrt endete, als der Indianer die Zähne der Schaufel tief in die Tunnelwand bohrte. Das Ungetüm stand nun quer vor dem geheimen Tunnelzugang und hinderte so alle gegnerischen Fahrzeuge daran, ihnen zu folgen. Dann riß Wareagle die Zündkabel heraus. Der Bulldozer war jetzt erst nach einer langwierigen Reparatur wieder zu starten.

»Sieht mir ganz nach einem längeren Fußmarsch zur Oberfläche aus, Indianer«, bemerkte Blaine.

»Ich habe mir erlaubt, für uns einen Laster zu beschlagnahmen. Vorhin stand er noch dort drüben in der Reihe, jetzt wartet er ein Stück den Tunnel hinein auf uns.«

McCracken lächelte seinen Freund an und zeigte auch dieses Mal kein Anzeichen von Überraschung. »Worauf warten wir dann noch, Indianer?«

Kapitel 36

Die Dunkelheit in dem Tunnel wurde nur von den Scheinwerfern des Transporters durchbrochen. Blaine hatte sich hinter das Steuer gesetzt. Wareagle blickte unentwegt nach hinten, um sofort feststellen zu können, wenn es Fryes Schergen gelungen sein sollte, das Hindernis zu beseitigen und ihnen durch den Tunnel zu folgen. Karen, die mittlerweile wieder etwas ruhiger atmete, hockte zwischen den beiden breiten Männern, fühlte sich hier aber bei weitem nicht so eingequetscht wie vorhin im Führerhaus des Bulldozers.

Der Tunnel stieg stetig an und erreichte seine steilste Stelle, als Blaine vor ihnen das Ende ausmachte, das sich ihnen wie ein riesiges Maul präsentierte. Ein elektronisches Auge muße den automatischen Öffnungsmechanismus in Gang gesetzt haben und ersparte ihnen so die Mühe, das Tor zu rammen und damit womöglich Alarm auszulösen.

»Ich glaube, ich weiß jetzt, was in Beaver Falls vorgefallen ist«, bemerkte Karen, als der Laster auf die Oberfläche gelangte und über eine Straße rollte. Sie hofften, daß dieser Weg irgendwann die Route 287 erreichte und sie von dort aus durch die Hügel des texanischen Panhandles weiterfahren konnten. »Ich denke, mir ist nun alles klar.«

Blaine drehte sich zu ihr um und sah sie an.

»Im Grunde verhält sich alles noch schlimmer«, fuhr Karen fort, »als ich es mir vorgestellt habe. Selbst in meinen furchtbarsten Alpträumen habe ich mir so etwas nicht ausmalen können. Nicht nur Fryes Testpersonen haben sich in Beaver Falls an Aids infiziert. Nein, die gesamte Einwohnerschaft hat sich den HIV-Virus eingefangen.«

McCracken starrte sie eindringlich an.

»In der Isolierstation über den Labors des Königreichs stießen wir auf die letzten Bewohner des Orts. Sie werden in den nächsten Tagen sterben, wenn nicht schon während der kommenden Stunden.«

»An Aids?« fragte Blaine, der wußte, daß diese Krankheit erst nach einem deutlich längeren Zeitraum den Tod zur Folge hatte.

Karen nickte schwer. »Als die Wissenschaftler des Reverends mit der genetischen Struktur der Krankheit herumexperimentiert haben, schufen sie dabei die Grundlage für eine Mutation des Virus. Er ist nun nicht mehr auf den Kontakt mit Blut angewiesen, sondern kann sich auch durch die Luft und durch Wasser bewegen.«

»Meinen Sie mit ›Luft‹ das Zeugs, das wir einatmen?«

»Ja, er überträgt sich durch Luft, durch Berührung, durch Einatmen, durch Körperflüssigkeiten jeglicher Art – kurzum durch alles.«

McCracken verlangsamte die Fahrt. »Aids breitet sich damit wie die alljährliche Grippewelle aus … Aber dabei handelt es sich nicht mehr um den HIV-Virus, wie wir ihn kennen.«

»Stimmt, er hat sich zu etwas vollkommen Neuem entwickelt. Die Bewohner von Beaver Falls wiesen nicht etwa nur erste Anzeichen von Aids auf. Sie zeigten binnen Tagen alle Anzeichen von Aids im fortgeschrittensten Stadium. Der normalerweise drei bis vier Jahre währende Zusammenbruch des körpereigenen Immunsystems vollzog sich bei ihnen in wenigen Tagen.«

»Das erklärt alles.«

»Was meinen Sie damit?«

»Der Reverend plant, die Wasserversorgung der Stadt San Antonio zu verseuchen. Und alle Menschen, die während der nächsten Wochen in diesen Ort zu Besuch kommen, verlassen San Antonio infiziert. Mit dem Trinkwasser sind die neuartigen Viren in ihren Körper gelangt.«

»Seine Wissenschaftler müssen aus dem Virus, der über Beaver Falls gekommen ist, eine unglaublich konzentrierte Form seines ›Serums‹ entwickelt haben«, entgegnete Karen und bemühte sich sehr darum, halbwegs professionell zu klingen.

Blaine nickte. »Das Gift soll in ein Klärwerk in Boerne eingeschleust werden, aus dem das gereinigte Wasser in das Bassin fließt, aus dem San Antonio sein Trinkwasser erhält.«

»Aber warum gerade dieser Ort?«

»Weil in San Antonio sehr viele Kongresse und ähnliche Veranstaltungen abgehalten werden. Sind Sie denn nie dorthin zu einem Forschungssymposium eingeladen worden?«

»Doch, ich glaube schon. Aber ich bin nicht hingefahren.«

»Viele andere machen sich aber auf den Weg nach San Antonio. Sie kommen aus den ganzen USA und auch aus dem Ausland. In den nächsten Wochen erwartet man dort über einhunderttausend Menschen. Und statt ihren Lieben daheim Souvenirs oder Geschenke mitzubringen, kehren sie mit einer Zeitbombe nach Hause zurück.«

»Wenn dic Werte von Beaver Falls immer noch gelten, wird es sechs Monate dauern, bis die Krankheit zum Ausbruch kommt. Und danach wird jeder, der mit den Virenträgern Kontakt hat, selbst zum Überträger.« Karen schüttelte den Kopf. »Aber damit trifft es auch Fryes Gefolgsleute, und das ergibt für mich einfach keinen Sinn.«

»Die Sache sieht aber schon ganz anders aus, wenn der Reverend eine größere Anzahl von ihnen schützen kann.«

»Wie sollte das denn möglich sein …« Karen brach mitten im Satz ab, machte die Augen fest zu und erstarrte. »Lot 35«, flüsterte sie dann. »Deswegen war Frye hinter meinem Mittel her …«

»Und innerhalb der nächsten sechs Monate kann er anhand der gestohlenen Dateien durchaus in der Lage sein, Ihre Formel zu entschlüsseln.«

»Damit hätte er seinen ursprünglichen Plan gerettet. Er braucht nur genügend Lot 35 herzustellen, um damit die Auserwählten der Sieben zu versorgen.« Karen war totenbleich geworden. »Großer Gott, ich bin Bestandteil seines Tuns. Ich habe ihm zu seinem Triumph verholfen.«

»Karen!«

»Halt! Moment! Da ist noch etwas …« Ihr Verstand arbeitete auf Hochtouren und verglich die neuen Informationen mit dem, was sie selbst herausgefunden hatte. »Da ist noch ein Punkt … Frank McBride, der Mann, den Wayne Denbo am Straßenrand gefunden hat, lag ebenfalls auf der Isolierstation … Damit wäre Denbo auch zum Träger, zum Überträger geworden – und mit ihm alle, die mit ihm Kontakt hatten … Begreifen Sie, worauf ich hinaus will?«

»Nein.«

»Die Krankheit breitet sich womöglich längst aus. Fryes göttlicher Plan hat vielleicht längst begonnen, und er braucht nichts mehr dazu zu tun.«

»Aber ganz sicher sind Sie sich da nicht, oder?«

»Nein. Alles hängt davon ab, wann McBride die Krankheit bekommen hat. Vielleicht erst, nachdem man ihn mit den anderen aus Beaver Falls zusammengesteckt hat. Wenn er sich aber schon früher angesteckt hat …«

»Fahren Sie fort, Karen.«

Karen schluckte schwer. »Wir hatten mit Denbo Kontakt. Wir alle könnten uns bei ihm angesteckt haben und nun Überträger sein. Die Anzahl der Träger könnte inzwischen auf mehrere hundert oder gar tausend angewachsen sein. Und morgen wären es dann schon Zehntausende …«

Blaine blieb äußerlich so gelassen, daß Karen ihm am liebsten an die Gurgel gegangen wäre. Ruhig und sachlich bemerkte er jetzt: »Das hieße dann, daß der Tag des Jüngsten Gerichts nicht mehr zu verhindern ist?«

»Nur wenn wir keine Möglichkeit finden, die Apokalypse aufzuhalten«, entgegnete Karen. »Wir müssen auf einen Weg stoßen, wie wir den Prozeß umkehren können. Fryes falsche Medizin arbeitet auf dem genetischen Level und lehrt den Körper, HIV-Zellen zu erkennen und mit einer Schutzschicht zu versiegeln. Doch gleichzeitig ist diese Proteinschutzschicht darauf programmiert, nach einer gewissen Frist zu erodieren. Wenn man nun diese Programmierung ändert, bleiben die HIV-Zellen gefangen.«

»Wollen Sie damit sagen, daß Sie dazu in der Lage sind?«

»Wenn schon nicht ich, dann sicher jemand, der sich auf diesem Gebiet besser auskennt. Doch dazu benötigen wir die Gewebeprobe eines Infizierten.«

»Und diejenigen, die mit Sicherheit infiziert sind, befinden sich in Fryes Königreich.«

Karen nickte. »Uns würde schon eine Probe von dem Zeugs genügen, das er dem Wasser von San Antonio beimischen will.« Sie erinnerte sich an die Reagenzgläser, die sie im Labor der unterirdischen Stadt entdeckt hatte. »Und dazu setzt der Reverend selbstauflösende Reagenzgläser ein.«

»Mit anderen Worten, der Indianer und ich haben mehr zu tun, als nur Frye daran zu hindern, sein Gift in das Klärwerk von Boerne zu kippen. Wir müssen auch noch ein Reagenzglas an uns bringen.«

»Ich fürchte, uns bleibt keine andere Wahl.«

McCrackens Miene verdüsterte sich nur unmerklich, und er gab Gas. »Das fürchte ich allerdings auch.«

»Aber Sie haben uns doch versichert, daß McCracken tot sei!« wütete Jessie Will und sprach damit das aus, was die anderen Männer am Tisch dachten.

Aus Gründen, die er niemandem mitgeteilt hatte, hatte der Reverend diese Besprechung in seinem Kino einberufen. Er stand vor der Leinwand, die McCracken bei seiner Flucht eingerissen und zerfetzt hatte.

»Ich habe mich eben geirrt, und das gebe ich hier auch unumwunden zu«, erklärte Frye jetzt. »Die Videobänder von den Explosionen in der Oase ließen keinen anderen Schluß zu. Ich habe allein mit dem Verstand meine Folgerungen gezogen und dabei nicht auf mein Herz gehört. Mein Herz teilte mir nämlich mit, daß McCracken auf seine Art gesegnet ist. Andernfalls hätte er nämlich nicht so lange in seiner Welt überleben können. Nur jemand von ähnlicher göttlicher Erfüllung kann ihn besiegen.«

»Sie meinen sicher töten«, warf Tommy Lee Curtisan ein.

Der Reverend verzog bei diesem Ausdruck enttäuscht das Gesicht. »Seine früheren Gegner haben den Fehler begangen, genau das zu versuchen. Doch indem sie sich dazu hinabließen, haben sie sich auf die Ebene begeben, auf der er stets Sieger bleibt. Nein, McCracken zu besiegen, bedeutet, seine Gegenwart zu akzeptieren, aber gleichzeitig davon überzeugt zu sein, daß unsere Mission im Auge des Herrn heiliger als die seine ist.«

»Nun, Gott scheint ebensowenig wie wir in der Lage gewesen zu sein, McCracken zu stoppen«, bemerkte Tommy Lee mit einem Anflug eines ironischen Lächelns. »Wir sind geschlagen, Reverend. Nein, ich gebe nicht Ihnen die Schuld dafür, und ich will hier auch gar nicht sagen, daß Sie sich als unwürdig erwiesen haben. Doch es kann nun keine Frage mehr sein, daß wir noch eine Weile warten müssen, ehe wir unseren Plan umsetzen dürfen.«

»Und wie steht es mit dem Rest von Ihnen, meine Herren?« fragte Harlan. »Sind Sie etwa auch dieser Ansicht?« Er sah die drei Männer der Reihe nach an, und keiner von ihnen wagte es, ihm offen ins Gesicht zu blicken. »Ihre Vision erweist sich als zu schwach, meine Brüder. Sie lassen sich von etwas niederzwingen, das weit mehr Stärke besitzt als Blaine McCracken: nämlich den Verlust Ihres Glaubens. Begreifen Sie denn nicht, was hier vor sich geht? Der Herr würde niemals das Schicksal Seiner Welt jemandem anvertrauen, dessen Glaube nicht unerschütterlich ist. Wenn Sie nun im Glauben schwankend werden, verlieren Sie nicht nur Seine Gnade, sondern auch Ihren Platz im Königreich der Sieben.«

»Hier geht es aber nicht um den Glauben«, wandte Curtisan ein, »sondern um die Realität.«

»Und alle Realität basiert auf unserer Verpflichtung gegenüber dem Herrn. Gehen Sie auf der Stelle, wenn Sie sich lieber davor drücken wollen, aber erwarten Sie nicht, daß ich es Ihnen gleichtue.« Der Reverend sah die vier noch einmal der Reihe nach an. »Denken Sie an die Welt, die wir neugestalten wollen. Und denken Sie an die Rolle, die Sie bei diesem Tun spielen. Sind Sie bereit, all dem zu entsagen und damit zuzugeben, daß Sie es in Wahrheit nie wert gewesen sind, in dieses Königreich zu gelangen?«

»McCracken weiß, wo sich das Königreich befindet«, sagte Louis W. Kellog. »Er wird hierher zurückkehren oder andere an seiner Stelle schicken. Und die werden alles zerstören, was wir aufgebaut haben, alles, was für die Erfüllung unserer Vision so wichtig ist.«

»Vielleicht tut er das«, entgegnete der Reverend. »Aber wenn wir unser Augenmerk nur auf das Materielle richten, verlieren wir damit das aus dem Blick, was in Wahrheit von Bedeutung ist: Ihm zu dienen, indem wir unser Schicksal erfüllen.«

»McCracken erwartet uns bestimmt in San Antonio«, wandte Jessie Will ein. »Und damit betreten wir sein Königreich. Dürfen wir tatsächlich so vermessen sein zu glauben, daß wir in der Lage sind, ihn auf seinem Level erfolgreich zu bekämpfen – ganz gleich, wie viele Männer und Gewehre wir aufbieten?«

»Selbstverständlich dürfen wir das glauben, meine Brüder«, versicherte Frye ihnen. »Doch dafür muß unser Glauben sich als stärker als der seine erweisen. Erst wenn wir unser Vorhaben verschieben, betreten wir McCrackens Reich, in dem Verzweiflung zu Niederlage und Untergang führt.« Harlan legte eine kleine Pause ein und ließ seine Mitbrüder durch ein Strahlen seiner Augen teilhaftig an der Tiefe seines Glaubens werden. »Doch es besteht eine Möglichkeit, wie wir McCracken davon abhalten können, uns weiterhin zu behindern, während wir gleichzeitig das ganze Land Zeuge unseres gesegneten Tuns werden lassen. Und so sollen die, die sich als würdig erweisen, erfahren, wovon sie Bestandteil werden.«

»Das ganze Land?« ächzte Jessie Will.

»Soll Zeuge werden?« rief Tommy Lee.

»Ich will es Ihnen demonstrieren«, erklärte der Reverend und trat einen Schritt beiseite.

»Sie haben es leider nicht geschafft«, erklärte Blaine, als er den leeren Blick in Schwester Barbaras Augen sah. Sie hatte gerade festgestellt, daß Jacob und Rachel nicht mit den anderen im Motelzimmer in Amarillo erschienen waren.

Die Schwester ließ sich berichten, was im Königreich passiert war, und wollte dann von McCracken alles über das Ende der Zwillinge erfahren. Blaine verwies sie an Wareagle, der wie üblich äußerst knapp die Tatsachen darstellte.

»Ich muß zu ihrem Vater«, sagte Barbara dann. »Er soll es von mir persönlich erfahren.«

»So spricht nur jemand, der sich für ihren Tod verantwortlich fühlt«, bemerkte McCracken.

»Ich habe Turgewells Anfragen allesamt abschlägig beschieden. Ich habe mich geweigert, ihm dabei zu helfen, die Sieben zu vernichten, als die Chance dazu bestand. Und wegen meiner Untätigkeit sind seine Kinder nun tot. Ihr Ende ist sinnlos und nutzt niemandem.«

»Ich glaube, Sie haben sie nicht so gut gekannt wie ich, Schwester.«

»Das spielt jetzt keine Rolle mehr.«

»Davon bin ich überzeugt, denn die Zwillinge hielten sich nicht mehr in Ihrer Welt auf. Schon recht lange nicht mehr. Sie waren in meine übergetreten. Und dorthin wollten sie auch.«

»Aber sie waren doch noch halbe Kinder!«

»Turgewell hat sie als seine Soldaten aufgezogen, nicht als seine Erben. Sie wurden in einer Umgebung von Haß und tiefster Schwärze groß.«

»Ihre Welt ...«, bemerkte Barbara nur.

»So bin ich nun einmal, Schwester. Und so waren auch Jacob und Rachel. Sie haben die beiden nicht zu dem gemacht, was sie geworden sind, und deswegen können Sie sich auch keine Schuld an ihrem Tod geben.«

»Und wie steht es mit dem Ende meiner Gefolgsleute in der Oase? Soll ich die Verantwortung für deren Tod auch mit einem Schulterzucken abtun?«

»Woher hätten Sie wissen sollen, daß Frye so weit gehen würde?«

»Oh, aber ich habe es gewußt, und zwar schon längere Zeit. Doch ich bildete mir ein, ich könnte ihn aufhalten … daß mein Glaube stark genug sei, ihn in seine Schranken zu weisen, ihn vielleicht sogar zu vernichten … Wie töricht ich doch war. Der Glaube allein reicht für so etwas nie aus, nicht wahr?«

»Nicht in meiner Welt, Schwester.«

»Gibt es in Ihrer Welt denn Platz für die Rache, Mr. McCracken?«

Blaine nickte. »Ja, sowohl im biblischen Sinne als auch in jedem anderen.«

»Frye muß aufgehalten werden.«

»Ich glaube, wir sind da auf eine Möglichkeit gestoßen«, meldete sich Wareagle unvermittelt zu Wort.

»Was meinst du damit, Indianer?«

»Das.« Johnnys knappe Antwort wurde von seinem Zeigefinger begleitet, der auf das Fernsehgerät deutete. Auf dem Bildschirm lief gerade ein Werbespot des Reverends an.

»Hol mich der Teufel!« murmelte McCracken.

Als Wareagle den Ton lauter gestellt hatte, war der Spot schon zu Ende, doch sie hatten mehr als genug gesehen.

»Zumindest muß man ihm zugute halten, daß er von allen Hundesöhnen der unverfrorenste ist«, sagte Blaine.

»Und vielleicht können wir ihn genau damit besiegen«, murmelte der Indianer. »Wir fürchten Frye, weil er sich selbst und auch andere davon überzeugen kann, daß alles, was er tut, ganz gleich wie zerstörerisch es auch ausfallen mag, dem Willen des Herrn entspreche. Diese Arroganz führt ihn zu dem Glauben, er sei unbesiegbar. Es ist ihm vermutlich gleich, ob wir in Boerne auftauchen oder nicht. Er hat unsere Anwesenheit dort durchaus ins Kalkül gezogen.«

»Warum macht er sich überhaupt die Mühe, sein Zeugs in ein abgelegenes Klärwerk zu kippen?« fragte sich McCracken. »Warum geht er nicht direkt nach San Antonio und vergiftet dort das Wasser?«

Karen sah von dem Führer auf, den sie unterwegs gekauft hatte. »Weil San Antonio keine eigene Wasserversorgung besitzt. Der Ort versorgt sich aus einem Dutzend Brunnen, die voneinander unabhängig sind und sich aus dem Wasser des Edwards-Bassins speisen.«

»Und das will der Reverend ja kontaminieren.«

Karen nickte. »Fast so simpel wie den Inhalt seiner Reagenzgläser in das gereinigte Wasser im Klärwerk von Boerne zu kippen, das von dort nach Civolo Falls und dann in das Bassin gelangt.«

»Was meinten Sie mit ›fast‹?«

»Nun, der Reverend benötigt einen Katalysator, um das gesamte Wassersystem innerhalb kürzerer Zeit zu verseuchen.«

»Was für einen Katalysator?«

»Etwas, mit dem sein Toxin sich verbinden kann, um sich dann schneller auszubreiten«, seufzte Karen. »Dafür kommt alles mögliche in Frage, vielleicht sogar eine Kombination von Elementen.«

»Aber es müßte doch etwas mit Wasser zu tun haben. Mit einem Stoff oder mit Elementen, die bereits im Wassersystem vorhanden sind.«

»Auch dafür bieten sich unendlich viele Möglichkeiten.«

»Dann sollten wir versuchen, diese Anzahl zu reduzieren, Karen.«

»Tja, das Reagenzglas, auf das ich im Labor gestoßen bin, bestand aus einer Gelatine-Plastik-Verbindung, die sich in Wasser langsam auflöst.«

»Und?«

»Daraus läßt sich folgender Schluß ziehen: Frye beabsichtigt, das Toxin erst freizusetzen, wenn es sich im System befindet. Das Zeugs dürfte also licht-, wenn nicht sogar hitzeempfindlich sein. Und das wiederum bedeutet, daß er es erst im letzten Reinigungsprozeß freilassen kann …«

»Und woraus besteht der letzte Reinigungsprozeß?«

Karens Augen wurden groß: »Chloren! Aber natürlich!« Sie war nun so erregt, daß ihre Worte kaum ihren Gedankengängen folgen konnten. »Fryes Wissenschaftler standen unter Zeitdruck und mußten etwas verwenden, das leicht verfügbar ist.«

»Wie Chlor«, bemerkte McCracken.

»Sie müssen Fryes Toxin so programmiert haben, daß es sich mit Chlor verbindet, um aktiv zu werden. Und sobald der Stoff im Chlor freigesetzt ist, vermehrt sich das Zeugs millionenfach – ausreichend jedenfalls, um die gesamte Wasserversorgung zu verseuchen.«

»Aber Chlor löst sich doch auf. Andernfalls würden wir es bei jedem Schluck Wasser herausschmecken.«

»Mikroskopisch winzige Mengen, die wirklich kaum noch meßbar sind, bleiben im Wasser zurück, unter normalen Umständen jedenfalls.«

»Und diese normalen Umstände garantieren, daß sich jeder in San Antonio, der ein Glas Wasser trinkt, mit dem Virus infiziert.«

Karen dachte immer noch angestrengt nach. »Wenn der Reverend in der Lage sein sollte, seinen Stoff dem Wasser in dem Stadium zuzuführen, in dem es mit Chlor behandelt wird, wäre damit das gesamte Wasser kontaminiert, sobald es das Bassin erreicht.«

»Was meinen Sie mit Stadium?«

»Verschmutztes Wasser wird in drei Stadien oder Stufen geklärt. Es fängt mit der Entschlammung an. Das Wasser wird herausgezogen, gefiltert und dann behandelt. Das Chloren ist ziemlich zum Schluß an der Reihe, bevor man das gereinigte Wasser wieder dem System zuführt.«

»Aber Frye braucht diese selbstauflöslichen Reagenzgläser, weil Hitze und Licht seinen Virus angreifen würden, wenn er es einfach so in die Becken kippte.«

»Richtig«, lächelte Karen. »Sie lernen schnell. Der Reverend muß sicherstellen, daß sein Mittel erst freigesetzt wird, wenn das Wasser sich bereits auf dem Weg in das Bassin befindet.«

Blaine grinste leise. »Ich glaube, Sie haben mich da gerade auf eine Idee gebracht, wie wir ihn doch noch aufhalten können.«

»Sal ist schon auf dem Weg hierher«, verkündete McCracken. »Schien ihm große Freude zu bereiten, daß er endlich kommen durfte. Ich glaube, der Mann genießt es, gebraucht zu werden.« Er warf einen Blick auf Karen. »Unser Problem ist nur, daß wir noch viel mehr Leute brauchen, um diese Sache durchzuziehen. Harlan Frye gehört nicht zu den Männern, die sich lange an der Nase herumführen lassen. Vielleicht bleibt uns nicht einmal mehr die Zeit, vom Parkplatz zu verschwinden.«

»Dann benötigen wir wirklich noch mehr Unterstützung«, sagte Karen.

»Der Haken an der Sache ist nur, daß man in diesen Zeiten nur schwer Hilfe findet.«

Karen war schon auf dem Weg zum Telefon. »Das kann man nie so genau wissen ...«

»Himmeldonnerwetter, was ist denn das?«

David Martinez richtete den Strahl seiner Taschenlampe auf mächtige Mörtelklumpen, die den Steinboden des Alamo-Denkmals bedeckten. Bei seinem letzten Rundgang vor zwanzig Minuten waren die noch nicht hiergewesen. Davids erster Gedanke war, daß der ungewöhnlich regenreiche Frühling die alten Gemäuer so sehr aufgeweicht hatte, daß eine Wand geborsten war. Martinez hatte mit eigenen Augen gesehen, welche Wunder die hier angestellten Männer bewirken konnten. Bis morgen mittag würden sie den Schaden behoben haben.

Doch als er sein Licht über die Wälle wandern ließ, stellte er fest, daß sie alle intakt waren. Jetzt hörte er Tropfgeräusche und folgte ihnen bis zu einer Pfütze, die ständig Nachschub erhielt. Wo kam das Wasser bloß her?

Er richtete die Taschenlampe nach oben.

»Oha!«

David Martinez war erst seit sechs Monaten bei den Alamo-Rangers. Als ›Neuer‹ wurde er sehr oft zur Nachtschicht eingesetzt. Dabei gefielen ihm die Tagschichten viel besser, wenn kleine Gruppen der drei Millionen Touristen, die jedes Jahr Alamo besuchten, eingelassen wurden. Er sah diesen Menschen gern dabei zu, wie sie an den Ausstellungsstücken vorbeiwanderten, sich um die verschiedenen Memorabilien drängten und ehrfurchtsvoll vor dem großen Gemälde stehenblieben, das Davy Crockett bei seinem letzten Gefecht zeigte.

In dem ruhigen, mittlerweile mit einer Klimaanlage versehenen Gebäude, das ursprünglich eine spanische Missionsstation gewesen war, wurde für die vielen Besucher und auch für Martinez die Geschichte wieder lebendig. Die Kapelle war 1744 errichtet und schon 1762 wieder aufgegeben worden, nachdem das Dach eingestürzt war. Die Mission stand leer, bis spanische und dann mexikanische Truppen sie besetzten. Die gegen Mexiko rebellierenden Texaner nahmen sie 1835 in Besitz und mußten sich ein Jahr später gegen die feindliche Übermacht unter General Santa Ana verteidigen. Die Belagerung endete im Morgengrauen des dreizehnten Tages mit einer wilden, zwanzig Minuten währenden Schlacht, bei der so gut wie alle Verteidiger den Tod fanden.

Nur wenige Touristen wußten, daß es sich bei dieser Kapelle, die die Ranger rund um die Uhr patrouillierten, um eines der beiden Originalgebäude handelte, die aus dieser Zeit erhalten geblieben waren. Die Hauptkämpfe, in denen einhundertneunundachtzig Texaner viertausend Mexikaner dreizehn Tage lang abgewehrt hatten, hatten in den längst verschwundenen Wällen rund um eine Plaza stattgefunden, auf der heute Pizza Hut, K-Mart und viele andere ihre Niederlassungen unterhielten. Das Kernstück auf dem Platz stellte heute das Hyatt Hotel dar.

Die restaurierte Kapelle war allerdings so hervorragend

wiederhergestellt worden, daß man sich hier leicht in die damalig Zeit vor gut hundertfünfzig Jahren zurückversetzt fühlen konnte. Martinez wurde es nie müde, den Führern zu lauschen, wenn sie ihre Heldenmär vom Mut und von der Tapferkeit der Hundertneunundachtzig erzählten. Auch wenn die Geschichte immer gleich klang, lernte David doch tagtäglich etwas Neues hinzu.

Dem war natürlich in der Nachtschicht nicht so. Außerhalb der Öffnungszeiten tat sich hier nie etwas. Niemals.

Nur heute abend ...

Das Licht der Taschenlampe beschien einen breiten, gezackt verlaufenden Riß in der Kapellendecke. Der Regen, der eben wieder aufgekommen war, rann ungehindert hindurch und riß vor Davids Augen weitere Putz- und Mörtelbrocken mit sich.

»Gott im Himmel«, murmelte er und griff nach seinem Walkie-talkie, mit dem er das Büro erreichen konnte. »Alles, was recht ist.«

Zum zweiten Mal in ihrer Geschichte drohte die Decke der Kapelle von Alamo einzustürzen.

›Guns & Ammo‹ rühmte sich, nicht nur der größte Waffeneinzelhändler des Südwesten, sondern auch der des ganzen Landes zu sein. Der riesengroße Laden hatte vierundzwanzig Stunden am Tag geöffnet, und in seinen supermarktähnlichen Regalreihen fand man jede nur denkbare Schußwaffe, angefangen von Faustfeuerwaffen über Gewehre bis hin zu halbautomatischen Schießeisen. Bunte Schilder zeigten die neuesten Entwicklungen und Modelle, und in großen Tonnen fand man lose Munition, die man selbst in Tüten packen konnte und die dann an der Kasse nach Gewicht abgerechnet wurde.

Eine Türglocke ertönte, als T. J. Fields mit je einem Skull an seiner Seite den Laden betrat. Der Besitzer war früher selbst mit den Hells Angels gefahren. Er wußte also, was für Männer da auf den Tresen zukamen, und freute sich insgeheim schon auf ein gutes Geschäft.

»Morgen«, begrüßte sie der Mann, dessen Haaransatz deutlich zurückgegangen war und dessen mächtiger Bauch über den Gürtel hing.

»Morgen«, grüßte T. J. zurück.

»Ich heiße Carson, Jungs, und meine Freunde nennen mich Car. Ihr Weg hat Sie an den richtigen Ort geführt. Ich habe die besten Schrotflinten mit abgesägtem Lauf, die Sie je gesehen haben. Meine Auswahl an Halbautomatics ist klasse, und diese Woche sind Desert Commandos im Angebot, die mächtigste Faustfeuerwaffe, die momentan auf dem Markt ist.«

»Ich dachte mehr an die Artikel, die Sie im Hinterzimmer aufbewahren.«

Carsons Lächeln verschwand von einem Moment zum anderen. »Wie bitte?«

T. J. zog ein zerknülltes Stück Papier aus der Tasche und las dann seine Einkaufsliste vor: »Fünf LAW-Raketen, ein Dutzend M-16, ein M-79-Gewehrgranatwerfer, komplett mit Munition, zwei Dutzend Handgranaten … und, ach ja, ein M-60-Maschinengewehr.«

Die Augen des Besitzers blickten nervös nach links und rechts, so als wollte er sicherstellen, daß niemand mithören konnte. »Haben Sie noch alle verdammten Tassen im Schrank, Mann? Wenn Sie solche Hardware wollen, müssen Sie mir erst ein paar Papiere vorlegen. Auch wenn Sie bar zahlen, ich schiebe die großen Dinger nie über den Tresen, wenn ich nicht genau weiß, wen ich vor mir habe.«

T. J. hatte seine .45er schon gezogen und hielt dem Besitzer die Mündung an die Stirn, bevor der blinzeln konnte. »Jetzt sind wir Freunde, Car, und bei guten Freunden macht man doch schon einmal eine Ausnahme, nicht wahr?«

Kapitel 37

Der Quotenrenner des Kanals Zukunftsglauben, der ›Sunday Morning Service‹, sollte in dieser Woche vom Klärwerk im dreißig Meilen nordwestlich von San Antonio gelegenen Boerne übertragen werden. Seit dem Tag, an dem Reverend Harlan Frye vor laufenden Kameras auf den Trümmern der Schule in Dixonville, Virginia, gepredigt hatte, hatte er es sich zur Angewohnheit gemacht, seine Sonntagsmessen an Orten zu zelebrieren, an denen man das am wenigsten erwartete. Die Werbespots, die verkündeten, daß als nächstes Boerne auf der Liste stehe, wurden seit Samstag nachmittag in Texas ausgestrahlt, und Frye war klar, daß auch diesmal wieder mehr Menschen zu seiner Predigt strömen würden, als Sitzplätze bereitstanden. Als der Reverend um 10 Uhr 30, eine halbe Stunde vor Beginn der Liveübertragung, beim Klärwerk eintraf, drängten sich bereits Tausende von Unglücklichen, die zu spät gekommen waren, um noch einen Sitzplatz zu ergattern, rings um den Maschendrahtzaun, der die Anlage absperrte.

Die Menge der Gläubigen empfing Frye mit tosendem Beifall und machte respektvoll Platz, damit seine Limousine bis zum Tor rollen konnte.

Harlan schüttelte ein paar der unzähligen Hände, die sich ihm auf dem Weg entgegenstreckten, und strich auch einigen Kindern übers Haar. Eine Berührung an der Schulter spendete denen Trost, die bei seinem Anblick in Tränen ausbrachen und die Hände zum Gebet falteten. Jeder einzelne von denen, die hierhergeströmt waren, wollte Linderung für ein Leiden, und Harlan würde sie heute allesamt von ihren Kümmernissen befreien.

»Lobet den Herrn!« schrie jemand.

»Reverend, Sie sind der Größte!«

»Wir lieben Sie, Reverend!«

Bevor Frye das Klärwerk betrat, drehte er sich zur Menge um und breitete die Arme aus. Die Gläubigen jubelten und klatschten noch heftiger Beifall als vorhin.

Harlans Manager, Stu Allison, wartete hinter dem Tor, und neben ihm stand ein kleiner Mann, der ein Namensschild und einen weißen Helm trug.

»Ich hoffe, alles ist vorbereitet«, begrüßte der Reverend Stu, als er vor ihm stand.

Allison zuckte die Achseln. »Unter den gegebenen Umständen.«

»Was denn für Umstände?« wollte Frye wissen.

Der kleine Mann trat vor. »Nun ja, diese Anlage wurde nicht gerade unter dem Gesichtspunkt errichtet, hier eine Sonntagsschule abzuhalten.«

»Sonntagsmesse, Mr. .... äh ...« Er beugte sich vor, um den Namen auf dem Schild zu entziffern. »Äh, Mr. Randall.«

»Angenehm. Ich bin der Leiter dieses Klärwerks, falls Sie nicht schon von selbst darauf gekommen sind.«

Harlan fiel auf, daß die Nase des Mannes eingeschlagen und nach einer Seite verbogen war. Vielleicht hatte er früher einmal geboxt. Außerdem schien er die rechte Schulter zu schonen.

»Wenn Sie mich fragen, Hochwürden, dann würde ich sagen, der Stadtpark auf der anderen Seite eignet sich viel besser für Ihren Gottesdienst.«

»Nicht Hochwürden, sondern Reverend«, verbesserte Frye. »Und seien Sie versichert, daß mich gute Gründe geleitet haben, als ich mich für diesen Ort entschied.«

»Das glaube ich Ihnen aufs Wort«, entgegnete Sal Belamo. »Ich schätze, wir sollten jetzt langsam anfangen.«

Die Töchter der Republik Texas wachen seit 1905 über das Alamo-Denkmal. Sie kümmern sich seitdem um Hege und Pflege der Anlage und sorgen dafür, daß sie stets in Schuß ist. Die viereinhalb Hektar große Fläche liegt zwischen zwei Hauptstraßen San Antonios und wird von einer Kombination aus wiederhergestellten Mauern und schwarzem Drahtzaun umgeben. Die Kapelle und die langgezogene Unterkunft, die beiden originalen Überreste, teilen sich den Komplex mit einem Museum, einem Souvenir-Shop und einer Bibliothek, die im alten Stil erbaut wurden und sich äußerlich kaum von den ursprünglichen Gemäuern unterscheiden.

Der Leiter der Alamo-Erhaltung, Lantz Lecolt, befand sich seit letzter Nacht auf dem Gelände. Fünfzehn Minuten, nachdem Davids Anruf ihn erreicht hatte, war er hier erschienen. Die Reparaturarbeiten waren längst im Gange, aber als der Morgen graute, mußte sich Lecolt zu seiner großen Enttäuschung eingestehen, daß Alamo heute nicht würde öffnen können. Dabei war die Anlage sonst nur an Heiligabend und am Ersten Weihnachtsfeiertag geschlossen, und Lecolt war immer stolz darauf gewesen, sich weder von Flutkatastrophen, von Schäden an der Klimaanlage, die die Temperaturen in der Kapelle bis auf mörderische vierzig Grad ansteigen ließen, oder von anderen Krisen aus dem Konzept bringen zu lassen.

Doch was er hier zu Gesicht bekommen hatte, änderte die Sachlage völlig.

»Wie schlimm ist es denn?« wollte Clara Marshall, die Präsidentin der Töchter wissen, als sie am Sonntag morgen um 10 Uhr 30 eintraf.

Lecolt blickte von dem neun Meter hohen Gerüst zu ihr hinab. Die Spalte im Dach der Kapelle nahm ihren Anfang an der Frontfassade und verlief im Zickzack über die gesamte Länge des Baus.

»Ziemlich schlimm«, rief er, doch seine Antwort ging im Kreischen einer Kreissäge unter, die in diesem Moment eingeschaltet wurde. »Aber wir werden schon damit fertig.«

In den wenigen Stunden seit Davids Anruf hatten er und seine Männer damit begonnen, ein hölzernes Gerüst zum Abstützen des Daches zu errichten und vor allem unter der Spalte Streben einzuziehen. Eines seiner Teams hatte außen ein Baugerüst aufgebaut, während ein zweites im Innern, das von Flutlichtern ausgeleuchtet wurden, die Stützkonstruktion anbrachte. Von seinem Standort aus konnte Lecolt die Hand durch den Spalt strecken. Er kroch auf dem obersten Brett weiter und tastete mit den Fingern die Ränder der Bruchstelle ab. Die Spalte mußte erst ausgefüllt werden, ehe man sie wieder verputzen konnte. Der Leiter hatte bereits die angeforderten Spezialmaschinen geliefert bekommen, die er zur Reparatur benötigte, darunter ein Sandstrahlgerät, einen Zementmixer und Industrie-Heißstrahllampen, die die Füllmasse und den Verputz schneller trocknen lassen sollten.

»Wie ist es denn zu diesem Spalt gekommen?« fragte Clara und lief ein Stück, bis sie direkt unter Lecolt stand.

»Da sind wir uns noch nicht sicher.« Lantz beugte sich über das Geländer. »Könnte mit diesen verdammten Kompressoren der Klimaanlage zusammenhängen.«

»Die Baustatiker haben uns versichert, daß das Dach deren Gewicht durchaus tragen könne.«

»Ich spreche hier auch nicht von der Tragfähigkeit, sondern von den Vibrationen, die die Maschinen erzeugen. Die haben die Struktur des Baus wohl so angegriffen, daß es den schweren Regenfällen der letzten Monate ein leichtes war, das übrige zu tun.«

»Haben Sie auch den Rest der Anlage überprüft?«

Lecolt nickte. »Da sieht im Moment alles recht normal aus.«

»Wann können wir denn wieder öffnen?« wollte Clara wissen und fürchtete sich gleichzeitig vor der Antwort.

»Morgen, wenn es Ihnen nichts ausmacht, daß meine Arbeiter dann ...« Der Rest seiner Worte ging wieder im Kreischen einer Bausäge unter.

Clara wartete, bis das Geräusch verstummt war. »Hier geht es aber recht laut zu.«

»In zwei Tagen haben wir das Loch geschlossen und verputzt.«

Die Präsidentin atmete erleichtert aus. »Ich glaube, die Touristen lassen sich von den Bauarbeiten nicht abhalten.«

»Sicher«, stimmte Lantz zu. »Wir können ihnen ja erzählen, das Loch stamme von einer Kanonenkugel.«

Wie stets bei den ›Sunday Morning Services‹ hatte Stu Allison alle logistischen Fragen für die Übertragung schon vorab geklärt und sich dabei der Parameter bedient, die Harlan Frye ihm vorgegeben hatte. Heute stand eine Übertragung aus dem Teil des Klärwerks an, in dem das Wasser der dritten und letzten Reinigungsstufe unterzogen wurde. Nachdem das Wasser hier mit Chlor behandelt worden war, würde es in die unterirdischen Anlagen von Civolo Falls abfließen, von wo es sich dann auf direktem Wege in das Edwards-Bassin ergoß.

»Wo findet der Gottesdienst statt?« fragte Frye und ignorierte den Direktor des Klärwerks.

»Auf einem Feld ganz in der Nähe«, antwortete Allison und zeigte hinüber. Der Reverend erkannte die Sitzreihen, auf denen die Gläubigen Platz genommen hatten und geduldig darauf warteten, daß die beiden mächtigen Lautsprecherboxen auf dem Podium vor ihnen seine Stimme übertragen würden.

»Hören Sie«, mischte sich Randall ein, »ist es wirklich notwendig, daß sich so viele von diesen Burschen da auf dem Gelände aufhalten?«

Frye folgte seinem Blick und erkannte, daß er die Dutzende von in Zivil gekleideten Soldaten der Fünften Generation meinte, die rings um das Podium und an Schlüsselstellen im ganzen Komplex Posten bezogen hatten. Major Vandal hatte sie hier Aufstellung nehmen lassen. Obwohl keiner von den Männern seine Waffe offen sichtbar trug, umgab sie doch eine Aura der Bedrohung.

»Wir hatten bei einigen früheren Veranstaltungen ein paar Probleme«, erklärte der Reverend. »Betrachten Sie diese Männer doch als eine Art Schutzwall gegen alles Unerfreuliche, das sich auf diesem Gelände ereignen könnte, Mr. Randall.«

»Aber klar, Hochwürden, für so was bin ich immer zu haben.«

Harlan lief rot an und kochte innerlich. »Ich denke, wir können jetzt hineingehen.«

»Ganz wie Sie wünschen.«

Das Innere des Klärwerks erwies sich als offener, als der Reverend das erwartet hatte. Ein Labyrinth von Rohren erstreckte sich in alle Richtungen und verband Tanks in allen denkbaren Größen miteinander. Im Zentrum befand sich hinter hohen

Glasscheiben der Kontrollraum der Anlage. Auf den ersten Blick wirkte er wie ein NASA-Center. Da heute Sonntag war, hielten sich nur drei Techniker in dem Raum auf, kontrollierten Schleusen und Zuflüsse und drückten auf diverse Knöpfe. Abgesehen von dem zu kurz geratenen Randall schienen sie die einzigen zu sein, die sich hier mit Frye aufhielten. Das verwunderte den Reverend. Da er offiziell von der Bezirksverwaltung und von den Stadtvätern des Orts die Genehmigung eingeholt hatte, hier einen Gottesdienst abhalten zu dürfen, war er davon ausgegangen, daß sich die übliche Schar von Offiziellen hier drängelte, um sich in seinem Glanz zu sonnen.

»Hier hinüber bitte«, hörte er den Direktor sagen. Randall führte ihn zum größten Tank, der sich direkt an der rechten Wand befand.

Der Tank erreichte drei Viertel der Höhe dieser Halle. An beiden Seiten liefen Laufstege entlang, auf die man über eine Stahlleiter gelangte. Die einzige Stelle, von der aus Frye seine Messe halten konnte, war eine halbkreisförmige Plattform auf halber Höhe am südlichen Ende des Tanks. Allison hatte sich alle Mühe gegeben, mit einer Flutlichtanlage das Halbdunkel aus dieser Halle zu verbannen.

»Reverend!«

Harlan, der gerade die Leiter zu der Plattform besteigen wollte, hielt inne und drehte sich um. Major Vandal rannte auf ihn zu. Osborne hatte vor Fryes Eintreffen das ganze Gelände gründlich untersucht, um sicherzustellen, daß McCracken und seine Verbündeten nicht irgendwo einen Hinterhalt gelegt hatten.

»Alles ist sicher, Sir«, meldete der Vietnamkriegsveteran.

»Die Männer sollen trotzdem die Augen offenhalten, Major«, ermahnte ihn Harlan. »McCracken wird kommen, davon bin ich felsenfest überzeugt. Ich kenne seine Tricks, und er ist schon mit ganz anderen Schwierigkeiten fertig geworden. Haben die Posten alle Sichtkontakt zueinander?«

»Selbstverständlich, Sir.«

»Und sie wissen, daß sie sich in regelmäßigen Abständen melden sollen?«

»Jawohl, Sir.«

»Wir brauchen auch Streifen in den umliegenden Feldern und Wäldern. Und natürlich Posten auf den Dächern aller Gebäude.«

»Das habe ich bereits veranlaßt, Sir.«

Der Reverend wandte sich wieder seinem Manager zu: »Dann wollen wir mal hier hinauf, Stu.«

Um drei Minuten vor elf Uhr hatte Harlan den Soundcheck abgeschlossen. Er stand mit wenig Behagen auf der stählernen Plattform, die direkt an den mit Chlor angereicherten Desinfektionstank anschloß. Frye war kaum in der Lage, einen Blick in das klare Wasser zu werfen, das in dem Tank aufgewühlt wurde. Man hatte dem Reverend dazu geraten, eine Schutzbrille zu tragen, um seine Augen vor den ätzenden Chlorgasen zu schützen. Doch er hatte sie schließlich wieder abgesetzt, weil sie ihn dämlich aussehen ließ und im Flutlicht alles vor ihm verschwamm. Die Gläubigen mußten seine Augen sehen, schließlich waren sie eines der Geheimnisse seines Erfolges. Wie sonst sollten die Menschen an ihn glauben? Jede Woche sahen acht Millionen Amerikaner seine Sonntagsmesse, und Harlan Frye wollte nicht einen von seinen Gläubigen verlieren.

»Auf mein Zeichen hin«, sagte Stu und sah auf seine Uhr. »Zehn, neun, acht, sieben …«

»… sechs, fünf, vier, drei …«

Draußen setzte Allisons Stellvertreter die Gläubigen auf den Bänken, die man auf dem Feld neben dem Klärwerk aufgestellt hatte, davon in Kenntnis, daß es jeden Moment losginge. Derweil zählte Stu die verbleibenden Sekunden ab. Um Punkt elf Uhr, wenn die sechs Kameras anfingen zu surren, würde kein Applaus einsetzen, denn man hatte den Menschen aufgetragen, sich wie in einer Kirche zu benehmen. Und da alle, die hier zusammengeströmt waren, den Reverend zutiefst verehrten, bemühten sie sich, andächtig und ergriffen zu wirken.

Allison gab Harlan das Zeichen.

Sein Stellvertreter breitete die Arme aus und senkte sie mehrmals. Die letzten Gespräche der Gläubigen verstummten.

Punkt elf Uhr erfüllte die dunkle, wohlmodulierte Stimme die Sendewellen Amerikas und drang gleichzeitig aus den beiden Lautsprechertürmen auf dem Podium.

»Willkommen zu ›Sunday Morning Service‹, das Ihnen vom Sender Zukunftsglauben präsentiert wird. Der heutige Gottesdienst wird live aus Boerne, Texas, übertragen. Und nun spricht zu Ihnen die Stimme des Herrn, Reverend Harlan Frye.«

Stu gab seinem Chef erneut ein Zeichen, während sein Stellvertreter im Übertragungswagen einen Kameramann anwies, Frye auf der Plattform in Großaufnahme zu zeigen.

»Guten Morgen, meine Brüder und Schwestern. Ich hoffe, dieser Sonntag findet Sie wie alle anderen zuvor im Kreise Ihrer Lieben, mit denen zusammen Sie heute, vor dem Beginn einer neuen Woche, über die Erfolge und Mißerfolge der vergangenen sieben Tage nachdenken. Jede Woche ist eine eigene kleine Reise, meine Freunde, und wir müssen danach streben, uns nicht im Kummer über Fehlschläge zu verlieren oder im Triumph über errungene Siege zu verharren. An jedem Sonntagabend sollen wir uns auf einen neuen Start vorbereiten, und in der heutigen Messe geht es um solche Neuanfänge.«

Frye ging langsam an den Rand der Plattform, und Allison wies den Ü-Wagen an, die kleine Pause für ein paar Schüsse auf die Menge zu nutzen. Diese Sequenz würde mit einer Totalen der Anlage enden und dann auf das Schild am Zaun zufahren, auf dem der Name des Klärwerks stand. Sobald dieser Schwenk abgeschlossen war, würde er dem Reverend wieder ein Zeichen geben.

»An jedem Sonntag, Brüder und Schwestern, führt die Kirche des Erlösers ihre Messen außerhalb der traditionellen Gotteshäuser durch und sendet ihre Botschaft hinaus in die Welt der Menschen, die ihresgleichen sind. Heute spreche ich zu Ihnen von einem Ort, der die Erneuerung symbolisiert. Die

Erneuerung der Hoffnung für die Hoffnungslosen, die Wiedergeburt von etwas, die aus dem Nichts erfolgt.«

Die sechs Kameras übertrugen nun Bilder aus dem Innern des Klärwerks in die Wohnstuben Amerikas, während Frye mit seiner Predigt fortfuhr.

»Diese Anlage, Brüder und Schwestern im Herrn, dient dem Zweck, Wasser von Schmutz zu reinigen. Die wahre Essenz des Lebens wird von dem befreit, was man als Abfall oder Ausschuß bezeichnet.« Er lächelte selbstsicher. »Von dem, was niemand mehr haben will, was keiner mehr gebrauchen kann. Welche Symbolkraft darin steckt, nicht wahr, meine Freunde, denn habe ich damit nicht das Leben von so vielen unter Ihnen beschrieben?«

»Amen«, riefen die Gläubigen draußen und reckten die Hände in die Luft. Die Kameras ließen sich solche Szenen natürlich nicht entgehen.

»Lasten nicht ständig die vergeudeten Stunden und versäumten Gelegenheiten wie Mühlsteine auf unseren Schultern, und das jeden Tag mehr und bedrückender?«

»Amen!«

»Und gibt es nicht so viele unter den Menschen, die nie danach streben, wenigstens einen Teil von dem zu retten, was sie verloren haben? Wir geben auf, wir legen die Hände in den Schoß, und wir sind davon überzeugt, daß aus etwas Schlechtem nichts Gutes erwachsen kann.«

»Amen!«

Auf den Bildschirmen im ganzen Land waren nun verzückte Gläubige zu sehen.

»Aber dieses Klärwerk hier nimmt sich das Schmutzwasser vor, kümmert sich um das, was achtlos weggegossen wurde, um daraus neues Leben zu schaffen. Das Werk arbeitet am Häßlichen und Abstoßenden, um daraus etwas Wunderbares und Lebenspendendes zu pressen.«

Stu ließ die Kameras wieder Harlan zeigen. Frye hatte zur Versinnbildlichung seiner Worte die Finger so fest ineinander verhakt, daß seine Hände zitterten. Dann sah er direkt in die Kamera.

»Am heutigen Sonntag morgen, bei diesem Gottesdienst,

trete ich vor Sie hin, um Sie zu ermahnen, mit dem Herzen zu begreifen, daß das, was in diesem Werk getan wird, heilig ist. Und ich muß gestehen, nie zuvor in einer so heiligen Halle gestanden zu haben.«

Schwenk auf die Menge: Die Menschen gerieten nun immer mehr in Ergriffenheit. Einige hatten sich bereits hingekniet und die Hände zum Gebet gefaltet.

»Statt uns mit unseren Fehlern und falschen Urteilen einfach abzufinden, sollten wir sie erkennen und uns bemühen, das Gute aus ihnen herauszupressen«, wieder verhakte Frye die Finger ineinander, »damit auf diese Weise unser Glück gerettet werden kann und wir Sinn und Erfüllung in dem finden, von dem wir vorher annahmen, es sei wertlos und zu nichts mehr nutze.«

Harlan atmete tief ein und zog ein Reagenzglas von zwanzig Zentimetern Länge und zwei Zentimetern Dicke aus der Tasche. Der kleine Behälter enthielt eine klare Flüssigkeit. Frye wußte, daß die Kamera gerade wieder die Menschen draußen zeigte, und suchte argwöhnisch das Innere der Halle ab. Er rechnete damit, daß Blaine McCracken jeden Moment hier auftauchen würde. Als die Kameras wieder ihn zeigten, hielt Harlan das Röhrchen hoch. Sobald er es in den Tank fallen gelassen hatte, würde es nur Minuten dauern, bis sein Inhalt freigesetzt war und sich mit dem Chlor verband, das hier dem Wasser beigegeben wurde. Wenn das Wasser ins Versorgungssystem zurückgeleitet würde, hatte sich Fryes Toxin bereits in ihm ausgebreitet. Und binnen weniger Tage würde es in San Antonio keinen Wasserhahn mehr geben, aus dem nicht kontaminierte Flüssigkeit strömte.

»Brüder und Schwestern, ich halte hier eine einfache Chemikalie namens Chlor in der Hand«, belog er die Gläubigen. »Ein simples Gebräu, doch wenn ich es jetzt gleich in den Tank hier hinter mir werfe, reinigt es das verschmutzte Wasser, damit es in der Welt wieder seinen Dienst tun kann, die es vorher weggegossen hat. Das gereinigte Wasser gibt und erhält dann wieder Leben.« Der Reverend hielt das Reagenzglas in die Kamera. »Wie viele von Ihnen haben ihr Leben bereits aufgegeben und sich damit in das spirituelle Äquivalent der Schmutzbrühe hier in dem Tank verwandelt, aus dem bald das reine Wasser wiederersteht? Sollen sie denn nicht glauben können, daß auch ihr Leben bald wieder rein und sauber sein wird? Wie viele unter uns würden nicht gierig eine Zauberflüssigkeit wie diese hier trinken, wenn sie nur nahe genug vor uns stünde?

Aber in unserem Leben gibt es keine Zauberflüssigkeiten.« Frye kehrte zum Tank zurück, bis er fast vor ihm stand. »Es gibt keinen magischen Trank, der die Leiden unseres Lebens von uns nimmt und unsere Fehler wiedergutmacht.« Harlan starrte nun auf das Reagenzglas, und die Kamera fing seinen intensiven Blick ein. »Und doch gibt es eine Möglichkeit, das für unser Leben zu tun, was diese Chemikalie für das Wasser bewirkt.«

Und damit beugte sich der Reverend über den Tank und ließ das Röhrchen hineinfallen. Dabei redete er mit einem Feuer und einer Inbrunst, die Ausdruck von den neuen Höhen gaben, die er nun erklommen hatte.

Der Tag des Gerichts war angebrochen. Die Kameras hatten alles aufgezeichnet, und der Reverend konnte sich die entscheidende Szene später so oft ansehen, wie es ihm beliebte.

Doch keine Kamera nahm den Moment auf, in dem einer von Fryes Soldaten die Tür zu einem Vorratsraum an der Außenmauer des Klärwerks öffnete und dort sechs gefesselte und geknebelte Männer entdeckte. Der Soldat hatte das beständige Pochen für Wasser gehalten, das aus einem lecken Rohr tropfte, bis ihm der unregelmäßige Rhythmus der Geräusche aufging und er näher an die Tür trat. Wie sich nun herausstellte, war es einem der Gefesselten gelungen, einen Hammer zwischen seine Handballen zu nehmen und damit gegen die Tür zu schlagen. Der Soldat befreite den Mann als ersten von seinem Knebel.

»Wer sind Sie?« fragte Fryes Scherge ihn und wußte noch nicht so recht, was er von diesem Fund halten sollte.

»Bob Randall«, keuchte der Mann, »der Direktor dieses Klärwerks. Und jetzt binden Sie mich los und erklären mir, was um alles in der Welt hier vorgeht!«

Den ganzen Morgen über hatte Karen gebetet, das selbstauflösliche Reagenzglas möge lange genug im Wasser intakt bleiben, damit sie es sicher bergen konnte. Andernfalls konnte nichts und niemand mehr Fryes tödliche Pestilenz stoppen.

Karen stand in dem Abflußkanal, der am Morgen im Stadtpark von Boerne gegraben worden war. Das Wasser, das aus der aufgebohrten Leitung strömte, floß über ihre Schuhe. Wareagle hielt eine Platte gegen das offene Rohr. Da sie Frye weder sehen noch hören konnten, wußten sie nicht, wann der Reverend das Reagenzglas in den Tank werfen würde. Plötzlich schlug etwas gegen die Platte.

Der Indianer riß die Platte fort und bekam das Röhrchen zu fassen, das dort angelangt war. Er reichte es sofort Karen weiter. Die Plastikhülle fing bereits an, sich aufzulösen, und sie hatte das Gefühl, eine wassergefüllte Tüte in der Hand zu halten. Doch wunderbarerweise hatte das Reagenzglas noch kein Leck bekommen. Karen schob das schlaffe Röhrchen in einen Plastikbehälter, der sich luftdicht verschließen ließ.

Dann atmete sie tief durch und sah Johnny an.

Sie hatten mit diesem Erfolg nicht nur den Reverend daran gehindert, die Wasserversorgung von San Antonio zu vergiften, sondern auch seine Formel an sich gebracht.

Wareagle hielt sein Walkie-talkie an die Lippen.

»Wir haben es, Blainey.«

Der ›Sunday Morning Service‹ wurde gerade für einen Werbeblock unterbrochen, als die sechs Männer, die gefesselt und geknebelt im Vorratsraum aufgefunden worden waren, vor Major Vandal geführt wurden. Er hatte ihre Geschichte noch nicht zur Hälfte gehört, als er schon Stu Allison wild gestikulierte, die Aufmerksamkeit des Reverends zu erlangen. Osborne, der unten in der Halle stand, verfolgte, wie Frye sich von einem seiner Soldaten, die auf der Plattform stationiert waren, ein Funksprechgerät reichen ließ.

»Was gibt es denn? Was ist denn da unten los?«

»Sir, wir haben gerade in einem Vorratsraum sechs gefesselte Männer gefunden. Einer von ihnen behauptet, Bob Randall zu sein. Ich schicke ihn zu Ihnen hoch.«

Harlan erstarrte. Stu gab dem Ü-Wagen durch, weitere Werbespots zu senden.

»Randall? Aber wer sind dann ...« Frye drehte sich zu dem kleinwüchsigen Direktor um, der eben noch hinter ihm gestanden hatte. Doch von ihm war nichts mehr zu sehen. »Großer Gott«, stammelte der Reverend und war völlig konfus. »Aber ... aber ...«

Nun erschien ein großer, muskulöser Mann vor ihm auf der Plattform. »Bob Randall, Reverend. Wir haben letzte Woche kurz miteinander telefoniert ...«

»Aber wer war dann ...«

»Ich habe nicht die geringste Ahnung, was zum Himmeldonnerwetter hier vorgeht, Reverend, aber jemandem ist es gelungen, einen kompletten Narren aus Ihnen zu machen.«

»Wie bitte?«

»Sie haben mir erklärt, Sie wollten neben einem der Desinfektionstanks aufgenommen werden. Aber das hier ist einer der Ausflußtanks.«

»Ich ... ich verstehe nicht ...«

»In diesem Tank befindet sich vollständig gereinigtes Wasser.«

Harlan hatte das Gefühl, seine Knie würden nachgeben. »Aber ... aber was ist denn mit dem Chlor?«

Der echte Bob Randall zeigte auf einen kleineren Tank, der ein ganzes Stück weiter entfernt war. »Die Reinigung wird dort drüben vorgenommen. In dem Tank da drüben setzen wir das Chlor zu. Sobald das Wasser diese Behandlung hinter sich hat, strömt es in diesen großen Tank hier und wird von dort wieder in das System eingespeist.«

»Wieder eingespeist?«

Der Direktor nickte. »Ja, natürlich, ein konstanter Kreislauf. Was immer sich vor fünf Minuten in dem Tank befunden hat, ist längst auf dem Weg nach Civolo. Sie haben Ihren Gottesdienst auf der verdammt falschen Seite der Anlage durchgeführt.«

»Reverend!« quäkte Vandals Stimme aus dem Walkie-talkie. Frye hatte ganz vergessen, daß er das Gerät noch in der Hand hielt.

Er hob es ans Ohr, sprach aber nicht hinein.

»Reverend, der Zukunftsglauben-Hubschrauber hat gerade vom Stadtpark abgehoben.«

»Hubschrauber? Wir haben doch gar keinen Heli...« Dann kam ihm mit einer Wucht, als habe er einen Schlag in die Magengrube erhalten, die Erkenntnis. »McCracken! Das ist McCracken!«

Kapitel 38

Der Hubschrauber, auf dem groß das Logo des Senders Zukunftsglauben prangte, sauste durch die Luft. Blaine McCracken bediente die Steuerung.

»Diesmal hast du dich aber selbst übertroffen, Boß«, gratulierte Sal Belamo ihm, der den Stadtpark genau in dem Moment erreicht hatte, als McCracken dort gelandet war.

»Solange wir den Flughafen San Antonio International nicht erreicht haben, habe ich noch nichts Großartiges bewirkt, Sal«, erinnerte Blaine ihn. »Du darfst mich beglückwünschen, wenn wir in dem Privatjet sitzen, der uns nach Washington befördert.«

»Nach Washington, Boß?«

»Zum Bundesgesundheitsamt«, erklärte Karen und tippte auf den Koffer, den sie im Schoß hielt. Der Koffer war an den Innenseiten mit Schaumstoff bestückt, der sich allem anpaßte, was man zwischen ihn legte – momentan ein Plastikbehälter, in dem ein Reagenzglas steckte, das sich mittlerweile zur Gänze aufgelöst haben dürfte. »Dort gehört der Koffer jetzt nämlich hin.«

»Noch zehn Minuten bis zum Flughafen, Leute«, verkündete McCracken. »Haltet uns die Daumen.«

Die Menschen in Amerika, die den ›Sunday Morning Service‹ eingeschaltet hatten, sahen zur Zeit auf ihrem Bildschirm nur den Hinweis TECHNISCHE STÖRUNG – WIR BITTEN UM GEDULD. Frye befand sich immer noch auf der Plattform, hatte inzwischen aber telefonischen Kontakt zum Commanding General Luther Gaines von der Lackland Air Force Base herstellen können.

»Die Katastrophe ist eingetreten, General«, erklärte der Reverend ihm gleich, bemühte sich aber, so gefaßt wie möglich zu klingen. Gaines gehörte zur Schlüsselgesellschaft, und diesen Umstand hatte Frye als letzte Rückversicherung in seinen Plan eingebaut. »Ein Hubschrauber mit dem Logo des Zukunftsglaubens-Kanals fliegt vermutlich in Richtung San Antonio International. Ich will, daß Ihre Kampfkopter ihn vom Himmel holen.«

Der General zögerte einen Moment, ehe er flüsternd entgegnete: »Reverend, wir sprechen über eine offene Leitung.«

»Ich habe keine Zeit mehr, um mir über die Geheimhaltung Gedanken zu machen, und Sie sollten sich nicht mit langwierigen Einwänden aufhalten. Schießen Sie den Hubschrauber ab, haben Sie mich verstanden? Fegen Sie ihn vom Himmel. Und ich brauche ein paar von Ihren Truppentransportern. Genug, um siebzig, nein, besser achtzig Männer aufzunehmen.«

Gaines seufzte vernehmlich. »Wenn das herauskommt, bricht die Hölle über mich herein, Reverend.«

»Die Hölle ist gar nichts gegen das, was Ihnen blüht, wenn die Sache scheitert, Mann!«

Der San Antonio International Airport zeigte sich schon am Horizont, die Flugzeit würde nur noch wenige Minuten betragen. Plötzlich wurde Wareagle unruhig.

»Wir bekommen Gesellschaft, Blainey.«

McCracken sah nach hinten und entdeckte den kleinen Fleck, der sich ihnen von Südosten näherte und rasch größer wurde.

»Was ist das für ein Vogel, Indianer?«

»Ein OH-47-Aufklärungshubschrauber.«

»Der mit den zwei Bordkanonen vom Kaliber .30?«

Johnny nickte nur.

Blaine berechnete rasch, wie lange sie noch zum Flughafen brauchten und wann der Kampfhubschrauber, der schnell näher kam, über ihnen wäre. Ihm wurde klar, daß sie San Antonio International nicht mehr vor dem Gegner erreichen würden. Der OH-47 flog zudem eine Bahn, die darauf angelegt war, ihnen den Weg abzuschneiden.

»Wieviel macht die Mühle dort, Indianer?«

»Zweihundertzwanzig bis zweihundertfünfzig Meilen die Stunden. Kommt darauf an, wieviel Munition sie geladen haben.«

»Und wir kommen nur mit Mühe auf hundertachtzig. Uns bleibt keine große Wahl, oder?«

Und damit wendete er den Hubschrauber und steuerte die Innenstadt von San Antonio an.

T. J. Fields, der vor Wut schäumte, auf der Route 487 in einem Stau festzustecken, hörte plötzlich das leise Schwirren von Hubschrauberrotorblättern. Er sah nach oben und machte zwei Kopter aus, die auf die Stadt zuflogen. Der hintere, der Air-Force-Kennzeichen trug, schien den vorderen zu verfolgen.

»Man soll es doch nicht für möglich halten«, sagte er zu einem der fünfzehn Skulls, die ihn begleiteten, und blickte dann wieder in den Himmel, wo die beiden Hubschrauber über der Innenstadt niedergingen. Noch während er hinsah, eröffnete der Air-Force-Kopter aus seinen unter der Kanzel angebrachten Zwillingsmaschinenkanonen das Feuer.

»Scheiße!« murmelte T. J. und drehte sich dann zu den Choppern hinter ihm um. »Jungs!« brüllte er. »Sieht ganz so aus, als wären wir in der falschen Richtung unterwegs.«

Damit warfen die Biker ihre Motorräder herum, und fuhren in entgegengesetzter Richtung an den Schlangen auf den vier Fahrspuren vorbei.

McCracken steuerte den Hubschrauber gerade in Richtung Stadtzentrum, als das Gefährt zu beiden Seiten von zwei Feuerspuren überholt wurde.

»Sieht so aus, als sei er jetzt in Schußweite, Indianer.«

Kaum hatte er das ausgesprochen, geriet der Helikopter leicht aus der Bahn, und die Passagiere wurden durcheinandergeschüttelt. Dichter schwarzer Rauch stieg aus dem Öltank an der hinteren Seite des Hubschraubers auf. McCracken spürte, daß die Maschine sich nicht mehr so leicht steuern ließ. Der Kopter schwankte und sackte ab. Die Nadel auf der Öldruckanzeige fiel auf die Nullmarke zurück.

»Er kommt von links, Blainey!«

»Wahrscheinlich will er uns jetzt den Rest geben, Boß«, brummte Sal Belamo und griff nach seiner M-16. »Mal sehen, was ich für uns tun kann.«

McCracken warf einen kurzen Blick auf Karen. Sie saß ganz still auf ihrem Platz und hielt den Koffer mit Fryes tödlichem Gift fest an sich gepreßt. »Wir wollen vorher lieber etwas Pfiffigeres ausprobieren. Haltet euch gut fest.«

Blaine versuchte nicht mehr, den Hubschrauber auf Flughöhe zu halten, sondern ließ ihn absacken. Es erforderte seine volle Konzentration, die Maschine halbwegs unter Kontrolle zu halten, als sie mit dem Bug voran auf die Stadt zusauste. Das Manöver brachte sie aus der Schußweite des OH-47, nahm ihnen aber andererseits jede Möglichkeit, wieder aufzusteigen.

»Er kommt wieder näher, Blainey«, meldete Wareagle.

Belamo hatte sich inzwischen aus seinem Sicherheitsgurt befreit und stand schon mit seiner Waffe an der Luke. Eine Hand lag auf dem Öffnungsgriff. »Laß mich ihm nur ein Ding verpassen, Boß.«

»Schnall dich wieder an, Sal. Das Dach von dem Parkhaus da unten sieht mir wie der ideale Landeplatz für uns aus.«

Belamo hatte sich gerade wieder hingesetzt und den Gurt angelegt, als es McCracken gelang, den qualmenden Hubschrauber auf geraden Kurs zu bringen. Am Ende mußte er alle Kraft und jeden Trick aufbieten, um die Maschine vor dem Dach hochzureißen. Sie setzten schließlich mit einem Rumms auf, bei dem Blaine jeden einzelnen Knochen im Leib spürte. Er schaltete den Motor ab und stieg dann hinter Sal, Karen und Johnny als letzter aus. Die drei rannten schon auf den Eingang zum Treppenhaus zu.

Der OH-47 erschien über ihnen, und die beiden Maschinenkanonen, die über den Kufen angebracht waren, spuckten Feuer. Überall krachte es metallisch, Querschläger jaulten durch die Luft. Belamo gab einen Feuerstoß aus seinem halbautomatischen Gewehr ab, ehe er den anderen unter das Dach des Treppenhauses folgte.

»Wo um alles in der Welt sind wir?«

»In der Rivercenter Mall«, antwortete McCracken.

»Na toll«, stöhnte Sal. »Wenn du mich fragst, dann haben wir im Moment Wichtigeres zu tun, als auf Shopping-Tour zu gehen.«

»Keine Bange, alter Freund, das habe ich ganz bestimmt nicht vor.«

Der San Antonio River fließt in einem unterhalb des Straßenniveaus liegenden Kanals von sechs Metern Breite durch das gesamte Geschäftsviertel der Stadt. Eine Promenade, die den Namen Riverside trägt, verläuft längs des fünf Meilen langen Flußbodens, und an ihrem Rande findet man Hotels, Souvenir-Shops, Boutiquen und vor allem Restaurants und Bars. Riverboats, auf denen sich Touristen drängeln, fahren von morgens bis abends den Kanal auf und ab, auf einigen kann man sogar dinieren oder sich die gesamte Passage über an der Bar aufhalten. So wirkt San Antonio ein wenig wie die kommerzialisierte und modernere Version von Venedig, auch wenn der Kanal hier tiefer liegt als in der Lagunenstadt und eher etwas von einem Tunnel an sich hat.

Eine der Neuerwerbungen San Antonios, die viergeschossige Riverside Shopping Mall, wurde binnen kürzester Zeit zum Herzstück und zu einer der Hauptattraktionen der Promenade. Das Einkaufscenter besteht zu achtzig Prozent aus Glas und beherbergt auf seinen Stockwerken über hundert Geschäfte und Restaurants. Allein daß es sich am Anfang der Promenade erhebt, ist schon symbolisch genug.

McCracken, Belamo, Wareagle und Karen liefen in den zweiten Stock hinunter. Blaine und Sal verbargen ihre Sturmgewehre nur notdürftig. Die Kunden in den Gängen machten dem Quartett sofort und bereitwillig Platz. Endlich erreichten sie das Zentrum der Mall und blickten hinab auf den Beginn des Riverwalks, der hinter den blauen Streben, die die vielen Glasscheiben zusammenhielten, lag.

»Der nächste Aufzug ist rechts von uns, Blainey«, bemerkte Johnny, der wieder einmal erraten zu haben schien, was sein Freund vorhatte.

McCracken machte sich gerade auf den Weg dorthin, als plötzlich die Menschen, die sich in einem großen Restaurant zur Mittagspause niedergelassen hatten, von den Tischen aufsprangen und davonliefen. Einen Augenblick später tauchte draußen vor den Scheiben der OH-47 auf. Blaine riß Karen am Arm zu Boden, und schon spuckten die Bordkanonen ihr tödliches Feuer. Das Getöse der platzenden Glasfront fuhr ihnen schmerzlich in die Ohren, und rings um sie herum ging ein Scherbenregen nieder. Chaos brach auf der dritten Etage aus, und überall versuchten schreiende Kunden und Verkäufer, sich in Sicherheit zu bringen. In einer Boutique mit Designerkleidern flog alles durcheinander. Der Hubschrauber bewegte sich ein Stück zur Seite und gab wieder Feuer.

»Los!« rief Blaine, als der Kopter sich von ihnen entfernte.

Er sprang auf und stürmte durch das allgemeine Durcheinander. Belamo und Karen folgten ihm, Wareagle bildete den Schlußmann. Karen hatte Angst, der Plastikbehälter könne durch einen Stoß beschädigt werden. Fryes Toxin würde dann unrettbar im Schaumstoff versickern.

Der OH-47 schien bemerkt zu haben, daß er sich von den Gesuchten entfernte, und flog zurück. Weitere Scheiben gingen zu Bruch, und das gesamte Stahlgerüst des Einkaufscenters schien unter dem Beschuß zu ächzen und zu beben. Blaine führte die kleine Truppe durch die Trauben der in Panik geratenen Menschen, aber er kam nicht zu dem Fahrstuhl durch, weil sich dort alles drängte. Plötzlich entdeckte er einen anderen Aufzug, vor dem nicht soviel Betrieb herrschte und der direkt zum Riverwalk hinabzuführen schien.

Die Maschinenkanonen des Hubschraubers fuhren damit fort, Zerstörung und Verheerung in die Mall zu tragen, und hinter McCracken und seinen Begleitern regnete es unentwegt Scherben. Sie sprangen in den Fahrstuhl und gelangten direkt auf die Flußpromenade vor Tony Roma's Place, dessen Spezialität Spare Ribs waren. Der OH-47 feuerte nicht mehr und schien sie verloren zu haben. Er stieg ein Stück höher und blieb wie ein beutegieriges Rieseninsekt in der Luft hängen, um bei nächster Gelegenheit auf seine Opfer hinabzustürzen.

McCrackens Blick wanderte über das Wasser jenseits des Riverwalks und entdeckte ein Speedboat, das zwischen zwei Touristendampfern vor Anker lag. RIVERWALK RANGERS stand in großen Buchstaben auf der Seite.

»Indianer?«

»Ich habe es auch schon gesehen, Blainey.«

Die beiden Männer warfen sich einen kurzen Blick zu.

»Das Steuer gehört dir«, erklärte McCracken.

»Ihr seid wohl nicht mehr bei Trost!« schimpfte Sal, als er sah, worauf die beiden Freunde starrten.

»Das Boot!« erkannte Karen.

»Worauf warten wir denn noch?« drängte Blaine die anderen.

Schon stürmten sie aus der Deckung des Restaurants und rannten über die offene Fläche zum Speedboat. Johnny kam als erster an und sprang gleich an Bord. Blaine löste hastig das Tau, und Belamo half Karen beim Einsteigen.

»Los!« schrie McCracken und landete schon auf dem Deck. Das Boot schaukelte unter dem Aufprall, aber das hinderte Wareagle nicht daran, den Gashebel bis ganz nach vorn zu schieben.

Das Speedboat verfügte über einen Evinrude-55-Motor, der bei vier Passagieren eine Spitzengeschwindigkeit von fünfundzwanzig Meilen in der Stunde erreichen konnte. Der Hubschrauber entdeckte sie erst, als das Boot unter die zweite Brücke gelangte, die die einzelnen Teile des Rivercenters miteinander verband. Der OH-47 flog einen weiten Bogen und sauste dann im Tiefflug über den Riverwalk, während Johnny an den langen Reihen der Menschen vorbeibrauste, die auf einen Platz an Bord eines der Riverboats warteten.

Wareagle drehte das Steuer nach rechts, als sie in eine weite, offene Wasserfläche gerieten und steuerte in einen Teil des Kanals, der zu beiden Seiten von hohen Bäumen gesäumt wurde. Er mußte immer wieder entgegenkommenden Touristenschiffen ausweichen, und regelmäßig schrien die Passagiere in Todesangst auf. Ihre Augen wurden dann noch größer, wenn sie den Helikopter entdeckten, der nur wenige Meter über ihnen auftauchte und aus beiden Rohren feuerte. Etliche Touristen sahen keine andere Möglichkeit mehr, als in das schmutzige, anderthalb Meter tiefe Wasser zu springen.

Die Geschosse aus den Maschinenkanonen ließen das Wasser fontänenartig hochspritzen. McCracken und Belamo hatten sich auf dem Heck postiert und beharkten den Hubschrauber mit ihren M-16, um den Piloten daran zu hindern, zu nahe heranzukommen. Das Speedboat kam an der örtlichen Handelskammer vorbei und gelangte in einen dreißig Meter langen Tunnel. Der Hubschrauber war schneller und erwartete sie schon am anderen Ende. Wareagle riß am Tunnelausgang das Steuer scharf nach links, um die Verfolger auszutricksen. Blaine und Sal schoben inzwischen neue Magazine in ihre Waffen und eröffneten das Feuer, als der OH-47 zum Sturzflug ansetzte. Die Bäume mit ihren herabhängenden Ästen hinderten den Piloten daran, allzu tief hinabzugehen und die Gesuchten wie auf dem Präsentierteller erledigen zu können. Dennoch mußte man ihm Respekt dafür zollen, wie geschickt er dem Verlauf des San Antonio River folgte.

Das Speedboat passierte das cremefarbene Gebäude des Hilton Hotels und fuhr in einem Zickzackkurs über den Kanal. Die Gäste in den Straßencafés und die Spaziergänger auf der Promenade wurden vom Wasser, das das Boot aufwarf, naßgespritzt, und zu allem Überfluß mußten sie dann auch noch vor dem heransausenden Hubschrauber Deckung suchen. Er folgte dem Speedboat mit gesenktem Bug und hatte seine Geschwindigkeit gedrosselt, um besser zielen zu können. Rings um das Boot schlugen Kugeln ins Wasser und spritzten Gischt auf, als fielen riesige Regentropfen auf den Kanal.

Voraus machte McCracken die ansteigenden Sitzreihen des Arneson-River-Freilichttheaters aus. Die Anlage brachte ihn auf eine neue Idee. Wenn sie es über die Sitze und Stufen schafften, könnten sie sich in La Valitta unsichtbar machen, einer Ansammlung von im alten Stil gehaltenen Geschäften und Vergnügungsstätten, die zusammen Old San Antonio bildeten.

»Johnny!« rief er.

Der Indianer drehte sich kurz zu ihm um, und MacCracken deutete angestrengt auf das Feilichttheater. Wareagle steuerte das Boot auf den Kanal zu, der zum Arneson führte. Eine Fußgängerbrücke tauchte vor ihnen auf …

Die Schützen, die sich dort verborgen hielten, sprangen jetzt auf und eröffneten sofort das Feuer. Johnny wendete augenblicklich, aber ein paar Kugeln schlugen in den Motor ein. Der spuckte noch ein paarmal und erstarb dann.

»Runter!« schrie Blaine. Er warf einen Blick auf Karen und sah den Koffer, den sie an einem Riemen über der Schulter trug. »Indianer, hilf Karen von Bord.«

Er bestrich die Brücke mit seinem Gewehr und hielt die Schützen lange genug in Schach, damit Johnny Karen durch den Kanal tragen konnte. Belamo feuerte wieder auf den Kopter, doch der Pilot hatte die Maschine hochgezogen, so daß Sals Kugeln ihr nichts mehr anhaben konnten. McCracken versetzte seinem Freund schließlich einen Stoß und sprang mit ihm in die Brühe.

Sie wateten rasch durch das Wasser auf das Promenadenufer zu. Doch dann sah McCracken, daß Wareagle und Karen hinter einem ins Wasser ragenden Stück Mauer, wo der Kanal eine scharfe Kurve machte, bevor er das Arneson-Theater erreichte, in Deckung gegangen waren. Kugeln, die aus der East Market Street heranprasselten, hinderten sie daran, ans Ufer zu kommen, und ihnen stand auch keine andere Fluchtmöglichkeit offen. Blaine und Sal selbst blieb auch keine andere Wahl, als sich auf der Promenade zu Boden zu werfen.

Schließlich wurde es McCracken zu dumm. Mit der Pistole

in der einen, der M-16 in der anderen Hand und grimmiger Miene machte er sich bereit. Der Hubschrauber tanzte über ihm, als wollte er ihn verhöhnen. Frustriert verfeuerte Belamo den Rest seines Magazins auf den OH-47.

»Kriecht hinter mir hoch!« rief Blaine den beiden zu und richtete sich auf, um sich den Mündungen von zwei Maschinenkanonen gegenüberzusehen. Er hob beide Waffen und drückte gleichzeitig ab.

Der Hubschrauber explodierte in der Luft und verging in einem gewaltigen Feuerball, der die Maschine erst hochhob und dann in Trümmern auf die East Market Street herabregnen ließ.

»Was war denn das?« entfuhr es Sal.

Die Antwort folgte auf dem Fuß, als Choppermotoren aufheulten und eine Woge von schwarzen Motorrädern die grasbedeckten Sitzreihen des Freilichttheaters herabrollte.

Die Skulls! schoß es Karen gleich durch den Kopf, und schon liefen ihr Freudentränen über die Wangen. Die Skulls waren gekommen!

Sie entdeckte T. J. Fields, der an der Spitze der Prozession ritt, die über die Sitzplätze rumpelte und auf jeden Schützen Fryes feuerte, der sich auf der Fußgängerbrücke und in der East Market Street blicken ließ. Ein Biker blieb zurück und machte den Raketenwerfer, der auf seiner Schulter ruhte, feuerbereit. Das Geschoß fuhr mit einem dumpfen Ploppen aus dem Rohr und sprengte die kleine Brücke. Steinbrocken und Fryes dort positionierte Männer prasselten in die Kanalbrühe.

McCracken verfolgte, wie die Gangmitglieder Handgranaten in die Schützennester schleuderten und deren Gewehrfeuer nichts schuldig blieben. Ein anderer Skull sandte Geschoß um Geschoß aus seinem M-79-Granatwerfer, und das braun und weiß gestrichene Gebäude am Rand der Theaterbühne ging in Flammen auf. Mehrere Getroffene fielen aus den Fenstern.

»Wird Zeit für ein Bad!« rief Blaine, und die vier sprangen von der Promenade in das grünliche Wasser des Kanals, das ihnen nur bis zur Hüfte reichte, und wateten unter dem Feuerschutz der Motorrad-Gang zum jenseitigen Ufer.

Ein größeres Kontingent von Fryes Soldaten ging an der Mauer hinter dem Arneson-Theater in Stellung und gab Sperrfeuer. Drei der Skulls brachen zusammen, doch einer von ihnen schaffte es noch, zwei Handgranaten zu werfen. Die Explosionen brachten die Soldaten des Reverends zum Schweigen und rissen einen Wassertank auf, dessen Inhalt sich über die Bühne ergoß und in den Kanal strömte.

»Hierher!« rief T. J. und ließ seine Maschine aufheulen. Karen sprang hinter ihm auf den Sitz, und Blaine, Johnny und Sal nahmen die Motorräder der gefallenen Skulls.

Fields riß seinen Chopper hoch. Das Vorderrad drehte sich in der Luft, und das Hinterrad hinterließ einen dicken schwarzen Streifen auf den Steinplatten der Riverwalk-Promenade. Die anderen Gangmitglieder folgten ihm hintereinander über einen schmalen Weg, der kaum Platz genug für drei Spaziergänger bot. Trotz dieser Enge gelang es McCracken, zum Anführer aufzuschließen, und nebeneinander donnerten sie an einem Straßenrestaurant vorüber.

»Immer geradeaus, zum River Square!« brüllte er T. J. zu.

»Wohin?«

»Mir hinterher!« rief McCracken und setzte sich an die Spitze.

Er zwang die Maschine vier Stufen hinauf und dahinter vier hinunter. Über ihm hatten sich Ranken und die Wipfel der Zypressen zu einem dichten Baldachin verwoben. Als sie das Hilton Hotel erreichten, endete die üppige Vegetation, und sofort regneten wieder Kugeln auf sie herab. Die gegnerischen Schützen waren ihnen bis hierher in die East Market Street gefolgt. Die Biker steuerten ihre Maschinen mit einer Hand und feuerten mit der anderen wild um sich. Explosionen verwüsteten den oberen Teil der Promenade, und zwei weitere Skulls fielen im feindlichen Kugelhagel.

»Scheiße!« brummte Fields, und Karen klammerte sich mit einem Arm an ihn, während sie mit dem anderen den Koffer an sich preßte.

Die Chopper donnerten über eine Rampe und gelangten

dann in dichter Formation auf den River Suqare. Der Platz lag direkt am Wasser, besaß keinen weiteren Zugang und war dazu angelegt, mit seinen Restaurants und Bars Kauflustigen und Touristen Erholung zu bieten. Die meisten Läden hatten ihre Tische und Stühle draußen aufgebaut, und die Skulls hatten alle Hände voll damit zu tun, den Tischen auszuweichen und darauf zu achten, nicht über das Ufer hinauszuschießen und im Kanal zu landen. An manchen Stellen blieb ihnen kaum ein Meter Platz. Bald gaben sie es auf, hier übertriebene Vorsicht an den Tag zu legen, und schon flogen Tische, Stühle und Gäste durcheinander, ohne Rücksicht darauf, ob nun in dem betreffenden Lokal mexikanische, Cajun-, italienische oder texanische Küche angeboten wurde.

McCracken brachte sein Motorrad kurz hinter Jim Cullum's Jazz Club am Eingang zum Hyatt Hotel zum Stehen.

»Hier entlang!« rief er.

»Wohin?« wollte T. J. wissen.

Blaine startete zur Antwort und fuhr auf die Rampe, die ins Basement des Hotels führte. Seines Wissens nach war das Hyatt das einzige Hotel in San Antonio, unter dem der Fluß herströmte. Er raste an dem Wasser vorbei, das hier auf wunderbare Weise die grünliche Färbung verloren hatte und kristallklar war. Das Wasser blieb so rein, als McCracken die Patios mit ihren künstlichen Wasserfällen und der üppigen Vegetation erreichte, die tropische Stimmung vermitteln sollten. Er schoß vier Treppen hinauf und fand sich schließlich auf der Straße zu der Plaza wieder, an dessen Ende sich das Hyatt erhob.

Als Fields und die anderen Skulls ebenfalls nach oben gelangt waren, rückten größere Gruppen von Fryes Soldaten von mehreren Seiten auf der Plaza vor.

»Okay!« rief T. J. »Und wohin jetzt?«

»Da fällt mir eigentlich nur ein Ort ein«, entgegnete McCracken.

Er deutete mit einem Kopfnicken zu einem alten Bauwerk, das hundert Meter von ihnen entfernt lag.

»Boß, ich habe den Eindruck, du willst mich verarschen«, rief Belamo, der zu ihm aufgeschlossen hatte.

McCracken blickte auf die Truppen des Reverends, die sich auf dem Platz sammelten. »Ich fürchte, dafür habe ich jetzt keine Zeit, so leid mir das auch tut.«

Damit gab er Gas und raste auf die Alamo-Gedenkstätte zu.

Kapitel 39

Blaine war verwundert, als ihm auffiel, daß sich hier nicht wie üblich endlose Touristenscharen bewegten, doch als er mit der Maschine durch den Haupteingang der Kapelle raste, die dem Hyatt gegenüberlag, wußte er warum. Überall waren Baugerüste hochgezogen worden, und ein Trupp Arbeiter war damit beschäftigt, Stützbalken unter dem einsturzgefährdeten Dach der Kapelle anzubringen.

Lantz Lecolt wurde trotz des Lärms der Kreissägen und Hämmer auf das Getöse aufmerksam. Er hatte bis eben mit dem Sandstrahlgerät gearbeitet und gerade eine Pause eingelegt, als unter ihm ein Geschwader Motorräder einrollte. Wie vom Donner gerührt starrte er auf einen großen, bärtigen Mann und einen Indianer, die jetzt abstiegen. Der Indianer rannte zum Doppeltor zurück und verschloß es.

»He!« rief Lecolt. »Was glauben Sie denn, wo Sie hier sind? Was machen Sie denn da?«

»Wir wollen nur ein historisches Ereignis wiederaufleben lassen«, antwortete der Bärtige. »Hoffentlich gewinnen diesmal aber die Jungs von der Seite der Guten!«

»Wie bitte?«

»Hören Sie, Freund, was sich da draußen zusammenrottet, könnte Santa Anas ganze Armee in null Komma nichts auslöschen. Sorgen Sie also dafür, daß Sie mit Ihren Männern von hier verschwinden. Gehen Sie hinten raus. Wenn Sie Glück haben ...«

Eine Explosion erschütterte die Fassade der Kapelle. Trümmerstücke der restaurierten Struktur regneten herab, und ein weiteres Stück Dach stürzte ein. Die Arbeiter sahen jetzt auch ohne besondere Aufforderung zu, daß sie Land gewannen. Ächzend gaben nun auch die Stützbalken nach und krachten mit lautem Getöse auf den Steinboden. Das Baugerüst schwankte gefährlich, blieb aber stehen.

»Nein, Sie haben kein Glück«, erklärte McCracken dem Direktor.

General Gaines hatte drei Blackhawk-Truppentransporter für den Reverend bereitgehalten. Mit ihnen waren die Soldaten zur Plaza vor dem Alamo-Komplex geflogen. Die Männer sammelten sich bereits, als Major Osborne Vandal bemerkte, wie einer der Blackhawks zurückkehrte und nach einer freien Landestelle zu suchen schien.

Als die ersten Truppen angekommen waren, hatten sich viele Touristen auf der Plaza aufgehalten. Ihre erste Verwunderung war blankem Entsetzen gewichen, als plötzlich überall Gewehre krachten und Granaten explodierten. Selbst die mutigsten Besucher machten jetzt kehrt, doch kaum wähnten sie sich in einiger Entfernung in Sicherheit, zückten sie gleich ihre Kameras, um Schnappschüsse von diesem Schauspiel zu machen.

Der Blackhawk setzte auf. Harlan Frye, der auf einem Passagiersitz hockte, beugte sich heraus und winkte Vandal zu sich.

»Ich darf hier nicht gesehen werden!« brüllte er laut genug, um das Schwirren der Rotorblätter zu übertönen.

»Verstehe, Sir«, entgegnete der Major.

»Sie wissen, was zu tun ist. Bringen Sie sie alle um! Wenn nötig, sprengen Sie ganz Alamo in die Luft, aber lassen Sie keinen von ihnen am Leben! Das Reagenzglas darf diesen Ort nicht verlassen!«

»Jawohl, Sir!«

»Gott stehe Ihnen bei«, verabschiedete sich der Reverend und zog sich wieder in den Hubschrauber zurück.

Harlans scharfer Verstand hatte bereits alle nötigen Antworten gefunden. Die Helikopter, die bei diesem Angriff zum

Einsatz gekommen waren, sollten offiziell als gestohlen gemeldet werden. Eine Terroristengruppe stecke dahinter, die sich Alamo als Zielobjekt ausgesucht habe. Natürlich würde General Gaines trotzdem seines Amtes enthoben werden, aber von seiner Verbindung mit dem Reverend würde nie etwas ans Licht der Öffentlichkeit gelangen. Frye lehnte sich zufrieden zurück. Diese Geschichte war hieb- und stichfest, denn niemand würde später noch am Leben sein, um sie zu bestreiten.

Sobald das Reagenzglas zerstört und die Verteidiger von Alamo getötet waren, stand es dem Reverend frei, sein Mittel an einem beliebigen anderen Tag einzusetzen. Er glaubte nicht daran, jemals wieder das Königreich betreten zu können, das er so majestätisch errichtet hatte. Ihm war auch klar, daß die Gruppe der Sieben keine Zukunft mehr hatte. Aber er selbst war noch nicht bereit aufzugeben. Harlan war immer noch davon überzeugt, daß Gott hinter ihm stand. Er würde eben versuchen, das zu retten, was noch zu retten war, und ansonsten wieder ganz von vorn anfangen. Um dann an einem anderen Tag und an einem anderen Ort erneut zuzuschlagen …

Alamo sollte Blaine McCrackens Grabstätte werden, und seine Legionen würden dafür Sorge tragen. Die Wege des Herrn waren den Menschen nicht immer verständlich, aber der Reverend war willens, den Gang der Ereignisse als Seine Fügung zu akzeptieren, so wie er früher schon alles andere bereitwillig angenommen hatte, womit Gott ihn zu konfrontieren beliebte.

Er schnallte sich wieder an und gab dem Piloten das Zeichen zum Start. Im selben Moment rollte ein ganzes Geschwader von Streifenwagen auf den Platz. Schweres Feuer drängte die meisten von ihnen zurück, und die Soldaten brachten zwei uneinsichtigere Polizeiwagen mit Raketen zur Explosion.

»Macht euch bereit, das Gebäude zu stürmen!« rief Vandal, und sein Befehl wurde sofort weitergegeben.

Instinktiv und im Zeitraum von wenigen Sekunden hatte McCracken sich ein Bild vom Inneren der Anlage gemacht. Die Kapelle war in ein schreinähnliches Museum verwandelt worden, in dem man die knapp zweihundert Verteidiger ehrte, die vor über hundertfünfzig Jahren so lange einer feindlichen Übermacht getrotzt hatten. Diverse Schaukästen standen auf der Fläche, die sich über eine Länge von über sechzig Meter erstreckte. Tafeln wiesen auf die einzelnen Verteidiger hin, dazwischen hingen Bilder, auf denen Schlachtszenen dargestellt waren. Abgesehen von den Flutlichtern, die die Arbeiter angebracht hatten, verbreiteten in der Kapelle nur drei Kerzenständer Licht.

Das restaurierte Gebäude hatte wesentlich stärkere Mauern als das Original. Statt wie damals aus Lehm und Balken hatte man sie aus Zement und Steinen gebaut und lediglich mit einem Verputz versehen, der dem alten Aussehen entsprach. Blaine zählte sieben Fenster, drei davon in einem Alkoven. Dort war das Innere vierzig Meter breit. Er registrierte auch drei befestigte Räume in den Ecken und erinnerte sich daran, daß in sich in einem davon die Frauen und Kinder versteckt und die Schlacht überlebt hatten, um danach vom Heldentum der Verteidiger zu berichten.

McCracken rief Karen zu sich und schlug ihr vor, mit den Arbeitern zu gehen.

»Sie können immer noch durch den Ausgang dort drüben gehen«, drängte er Lecolt. »Und ich möchte, daß Sie diese Frau hier mitnehmen.«

Karen starrte ihn empört und ungläubig an. »Nein, ich bleibe«, beharrte sie, und im selben Moment prasselten Kugeln gegen die Außenwand.

»Nein, Frau Doktor, das werden Sie nicht. Alles hängt davon ab, daß Sie das in Sicherheit bringen, was Sie da in Ihrem Koffer tragen. Wenn Sie das Zeugs nicht von hier fortschaffen können, haben wir verloren. Sie gehen mit ihm.«

Er zeigte auf Lecolt, der fassungslos auf die in Leder gekleideten Biker starrte, die sich nach den Anweisungen des Indianers auf ihre Posten begaben. Die Gangmitglieder kletterten die Leitern hinauf, die die Arbeiter hier aufgestellt hatten, liefen über das Gerüst, schlugen die Fenster ein und brachten ihre Waffen in Anschlag.

Trotz seiner Verwirrung mußte Lantz in diesem Moment an die ursprüngliche Schlacht um Alamo denken. Diese Kapelle war das einzige Gebäude, das das Gefecht relativ unbeschadet überstanden hatte. Doch allem Anschein nach schien das Gemäuer jetzt von seinem Schicksal eingeholt zu werden.

»Bringen Sie sie hier raus!« fuhr der Bärtige ihn heftig an und stieß die Frau in seine Arme. »Nun machen Sie schon!«

»Lantz!« rief jetzt auch einer seiner Arbeiter. »Worauf warten Sie denn noch?«

Der Direktor bewegte sich langsam zum hinteren Ende, so als widerstrebe es ihm, diesen Ort zu verlassen. Neue Explosionen ließen die Kapelle erbeben. Teile brachen aus den Wänden, immer größere Stücke der Decke kamen herunter und begruben die Schaukästen unter sich, die die Erinnerung an die Verteidiger wachhalten sollten.

»Lantz!«

Einer der Arbeiter packte ihn am Arm und zog ihn und die ihm unbekannte Frau durch die Tür im linken Alkoven, durch die man unweit des Souvenirshops ins Freie gelangte. Drei der Arbeiter waren vorausgerannt, und ihre Todesschreie gingen im wütenden Gewehrfeuer unter. Zwei weitere Männer wurden verwundet und mußten ins Haus zurückgezogen werden. Lecolt blieb nichts anderes übrig, als sich in die Kapelle zurückzuziehen und die Tür zu versperren. Der große Indianer tauchte über ihm auf und schleuderte drei Handgranaten durch das obere Fenster. Sofort danach donnerten die Explosionen, und der Bärtige ließ an der Tür eine Leiter anbringen, damit einer der Biker dort Posten beziehen konnte. Dann sah Lecolt, wie der Bärtige und der Indianer zur Vorderseite zurückliefen.

»Wie viele sind draußen, Johnny?« fragte McCracken, während sie zur Frontseite der Kapelle eilten. T. J. war gerade dabei, oben auf dem Gerüst ein Maschinengewehr in Stellung zu bringen. Das Rohr ragte gerade eben über den Rand der Mauer.

»Fast hundert, Blainey.«

»Du, Sal, die acht Biker und ich, das macht elf.«

»Vor hundertfünfzig Jahren war das Verhältnis ähnlich«, grinste Wareagle.

»Trotzdem habe ich das dumme Gefühl, daß wir hier nicht dreizehn Tage lang gegen Santa Ana Frye standhalten können.«

Wie zur Bestätigung riß eine gewaltige Detonation die rechte Seite der Frontwand ein. Die beiden Skulls, die dort die Feinde mit automatischem Gewehrfeuer und Handgranaten abgewehrt hatten, brachen zusammen. Mit ihnen kippte das Stück Gerüst, auf dem sie eben noch gestanden hatte.

»Verdammte Scheiße!« brüllte Fields, der sich am anderen Ende der Fassade befand, und zog am Abzug des M-60.

Er stand auf dem höchsten Punkt des Gerüsts und schob den Kopf durch den Teil des Daches, das am Vortag eingestürzt war. Zwei Skulls stürmten die Leitern hinauf und kamen zu ihm. Sie warfen einen kurzen Blick über die Mauer, legten dann ihre M-16 an und nahmen die Soldaten unter Beschuß, die auf der Plaza in Stellung gegangen waren. Sal Belamo tauchte bald bei ihnen auf und brachte den Granatwerfer in Position, den er aus den Trümmern geborgen hatte, als das mittlere Gerüst eingestürzt war. Mit unglaublicher Geschwindigkeit nahm er Ziel, drückte ab und lud nach. Die Skulls an den Fenstern feuerte, was ihre M-16 hergaben, und das sagte Blaine, daß die Soldaten des Reverends nun auch von der Seite anrückten.

»Wir müssen dafür sorgen, daß die Übermacht nicht mehr so groß ist«, sagte Wareagle mit einem kurzen Blick auf ihr Waffenarsenal.

McCracken war schon auf dem Weg zu dem Sandstrahlgerät, das Lecolt neben dem Eingang abgestellt hatte. Der Vorratstank lag unter den Resten eines Schaukastens begraben.

»Wie wäre es denn damit, Indianer?« fragte er und untersuchte bereits den Schlauch, der mit einem Kompressor verbunden war.

Wareagle setzte ein Lächeln auf.

»Gib mir ein paar Minuten, Johnny. Sorg dafür, daß ich ein paar Minuten bekomme.«

Die Polizisten von San Antonio hatten mittlerweile ihr Vorhaben aufgegeben, sich in die Schlacht einzumischen. Sie zogen sich zurück, um darüber zu beraten, was mit ihrer Stadt passiert sein mochte. Vandal lächelte befriedigt. Bis die Beamten hierher zurückkehrten, würde der Kampf längst vorüber sein.

Er lief gebückt hinter seinen Angriffslinien entlang und verfolgte, wie seine Männer einen immer engeren Kreis um die Alamo-Kapelle zogen. Aber sie kamen nicht schnell genug heran, denn die Verteidiger feuerten aus allen Rohren. Besonders das Maschinengewehr machte ihm Sorge. Aber der Vorrat des Gegners an Raketen und Gewehrgranaten schien langsam zur Neige zu gehen. Sobald den Verteidigern die Munition ausgegangen war, würde der Major seinen Männern den Frontalangriff von allen Seiten befehlen, genau so, wie es 1836 Santa Ana getan hatte. Sie würden gleichzeitig den Vordereingang und die Seitentüren stürmen und jeden töten, der sich im Innern des Gemäuers aufhielt. Niemand würde entkommen.

Die wiederaufgebaute Fassade der Kapelle brach Stück für Stück zusammen. Vier größere Breschen zeigten sich bereits in ihrem oberen Teil, und jeder weitere Treffer dort riß die Löcher noch mehr auf. Osborne klingelte es vom Dauerfeuer bereits in den Ohren.

Einer seiner Schützen verfehlte mit seiner Rakete den oberen Bogen der Mauer, aber zwei Granaten landeten auf dem abschüssigen Dach und rollten herunter. Ihre Explosionen spuckten zwei Säulen aus Rauch und Trümmern in die Luft. Der Major konnte das Dach von seinem Standpunkt aus kaum sehen, aber er war sich sicher, daß dort neue Löcher entstanden waren, deren Trümmer auf die Verteidiger herabregnen würden.

Zum zweiten Mal in der Geschichte stand Alamo kurz davor zu fallen.

Sal Belamo war gerade nach unten geklettert, um nach weiteren Waffen zu suchen, als zwei Detonationen das Dach zerrissen. Er warf sich sofort zu Boden und hielt die Arme über den Kopf.

»Verfluchte Scheiße!« stöhnte er einen Moment später, schüttelte die Trümmerstücke von sich, rappelte sich auf und stürmte wieder die Leiter hinauf.

Das Gerüst war fast zur Gänze eingestürzt. Auf dem verbliebenen Stück hielten sich Fields und sein Maschinengewehr. Bei einer früheren Explosion hatten Trümmer seine Beine zerschmettert, aber er schien sich davon nicht abhalten zu lassen, die Soldaten weiterhin mit Maschinengewehrfeuer zu bestreichen.

»Ich bin gleich bei Ihnen!« rief Belamo ihm zu. Der Rest des Gerüsts schwankte unter seinem Gewicht.

In der Zwischenzeit war Johnny durch ein Fenster auf der rechten Seite gesprungen, wo der Feind einen Angriff durchführte, der kurz davorstand, den bescheidenen Verteidigungsring zu durchbrechen. Der Indianer stürmte den Soldaten mit einem M-16 in jeder Hand entgegen und zwang auf diese Weise Fryes Schützen, wieder in Deckung zu gehen. Wareagle warf sich hinter einen Stand und nahm von dort die Männer unter Feuer, die mutig genug waren, ihn zu verfolgen.

In der Kapelle hatte McCracken den Deckel vom Tank des Sandstrahlgeräts gedreht und feststellen müssen, daß er leer war. Karen lief zu ihm und half dabei, das Gerät über den Boden zu rollen. Die fünf Zentimeter dicken Schläuche, die aus dem Kompressor und von der Mündung ragten, tanzten wie wild gewordene Schlangen auf und ab. McCracken hielt vor einem Berg Sägemehl, das vom Zuschneiden der Stützbalken, die nun geborsten und zerbrochen überall herumlagen, übriggeblieben war.

»Kommen Sie schon, machen Sie mit«, befahl er Karen und fing an, mit den Händen Sägemehl in den Tank zu schaufeln.

»Aber … Was haben Sie denn vor …« Begann Karen, fragte dann aber nicht weiter und half ihm dabei, das Sägemehl in den Tank zu verfrachten.

Kurz darauf kam Wareagle zu Blaine gerannt. Sein Gesicht und seine Arme waren an mehreren Stellen aufgerissen, und aus zahlreichen Wunden tropfte Blut. Mittlerweile wurde die

Kapelle an mehreren Seiten von Granaten getroffen. Ein paar der Skulls, die an den Fenstern Stellung bezogen hatten, brachen im Hagel von Steinen und Putzstücken zusammen.

»Blainey, uns bleibt keine Zeit mehr.«

Trotz McCrackens und Karens Bemühungen war der Tank noch nicht voll.

»Das muß eben reichen«, brummte Blaine, drehte den Deckel auf den Verschluß und überprüfte den Sitz der Schläuche.

Der Tank ließ sich jetzt nur noch mit Mühe bewegen. Nach einer Weile gelang es McCracken, ihn vor die Bresche in der vorderen Mauer zu schieben, wo durch mehrere Löcher und Spalten helles Sonnenlicht hereindrang. Er wickelte den großen Schlauch um seinen Bauch und hielt die Mündung wie eine Waffe vor sich, während Wareagle den Generator einschaltete, der den Kompressor mit Strom versorgte. Ein schrilles Heulen erfüllte die Kapelle.

Blaine stieg mit dem Schlauch die Leiter hinauf. Oben auf den Gerüstresten beugte sich Sal gerade über den verwundeten T. J. Belamo hatte sich an seiner Stelle hinter das Maschinengewehr gehockt und hielt die Feinde immer noch in Schach, die nur darauf warteten, daß sein Patronengurt aufgebraucht war, um ihren Großangriff zu beginnen. Johnny sicherte die Leiter, und Blaine stieg weiter nach oben. Er hatte gut daran getan, sich den Schlauch um Schulter und Bauch zu legen, denn er brauchte beide Hände, um sich auf der schwankenden Leiter zu halten.

Als er die oberste Sprosse erreichte, klickte das Maschinengewehr nur noch, der letzte Patronengurt war leer. Johnny stürmte das Gerüst hinauf und eröffnete das Feuer aus einem M-16, das er einem getöteten Skull abgenommen hatte.

Blaine beugte sich über den verletzten T. J. »Schaff ihn sofort nach unten, Sal.«

Belamo hieb frustriert auf das M-60. »He, wenn ihr beiden hier oben den ganzen Spaß für euch allein haben wollt …«

»Der Indianer verschwindet auch wieder, nur ich bleibe hier. Alle anderen machen, daß sie rauskommen. Das gilt auch für dich.«

Sal warf einen Blick auf Karen, die unten an der Leiter stand. »Gott, Boß, meinst du wirklich …«

»Setz deinen Hintern in Bewegung«, brummte McCracken und entdeckte dann die Handgranaten, die an Belamos Gürtel baumelten. »Du kannst mir aber eine von denen dalassen.«

Sal reichte ihm eine Granate, dann tauschten die Männer vorsichtig die Plätze auf dem schwankenden Gerüst. Belamo stieg ein Stück die Leiter hinunter, und Blaine ließ langsam den verwundeten Chef der Skulls an einem Seil herab. Sal bekam T. J. zu fassen und sicherte ihn auf dem Weg nach unten. Wareagle schob ein neues Magazin in sein Gewehr und drehte sich kurz zu McCracken um.

»Sie sammeln sich zum Großangriff, Blainey.«

McCracken deutete mit einem Kopfnicken auf die Leiter. »Jetzt du, Indianer.« Als Johnny zur Antwort einen weiteren Feuerstoß abgab, sagte Blaine: »Die anderen werden es ohne dich niemals schaffen.«

Wareagle schoß, bis das Magazin leer war. Dann nickte er. »Wir sehen uns draußen.«

»Gib mir dreißig Sekunden, Indianer.« Blaine hatte den Schlauch inzwischen abgenommen und hielt die Mündung jetzt wie ein Feuerwehrmann bei einem Großbrand. »Das sollte euch genug Zeit verschaffen, um von hier zu verschwinden.«

Damit drehte er sich zur Plaza um und öffnete die Spritzdüse.

Major Osborne Vandal hatte seine Streitmacht in drei Kolonnen formiert, die die Kapelle von vorn und von beiden Seiten angehen sollten. Aus dem alten Bauwerk wurde nur noch sporadisch geschossen, daraus ließ sich ungefähr schließen, wie viele von seinen Gegnern noch am Leben waren. Zusätzlich hatte der Major eine vierte Abteilung ans hintere Ende der Stätte geschickt, die jeden abfangen sollte, der auf diesem Weg fliehen wollte.

In seiner Vorstellung kämpfte Vandal hier den Vietnamkrieg noch einmal, doch jetzt würde die Schlacht entschieden anders ausgehen. Diesmal würden ihn nicht sieben Jahre in einem Gefangenenlager des Vietkong oder eine Heimkehr in Schimpf und Schande erwarten. Hier und heute erhielt er seine zweite Chance, und er hatte nicht vor, sie sich entgehen zu lassen. Schon glaubte er, den Sieg zu schmecken, auf den er zwanzig Jahre lang gewartet hatte.

Osborne hob das Walkie-talkie an den Mund, um seinen Einheitsführern das Angriffssignal zu geben. Doch bevor er das erste Wort über die Lippen gebracht hatte, strömte eine endlose gelbe Staubwolke aus dem eingestürzten Dach der Kapelle. Sie breitete sich wie eine riesige Decke über die vordere Hälfte der Plaza aus, auf der sich seine Soldaten sammelten, und senkte sich über alles.

Der Major verstummte. Seine Muskeln erstarrten, und sein Körper war wie gelähmt. Er gab seinen Angriffbefehl nie.

Kapitel 40

Der Schlauch wand sich wie eine Schlange in McCrackens Händen. Um sich vor den feindlichen Kugeln zu schützen und um die Düse am effektivsten einzusetzen, war er die Leiter drei Stufen hinuntergestiegen. Der Sägemehlstrahl flog nun in einem Winkel von fünfundvierzig Grad über die Mauerbrüstung. Da in San Antonio heute wieder die übliche dicke, schwüle Luft herrschte, hing die Wolke aus fein gemahlenem Sägemehl fast reglos über der Plaza. Mit jeder neuen Schicht, die aus der Düse kam, wurde die Wolke ein Stück weiter geschoben. Und als der Tank leer war, bedeckte die gelbliche Masse den gesamten Platz von der South Alamo Road bis zum Touristenbüro der Stadt.

Blaine ließ den Schlauch fallen und kletterte schnell die Leiter herunter. Er hatte die letzte Sprosse noch nicht erreicht, als er Gewehre krachen hörte. Das konnte nur von da kommen, wo Wareagle mit Karen und den anderen einen Ausbruch versuchte. Viele der Männer, die Johnnys Truppe mitführte, waren verwundet und mußten gestützt oder getragen werden. Abgesehen von T. J. hatten sechs Skulls das Gefecht überlebt, doch nur drei davon waren noch in der Lage, eine Waffe zu halten. Kaum hatte McCracken den Boden erreicht, zog er den Stift aus der Handgranate, die Sal Belamo ihm überlassen hatte, und schleuderte sie in hohem Bogen durch das größte Loch im Dach.

»Sieben, sechs, fünf«, zählte er laut, während er zum hinteren Ende der Kapelle sprintete. Er riß den Mund weit auf, um seine Trommelfelle vor dem zu schützen, was gleich folgen würde.

»Vier, drei, zwei ...«

Eine ohrenbetäubende Detonation preßte ihm buchstäblich die Luft aus der Lunge und löste in der Sägemehlwolke über dem Gelände eine Schlagwetterexplosion aus, die ihrerseits eine gewaltige Luftdruckwelle verursachte. Fryes Soldaten auf der Plaza wurden davon zerschmettert und wurden unter den Flammen und dem Sturm in Stücke gerissen. Die Männer in den hinteren Reihen verbrannten oder wurden gräßlich verstümmelt. Noch bevor die Flammen sie erreichten, gingen sie schon am Zerplatzen ihrer inneren Organe zugrunde.

Die unfaßbare Explosionswucht ließ in der Innenstadt im Umkreis von drei Blocks alle Fenster aus den Rahmen fliegen, überall regnete es Scherben. Große Glasstücke landeten im San Antonio River und trieben am Riverwalk entlang. Nur das Grand Hyatt an der Plaza, das an seiner Vorderseite keine Fenster aufwies, überstand die Detonation intakt.

Die Schockwelle riß Blaine von den Füßen, als er sich nicht mehr weit vom Ausgang im linken Alkoven befand. Während er durch die Luft segelte, spürte er, wie das ganze Mauerwerk in seinen Grundfesten erschüttert wurde. Als er aufkrachte, besaß er genug Geistesgegenwart, seinen Kopf mit beiden Armen zu schützen. Die vordere Hälfte der Kapelle brach wie ein Kartenhaus in sich zusammen. Dort, wo vorhin noch der Schrein gestanden hatte, war nun nichts mehr als Staub und Trümmer. Die langgezogene Baracke hatte die volle Wucht der Detonation abbekommen. Von ihr blieb nichts mehr übrig. Die Explosion hatte die Steine schmelzen lassen oder pulverisiert.

McCracken spürte, wie Steinbrocken und Mauerstücke auf seinem Körper landeten und sich um ihn herum aufschichteten. Er konnte nur beten, daß dieser Teil der Kapelle nicht einstürzte. Als das Poltern und Rumpeln nachließ, stellte er fest, daß er immer noch atmen konnte. Sein Unterkiefer brannte, und in seinen Ohren war ein dumpfes Pochen, aber wenigstens waren seine Trommelfelle heil geblieben. Er bewegte sich vorsichtig, um herauszufinden, ob er sich von dem Schuttberg befreien konnte. Dann fing er an, zu stoßen, zu treten und zu schieben. Endlich hatte er sich befreit, wuchtete sich hoch und fand sich auf einem ein Meter hohen Trümmerhaufen wieder. McCracken sah sich um. Trotz vieler Sprünge und Risse war der hintere Teil der Kapelle stehengeblieben.

Von den vorderen zwei Dritteln des Bauwerks war jedoch kaum noch etwas erhalten. Von der Gedenkstätte für eine Schlacht, die vor über hundertfünfzig Jahren hier stattgefunden hatte, waren nur beige-, cremefarbene und graue Trümmerstücke übriggeblieben. Eine dicke Staubwolke hing über der Plaza und ersparte Blaine den Anblick auf das dortige Massaker.

Er verließ den Schutthügel, aus dem er gerade herausgestiegen war, und stolperte zu dem Ausgang, in dem sich keine Tür mehr befand. Dort angekommen drehte er sich noch einmal um und warf einen letzten bedauernden Blick auf die zerstörte Kapelle.

»Gedenket Alamo«, murmelte er den alten Schlachtruf aus den Tagen, in denen die Vereinigten Staaten sich daran machten, die Weite des Landes für sich zu vereinnahmen.

EPILOG

»Was ist denn aus Harlan Frye geworden?« fragte Karen auf dem Flug von San Antonio nach Kalifornien.

»Vielleicht ist er mit den anderen vor Alamo ums Leben gekommen«, sagte McCracken. Die Explosion und der Feuersturm hatten die Soldaten bis zur Unkenntlichkeit entstellt, und man hatte niemanden mehr identifizieren können.

»Das glauben Sie doch nicht wirklich, oder? Das nehme ich Ihnen nicht ab, und ich bin genausowenig davon überzeugt wie Sie. Damit erhebt sich die Frage, was Sie nun gegen ihn unternehmen wollen.«

Blaine sah sie lange an. »Was soll ich denn Ihrer Meinung nach unternehmen?«

»Ihn aufspüren und aufhalten!«

»Wir haben ihn doch schon aufgehalten, Karen.«

Und sie hatten tatsächlich einen dicken Strich durch die Pläne des Reverends gemacht. Vierundzwanzig Stunden nach dem zweiten Untergang von Alamo, der dieses Mal jedoch unter wesentlich dramatischeren Umständen erfolgt war, hatten Verbände der 7. Light Division das unterirdische Königreich der Sieben besetzt. Obwohl Frye und seine Mitarbeiter alle Informationen in den Dateien der Computer gelöscht hatten, wurde noch genug gefunden, um die Verschwörung dieser Gruppe nachzuweisen und ihre Mitglieder zu identifizieren. Wenn der Reverend tatsächlich die Schlacht um Alamo überlebt haben oder sonstwie davongekommen sein sollte, würde er nichts mehr aus der unterirdischen Stadt bergen können, das ihm dabei helfen würde, sein teuflisches Verbrechen von neuem zu beginnen.

Was seine Mitverschwörer anging, so hatten sich Tommy Lee Curtisan und Jessie Will bereits den Behörden gestellt. Louis W. Kellog blieb verschwunden, und Arthur Burgeuron war zum letzten Mal gesehen worden, als er ein Flugzeug mit Ziel Südamerika bestieg. General Gaines, der Frye bei der Belagerung von Alamo so stark unterstützt hatte, war in Haft genommen worden und würde sich bald vor einem Militärgericht verantworten müssen.

Seit McCracken nach der Explosion zu der Gruppe um Johnny Wareagle gestoßen war, hatte es Karen zutiefst irritiert, wie wenig Blaine sich am weiteren Schicksal Harlan Fryes interessiert zeigte. Nachdem sie der Polizei umfassend Bericht über alles, was vorgefallen war, erstattet hatten, schien McCracken keinen einzigen Gedanken mehr an den Reverend zu verschwenden. Auf der anderen Seite hatte Blaine jedoch darauf bestanden, Karen nach Kalifornien und zu ihren Kindern zu begleiten.

»Wenn Ihnen Harlan Frye so egal geworden ist«, bohrte Karen jetzt, »warum wollten Sie dann unbedingt mit mir an die Westküste kommen?«

»Nun, falls der Reverend am Leben ist und noch nicht genug hat, kann ich mir sehr gut vorstellen, wie seine nächsten Schritte aussehen.«

»Meine Söhne?«

»Frye wird nur zuschlagen, wenn Sie mit ihnen zusammen sind. So funktioniert seine Denkweise.«

»Aber Sie treffen doch überhaupt keine Anstalten mehr, den Mann dingfest zu machen.«

»Wenn ich weiter hinter ihm her wäre, müßte ich auch die anderen zehntausend oder mehr Männer und Frauen verfolgen, die ähnlichem Größenwahn anhängen wie er.«

»Nein, der Reverend ist anders als diese Menschen.«

»Eigentlich nicht. Lediglich der Inhalt des Reagenzglases, das Sie beim Gesundheitsamt abgeliefert haben, unterscheidet ihn von den anderen.«

»Frye wird über kurz oder lang auf etwas Neues stoßen, womöglich etwas, das ebenfalls in ein Reagenzglas paßt.«

»Er wird es zumindest versuchen, Karen. Sie alle suchen immerzu nach Mitteln und Wegen. Jeder einzelne von diesen Spinnern ist für sich genommen schon eine Bedrohung, aber zur wirklichen Gefahr wird er erst, wenn er auf Möglichkeiten stößt, seine Vision in die Tat umzusetzen. Der Unterschied zwischen diesen Leuten besteht einzig und allein in dem, was ihnen zur Verfügung steht und was nicht. Sie haben selbst gesehen, was geschehen könnte, wenn jemand die seiner Ansicht nach ideale Waffe findet.«

Karen begriff jetzt, worauf McCracken hinauswollte. »Und erst in solchen Fällen sollte man es wirklich mit der Angst zu tun bekommen, oder?«

»Zur Sorge, wenn nicht zur Furcht besteht heutzutage mehr Anlaß denn je, denn die Technik stellt immer mehr Mittel her, die die Wahnsinnigen nur ergreifen und für ihre Zwecke einsetzen müssen. Jede wunderbare Entdeckung, auf die ein Wissenschaftler, wie zum Beispiel Sie, stößt, hat auch seine Schattenseite, und gewissenlose Männer wie Harlan Frye verstehen es, den Segen, der damit eigentlich über die Menschheit gebracht werden sollte, in sein Gegenteil zu verkehren. Auch das haben Sie mit eigenen Augen sehen dürfen.«

»Machen Sie mir etwa aus meiner Entdeckung einen Vorwurf?«

»Nein. Männer und Frauen wie Sie sind von dem unstillbaren Drang erfüllt, Mittel und Wege zu finden, mit der einer Welt geholfen werden kann, die oft genug nicht in der Lage zu sein scheint, sich selbst aus der Klemme zu helfen. Doch auf dem Weg dorthin vergessen Forscher wie Sie zuweilen, all die Türen wieder zu schließen, die Sie auf dem Weg dorthin aufgestoßen haben. Und dann kommen Menschen wie Frye, stöbern das Vergessene auf und machen es sich zunutze.«

»Es hat immer schon Menschen wie den Reverend gegeben.«

»Aber noch nie so viele Türen, Karen, die offengeblieben sind.«

McCracken fuhr über die lange, gewundene Wüstenstraße und folgte dabei den Anweisungen T. J. Fields', wie der Ort zu finden sei, an dem Karens Söhne versteckt und bewacht würden. Als die kleine Hütte vor ihnen auftauchte, vor der bewaffnete Skulls Wache hielten, stießen Blaine und Karen gleichzeitig einen tiefen Seufzer der Erleichterung aus.

»Ich sorge jetzt dafür«, sagte McCracken, »daß Sie eine traditionellere Form des Schutzes erhalten. In vierundzwanzig Stunden steht alles für Sie bereit.«

Karen sah ihn mit großen Augen an. »Es wäre aber netter, wenn Sie persönlich diesen Schutz garantieren könnten.«

»Ich tauge in der Küche zu nichts, und ich reise viel«, entgegnete er.

»Ich weiß schon, Sie müssen all die offengelassenen Türen überprüfen.« Karen streckte die Linke aus, um sie auf seine Hand zu legen, hielt dann aber mitten in der Bewegung inne. »Sie müssen deswegen aber nicht auf eine bestimmte Tür verzichten, an der Sie jederzeit anklopfen können.«

»Ja, das müßte ich nicht.«

»Das Problem ist nur ... Verdammt, ich vermassele alles.« Karen atmete tief durch und nahm allen Mut zusammen. »Ich habe Angst, daß Sie, sobald ich aus dem Wagen gestiegen bin, davonbrausen und damit aus meinem Leben verschwinden. Muß ich denn so weit gehen, hier sitzenzubleiben und die Knöpfe an den Türen herunterzudrücken, bis Sie mir versprochen haben, daß es nicht soweit kommen wird?«

Blaine nahm ihre Hand und lächelte. »Warten Sie doch einfach ab, wie Sie über die Sache denken, sobald dieser Tag zu Ende gegangen ist, sobald sich alles beruhigt hat. Im Augenblick sind wir mit unseren Gedanken und Gefühlen noch viel zu nah an dem dran, was wir durchgemacht haben. Und das war keine Kleinigkeit, falls Sie das meiste davon schon vergessen haben sollten.«

»Ich will das alles nicht vergessen.« Karen ließ seine Hand nicht los. »Ich weiß, wie ich jetzt darüber denke und wie ich am Ende dieses Tages darüber denken werde. Blaine McCracken, ich will nicht nur Ihre Telefonnummer haben, ich will, daß wir es miteinander versuchen.« Karen umklammerte seine Hand, als fürchte sie sich davor, sie loszulassen. »Sagen Sie bitte meinen Jungs hallo. Das können Sie doch wirklich noch tun.«

Nach einem Moment des Nachdenkens nickte er. Karen sprang aus dem Wagen und lief den Hang zur Hütte hinauf. McCracken sah, wie dort die Tür aufflog und Taylor und Brandon herausstürmten und ihrer Mutter in die Arme flogen. Taylor schien ganz vergessen zu haben, daß er mit zwölf Jahren eigentlich schon zu alt für so etwas war. Die drei umarmten sich eine halbe Ewigkeit, und das war ihnen immer noch nicht lange genug. Dann löste sich Karen von ihnen und drehte sich zur Straße um.

»Jungs, da ist jemand, den ich euch ...«

Sie erstarrte. Der Wagen war fort.

Blaine McCracken hatte sich davongemacht.

»Ich konnte einfach nicht bleiben«, erzählte Blaine eine Woche später in den Wäldern von Maine Johnny Wareagle.

»Und das macht dir jetzt zu schaffen.«

»Nein, mich stört vielmehr, daß ich gern geblieben wäre und es gleichzeitig doch nicht konnte ...« Er schwieg für einen Moment. »Es hat alles mit dem zu tun, was Karen über die Tür gesagt hat, zu der man jederzeit zurückkehren kann, oder, Indianer?«

Wareagle nickte und goß McCracken eine zweite Tasse seines selbstgemachten Tees ein. »Wenn es einen Ort gibt, an den man stets zurückkehren kann, dann kann man ihn auch jederzeit verlassen. Wir beide haben uns für den Weg des Krieges entschieden, und der hat seine eigenen Spielregeln. In ihm gibt es keine Demarkationslinien, keinen Anfang und kein Ende. Wenn du zu der Tür gehst, von der du gerade gesprochen hast, muß du damit auch Grenzen und Endlichkeit akzeptieren.«

Blaine nahm einen Schluck von dem dampfenden Tee. »Ich hätte wenigstens ihren Kindern hallo sagen können.«

»Und warum hast du es nicht getan?«

»Weil ich den Abschied nicht noch schwerer machen wollte.«

»Versuch mal, das zu verstehen, Blainey: Wenn du durch eine Tür gehst, heißt das nicht, daß du für immer auf der anderen Seite bleiben mußt.«

»Nein, Indianer, ich hätte nicht eintreten und dann einfach wieder verschwinden können. Entweder tritt man ganz und gar ein und bleibt dabei, oder man läßt es ganz bleiben.«

»Wenn du eines Tages durch diese Tür trittst, dann deswegen, weil dir klar ist, daß die richtige Zeit gekommen ist. Und dann weißt du auch, daß du es willst. Sicher kein einfacher Weg, aber dennoch der, für den du dich dann entschieden hast.«

Blaine runzelte die Stirn. »Es fällt nicht leicht, mir vorzustellen, daß ich mich einmal so sehr verändert haben werde.«

»Die Alternative besteht darin zu versuchen, auf beiden Wegen gleichzeitig zu gehen.«

»Und wie wir beide wissen, ist das natürlich unmöglich.«

Johnny zuckte die Achseln.

»Ich weiß nicht, Indianer. Manchmal überkommt mich einfach das Gefühl, etwas zu verpassen, etwas zu vermissen.«

»Du kannst jederzeit mit dem, was du tust, Schluß machen, Blainey. Aber dabei steht dir die Leidenschaft für deine Arbeit im Weg. Wenn der Ruf dich wieder erreicht, läßt du doch gleich alles stehen und liegen.«

»Wie der Feuerwehrhund, der sofort aufspringt und bellt, wenn eine Glocke ertönt ...«

»Ja, so ungefähr, Blainey.«

McCracken grinste und zog an einer imaginären Schnur. »Dingelingelig, Indianer.«

Die Wochen nach dem Fall seines Königreichs wurden zu Monaten, und immer noch wartete Harlan Frye auf ein Zeichen des Herrn, wie es nun weitergehen solle. Es erreichte ihn mitten in der Nacht in dem billigen Zimmer, aus dem die altersschwachen Ventilatoren die schwüle Luft nicht vertreiben konnte. Er wachte verschwitzt zwischen den Laken auf, sprang aus dem Bett und fiel gleich auf die Knie.

»Ja, Herr, ja!«

Der Reverend ließ sich das Haar kurzschneiden und färbte es weiß. Außerdem setzte er Kontaktlinsen ein, um seine Augenfarbe zu verändern, und schminkte sich das Gesicht geisterhaft bleich. Von seinem Fonds waren ihm noch genügend Mittel verblieben, um eine verlassene Kirche zu mieten. Sie hatte Bänke und eine Kanzel, und mehr verlangte er auch nicht. Zuerst besuchten nur wenige sein Gotteshaus, doch ihre Zahl wuchs rasch an. Freiwillige kamen an den Nachmittagen, um die Kirche wieder in Schuß zu bringen. Sie besserten den Putz aus, reparierten das Gestühl und trugen neue Farbe auf. Und als alles fertig war, konnte sich hier wieder wie in alten Zeiten seine Gemeinde versammeln. Die Freiwilligen wurden zu Fryes Helfern und Vertrauten, und er sprach schon manchmal zu ihnen von größeren Schlachten, die auf sie warteten.

Gott hatte ihm aufgetragen, an den Anfang zurückzukehren, wieder ganz von vorn zu beginnen und aus dem Nichts etwas zu schaffen. Ein neuer Name und ein neuer Ort. Und genau das hatte Harlan getan.

Und es ließ sich wirklich gut an.

Frye besaß die ganze Ewigkeit. Alle Zeit stand ihm zur Verfügung, um das Werk des Herrn zu vollenden. Schon bald würde das Königreich der Sieben neu erstehen. Daß sich alles wie von selbst zu entwickeln schien, verlieh ihm die nötige Kraft und trieb ihn weiter an. Nicht mehr lange, dann würde er alles zurückbekommen haben.

»Ich spüre, daß wir heute nacht eine Heilung erleben werden!« rief er der Gemeinde zu, die sich zum Abendgottesdienst eingefunden hatte. Noch nie waren so viele gekommen wie heute. Er predigte ohne die Hilfe eines Mikrofons. Seine Kehle schmerzte bereits von der Anstrengung, und er wurde langsam heiser, aber das alles konnte ihn nicht abhalten. »Ich spüre, daß in dieser Nacht Heilung über uns kommen wird.«

Harlan stieg von der Kanzel herab.

»Ich spüre die Körperheilungen, deren Zeuge wir werden.«

»Gelobt sei der Herr!«

»Ich spüre die Geistesheilungen, die sich heute nacht ereignen werden.«

»Gepriesen sei der Herr!«

»Und ganz besonders spüre ich die Heilungen an der Seele, die wir miterleben dürfen.«

»Amen!«

Frye schritt durch den Mittelgang und breitete die Arme

aus, um die Gläubigen zu segnen. Diejenigen, die am Anfang der Reihen saßen, reckten sich ihm entgegen und hofften, seine Hand möge ihr Gesicht oder ihre Schulter berühren. Der Reverend erfüllte so vielen wie möglich diesen Wunsch, bis er schließlich zu einem alten Mann gelangte, der von Arthritis so gebeugt war, daß er die Hilfe einer ebenso alten Frau benötigte, um sich aufzurichten.

»Heile dich selbst, Bruder! Reiche tief in dein Innerstes hinein, bis in die Kraft deiner Seele, und bediene dich dieser Stärke, um deinen gebrochenen Leib zu heilen. Du kannst es vollbringen, Bruder. Du kannst es schaffen.«

Frye legte dem Mann die Rechte aufs Haar und ließ sie dort liegen. Der Alte erschauerte leicht unter der Berührung.

»Ja, Bruder, ja. Spürst du schon die Kraft, die Stärke, die in dir steckt ...?«

Der Mann hob langsam den Kopf und sah Harlan aus Augen an, die mit einemmal nicht mehr alt, sondern tatkräftig und entschieden wirkten.

»Ergib dich dieser Kraft, Bruder. Ergib dich der Macht deiner ...«

Dem Reverend blieb der Rest des Satzes im Hals stecken, als der Mann sich zur vollen Größe aufrichtete und den Kopf reckte.

Sein linkes Ohrläppchen fehlte.

»Für meine Kinder«, sagte Preston Turgewell nur und lächelte.

Die Pistole mit dem Schalldämpfer gab nur einen Schuß ab. Die Kugel durchbohrte Harlan Fryes Herz, und ihm blieb gerade noch genug Zeit, um sich darüber klar zu werden, daß es nun mit ihm zu Ende war. Als er auf dem Boden aufschlug, war die Pistole längst wieder in Schwester Barbaras Handtasche verschwunden. Das Pärchen schlich in dem allgemeinen Chaos, das nun ausbrach, ungesehen davon und ließ das Gebäude zurück, in dem auch das letzte Überbleibsel des Königreichs der Sieben für immer untergegangen war.

ENDE

Band 13 715

Dean Koontz

Eiszeit

Deutsche Erstveröffentlichung

Wochenlang auf Platz 1 der US-Bestsellerliste!

Seit Jahren schwören internationale Wissenschaftler auf die Möglichkeit, aus den Eisbergen der Antarktis Wasser zu gewinnen, das man in Dürreperioden gebrauchen könnte. Jetzt haben Harry Carpenter und vier weitere Forscher den entscheidenden Schritt gewagt und nehmen Sprengungen in der Antarktis vor. Ein Seebeben löst jedoch den Eisberg, auf dem die Forscher sich befinden, aus dem Gefüge und treibt in die arktische See, auf ein Sturmgebiet zu. Verzweifelt kämpfen Harry und seine Kollegen ums Überleben und müssen bald feststellen, daß in ihrer Gruppe gefährliche Feindseligkeiten gären.
Hilfe für die Forscher könnte nur von einem russischen U-Boot kommen, das sich auf einer Routinefahrt befindet. Kapitain N. Gorov wittert die Chance, durch eine große Rettungsaktion Ansehen für sein wirtschaftlich marodes Land zu gewinnen. Er nimmt Kurs auf den Eisberg. Er ahnt nicht, welche Gefahren er damit für sich und die Besatzung der ›Ilya Pogodin‹ heraufbeschwört.

BASTEI LÜBBE

Sie erhalten diesen Band im Buchhandel, bei Ihrem Zeitschriftenhändler sowie im Bahnhofsbuchhandel.